dtv

»Sage ihnen, daß er ein Mörder ist! Und daß er gemeinsam mit seinem Mörderweib sterben wird!« – »Ich kann nicht. Er ist mein Bruder.« Paris im Jahre 575. Brunhilde, die Frau des Merowingerkönigs Sigibert, sinnt auf Rache: Ihr Schwager Chilperich und dessen machtgierige Gattin Fredegunde sollen für einen infamen Mord büßen – und die Herrschaft über das fränkische Teilreich Neustrien verlieren. Mit dem austrasischen Heer belagert Sigibert die Festung Tournai. Es herrscht Endzeitstimmung. Doch Brunhilde hat den Kampfgeist und die Machtgier ihrer Widersacherin unterschätzt. So entbrennt ein Blutrachekrieg zwischen den beiden Königinnen, in dessen Verlauf der junge und schöne Prinz Merovech zum Spielball der Frauen um die Macht im Frankenreich wird.

Robert Gordian wurde 1938 in Oebisfelde/Sachsen-Anhalt geboren. Nach dem Abitur Studium der Journalistik und Geschichte. Von 1961 bis 1967 Fernsehredakteur und Theaterdramaturg in Berlin; seit 1967 freiberuflich tätig, vorwiegend als Hör- und Fernsehspielautor. Seinen ersten Roman (›Letzter Kampf in Olympia‹) veröffentlichte er 1989; 1992 erschienen unter dem Titel ›Das Grab des Periandros‹ seine Antike-Krimis. Bekannt wurde er mit der fünfteiligen Serie historischer Krimis ›Odo und Lupus. Kommissare Karls des Großen‹. Gordian lebt heute in Eichwalde bei Berlin.

Robert Gordian

Die schrecklichen Königinnen

Roman

Deutscher Taschenbuch Verlag

Originalausgabe
Juni 1998

Umschlagkonzept: Balk & Brumshagen
Umschlagbild: Ausschnitt des Gemäldes ›The Riders of the Sidhe‹ (1911)
von John Duncan
Satz: IBV Satz- und Datentechnik, Berlin
Gesetzt aus der Aldus 10/11,25˙ (Linotron 202)
Druck und Bindung: C. H. Beck'sche Buchdruckerei,
Nördlingen
Gedruckt auf säurefreiem, chlorfrei gebleichtem Papier
Printed in Germany · ISBN 3-423-20152-5

1

Über den langen, schmalen Weg zwischen der Kirche des heiligen Vincentius und den ersten Häusern der Stadt Paris hasteten an einem Septembermorgen* des Jahres 575 vier Mönche, auf den Schultern die Tragestangen einer Sänfte. Der nächtliche Regen hatte den Boden aufgeweicht, und unter den Füßen der vier spritzte Schlamm auf. Schwitzend und keuchend trabten die Gottesmänner in ihren durchnäßten, beschmutzten Kutten dahin, als sei ihnen der Teufel auf den Fersen. Hielten sie doch einmal an, weil der Weg unter einer breiten Lache verschwunden war, ertönte aus dem Innern der Sänfte ein ungeduldiges Klopfen. »Vorwärts, Brüder!« riefen sie sich dann zu, und jeder packte mit beiden Fäusten die Stange und watete durch das manchmal knietiefe Wasser, und es kam vor, daß einer fehltrat und beinahe ausglitt. Dann schwankte die Sänfte gefährlich, und von drinnen war ein Rumpeln und Stöhnen vernehmbar.

Indessen erreichten sie die Stadt ohne Unfall, und es ging endlich auf einer gepflasterten Straße weiter. Jetzt war es nur noch ein kurzes Stück bis zur Seine-Brücke, der »kleinen«, welche die Insel mit dem linken Ufer des Flusses verband, an dem sich die alte Römerstadt ausbreitete. Allerdings kamen sie hier kaum schneller vorwärts. Zwischen den mehrstöckigen Häusern, von denen nicht wenige nur noch Ruinen waren, herrschte das lebhafteste Gewimmel. Schreiend mußten die Mönche sich den Weg bahnen, entgegenkommenden Bauernkarren ausweichen, die Tische der Händler umgehen, Schwärme schnatternder Frauen auseinanderjagen, die Tragestangen in die Rücken von Müßiggängern rammen.

»Platz da! Geht aus dem Wege, in Gottes Namen! Seht ihr

* heute St.-Germain-des-Prés

denn nicht, wer hier kommt, Leute? Übt Demut, fallt auf die Knie!«

Das tat jedoch niemand. Wenngleich den Parisern die Sänfte bekannt war, nahmen sie kaum Notiz von ihr. Heute galt ihre Neugier einem anderen Ereignis.

Auf dem freien Raum vor der Brücke drängten sich Hunderte. Alle reckten die Hälse und spähten nach der Insel hinüber. Von der Basilika Saint-Etienne*, deren Giebel mit dem goldenen Kreuz über der hohen Festungsmauer zu sehen war, ertönte stürmisches Glockengeläut. Behelmte schrien die Sensationslüsternen an und drängten sie zurück, um einem Heerhaufen eine Gasse zu bahnen. In scheinbar endlosem Zuge schritten hochgewachsene, bärtige, wilde Kriegergestalten mit geschulterten Speeren über die Brücke und verschwanden unter dem Torbogen zwischen den beiden wuchtigen Rundtürmen.

Die vier Mönche brachten die Sänfte nur noch schrittweise vorwärts. Ihre Stimmen waren zu schwach, um sich gegen den Lärm zu behaupten. Immerhin waren ihnen jetzt einige Männer, gläubige Christen zweifellos, mit Fäusten und Ellbogen dienstbar. Zwei Ordnungshüter gaben heftige Zeichen, den Durchzug der Kämpfer nicht zu behindern, doch die Kuttenträger stolperten mit ihrer Fracht in die Gasse hinein, mitten unter die Marschierenden. Da gab es dröhnendes Gelächter, in ihrer dem Grunzen der Schweine ähnlichen Sprache warfen die fremden Krieger sich Scherzworte zu, und einige lupften die Vorhänge, um in die Sänfte hineinzublicken. Was sie dort sahen, erhöhte noch ihre Heiterkeit, und zähnebleckend und einander die Köpfe stoßend, drängten sie sich um die Fenster. Derweil wurde aber von hinten geschoben, und schon waren die Mönche auf die Brücke gelangt. Die Sänfte schaukelte über den Fluß, zwischen den Speeren und Lanzen der Fremden. Noch einmal geriet sie in eine bedenkliche Lage, als der Fuß eines Mönchs zwischen die schadhaften Bohlen rutsche. Ehe sie aber umkippen konnte, hatte einer der Barbaren die Stange gepackt, die dem Träger entglitten war. Er wartete nicht, bis der Ge-

* An ihrer Stelle steht heute die Kathedrale Notre-Dame

stürzte sich erhoben hatte, sondern half den drei anderen, ihre Last durch das Tor auf die Insel zu tragen. Unter einem Baum auf der Straße, die durch die Mitte des schmalen Eilands führte, setzten sie sie auf den Boden. Der fremde Krieger entfernte sich lachend. Sein Haufen durchzog ohne Halt die Insel, um über die andere Brücke, die »große«, das rechte Flußufer zu gewinnen.

Aus der Sänfte kroch eine kleine, kümmerliche Gestalt mit einem fast fleischlosen Greisenkopf. Schlohweißes Haar quoll unter der perlenbesetzten Mütze hervor. Über dem Priestergewand, das den dürren Körper umschlotterte, hing die mit Kreuzen bestickte Seidenstola. Die zittrige Hand umkrampfte den Krummstab. Dieser klägliche Alte im pomphaften Aufzug, der die Barbaren zum Lachen gereizt hatte, war der oberste Seelenhirte des Volks von Paris, Bischof Germanus. Er warf der vorüberziehenden Schar einen verzweifelten Blick zu. »Heiden! Räuber! Mordbrenner!« stieß er mit seiner hohen, brüchigen Stimme hervor. »Eine Schande, sie wieder ins Land zu holen! Daß Gott den König für diesen Frevel strafe! Haben wir noch nicht genug gelitten? War die Heimsuchung vom vergangenen Jahr nicht die schlimmste, die je über uns kam? Warum läßt er sie nicht auf der anderen Seite des Rheins? Will er sie ansiedeln? Sollen wir alle Barbaren werden? Oder zugrunde gehen? Ah, dieser Gottlose! Aber schuld ist vor allem sein Weib, die Gotin. Im Herzen ist sie noch Arianerin, sie haßt uns, deshalb wünscht sie uns alle Übel. Doch soll sie erfahren, was wahrer Glaube vermag. Kommt jetzt, Brüder, wir wollen zu ihm gehen! Ich werde ... werde ihm ...«

Ein Röcheln drängte sich in seine Kehle. Er wankte und klammerte sich mit beiden Händen an seinen Hirtenstab. Die Mönche sprangen hinzu und stützten ihn.

»Ehrwürdiger Vater!« sagte der älteste. »Höre auf unseren bescheidenen Rat. Laß ab davon! Du bist krank, du fieberst, der weite Weg hat dich angestrengt. Du hättest dein Lager nicht verlassen dürfen. Es wird dich umbringen!«

»Dein Palast ist ja nur ein paar Schritte entfernt«, sagte der, der auf der Brücke gestrauchelt war. »Wir bringen dich hin, damit du dich ausruhst.«

»Nein! Nein!« Der Alte wehrte heftig ab. »Bevor sie nicht fort sind, werde ich dort nicht einziehen. Das sündige Treiben, das teuflische Kriegsgeschrei ... nur davon bin ich ja krank geworden. Bei euch im Kloster habe ich mich erholt. Ich bin wieder stark, ich werde kämpfen!«

»Was willst du erreichen?« sagte wieder der ältere Mönch. »Hat jemals ein Bischof die fränkischen Herren daran gehindert, ins Feld zu ziehen? Sie sind die Plage, die Gott uns für unsere Sünden gesandt hat. Wir müssen sie in Demut erdulden!«

»Um so besser, wenn sie sich gegenseitig die Hälse umdrehen!« sagte der jüngste der Mönche keck.

»Genug!« fuhr der Bischof ihn an. »Wie können wir so etwas gutheißen! Spricht nicht der Herr zu Kain, er solle verflucht sein auf der Erde, die seines Bruders Blut von seinen Händen empfangen? Auch sie sind Christen, haben wir Mitleid mit ihnen!«

»Hab lieber Mitleid mit dir selbst, Vater!« rief der ältere Mönch. »Und auch mit uns und dem Volk von Paris. Sie tun ja doch, was ihnen gefällt. Aber wer wird hinterher unsere Wunden pflegen? Wer wird uns Trost spenden und uns aufrichten, wenn du jetzt deine Kräfte erschöpfst? Laß uns umkehren!«

Niemand achtete auf den Bischof und die vier Mönche. Sie standen noch immer in der Nähe des Tors, am Fuße eines der runden Wachtürme. Kaum konnten sie sich verständlich machen, denn immer neue Haufen der fremden Kriegsleute strömten lärmend zum Tor herein. Die Glocke von Saint-Etienne war jetzt nahe und wurde so heftig gerührt, daß sie hart und schrill klang, ganz anders als sonst, wenn sie zur friedlichen Andacht rief. Die letzten Worte des Mönchs gingen völlig unter, weil gleich in der Nähe, nur durch eine Mauer gedämpft, Lärm und Geschrei ertönten. Es war der endlos langgezogene Jubelruf einer vielköpfigen Menge, begleitet von einer Musik, wie sie von Schilden, Schwertern und Lanzen erzeugt wird: einem ohrenbetäubenden Klirren und Krachen.

Der kleine Bischof verzog sein Gesicht, als verspüre er einen heftigen Schmerz. Ruckartig drehte er sich um, und indem er den Krummstab energisch auf den Boden stieß, schritt er davon. Im nächsten Augenblick war er zwischen zwei Mauerpfeilern verschwunden.

Schon als bedeutende römische Provinzstadt, anfangs noch unter dem Namen Lutetia, hatte die Stadt Paris manchen glanzvollen Augenblick erlebt. Im Jahre 360 riefen hier römische Truppen einen Kaiser aus, jenen Julian, der von den Kirchenleuten den Beinamen Apostata, der Abtrünnige, erhielt, weil er das Christentum als Staatsreligion abschaffen wollte. Knapp eineinhalb Jahrhunderte später zog unter der Fahne des katholischen Glaubens ein König in seine neue Hauptstadt ein, der die Reste der Römerherrschaft in Gallien beseitigt hatte: Chlodwig, der Franke.

Das war nun zwei Generationen her. Auch ein Sohn und ein Enkel Chlodwigs residierten hier auf der Seine-Insel. Danach wurde die Stadt Kondominium, das sich drei Frankenherrscher teilten. Zwischen zweien von ihnen kam es zum Krieg. Sigibert von Austrasien bemächtigte sich des zentral gelegenen, befestigten Platzes, um von hier aus den entscheidenden Schlag zu führen.

In der Basilika Saint-Etienne hörte der König vor dem Abmarsch des Heers die heilige Messe. Eine glänzende Versammlung von Würdenträgern und Gefolgsleuten beugte mit ihm das Knie. Anschließend, nach Verlassen des Gotteshauses, brachte sie ihm jene kriegerische Huldigung dar, die den Bischof Germanus so erschreckt hatte.

Die Antrustionen, Getreue des Königs, waren auf dem Vorplatz der Kirche im weiten Halbkreis angetreten. Farbenfrohe Mäntel und Tuniken leuchteten. Viele der Männer hatten, schon ganz auf Krieg eingestellt, ihre Brünnen angelegt, andere die hohen fränkischen Topfhelme mit Ohren- und Nakkenschutz aufgestülpt. Unter dem goldenen Kreuz auf dem Dach der Basilika schimmerte ein Meer von Eisen: Schwerter, Speere, Schilde, Lanzen und Wurfbeile.

Neben dem Eingangsportal, auf den Stufen der Kathedrale, standen die Großen Austrasiens, des fränkischen Ostreichs.

Man sah den hageren, ernsten Herzog Gundoald, den fuchsgesichtigen Kämmerer Charegisel und den grauhaarigen Goten Sigila, den einflußreichen Günstling der Königin. Auch Überläufer hatten sich eingefunden, große Herren des neustrischen Reichs, die ihrem flüchtigen König abtrünnig geworden waren. Sie mußten sich vorerst im Rücken der anderen mit bescheidenen Plätzen begnügen.

Hinter dem Halbkreis der Antrustionen drängten sich mehrere Reihen einfacher Krieger und die Bewohner der Seine-Insel.

Das Waffengetöse ebbte ab, die Glocke verstummte, aber die Jubelrufe wollten nicht enden. Sie galten noch immer dem Königspaar, das mit seinen Kindern auf den Stufen der Kathedrale erschienen war. Mit strahlendem Lächeln, ganz Siegeswille und Zuversicht, grüßte es seine Getreuen und Anhänger. Die Pariser schienen vollkommen aus dem Häuschen zu sein und riefen immer wieder die Namen der beiden. Das christliche Volk, dem die alten Götter abhanden gekommen waren, hatte sich seine neuen erkoren.

Wenn es ein irdisches Götterpaar gab, dann mußten es in der Tat diese beiden sein. Sigibert, jüngster Herrscher im Frankenreich, noch nicht ganz fünfunddreißig Jahre alt, war ein Recke nach Maß, breit in den Schultern, mit kantigem Kinn und wuchtigen Fäusten. In der Mitte gescheitelt, fiel ihm sein blondes, gewelltes Haar, die Langmähne der Merowinger, auf Schultern und Rücken. Energie und Entschlossenheit sprachen aus seinen blitzenden blauen Augen. Nur wenig minderte diesen Eindruck der kleine Mund mit der etwas hängenden, schwächlichen Unterlippe. Der König trug einen weiten Purpurmantel aus Seide, an der rechten Seite von einer goldenen Fibel gehalten, und ein Stirnband mit Diamanten. Während er mit der Linken den Jubelnden zuwinkte, lag seine Rechte am Griff der Spatha, des fränkischen Langschwertes. Er hatte die Waffen auch zum Kirchgang nicht abgelegt, eine in diesen Kriegszeiten nötige Vorsichtsmaßnahme.

Zweifellos war Sigibert eine stolze, achtunggebietende Persönlichkeit. Doch erst an der Seite seiner Gemahlin gewann er den Glanz und die Würde des Herrschers.

Unter den Säulen der Basilika stehend, lächelnd und hoheitsvoll grüßend, hatte Königin Brunhilde Ähnlichkeit mit einer griechischen oder römischen Statue. Wie gemeißelt waren die hohe Stirn, die gerade Nase, die schmalen Lippen. Wie von Meisterhand modelliert waren das Oval des Gesichts und die Linien des schlanken Halses. Die Königin war sehr groß, und ihr Körper, unter seidenen und brokatenen Prunkgewändern verborgen, mußte kraftvoll und biegsam sein. Der trotz des Lächelns ein wenig starre Blick ihrer grauen Augen, der über die Reihen der Jubelnden schweifte, ließ kühlen Verstand und einen starken Charakter ahnen. Die Erhabenheit und Strenge dieser Erscheinung wurde gemildert durch eine Strähne hellblonden Haars, die, unter dem Schleier hervordrängend, eine Wange bedeckte. Auch ihre gerühmte Anmut, ihre sparsamen und graziösen Bewegungen bewiesen, daß die Königin nicht nur eine menschliche Statue war. Als sie jetzt, eines nach dem anderen, ihre Kinder hochhob und der Menge entgegenhielt, die beiden Mädchen zuerst, danach das Kleinste, den fünfjährigen Childebert, den Erben des Reiches, brauste der Jubel noch einmal mächtig auf. Das war eine Königin nach dem Geschmack der Pariser, brachte sie doch ein wenig vom längst verblichenen Glanz des Imperiums zu ihnen zurück. Schon eine Woche zuvor, bei ihrem Einzug, war Brunhilde stürmisch gefeiert worden. Sie war es, die diese Stadt, in die ihr Gemahl mit seinen Truppen vertragsbrüchig einmarschiert war, tatsächlich für ihn erobert hatte.

Vor großen Unternehmungen war es üblich, daß sich der König mit einer Ansprache an die Gefolgsleute wandte. Sigibert war kein geübter Redner. Nichtsdestoweniger schickte er sich in die Notwendigkeit. Er trat zwei Schritte vor, hob die Hand, gebot Ruhe.

Stimmen und Geräusche verstummten, und Hunderte Augenpaare richteten sich auf den König.

»Edle Herren!« rief Sigibert. »Männer! Franken! Romanen! Der Tag, auf den ihr ungeduldig gewartet habt, ist gekommen. Heute ziehen wir gegen den Feind! Lange genug haben wir sein Treiben geduldet, seiner Frechheit Güte, seiner Treulosigkeit immer neues Vertrauen entgegengesetzt. Nun aber ist das

Maß voll! Wir wären ehrlos und sollten in Weiberröcken herumlaufen, wenn wir uns das noch länger gefallen ließen!«

Er schwieg und suchte, die Lippen bewegend, nach Worten. Die Königin warf ihm einen ermunternden, doch auch ein wenig spöttischen Blick zu. Im Halbkreis erhob sich wieder Beifall, und einige schlugen an die Schilde.

»Erinnert euch, Männer!« fuhr Sigibert fort. »Was tat er damals, als unser Vater starb? Da ging er nach Berny und raubte den Staatsschatz. Und dann kam er hierher nach Paris, weil er glaubte, mit der Hauptstadt unseres Großvaters Chlodwig hätte er auch das Reich und wäre ein ebenso großer Herrscher. Der Übermütige! Damals vertrieben wir ihn, verziehen ihm aber. Und wir teilten unter uns Brüdern das Reich nach dem Los, so wie es gerecht war. Als dann unser ältester Bruder starb, teilten wir nochmals. Jeder nahm in Besitz, was ihm zustand. Doch er, der heute unser Feind ist, wollte sich nicht damit begnügen. Zuerst überfiel er zwei unserer Städte. Wir holten sie uns zurück und sahen ihm den Übergriff nach. Dann rüstete er ein neues Heer und zog sengend und brennend durch unsere Länder. Wir rückten abermals aus und boten eine Entscheidungsschlacht an. Schon damals hätten wir ihn vernichten können! Er aber winselte wie ein Hund und flehte um Gnade. So rührte er wieder unser Herz. Sogar Tränen vergoß er, der Ehrlose!«

Ein dumpfes Murren ging durch die Reihen. Der König freute sich seines Erfolgs. Mit heftigen Faustschlägen in die Luft hatte er sich in Eifer geredet.

»Männer!« rief er. »Das war im vorigen Jahr, auf dem Feld von Alluye. Die meisten von euch waren dabei, ihr habt gehört, wie er reumütig Frieden schwor. Dieser Schuft! Dieser Treulose! Kaum war der Winter vergangen, als er sein Wort schon gebrochen hatte. Zwei Heere bot er gegen uns auf! Das eine, unter seinem Sohn Theudebert, wütet wieder in Aquitanien. Wir haben ihm Gunthram Boso und Godegisel entgegengeschickt. Täglich erwarten wir ihre Siegesmeldung! Mit dem zweiten Heer, Männer, rückte er selber aus. Plündernd drang er bis Reims vor, bis an das Tor unserer alten Hauptstadt. Da packte uns der gerechte Zorn, und wir zogen zum dritten Mal gegen ihn aus. Und jetzt werden wir nicht mehr rasten und ruhen, bis wir ihn haben. Diesmal kennen wir keine Gnade! In seiner Festung Tournai hat er sich mit ein paar Leuten verschanzt, die so verblendet sind, ihm die Treue zu halten. Doch unsere Vorhut ist schon zur Stelle. Die Belagerung, Männer, hat begonnen! Wir werden den Wolf aus seiner Höhle treiben! Und dann werden wir ihm das Fell klopfen!«

Bei diesen Worten zog der König sein Schwert und stieß es dreimal in die Luft. Die Antrustionen antworteten mit der gleichen Geste. Dazu stießen sie, ebenfalls dreimal, einen markigen Kriegsruf aus, den auch der kleine Prinz Childebert, sein Holzschwert schwingend, mitkrähte.

Der König, froh, seiner Redepflicht so erfolgreich genügt zu haben, wandte sich mit erleichterter Miene seiner Gemahlin zu. Zweifellos wartete er auf ihren Lobspruch.

Die Königin hatte ihr makelloses Gebiß entblößt, um Freude und Siegesgewißheit zu zeigen. Doch ihre Augen blickten unmutig, als sie zwischen den Zähnen hervorstieß:

»Ist das alles? Hast du nicht etwas vergessen?«

»Etwas vergessen?« fragte der König enttäuscht. »Was meinst du damit?«

»Du mußt ihnen sagen, daß du als Bluträcher ausziehst!«

»Aber wozu? Das wissen sie doch.«

»Es ist besser, du wiederholst es. Damit jedem klar wird, daß du es ernst meinst!«

»Du hast doch mein Wort. Genügt dir das nicht?«

»Nein! Zu oft hast du es gebrochen.«

»Diesmal ...«

»Diesmal wirst du dich festlegen. Hier vor allen. Sage ihnen, daß er ein Mörder ist! Und daß er gemeinsam mit seinem Mörderweib sterben wird!«

»Er ist mein Bruder. Das kann ich nicht!«

»So werde ich es tun!«

»Willst du mich lächerlich machen?«

»Bist du das denn nicht längst?«

Es entging den Versammelten nicht, daß zwischen dem Herrscherpaar ein Wortwechsel stattfand, der zunehmend heftiger wurde. Zwar waren die Worte für niemand vernehmbar, doch sprachen die Mienen der beiden deutlich genug, die des Königs vor allem, der sich nur schwer verstellen konnte. Unter den Männern kam Unruhe auf. Herzog Gundoald wandte sich deshalb an Sigibert.

»Befiehl, König, daß die Versammlung sich auflöst. Es ist alles zum Abmarsch bereit!«

Sigibert wollte schon zustimmend nicken. Aber der harte Blick der Königin zwang ihn, nur seufzend den Kopf zu senken.

»Nein, wartet! Ich will etwas hinzufügen!«

Er hielt noch immer das blanke Schwert in der Hand, als er sich abermals an die Gefolgschaft wandte.

»Männer!« rief er und stockte bereits, weil er wieder nach Worten suchte. »Ihr alle wißt ... es ist euch bekannt ... ich muß euch nicht daran erinnern ... Von alters her ist bei uns Franken Gesetz, daß vergossenes Blut gerächt werden muß. Blut schreit nach Blut! Eine Untat wurde begangen ... die schrecklichste, die sich denken läßt. Ich muß euch darüber nicht aufklären, denn ihr habt alle mit uns getrauert. Es wurde dann zu Gericht gesessen, gewiß ... und eine Buße wurde verhängt. Auch bei dieser Gelegenheit ließen wir Milde walten, wollten uns mit einem Wergeld begnügen. Aber der Urheber jener Untat, Männer ... Er versuchte, die Städte und Gebiete, die er hergeben mußte, wieder in seine Gewalt zu bringen. So mißachtete er den Richterspruch, und das Verbrechen blieb ungesühnt. Deshalb ... den Gesetzen gehorchend ... müssen wir nach alter Weise verfahren ... so wie unsere Ahnen es taten, wenn ein Frevler den Frieden der Sippe ...«

Sigibert rang wieder nach Worten. Er wurde auch abgelenkt, denn in der Menge gab es Bewegung. Jemand versuchte, die Reihen der Schulter an Schulter stehenden Antrustionen zu durchbrechen. Nach und nach drehten sich alle Köpfe dorthin. Ein Flüstern erhob sich: »Der Bischof ist's ... Seht doch, er ist noch gekommen ...« Schon ragte der Krummstab zwischen zwei Köpfen hervor, und als einer der Männer beiseite trat, erschien hinter ihm der kleine, totenbleiche Alte im Bischofshabit wie ein Geist, heraufgestiegen aus der Tiefe der Erde.

König Sigibert sprach nicht weiter. Betroffen starrte er auf den Greis, der sich ihm, schwer auf seinen Stab gestützt, langsam näherte. Die Königin tauschte einen Blick mit ihrem gotischen Ratgeber. Auch die fränkischen Herren auf den Stufen der Kirche sahen sich unbehaglich an und zupften an ihren Bärten. Ein Raunen begleitete den Alten auf seinem Weg durch den Halbkreis und erstarb, als er vor Sigibert stehenblieb.

»Ich grüße dich, König!« sagte Germanus so laut, wie er es mit seiner dünnen Stimme vermochte. »Und auch dir, Königin, meinen Gruß! Ich trete vor euch im Namen des Herrn, des unsterblichen Gottes, der mir befohlen hat, euch aufzusuchen!«

»Sei auch du gegrüßt, Bischof«, erwiderte Sigibert. »Es freut mich, daß du dich noch herbemüht hast.«

»Anscheinend hast du dich ein wenig erholt«, fügte Brunhilde sanft hinzu. »Unsere Gebete haben also genützt.«

Indem sie den langen, reichbestickten Mantel mit den Fingerspitzen anhob, schritt sie höflich die Stufen zu Germanus hinab. Sigibert folgte ihrem Beispiel, wobei er bemerkte, daß er das Schwert noch in der Hand hielt. Rasch stieß er es in die Scheide zurück.

»Es wäre auch schade gewesen«, sagte die Königin laut, damit alle es hören konnten, »hätte sich mein Gemahl auf den Weg machen müssen, ohne zuvor deinen Segen empfangen zu haben!«

»Meinen Segen?« Der kleine Bischof, den sie noch immer um einen Kopf überragte, blickte empört zu ihr auf. »Ihr erwartet, daß ich euch meinen Segen spende ... für das, was ihr vorhabt?«

»Bist du denn dazu nicht hergekommen?« fragte die Königin eine Spur kühler.

»Ich bin gekommen, um euch zur Umkehr zu mahnen!« rief Germanus. »Gott blickt im Zorn auf euch herab!«

»Was sagst du?«

»Auf Könige, die einander bekriegen und dabei das Land ruinieren! Auf Brüder, die sich verderben mit ihrem endlosen Streit! Gott hat mir befohlen, euch zu warnen, und so habe ich mich trotz meiner schwachen Gesundheit ...«

»Das hättest du dir ersparen können!« unterbrach ihn Brunhilde schroff. »Du hast mir ja schon einen langen Brief geschrieben. Ich hoffte, du hättest inzwischen nachgedacht und eine bessere Einsicht gewonnen!«

»Warum willst du nicht anerkennen, Bischof, daß meine Sache gerecht ist?« rief Sigibert, ärgerlich wegen der Störung, die die Stimmung verdarb und den Aufbruch verzögerte.

»Wie kann deine Sache gerecht sein, König?« Der kleine romanische Kirchenfürst hob seinen Stab und stieß ihn dem fränkischen Herrscher so heftig entgegen, daß dieser unwillkürlich zwei Schritte zurücktrat. »Ist es gerecht, dieses Land, das ihr erobert, und dieses Volk, das ihr unterworfen habt, zugrunde zu richten? Ist es gerecht, euch Städte und Ländereien wie Fleischbrocken aus den Händen zu reißen? Ist es gerecht, nur auf die Kraft seines Arms zu vertrauen, die Zahl seiner Leute, die Summe des Geldes in den Truhen ... den Willen Gottes aber geringzuachten? Du hast diese Stadt betreten, König, obwohl du damit einen heiligen Schwur brachst! Sie gehört keinem von euch, das hattet ihr nach der letzten Reichsteilung ausgemacht. Noch schlimmer: Du hast die Männer vom anderen Rheinufer wieder herbeigerufen, wie schon im vorigen Jahr, die Thüringer, Sachsen, Alemannen ... Barbarenvolk! Hast du vergessen, was sie hier taten? Daß sie die Häuser und das Getreide auf den Feldern verbrannten ... das Vieh raubten ... Kirchen und Klöster plünderten ... Priester, Mönche, Frauen und Kinder erschlugen ...«

»Wer schuldig war, wurde bestraft!« rief der König.

»Was kümmert sie das, sie werden es wiedertun! Ist es gerecht, König, daß du das Land, das Volk, die Früchte des Geistes, das Werk der Hände ... daß du das alles opferst, um einen Bruder zu vernichten? Überlege doch! Gehe in dich! Gott hat dir eine Seele eingehaucht, denk an ihr Heil im ewigen Leben! Willst du dich an einem Menschen vergreifen, der aus demselben Mutterschoß kam ...«

»Wir kamen nicht aus demselben Mutterschoß!« sagte Sigibert wütend.

»Aber derselbe Vater hat euch gezeugt!« gab der Alte trotzig zurück, durch seinen im Eifer begangenen Irrtum aus der Fassung geraten. »Und schon in der Schrift steht ...«

»Genug davon, Bischof!«

Der Zorn des Königs kochte zu einem Wortschwall auf. In abgerissenen Sätzen wiederholte Sigibert, was er zuvor schon gesagt hatte. Seine Anwesenheit in Paris begründete er mit der militärischen Lage. Hoch und heilig verbürgte er sich für die Disziplin seiner Truppen. Krieg sei nun einmal unvermeidbar, und er verbat sich jede Einmischung eines Kirchenmannes in seine königlichen Entscheidungen. Seine Stimme schallte bis in den letzten Winkel des Platzes, wieder begleiteten Faustschläge in die Luft seine Worte. Schließlich erschöpfte sich seine Wut, und nach einem letzten Blitz aus den blauen Augen ließ er die Unterlippe fallen, strich seine langen Haare zurück und schwieg.

Auch die Versammlung schwieg. Der Jubel, vorher so reichlich gespendet, blieb aus. Vielleicht wurde er aus Respekt zurückgehalten, weil die Worte, wenngleich allen vernehmlich, nur an den Bischof gerichtet waren. Vielleicht war es aber auch Sigiberts ungeschlachtes Benehmen, die Unbeherrschtheit, zu der er sich hinreißen ließ, was selbst die wenig empfindsamen fränkischen Kriegsleute peinlich berührte. Es hatte ja fast so ausgesehen, als habe der König über den kleinen Greis, der zart und zerbrechlich vor ihm stand, mit Fäusten herfallen wollen. Dies war nicht die geeignete Art, seine Ansprüche zu vertreten.

Brunhilde hatte während des Ausbruchs ihres Gemahls keine Regung gezeigt. Sie wußte, daß es ein Strohfeuer war. Gleich würde er verlegen lächelnd einlenken und sich vielleicht sogar entschuldigen. Das würde dann ein Sieg für den Bischof sein, der zwar das Unternehmen nicht ernsthaft gefährden, aber die allgemeine Begeisterung und Zuversicht im ungeeignetsten Augenblick dämpfen konnte. Mit nicht absehbaren Folgen. Denn wenn auch den meisten dieser stumpfen Gemüter göttliche Warnungen herzlich gleichgültig waren, solange Siege, Gewinne und Vorteil winkten, so würden sie sich beim geringsten Rückschlag, beim kleinsten Unfall der Warnung des heiligen Mannes erinnern.

Es war nicht üblich, daß eine Königin öffentlich sprach. So mußte sich Brunhilde weiter den Anschein geben, als redete sie nur mit dem Bischof. Aber auch sie wußte dafür zu sorgen, daß ihre klare, scharfe Stimme von allen vernommen wurde.

»Der König, mein Gemahl, liebt die Wahrheit«, sagte sie. »Jeder Irrtum weckt seinen heftigen Widerspruch. Und auch mich stimmt es traurig, ehrwürdiger Vater, daß sich ein Mann wie du zu Behauptungen hinreißen läßt, die auf Irrtümern und ungenügender Einsicht beruhen. Wie könnte der Herr im Himmel uns zürnen? Sind wir nicht ausgezogen, um gegen Teufel zu kämpfen?«

»Aus dir spricht Hochmut, meine Tochter!« entgegnete der kleine Bischof, den das Gepolter des Königs keineswegs eingeschüchtert hatte. »Auch Herrschern ist nicht erlaubt, sich Gott zum Komplizen zu machen. Sie haben kein Recht, ihren eigenen Feind zum Feind Gottes zu erklären.«

»Ich bin sogar sicher, es ist der Antichrist selbst!« sagte Brunhilde unbeirrt. »Und ich habe auch Beweise dafür!«

»Du versteigst dich zu Ungeheuerlichem!«

»Schon einmal war der Antichrist hier: in der Gestalt des Hunnenkönigs Attila, der mit seinen wilden Horden aus Pannonien heranzog. Die heilige Genovefa, die von den Parisern verehrt wird, hielt ihn der Stadt durch ihre Gebete fern. Schließlich wurde er von den christlichen Heeren besiegt und vertrieben.«

Vereinzelt war, als der Name der Heiligen fiel, aus den hinteren Reihen der Versammelten Zustimmung zu hören. Der kleine Bischof rief ungehalten: »Das war vor über hundert Jahren! Willst du uns weismachen, Königin, Attila sei zurückgekehrt ... in der Gestalt deines Schwagers, König Sigiberts Bruder?«

»Nicht Attila, Vater, aber der Antichrist! Er kann sich ja jeder Gestalt bedienen. Und ein Besiegter ändert die Taktik. Erinnere dich: Erst wenige Jahre ist es her, daß wieder heidnische Horden aus Pannonien heranzogen. Diesmal nannten sie sich Awaren. Aber sie kamen nicht bis hierher. Mein Gemahl tat seine Christenpflicht, zog ihnen entgegen und hielt sie auf. Als er aber damit beschäftigt war, fiel ihm sein Bruder in den Rükken und versuchte, ihn seines Reichs zu berauben. Kannst du die Übereinstimmung leugnen? Ist nicht der einzige Unterschied, daß diesmal der Antichrist und seine Teufelshorden den christlichen König in die Zange nahmen?«

Unter den Herren aus Ostfranken und vielen Antrustionen, die sich sowohl der Awarenschlachten als auch der Mühen erinnerten, den Usurpator anschließend wieder aus Sigiberts Reich zu vertreiben, erhob sich freudiger Beifall. Man war der Königin dankbar, mit ihrer raffinierten Beweisführung hatte sie den Feind nun auch vom religiösen Standpunkt aus gezeichnet. Germanus hielt etwas dagegen, drang aber mit seinem Stimmchen nicht durch. Man hörte jedoch Brunhilde hinzufügen:

»Bei diesen Kämpfen, Bischof, standen schon damals Sachsen und Alemannen treu hinter meinem Gemahl und schlugen sich für die christliche Sache. Wäre dir lieber gewesen, sie hätten es nicht getan? Dann wärst du wohl längst nicht mehr am Leben, und die prächtige Kathedrale hier wäre nur noch ein Haufen verkohlter Balken!«

Auch für diese kühne Behauptung erntete die Königin Zustimmung. Der Bischof schien verloren zu haben. Aber er wollte sich nicht geschlagen geben. Er nahm alle Kraft zusammen, vergaß jede Vorsicht, und seine Stimme überschlug sich:

»Ah, ich erkenne dich! Ich wußte es längst! Die Gerüchte, auf die ich anfangs nichts geben wollte! Du bist schlau, du weißt die Worte zu setzen! Du bist der Ratgeber, du bist der Aufwiegler! Deine Unversöhnlichkeit, deine Rachsucht ... das ist die unheilvolle Kraft, die alles bewegt! Warum bist du nicht eine Esther, die ihren Gemahl, den König, anfleht, ihr Volk zu retten? Warum verleitest du ihn, seine Leute ins Verderben zu stürzen? Warum kannst du deinen Haß nicht bezwingen?«

»Ich kann meine Liebe nicht bezwingen!« sprach die Königin ruhig in die gespannte Stille.

»Gott ist die Liebe!« rief Germanus. »Aber du wendest dich von ihm ab, du verleugnest ihn!«

»Ich verleugnete ihn, wenn ich nicht auch seine auserwählten Geschöpfe liebte.«

»So bete die Heiligen an und eifere ihnen nach: ihrer Frömmigkeit, ihrer Güte, ihrer Barmherzigkeit!«

»Auch meine Schwester Galsvintha war eine Heilige. Voller Frömmigkeit, Güte, Barmherzigkeit. Sie erlitt das Martyrium im Ehegemach, wo sie um einer Kebse willen ermordet wurde!

Warum willst du König Sigibert hindern, diese Untat nach Recht und Gesetz zu bestrafen? Glaubst du wirklich, Bischof, daß Gott dich dazu befugt hat?«

Der kleine Bischof antwortete nicht. Er klammerte sich an seinen Stab und spürte, wie ihn die Kraft verließ. Ihn fröstelte. Solange er Hoffnung auf Erfolg hatte, konnte sein Geist den Körper aufrecht halten. Jetzt aber brach alles zusammen. Er wußte nichts mehr zu erwidern. Die letzte gewaltige Anstrengung, die Gegnerin niederzuringen, hatte ihn selber erschöpft. Er empfand plötzlich Furcht vor dieser Frau in der Pracht der Königin, die stolz mit ihren kalten Augen auf ihn herabsah und jeden seiner frommen Hiebe unerbittlich parierte. Sie blendete, sie übertrieb, obwohl sie nicht eigentlich die Unwahrheit sagte. List und Angriffslust lauerten unter der gemeißelten Oberfläche. Dem war der Gottesmann nicht gewachsen.

Er wandte sich ab und wollte fortgehen. Aber die Knie versagten den Dienst. Er verlor seinen Stab und die hohe Mütze und sank zu Boden. König Sigibert konnte ihn gerade noch auffangen.

Im selben Augenblick schrie jemand in der Mitte des Halbkreises auf. Es klang überrascht und erfreut. Der König, der den stöhnenden Alten stützte, hob den Kopf und rief: »Was gibt es?«

»Herzog Boso!« riefen die fränkischen Herren. »Er selbst! Er ist es ...«

Alles lief in der Mitte des Platzes vor der Kirche zusammen.

»Ist denn niemand hier, der mir hilft?« schrie Sigibert.

»Laß mich los, König!« keuchte der Bischof. »Es geht schon ...«

»Geht es wirklich?«

»Aber ich muß dir noch etwas sagen.«

»Also gut. Mach es kurz!«

»Beuge dich zu mir herab!«

»Nun, ich höre ja! So sprich doch! Man wartet auf mich!«

»Wenn dein Sinn danach steht, deinem Bruder das Leben zu nehmen, wirst du dein eigenes hingeben müssen! Gedenke der Worte des Predigers Salomo: ›Wer eine Grube gräbt, wird hineinfallen!‹ «

»Ist das alles?« fragte Sigibert unwirsch.

»Das ist alles«, hauchte Germanus.

»So also versiehst du dein Amt, Bischof! Anstatt mir beizustehen, beschwörst du mein Unglück!«

Die vier Mönche liefen herbei. Sigibert stieß dem ersten, der bei ihm eintraf, den hilflosen Alten in die Arme.

»Er redet im Fieber! Bringt ihn fort, damit er sich niederlegt. Und sorgt dafür, daß er das Bett heute nicht mehr verläßt!«

»Heil, König Sigibert!«

Ein Mann stand vor ihm, der unter dem staubbedeckten Mantel ein Panzerhemd trug und den Helm in der Hand hielt. Die Antrustionen, deren Halbkreis sich aufgelöst hatte, umdrängten ihn aufgeregt.

»Boso! Was bringst du?«

»Den Sieg, mein König! Die Neustrier wurden vernichtend geschlagen. Theudebert, der Sohn deines Feindes, ist tot. Das Volk ist reumütig zu dir zurückgekehrt. Aquitanien gehört wieder dir!«

Ein Triumphgeschrei erhob sich. Der König vergaß alle Würde, trat auf den Herzog zu und umarmte ihn. Sie stemmten sich gegenseitig hoch und lachten dabei wie toll. Auch die fränkischen Herren lagen sich in den Armen. Die Gefolgsleute schlugen die Lanzen gegeneinander. Schwerter flogen aus den Scheiden und wurden begeistert in die Luft gestoßen. Ein paar Übermütige fielen gegeneinander aus. Die Pariser, denen die Nachricht zwar keinen Gewinn brachte, die aber nun einmal Partei ergriffen hatten, jauchzten mit, und viele faßten sich an den Händen und tanzten.

Brunhilde hatte, als sie die frohe Kunde vernahm, nur durch eine rasche Bewegung ihre Freude verraten. Jetzt löste sich Boso vom König und trat zu ihr. Er verneigte sich und beugte ein Knie. Aus seinem fröhlichen runden Gesicht, das von rotem Haupt- und Barthaar umrahmt war, blickten die Augen dreist zu ihr auf.

»Schöne Herrin!« rief er. »Dein treuer Diener legt dir zu Füßen, was dir entrissen wurde. Belohne ihn!«

Die Königin streckte lächelnd die Hand aus, zog ihn zu sich heran und hielt ihm die Wange hin.

»Du bringst mir meine Städte zurück? Nun gut! Dafür darfst du mich küssen!«

Unter Gelächter und Beifall wurde die Zeremonie vollzogen. Die Franken genossen die seltenen Augenblicke, in denen die Königin offen und herzlich ihre Empfindungen zeigte.

Dann trat Brunhilde zu Sigibert.

»So bleibt jetzt nur noch eines zu tun. Ein Letztes!«

Lange standen sie Hand in Hand und ließen sich huldigen. Die Gefolgsleute schlugen gegen die Schilde. Die drei Kinder liefen herbei, wurden emporgehoben und nochmals der Menge gezeigt. Sigibert nahm die beiden Mädchen, Brunhilde den Knaben, und so begaben sie sich an der Spitze ihrer Getreuen, vom Jubel umrauscht, nach dem Palaste.

Niemand achtete auf die Mönche, die ihren kleinen bleichen Oberhirten zu seiner Sänfte trugen.

Er hatte das Bewußtsein verloren.

2

Als Sigibert neun Jahre zuvor, 566 nach Christi Geburt, die siebzehnjährige Gotin Brunhilde zur Königin Austrasiens machte, war nicht vorauszusehen, daß diese Hochzeit unheilvolle Ereignisse, am Ende sogar blutige Wirren und Bürgerkrieg zur Folge haben würde.

Vier Brüder teilten sich damals die von ihrem Großvater Chlodwig, ihrem Vater und ihren Onkeln aus der Hinterlassenschaft des weströmischen Reiches zusammengebrachte gewaltige Landmasse nördlich der Alpen. Viel hatten die vier nicht gemeinsam, aber der Wille einte sie, die fränkische Herrschaft über die unterworfenen Gebiete zu festigen und ihren Einflußbereich auszudehnen. Mit dröhnenden Schritten und bis an die Zähne bewaffnet durchstreiften ihre rauhen Gefolgschaften die lieblichen Städte und Dörfer zwischen Rhein und Loire, und noch am Mittelmeer und am Fuße der Pyrenäen erzitterte die Erde unter dem Marschtritt der Fremden. Vom unteren Rhein waren diese Franken gekommen, als ehemalige Reichsgermanen Vollstrecker römischer Befehlsgewalt, dann selbst befehlend mit der brutalen und höhnischen Lust von Barbaren, denen ein zivilisiertes, doch schwaches Volk unterworfen ist. Daß sie im Taufbecken untergetaucht waren und sich zum christlichen Glauben bekannten, hatte nur wenig an ihren Sitten verbessert. Zwei Generationen nach ihrer Ankunft waren sie immer noch eine Minderheit, die gewöhnlich unter sich blieb und ihre Rituale pflegte: Waffenspiele, Jagden, Trinkgelage mit wilden Gesängen und rohen Ausschweifungen.

Noch etwas anderes hatten die vier Brüder gemeinsam, die als Könige der Franken über diese Gefolgschaften und die Masse der vorwiegend galloromanischen Bürger und Bauern geboten: das lange Haar ihres Stammvaters Merovech, nach dem sie sich Merowinger nannten. Es war, wie man allgemein glaubte (und natürlich stärkten sie diesen Glauben), Ursprung der magischen Kraft, die ihr Geschlecht – und kein anderes – befähigte, über Länder und Völker zu herrschen. Nur im Schmuck ihres langen Haares konnten sie Könige sein. Es einzubüßen, ob freiwillig oder gezwungen, hieß den Anspruch auf Herrschaft und Macht verlieren.

Dies war denn aber schon fast alles, was die vier Brüder verband. Immerhin hielten noch drei von ihnen an Gebräuchen fest, die von alters her zu den Höfen germanischer Häuptlinge oder Fürsten gehörten, zu christlichen Königen allerdings nicht so recht passen wollten: Sie betrachteten Ehefrauen als ein Besitztum, von dem man, da man mächtig und reich war, nicht genug haben konnte. Neben der legitimen Gemahlin, die man per Kaufvertrag von ihrer Sippe erwarb, zog man noch andere auf sein Ehelager: Man verband sich mit ihnen in einer »Friedelehe«, sofern sie frei geboren, oder man nahm sie als »Kebsen«, falls sie Hörige oder Sklavinnen waren. Diese Ehefrauen minderen Ranges, die man mühelos und ohne Verlust wieder fortschicken konnte, nachdem sie ausreichend für das körperliche Vergnügen und für langhaarigen Nachwuchs gesorgt hatten, waren den drei Merowingern am liebsten.

Charibert, der älteste, der in Paris residierte, verstieß seine legitime Gemahlin, um deren Dienerin zu ehelichen. Daneben heiratete er eine andere Magd und schließlich noch die Schwester der ersteren, eine Nonne. Als Bischof Germanus daraufhin den Kirchenbann gegen ihn verhängte, lachte er nur, verzichtete fernerhin auf kirchliche Weihen, behielt aber die Geweihte.

Gunthram, dem Alter nach der zweite, der in Chalon-sur-Saône über das frühere Burgunderreich herrschte, warf eine Kebse aus seinem Bett, um eine Edle zu ehelichen. Als diese aber den Sohn der Kebse vergiftete, wurde auch sie bald zugunsten einer neuen verstoßen und hauchte kurz darauf ihren Geist aus.

Chilperich schließlich, der dritte, Herr des neustrischen Reiches von Soissons, den anderen nur ein Halbbruder, da der gemeinsame Vater Chlothar natürlich ebenfalls mehrere Frauen besessen hatte, umgab sich mit so vielen Gemahlinnen und

Bettgenossinnen, daß selbst seine nächste Umgebung nie recht ausmachen konnte, welche von ihnen dem Rang nach die erste und damit seine Königin war. Am ehesten stand dies wohl der fruchtbarsten zu, Audovera, die ihm bereits drei Söhne und eine Tochter geboren hatte. Trotz ihrer Verdienste um das Geschlecht der Langhaarigen blühte aber auch ihr das übliche Schicksal. Eine junge Magd namens Fredegunde, schön, frech und skrupellos, umgarnte den König und triumphierte. Während des wilden Hochzeitsgelages bestieg die verstoßene Audovera unter den Augen ihrer Kinder den Ochsenkarren, der sie dorthin brachte, wo sie den Rest ihres Lebens verbringen sollte: hinter Klostermauern.

So herrschte an den Höfen der drei Merowingerbrüder die tollste Wirtschaft. Gemahlinnen und Beischläferinnen der unterschiedlichsten Ränge, vorwiegend aber niederen Standes, tummelten sich in königlichen Betten, zankten und schlugen sich, klatschten, verleumdeten, logen und trogen, stellten Fallen, neideten einander den Nachwuchs und mischten gelegentlich Gift ins Essen. Wurde eine verstoßen, verschwand sie auf diese oder jene Art, und die nächste nahm ohne Verzug ihren Platz ein. Wer als Gesandter von Zeit zu Zeit die Höfe besuchte, wunderte sich, zwar jeweils denselben König, doch stets eine andere Königin vorzufinden. Und auch diese war meist wieder eine, die eine ehrerbietige Anrede nur mit blödem Gekicher beantwortete, die kein Wort Latein sprach, geschweige denn lesen konnte, die bei Tisch unmäßig schlang und sich ungeniert und lautstark erleichterte, die keifend den Hofstaat scheuchte und die zahlreichen Kinder prügelte, eigene und andere. Und die auch selber mal, wenn sie es gar zu arg trieb, vom König gezüchtigt und fortgejagt wurde.

Der vierte und jüngste der Brüder, Sigibert, als Erbe Austrasiens mal in Reims, mal in Metz residierend, mißbilligte diese Zustände. Auch er war ein Rauhbein wie die anderen, doch längst nicht so grenzenlos selbstgefällig. Er hatte einen Kriegerverstand, aber eine empfindsame Seele. Er nahm Einflüsse seiner Umgebung auf und war bemüht, sie zu verarbeiten. Er schätzte die gewandten Juristen, die gebildeten Kirchenmänner, die tüchtigen Verwaltungsbeamten galloromanischer

Herkunft, und er zog sie an seinen Hof. Und er gewann unter ihrem Einfluß eine höhere Meinung von seinem Königtum. Er begriff, daß altgermanischer Gefolgschaftsgeist, Waffengerassel und Kommandogebrüll auf die Dauer nicht ausreichen würden, um diese Menschen und dieses Land zu beherrschen. In seiner Nähe suchte er das barbarische Treiben in Grenzen zu halten. Und daß eine Weiberherrschaft wie in den anderen Hauptstädten aufkam, ließ er nicht zu. Vielmehr hatte er die Idee, seinem eigenen Hof einen Glanz zu verleihen, neben dem sich die Höfe seiner Brüder wie trübe Funzeln ausnehmen mußten.

Er wandte seinen Blick nach Süden, nach der spanischen Halbinsel, wo Athanagild herrschte, der König der Westgoten. Auch diese waren, früher noch als die Franken, während der großen Wanderung nach Westen gezogen, um sich dort niederzulassen. Aus Gallien (mit Ausnahme eines schmalen Streifens im Süden) hatte sie dann Chlodwig vertrieben, doch saßen sie fest in den früheren spanischen Provinzen des römischen Reiches. Ihre Hauptstadt Toledo strahlte noch immer im Abglanz des Imperiums, so wie die Goten, hierin den fränkischen Nachbarn voraus, späte Römer geworden waren und, überwiegend zu ihrem Vorteil, Sprache, Gesetze, Sitten und Moden ihrer Vorgänger übernommen hatten. An diesem prächtigen Hof nun, so erfuhr König Sigibert durch Reisende, wuchs eine blendende Schönheit, des Königs Tochter Brunhilde, heran. Gerade kam sie ins Heiratsalter, es war die richtige Zeit, um sie anzuhalten. Sigibert faßte sich ein Herz, rüstete eine Gesandtschaft mit reichen Geschenken aus und schickte sie über die Pyrenäen. Sie brauchte viel Zeit, um ans Ziel zu kommen, doch sie mußte nicht lange auf Antwort warten. König Athanagild fand die Heirat vorteilhaft, da sie sicheren, auf Verwandtschaft gegründeten Frieden mit den noch immer gefürchteten Franken in Aussicht stellte. Der Antrag Sigiberts wurde angenommen.

Brunhilde erschien in Metz, und der König, ungeduldig, zuletzt besorgt, die Reisenden könnten vielleicht übertrieben haben, bemerkte überglücklich, daß sich der Aufwand gelohnt hatte. Schönheit, Anmut, Klugheit und Würde waren Eigenschaften, von denen fränkische Damen, auch die edelsten, selten mehr als eine besaßen – die junge Gotin verfügte über alle zugleich. So war sie vom Tag ihrer Ankunft an Gegenstand der höchsten Bewunderung. Ein begeisterter Dichter, der an der Hochzeitstafel seine Verse vortrug, nannte sie gar eine »neue Venus« und eine »spanische Perle«, die sämtliche Saphire, Diamanten, Kristalle und Smaragde überstrahlte. Sigibert liebte Brunhilde gleich über die Maßen, und da auch sie ihn nicht übel fand, kam es zu einer Liebesheirat, einem in der Geschichte der dynastischen Ehen höchst seltenen Fall.

Nur einer der Brüder war zur Hochzeit gekommen. Es war der, der den kürzesten Weg hatte: Chilperich. Er mochte seinen jüngsten Bruder nicht sehr, doch im Augenblick kamen sie miteinander aus, und so konnte er seine Neugier befriedigen. Er war überwältigt, als er die Braut sah, und der Stachel des Neides drang gleich so tief in ihn ein, daß er vor Schmerz hätte schreien können. Mit versteinerter Miene saß er da, während die Gäste lachten, tanzten und das königliche Paar mit Trinksprüchen feierten. Er fühlte sich elend und gedemütigt. Ging das mit rechten Dingen zu? Er, der Stattlichste, Stärkste, Klügste und Tüchtigste der Merowinger, war wieder einmal geschlagen, noch dazu auf einem Schlachtfeld, wo er als unbesiegbar galt. Er konnte jede Frau haben, nur diese nicht! Dieses wundervolle Geschöpf gehörte dem sechs Jahre jüngeren Bruder, dem kleinen Sigibert, diesem braven, ehrenfesten, witzlosen Haudrauf. Immer hatte der Kleine das bessere Ende für sich, und immer war er, der große Chilperich, der Benachteiligte!

Die junge Braut nahm sich seiner an, erkundigte sich nach seinem Kummer und suchte ihn aufzuheitern. Er war ja nun einer ihrer nächsten Verwandten. Chilperich redete sich mit anderen Sorgen heraus und riß sich zusammen. Am liebsten hätte er sie auf der Stelle gefragt, ob sie sich nicht von ihm entführen lassen und ihm nach Soissons folgen wolle.

Statt dessen sagte er in scherzendem Ton: »Wer hätte gedacht, daß die Goten nicht nur tapfere Männer, sondern auch so herrliche Frauen hervorbringen. Ich wünschte, du hättest eine Schwester, schöne Brunhilde. Dann könnte ich hoffen, eines Tages ein ebenso glücklicher Mann zu sein wie mein Bruder!«

»Nun, eine Schwester habe ich«, erwiderte sie. »Nur sehr ungern hab ich mich von ihr getrennt. Sie ist eine liebe, edle und zarte Seele.«

»Und ist sie noch frei?«

»Gewiß, das ist sie. Aber sie wäre für dich bestimmt nicht die Richtige. Und wie ich hörte, brauchst du ja auch keine Königin mehr. Du hast ja schon eine Handvoll davon!«

Diese Bemerkung verletzte ihn tief, obwohl er sich eingestehen mußte, daß sie der Wahrheit entsprach. Er fühlte sich plötzlich als ein minderwertiger König – mit seinen Kebsenköniginnen. Zwar konnte es wenigstens eine von ihnen, Fredegunde, mit der Gotin an Schönheit aufnehmen, doch welche von seinen Frauen vermochte reines Latein zu reden und römische Dichter zu zitieren?

Außerstande, die Kränkung, der er sich unentwegt ausgesetzt sah, länger zu ertragen, rüstete Chilperich schon am zweiten Tag der Hochzeit mit seinem enttäuschten Gefolge zum Aufbruch. Sigibert drängte ihn zu bleiben, das Fest würde ja eine ganze Woche lang dauern. Chilperich lehnte unter dem Vorwand ab, er habe zu Hause einen Gerichtstag einberufen. Da umarmte ihn Sigibert zum Abschied, nicht ohne noch einmal ernsthaft daran zu erinnern, daß nach den früheren Zwistigkeiten der Friede zwischen ihnen erhalten bleiben und für alle Zeit gute Nachbarschaft herrschen solle. Dem stimmte Chilperich zu, und er ritt davon, voll finsteren Unmuts und, vorerst noch zaghaft, einen Plan wälzend.

Er verbrachte auf seinem Krongut Berny ein paar Wochen des Zögerns und Wägens, dann aber war er plötzlich entschlossen. Fredegunde, die sich nicht ohne Grund für die Königin hielt, da sie ganz ohne Zweifel die Erste unter den Frauen des Königs war, sah betroffen, daß Wagen beladen wurden – mit silbernem Tafelgeschirr, feinen Stoffen, Teppichen, Möbeln und anderen kostbaren Dingen.

Sie stellte Chilperich zur Rede.

»Was soll das heißen? Deine Leute dringen sogar in meine Gemächer ein und schleppen wertvolle Sachen heraus! Wenn ich sie frage, sagen sie nur: Befehl des Königs, das würde fortgebracht. Wohin denn?«

»Nach Toledo.«

»Wie? Nach Toledo? Zu den Goten?«

»In ein paar Tagen geht eine Gesandtschaft ab.«

»Wozu schickst du den Goten Gesandte? Wir haben ja nicht einmal eine Grenze mit ihnen. Und warum läßt du die Wagen beladen? Bist du ihnen etwa tributpflichtig?«

»Es sind Geschenke.«

»Du, ein Armer, beschenkst diese Reichen?«

»Damit sie mir eine Braut schicken.«

»Wie? Eine Braut? Nun sieh einer an ... er hat also immer noch nicht genug. Sie soll doch nicht etwa die Erste werden? Gibt es hier nicht schon eine Königin?«

»Hier gibt es keine!« erwiderte Chilperich und sah mit verächtlicher Miene an ihr vorbei. »Jedenfalls keine, die meiner würdig wäre!«

Fredegunde schrie auf. Der Schlag traf sie schwer. Sie sank in Ohnmacht, kam wieder zu sich, empörte sich, zankte und wütete, schluchzte und heulte, bat und flehte, fiel auf die Knie und ihm um den Hals, zog ihn ins Bett und liebte ihn bis zur Erschöpfung, entrüstete sich erneut, warf Becher und Teller nach ihm, schlug mit einer Spindel auf ihn ein, zerriß ihre Kleider, rannte hinaus, stürzte sich in einen Teich, wurde herausgefischt, schrie und sank abermals in Ohnmacht ...

All das nützte ihr aber nichts. Der Befehl wurde nicht zurückgenommen. Die Gesandtschaft machte sich auf den Weg.

Dieses Mal wurde die Brautwerbung in Toledo weniger freundlich aufgenommen. Durch die neuen Verbindungen mit Austrasien war man dort über die fränkischen Verhältnisse gut unterrichtet, auch über die am Hofe Chilperichs.

Den Gesandten wurde kühl geantwortet, daß ihr König das Leben eines Heiden führe und daß man die höchsten Bedenken habe, eine in Gottesfurcht erzogene Prinzessin solchen Umständen auszusetzen.

Immerhin war das noch keine entschiedene Absage. Die Gesandten warteten ab, sprachen immer mal wieder vor und verteilten Geschenke an einflußreiche Höflinge. Unterdessen kam es in den Frauengemächern des Königspalastes zu herzzerreißenden Auftritten. Galsvintha, älter als ihre Schwester, schon dreiundzwanzig, zerbrechlich, schüchtern, in sich gekehrt und frömmlerisch, zitterte bei dem Gedanken, weit fort zu den halbbarbarischen Franken reisen zu müssen und einem Manne vom Schlage Chilperichs ausgeliefert zu werden, den sie sich nur als neuen Nero oder Sardanapal inmitten eines babylonischen Sündenpfuhls vorstellen konnte. Ihre Mutter, die zärtlich an ihr hing, bestärkte sie in ihren Ängsten, und täglich bestürmten die beiden den König, das Ungeheuerliche nicht zuzulassen. Athanagild blieb lange unentschlossen. Die Tränen der Tochter rührten ihn, doch seine Ratgeber – darunter einige, in deren Beuteln fränkisches Gold klimperte – wurden nicht müde, ihn auf die Vorteile einer zweiten Heiratsverbindung mit dem Frankenreich hinzuweisen. Endlich rang er sich zu einer Antwort durch, die vorerst aber noch alles offenließ.

Er erklärte den neustrischen Gesandten, er werde seine Tochter nicht hergeben, solange ihr König sich nicht verpflichte, alle anderen Frauen, die derzeit sein Bett teilten, entlassen und nach Gottes Gesetz allein mit seiner neuen Gemahlin leben zu wollen. Erst wenn dies feierlich beschworen sei, könne man weiter verhandeln. Die Gesandtschaft, verstärkt durch eine Abordnung gotischer Edler, die über die ordnungsgemäße Eidleistung wachen sollte, machte sich mißmutig, ohne die Braut, auf den Rückweg über die Pyrenäenpässe. Galsvintha und ihre Mutter knieten derweil vor allen Altären und baten ihren arianischen Gott, er möge den katholischen Nero von Soissons in seiner Verruchtheit bestärken und ihn den Eid verweigern lassen.

Chilperich, der bereits eifrig die Vorbereitungen zur Hochzeit betrieb, schäumte zunächst. Seine Enttäuschung und Verbitterung waren grenzenlos. Wieder hatte man ihn herabgesetzt! Was seinem jüngeren Bruder freudig gewährt worden war, sollte er nur nach Erfüllung einer peinlichen Vorbedingung erhalten. Fredegunde, von neuer Hoffnung erfüllt, schürte seine Empörung. Sie hatte auch bald von den Gesandten erfahren, daß die gotische Braut, die sich so rar machte, spitznasig, dünn und knochig war, alles andere als eine Schönheit, mit ihrer Schwester nicht zu vergleichen. Sollte er sie, seinen wohlgestalteten, üppigen Bettschatz, wegen so einer verstoßen wollen?

Dies hatte Chilperich auch nie im Sinn gehabt. Die Neue sollte als legitime Gemahlin den ersten Rang einnehmen und vor der Welt seine Königin sein. Die anderen aber sollten sie bei der Erfüllung ihrer ehelichen Pflichten entlasten, so wie es vernünftig war und sich bewährt hatte. Indessen war da die unerbittliche gotische Forderung. Chilperich hatte auch unter den Großen seines Reiches längst lautstark verkündet, daß er demnächst eine echte Prinzessin zum Altar führen werde. Wie stünde er da, wenn er sich eine Abfuhr holte? Er würde ja vor seiner Gefolgschaft alle Autorität verlieren, verspottet, verachtet, am Ende vielleicht gar vertrieben werden. So blieb ihm nichts anderes übrig, als sich zähneknirschend zu fügen. In der Kirche über Reliquien, in Gegenwart der gotischen Abordnung leistete er den feierlichen Eid, alles, was er an Königinnen, Friedeln und Kebsen besaß, namentlich Celsa, Leutberga, Melitta, Frotlinde, Sigalis und auch Fredegunde aus der Ehegemeinschaft zu entlassen, wenn er an ihrer Stelle eine seiner würdige Frau, die Tochter eines Königs, bekomme. Die Goten gaben sich damit zufrieden, wurden zur Sicherheit noch einmal reichlich beschenkt, und die Gesandtschaft machte sich erneut auf den Weg nach Toledo.

Hier wurde sie abermals hingehalten. Die Fußfälle der in ihrer Hoffnung getäuschten Galsvintha und die Vorhaltungen seiner Gemahlin hatten den alten, kränkelnden König aufs neue schwankend gemacht. Zwar wurde ein Ehevertrag entworfen, doch die gotischen Unterhändler erhielten Weisung, bezüglich der Morgengabe für die Braut so hohe Forderungen zu stellen, daß die Franken nicht gleich zustimmen konnten. Und da die Jungfernschaft der Neuvermählten, für deren Verlust sie nach altgermanischer Sitte am Tag nach der Hochzeit Entschädigung beanspruchen konnte, in diesem Fall nicht nur eine Kuh, ein paar Möbel oder ein Halskettchen, sondern Gutshöfe, Städte und ganze Landschaften wert war, begann ein langes und zähes Feilschen. Mehrmals noch gingen Eilboten über das Grenzgebirge, und hatte Chilperich endlich einer neuen gotischen Forderung zugestimmt, wurde die nächste präsentiert. Allzuviel hatte er allerdings auch nicht zu bieten, war doch der Reichsteil, den er durch Losentscheid unter den Brüdern erhalten hatte, der kleinste der vier. Großzügige Schenkungen wie Sigibert, der auch damit die Goten beeindruckt hatte, konnte er sich nicht erlauben. Im Grunde bereute er schon den ganzen Brauthandel, der ihm allmählich in jeder Hinsicht zu teuer wurde. Doch konnte er nun erst recht nicht zurück, wollte er nicht auch noch als Geizhals dastehen und sich völlig blamieren.

Ein unverhofftes Ereignis half ihm aus der Verlegenheit.

Sein Bruder Charibert starb. Er hatte sich in seine aquitanische Stadt Bordeaux begeben, um Recht zu sprechen und den berühmten Wein zu kosten. Das letztere tat er im Übermaß, seine Gefolgschaft trug ihn zu Grabe. Zum Glück hinterließ er keine erbberechtigten Söhne. Die drei Brüder trauerten angemessen und trafen sich eiligst, um die Hinterlassenschaft zu teilen. Über die Hauptstadt Paris kam es zu keiner Einigung, deshalb wurde beschlossen, sie als gemeinsamen Besitz zu betrachten, den keiner der Brüder ohne Erlaubnis der beiden anderen betreten dürfe. Über den Rest entschied das Los. Städte und Comitate wurden nach und nach aus der silbernen Urne gezogen. Gallien war eine einzige riesige Domäne im Eigentum der Merowingerfamilie. Nur untereinander hatten die Mitglieder dieser Familie das Recht, sich einzelne Stücke streitig zu machen. Es gab aber diesmal kaum Ärger. Selbst Chilperich, der Querulant, der sich sonst immer benachteiligt glaubte, zeigte sich völlig zufrieden. Das Los bescherte ihm ein paar schöne Plätze südlich der Loire, wo er bisher gar nichts besessen hatte.

Die Brüder tranken auf die erfolgreiche Teilung.

»Wirst du nun meine Schwägerin heiraten, Chilperich?« fragte Sigibert.

»Mir scheint, die Sache gestaltet sich schwierig«, bemerkte Gunthram.

»Es geht nur noch um die Mitgift«, erklärte Chilperich großspurig. »Über die Morgengabe sind wir längst einig.«

»Und ich dachte«, entgegnete Gunthram spöttisch, »einer wie du bekäme die Prinzessin umsonst!«

Sie wurde im Gegenteil sehr teuer. Die Verhandlungen, die schon beinahe festgefahren waren, kamen in Schwung, als Chilperich nun ein Angebot aus der ihm zugefallenen Erbmasse seines Bruders machte: die Landschaften Béarn und Bigorre am nördlichen Rand der Pyrenäen, an der Grenze des Gotenreiches. Athanagild witterte hocherfreut die Gelegenheit, sich von dem, was die Goten einst an Chlodwig verloren hatten, ohne Mühe und Aufwand etwas zurückzuholen, indem er es in den Besitz seiner Tochter brachte. Allerdings war er mit dem Gebotenen noch nicht zufrieden. Am Ende mußte Chilperich, ebenfalls aus dem Erbe Chariberts, darüber hinaus drei schöne Städte herausrücken: neben Bordeaux noch Limoges und Cahors.

Jetzt nutzten der verzweifelten Braut keine Gebete, Weinkrämpfe, Fußfälle, Ohnmachten mehr. Die Gesandten drängten zum Aufbruch. Ein prächtiger Zug wurde ausgerüstet. Die Goten zeigten sich nach dem vorteilhaften Abschluß der Verhandlungen über die Morgengabe nicht kleinlich. Galsvintha bestieg mit ihrer untröstlichen Mutter, die sie bis zur Grenze begleiten wollte, den Reisewagen. Stumm und vorwurfsvoll nahm sie Abschied von ihrem Vater, den die Genugtuung, im Austausch für seine Tochter einen guten Handel abgeschlossen zu haben, nicht lange trösten sollte. Er starb kurz darauf, noch im selben Jahr.

Chilperich erwartete seine Braut in Rouen. Zur Ankunft wurde sie festlich aufgeputzt, in Brokat gehüllt und in den zu diesem Zwecke mitgeführten Paradewagen gesetzt. Im stillen hatte der König gehofft, daß Fredegundes hämische Reden über das Äußere der Prinzessin jetzt durch den Augenschein widerlegt würden. In seiner Gegenwart war von den Gesandten nie anderes zu hören gewesen, als was seinen Ohren wohltat. Er hatte sich auch einfach nicht vorstellen können, daß die Schwester der herrlichen Brunhilde nicht ebenfalls eine Schönheit war, wenn vielleicht auch nicht ganz so eindrucksvoll. Nun half er Galsvintha aus dem Wagen, und wieder spürte er den Stachel und das Bedürfnis, laut aufzuschreien. Mit aller Willenskraft beherrschte er sich und führte das steife, gelbgesichtige, stammelnde, seinem Blick mit einem schiefen Lächeln begegnende Wesen über den Vorplatz ins Haus, vorbei am Spalier der Antrustionen und der zum Empfang bereiten Dienerschaft. Er wagte nicht, den Kopf zur Seite zu wenden. Unter den Kammerfrauen, die der künftigen Königin aufwarten sollten, befand sich die frühere – Fredegunde. Hätte er doch das Herz gehabt, sie hundert Meilen weit fortzuschicken!

Nichtsdestoweniger war er entschlossen, sich seinen Erfolg nicht nehmen zu lassen. Zwei Jahre waren jetzt seit dem Aufbruch der ersten Gesandten nach Toledo vergangen. Er hatte sein Ziel erreicht: Da war sie, die Braut von königlichem Blute, und was sie bei ihrem pomphaften Einzug mitgebracht hatte, war ebenfalls nicht zu verachten. Chilperichs Laune hob sich beträchtlich, während er selber mit Hand anlegte, um zwanzig eisenbeschlagene Truhen, bis zum Rande gefüllt mit Goldbarren, Münzen, Juwelen und anderen Kostbarkeiten, von den Wagen zu heben. Mit kindlicher Freude tauchte er seine Hände tief hinein in diese Reichtümer, die das, was er schon besaß, an Menge und Wert übertrafen. Plötzlich sah er Galsvintha mit anderen Augen. Eigentlich war sie gar nicht so häßlich. Sie hatte seidiges blondes Haar, hübsche kleine Ohren, regelmäßige Zähne, einen zarten Hals und schlanke Hände. Wenn sie ihre Scheu überwand, konnte sie auch vernünftig reden. Und sie sprach fließend Latein!

Aus allen Teilen des neustrischen Reiches zogen die großen Herren mit ihrem Gefolge heran, und ein rauschendes Hochzeitsfest wurde gefeiert. Chilperich ordnete an, daß der neuen Königin ein Treueid zu leisten sei, und so stellten sich die Gäste im Halbkreis auf, zogen die Schwerter, stießen sie dreimal hoch in die Luft und schrien nach altgermanischem Brauch, daß jeder, der die Treue verletze, selber dem Schwert verfallen sei. Der König erneuerte seinen Schwur und verpflichtete sich, seine Gemahlin zu lieben, sie nie zu verstoßen und zu ihren Lebzeiten keine andere Frau zur Ehe zu nehmen. Ein gotischer Edler, Sigila, der an der Spitze des kleinen Hofstaates der neuen Königin als ihr Vertrauter und Beschützer stand, hatte hartnäckig auf dieser Formel bestanden.

Der Bischof weihte das Brautbett, und vor aller Augen, auch dies war Brauch, wurde es von den Neuvermählten bestiegen. Chilperich, den die Zeremonie nicht genierte, da er sie ja von zahlreichen Wiederholungen kannte, bei denen er Hauptperson war, lag als erster zwischen den Bettüchern, breit, mit wuchtigen Schultern, vom reichlich genossenen Wein gerötet, ein haariges Ungeheuer mit Langmähne, hängendem Schnurrbart und wolligem Brustfell. Jovial mit den Zuschauern scherzend, Anzüglichkeiten schlagfertig parierend, wartete er auf seine Angetraute, die von ihren Kammerfrauen entkleidet wurde. Wie sie nun zitternd, nur noch im Hemd, dürr wie ein Pfahl und leichenblaß ins Bett schlüpfte, erhob sich ringsum Gelächter, das noch anschwoll, als sie erschrocken aufschrie, nachdem sie der König schon einmal unter der Decke gekitzelt hatte. Unter anfeuernden Rufen und Gesängen verließen die Zuschauer das Gemach. Alle Kerzen wurden gelöscht. Eine Kammerfrau zog den Bettvorhang zu. Dabei flüsterte Fredegunde: »Gute Nacht und viel Vergnügen, mein König! Vergiß nicht, was du von mir gelernt hast!«

Die Nacht ging vorüber, und am Morgen zeigte Chilperich stolz das blutige Laken zum Beweis, daß die königliche Jungfernschaft durch ihn erfolgreich beendet wurde. Seine Leute trugen ihn unter Triumphgeschrei auf den Schultern spazieren, wobei er das Laken wie eine Fahne schwenkte. Dann traf sich die ganze Gesellschaft im Festsaal zum feierlichen Empfang der Morgengabe. Der König nahm mit der Rechten die Hand Galsvinthas, warf mit der Linken einen Strohhalm über sie und nannte mit lauter Stimme die Namen der fünf Städte und Landschaften, die in diesem Augenblick ihr Eigentum wurden. Danach unterzeichnete er vor den Zeugen die Schenkungsurkunde.

Eine Woche lang gab es prächtige Waffenspiele, Komödianten und Magier traten auf, die Trinkgelage dauerten jedesmal bis zum Tagesanbruch. Die junge Königin huschte aufgeregt hin und her, stotterte hier ein paar freundliche Worte, überreichte dort ein Geschenk, so wie es geraten war, um sich Zuneigung zu verschaffen. Sie zog sich aber stets früh zurück und lag dann erschöpft auf dem Bett, noch immer verwirrt von all dem, was ihr geschah. Wieder und wieder aus ihrem leichten Schlummer aufschreckend, lauschte sie auf den Lärm, der vom Festsaal ins Schlafgemach drang, die wilden Gesänge, das Stimmengewirr, Gegröle, Gepolter und Weibergekreisch. Im Morgengrauen erschien ihr Gemahl, betrunken, schwitzend und stinkend. Entweder warf er sich dann auf sie, oder er fiel gleich auf den Rücken und schnarchte. So vergingen die Tage und Nächte des Hochzeitsfestes.

Von Chilperichs Brüdern war keiner zu Gast. Brunhilde war gerade schwanger und konnte sich die beschwerliche Reise von Metz nach Rouen nicht zumuten. So war auch Sigibert zu Hause geblieben. Gunthram wagte damals nicht, sein Reich zu verlassen, weil in das benachbarte Italien in diesem Jahr 568 die Horden der Langobarden einfielen und er befürchtete, daß sie auch ihn bedrohen könnten.

Nachdem die Gäste abgereist waren, begann für den neustrischen Hof wieder der Alltag. Chilperich nahm sein normales Leben auf. Ruhelos und abwechslungsbedürftig zog er, eine endlose Kolonne von Reitern, Fußvolk, Bediensteten, Ochsengespannen und Lasttieren hinter sich herziehend, von Stadt zu Stadt, von Hofgut zu Hofgut. Er saß zu Gericht, übte sich im Waffengebrauch, ging auf die Jagd. Oft las er auch, war er doch schriftkundig und nicht ungebildet. Mit Bischöfen, die er nicht leiden konnte, diskutierte er theologische Streitfragen, die er manchmal mit einem Faustschlag entschied. Stundenlang beugte er sich mit Architekten über Baupläne. Nach einem Gerichtstag verbrachte er die Nacht in der Folterkammer und unterwies die Henker im Blenden, Strecken und Brennen. Am nächsten Morgen sah man ihn aber schon wieder, seine Lieblingshündin Lupa an der Seite, auf einer Wiese liegen und ein Gedicht auf seine Schreibtafel kritzeln. Abends betrank er sich gewöhnlich und würfelte. Waren an einem Ort alle Vorräte aufgezehrt, ließ er satteln und anspannen, und es ging weiter zum nächsten.

Um seine junge Königin kümmerte er sich immer weniger. Tagsüber sah sie ihn manchmal gar nicht, und auch die Nächte verbrachte er bald kaum noch im Frauengemach. Oft nickte er nach dem letzten Becher in seinem Armstuhl ein, oder er bettete sich auf einer Bank, mit einem Fell zugedeckt, inmitten seiner Dienstleute und Hunde. Anfangs unterwies er Galsvintha im katholischen Glauben, so wie er ihn verstand. Nach dem Beispiel ihrer Schwester hatte sie vor ihrer Eheschließung dem Arianismus entsagen müssen, dem man in ihrer Heimat anhing. Chilperich suchte ihr klarzumachen, daß Jesus Gott und nicht nur, wie jener dreimal verfluchte Arius behauptet hatte, ein gottähnlicher Mensch war und daß er zur himmlischen Dreifaltigkeit gehörte, von der der König allerdings eine ganz andere Auffassung als seine Bischöfe hatte. Bald jedoch verlor er die Lust an diesen Lehrstunden, weil Galsvintha ihm schweigend zuhörte und nicht widersprach, wie er es liebte. Sie fürchtete seine Heftigkeit, und da sie ihn ohnehin nur für einen Heiden hielt, waren ihr seine Ansichten über den Glauben völlig gleichgültig.

Fesseln konnte sie ihn ein paar Tage lang, als sie ihm einige Brettspiele beibrachte, mit denen man sich am gotischen Hof unterhielt. Doch auch daran erlahmte bald sein Interesse. Die meiste Zeit war sie sich selbst überlassen. Sie las in mitgebrachten Büchern oder bestickte Altartücher. Mit den Dienerinnen aus ihrer Heimat hing sie unter Seufzen und Klagen Erinnerungen nach. Wenn Sigila bei ihr eintrat, mokierten sie sich auch über die Roheit und Dummheit der Franken, und manchmal konnte die traurige Königin dann sogar lachen. Am meisten fehlte ihr die Mutter, deren Liebling sie immer gewesen war. Alle Geheimnisse des Hofes hatte sie von ihr erfahren, an allen Intrigen hatte sie ein bißchen mitspinnen dürfen. Die Liebe der Mutter war der gerechte Ausgleich gewesen für die Zurücksetzung durch den Vater und alle anderen – zugunsten ihrer schönen, hochmütigen, von allen bewunderten jüngeren Schwester. Wenn sich der Hof in Soissons aufhielt, brauchte sie nur noch vierzig Meilen zurückzulegen, um Brunhilde in Reims zu besuchen. Aber die Schwestern begnügten sich damit, einander belanglose Briefe zu schreiben. Zu einem Wiedersehen im Frankenreich kam es nicht.

Obwohl sie selber die Mutter vermißte, sollte Galsvintha ihrerseits Mutterpflichten erfüllen, zunächst gegenüber den Kindern der verstoßenen Audovera. Aber nur bei zweien von ihnen konnte sie etwas Zuneigung erringen. Die kleine Basina saß manchmal bei ihr, sah beim Sticken zu, ließ sich aus Stofffetzen Kleider für ihre Tonpüppchen machen und fragte die neue Mutter neugierig über das fremde Königreich aus, dem sie entstammte. Der älteste der drei langhaarigen Söhne, Theudebert, schon fast siebzehn, ein von seinem Vater verzogener Rüpel, grinste Galsvintha nur herablassend an, wenn sie das Wort an ihn richtete. Der jüngste, Chlodwig, dreizehn Jahre alt, dumm, aber hinterhältig, spielte ihr Streiche und lauschte hinter Türen. Nur der mittlere, ein hochaufgeschossener Vierzehnjähriger, der nach seinem Stammvater Merovech hieß, begegnete ihr freundlich, ließ sich von ihrer Familie berichten und erzählte ihr seinerseits manches, was sie nicht wußte und was ihr nützlich sein konnte. Erst von ihm erfuhr sie, was Audovera geschehen war. Es erschreckte und ängstigte sie. Die Art, wie er davon sprach, verriet den tiefen Groll, den er wegen dieser herzlosen Tat gegen seinen Vater hegte. Chilperich behandelte ihn grob, tat aber viel für seine Erziehung. Zum Waffenhelden taugte der junge Mann wenig, dafür zeigte er einen bei Merowingersprossen seltenen Hang zur Gelehrsamkeit. Merovech lieh sich Bücher von Galsvintha und brachte ihr eigene. Sie gab ihm römische Gedichte, er ihr Traktate der Kirchenväter. Manchmal sprachen sie über das Gelesene.

Eines Tages, als sie durch Zufall in den Räumen der Königin allein waren, saßen sie nebeneinander und neigten sich über ein Buch, um gemeinsam eine Stelle zu lesen. Plötzlich trat eine Kammerfrau ein. Es war Fredegunde.

»Sieh einmal an!« sagte sie. »Wie schön wäre es, wenn die Frau Königin auch den König so fesseln könnte!«

Merovech errötete heftig und sprang auf.

»Was fällt dir ein? Hinaus! Verschwinde!«

»Vorsicht, mein Prinz! Ich verstehe ja, daß du mit ihr allein sein möchtest. Aber vergiß nicht, daß sie jetzt deine Mutter ist, so wie auch ich einmal deine Mutter war.« Sie nahm einen Korb mit Wäsche auf und fügte hinzu: »Deshalb bitte ich mir etwas mehr Achtung aus!«

Sie lächelte spöttisch und verschwand.

Der junge Mann ballte die Fäuste und setzte sich.

»Dieses Biest! Sie wäre imstande, meinem Vater zu sagen ...«

»Was denn?« fragte Galsvintha bange.

»Daß sie dich und mich überrascht hat. Du verstehst ...«

»O Gott!«

»Ich habe dir ja erzählt, was meiner Mutter geschehen ist. Aber du weißt noch nicht, wie es dazu kam.«

»Sprich lieber nicht mehr davon. Ich fürchte mich.«

»Es ist besser, wenn du erfährst, mit welcher Arglist diese Fredegunde zu Werke geht. Dann wirst du dich besser vor ihr schützen können. Sie war Zofe bei meiner Mutter, so wie sie es jetzt bei dir ist, und sie verstand sich bei ihr einzuschmeicheln und ihr Vertrauen zu gewinnen. Damals wurde meine Schwester Basina geboren. Mein Vater befand sich gerade auf einem Kriegszug. Meine Mutter war immer ein bißchen unbeholfen, weil sie gewohnt war, auf seine Befehle zu hören. Nun war sie nicht sicher, ob es richtig sei, das Kind in seiner Abwesenheit taufen zu lassen. Also fragte sie ihre Vertraute, die Fredegunde, nach ihrer Meinung, und die sagte: ›Herrin, wenn mein Herr siegreich heimkehrt, kann er dann seine Tochter mit Freude sehen, wenn sie nicht getauft ist?‹ Diese Heuchlerin! Sie hatte nämlich gleich eine Idee! Der Rat wurde angenommen, alles zur Taufe vorbereitet. In der Taufkapelle wartete der Bischof, meine Mutter brachte unser Schwesterchen. Auch wir, die drei Brüder, waren zugegen. Nur eine fehlte: die Patin. Eine edle Dame namens Berchildis sollte es sein. Sie kam und kam nicht. Vergebens warteten wir. Meine Mutter regte sich auf: ›Was soll ich jetzt machen?‹ Auch der Bischof wußte es nicht. Da sagte Fredegunde: ›Wozu braucht eine Königin denn auf irgendeine Dame zu warten, um ihr Kind aus der Taufe zu heben? Warum sollte sie es nicht selber tun?‹ Auch das fand meine arme Mutter vernünftig, und der Bischof hatte nichts einzuwenden. Die Taufriten wurden vollzogen. Bald darauf kommt mein Vater nach Hause. Die Mädchen vom Krongut laufen ihm mit Blumen entgegen. Fredegunde drängt sich gleich zu ihm und sagt: ›Gott sei gelobt, daß mein Herr über seine Feinde gesiegt hat und daß ihm eine Tochter geboren ist! Aber mit wem wird mein Herr nun die Nächte verbringen, wo die Königin jetzt Gevatterin und die Patin seines Kindes ist?‹ Du weißt ja, nach unserm Recht sind Gevattern Blutsverwandte und dürfen nicht miteinander verheiratet sein.«

»Was für eine schändliche Falle!« rief Galsvintha. »Und dein Vater? Was erwiderte er?«

»Nun, was glaubst du? Wenn es ihm paßt, nimmt er es mit den Gesetzen genau. Er sagte zu Fredegunde: ›Na gut, wenn das so ist, dann komm du doch heute nacht zu mir!‹ Und als meine Mutter ihm stolz mit dem Kind entgegentrat, rief er: ›Frau, in deiner Dummheit hast du ein Verbrechen begangen! Meine Gemahlin kannst du jetzt nicht mehr sein!‹ Wie es ausging, ist dir bekannt.«

»Aber eines verstehe ich nicht. Wie konnte der Bischof ...«

»Der steckte doch mit im Komplott! Ebenso wie die Edeldame. Zwar hat ihn mein Vater zur Strafe irgendwohin in die Verbannung geschickt, aber das wird ihm nicht groß geschadet haben. Seine Silberlinge hat er bekommen ... für den Verrat an meiner Mutter. Fredegunde wurde ja Königin.«

Merovech schnaubte verächtlich.

»Es ist besser, du gehst jetzt!« sagte Galsvintha.

»Ja. Vielleicht ist sie schon zu meinem Vater gelaufen. Vielleicht ruft sie auch gerade noch ein paar Zeugen zusammen.«

»Ich habe Angst vor ihr ...«

Dazu hatte die junge Königin alle Ursache.

Fredegunde hatte sich in der ersten Zeit nach der Ankunft der Gotenprinzessin scheinbar demütig in ihr Los gefügt. Wie selbstverständlich und ohne Zeichen von Scham und Erbitterung war sie in die Reihen der Dienerschaft zurückgetreten, als sei dies ja doch der natürliche Platz, der ihr zukam.

Über ihre Geburt als Sklavin gab es ebensowenig Zweifel, wie es über ihr wahres Alter Klarheit gab. Sie mochte zweiundzwanzig, vielleicht auch schon fünfundzwanzig Jahre alt sein. Ein vornehmer Franke, ein Antrustione des Königs Chlothar, des Vaters der jetzigen Könige, hatte sie mit einer galloromanischen Magd gezeugt, sie aber als seine Tochter nicht anerkannt. Das jedenfalls war es, was ihre Mutter, die längst gestorben war, immer behauptet hatte, und ob dies nun der Wahrheit entsprach oder nicht, es änderte nichts daran, daß die Tochter einer Sklavin, der kein Vater die Freiheit verschaffte, ebenfalls eine Sklavin war. Zum Glück hatte ihr die Mutter nicht nur den niederen Stand, sondern auch eine ganz eigentümliche Schönheit vererbt, und das sollte schließlich mehr als ein Ausgleich sein. Unter den Mägden fiel sie auf, und da sie auch über einen wachen Verstand und kräftige Ellbogen verfügte, hatte sie sich bald ganz nach vorn gekämpft, in die Reihen der Mädchen, welche die Königin – oder die Erste der königlichen Gemahlinnen – in ihren Gemächern bedienten. Die etwas einfältige Audovera, die sie zu ihrer Vertrauten erhob, bemerkte nicht die begehrlichen Blicke, mit denen Chilperich, wenn er bei ihr war, die Hantierungen ihrer Zofe verfolgte. Der König mußte sich nicht lange gedulden. Fredegunde, die sich auch sonst nicht zu zieren pflegte, hielt es für unschicklich, ihn warten zu lassen. Sie eröffnete ihm eine neue Welt, indem sie die Ränge vertauschte und ihn, der nur unterwürfige Weiber gewöhnt war, auf dem Liebeslager zum Sklaven machte. Erst durch sie erfuhr er, wie viele Möglichkeiten es gab, das Vergnügen zu steigern und zu verlängern. Zum ersten Mal liebte er wirklich, er wurde süchtig nach Fredegundes Umarmungen. Bald wußte jeder am Hofe, daß sie sich heimlich trafen, nur Audovera bemerkte nichts. Der Rest war ein Kinderspiel, eine kleine Intrige. Als Chilperich von seinem Kriegszug zurückkehrte und Fredegunde auf ihn zustürmte und ihn fragte, mit wem er, da seine Frau nun auch seine Gevatterin sei, die Nächte verbringen werde, begriff er sofort. Und er war zufrieden.

So wurde sie die Erste und blieb es drei Jahre oder eigentlich fünf, denn auch in der Zeit, da in Toledo um Galsvintha verhandelt wurde, selbst noch nach Chilperichs Entsagungseid, der aber erst nach der neuen Eheschließung in Kraft trat, behauptete sie ihre Stellung. Anders als ihre Vorgängerin gab sie sich nicht damit zufrieden, nur in den Frauengemächern zu herrschen. Bald war sie der eigentliche Majordomus des neustrischen Hofes, der Organisator der königlichen Haushaltung.

Mit nie ermüdender Energie kümmerte sie sich um alles – von der Festgarderobe bis zum Pferdefutter. Sie befahl den Referendar*, den Kämmerer und den Marschalk** zu sich, um ihnen Weisungen zu erteilen. Sie kommandierte die Handwerker und die Dienerschaft und natürlich die anderen Beischläferinnen des Königs, die allerdings kaum noch benötigt wurden. Solange Chilperich ihr blind ergeben war, ließ er sie gewähren. Er glaubte, das prächtigste Weib zu besitzen, das es in seinem Reich, ja überhaupt auf Erden gab.

Das änderte sich, als er Brunhilde sah. Nach seiner Rückkehr von der Hochzeit in Metz musterte er Fredegunde wie eine Stute, mit der man ihn auf dem Roßmarkt betrogen hatte. Er fand sie gewöhnlich, plump, ohne Anmut und Rasse. Damals war sie gerade schwanger, kurz darauf brachte sie ihre Tochter Rigunth zur Welt. Sie haßte und vernachlässigte das Neugeborene, hatte sie doch in einen Sohn alle Hoffnung gesetzt. Nur Söhne zählten, als Erben und Nachfolger.

Fredegunde begriff sehr schnell, daß mit Geschrei und Gezänk nichts zu erreichen war, auch nicht mit Tränen und nicht einmal mit ihren Liebeskünsten. Solange sich Chilperich ihretwegen als minderwertiger König fühlte, würde sie ihn nicht zurückgewinnen. Der Sommer ihres Glücks war vorüber, der Winter brach an. Wollte sie sich etwas Hoffnung bewahren, mußte sie diesen überstehen.

Auf jeden Fall galt es, eine Verbannung vom Hof zu vermeiden. Ihr Schicksal lag in der Hand des Königs, er konnte sie wie Audovera in ein Kloster oder auf ein Krongut bringen, möglicherweise sogar ermorden lassen. War sie einmal vom Hofe entfernt, war alles vorbei. Sie durfte daher nicht lästig fallen und mußte sich Chilperichs Gunst erhalten. So übte sie sich in der Kunst der Verstellung. Nicht mehr die scharfen Zähne, sondern der ergebene Augenaufschlag, nicht mehr das trotzig gereckte Kinn, sondern die fügsam gesenkte Stirn waren jetzt das, was sie ihm zeigen mußte. Schwer genug fiel es ihr, aber sie schaffte es. Sie sagte ihm, daß sie nachgedacht habe und ein-

* Vorsteher der Kanzlei
** Vorsteher des Marstalls und des Transportwesens

sehe, daß er so und nicht anders handeln müsse. Auch wenn ihre Liebe zu ihm ungebrochen sei, würde sie sich lieber umbringen wollen, als ihm im Wege zu stehen. Ins Bett folgte sie ihm nur noch, wenn er ihr den ausdrücklichen Befehl erteilte. Dann bat sie ihn, seiner Leidenschaft Zügel anzulegen, so wie sie es selber tat, damit nach und nach in Vergessenheit gerate, was ihre Liebe so einmalig und schön gemacht habe.

»Mein armer König«, flüsterte sie, indem sie ihm, was sonst nicht ihre Art war, sanft über das Haar strich, »du sollst mit deiner Prinzessin vollkommen glücklich werden. Der Gedanke, daß die Erinnerung an etwas anderes deinen Genuß stören könnte, würde mich untröstlich machen!«

Manchmal packte ihn dann die Reue. Er brach in Tränen aus und schwor, daß er seinen Eid widerrufen und die gotische Braut zurückschicken werde, um seine Fredegunde bis ans Lebensende zu lieben. Am nächsten Morgen war das natürlich vergessen.

Sie mied nun auch allmählich die königlichen Gemächer und wohnte wieder, wo immer der Hof sich aufhielt, bei der Dienerschaft. Niemandem war es freilich erlaubt, sich darüber mit Spott und Häme zu äußern. Tat es doch jemand, nahm sie ihn auf die Seite und zischte ihm eine Drohung ins Ohr, daß ihm für einen Augenblick das Herz stehenblieb. Noch immer genoß sie ja eine Vorzugsstellung und wurde regelmäßig zum König befohlen. Sonst ging sie mit heiterer, unbefangener Miene umher, besorgte die Wäsche und arbeitete auch im Webhaus und in der Spinnstube, so als habe sie nie etwas anderes getan. Und als habe sie nie mit dem König das Bett geteilt, traf sie nachts hin und wieder einen strammen Gefolgsmann oder auch einen Schmied oder Schweinehirten, an dem sie ihr Mütchen kühlen und sich für die erzwungene Bravheit entschädigen konnte.

Dann kam der große, freudige Augenblick, als sie von den zurückgekehrten Gesandten erfuhr, daß die Prinzessin häßlich sei. Da jubelte sie auf und wurde unvorsichtig, indem sie Chilperich offen ihre Genugtuung zeigte. Sie triumphierte jedoch zu früh und mußte eine Zeitlang befürchten, daß der König ihre Verstellung durchschaute und daß er sie doch noch fortschicken würde. Bald aber ließ er sich wieder täuschen, und sie konnte sich abermals einen Schritt vorwagen. Sie erinnerte sich des Eindrucks, den sie auf Chilperich gemacht hatte, wenn er sie neben der zwar nicht unansehnlichen, aber biederen und schon welkenden Audovera sah. Als er sie wieder einmal zu sich rief, bat sie, er möge ihr erlauben, die neue Königin zu bedienen. Anfangs lehnte er ab und meinte, dies könne einerseits als peinlich empfunden werden, andererseits neue Versuchungen herausfordern. Da erwiderte sie, ihre dienstbare Unterordnung würde sicherlich eher Befriedigung auslösen, und sie könne ja auch der neuen Königin manchen nützlichen Hinweis für die Behandlung des Königs geben. Was aber die Versuchung betreffe, so schütze sie ja der Heilige, bei dem ihr Herr geschworen habe. Dem wußte er nichts zu entgegnen, und er gewährte ihr die Bitte.

Als Galsvintha in Rouen aus dem Wagen stieg und Chilperich sie mit gequältem Lächeln ins Haus führte, war Fredegunde schon sicher, daß sie es war, die am Ende den Sieg davontragen würde. Doch sie beschloß, diesmal Vorsicht walten und ihre Früchte reifen zu lassen. Der Gotin blieb nicht lange verborgen, wer die kräftige, aufreizend hübsche Schwarzhaarige unter den fränkischen Frauen war, die man ihr zugeteilt hatte. Sie fühlte sich verletzt, war aber zu schüchtern, um sich bei Chilperich zu beschweren. Als dies Sigila für sie tun wollte, hinderte sie ihn sogar daran. Es gab ja auch eigentlich keinen Grund zur Klage. Das Benehmen der Zofe ließ nichts zu wünschen übrig. Dienstfertig und beflissen erledigte sie, was zu tun war, und sie war sogar sichtlich bemüht, der jungen Königin Annehmlichkeiten zu bereiten. Mal brachte sie ihr unaufgefordert süßen Wein, mal Obst, mal Honiggebäck. Für den Reisewagen fertigte sie ihr eigenhändig bequemere Kissen. Einmal trug sie sie sogar auf ihren Armen durch eine Furt.

Die untadelige Zofe zu spielen war aber nur der erste Teil des Plans. Allmählich ging Fredegunde zu kleinen Vertraulichkeiten über. Sie klatschte über das Hofleben, plauderte allerlei Geheimnisse aus. Galsvintha blieb mißtrauisch, hatte jedoch nicht die Kraft, sich dieser Aufmerksamkeit zu entziehen. Wenn Fredegunde morgens das Bett richten wollte und feststellte, daß der König wieder einmal versäumt hatte, seinen Platz einzunehmen, spielte sie die Empörte und stimmte lebhafte Klagen an. Sie bot ihrer Herrin weiblichen Rat, und wenn diese auch errötete und sich abwandte, empfahl sie ihr Duftöle, Kräuter, Liebestränke. Abends stand manchmal ein Becher mit grünlichem Sud am Bett, den Galsvintha angewidert zwischen die Bohlen des Fußbodens goß. Die besorgte Zofe begann auch bald ungeniert, von ihrer eigenen Erfahrung mit dem König zu berichten. Sie gab der verwirrten, beschämten Königin Hinweise auf seine besonderen Neigungen und verriet ihr diesen und jenen Kunstgriff, um ihm Befriedigung zu verschaffen. Eines Abends fand Galsvintha eine blutige Hasenpfote im Bett. Fredegunde lachte am Morgen schallend, als ihr die Königin, immer noch zitternd, Vorwürfe machte. Ganz unschuldig habe sie damit den Rammler locken und die Fruchtbarkeit des hohen Paars anregen wollen. Drei Tage später fiel Galsvintha in Ohnmacht: Als sie ins Bett steigen wollte, sprang ihr ein Frosch entgegen.

Zum ersten Mal beschwerte sie sich bei Chilperich, doch auch er lachte nur und sagte, dies seien alte, bewährte Mittel, die noch niemand geschadet hätten. Fünf Monate seien seit der Hochzeit vergangen, und noch immer bemerke er ja an ihr nicht die wünschenswerte Veränderung. Seine Schuld, meinte er, sei das allerdings nicht. Er habe getan, was nötig sei, doch mehr zu tun, sei er nicht willens, mache es ihm doch keinen Spaß, seine Nächte mit einem verschreckten Jammerbündel zu verbringen. Als Galsvintha in Tränen zerfloß, schlug er zu. Sein Leibarzt Marileif mußte sich anschließend ihrer annehmen.

Fredegunde erfuhr davon und fand, es sei Zeit, den wichtigsten Teil ihres Planes umzusetzen.

Chilperich hatte sich an seinen Eid gehalten und in den ersten Monaten nach der Hochzeit keine andere als seine Gemahlin besucht, wenn auch zunehmend seltener. Er war nur in Maßen gläubig, doch außerordentlich abergläubisch und fürchtete tatsächlich, daß ihm die heiligen Knochen, auf die er die Hand gelegt hatte, Ungelegenheiten bereiten würden, falls er sich nicht an sein Versprechen hielt. Auch der Gote Sigila, der

»Aufpasser«, wie ihn der König verächtlich nannte, der umherstrich und ihn aus hundert Augen zu beobachten schien, flößte ihm unbestimmte Ängste ein. Chilperich hatte sich zu helfen gesucht, indem er die Waffenübungen ausdehnte, oft auf die Jagd ging, sich durch lange Ritte ermüdete. Aus der Halle, in der er abends zechte, waren die Mägde verbannt, nur Knechte durften ihn und sein Gefolge bedienen. Um Fredegunde hatte er meist einen Bogen gemacht, als wäre sie aussätzig, und wenn es sich doch nicht vermeiden ließ, daß sie einander begegneten, hatte er ihren Gruß nur mit einer knappen Geste beantwortet und war mit großen Schritten vorübergeeilt.

Auch sie war ihm in dieser Zeit meist ausgewichen, um nicht, solange er noch die Kraft zu widerstehen hatte, seinen Zorn zu reizen. Jetzt war sie sicher, daß diese Kraft aufgebraucht war.

Immer häufiger richtete sie es nun ein, daß sie einander sahen und daß sie sich sogar nahekamen. Dann warf sie ihm kurze glühende Blicke zu oder berührte wie absichtslos seine Hand oder streifte ihn mit ihrem Busen. Wenn er die Königin besuchte, war sie meist in der Nähe. Sie brachte dies, holte das, ging hin und her, schwenkte dabei ihr Hinterteil und ließ auch immer mal einen Kamm oder einen Löffel fallen und bückte sich, damit der Rock sich über das Knie schob und die zierlichen ledernen Strumpfbänder mit den Goldplättchen sichtbar wurden, die er ihr einst zu seinem eigenen Vergnügen geschenkt hatte. Während Galsvintha steif, spitz, flach und dürftig in ihrer langen, hochgeschlossenen Tunika dastand, wirbelte Fredegunde im knappgeschnittenen Hemd, die schwarzen Locken schüttelnd, um sie herum und brach binnen weniger Tage Chilperichs Widerstand. Er folgte ihr auf die Galerie eines Hauses, wo sie Wäsche zum Trocknen ausbreiten wollte, erwischte sie noch auf der Treppe und warf sich auf sie. Fast drei Tage blieben beide verschwunden.

»So erfüllst du nun deine Eidesverpflichtung, mein Gebieter«, schnurrte sie unter Küssen. »Und was wird man im Himmel dazu sagen?«

»Nun, meinetwegen soll mich der Teufel holen«, erwiderte

er lachend. »Schlimmer kann es bei ihm kaum sein als in der Hölle, die ich gerade durchgemacht habe!«

Eine wahre Leidenszeit begann nun für die Königin. Sie erfuhr noch am selben Tag, daß der König zu seiner Kebse zurückgekehrt war. Die fränkischen Zofen steckten kichernd die Köpfe zusammen. Die Gefolgsleute rissen Witze. Wohin Galsvintha sich wandte, warf man ihr entweder heuchlerisch mitleidige oder höhnische Blicke zu.

Sigila kam aufgeregt mit einem Schreiben zu ihr, das er für den Hof in Toledo aufgesetzt hatte. Er zeigte darin den Eidbruch Chilperichs an und bat um Anweisungen. Unter Tränen flehte sie, mit der Absendung noch zu warten.

Als Fredegunde wieder auftauchte, tat sie, als sei nichts geschehen, hielt es jedoch auch nicht für erforderlich, der Königin ihre Abwesenheit zu erklären. Galsvintha schrie außer sich, sie solle sich fortscheren, ihre Dienste würden nicht mehr benötigt. Da lachte ihr Fredegunde dreist ins Gesicht und sagte, sie nehme von jetzt an nur noch Befehle des Königs entgegen. Daraufhin schickte Galsvintha sofort zu Chilperich, der aber ließ ihr sagen, daß er beschäftigt sei und sie in nächster Zeit nicht aufsuchen könne. Diese neue Kränkung warf sie nieder. Sie bekam Fieber und mußte gepflegt werden.

Fredegunde fand es nun nicht mehr der Mühe wert, sich die Maske der Demut und Dienstwilligkeit vor das Gesicht zu halten. Aus der versteckten Tyrannei wurde offene. Sie kommandierte die anderen Dienerinnen, als sei sie bereits wieder die Herrin. Sie fragte die Kranke spöttisch, ob sie dem König etwas ausrichten solle, sie sehe ihn manchmal. Tatsächlich zeigte sich Chilperich wieder ganz offen mit ihr, und es kam vor, daß man die beiden in einer Nische, hinter einer Säule und einmal sogar in der Schatzkammer auf einer der Truhen aus Galsvinthas Mitgift in einer unzweideutigen Situation überraschte.

Als der König eines Morgens beim Zureiten junger Pferde zusah, trat Sigila heran und verlangte im Namen seiner Herrin, der Königin Galsvintha, ein Gesuch vortragen zu dürfen. Chilperich tat, als höre er nicht und schrie den Reitknechten weiter seine Anweisungen zu. Sigila wiederholte sein Anliegen zweimal, dreimal. Da packte plötzlich der König den grauhaarigen Goten und setzte ihn auf eines der jungen Pferde, das gerade herrenlos vorübertrollte. Das Tier stieg hoch, um ihn abzuwerfen, aber Sigila krallte sich in seine Mähne, worauf es im wilden Galopp mehrmals die Wiese umrundete. Der König, seine Gefolgsleute und Knechte schlugen sich lachend die Bäuche und Schenkel. Schließlich wurde der Gote gegen einen Pfahl geschleudert und brach sich einen Arm.

Chilperich ließ seinen Arzt rufen, selber aber stürmte er in die Gemächer der Königin. Mit seinen Stiefeln eine breite Spur feuchten Drecks über die Teppiche ziehend, rief er bereits beim Eintreten: »Was für ein Gesuch?«

Galsvintha, gerade vom Krankenbett aufgestanden und noch sehr schwach, saß in einem hohen Armstuhl, der sie dreimal hätte aufnehmen können, am Fenster. Sie war allein. Er erschreckte sie, und sie mußte sich erst einen Augenblick sammeln, ehe sie antworten konnte.

»Dame, ich warte!« donnerte Chilperich, breitbeinig unter der Tür, die Daumen im Gürtel.

»Ich ertrage dieses Leben nicht mehr«, sagte sie mit bebender, mühsam beherrschter Stimme. »Ich werde beleidigt und verachtet. Die Dienerschaft lacht über mich. Jedermann sieht hier in mir nur eine unerwünschte und überflüssige Fremde. Und auch du, König, brauchst mich nicht, das hast du mir ja zu verstehen gegeben!«

»Ich habe Gründe, mit dir sehr unzufrieden zu sein!«

»Damit magst du wohl recht haben. Ich selber empfinde kein Vergnügen, wenn ich mich im Spiegel betrachte. Ich verstehe nichts von den Künsten, mit denen dich deine Geliebte erfreut. Aber hat sie deshalb ein Recht, mich zu quälen?«

»Es ist das böse Gewissen, das dich quält, weil du deinen Gemahl und König enttäuscht hast!«

»Es war keine Absicht! Warum mußtest du um mich anhalten? Warum mußtest du mich aus Spanien hierherholen, da du doch Frauen hattest, mit denen du glücklich warst? Was hast du damit gewonnen, König?«

»Nun«, sagte Chilperich grinsend, »die zwanzig Truhen, die du mitgebracht hast, sind immerhin nicht zu verachten.«

»Behalte sie!« rief Galsvintha und sprang mit unerwarteter Lebhaftigkeit von ihrem Stuhl auf. »Behalte alles, und laß mich gehen! Erlaube, daß ich in meine Heimat zurückkehre!«

»Was fällt dir ein?« fragte er betroffen. »Ich soll dich ... Du willst ...«

»Was verlierst du dabei? Nichts als ein lästiges Jammerbündel! Mir liegt nichts an diesen Schätzen. Erfreue dich nur an ihnen! Laß auch Sigila und die Männer und Frauen, die mit mir gekommen sind, zurückkehren! Gib uns Wegzehrung und Geleitschutz, mehr erbitte ich nicht. Wenn du zustimmst, sind wir morgen schon fort!«

»Ist dies euer Gesuch?« fragte Chilperich, während die schräge Falte, die seine Stirn teilte, sich vertiefte. Er hatte alles erwartet – Klagen, Beschwerden, Forderungen. Nur das nicht.

Galsvintha fiel vor ihm nieder, umschlang seine Knie.

»Erweise mir doch die Gnade, Gebieter! Sei barmherzig, Gott wird es dir lohnen! Solange ich lebe, werde ich deine Großmut, deine Menschlichkeit rühmen! Laß mich fort!«

»Nein!« sagte er und hob sie auf.

»Gib mich frei!« flehte sie.

»Ich sage nein. Wie könnte ich das? Es würde ja aussehen, als verstieße ich dich! Habe ich nicht geschworen, das niemals zu tun?«

»Ich werde vor aller Welt bezeugen ...«

»Beruhige dich! Du bist nun einmal vor Gott meine Königin. Wir sind auf ewig miteinander verbunden!«

»Du verspottest mich!«

Sie wollte sich von ihm losmachen, aber er zog sie an seine Brust.

»Vielleicht war ich ungerecht zu dir, vielleicht habe ich dich vernachlässigt. Es geschah aus schlechter Gewohnheit, verzeih mir! Warum willst du denn fort? Was wird dich in deiner Heimat erwarten? Wirst du dort Königin sein? Wenn jemand sich schlecht gegen dich betragen hat, soll er bestraft werden. Wenn ich es selber war, so bereue ich. Bestimme die Buße, ich will sie ableisten! In meiner Seele habe ich mich nie von dir abgewandt, glaube es mir! Es war eine vorübergehende

Schwäche des Fleisches. Meine Liebe zu dir währt fort und wird niemals enden ...«

So redete er auf sie ein und beruhigte sie allmählich. Geduldig sah er ihre Tränen fließen und trocknete sie mit dem Zipfel seines Überwurfs. Dann trug er Galsvintha auf das Bett und schlief mit ihr, wobei er sehr behutsam vorging und sie sehr rücksichtsvoll behandelte.

Sie glaubte schließlich, ihn zur Einkehr bewegt zu haben. Von Trennung sprach sie danach nicht mehr. Auf Strafen und Bußen verzichtete sie. Nicht einmal die Entfernung von Fredegunde verlangte sie.

Ein paar Wochen lang schien alles gutzugehen. Der König zeigte sich wieder häufiger in den Frauengemächern. Fredegunde dagegen hielt sich zurück. Galsvintha ging jetzt oft in die Kirche, um sich in frommer Täuschung für die Wendung zum Besseren zu bedanken. Und aus Dankbarkeit streute sie Geld im Überfluß unter die Bettler von Soissons, die sie, wenn sie das Gotteshaus verließ, wie Schwärme hungriger Tauben umdrängten.

In Wirklichkeit hatte sich nichts geändert. Chilperich und Fredegunde waren nur vorsichtiger geworden. Sie hatte von ihm strenge Weisung erhalten, die Königin nicht mehr herauszufordern.

Eines Tages jedoch, als sie Galsvintha und Merovech mit dem Buch überraschte, vergaß sie sich wieder. Aus Sorge, der König könne es von den beiden erfahren, erzählte sie ihm den Vorfall selber, so wie es der junge Mann befürchtet hatte.

Es war in Berny. Am Rande des Krongutes stand eine Hütte, in der sich Chilperich, der gern mit Stichel und Lötrohr arbeitete, eine Goldschmiedewerkstatt eingerichtet hatte. Nur hier trafen sie sich jetzt in den Nächten.

»Merovech?« lachte der König. »Dieser Träumer? Der kann doch nicht einmal die Kuh vom Stier unterscheiden!«

»Sie wird ihm den Unterschied schon beibringen«, sagte Fredegunde. »So viel versteht sie. Laß die beiden beobachten, überrasche sie! Dann hättest du einen Vorwand.«

»Einen Vorwand ... wozu?«

»Um sie loszuwerden, ohne den Eid zu brechen!«

»Aber ich will sie ja gar nicht loswerden.«

»So soll sie für alle Zeiten Königin bleiben?«

»Begreif doch, Frede! Ich kann sie nicht fortlassen. Wollen wir auf die Mitgift verzichten? Ich habe schon Pferde und Waffen davon gekauft.«

»Wieso denn verzichten? Sie will doch, daß du alles behältst!«

»Irrwitz! Was würden sie in Toledo tun, wenn sie dort ankäme ... mit leeren Händen? Ich will es dir sagen. Ein Heer aufstellen und über die Pyrenäen rücken. Und sich die Morgengabe holen. Béarn, Bigorre, Bordeaux, Limoges, Cahors! Und wenn sie erst auf den Appetit kommen ... nein! Die Goten von Süden und Westen ... und Sigibert als ihr Verbündeter von Norden und Osten ... Das kann ich wahrhaftig nicht riskieren!«

»Da hast du dir etwas eingehandelt! Sollen wir uns nun ewig verstecken ... in einer verqualmten Hütte, auf einem Strohsack?«

»Warum bist du immer so ungeduldig? Vielleicht ergibt sich noch eine andere Lösung. Denk mal an die zweite Frau meines Vaters, Radegunde, die Thüringerin. Eines Tages lief sie ihm fort, um ein Kloster zu gründen. Bemerkst du nicht, wie oft Galsvintha zur Kirche rennt? Na, und ganz richtig im Kopf ist sie auch nicht. Würde sie sonst verschwinden und ihre Schätze zurücklassen wollen? Vielleicht ...«

»Vielleicht, vielleicht!« Fredegunde wandte sich heftig ab.

»Sieh einmal, was ich heute gearbeitet habe!« Chilperich hielt ihr eine in Silberbänder gefaßte Pyritkugel hin. »Ein Amulett, es soll dir Glück bringen! Umsonst bekommst du es aber nicht. Dafür will ich andere Kostbarkeiten ...«

Auch in der folgenden Nacht erwartete der König Fredegunde in der Goldschmiedewerkstatt.

Sie schlüpfte herein, warf aber den Mantel nicht ab.

»Gefahr!« stieß sie mit blitzenden Augen hervor.

Chilperich sprang von seinem Arbeitstisch auf.

»Gefahr?«

»Du wirst bald kein Reich mehr haben, großer König!«

»Bist du betrunken, Frede?«

»Betrunken? Ich habe nie so klar in die Zukunft gesehen. Es wird das eintreten, was du selber befürchtet hast. Die Goten von Süden, dein Bruder von Norden!«

»Wie kommst du darauf? Was ist passiert?«

»Ich habe eine Verschwörung belauscht.«

»Eine Verschwörung?«

»Sie und Sigila! Er war schon immer dein Feind. Jetzt, nach dem Sturz vom Pferd, ist der dein Todfeind. Sie wollen fliehen!«

»Wohin?«

»Nach Reims, zu Sigibert. Ursprünglich wollten sie nach Toledo ... aber du hast sie ja nicht fortgelassen. Nun haben sie ihre Pläne geändert. Sie glauben, die dreißig Meilen bis zur Grenze könnten sie schaffen, bevor du sie einholst. Sie will behaupten, du wolltest sie umbringen!«

»Was sagst du?«

»Wegen des Eides! Um sie nicht verstoßen zu müssen.«

»Wer hätte ihr so viel Arglist zugetraut! Ich verstehe, sie suchen den Anlaß. Sagst du die Wahrheit, Frede? Schwörst du?«

»Bei Gott! Beim heiligen Martin von Tours! Bei meiner Seligkeit! Beim Leben meiner Tochter ...«

»Wann wollen sie fort?«

»Ich habe nicht alles verstanden. In einer der nächsten Nächte ... vielleicht schon in dieser.«

»Dann ist keine Zeit zu verlieren!« murmelte Chilperich. »Dann haben wir keine andere Wahl. Wegen des Eides, sie hat recht ... Ich hole den Faro!«

»Den Mühlknecht? Den Taubstummen?«

»Er begreift, wenn ich zu ihm komme. Hat schon manches für mich erledigt ...«

Am nächsten Morgen fanden die Frauen Galsvintha tot auf ihrem Lager. An ihrem Hals entdeckten sie Würgemale. Der Leibarzt des Königs, Marileif, erklärte aber, das Fieber, das sich vorübergehend zurückgezogen hatte, wäre mit doppelter Heftigkeit zurückgekehrt und hätte das Leben der Königin ausgelöscht. König Chilperich, der in der großen Halle auf einer

Bank unter seinen Dienstleuten genächtigt hatte, stürzte vollkommen überrascht herbei, kniete neben dem Leichnam nieder und vergoß heiße Tränen.

Wenige Tage nach der Beerdigung heiratete er seine frühere Ehefrau Fredegunde zum zweiten Mal.

3

Auf der Plattform der Festungsmauer von Tournai, zwischen zwei Zinnen, hockte an jenem Tag, als König Sigibert in Paris zum Aufbruch rüstete, ein junger Mann von einundzwanzig Jahren und sah auf die Ebene vor sich hinunter. Den größten Teil der Fläche bedeckte Wald, der sich an einigen Stellen bis nahe an den Palisadenzaun und die Verhaue vor der Mauer hinzog. Dazwischen gab es Rodungen, schmale, soeben abgeerntete Felder und Wiesen, auf denen Vieh weidete. Weit verstreut waren die kleinen Ansammlungen strohgedeckter Hütten. Nur an den beiden Ufern der Schelde, die von Süden her ihre trägen Fluten heranwälzte, war der Wald schon mehrere hundert Schritte zurückgedrängt. Hier, auf der linken Seite des Flusses, hatte die Vorhut des austrasischen Heers ihr Lager errichtet. In der quadratischen Anlage mit den sich kreuzenden Wegen, an denen die bunten Zelte aufgereiht waren, konnte man die Ordnung eines römischen Castrums erkennen. Allerdings hatte man die Befestigungen vernachlässigt, es gab weder einen Wall noch einen Graben. Überraschungen schien man nicht zu fürchten, die Insassen des Lagers bewegten sich sorglos auf beiden Seiten des Flusses, den sie in Booten und Flößen überquerten. Kleine Trupps, die ausgeschwärmt waren, kehrten mit Jagdbeute und Plünderungsgut zurück. Die Sonne stand schon recht tief. Nach und nach flammten Feuer auf, an denen die Abendmahlzeit zubereitet wurde.

Der junge Mann blickte gleichgültig auf das Menschengewimmel, die Zelte, die Boote, die Rauchfahnen. Den Ellbogen lässig aufgestützt, den Kopf gegen eine Zinne gelehnt, lag er unmittelbar neben der Mauerkante. Das lange blonde Haar, von einem Stirnband kaum gehalten, fiel ihm wirr ins Gesicht und war am Hinterkopf zu einem Zopf geflochten. Der junge Mann hatte helle Augen, seine Nase war leicht gebogen, der Mund kühn geschwungen, das Kinn rund und fest. Er trug eine kurze, bestickte Seidentunika, dazu einen Gürtel mit silberner Schnalle, die er der Bequemlichkeit halber geöffnet hatte. Auch ein Armreif aus Bronze bezeugte seinen vornehmen Stand. In den Händen hielt er einen Kodex mit eng beschriebenen Blättern, dem er sich gerade wieder zuwenden wollte, als doch noch ein Vorgang in der Ebene seine Aufmerksamkeit in Anspruch nahm.

Am Eingang des feindlichen Lagers war es zu einem Auflauf gekommen, und jetzt löste sich aus dem Knäuel ein kleiner Trupp und bewegte sich auf der Uferstraße in Richtung des Stadttors. Ein Reiter führte ihn an, fünf Männer folgten zu Fuß. Die sechs waren offenbar unbewaffnet und schienen überhaupt in einem kläglichen, abgerissenen Zustand zu sein. Langsam und offensichtlich zögernd näherten sie sich der belagerten Stadt. Der junge Mann glaubte den zu erkennen, der auf der klapprigen Mähre hockte, und jetzt war sogar seine Neugier geweckt. Er beugte sich zwischen den Zinnen weit über den Rand der Mauer hinaus, als der Trupp den ersten Wachturm erreichte und anhielt. Der Reiter rief etwas hinauf, und gleich darauf waren Kommandos zu hören. Der Trupp bewegte sich noch ein Stück weiter, auf das Stadttor zu. Einige Wächter traten heraus und umringten die Ankömmlinge. Sie schüttelten ihnen sogar die Hände und schlossen diesen und jenen in die Arme. Danach verschwanden alle unter dem Tor.

»Grindio!« murmelte der junge Mann auf der Mauer. »Ich kann mich nicht täuschen, er war es ...«

Einen Augenblick lang machte er Anstalten, sich zu erheben. Doch dann überlegte er es sich und streckte sich abermals aus. Er nahm den Kodex und blätterte zerstreut. Von der Stadtseite her waren jetzt aufgeregte Rufe vernehmbar, auch Schreie von Frauen. Auf den Türmen, die dem Stadttor am nächsten lagen, verließen die Wächter ihre Posten. Der junge Mann achtete nicht darauf, sondern heftete seinen Blick auf die Buchseite, die er gerade aufgeschlagen hatte, und las: »Du hast es nicht nötig, dir über irgendeine Sache Gedanken zu machen und deine Seele zu beschweren. Denn eine absolute Notwendigkeit, sie zu beurteilen, liegt niemals in den Dingen.«

Er blätterte wieder vor und zurück und fand dies: »Alexander der Große und sein Maultiertreiber sind beide an denselben Ort gegangen. Entweder wurden sie beide in denselben Kräften der zu immer neuen Schöpfungen bereiten Welt aufgenommen, oder sie lösten sich beide auf gleiche Weise in ihre Atome auf.«

Er ließ das Buch sinken, lehnte den Kopf an den Stein der Zinne und blickte eine Weile zum Himmel hinauf. Eine Wolke, die über ihm schwamm, zerriß allmählich, und er verfolgte diesen Vorgang lange mit interessiertem Blick, so als verdiene er weit mehr Aufmerksamkeit als die Ereignisse in seiner Nähe. Plötzlich aber waren das Knarren der Leiter und ein Keuchen zu hören, und ein Kopf, der über dem Mauerrand auftauchte, zwang den jungen Philosophen, sich wieder der ihn umgebenden Wirklichkeit zuzuwenden.

»Merovech!«

»Was gibt es, Gailenus?«

Der Ankömmling schwang sich auf die Plattform und kam mit raschen Schritten heran. Er war etwas jünger als der Prinz, schwarzäugig, dunkel, gedrungen. Am Gürtel trug er Dolch und Wurfbeil. Sein pfiffiges Jungengesicht war schweißbedeckt und heftig gerötet.

»Merovech! Grindio ist zurückgekehrt!«

»Hab's schon bemerkt. Ein Haufen geschlagener Helden. Sind sie versprengt? In die Falle gerannt?«

»Geschlagen sind sie! Dein Bruder Theudebert ist gefallen. Sein Heer hat sich aufgelöst. Die paar Krüppel sind alles, was übrigblieb. Sie wollten sich zu uns durchschlagen. Heute mittag fing man sie ab, aber man hat sie wieder freigelassen.«

»Verständlich. Ihr Anblick wird den Widerstandsgeist gewaltig stärken. Ich ahnte gleich, daß das unser Entsatz ist. Nun können wir ja einen Ausfall wagen.«

»Merovech! Dein Bruder ist tot!«

»Damit sagst du mir nichts Neues, Gailenus.«

»Nichts Neues? Woher willst du es denn gewußt haben?«

»Ich habe das Schriftorakel befragt. Schlug die Seite mit Absaloms Tod auf. Der zog in den Krieg und blieb, als er unter einer Eiche dahinritt, mit dem Kopf in den Zweigen hängen. Vermutlich hängte er sich an seinen Haaren auf. Daraus folgt, daß es besser ist, wenn Langhaarige nicht in den Krieg ziehen. Ich habe mich schon immer an diese Regel gehalten.«

»Daß dir jetzt noch zum Scherzen zumute ist!« rief Gailenus vorwurfsvoll. »Wir kommen hier nicht mehr heraus! Dabei glaubte dein Vater so fest daran, daß uns Theudebert noch befreien würde!«

»Ja, mein Vater hielt viel von ihm. Er hielt ihn für einen ebenso großen Feldherrn wie sich selber. Und das war er wohl auch.«

Merovech blickte auf die Ebene hinunter und beobachtete zwei Behelmte, die ein paar Kühe in Richtung des Lagers trieben, wobei sie mit den flachen Klingen ihrer Saxe auf die Tiere einschlugen. Eine Bäuerin lief ihnen nach, rang die Hände und schrie etwas.

Seufzend ließ sich Gailenus auf den Steinen nieder.

»Mir tut es leid um deinen Bruder. Eine Zeitlang war ich ja in seiner Gefolgschaft. Auch wenn du anderer Meinung bist ... Er war ein tüchtiger Anführer. War gerecht, rasch entschlossen, nicht zaghaft ...«

»Oh, ich werde ihn sehr vermissen«, sagte Merovech. »Wie angenehm vertrieb er uns die Zeit mit seinen Erzählungen. Erinnerst du dich an den letzten Winter? An seine Berichte vom Feldzug in Aquitanien? Wieviel Kurzweil bot er uns an den langen Abenden!«

»Er hatte ja auch die tollsten Abenteuer bestanden. Wahrhaftig, er war ein tapferer Recke!«

»Ein Held! Wie er zum Beispiel die Stadt Limoges beschoß ... Er lud seine Katapulte mit gefangenen Bauern, die er zu Bündeln schnüren und gegen die Stadtmauer schleudern ließ.«

»Gewiß, oft war er auch grausam ...«

»Oder wie er tapfer das Nonnenkloster erstürmte und allen Jungfrauen ›eine Kerze weihte‹. Er war gerecht, es kamen alle dran, nicht einmal die siebzigjährige Äbtissin wurde verschont. Denke auch an die Juden und Syrer, die ihre Perlen verschluckten, als er sie ausrauben wollte. Er schlitzte ihnen die Leiber auf, rasch entschlossen. Ich stimme dir zu, er war auch nicht zaghaft. Wenn er irgendwo eine Kirche in Brand steckte, ließ er das Feuer nicht ausgehen, bevor er nicht ein paar Geistliche darin geröstet hatte. In der Tat, ein tüchtiger Anführer! Ich vermute, so hat er auch diesmal Krieg geführt.«

Gailenus wagte nichts mehr zu entgegnen. Er wußte ja, daß Merovech seinen älteren Bruder verabscheut hatte, und im Grunde mußte er ihm recht geben. Sie schwiegen eine Weile und spähten zwischen den Zinnen hindurch nach dem feindlichen Lager. Der Wind trug Rauch und Bratenduft von den Feuerstellen herauf.

»Sie fressen sich voll, lassen sich's wohl sein«, knurrte der junge Gefolgsmann. »Wir dagegen ... Drei Tage lang nage ich schon an derselben Käserinde.«

»Das ist der Vorteil der Belagerung!« sagte Merovech lachend. »Man nähert sich Gott, man übt sich im Fasten. Später wird es uns um so leichter fallen.«

»Das Fasten?«

»Vielleicht begnadigt mich Onkel Sigibert. Voraussetzung wird natürlich sein, daß ich mich scheren lasse. In friedlichen Zeiten stelle ich mir das Mönchsleben recht beschaulich vor. Ruhe, Bücher, viel Zeit ... Falls ich dann eines Tages Abt werde, mache ich dich zu meinem Prior. Aber du hast wohl andere Pläne ...«

»Das nicht. Ich habe nur Angst, mein Prinz, du könntest dich täuschen.«

»Du meinst, weil wir Merowinger so wenig Familiensinn haben? Ja, es ist wahr, in unserer Familie lebt es sich besser mit toten Brüdern, Onkeln und Neffen. So dachte bereits mein Urgroßvater, der große Chlodwig. Nachdem er alle umgebracht hatte, die Thronrecht geltend machen konnten, pflegte er laut zu jammern, weil er nun keine Verwandten mehr habe und im Unglück allein sein würde. Der alte Fuchs! Er wollte nur, daß sich noch einer meldete, den er dann auch noch ins Jenseits befördern konnte.«

»Und wenn es dein Onkel Sigibert ebenso hält ...«

»Ich glaube, der ist etwas aus der Art geschlagen. Er kennt sogar Mitleid und Vergebung. Gefährlicher scheint mir seine hohe Gemahlin zu sein, meine Tante Brunhilde. Um ihre Gunst muß ich mich bemühen. Ich habe noch Bücher, die ihrer

Schwester gehörten, der armen Galsvintha, die kurze Zeit meine Mutter war. Es sind Gedichte von Properz und Tibull. Ich werde meiner Tante die Bücher zurückgeben. Die meisten Gedichte kann ich auswendig, so könnte ich ihr einige vortragen. Vielleicht rührt das ihr Herz, sie soll für Verse empfänglich sein. Es heißt ja auch, daß sie sehr schön sei, ich bin gespannt auf sie ...«

»Merovech!« unterbrach ihn Gailenus heftig. »Hast du jetzt wirklich nichts anderes im Sinn? Du redest von Versen – und bist in höchster Gefahr! Laß uns lieber darüber nachdenken, wie wir hier rauskommen! Ich weiß eine Bresche in der Mauer. Wir könnten versuchen, uns nach Burgund durchzuschlagen, in das Reich deines Onkels Gunthram. Von dort vielleicht nach Italien oder nach Afrika ...«

»Nein, ich ziehe es vor zu bleiben. Alle Welt hat mich immer für völlig unbedeutend gehalten. Vor allem natürlich, weil ich die Kunst des Lesens und Schreibens beherrsche. Für gute Franken eine höchst überflüssige und verächtliche Kunst. Nun rettet sie mich vielleicht, da ich durch sie doch ein solches Nichts bin.«

»Du und ein Nichts? Was redest du? Ist dir vielleicht noch nicht klargeworden, daß du jetzt der älteste bist? Nach dem Tod deines älteren Bruders bist du der erste Thronanwärter! Erbe des Reiches!«

Merovech stutzte einen Augenblick. Dann lachte er laut auf und stieß seinen Freund und Gefolgsmann übermütig in die Seite.

»Du hast recht, Gailenus, ich bin jetzt der älteste. Erbe des Reiches, das gerade untergeht! Meinst du nicht, ich hätte ein Anrecht darauf, vor allen anderen beseitigt zu werden? Wir wollen doch einmal sehen, ob unsere Feinde das schon bemerkt haben!«

Bei diesen Worten schloß er den Gürtel und erhob sich. Er legte die Hände auf die Kanten der Zinne, an der er gelehnt hatte, und schwang sich im nächsten Augenblick hinauf.

»Merovech!« schrie Gailenus. »Bist du von Sinnen? Was tust du?«

»Ich zeige mich!«

Und schon warf er die Beine hoch und stand in der luftigen Höhe von zwanzig Fuß auf den Händen. Gegen die rote Abendsonne im Westen ragte sein langer, schmaler Schatten über der Mauerzinne empor. Der Wind spielte mit seinem Haar und löste das Stirnband, das an der Außenseite der Mauer hinabfiel.

Mit schreckensweit geöffneten Augen stammelte Gailenus: »Prinz … Warum … Du wirst dir den Hals brechen …«

Aber Merovech zog jetzt sogar den linken Arm an und stand nur noch auf einer Hand.

»Sie nehmen mich noch immer nicht wahr!« sagte er mit gepreßter Stimme. »Schöne Feinde! Sie haben nicht einmal einen Pfeil für mich übrig!«

Gailenus hob die Hände und betete stumm.

Doch da sprang der Prinz schon auf die Plattform herab und stand lachend und atemlos neben ihm.

»Du siehst, es besteht nicht die geringste Gefahr!« sagte er. »Mich erwartet ein langes, ruhmloses Leben. Wenn du auf Heldentaten aus bist, verlasse mich lieber!«

»Niemals!« rief Gailenus.

4

Die Nachricht vom gewaltsamen Tod Galsvinthas hatte den austrasischen Königshof schon nach wenigen Tagen erreicht.

Um den Anschein einer tödlichen Krankheit aufrechtzuerhalten, durfte Chilperich seinen Verdacht auf eine Fluchtabsicht seiner Gemahlin nicht öffentlich machen. So ließ er die Goten, die sich an seinem Hofe aufhielten, unbehelligt und stellte ihnen frei, entweder bei ihm zu bleiben oder in ihre Heimat zurückzukehren. Sigila, der ihm nicht traute und befürchtete, daß sie früher oder später alle umkommen würden, verschwand mit zwei anderen Männern und einer der Frauen schon am dritten Tag nach dem Mord. Als Chilperich davon erfuhr, schickte er eilends Suchtrupps aus, um die Flüchtigen einzufangen, bevor sie die Grenze überschritten, aber vergebens. Sigila und die drei anderen erreichten Reims. Gerade war das austrasische Königspaar dort eingetroffen, um seine zweitgeborene Tochter in der Kathedrale taufen zu lassen. Die Ankömmlinge wurden unverzüglich empfangen.

Brunhilde kannte die vier, die nun erschöpft, von den Strapazen der Flucht gezeichnet vor sie hintraten und ihre Schrekkensbotschaft hervorstießen. Sie alle hatten am Hof von Toledo zur Umgebung ihrer Mutter gehört. Es gab keinen Grund, die Wahrheit des Berichts in Zweifel zu ziehen. Ihre Schwester Galsvintha sei erdrosselt oder erwürgt worden, so die Botschaft, nachdem der neustrische König unter Bruch seines Eides zu seiner Kebse zurückgekehrt war. Diese sei zweifellos die Anstifterin der Untat, und der König habe sie entweder selbst ausgeführt oder einen Spießgesellen beauftragt.

Kurz darauf traf ein Schreiben Chilperichs ein. Mit gewundenen Sätzen teilte er darin das »überraschende Hinscheiden meiner hochedlen, teuren und geliebten Gemahlin« mit, welches »nach dem Zeugnis berühmter und gelehrter Ärzte« die

Folge einer »tückischen Krankheit« gewesen sei. Er selbst sei in einen »Abgrund der Verzweiflung« gestoßen, verharre in »unstillbarem Schmerz« und suche allein noch »Trost im Glauben«. Von seiner neuerlichen Heirat erwähnte er nichts. Auch der Bote hatte Befehl, darüber Stillschweigen zu bewahren. Doch man gab ihm zu trinken, und da plauderte er aus, daß dem König das Schreiben zur Unterzeichnung und Siegelung vorgelegt wurde, als er frohgemut an seiner Hochzeitstafel saß.

Nicht einen Augenblick stand für Brunhilde in Frage, daß dieser Mord nur durch blutige Rache gesühnt werden konnte. Sie hatte Galsvintha, die ihr zu scheu, absonderlich und verschlossen war, nicht geliebt, eigentlich war ihr die Schwester ganz gleichgültig gewesen. Jetzt aber, als das Opfer einer ungeheuerlichen Gewalttat, die zwischen Rhein und Tajo die größten Erschütterungen hervorrufen konnte, bekam das arme Geschöpf eine Aureole. Brunhilde trauerte mit Hingabe, aß und trank kaum noch, ging nur verschleiert. Sie erreichte, daß überall in Austrasien Messen für die Tote gelesen wurden. Und sie erklärte Sigibert, was er zu tun habe.

»Die Rache ist deine Pflicht!« sagte sie. »Vergiß nicht, als nächster Verwandter des Opfers befindest du dich mit dem Mörder im Fehdezustand. Also zögere nicht und rüste dein Heer! Je eher du losmarschierst, desto besser! Desto weniger Zeit hat der Unhold, sich darauf vorzubereiten. Die Seele meiner armen Schwester wird keine Ruhe finden, solange die Schuldigen nicht bestraft sind!«

»Was du verlangst, wird geschehen, Liebste«, erwiderte Sigibert. »Auch mir liegt daran, sie zu bestrafen. Aber wir dürfen nichts überstürzen. Ich habe deshalb zu Gunthram geschickt, damit er sich anschließt. Gegen unsere vereinten Heere wird Chilperich nichts ausrichten können. Auch meine Räte sind dieser Meinung.«

»Natürlich, die Herren Gogo und Gundoald! Feiglinge, Zauderer, wenn nicht Schlimmeres! Es paßt ihnen nicht, sich schlagen zu müssen, weil deine Ehre befleckt ist. Sie hoffen vermutlich, daß Gunthram sich weigert, was mich nicht wundern würde. Er hat sich doch immer aus allem herausgehalten!«

»Diesmal wird er nicht zögern und uns zur Seite stehen.«

»Das wird auch besser für ihn sein! Zwar ist mein Vater gestorben, aber es ist ja bekannt, daß meine Mutter, die Galsvintha sehr liebte, den Bruder von König Leuva geheiratet hat. Wenn ihr es vorzieht, an eurer Stelle lieber meine Familie die Angelegenheit regeln zu lassen, wird ein Hilferuf von mir genügen. Dann werden die Gotenheere hereinströmen!«

Vorerst gab es jedoch keinen Grund, eine solche Drohung in die Tat umzusetzen. Von König Gunthram kam die Botschaft, daß er das niederträchtige Verbrechen verurteile und Chilperich vorerst als einen aus der Familie der Merowinger Ausgeschlossenen betrachte. Nicht ruhen werde er, hieß es weiter, solange nicht nach dem fränkischen Recht, dem sich auch Könige unterwerfen müßten, für Genugtuung gesorgt sei. Schon sei er dabei, seine Maßnahmen zu treffen.

Sigibert, von Brunhilde bestärkt, entnahm dieser Botschaft, daß Gunthram ein Heer sammle und daß er demnächst zum gemeinsamen Waffengang gegen Chilperich anrücken werde. Dagegen rieten der Hausmeier Gogo, ein finsterer, strenger Mann, und der besonnene Herzog Gundoald, doch erst einmal abzuwarten, ob König Gunthram nicht vielleicht andere Maßnahmen meine. Unter den älteren Antrustionen überwog sogar die entschiedene Abneigung gegen einen Krieg mit den neustrischen Stammesbrüdern. Die Jüngeren dagegen, von Ruhmsucht und Beutegier gepackt, setzten ihre Ausrüstungen instand, und die Festung Metz hallte wider vom Waffenlärm. Boten eilten in verschiedene Teile des Reiches, und bald näherten sich die ersten herbeigerufenen Herzöge und Grafen mit ihren Heerhaufen. Als der allseits beliebte Herzog Boso mit vierhundert Mann seinen Einzug hielt, ritt ihm Brunhilde selbst behelmt, mit einem Panzerhemd angetan und einem Schwert an der Seite auf ihrem Rappen entgegen. So hatte das Volk von Metz sie noch nie gesehen. »Wirst du uns selber führen, Königin?« fragte der Herzog scherzend.

»Diesmal schafft ihr es noch allein«, entgegnete sie. »Es geht ja nur gegen einen Feigling, der Frauen mordet. Gegen stärkere Feinde zählt auf mich!«

»Heil der neuen Bellona, unserer Kriegsgöttin!« rief der fröhliche Rotbart. Das Heer und das Volk stimmten ein.

Brunhilde war in ihrem Element. Zum ersten Mal seit ihrer Ankunft im Frankenreich war sie nicht nur die Gemahlin des Königs, die zwar bewundert, doch nicht gefragt wurde. Auf diesen Augenblick hatte sie lange gewartet.

Ihr Leben am austrasischen Hof hatten bisher zwei Schwangerschaften und die Sorge um die kleinen Töchter bestimmt. So war sie kaum aus den Frauengemächern herausgekommen, nur Kirchgänge, Spazierritte, gelegentliche Feste oder Lustpartien auf dem Rhein und der Mosel hatten etwas Abwechslung gebracht. Vorbei waren nun die Zeiten, da sie am Gotenhof in freier Natur, unter der ewigen Sonne Spaniens das wilde Leben einer Amazone geführt hatte, inmitten der jungen Gefolgschaft ihres Vaters wetteifernd im Reiten, Laufen, Schwimmen und sogar im Gebrauch der Waffen. Die erzwungene Ruhe als Königin und Mutter hielt sie immer weniger aus. Sie liebte zwar ihre Kinder, doch für die Pflege gab es Zofen und Ammen. Es drängte ihren beweglichen Geist und ihr kraftvolles Naturell zu Projekten und Taten. Bis jetzt konnte sie nur über Sigibert, der sie vergötterte und ihr möglichst jeden Wunsch erfüllte, dieses oder jenes erreichen – Ernennungen, Belohnungen, Bestrafungen. Daß sie auch wirklich mitregierte, verhinderten seine mächtigen Ratgeber, die nicht von seiner Seite wichen. Obwohl sie inzwischen zwanzig Jahre zählte, war sie für diese Herren nur ein kaum flügge gewordenes buntes Vögelchen, dessen Gezwitscher man überhören konnte. Nun aber, nach dem Mord im neustrischen Nachbarreich, sollte sich alles ändern.

Als Schwester des Opfers sah Brunhilde im Grunde sich selbst mit der Rache beauftragt, und sie nahm eine Haltung an, die dem Ernst und der Größe dieses Auftrags entsprach. Sie verließ die Frauengemächer und mischte sich wieder unter die Mannschaften, so wie sie es in ihrer Heimat gewöhnt war. Diesmal aber tat sie es nicht zum fröhlichen Spiel oder Wettbewerb. Die Männer, die im Hof des Palastes ihre Schwerter und Dolche schärften und mit der Franziska den Zielwurf übten, staunten nicht wenig, wenn plötzlich die junge Königin in ihre Mitte trat und zu ihnen sprach wie zu ihresgleichen. Mit offenen Mündern starrten sie in das von Trauer umwölkte Engelsgesicht, hörten sie auf die klare, mit einem fremden, doch angenehmen Akzent sprechende Stimme. Brunhilde erzählte ihnen von ihrer Schwester Galsvintha, die als Kind bereits das Leben einer Heiligen geführt und fromme Werke getan habe. Schon vor ihrer Hochzeit habe der Himmel warnende Zeichen gesandt. Als aber die Teufel von Soissons sie ermordet hatten, habe Gott sogar ein großes Wunder getan. Eine Lampe, die an ihrem Grabe aufgehängt war, sei auf einmal herabgestürzt, ohne daß jemand sie angerührt hatte. Da habe der harte Estrich unter ihr nachgegeben, und sie sei, ohne beschädigt zu werden, wie in eine weiche Masse in ihn eingesunken.

Wenn Brunhilde diese Begebenheit erzählte, die ihre gotischen Landsleute bei der Beerdigung selbst erlebt haben wollten, hatte sie meist schon einen großen Kreis andächtiger Zuhörer um sich versammelt. Mit erhobener Stimme rief sie sie auf, im Namen Gottes für das unschuldig vergossene Blut in den Kampf zu ziehen. Schwüre schallten ihr entgegen, feierlich wurden Schwerter zum Himmel gereckt. Alle, die vorher nur an Beutegut, Geld und Weiber gedacht hatten, fühlten sich nun als Streiter Gottes. Überraschend konnte die Königin auch einen burschikosen, heiteren Ton anschlagen und sich erkundigen, ob die Männer dem schweren Waffengang auch wirklich gewachsen seien. Dann zerrissen sich gleich alle vor Eifer, fochten, schleuderten ihre Speere und Beile und zeigten ihr, was sie konnten. Und wenn sie gar selber ein Schwert ergriff und ein paar Hiebe austeilte oder mit Kraft und Geschick die Franziska ins Ziel warf, wollten die Begeisterung und die Heil-Rufe kein Ende nehmen.

In diesen Tagen gewann Brunhilde die Erfahrung, daß sie allein durch ihre Gegenwart Macht ausübte. Ihr kühler, prüfender Blick konnte die wildesten Kerle zähmen, eine Geste ließ Widerspruch verstummen, mit einem Schritt vorwärts erreichte sie, daß man vor ihr zurückwich. Ein unsichtbarer Panzer umschloß sie und machte sie unangreifbar. Ihre Schönheit war von der Art, die nur Erstaunen, doch kein Begehren weckte. Freche Reden und Anzüglichkeiten wagte niemand in ihrer Nähe. Selbst wenn sie sich heiter gab, wahrte man den Respekt vor ihr und war nur dankbar für die huldvolle Leutseligkeit.

Die neue Haltung der trauernden Rächerin beeindruckte auch die Großen, und selbst in der engsten Umgebung Sigiberts begann man, der Königin zuzuhören.

War sie vorher die meiste Zeit unsichtbar, so sah man sie jetzt überall. Sie mahnte, drängte, trieb an, und nur ihrer Unermüdlichkeit war es zu verdanken, daß das Heer bereits nach drei Wochen marschbereit war. Man wartete nur noch auf eine Botschaft Gunthrams. Er sollte angeben, wann er sich mit seinen Streitkräften an einem vorgeschlagenen Treffpunkt einfinden werde.

Die Botschaft kam und machte den ganzen Aufwand zunichte.

In der Tat hatte der burgundische Herrscher, als er in seiner Antwort von »Maßnahmen« sprach, etwas ganz anderes gemeint. König Gunthram schlug ein Tribunal vor. Wie auf dem mallus, der Gerichtsversammlung, wo über die Verbrechen gewöhnlicher Menschen entschieden wurde, sollte der Mord zur Anklage gebracht und nach dem Beweis, daß Chilperich schuldig war, durch einen Urteilsspruch berufener Richter gesühnt werden. Gunthram nannte auch gleich die Namen von Herzögen, Grafen und Bischöfen, die er als Teilnehmer der Versammlung und beisitzende Richter vorschlug. Er selber erklärte seine Bereitschaft, den Vorsitz zu übernehmen, da es im Grunde ja ein Familiengericht und er der älteste Merowinger sei. Sigiberts Einverständnis voraussetzend, wollte er eine Proklamation erlassen und nach einem Aufschub von vierzig Nächten, wie das Gesetz es vorschrieb, die Richter und die Parteien auf eines seiner Krongüter laden, in der Gegend, wo sich die Grenzen der drei Reiche berührten.

Dieser Vorschlag löste am austrasischen Hof die größte Unruhe aus. Gogo und Gundoald waren augenblicklich dafür, und binnen kurzem traten die Mehrzahl der militärischen Führer und alle Bischöfe auf ihre Seite. Die Kriegspartei schrumpfte von Stunde zu Stunde. Auch in den Mannschaften, die der Königin so flammende Schwüre geleistet hatten, erhoben sich immer mehr Stimmen gegen ein kriegerisches Vorgehen mit ungewissem Ausgang. Brunhilde erschien in der Ratsversammlung und versuchte, mit einer schneidend scharfen Rede, in der sie einige führende Männer heftig und beleidigend angriff, noch einmal einen Stimmungswandel herbeizuführen – vergebens. Nicht einmal ihre Drohung, die Goten zu rufen, machte noch Eindruck.

Schließlich nahm sie sich Sigibert unter vier Augen vor.

»Ich warne dich, König!« sagte sie und warf ihm einen so kalten Blick zu, daß ihm ein Schauer über den Rücken lief. »Wenn du dich auf diese niederen Machenschaften einläßt, wirst du die Folgen tragen müssen. Beweise für seine Schuld? Das heißt doch nur, daß sie dem Mörder heraushelfen wollen. Wenn du dich darauf einläßt, bist du ihr schäbiger Komplize. Dann kannst du nicht mehr mein Gemahl sein!«

»Brunhilde!«

»Ich müßte ja fürchten, daß auch ich eines Tages umgebracht werde und daß niemand zur Vergeltung den Arm hebt! Ich werde fliehen, in meine Heimat zurückkehren, wo es noch Männer gibt, die auf Ehre halten. Zu Zehntausenden werde ich sie gegen euch aufbieten!«

»Das wirst du unterlassen!«

»Dann verhindere es, indem du marschierst!«

»Ich würde riskieren, daß mir die meisten nicht folgen.«

»Kannst du denn nicht befehlen?«

»Auf manche Befehle verzichtet man lieber.«

»Schwächling!« schleuderte sie verächtlich hin. »Ich dachte, ich hätte einen König geheiratet!«

Seine blauen Augen blitzten auf. Er hob den Arm, als wolle er zuschlagen, ließ ihn aber gleich wieder sinken.

»Wenn du mich auch beleidigst«, sagte er, »werde ich tun, was vernünftig ist. Und dir wird nichts anderes übrigbleiben, als deinen harten Sinn zu beugen. Das Gericht wird Chilperich schuldig sprechen, und er wird seine Strafe erhalten. Ich sorge dafür, das schwöre ich! Nun aber, Liebste, wollen wir uns wieder versöhnen ...«

»Ah, und du glaubst, das wird so einfach? O nein! Bevor

du nicht deine Pflicht getan hast, wirst du deine Nächte allein verbringen!«

Von nun an legte sie ein Schwert auf die Matratze neben sich. Wenn der König des Nachts erschien und ins Bett steigen wollte, stach ihm die Spitze entgegen. Einmal versuchte er es dennoch, da wurde ihm der Oberschenkel geritzt. Er zog sich daraufhin zurück und kam in den Wochen, die bis zu dem Tribunal vergingen, nicht wieder.

Der Proklamation des Königs Gunthram folgten alle Geladenen pünktlich. Auf einen friedlichen Ablauf der Gerichtsversammlung wagte allerdings niemand zu hoffen. Wie vorauszusehen war, kam es zu heftigen Streitereien und sogar Tätlichkeiten.

Chilperich hatte zu seiner Sicherheit eine Leibgarde von fast zweihundert Mann mitgebracht. Unter den Teilnehmern der Versammlung bildete sie die Mehrheit, und alle Äußerungen der Gegenpartei wurden von ihr mit Pöbeleien und Gelächter beantwortet. Die kurzen Ausführungen König Sigiberts, der die Anklage vortrug, wurden noch allgemein verstanden. Als dann aber Sigila, den er als Zeugen mitgebracht hatte, über die Quälereien berichten wollte, denen das Opfer vor seinem grausigen Ende ausgesetzt war, schrien ihn Chilperichs Leute nieder. Der neustrische König beschimpfte den Goten als Spion und Verschwörer und forderte, ihn auf der Stelle zu hängen, weil er den Untergang der fränkischen Reiche durch einen gotischen Einmarsch geplant habe. Chilperich schnallte sogar den Gürtel ab, um Sigila gleich selber zu exekutieren. Gunthram und seine Richter mußten ihm in den Arm fallen. Darauf zogen Chilperichs Leute die Schwerter, und fast wäre es unter den Teilnehmern der Gerichtsversammlung zum Handgemenge gekommen. Doch der Gastgeber hatte vorgesorgt. Einige hundert mit Knüppeln bewaffnete Knechte, die versteckt in Bereitschaft standen, brachen auf sein Zeichen hervor und schlugen auf die verdutzten Neustrier ein. Allmählich wurde die Ordnung wiederhergestellt.

Chilperich verzichtete auf die gesetzliche Frist von zwei Wochen und erwiderte gleich. Wie zu erwarten, wies er die Anklage schroff zurück. Er habe seine Gemahlin über alle Maßen geliebt, auf Kinder von ihr gehofft und sie wegen ihrer schwachen Gesundheit immer mit besonderer Schonung behandelt. Sein Leibarzt Marileif bezeugte mit viel gelehrtem Wortgetöse den natürlichen Tod Galsvinthas. Die Prinzen Theudebert und Chlodwig – Merovech mußte zu Hause bleiben – sprachen stockend und vor Verlegenheit grinsend von dem Schmerz, den sie nach dem Tode ihrer teuren »Mutter« empfunden hätten. Auf Sigiberts Frage, warum sich sein Bruder unmittelbar nach der Beerdigung seiner angeblich so geliebten Gemahlin erneut verheiratet habe, erklärte Chilperich, er sei es gewohnt, mit einer Frau zu leben, und ein Hofstaat brauche nun einmal eine Königin.

Wenn diese Aussagen auch halbwegs glaubhaft vorgebracht wurden, hatten die vorausgegangenen rüden Ausfälle gegen den Zeugen der Anklage die Richter, durchweg Grafen und Bischöfe aus dem neutralen Burgund, schon zu ungünstig beeinflußt. Chilperichs Angebot, seine Unschuld durch einen Eid zu erhärten, wurde abgelehnt. Zwar wollte er mit der Höchstzahl von zweiundsiebzig Eidhelfern aufwarten, doch diese sollten allesamt eigene Dienstleute sein. Die aber hatten ihre Wahrheitsliebe schon allzu schlagfertig unter Beweis gestellt. Kein einziger Edler aus einem der Nachbarreiche war bereit, für Chilperichs Unschuld einzustehen.

Bevor der Schuldspruch verkündet wurde, nahmen Gunthram und Sigibert ihren Bruder beiseite. Auch der austrasische Hausmeier Gogo und der burgundische Patricius* wurden hinzugezogen. Der Familienälteste machte Chilperich unmißverständlich klar, daß es mit seinem Königtum aus und vorbei sei, wenn er den Schuldspruch und die damit verbundene Buße nicht annehme. Die vereinigten Heere stünden bereit, und in wenigen Wochen würde er für alle Zeiten aus seinem Reiche vertrieben sein. Ehe man sich die Goten als Rächer ihrer Prinzessin auf den Hals hetze, sagte Gunthram, werde man sich lieber einer Mißgeburt entledigen.

»Einer Mißgeburt?«

* Oberbefehlshaber des Heeres

Chilperich wollte sich auf ihn stürzen, aber blitzschnell zog der Patricius, der ebenfalls ein Hüne war, seinen Dolch und hielt ihm die Spitze unter das Kinn.

»Einer, der in Blutschande gezeugt wurde, ist eine Mißgeburt!« bekräftigte Gunthram.

»Ich bitte dich, Bruder, sprich nicht davon!« rief Sigibert, den das Thema peinlich berührte.

»Warum nicht?« erwiderte der burgundische König, ein knorriger kleiner Kerl und boshafter Spaßvogel. »Die Herren hier suchen nach einer Erklärung, warum ein Mann, in dem Merowingerblut fließt, ein so gewalttätiger und treuloser Schuft ist. Der Fall ist klar. Unser Vater, Herr Chlothar, Gott sei seiner Seele gnädig, wurde von unserer edlen Mutter, Frau Ingunde, eines Tages gebeten, ihr einen Wunsch zu erfüllen. Für ihre jüngere Schwester, sagte sie, wünsche sie sich einen guten, angesehenen und wohlhabenden Mann. Sie bat ihren Gatten dringend, einen solchen für diese Aregunde zu suchen. Da wird er neugierig, guckt sich die Schwägerin, die er schon lange nicht mehr gesehen hat, noch einmal an, und weil sie nicht übel ist, packt ihn die Geilheit. Er nimmt sie ins Bett und läßt sich auch gleich mit ihr trauen. Und was sagt er zu unserer armen Mutter? ›Du wolltest doch, daß ich ihr einen Mann verschaffe. Einen Bessern als mich hab ich nicht gefunden!‹«

Gunthram stieß ein meckerndes Lachen aus, doch war er der einzige, den die Geschichte erheiterte. Sigibert und sein Hausmeier blicken betreten beiseite. Der Patricius stand noch immer vor Chilperich, der keuchend, die Dolchspitze unter dem Kinn, den Kopf in die Höhe reckte.

»Na, und der da ist aus dieser blutschänderischen Ehe hervorgegangen!« schloß Gunthram. »Also wundert euch nicht über ihn!«

Das Gericht, dessen Urteil er wenige Augenblicke später verkündete, sprach den König der Neustrier des Mordes an seiner Gemahlin Galsvintha für schuldig und verhängte als Buße, daß die fünf Städte und Landschaften, die sie als Morgengabe erhalten hatte, von Stund an in den Besitz ihrer Schwester Brunhilde, der Königin der Austrasier, übergingen. Da das fränkische Recht, erläuterte Gunthram, für königliche Personen eine bestimmte Höhe des Wergelds nicht vorsehe, habe sich das Gericht zu dieser Lösung entschlossen.

Höhnisch grinsend, doch ohne Widerspruch trat Chilperich vor, und unter dem Gemurre seiner Dienstleute tauschte er mit Sigibert Friedenszweige. Mit der Bußleistung war die Fehde zwischen den beiden beendet. Weder weitere Forderungen des Klägers noch ein Versuch des Verurteilten, sich vom Verlorenen etwas zurückzuholen, waren erlaubt.

»Ich schenke ihnen den Bettel!« rief Chilperich, als er am Abend betrunken im Kreis seiner Leute in einem der Gästehäuser des Krongutes hockte. »Was kümmern mich diese verdammten fünf Städte und Landschaften? Hab sie von Charibert geerbt ... weiß gar nicht genau, wo sie liegen ... bin niemals dort gewesen. Die Steuern haben sie auch nicht pünktlich gezahlt. Also zum Teufel mit ihnen! Aber Gunthram und Sigibert sollen nicht glauben, daß damit alles abgetan ist. Ich werde mich schon noch schadlos halten!«

Sigibert kehrte nach Metz zurück und eilte sofort zu Brunhilde. Er erwartete zwar nicht gerade Jubel, doch da er nicht mit leeren Händen kam, hoffte er immerhin auf etwas Anerkennung und ein versöhnendes Wort.

Aber sie stieß nur ein verächtliches Lachen aus.

»Galsvinthas Morgengabe? Und das ist alles?«

»Es ist immerhin als Wergeld nicht wenig!«

»Ah, natürlich, als Wergeld! Du hast also meine arme tote Schwester verkauft. Noch dazu für ein Linsengericht!«

Auch in Sigibert, der gewöhnlich beherrscht war, konnte der merowingische Zorn in furchtbarer und verheerender Weise auflodern.

»Für ein Linsengericht?« schrie er. »Und du ... was wolltest du für die arme Tote, die dir so herzlich gleichgültig war? Wolltest du nicht einen fetten Braten? Wolltest du nicht gleich ein ganzes Königreich? Hofftest du nicht auf den neustrischen Thron?«

»Wie solltest du Schwächling noch einen Thron erringen!«

»Wozu brauche ich noch einen Thron? Ich habe ja einen! Und was sollte ich mit zwei Königreichen, da ich nicht einmal für einen den Thronerben habe! Du solltest erst deine irdische Pflicht tun, ehe du die Nase zum Himmel reckst!«

»Ich habe zwei Kinder!«

»Keinen Sohn! Keinen Sohn! Keinen Sohn!«

Und damit warf er sich auf sie und stieß sie zu Boden. Da packte sie mit aller Kraft seinen Arm und verdrehte ihn, so daß er aufschrie. Mit dem anderen Arm klemmte er ihren Hals ein und drückte so lange, bis sie röchelte und ihn freigab. Als er sich aber auf sie wälzte, schnellte sie unter ihm hoch und bog seinen Kopf so heftig zurück, daß die Wirbel knackten. Nun erwischte er einen ihrer Füße und riß ihn nach vorn. Aufstöhnend krachte sie auf den Rücken. Gleich war er wieder über ihr, aber sie biß ihn in die Schulter, daß das Blut spritzte ...

So kämpften sie eine Stunde lang, immer zorniger, wilder, lustvoller.

Neun Monate später wurde ihr Sohn geboren, dem sie den Namen Childebert gaben. Brunhilde lebte wieder im Frauengemach. Sie verzichtete diesmal sogar auf die Amme. Kirchgänge, Spazierritte, gelegentliche Feste und Lustpartien waren auch jetzt ihre einzige Abwechslung. Das Schwert hatte sie aus dem Bett entfernt, sie hatte sich mit Sigibert so weit ausgesöhnt, daß zwischen ihnen kein offener Groll mehr herrschte. Allerdings ließ sie ihn öfter als früher eine gewisse Geringschätzung spüren, die ihn schmerzte und der er vergebens durch Eifer und Aufmerksamkeit zu begegnen suchte. Ihr erklärter Vertrauter war jetzt nur noch Sigila, der bei ihr dieselbe Stellung einnahm wie vorher bei ihrer Schwester, und den sie oft zu langen Gesprächen empfing. Die Hoffnung auf ein gotisches Eingreifen mußten die beiden aber begraben. Brunhilde hatte ihrer Mutter geschrieben, doch eine Antwort erhalten, die außer beredten Klagen über den Tod der Tochter und die Hartherzigkeit ihres verstorbenen Gemahls nur Andeutungen enthielt, die entmutigend waren. Machtkämpfe innerhalb der gotischen Führungsschicht, so viel war da herauszulesen, schienen derzeit ein kraftvolles Handeln auszuschließen.

Auch Chilperich merkte sehr bald, daß von dieser Seite keine Gefahr drohte. Ebensowenig übersah er die düsteren Wolken, die aus einer anderen Richtung heranzogen und sich über

Gunthrams Königreich entluden. Die Langobarden, die seit einigen Jahren Oberitalien besetzt hielten, drangen plötzlich in hellen Haufen über die Cottischen Alpen und die Meeralpen in das südliche Burgund ein, zogen mordend, brennend und plündernd von Ort zu Ort und richteten unter Gunthrams Truppen ein Blutbad an. Ein neues Heer wurde eiligst aufgeboten und gegen die fremden Kriegermassen geworfen, die immer noch von den Bergen herabquollen. Ausgeschlossen war es in diesem Augenblick, daß Gunthram irgendwo anders eingriff.

Seit jenem Familientribunal waren vier Jahre vergangen. Chilperich hatte sich in Geduld geübt. Jetzt sah er seine Zeit gekommen.

Zwei in Panik geflohene Priester waren die ersten, die die Nachricht nach Metz brachten. Truppen des Chilperich unter dem Oberbefehl seines jüngsten Sohnes Chlodwig hatten die neustrische Grenze hinter Angers überschritten und waren in austrasisches Reichsgebiet eingedrungen. Schon war die Stadt Tours in ihrer Hand. Andere Unglücksboten berichteten, daß der Vormarsch fortgesetzt wurde. Auch Poitiers schien sich bereits ergeben zu haben.

Diesmal brauchte Sigibert seine Ratgeber nicht von der Notwendigkeit energischen Handelns zu überzeugen. Tours und Poitiers, zu Sigiberts Anteil vom Erbe des Charibert gehörend, waren bedeutende Städte, aus denen dem austrasischen Fiskus reichlich Steuern, Zölle und Bußgelder zuflossen. Allerdings waren sie dreihundert römische Meilen entfernt, und viele Wochen würde es dauern, bis ein Heer aufgeboten, in Marsch gesetzt und dort eingetroffen war. Aus weiteren Nachrichten, die von dort kamen, ging hervor, daß die Städte mit nur geringen Kräften genommen waren, mit Haufen von kaum vierhundert Mann. Die Franken als Erobererkaste, die nur den dreißigsten Teil der Bevölkerung Galliens stellte, hatten nicht genug waffenfähige Männer, um alle zu ihrem Besitz gehörenden Plätze durch Garnisonen zu sichern. Auch größere Städte bildeten da keine Ausnahmen. Mühelos waren die wenigen austrasischen Verteidiger von Tours und Poitiers niedergemacht worden. Die galloromanischen Städter, denen es gleichgültig war, von welchem fränkischen König sie ausgepreßt wurden, hatten sich in ihre Häuser verkrochen. Sigibert und seine Räte entschieden, einen Grenzwächter, Markgraf Sigulf, mit der Vertreibung der Eindringlinge zu beauftragen. Auch an König Gunthram ging ein Bote ab, um Chilperichs dreisten Vorstoß zu melden. Er erreichte Chalon in einem günstigen Augenblick. Nach einer Schlacht, in der die langobardischen Haufen vollständig aufgerieben wurden, war das burgundische Heer gerade heimgekehrt. In siegestrunkener Stimmung beschloß der König, nicht lange zu fackeln und auch »dieser Mißgeburt« aufs Haupt zu schlagen. Die Burgunder nahmen Sigiberts Städte zurück, ohne auf nennenswerten Widerstand zu stoßen. Den Rest besorgte der Markgraf. Zum Schluß verfolgte er den flüchtigen Chlodwig, der zu seinem Glück ein schnelles Pferd besaß, mit einer Hundemeute und Hörnerschall. Chilperichs achtzehnjähriger Sohn erreichte das neustrische Angers mehr tot als lebendig.

Sein Vater empfing ihn mit Ohrfeigen.

»Elender Bengel! Rotzlöffel! Hosenscheißer! Wo hast du die vierhundert Mann gelassen, die ich dir mitgegeben hatte?«

»Die sind alle fort!« heulte Chlodwig. »Gefallen, verschwunden, übergelaufen ...«

»Ein feiner Feldherr, dem die Truppen verschwinden! Was mache ich nun? Ich bin lächerlich!«

»Wozu mußtest du auch diesem Dummkopf das Kommando geben, Vater?« sagte Theudebert, wobei er schadenfroh seinen verdreckten, kläglichen Bruder musterte.

»Ich dachte, das wäre nur ein Spaziergang, da könnte er lernen.«

»Zieh ihm Kleider an, laß ihn mit Mädchen spielen. Und schicke mich das nächste Mal!«

»Ja«, sagte Chilperich düster. »Diese Schlappe muß ausgewetzt werden. Ich kann nicht zulassen, daß sie über mich lachen!«

Brunhilde hatte im Lauf dieses Sommers 573 alle Botschaften über die Vorgänge im Westen wie Honig eingesogen. Als schließlich sogar die Nachricht kam, Chlodwig sei mit seinen letzten Getreuen noch in Bordeaux eingedrungen, bevor ihn der Markgraf vertrieb, konnte sie kaum ihren Jubel verbergen.

»So bist du mit Chilperich wieder im Fehdezustand!« sagte sie triumphierend zu Sigibert. »Solange er Tours und Poitiers nahm, machte er sich nur eines Übergriffs schuldig. Er wollte die schönen Städte vermutlich als Schadensersatz für die verlorene Morgengabe. Sie liegen nahe an seiner Grenze und sind viel mehr wert als das arme Béarn und das öde Bigorre. Damit hatte er aber noch nicht dem Urteil zuwidergehandelt. Doch dann hat sein Sohn versucht, Bordeaux zurückzuerobern – meine Stadt, die zum Wergeld gehört! Damit ist das Gerichtsurteil aufgehoben, der frühere Zustand wiederhergestellt. Der Fall kann jetzt nur noch blutig gelöst werden!«

»Sofern ich dazu stark genug bin«, sagte Sigibert. »Er wird es wieder versuchen, ich kenne ihn. Er wird alles aufbieten, was er hat. Aber ob Gunthram mir noch einmal helfen kann ...«

»So hilf dir selbst! Hast du nicht eine Reservearmee von unerschöpflicher Kampfkraft direkt vor der Haustür?«

»Was meinst du?«

»Nun, die Stämme, die zwar nicht zum Reich gehören, die aber deine Schutzherrschaft anerkennen. Sachsen, Thüringer, Baiern ...«

»Das sind Fremdlinge! Barbaren!« rief er erschrocken.

»Versprich ihnen Beute! Sie werden kommen.«

»Es wäre gefährlich, sie über den Rhein zu holen. Sie werden hier hausen wie die Heuschrecken. Wahrhaftig, dann hätten wir eine Plage!«

»Ist das Mörderpaar nicht die größere Plage?«

Wieder der kalte, graue, prüfende Blick.

Sigibert nickte seufzend.

»Ja, Liebste, da hast du wohl recht ...«

Er rief die Barbaren.

Das blutige Jahr 574 hatte tatsächlich mit dem erneuten Einmarsch neustrischer Heerhaufen in Aquitanien begonnen. Wesentlich stärker als im Vorjahr waren sie über die wehrlosen Städte hergefallen, um sie, wie Theudebert, ihr Anführer, zynisch bekanntgab, für ihre »Untreue« zu bestrafen. Auch das Umland der Städte wurde von den neustrischen Truppen verheert. Diesmal übernahm Herzog Gundoald selbst den Befehl über ein austrasisches Aufgebot. Bei Poitiers kam es zu einem

Gemetzel, Gundoald wurde in die Flucht geschlagen. Nun kannte Theudebert kein Maß mehr. Ein rasendes Morden, Foltern, Schänden, Brennen und Plündern begann. Den Befehl seines Vaters, vor allem Kirchen und Klöster zu zerstören und zu berauben, befolgte Chilperichs dreiundzwanzigjähriger Lieblingssohn gründlich. Diesmal gab es auch von Anfang an keinen Halt vor den Städten, die in Brunhildes Besitz waren. In Limoges und Cahors brannten Häuser, schrien Gemarterte und Geschändete, steckten abgeschlagene Köpfe auf den Zaunpfählen. Flüchtlinge brachten die Nachrichten von diesen Greueln in die austrasischen Stammgebiete.

Dort war am linken Ufer des Rheins inzwischen der Aufmarsch Tausender wilder Krieger aus den Wäldern Sachsens, Thüringens und Alemanniens abgeschlossen. Sigibert überwand sich, ging von Haufen zu Haufen, begrüßte und beschenkte die Anführer, lobte die rohgeschmiedeten Waffen, versprach einen kurzen Krieg und reiche Beute. Dann setzte sich die grimmige Masse stampfenden Schrittes in Bewegung. Vereint mit fränkischen Kerntruppen aus dem Rhein- und Moselgebiet wälzte sie sich gegen die neustrische Grenze.

Chilperich hatte nicht erwartet, daß Sigibert seine Stiche gleich mit einem solchen Keulenschlag beantworten würde. Viel zu schwach waren seine Kräfte, um dieser Übermacht standzuhalten. In seiner Not eilte er zu Gunthram, dem Ungeliebten, entfaltete seine ganze Beredsamkeit, beschwor die Abwehrfront gegen die heidnische Invasion, geführt von dem irregeleiteten Bruder, den sein gotisches Teufelsweib vorwärtstrieb. Gunthram erschrak tatsächlich und machte einen Vermittlungsversuch. Sigibert ließ sich jedoch nicht aufhalten, nicht einmal durch die Seine, an deren gegenüberliegendem Ufer Chilperich, die Fäuste schüttelnd, Drohungen und Beleidigungen gegen ihn ausstieß. Das austrasische Heer setzte über, und nun blieb den Neustriern nur noch die Flucht. In Eilmärschen ging es rückwärts, und wer nicht mehr gut zu Fuß war, den zwangen die Pfeile der feindlichen Vorhut, sich auszuruhen. Immer wieder bot Sigibert abends, wenn die Heere ihre Lager bezogen, für den nächsten Morgen die Schlacht an. Chilperich lehnte jedesmal ab und machte sich schon bei Sonnenaufgang davon.

Eines Morgens aber – es war bei dem Flecken Alluye in der Nähe von Chartres – sah Sigibert staunend, daß die feindlichen Zelte nicht abgebaut wurden. Er stellte eilig sein Heer zum Angriff auf. Doch die Neustrier machten keine Anstalten, ihrerseits in Stellung zu gehen. Nur ein einzelner Mann trat vor das Lager, ging zu einem Baum, brach einen Zweig ab. Diesen immerfort schwenkend kam er herüber.

Es war Chilperich.

Sigibert saß zu Pferde und blickte betroffen auf die Gestalt, die da herbeiwankte. Chilperich trug einen zerrissenen Mantel und ging barfuß. Er hatte sein langes Haar mit Asche bestreut. Sobald er heran war, brach er in Tränen aus.

»Bruder!« rief er mit brüchiger Stimme. »Bruder, vergib mir! Verzeih einem Unseligen, der die Hybris nicht zügeln konnte! Ich bin ein Sünder, Gott wird mich strafen, du aber hab Erbarmen mit mir! Ach, der Teufel hat mich verführt, er stachelte meine Eitelkeit an, er schürte die Gier nach Besitz und Macht, und ich Wurm konnte nicht widerstehen. Im Namen der Liebe, die uns immer verbunden hat, Bruder, verzeih mir Elendem diese Schwäche! Sieh mein aschebestäubtes Haupt, ich beuge es vor deiner Größe, deinem Edelmut! Weise mein Angebot nicht zurück. Frieden! Frieden für alle Zeiten! Nie wieder sei Hader zwischen uns!« Er fiel auf die Knie und stieß dreimal die Stirn auf den Boden. »Öffne dich, Erde! Verschlinge mich, Unterwelt, wenn meine Reue nicht aufrichtig ist!«

Sigibert sprang vom Pferd, hob ihn auf.

»Was fällt dir ein? Du, ein König, liegst hier im Staub?«

»Was soll ich sonst tun, damit du mir glaubst?« schluchzte Chilperich. »Befiehl! Ich bin zu allem bereit!«

»Ich will dir ja glauben. Wenn ich nur könnte ...«

Am Ende glaubte er ihm. Der austrasische König verzichtete auf eine Schlacht, in der die kläglichen neustrischen Haufen zugrundegegangen wären. Ein Friedensvertrag, der den alten Besitzstand bestätigte, wurde aufgesetzt und feierlich beschworen. An Theudebert erging der Befehl, sich unverzüglich aus Aquitanien zurückzuziehen. Chilperich versprach Ersatz für die angerichteten Schäden, sobald sie geschätzt sein würden. Danach trennten sich die Brüder mit einer letzten versöhnlichen Umarmung.

Bevor er mit seinen Leuten abrückte, nahm Chilperich in seinem Zelt ein Bad und wusch sich die Asche aus den Haaren.

»Auf den Knien vor diesem kleinen Haudrauf!« knurrte er dabei immer wieder. »Daß er es so weit kommen ließ ... Verflucht! Das vergesse ich ihm nie!«

Die ersten Folgen seiner Großmut sollte Sigibert noch am selben Tage spüren. Als sie die Neustrier abziehen sahen und den Befehl zum Rückmarsch erhielten, begannen seine Truppen zu murren. Die Häuptlinge der Barbarenstämme umringten ihn aufgeregt.

»Was bedeutet das, König?«

»Du hast uns betrogen!«

»Wir sind gekommen, um uns zu schlagen!«

»Wo bleibt die Beute, die du versprochen hast?«

»Sollen wir etwa mit leeren Händen heimkehren?«

Dazu waren sie nicht bereit. Zwar gelang es Sigibert, sie in Marsch zu setzen, doch kümmerten sie sich von da an kaum noch um seine Befehle, und wo sie durchkamen, zogen sie eine breite Spur der Verwüstung. Abermals gingen in Gallien Dörfer in Flammen auf. Menschen wurden massakriert und verschleppt, Viehherden fortgetrieben. Schwerfällig stapfte der Barbarenkrieger dahin, mit drei Hosen und fünf Mänteln übereinander, an mehreren Gürteln und Wehrgehängen Schwerter, Äxte, Geldbeutel, Krüge, Töpfe, Messer, Löffel, am Halse Bernsteinketten und Perlkragen, über der Schulter den Speer und Ackergeräte, auf dem Rücken einen Sack voller Schuhe, Kleider, Kruzifixe, Altarleuchter, auf dem Kopfe einen juwelenverzierten Goldreif, darüber noch eine silberne Schale oder ein Bronzebecken. Hinter sich ließ er nackte Leichen, rauchende Trümmer, zertrampelte Felder. Er zog im Zickzack, wochenlang. Er verheerte die Gegend um Paris, den Norden Burgunds, zum Schluß die Champagne und die Lorraine im Reiche dessen, der ihn gerufen hatte.

Erst jenseits des Rheins, als sich die Haufen zerstreuten, fingen Sigiberts Leute ein paar Rädelsführer der Meuterei und einige der grausamsten Räuber. Sie wurden enthauptet oder gesteinigt.

Der erste Schnee fiel bereits, als der König in seine Hauptstadt Metz zurückkehrte.

Brunhilde wußte längst, was geschehen war. Ihr Zorn war so maßlos, daß sie die Gegenwart seiner Begleiter vergaß und Sigibert ohne zeremonielle Begrüßung anherrschte.

»Da bist du also, glorreicher Held! Willkommen zu Hause, König der Gimpel! Bist du wieder einmal ins Garn gegangen?«

»Du vergißt dich!« rief er empört. »Ist das die Anrede, Königin, die du mir schuldig bist?«

»Sind das die Taten, König, die du *mir* schuldig bist? Du hattest ihn in der Hand. Der Unhold lag dir winselnd zu Füßen. Du hättest das böse Tier zertreten können!«

»Mein Bruder bereute, er war verzweifelt!«

»Komödie! Er spielte dir etwas vor! Er lacht über dich! Da schleppst du die Völker vom Ende der Welt herbei, und ein paar falsche Tränen genügen, um dich aufzuhalten!«

»Hätte ich nicht auf deinen Rat gehört! Nie wieder werde ich diese Völker rufen!«

»Und was wirst du im nächsten Jahr tun, wenn er abermals anfängt?«

»Wir haben uns ewigen Frieden geschworen!«

Sie lachte nur auf und ließ ihn stehen. Als er am Abend in ihr Gemach trat, lag wieder das Schwert auf der Matratze. Wochenlang blieb es dort liegen.

Kaum war der Schnee geschmolzen, da erfuhr König Sigibert das Unfaßliche. Chilperich hatte den Frieden erneut gebrochen. Gleich von zwei Seiten waren seine Heerhaufen in austrasisches Reichsgebiet eingefallen. Theudebert hatte erneut die Loire überschritten und wütete in Aquitanien. Er selber hatte den kürzesten Weg genommen, in die Umgebung von Reims, wo er sein Kriegsvolk vom Zügel ließ. Wieder loderten Feuer und flossen Blutströme, und wo in diesem Frühjahr 575 noch ein letzter Obstbaum in Blüte stand, wurde er niedergehauen.

Bei der ersten Nachricht von diesem Verrat stürzte Sigibert in Brunhildes Gemach und warf sich seiner Gemahlin zu Füßen. Außer sich vor Wut, Empörung und Scham flehte er um Vergebung und schwor hoch und heilig, nun nicht mehr ruhen zu wollen, ehe nicht dieser greuliche Lindwurm, dem jedes Jahr neue Köpfe wuchsen, zur Strecke gebracht sei. Er wisse zwar selber, was er zu tun habe, aber was immer sie ihm befehle – er werde es ohne Widerspruch ausführen.

»Ruf die Barbaren zurück!« befahl sie.

Auch unter Sigiberts Räten hatte sich die Erkenntnis durchgesetzt, daß mit Chilperich ein Ende gemacht werden müsse. Der Kämmerer Charegisel jammerte über die Kosten der Kriegszüge und den Ausfall der Zahlungen aus den verwüsteten und besetzten Gebieten. Herzog Gundoald war durch den neuen Raubzug Chilperichs persönlich geschädigt. Der Hausmeier Gogo befürchtete gar, die Taten dieses verbrecherischen Querulanten könnten eine Erhebung der unterdrückten galloromanischen Mehrheit auslösen, die überall der fränkischen Herrschaft ein Ende bereiten würde.

Als Brunhilde diesmal in der Ratsversammlung erschien, fand sie ungeteilte Aufmerksamkeit. Bei ihrem Vorwurf, Austrasien sei nur in diese Lage geraten, weil man seinerzeit nicht auf sie gehört habe, senkten sich sämtliche Köpfe. Lebhaft klagte sie über den Schmerz, den ihre Seele seit Jahren empfinde, weil das Verbrechen an ihrer Schwester noch immer ungesühnt sei.

»Für deinen Schmerz sollst du entschädigt werden, Königin!« sagte der strenge Gogo feierlich. »Bis zum letzten Blutstropfen werden wir kämpfen, damit ihr, du und dein hoher Gemahl, bald auf dem neustrischen Thron sitzt!«

»Ich glaube, der König wird damit zufrieden sein«, erwiderte sie mit einem stolzen und etwas ironischen Blick auf Sigibert, »zumal er ja jetzt einen Thronfolger hat. Was mich betrifft, so brauche ich keine Entschädigung. Nur eines erbitte ich: Bringt mir die Köpfe des Mörderpaars!«

Boten gingen über den Rhein, und auch diesmal kamen die Sachsen, Thüringer, Baiern und Alemannen in Scharen. Der Abmarsch erfolgte in höchster Eile. Es stellte sich bald heraus, daß Chilperichs neue Vorstöße nicht nur die Wahnsinnstaten eines verhärteten Neiders waren. Überläufer berichteten von einem Treffen zwischen ihm und Gunthram, von gegenseitigen Geschenken, von einem Beistandspakt. Gunthram hatte bereits im Herbst von Sigibert Schadenersatz für die Verheerungen durch die ostrheinischen Haufen gefordert, war aber abgewiesen worden. Seine Verärgerung hatte Chilperich ausgenutzt. Mit Gunthrams Eingreifen mußte also gerechnet werden. Um gegen alle Seiten einen befestigten und zentral gelegenen Aufmarschplatz zu gewinnen, wurde daher im austrasischen Kriegsrat beschlossen, die Stadt Paris trotz der Klausel des Teilungsvertrags von 567 zu besetzen.

Das Kriegsgeschehen glich dem des Vorjahrs. Als Chilperich die Austrasier und ihre furchtbaren Helfer anrücken sah, wich er zurück. Entlang der Marne folgten ihm Sigiberts Truppen bis unter die Mauern von Paris. Hier schlug er plötzlich einen Haken und floh nach Norden. Die Austrasier nahmen die Stadt ohne Widerstand und besetzten die befestigte Seine-Insel. Angesichts ihrer gewaltigen Übermacht schickte Gunthram eilfertig eine Versöhnungsbotschaft. Um den Kreis um Chilperich immer enger zu ziehen, eroberte Sigibert große Teile Neustriens bis hinauf nach Rouen. Er unterbrach damit die Verbindung zu Theudebert. Um diesen in Aquitanien aufzuspüren, schickte er die Herzöge Boso und Godegisel aus.

Fiebernd erwartete Brunhilde in Metz die Nachrichten vom Kriegsverlauf. An einem Sieg war kaum zu zweifeln, doch ihre Unruhe stieg in dem Maße, wie Sigiberts Botschaften zuversichtlicher wurden. Die Sorge, er könne auch diesmal im entscheidenden Augenblick schwach werden, raubte ihr den Schlaf. In immer neuen Angstvisionen erschien ihr der teuflische Verstellungskünstler Chilperich, wie er sich abermals aus der Bedrängnis wand. Täglich besprach sie sich mit Sigila, der ihrer Idee, dem König zu folgen, zunächst mit Entschiedenheit widersprach. Die Gefahr sei zu groß, ein Wechsel des Kriegsglücks nie auszuschließen, die Straßen seien schlecht, selbst die eigenen Truppen nicht immer zuverlässig. Allerdings teilte er ihre Befürchtungen, Sigiberts Festigkeit betreffend. Allmählich überzeugte sie ihn. Paris war ein sicherer Ort, der Weg dorthin frei. Eine starke Abteilung fränkischer Kerntruppen mit ihren treu ergebenen Führern, die im Begriff war, dorthin aufzubrechen, würde ausreichend Schutz bieten.

Brunhildes Entschluß war gefaßt, sie ließ packen. Mit ihren drei Kindern bestieg sie den Reisewagen. Sigila begleitete sie zu Pferde. Sie nahm mehrere Truhen voller Kleider und Schmuck mit, um in der berühmten, noch stark römisch geprägten Stadt, auf die sie gespannt war, als Königin eine gute Figur zu machen. Auch Säcke mit Goldmünzen wurden mitgeführt, außerdem zahlreiche kostbare Geschenke, mit denen man neue Anhänger gewinnen konnte. Der Troß der Königin war beträchtlich.

Die Reise verlief ohne Zwischenfälle. Melder wurden vorausgeschickt. Sigibert kam Brunhilde zehn Meilen entgegen. Kopf an Kopf stand das jubelnde Volk von Paris, als sie auf ihrem Rappenhengst über den cardo maximus, die alte Hauptstraße, Einzug hielt.

Zu diesem Zeitpunkt hatte sich Chilperich schon, von Panik getrieben, weit in den Norden seines Reiches in die Festung Tournai geflüchtet.

5

Der Marschalk Chuppa, an diesem Abend Befehlshaber an den Toren und an der Festungsmauer, brachte die sechs Männer, deren Ankunft Prinz Merovech beobachtet hatte, selbst in den Königspalast.

Er führte sie durch ein Gewirr schmaler Gassen, um möglichst wenig Aufsehen zu erregen. Hier begegnete man fast nur Einheimischen, während das Kriegsvolk sich auf den größeren Straßen und den Kirchplätzen der überfüllten Stadt um Zelte und Feuer drängte. Der kleine Trupp schritt rasch aus, und zwei der Ankömmlinge, die stark hinkten, mußten, damit sie nicht zurückfielen, von den begleitenden Wachen mit Stößen der Lanzenschäfte vorwärtsgetrieben werden. Trotz der eintretenden Dunkelheit und des holprigen, ungepflasterten Weges ließ Chuppa keine Fackeln entzünden. Ein paar Bewaffnete, die entgegenkamen, erkannten zwar ihn, doch keinen der sechs, und drückten sich an die Häuserwände. Wer von den Städtern noch draußen lungerte, obwohl dies ab Sonnenuntergang verboten war, verkroch sich eiligst. Den einzigen Zwischenfall gab es, als der Trupp auf eine Familie stieß, die mitten auf der Straße lagerte. Von Chuppa angeherrscht, schrie der Familienvater zurück, er habe kein Haus mehr, dieses sei abgerissen, zur Gewinnung von Holz für Palisaden und Verhaue. Und er habe sich mit seinen Kindern hier niedergelassen, um zu sterben, wenn nicht vor Hunger, dann eines Tages vor Kälte. Der Marschalk ließ die Liegenden wegräumen und eilte weiter. Gleich darauf stand er vor einer hohen Mauer und hörte den Anruf der Wache.

»Losungswort?«

»Speerspitze!«

Der alte Palast von Tournai, der eigentlich nur ein geräumiges Herrenhaus im römischen Stil war, hatte noch in den ersten Jahren der Herrschaft Chlodwigs als fränkischer Königssitz gedient, dann aber, als der Reichsgründer und seine Nachfolger ihre Hauptstädte mehr nach Süden in die neueroberten Gebiete verlegten, war er allmählich heruntergekommen und verödet. Da auch die Herrscher des neustrischen Teilreichs, zu dem Tournai gehörte, sich nur noch selten hier aufhielten, hatten die Verwalter wenig getan, um das Bauwerk zu erhalten. Säulen und Pfeiler waren schadhaft, Mauerwerk bröckelte, einige Treppen waren eingefallen. Nach der überstürzten Flucht des Hofes beim Anrücken König Sigiberts waren in aller Eile die Halle und die Frauengemächer hergerichtet worden. Mehr konnte in der Kürze der Zeit nicht getan werden. Auf zwei Dutzend Ochsenkarren hatte man Möbel und Hausrat aus dem viel größeren Palast von Soissons und dem Hofgut Berny herbeigeschafft, das meiste aber in Ställen und Scheunen unterbringen müssen. Noch war das Wetter nicht unfreundlich, und so konnte ein Teil der Hofleute unter den Arkaden des Peristyls oder in Zelten unter den Bäumen lagern. Nur die Edelsten hatten Stadtquartiere bei vornehmen Bürgern erhalten.

Der Marschalk mußte sich nicht erst erkundigen, wo er den König finden würde. Um diese Zeit saß Chilperich bereits lange in der Halle beim Spiel. Hier, an den Wänden und rings um die wuchtigen Pfeiler, hatten mehr als fünfzig Männer ihr Lager, hier verbrachten sie ihre Zeit, wenn sie nicht schanzen mußten, auf Wache zogen oder ihren Waffenübungen nachgingen. In Gruppen hockten sie um eine Kerze oder ein Öllämpchen an den Tischen oder auf den abgewetzten Steinen des Mosaikfußbodens, schwatzend, würfelnd, ihr dünnes Bier trinkend. Einige lagen schon auf den Strohmatratzen unter ihren Mänteln, eingeschlafen trotz des Stimmengewirrs, des Gelächters, der freudigen oder zornigen Aufschreie der Spieler. Jeden Augenblick gab es Streit und sogar Handgreiflichkeiten, wenn bei der düsteren Beleuchtung die Höhe eines Wurfs nicht genau zu erkennen war oder wenn jemand mogeln wollte. Obolen, Denare, Ringe, Talismane, Stirnbänder, Hemden und Mäntel wechselten die Besitzer. Auch um Tagesrationen von Brot und Käse wurde gewürfelt. Nur Stiefel und Waffen durften aufgrund eines königlichen Verbots nicht eingesetzt werden. Ab und zu stand einer auf, um mit einem Dolch vom Skelett eines

Schweins, das in der Mitte der Halle am Bratspieß hing, noch ein paar Reste zu kratzen. Und es geschah auch, daß eine Magd, die aus einer der Tonnen in der Ecke Bier schöpfen wollte, plötzlich aufkreischte und ohne Umstände hinter einen Pfeiler gezerrt wurde. Der König verzog dazu keine Miene. Die Männer waren seine letzten Getreuen, die Leibgarde, von der er sich nicht mehr trennen, die er zu jeder Tages- und Nachtzeit um sich haben wollte. Er ließ ihnen ihr Vergnügen, um sie bei Laune zu halten, und er versammelte sie unter seinem Dach, damit er sie ständig im Auge hatte. Dennoch verschwand in jeder Nacht mindestens einer. Nur die Hälfte der Antrustionen, mit denen Chilperich diesen Feldzug begonnen hatte, war noch um ihn versammelt.

»Verzeih mir, daß ich dich störe, König!« sagte der Marschalk. »Eine dringende Angelegenheit.«

»Was gibt es denn?« fragte Chilperich, ohne den Blick vom Spieltisch zu heben.

»Es wurden Männer aufgegriffen, die du gleich hören solltest. Es sind ...«

»Sieh an, eine Falle!« rief der König. »Aber ich komme noch einmal heraus. Ich schaffe es!«

Hastig schob er die goldenen Byzantiner, die ihm als Spielsteine dienten, auf dem Brett hin und her.

»König, ich ...«

»Nun, wenn es so dringend ist, her mit ihnen!« Chilperich starrte auf die Hand des Arztes Marileif, seines Spielgegners, der einen seiner Steine vom Brett nahm.

»Vielleicht wäre es besser, sie nicht hier ...« wollte der Marschalk zu bedenken geben. Aber der König hörte nicht mehr zu und nahm lachend seinerseits einen Stein seines Gegners, einen Silberdenar.

Chuppa wandte sein mürrisches Pferdegesicht zum Eingang der Halle und winkte seinen Begleitern.

Chilperich sah grau, erschöpft und übernächtigt aus. Seine Augen in den tiefen Höhlen hatten einen stechenden Ausdruck angenommen. Die starke, wulstige Nase ragte grotesk aus dem eingefallenen Gesicht, der lange nicht gestutzte Schnurrbart hing traurig über die Lippen herab. Die Sorgen und Mißgeschicke der letzten Zeit hatten die schräge Falte vertieft, die die Stirn des nun Vierzigjährigen in zwei ungleiche Hälften teilte. Die Kleidung des Königs war arg vernachlässigt, voller Flecke und Löcher, schäbiger als die vieler seiner Dienstleute. Nur sein Schmuck machte seine Würde kenntlich. Gleich mehrere Goldreife hingen an jedem seiner Arme, und an seiner rechten Hand steckte ein Siegelring mit seinem Bildnis.

Seit der Ankunft vor drei Wochen hauste er mit den Männern in dieser Halle. Die erzwungene Tatenlosigkeit hatte ihn träge gemacht. Schon mittags sank er in seinen Armstuhl. Er ließ sich Becher um Becher füllen, sprach nur das Nötigste, spielte, schlief zwischendurch ein wenig, wachte aber oft noch lange nach Mitternacht. In aller Frühe erhob er sich schon, und dann packte ihn meist eine fiebrige Unrast. Er bestieg sein Pferd, tauchte mal hier und mal dort auf, gab Anweisungen zur Ausbesserung der zweihundert Jahre alten Mauern, schleppte selber Steine und Balken für die Verschanzungen, hob Erde aus dem fast verschütteten Festungsgraben. Zwischendurch besichtigte er die Vorräte und bestimmte in dem riesigen Pferch am Scheldeufer, welche Tiere für ihn und sein Gefolge zu schlachten seien. Täglich versammelte er auch seine Großen, soweit sie ihm treu geblieben waren, zur Lagebesprechung. Dann verbreitete er volltönend Zuversicht, spottete über die Unerfahrenheit seines Bruders im Belagerungskrieg und die mangelnde Ausdauer seiner barbarischen Horden, verhieß auch schon bald die große Wende, wenn nur erst Theudebert, wie ihm befohlen sei, sich nach Tournai durchgekämpft habe. Danach jedoch erlahmte sein Eifer, und er zog sich in die Halle zurück. Meist vermied er es sogar, der hochschwangeren, nur noch zeternden und lamentierenden Fredegunde in den Frauengemächern einen Besuch abzustatten. Von Zeit zu Zeit ging er zu einer der anderen Kebsen, oder er machte es wie seine Männer, indem er kurzerhand eine der Mägde beiseite nahm. Viele Stunden saß er am Tisch, entweder würfelnd oder beim Jagd- oder Mühlespiel auf dem Brett seine Goldmünzen schiebend. Ausdauernd wie er selbst, lag neben ihm Lupa, seine Lieblingshündin, zu der er sich ab und zu hinunterbeugte, um ihr das Fell zu kraulen. Gegen Abend wurde für ihn ein mannshoher Kandelaber mit vielen Armen herbeigeschleppt, auf denen allerdings nur drei Kerzen steckten, man mußte ja sparen. Auch die Weinvorräte hatten sich beträchtlich verringert, zu Chilperichs größter Besorgnis. Doch konnte er eher Licht entbehren als Durst leiden.

Nach dem gelungenen Spielmanöver hob er wieder einmal die Hand. Der in der Nähe wartende Schenk, der ihm den Becher füllen sollte, war ihm nicht schnell genug. Unwirsch blickte der König auf und erschrak.

Vor ihm stand ein junger Mann, nicht älter als achtzehn Jahre. Bleich, mit wirrem Schopf, in zerrissener Kleidung, barfuß und waffenlos glich er mehr einem Bettler als einem Krieger. Infolge eines furchtbaren Schwerthiebs, dessen noch frische Narben sich von einem Ohr zum Kinn zog, hielt er den Kopf schief.

Chilperich schnellte von seinem Stuhl hoch und machte unwillkürlich eine Abwehrbewegung. Die Hündin Lupa sprang ebenfalls auf und begann, wütend zu bellen. Der König versetzte ihr einen Tritt, worauf sie sich jaulend hinter einen Pfeiler verzog. Ringsum wurden die Männer aufmerksam. Betroffenes Gemurmel erhob sich.

Der Marschalk hielt den jungen Mann am Arm gepackt, als führe er einen Gefangenen vor.

»Dieser Mann, König, wurde mit fünf anderen am Südtor aufgegriffen. Sie kamen aus dem feindlichen Lager. Mag sein, daß es Grindio ist, der Sohn des edlen Gaiso, aber glauben kann ich es nicht. Er behauptet, er und die anderen seien alles, was vom Heer des Herrn Theudebert ...«

Chuppa stockte. Offensichtlich fiel es ihm schwer, den Satz zu vollenden.

Eine Blutwelle schoß dem König ins Gesicht. Mit zwei Schritten war er bei Grindio.

»Wo ist mein Sohn?« schrie er. »Wo ist mein Sohn?«

Er wiederholte die Frage noch mehrmals, wobei er ihm jedesmal die Faust vor die Brust stieß. Der junge Mann stöhnte unter der unvermuteten Mißhandlung und mußte erst Atem schöpfen. Dann sagte er tapfer: »Er ist gefallen, König! Ein paar Meilen vor Angoulême. Dort ist auch sein Grab.«

Chilperich krümmte sich, als sei er verwundet, und stieß einen langgezogenen Schrei aus.

Er wankte zu seinem Stuhl, ließ sich niederfallen. Marileif stürzte besorgt zu ihm. Aber der König schob ihn weg, packte mit beiden Händen den inzwischen gefüllten Becher und trank so hastig, daß ihm der Wein aus den Mundwinkeln floß. Dann schleuderte er den Becher von sich. Den Kopf in die Hände gestützt, verharrte er lange Zeit regungslos.

An einem Pfeiler neben der Treppe zum Vestibül lehnte Merovech. Gerade war er von seinem Ausflug an die Festungsmauer zurückgekehrt. Er hielt die Arme gekreuzt und blickte gleichmütig um sich. Ein junger Langhaariger, der ihm ähnlich sah, doch eher wie eine grobgeschnitzte Kopie, trat aufgeregt auf ihn zu und flüsterte ihm etwas ins Ohr. Merovech seufzte und legte ihm den Arm um die Schultern. Der Jüngere, sein Bruder Chlodwig, weinte hemmungslos.

Dumpfes Schweigen herrschte ringsum. Die Männer achteten den Schmerz ihres Königs. Nur einige, die alles verschlafen hatten, schnarchten weiter in den Ecken. Grindio blickte den Marschalk an, der aber an ihm vorbeisah und sich nicht rührte. Schließlich faßte sich ein alter Gefolgsmann ein Herz und sagte: »Erlaube, König, daß Grindio berichtet. Wir wollen wissen, was passiert ist. Laß ihn reden!«

Chilperich hob den Kopf und starrte wie abwesend auf den Sprecher. Seine Augen glitzerten feucht. Er wehrte die Hündin ab, die wieder herbeischlich. Schließlich riß er sich zusammen. Er lehnte sich in seinem Stuhl zurück und sagte zu Grindio:

»Komm her!«

Der junge Mann trat zögernd zwei, drei Schritte heran.

»Berichte alles, verschweige nichts! Du hast nichts zu befürchten!«

Chuppa wollte etwas einwenden, doch Chilperich gebot ihm mit einer Geste zu schweigen.

»Wir hatten Limoges genommen, König«, sagte der Jüngling. »Dann aber rückten sie an ... mit mindestens fünffacher Übermacht. Bauern waren die meisten, aus der Gegend von Tours, mit viel Geld angeworben. Theudebert wollte sich zurückziehen ... nach Angoulême, wenn nötig auch nach Bordeaux. Unterwegs verloren wir einige Hundert, die sich davonmachten oder zum Feind überliefen. An der Charente kam es zur Schlacht. Jetzt waren sie zehnfach überlegen. Wir wurden nur noch zusammengehauen ...«

Überwältigt von der Erinnerung schluckte und schwieg der junge Mann.

»Ihr habt euch von Bauern zusammenhauen lassen?« ließ sich irgendwo eine Stimme vernehmen. »Von diesem gallischen Gesindel?«

»Wir haben gekämpft bis zum letzten Blutstropfen!« erwiderte Grindio heftig. »Auch der Bär unterliegt, wenn zehn Wölfe über ihn herfallen. Mein Herr Theudebert ist wie ein Held gestorben und hat sich mit ewigem Ruhm bedeckt!«

»Und warum habt ihr ihn sterben lassen?« fragte der König scharf.

»Es lag nicht in unserer Macht ... Wir konnten nichts mehr für ihn tun! Wir waren am Ende nur noch ein winziges Häuflein.«

»Hast du gesehen, wie er fiel?«

»Das nicht ...«

»Wo warst du in dem Augenblick?«

»In seiner Nähe. Aber ich hatte zuvor diesen Hieb abbekommen.« Grindios Hand strich über die Narbe. »Bewußtlos lag ich, und als ich erwachte, sah ich ihn neben mir ... acht, zehn Schritte entfernt ... in seinem Blut, geplündert, nackt ...«

»Nackt?« rief der König.

»Die Bauern hatten ihn ausgeraubt und so liegengelassen.«

»Hatten sie denn nicht erkannt, daß er ein Prinz ist?« fragte der Marschalk entrüstet. »Sein langes Haar, sein Schmuck, seine Waffen ...«

»Das kümmerte diese gallischen Schufte nicht. Und nicht einmal ihre fränkischen Anführer. Bei Herzog Boso sah ich später Theudeberts Schwert. Alles andere ...«

»Schweig!« schrie Chilperich.

Der König kroch tief in sich zusammen und schüttelte sich ein paarmal, als liefen ihm Kälteschauer den Rücken hinab. Ein Merowinger, sein Sohn ... geplündert, geschändet, nackt liegengelassen! Das mächtigste Herrschergeschlecht seit Menschengedenken mit Schmach bedeckt! Wie war das möglich, und wohin würde das führen? Welche Wirkung auf die Gefolgschaft, für die jeder Langhaarige ein Halbgott sein mußte! Das zermürbte die Männer, das konnte die Treuesten wankend machen. War das Heer schon untergegangen, sein Sohn gefallen, dann durfte es nicht so jämmerlich, so erbärmlich geschehen sein. Es durfte sich so nicht ereignet haben!

»Wieviel haben sie dir gegeben, Bürschlein, damit du herkamst und uns diese Geschichte erzähltest?«

»König, ich ...«

»Oder sollst du dir deine Belohnung erst nach dem Sturm holen?«

»Ich habe alles getreulich berichtet!«

»Und nichts hinzugefügt?«

»Nichts! So und nicht anders ist es gewesen!«

»Wir werden dich noch einmal gründlich befragen.«

Chilperich wandte sich ab und gab ungeduldige Zeichen, man möge den jungen Mann fortbringen.

Chuppa warf dem König einen mißbilligenden Blick zu. Er hatte ja gleich davor warnen wollen, den Rückkehrer vor aller Ohren reden zu lassen. Jetzt fügte Chilperich seinem Fehler noch eine Ungerechtigkeit hinzu.

Grindio wußte, was mit »gründlich befragen« gemeint war. Als ihn der Marschalk abführen wollte, riß er sich los und schrie: »Man hat ihn mit allen Ehren begraben, König! Herzog Arnulf ließ ihn aufheben, waschen, mit Prunkgewändern bekleiden. Man legte ihn in einen Marmorsarg ... Mönche sangen ... alle Großen beugten das Knie. Die ganze Stadt war in Tränen und Trauer ...«

Diese Worte erschütterten den König aufs neue. Seine Schultern zuckten, er stützte die Ellbogen auf den Tisch, bedeckte die Augen mit den Händen. Seine Drohung nahm er jedoch nicht zurück.

Als Grindio hinausgeführt wurde, sah er unter den Pfeilern zum Vestibül die beiden Prinzen.

»Merovech! Chlodwig!« rief er flehend. »Ich habe die Wahrheit gesagt! Alles war so, wie ich ...«

»Ein Esel bist du!« sagte Merovech leise. »Warum hast du

ihm nicht erzählt, daß Theudebert von Walküren nach Walhalla entführt wurde? Oder von Engeln ins Himmelreich? Dafür hätte er dich belohnt!«

Der Marschalk, der die Worte gehört hatte, warf dem Prinzen einen tadelnden Blick zu.

Auch Chilperich hatte die Stimme seines Sohnes vernommen. Er fuhr herum, und als er die Brüder bemerkte, sprang er auf und eilte zu ihnen.

»Meine Söhne! Ich habe jetzt nur noch euch beide ...«

Er umarmte und küßte sie ungestüm. Chlodwig schluchzte heftig. Merovech blickte zur Decke.

Endlich kamen die Männer dazu, über das Ereignis zu reden. Die Bierfässer wurden umlagert, die Schöpfkellen gingen von Hand zu Hand. Die noch Schlafenden wurden geweckt und von der Neuigkeit in Kenntnis gesetzt. Man stand zu zweit und zu dritt beisammen, sprach leise, gedämpft, und es summte in der Halle, als sei ein Hummelschwarm eingefallen.

Die Wachablösung machte sich fertig. In vollem Waffenschmuck gingen die Männer zur Festungsmauer. Man warf ihnen seltsame Blicke nach.

Alle waren so in ihre Gedanken und Gespräche vertieft, daß niemand aufmerkte, als die Königin Fredegunde die Treppe zum Obergeschoß herabkam und eintrat. Sie stand bereits mitten in der Halle, und noch immer wurde sie nicht beachtet. So mußte sie selber auf sich aufmerksam machen.

Sie stieß einen Schrei aus und sank in Ohnmacht.

Die beabsichtigte Wirkung trat ein. Zum Glück fiel die Königin so gemächlich, daß Marileif und zwei Mägde hinzueilen und sie stützen konnten. Die drei trugen sie zu Chilperichs Armstuhl, der im Augenblick leer war, und ließen sie vorsichtig hineinsinken. Breit hingegossen, mit mächtig vorgewölbtem Bauch, herabhängenden Armen und geschlossenen Augen saß sie dort eine Weile vollkommen reglos, während der Arzt und die Frauen sich aufgeregt beratschlagten. Eine Magd lief nach Wasser, und Marileif entfernte sich ebenfalls, um ein Getränk zu holen, das er selbst für die hochgestellte Schwangere zur Beschleunigung der – seiner und ihrer Ansicht nach überfälligen – Niederkunft gebraut hatte. Alle anderen in der Halle sahen kaum auf. Es gab fast niemand, der in den letzten Tagen nicht Zeuge einer königlichen Ohnmacht geworden war. Die Gefolgsleute fanden, die hohe Dame, die sonst nicht zimperlich war, übertreibe ein wenig, zumal ihrem Zustand in Anbetracht der militärischen Lage kaum noch Bedeutung zukam. Denn die voraussichtlichen Sieger würden den Zuwachs in Chilperichs Kinderstube nicht besonders zu schätzen wissen.

Der König hatte sich eine Weile nach draußen begeben, hauptsächlich, um einen Turm, der zum Palast gehörte, zu besteigen und Ausschau zu halten. Er hatte schweigend die Flammenzeichen rund um die Festung betrachtet, die feindlichen Wachfeuer, die im Norden und Westen noch vereinzelt, im Süden und Osten, wo sich das Lager befand, aber in großer Zahl brannten. Zerstreut und von schwarzen Gedanken gequält, hatte er sich die Reden des Turmwächters über vermeintlich schwache Punkte im Belagerungsring der Feinde angehört. Durch den kühlen Wind belästigt, war er nach kurzem Aufenthalt wieder herabgestiegen. Verdrießlich kehrte er zurück in die Halle. Als er die Königin in seinem Armstuhl erblickte, hätte er sich am liebsten erneut zurückgezogen. Er ahnte schon, was nun kommen würde.

Durch die Reihen der Männer ging er zu ihr. Noch immer schien sie bewußtlos zu sein, und er blieb vor ihr stehen, unschlüssig, ob er sie anreden solle. Eine ihrer Kammerfrauen trat heran und setzte ihr einen Krug Wasser an die Lippen. Da schlug sie plötzlich die großen, dichtbewimperten Augen auf, stieß den Krug weg, so daß er der Hand der Zofe entfiel und auf dem Boden zerbrach, und sagte laut, mit schwerer Betonung: »Ich kenne die Neuigkeit schon!«

Der König seufzte. Er setzte sich neben sie auf die Bank. Um sie abzulenken, fragte er teilnahmsvoll: »Wie geht es dir heute, Frede?«

»Wie es mir geht?« fragte sie empört. »Du willst wissen, wie es mir geht? Jetzt, wo klar ist, daß wir verloren sind? Da unsere letzte Hoffnung auf Rettung dahin ist?«

Chilperich warf einen betretenen Seitenblick auf die Männer, die wieder aufmerksam wurden, und sagte so fest wie möglich: »Was soll das Gerede? In diesen Mauern sind wir sicher, und der Belagerung werden wir standhalten. Danach wird sich das Blatt wieder wenden.«

Fredegunde stieß ein höhnisches Lachen aus. Im nächsten Augenblick heulte sie los. Ihre Tränen strömten gleich so heftig, als habe sie sie mit größter Mühe bis jetzt zurückgehalten. In breiten Bächen rollten sie über ihr aufgedunsenes, rotes Gesicht, tropften vom Kinn herab auf den Halsausschnitt ihrer Tunika und auf die dreifache Kette aus Glasperlen. Alles an der Königin bebte: die runden Schultern, die breiten Schenkel, der aufgetriebene Bauch, die üppigen Brüste. Ihr Vorrat an Tränen schien ebenso unerschöpflich zu sein wie ihre Ausdauer. Nicht enden wollte die herzzerreißende Klage.

Den Männern ringsum war auch dies nichts Neues. Fredegundes Gezeter und Geheul, das immer wieder aus den Frauengemächern über den Hof schallte, hatte in dem überfüllten Palast schon jeder vernommen. Die meisten wandten sich ab und nahmen ihre Gespräche und ihr Spiel wieder auf. Einige zuckten sogar verächtlich die Schultern, und andere, Merovech darunter, konnten kaum ihren Spott unterdrücken. Chilperich, der das wohl bemerkte, starrte mit Unbehagen auf seine plärrende Gattin, ihre schwarze, struppige Mähne, die schaukelnden Ohrgehänge, die Zahnlücke in ihrem aufgerissenen Mund, und schließlich hielt er es nicht mehr aus und schrie: »Genug!«

Fredegunde erschrak und schwieg augenblicklich. Sie wußte, daß sie den Bogen nicht überspannen durfte, daß sie auch in der Übertreibung maßhalten mußte. Ebenso plötzlich wie zum Fließen konnte sie ihre Tränen zum Versiegen bringen. Mit einem Zipfel ihres Überwurfs trocknete sie rasch ihr Gesicht. Dann setzte sie eine beleidigte Miene auf und sagte in spitzem Ton: »Wenn du es nicht erträgst, daß ich weine, dann sorge dafür, daß ich wieder lachen kann! Aber versuchte es nicht mit Geschwätz! Bis jetzt hast du dich nicht gerade mit Ruhm bedeckt. Wir befinden uns in höchster Gefahr, und was unternimmst du? Du sitzt da und tust – nichts!«

»Ich trauere um meinen Sohn!« sagte Chilperich.

»Gewiß, sein Tod ist ein schwerer Verlust, und ich leide mit dir. Denn ich liebte deinen Sohn, als wäre er mein eigener gewesen, obwohl er es nicht verdiente und sich oft sehr respektlos gegen mich aufführte. Aber zum Trauern ist später noch Zeit. Oder willst du vielleicht auch meinen Sohn töten? Soll er sterben, kaum daß er geboren ist?«

»Als ob du mir je einen Sohn geschenkt hättest!« erwiderte Chilperich giftig. »Es wird ja auch diesmal keiner werden!«

»Es ist einer!« gab sie scharf zurück. »Und hätte ich Zauberkraft und könnte ich machen, daß er sofort das Mannesalter erreichte ... er würde uns aus diesem Elend befreien. Das wird nicht so ein Tölpel wie dein Theudebert!«

»Was sagst du? So sprichst du von einem tapferen Recken und bedeutenden Heerführer?«

»Sehr bedeutend! Ein Heer von fast zweitausend Mann ... versprengt und von Bauern zusammengehauen!«

»Er unterlag einer Übermacht!«

»Weil er zu dumm war und sich überschätzte!«

»Du selber drängtest mich, ihm das Kommando zu geben!«

»Ahnte ich denn, daß er alles verderben würde?«

Die beiden starrten sich böse an. Die schräge Falte auf Chilperichs Stirn war scharf wie von einem Messer gezogen. Der König sprang auf und wandte seiner Gemahlin den Rücken.

Marileif, ein kleiner, rundlicher Glatzkopf, näherte sich der Königin buckelnd, mit einem Becher in der Hand.

»Trinke, Herrin! Das wird dir helfen. Es ist Wein mit Wacholderbeere und Eberraute. Schon Hippokrates empfiehlt dieses Mittel. Trinke! Damit uns dein edler Sohn bald die Freude macht, auf dieser Welt zu erscheinen!«

Sie nahm den Becher, und wieder stürzten die Tränen.

»Ach«, schluchzte sie, »wozu soll er denn noch erscheinen, mein guter Marileif? Was soll er denn auf der Welt? Was erwartet ihn? Könnte ich doch das Kind unter meinem Herzen töten, damit ihm das grausame Schicksal erspart bleibt, das ihm sein Vater bereitet hat! Aber vielleicht ist das gar nicht nötig ... soll es nur bleiben, wo es ist. Ich werde ja selber bald tot sein ... dann braucht es kein Grab, weil mein Körper sein Grab sein wird ... dann werde ich immer mit ihm vereint sein ...«

Sie neigte mit zitternder Hand den Becher und wollte den Trank auf den Boden schütten. Hastig griff Marileif zu, um die kostbare Flüssigkeit zu retten. Da war Chilperich schon an seiner Seite. Er nahm den Becher, packte die Königin brutal bei den Haaren und zwang sie zu trinken.

Fredegunde schlug um sich und schluckte unter Husten und Würgen.

»Die Königin ist krank und verwirrt!« sagte Chilperich laut, bemüht, den peinlichen Eindruck zu verwischen, den diese Szene auf sein Gefolge gemacht hatte. »Ihr hört ja, daß sie im Fieber redet. So viel Unsinn könnte sie sonst nicht zusammenschwatzen. Sie fürchtet sich vor der Niederkunft, sie hat Angst, im Kindbett zu sterben. Die Folge ist, daß sie nur Unglück, Verderben und Tod sieht.«

»Hast du mir denn etwas anderes zu bieten, mein königlicher Gemahl?« schrie Fredegunde mit schriller Stimme, wobei sie aufstand und den Stuhl dabei umwarf.

Nun war die Geduld des Königs erschöpft. Sein Zorn und Ekel wurden so übermächtig, daß er Anstand, Würde und jede Rücksicht auf seine Umgebung vergaß.

»Weib!« brüllte er. »Wem verdanken wir unsere Not? Wer ist schuld an unserer traurigen Lage? Warst du es nicht, die ständig zum Krieg hetzte? Hast du mir nicht jahrelang Tag und Nacht in den Ohren gelegen ... wegen der Städte, die wir verloren hatten? Höhntest du mich nicht einen Schwächling und meine Gefolgschaft Ochsen und Maulesel? Verfluchte Anstifterin! Aber auch Fluch über mich, der ich auf dich hörte. Hätte ich es nur nicht getan! Dann wäre mein teurer Sohn noch am Leben!«

Fredegunde schüttelte kampflustig ihre Mähne und stemmte die Fäuste in die Hüften.

»Ah, jetzt soll ich an allem schuld sein! Und das soll man dir glauben? Als ob nicht alle hier wüßten, daß es dein Größenwahn ist, der uns ruiniert hat! Weil du vielleicht mal Kaiser von Rom werden wolltest!«

»Wovon redest du Tochter einer Kuhmagd?«

»Ich rede von deinem Verrat! Du hattest ja eine Gemahlin – mich. Aber ich war dir nicht gut genug. Verstoßen mußtest du mich, um eine bessere zu bekommen, eine ausländische, eine gotische. Weil auch dein Bruder Sigibert so eine hatte. Aber dafür mußtest du tüchtig berappen, du übergeschnappter Zaunkönig! Fünf Städte als Morgengabe ... das war verdammt teuer für ein Stück Holz, das nach Weihrauch roch!«

»Du Schlampe!« schrie Chilperich außer sich. »Ich verbiete dir, so über eine Königstochter zu reden! So eine war nicht für fünf Obolen zu haben wie eine von deinem Schlage! Und was war denn schon verlorengegangen? Wäre sie am Leben geblieben ...«

»Aber sie ist nun mal gestorben! Und da mußtest du Wergeld für sie zahlen, weil alle Welt ja einen gewissen Verdacht hatte. Und deine schönen Städte warst du los, die hatte nun ihre feine Schwester! Behauptest du immer noch, daß du an allem, was dann passierte, unschuldig bist?«

Chilperich stürzte auf die Königin los, packte sie an den Schultern und schüttelte sie.

»Schweig, Verbrecherin! Daß dir die Zunge verdorre! Du bist das Gift, an dem wir zugrunde gehen! Hätte ich dich zur rechten Zeit einem Sklavenhändler verkauft, wäre ich ein glücklicher Mann geworden! Wie konnte ich dich am Hofe behalten, du räudige Katze! Die ich geliebt habe, hast du von meiner Seite gerissen ... erst die Mutter meiner drei Söhne und dann sie, deren hohe Geburt und vornehmes Wesen deinem niederen Sinn zuwider waren, die du verderben mußtest ...«

»Du Heuchler!«

Fredegunde machte sich los, ballte die Faust und schlug sie dem König ins Gesicht.

»Du Heuchler, du Lügner!« keifte sie. »Wolltest du die beiden nicht loswerden? Warst du nicht geil auf mich wie ein sabbernder Ziegenbock und zu allem bereit, nur damit ich es mit dir trieb? Was kann ich dafür, daß du die eine ins Kloster gesteckt und die andere gleich kaltgemacht hast? Ich ...«

Weiter kam sie nicht. Chilperich war schon bei ihr. Mit beiden Händen packte er sie am Hals und würgte sie. Sie wehrte sich nach Kräften, stieß und trat ihn. Er ließ nicht ab. Nun endlich sahen sich einige der Zeugen genötigt einzugreifen. Sie nahmen den König links und rechts und rissen ihn weg von seiner Gemahlin. Diese, röchelnd, nach Luft schnappend, taumelte in die Arme ihrer Kammerfrauen.

Plötzlich stieß sie einen Schmerzensschrei aus. Ihre Hände krallten sich in den Stoff der Tunika, die sich über der Wölbung ihres Leibes spannte. Ihr Busen hob und senkte sich stürmisch. Ihre Augen traten hervor, als wollten sie gleich aus den Höhlen rollen.

»O Herrin!« rief Marileif. »Freue dich! Deine glückliche Stunde ist da!«

Fredegunde schrie ohne Unterlaß. Die Frauen konnten sie kaum halten. Ein paar Männer aus der Gefolgschaft sprangen hinzu. Gemeinsam beförderten sie die Königin die Treppe hinauf in ihre Gemächer.

Chilperich blieb zurück. Er tastete nach seinem Mund und wischte verstohlen etwas Blut von der Unterlippe. Sein unsteter Blick glitt über die Reihen der Männer, die im Kreis standen und ihn anstarrten.

Da regten sich auf einmal zwei Hände. Merovech, noch immer an dem Pfeiler neben der Treppe stehend, klatschte der Vorstellung seines Vaters und seiner Stiefmutter spöttisch Beifall.

Der König fuhr wütend herum und trat ein paar Schritte auf ihn zu. Er hob schon die Faust, als wolle er zuschlagen. Aber unverhofft wandte er sich nach der Tür. Im nächsten Augenblick war er verschwunden.

Kaum gedämpft von den schadhaften Mauern gellten die Schreie der Königin durch den Palast.

Es war eine scheinbar endlose Nacht.

Nur wenige in der Halle und unter dem Säulendach des Peristyls fanden Ruhe. Als es von der nahen Klosterkirche zur Vigil läutete, verstummten die halblauten, zähflüssigen Gespräche noch immer nicht.

In der Tat, die Lage war nun fast hoffnungslos ... Auf Entsatz und Befreiung war nicht mehr zu rechnen ... Dennoch mußte man abwarten ... Chilperich war ein Fuchs und hatte noch immer einen Ausweg gefunden ... Vielleicht war Sigibert gar nicht so stark und würde sich, wie im letzten Jahr, zu einem Friedensschluß herablassen ... Auch Gunthram, der Friedfertigste und immer auf Ausgleich Bedachte, konnte noch eingreifen ... Andererseits war da die Gotin, unerbittlich und rachsüchtig ... Kein Zweifel, Chilperich hatte ihr Grund gegeben, Fredegunde nicht minder ... Schuldig waren sie beide, auch wenn sie sich gegenseitig Vorwürfe machten ...

Kam das Gespräch an diesen Punkt, gab es leises Gelächter bei der Erinnerung an die häusliche Szene, die man miterlebt hatte. Man war von den beiden manches gewöhnt, auch sonst in Friedenszeiten in Soissons oder auf dem Krongut Berny, wenn sie sich tagelang stritten und manchmal auch schlugen, aber so arg war es selten gewesen. Als Gefolgschaft gehörte man ja zum Haushalt, man bekam alles mit, man hatte sein Urteil. Chilperich hatte sich schlecht benommen, denn wenn Fredegunde auch ein Rabenaas war, so war sie doch jetzt vor allem ein armes, leidendes Weib ... Und hier verstummte dann das Geraune, und man lauschte besorgt hinauf zum Obergeschoß, aus dem noch immer, fast ununterbrochen, Schreie ertönten.

Dann kam die Rede wieder auf die Belagerung. Würden die Feinde angreifen? Oder vielleicht nur den Ring schließen, der jetzt noch undicht war, um alles dem Hunger und dem Winter zu überlassen? Auf jeden Fall mußte man überleben. Sigibert war kein Schlächter, er konnte verzeihen, und waffengeübte Dienstmannen würde auch er brauchen können. Freilich – die Stimmen senkten sich zum Geflüster – wer sich rechtzeitig zu ihm bekannte, war erheblich im Vorteil. Man konnte ein Amt ergattern, auch Steuereinnehmer oder Domänenverwalter werden. Zumindest erhielt man ein schönes Willkommensgeschenk: ein edles Pferd, eine mit Gold und Juwelen besetzte Spatha ...

Manche Bewegung gab es in dieser Nacht. Hinter den Säulen und Pfeilern glitten Schatten vorüber. Eine Stimme erhob sich und verstummte gleich wieder. Lautlose Schritte entfernten sich. In der Ferne hörte man das Klirren der Waffen.

Erst als die Klosterglocke zur Mette läutete, erschien König Chilperich wieder in der Halle.

»Licht! Wein!« rief er.

Beides wurde gebracht. Er stieß die Hündin Lupa von seinem Armstuhl, die dort zusammengerollt geschlafen hatte, und setzte sich. Der Ledertasche am Gürtel entnahm er ein Kodizill, einige zusammengebundene Wachstäfelchen. So etwas trug er stets bei sich, um sich Notizen machen zu können. Auch einen Griffel brachte er zum Vorschein.

Die Lagernden in der Halle schien er nicht wahrzunehmen. Ebensowenig die Schreie seiner Gemahlin, die immer noch grell und erbarmungwürdig durch das Mauerwerk schallten.

Der König beugte sich über den Tisch und begann zu schreiben.

Mit flinker, geübter Hand ritzte er Buchstaben in das Wachs. Murmelnd bewegte er die Lippen. Rhythmisch klopfte er mit den Knöcheln der freien Hand auf die Tischplatte. Im Schein der einzigen Kerze füllte er mehrere Täfelchen, Wort für Wort, Zeile für Zeile, den fiebrigen Blick nicht abwendend, das bleiche Gesicht immer tiefer herabneigend. Hin und wieder störte ihn eine Haarsträhne, die ihm über die Augen rutschte, und er strich sie ungeduldig zurück. Er schrieb ohne Unterlaß, ohne ein einziges Mal zu stocken. Schließlich setzte er einen Punkt.

Sich zurücklehnend leerte er den Becher, ließ ihn aufs neue füllen und befahl dem Knecht, er solle ihm seinen Sohn Merovech herbringen. Erst jetzt schien ihm wieder bewußt zu werden, daß die Königin in Geburtswehen lag. Ihre Schreie waren nun spitz, gingen aber von Zeit zu Zeit in ein langanhaltendes Heulen über. Der König zuckte bei diesen Lauten zusammen, und jedesmal warf er einen finsteren Blick hinauf.

Merovech, eine Decke um die Schultern gelegt, kam gähnend und in der Morgenkühle fröstelnd heran. Er gehörte zu den wenigen in der Halle, denen die Ereignisse des Vorabends nicht die Nachtruhe geraubt hatten.

»Warum läßt du mich denn nicht schlafen, Vater?«

»Trink!« sagte Chilperich und schob ihm den Becher hin.

»Ich mag jetzt nicht.«

»Dein Bruder ist tot, und du kannst schlafen. Ich habe ein Trauergedicht auf ihn gemacht. Du mußt mir sagen, ob es gelungen ist. Du bist hier der einzige, der das beurteilen kann. Setz dich.«

Seufzend ließ Merovech sich nieder.

»Ich habe es auf dem Turm gedichtet«, fuhr Chilperich fort. »Beim Anblick der feindlichen Feuer sind mir die Worte wie von selbst gekommen. In solchen Nächten wird mir bewußt, was in mir ist und was nun vielleicht verlorengeht. Es war wohl mein Unglück, daß ich zum König geboren wurde. Eines ist sicher: Wenn meine Feinde mich töten, werden zwei Lichter auf einmal verlöschen ... das eines großen Herrschers und das eines ebenso großen, doch unvollendeten Dichters. Ist das nicht tragisch? Tournai ist Troja, mein Sohn. Aber das neue Epos bleibt ungeschrieben. Ich habe keine Zeit, meinen Untergang zu besingen!«

Er schmeckte dieser Bemerkung mit einem düsteren Lächeln nach und hüllte sich einen Augenblick, von Selbstmitleid überwältigt, in Schweigen.

»Höre nun also«, sagte er dann, indem er das Kodizill zur Hand nahm. »Mein Trauergedicht auf deinen Bruder Theudebert:

Künde, Erato, den Ruhm des Helden von salischem Blute,
aus Chlodwigs feuergestähltem Geschlecht ...«

Plötzlich erschallte aus den Frauengemächern ein so wildes Gebrüll, daß er genötigt war, den kaum begonnenen Vortrag zu unterbrechen. Unwirsch blickte er auf. Auch die Männer, die in der Halle noch wachten, hoben die Köpfe. Erschrocken lauschten sie auf die schaurigen Töne.

»Willst du nicht nach ihr sehen?« fragte Merovech.

»Nein, das ist Frauensache«, sagte der König.

»Aber sie ...«

»Sie könnte sterben, willst du sagen. Vielleicht wäre es das Beste für sie.«

Auf einmal verstummten die Schreie. Einen Augenblick lang war es still. Dann hörte man aufgeregte Frauenstimmen. Lärm erhob sich. Ein Hin- und Hergerenne, ein Klirren und Klappern von Krügen und Töpfen begann.

Eine der Kammerfrauen, ein flackerndes Licht in der Hand, erschien auf der Treppe und rief: »Herr, du hast einen Sohn!«

Chilperich rührte sich nicht. Die Zofe glaubte, er schliefe, stieg herab und kam näher. Sie erschrak, als sie seine Augen offen und seinen stechenden Blick auf sich gerichtet sah.

»Ich bringe dir eine frohe Nachricht«, stammelte sie. »Die

Frau Königin hat dir einen Sohn geboren. Willst du nicht kommen und ihn dir ansehen?«

Langsam, zögernd erhob er sich. Schwerfällig ging er auf die Treppe zu. Die Zofe glitt an ihm vorüber und leuchtete ihm. Hinter ihr stapfte er die Stufen hinauf.

Er fand Fredegunde auf ihrem blutbesudelten Lager, reglos, erschöpft, die Augen geschlossen, mit schwachem Atem. Überall um sie verstreut lagen die bunten Glasperlen der dreifachen Kette, die sie in ihrer Not zerrissen hatte.

In einer Ecke des Raumes waren die Frauen geschäftig. Chilperich blieb ihm Schatten der Tür. Eine löste sich aus der Gruppe, im Arm das winzige, zappelnde Bündel. Sie trug es hinüber zum Bett der Mutter.

Als Fredegunde das zarte Stimmchen an ihrem Ohr vernahm, hob sie den Kopf und schlug die Augen auf. Da sah sie Chilperich unter der Tür. Sie erschrak heftig und streckte, als ob sie sich schützen wollte, den Arm vor. Ihr irrer Blick huschte hin und her und fiel endlich auf das Kind, das die Kammerfrau neben sie gelegt hatte. Auf einmal schnellte sie hoch. Sie warf sich herum und wälzte sich in ihrem blutigen Hemd auf das Bündel, begrub es unter sich, erstickte das Stimmchen.

Die Frauen stießen einen Entsetzensschrei aus und stürzten herbei. Schneller aber war Chilperich. Wie ein Raubvogel stieß er auf das Bett herab. An den Haaren packte er Fredegunde, riß sie hoch, zerrte sie weg. Dann hob er sie auf und schleuderte sie aus dem Bett. Sie flog mitten in den Haufen der kreischenden Weiber, fiel auf den Fußboden, blieb, die Arme über dem Kopf, die blutverschmierten Beine gespreizt, ohnmächtig liegen.

Chilperich nahm das Bündel und schüttelte es. Er legte das Ohr an den Mund des Winzlings.

»Er atmet!« stieß er hervor. »Er lebt!«

Zehn, fünfzehn Männer aus der Halle waren dem König gefolgt. Neugierig drängten sie sich in der Tür. Einige standen noch auf der Treppe.

»Er lebt!« wiederholte Chilperich. »Hört ihr? Er schreit, er begrüßt seinen Vater! Gott hat mir einen Sohn geschenkt,

Männer, anstelle dessen, den er mir gerade genommen hat. Versteht ihr, was das bedeutet? Schreie, mein Sohn! Mach dich bemerkbar! Auch du wirst eines Tages König sein!«

Merovech war in der Halle zurückgeblieben. Es dämmerte schon. Von Hof her tönten die ersten Vogelstimmen.

Der Prinz schlug die Decke fester um sich. Frierend zog er die Schultern hoch und stand von der Bank auf. Wer in der Halle geblieben war, hatte sich ausgestreckt und schnarchte. Merovech stieg über die Beine der Schläfer und wollte zurück auf sein Lager kriechen.

Da bemerkte er Chuppa. Der Marschalk trat hastig ein, stolperte über Füße, fluchte. Als er den Stuhl des Königs leer fand, blieb er stehen und blickte um sich. Gleich darauf kam er auf Merovech zu.

»Ein Unglück!« flüsterte er. »Es wird besser sein, wenn du es ihm sagst. Heute nacht sind sechzig Männer geflohen!«

6

König Sigiberts Marsch nach Norden glich einem Triumphzug. Seit Chilperich sich in Tournai verkrochen und damit sein Reich der Willkür des Feindes preisgegeben hatte, sahen die Neustrier sich nicht mehr zur Treue verpflichtet. Wo immer Sigibert an der Spitze seiner Heerhaufen durchkam, erwarteten ihn Grafen und Edelleute, um ihn als neuen Herrn zu begrüßen und sich ihm anzuschließen. Bischöfe zogen ihm an der Spitze von Prozessionen entgegen. Kaufleute schickten Abordnungen mit Geschenken. Bauern brachten Vieh, Geflügel und Mehl zur Versorgung der durchziehenden Truppen. Mönche sangen zu Ehren des neuen Herrschers, junge Krieger zeigten ihm waghalsige Waffenkunststücke, Bauernmädchen tanzten zu seiner Zerstreuung.

Noch war es freilich nicht offiziell, daß Sigibert die Würde eines Königs der Neustrier trug. Was aber schon allgemein anerkannt war, sollte nun auch rasch bestätigt werden. Die unvermeidliche Niederlage Chilperichs wollte im austrasischen Lager niemand mehr abwarten. Alles war vorbereitet für die Königswahl, die gleich nach Sigiberts Ankunft auf dem Krongut Vitry, dem Sammelpunkt seines Heeres, stattfinden sollte. Brunhilde hatte dafür vorgesorgt. Seit ihrem Eintreffen in Paris hatte sie nur für dieses Ziel gewirkt.

Ihre Entscheidung, Sigibert nachzureisen, war für den Fortgang des Unternehmens von größtem Nutzen gewesen. Die Königin mischte sich gleich energisch in die Kriegsangelegenheiten ein, und durch ihr kluges, geschmeidiges Handeln konnte sogar ein Fehler vermieden werden, der möglicherweise ernste Folgen gehabt hätte. Der König selbst wollte ihn begehen, teils aus Rechtschaffenheit, teils aus Unvernunft. Da es auch diesmal wieder zu keiner Feldschlacht kam und die Ostrheinischen seine Versprechungen anmahnten, wollte er ihnen einen Teil des neustrischen Reichsgebietes, zahlreiche Orte zwischen Paris und Rouen, die anfangs noch Widerstand geleistet hatten, zur Plünderung preisgeben. Die Neustrier packte das blanke Entsetzen. Sie erinnerten sich der Schrecken des Vorjahrs und sahen sich bereits abermals als die Opfer von Mordlust und Zerstörungswut. Aber auch die austrasischen Großen zeigten Unwillen. War das nicht geradezu eine Einladung an die alten Feinde, sich hier niederzulassen? Wollte man sich solche Nachbarn hereinholen, mitten ins Frankenreich?

Kaum war der Jubel zu ihrer Begrüßung verhallt, sah Brunhilde, daß in der Umgebung des Königs die größte Unordnung herrschte. Die Halle des Palastes auf der Seine-Insel, wo er empfing, glich einem Tollhaus. Neustrische Edle, ganze Kolonnen geschenkebeladener Diener hinter sich herziehend, erbaten mit pathetischem Gejammer Verschonung. Hohe Geistliche schleppten in Reliquiaren die Knochen von Heiligen mit sich und flehten in deren Namen für ihre Städte. Thüringische und sächsische Häuptlinge, mit ihren Lanzen fuchtelnd, drohten, Paris in Brand zu stecken, wenn sie nicht endlich zum Schlagen und Plündern kämen. Manchmal gingen die einen auf die anderen los, Schwerter klirrten, Kruzifixe wurden auf heidnischen Köpfen zerschmettert, Blutbäche flossen. Dann traten die austrasischen Herren dazwischen, ergriffen mal diese, mal jene Partei und gerieten darüber selbst in Streit. König Sigibert, bald entschlossen, bald schwankend, konnte der Lage nicht Herr werden.

Brunhilde dagegen gelang dies in kürzester Zeit. Wieder bewährte sich die erstaunliche Macht ihrer bloßen Erscheinung. Allein ihre Anwesenheit in der Halle wirkte beruhigend. Der wildeste Häuptling senkte die Lanze und neigte den Zottelkopf, wenn sie mit kühlem Lächeln auf ihn zuschritt und ihn bat, ihr sein Anliegen vorzutragen. Die neustrischen Herren genierten sich, vor ihr zu jammern, warfen sich in die Brust und boten feurig ihre Dienste an. Bischöfe verloren sich vor ihrer statuenhaften Schönheit in stiller Anbetung. Im austrasischen Kriegsrat begrüßte man sie als Retterin in der Not und unterwarf sich freudig ihren Befehlen.

Die Königin nutzte die Dienstwilligkeit der neustrischen Herren, indem sie sie ausschwärmen ließ. Noch verhielten sich die meisten Großen des Reiches, vor allem die Amtsträger, abwartend, in der Erwägung, daß die Meute vorerst nur lärmte, daß die Sau noch längst nicht zur Strecke gebracht war. Brunhilde ließ ihnen kaltherzig drohen: Wer sich nicht unverzüglich auf Sigiberts Seite schlage, werde sich schon in Kürze des Besuchs der Barbarenkrieger erfreuen. Da man genötigt sei, deren Dienste zu lohnen, müsse man ihnen schon jetzt, vor der endgültigen Entscheidung der Waffen, einige Städte, Güter, Kirchen und Klöster zur Plünderung überlassen. Dazu werde man selbstverständlich nur jene auswählen, die dem Mörder und Eidbrecher in Tournai die Treue hielten. Brunhildes Botschafter hatten auch gleich ein Bittgesuch im Gepäck, dem sich jeder anschließen durfte. Die Franken und alle freien Männer im Königreich von Soissons sagten sich darin von Chilperich los und baten Herrn Sigibert, sie zu versammeln, damit sie ihn nach dem Brauche zum König wählen konnten. Vorsorglich war der Ort schon bestimmt, wo die Bitte erfüllt werden sollte: das Krongut Vitry. Alle, die an der Wahl Sigiberts teilnehmen wollten, sollten sich, wohlversehen mit Geschenken für den neuen Gebieter und Beiträgen für das Festgelage, ohne Zögern dorthin auf den Weg machen.

Erwartungsgemäß gab es niemand, der sich der Bitte nicht anschließen und statt dessen die Barbaren empfangen wollte. Die Ausgesandten kehrten zurück und meldeten den vollen Erfolg ihrer Mission. Alles, was Rang und Namen hatte, würde sich in Vitry einfinden. Einige, die befürchteten, man könne den Letzten und Saumseligsten am Ende doch noch die wilden Gäste schicken, hatten sich sofort auf den Weg gemacht.

Brunhilde bedauerte lebhaft, daß die Königswahl nicht mit Glanz und Pracht in Paris stattfinden konnte. Sie liebte Festlichkeiten und Zeremonien, verschwenderisch erleuchtete Kirchen und Hallen, pomphafte Umzüge, die Schönheit der Kleider und Waffen, die jubelnden Menschen. Wie würde sie, neben dem König im Mittelpunkt stehend, ein solches Fest in dieser herrlichen Stadt genießen! Sie hatte zwar ab und an die Möglichkeit einer Wahl in Paris ins Gespräch gebracht, war aber bei Sigibert und seinen Ratgebern gleich auf entschiedenen Widerspruch gestoßen. Ein solcher Hoheitsakt in der ja unrechtmäßig besetzten Stadt mußte Gunthram noch mehr als bisher herausfordern. Das wollte man unbedingt vermeiden. Vitry wurde allgemein als der am besten geeignete Ort angesehen. Das Krongut lag nur dreißig römische Meilen von Tournai entfernt. Die offizielle Entmachtung des Eingeschlossenen, der von den Mauern seiner Festung aus gewissermaßen tatenlos zusehen mußte, würde auf das versammelte Heer großen Eindruck machen. Nach Vitry konnte Brunhilde, vor allem mit Rücksicht auf die Kinder, dem König zunächst nicht folgen. Indessen war sie gewiß, bald entschädigt zu werden. Sie würde schon Königin der Neustrier sein, wenn sie sich, überall im Reiche umjubelt, zur Siegesfeier nach Tournai begab.

Es war nun nicht mehr schwer für sie, die austrasischen Herren im Kriegsrat zu überzeugen, daß sich der neue König, sobald er gewählt war, mit einer kraftvollen Tat einführen müsse. Sie hielt ihnen vor, wie unerträglich es wäre, das gemeine Verbrecherpaar, das seine Herrscherwürde verloren hätte, noch länger in seinem Schlupfwinkel zu wissen. Auch die Neustrier würden das ihrer neuen Königin, der Schwester des Opfers, nicht zumuten wollen. Alle maßgeblichen Männer, darunter Herzog Gundoald und der Kämmerer Charegisel (Gogo war in Metz geblieben), schlossen sich dieser Meinung an. Sigibert sprach nur noch im Sinne seiner Gemahlin, für die er wie früher die größte Bewunderung hegte. Der Sturmangriff auf die Festung wurde beschlossen.

Mit dieser frohen Botschaft konnte Brunhilde nun auch die Barbaren vertrösten. Sie versprach ihnen märchenhafte Reichtümer, die sie hinter den Mauern der Festung finden und die ihnen allein gehören würden. Mit dem Kämmerer allerdings legte sie Maßnahmen fest, wie Chilperichs Schatz, vor allem die Mitgift Galsvinthas, vor dem Zugriff der Beutegeier geschützt werden konnte. Im Kriegsrat hoffte man auch, daß von den im Festungssturm unerfahrenen Ostrheinischen, die man als erste gegen die Mauern werfen wollte, nach dem Sieg nicht mehr allzu viele übrig sein würden.

So war alles bestens geordnet, als mit dem Besuch der heiligen Messe in der Kathedrale Saint-Etienne noch einmal Gottes Segen herabgefleht wurde, bevor sich der König nach Vitry begab. Der Bischof Germanus störte die freudige Aufbruchstimmung ein wenig. Doch Brunhilde gab ihm eine kraftvolle Antwort, und dann erschien auch im richtigen Augenblick Herzog Boso und brachte die Nachricht von der Niederlage des Theudebert.

Der Abmarsch verzögerte sich um einen Tag, da auf eine Siegesfeier niemand verzichten wollte. Doch am folgenden Morgen brach Sigibert auf.

Es fiel Brunhilde nicht leicht, sich wieder von ihm zu trennen und ihn an einen Ort zu entlassen, wo mit der Nähe des dämonischen Unholds auch die Versuchung, seinen Schwächen nachzugeben, zurückkehren konnte. Immerhin hatte sie Vorsorge getroffen und ihm zwei Männer an die Seite gestellt, die ihn nicht aus den Augen lassen würden. Diese beiden waren Sigila und Gundoald.

Sie hatte den König schwören lassen, daß er Sigila so behandeln würde, als sei in dessen Person sie selbst gegenwärtig. Keine wichtige Frage sollte entschieden werden, ohne den Rat des fast sechzigjährigen Goten zu hören. Kein Unterhändler aus der belagerten Festung sollte den König sprechen dürfen, wenn Sigila nicht an seiner Seite war. Würde Chilperich selber kommen, sollte ihm Sigibert erst nach Beratung mit seinem Vertrauten Antwort erteilen. Brunhilde verabredete mit Sigila auch eine geheime Verbindung, einen Botendienst. Täglich sollte er ihr berichten, so daß sie mit zwei, drei Tagen Verspätung über alles Bedeutsame unterrichtet sein würde. Im dringlichsten Falle konnte sie sich als vortreffliche Reiterin, natürlich inkognito, selber aufmachen und nach kurzer Zeit an der Seite des Königs sein.

Herzog Gundoald war der zweite Mann, dem sie das feierliche Versprechen abnahm, Sigiberts treuer Schatten zu sein. Unter den austrasischen Großen war er, nachdem er sie anfangs kaum beachtet hatte, inzwischen ihr entschiedenster Parteigänger geworden. Selbst schwer geschädigt durch Chilperich, war er ein unversöhnlicher Feind des Neustriers geworden. Brunhilde hatte erreicht, daß er die oberste Kommandogewalt nach dem König erhielt. Auch über die dreißig Auserwählten, die Sigiberts Leibwache bildeten, hatte sie ihm den

Befehl verschafft. Sie war sicher, dieser besonnene, aber auch ehrgeizige und herrschsüchtige Mann werde eine stille Vormundschaft über den König ausüben – in dem Sinne, wie sie es wünschte.

Brunhilde begleitete Sigibert auf ihrem Rappenhengst ein Stück des Weges. Bei einer kleinen Kirche am Fuße des Märtyrerhügels machten sie halt. Im Schatten des Gotteshauses setzten sie sich auf eine Bank, um Abschied zu nehmen.

»Ich hoffe, Liebste, es wird nur für kurze Zeit sein«, sagte Sigibert. »Ein paar Wochen noch, dann ist alles vorbei. Dann sind wir wieder zusammen, und dann wollen wir leben wie früher, wie ganz am Anfang, bevor das Unheil begann. Freust du dich darauf?«

»Ich wünschte auch, es könnte alles noch einmal so werden«, erwiderte sie mit einem vagen Lächeln.

»Es wird sogar besser!« lachte er. »Wir haben ja nun unsere Kinder, wir sind eine glückliche Familie. Gleich im Frühjahr werden wir eine Rheinpartie unternehmen. Was hältst du davon?«

»Im Frühjahr mußt du den Umritt machen, dein neues Reich in Besitz nehmen.«

»Ah, das vergaß ich ... natürlich! Nun, dann verschieben wir es auf den Sommer. Oder besser: Wir fahren die Seine hinab bis nach Rouen. Ja, noch weiter ... bis ans Nordmeer! Dann lernst auch du hier alles kennen. Der Fluß ist breit genug für eine große Galeere. Ich werde mit Meister Lantbert sprechen, damit er den Heckaufbau etwas höher legt, so wie du es wolltest, wegen der besseren Sicht ...«

»Gut, aber später. Halte ihn damit jetzt nicht auf. Er hat Arbeit genug, um die Sturmböcke und Belagerungstürme instand zu setzen.«

»Ja, du hast recht. An dir ist wahrhaftig ein Feldherr verlorengegangen. Nichts entgeht dir, du denkst an alles. Im Kriegsrat wirst du uns fehlen. Trotzdem, wir schaffen es auch allein!«

»Wenn ich dessen sicher sein könnte«, sagte sie seufzend.

Er ergriff ihre Hand.

»Vertrau mir doch! Gewiß, ich habe dich oft enttäuscht. Du

liebst mich auch nicht mehr so wie früher. Aber ich werde mir deine Liebe aufs neue verdienen!«

Sie sah ihm gerade in die Augen.

»Du weißt ja, was du zu tun hast. Ich werde dich lieben wie niemals zuvor ... oder gar nicht mehr.«

»Ja«, sagte er. »Ich kenne den Preis.«

Sie erhoben sich. Er küßte ihre trockenen Lippen. Rasch ging er zu seinem Pferd und schwang sich hinauf.

»Leb wohl!« rief er. »Gib auf die Kinder acht, grüße sie! Sag ihnen, daß sie keine Angst haben müssen. Gott wird ihren Vater beschützen!«

Er winkte ihr noch einmal zu. Im nächsten Augenblick ritt er davon. Sein Gefolge setzte sich hinter ihm in Bewegung. Bald sah sie von ihm nur noch die langen, wehenden Haare unter dem in der Sonne glänzenden Helm. Und schließlich verschwand er in einer Staubwolke.

Sie ging in die kleine Kirche und kniete eine Weile betend vor dem Altar. Dann kehrte sie mit ihrer Begleitung zurück nach Paris.

Neun Tage später fand auf dem Krongut Vitry die Königswahl statt.

Auf einem Prunkschild, geschultert von vier hochgewachsenen Antrustionen, machte Sigibert, stehend und den Speer in der Hand, dreimal die Runde im Innern des weiten Kreises der Neustrier. Hunderte Kehlen brüllten ihr »Heil dem König!« Hunderte Schwerter, rhythmisch auf eiserne Schildbuckel niedersausend, intonierten den Huldigungsmarsch. Viele Edle warfen sich auf die Knie und begrüßten den austrasischen Herrscher als »Wohltäter«, als »Befreier«, als »Retter«. Kirchenmänner schüttelten Glöckchen und schrien dem »Gesandten des Himmels« ihr Heil zu. Nach seiner dritten Runde schwebte Sigibert auf dem herabgesenkten Schild, nach dem Brauch per Akklamation gewählt, als König der neustrischen Franken zurück auf die Erde. Für die Hunderte, die dem Schauspiel beigewohnt hatten, begann nun ein fröhliches Schmausen und Zechen. Überall auf dem Gut flammten Feuer auf, wurden Bratspieße gedreht. Auf den Wiesen ringsum, wo der größte

Teil des Heeres in Zelten und schnell errichteten Hütten lagerte, erschallten Gesänge. Franken, Romanen, Sachsen und Alemannen versammelten sich um die Bierfässer, suchten radebrechend Verständigung, gestikulierten, schwadronierten, umarmten einander, trugen auch Meinungsverschiedenheiten mit Fäusten aus. Die besten Speerwerfer, Läufer, Fechter und Ringer wurden ermittelt. Jeder Krieger hatte vom König zum festlichen Anlaß einen Solidus empfangen, und nur wenige zögerten, ihn auszugeben. In den Buden der Händler, die stets wie Pilze aus dem Boden schossen, wo Kriegsvolk lag, gab es alles, was Helden zu ihrer Ausstattung brauchten: Schwerter, Dolche, Beile, Wehrgehänge, für die Abergläubischen Amulette, für die Eitlen juwelenbesetzte Stirnbänder und Gürtelschnallen. Akrobaten, Feuerschlucker und Magier brachten die staunenden Hinterwäldler aus Baiern und Thüringen ebenso um ihr Geld wie die Syrer und Juden, vor deren grellbunten Zelten sie Schlange standen, um der Gunst morgenländischer Prinzessinnen teilhaftig zu werden. Wer seinem Solidus Zuwachs wünschte, setzte sich zu den Spielern, die ihre Würfelbecher kreisen ließen. Wer ihn bereits verloren hatte, schwärmte zwischen den Häusern des Hofgutes, den Zelten und Buden umher, um ein kostenloses Vergnügen zu suchen. Aus dem bedrohlichen Heerlager war ein fröhlicher Festplatz geworden.

So war es kein Wunder, daß auch die Wachen an den Toren, auf dem Beobachtungsturm und vor der großen Festhalle von der allgemeinen Sorglosigkeit angesteckt wurden. Auch ihnen wurde, in Maßen zwar, Bier ausgeschenkt. Das bunte Treiben ringsum lenkte sie ab. Ihre Anführer und Hauptleute saßen beim König in der Halle und kümmerten sich nicht um sie. Bald hatten die Wächter kaum mehr ein Auge auf das Kommen und Gehen, sie unterhielten sich miteinander, scherzten mit den vorübereilenden Mägden, verließen sogar für kürzere oder längere Zeit ihre Posten. Die Turmwachen starrten auf die Steine des Brettspiels statt auf verdächtige Leute, die sich dem Hofgut und dem Lager näherten.

So übersahen sie zwei Männer, die sich im Osten vom Waldrand lösten und eiligen Schrittes auf einem Feldweg die fünfhundert Schritte bis zum Tor zurücklegten. Dort lachten die

Posten gerade über einen possierlichen Hund, der einen Knochen von ihnen erbettelte. Die Männer gingen an ihnen vorüber. Am Eingang der Halle kehrten ihnen die Wachen den Rücken, bemüht um einen betrunkenen Gast des Königs, der seine Notdurft verrichten wollte, jedoch nicht die Treppe hinunter fand. Die Männer stiegen diese Treppe hinauf und traten unbemerkt in die Halle ein.

Hier war das Festmahl aus Anlaß der Wahl des Königs längst zu einem wüsten Gelage ausgeufert. Die austrasischen Hofköche hatten zunächst mit einer Speisenfolge nach dem Geschmack der Romanen aufgewartet. Es gab allerlei raffiniert zubereitete Vorspeisen wie gepfefferten Hasen, Fisch mit gehackten Eiern, Huhn mit Würzsoße. Dies würdigten an den langen Tischen aber nur wenige, eigentlich nur die Herren des Klerus, verwöhnte Feinschmecker und fast die einzigen, die hier Romanen waren. Alle anderen warteten mit Ungeduld auf den Braten. Erst als die Schweine und Ochsen am Spieß hereingetragen und unter dem Beifallsgeschrei der Gäste von den Köchen zerteilt waren, begann das übliche gewaltige Fressen. Die fränkischen Herren aus Austrasien und Neustrien, nunmehr unter einem König vereinigt, wetteiferten im Verzehr enormer Fleischmengen. Eifrig wurden dazu die Becher geschwungen.

Man kam sich rasch näher, denn jeder fühlte sich hier zu Hause. Man befand sich im fränkischen Stammland, der alten Heimat, wo die gemeinsamen Vorfahren noch als Wehrbauern in römischen Diensten gestanden hatten. Zum Glück waren jene Zeiten der Abhängigkeit vorbei, immer wieder wurde dankbar der Name Chlodwigs gerufen, des Königs, der seine Männer nach Süden und Westen geführt und sie dort alle zu Herren gemacht hatte. Die Zecher schrien sich von einem Ende der Halle zum anderen Trinksprüche zu. Verwandte, die sich wiedergefunden hatten, umarmten einander. Gutsbesitzer aus beiden Reichen luden sich gegenseitig zur Jagd ein. Sogar Eheprojekte wurden bereits erörtert.

Nur die Häuptlinge der Ostrheinischen, die man von dem Festmahl nicht ausschließen konnte, übertrafen die Franken als Esser und Trinker. Nach häuslicher Sitte und germanischer Tradition verloren sie aber rasch jedes Maß, und bald mußte man die ersten hinaustragen. Andere hockten beieinander, krakeelten, rühmten sich ihrer Heldentaten und grölten ihre endlosen, schwermütigen Lieder. Die neustrischen Herren, die keinen Augenblick Brunhildes Drohung vergaßen, mieden ihre Gesellschaft und warfen ihnen aus der Entfernung wenig freundliche Blicke zu.

Um so beflissener waren sie bemüht, in die Nähe des Königs zu gelangen und sich als treu und vertrauenswürdig zu präsentieren. Ohne Unterlaß mußte Sigibert ihre Huldigungen und Geschenke entgegennehmen. Während er noch beim Mal saß, traten bereits die ersten an ihn heran, nannten ihre Namen und legten ihre Ehrengaben vor ihm nieder. Als dies die anderen sahen, wollten sie nicht zurückstehen oder gar mangelnden Eifers verdächtigt werden. Eine Traube bildete sich vor dem Tisch des Königs, es gab ein Geschiebe und Gestoße, und die Leibwachen mußten eingreifen und die Herandrängenden zu einem Defilee ordnen. Viele der Herren liefen hinaus und kamen mit Knechten zurück, die Truhen, Teppiche oder Möbel hereinschleppten. Einer ließ sogar ein Pferd die Stufen herauf in den Saal zerren. Um Platz zu schaffen, wurde schließlich der Tisch des Königs und seiner Vertrauten beiseite gerückt. Nun konnte jeder ungehindert an den Herrscher herantreten.

Sigibert, dem Wein eifrig zusprechend, aber trinkfest, ließ alles geduldig über sich ergehen. An der Giebelwand thronte er auf einem hohen, geschnitzten Armstuhl. Hinter ihm war ein Stierkopf an die Bretter genagelt, Erinnerung an seinen Stammvater Merovech, den ein Meerungeheuer, halb Stier, halb Mensch, gezeugt haben sollte. Lächelnd hörte der König den Männern zu, die an ihn herantraten. Er ließ sich erklären, in welchen glorreichen Schlachten ein Schwert, das man ihm überreichte, schon Köpfe gespalten und Bäuche geschlitzt hatte. Er staunte, als ihm ein Jäger, der ihm ein Bärenfell zu Füßen legte, gestenreich schilderte, wie es im Kampf auf Leben und Tod erbeutet wurde. Für jeden hatte er ein paar freundliche Worte, ein Schulterklopfen, einen Händedruck.

Neben dem König standen Gundoald und Sigila. Die beiden gestrengen Herren waren ungewohnt heiter, winkten auch immer wieder die Schenken heran, um sich die Becher füllen zu lassen. Sie stellten ihrerseits Fragen an die Herantretenden und zogen manchen, den der König entließ, noch zu einem kurzen Gespräch auf die Seite. Charegisel, der Kämmerer und Verwalter des Reichsschatzes, wich nicht von Sigiberts Seite. Ein Schreiber war bei ihm, der jedes Geschenk mit dem Namen des Gebers registrieren mußte. Knechte eilten hin und her und brachten alles, was sich forttragen ließ, in besonders gesicherte Nebengebäude des Hofgutes.

Die beiden Männer, die vom Waldrand gekommen waren, blickten sich aufmerksam um. Es waren zwei hübsche, kräftige junge Recken, der eine blond, der andere schwarz, beide nicht älter als fünfundzwanzig Jahre. Wie die meisten in der Halle trugen sie kurze Tuniken, Mäntel darüber, am Gürtel Waffen. Sie fielen nicht auf. An die vierhundert Gäste waren im Saal, doch niemand nahm Notiz von ihnen.

Ihre Blicke suchten den König und entdeckten ihn unter dem Stierkopf. Noch immer warteten neustrische Herren darauf, das Wort an ihn richten zu dürfen. Die beiden Männer nickten einander zu. Sie gingen an den langen Bänken vorbei, drängten sich zwischen Zechern hindurch, die lärmend in Gruppen beieinanderstanden, gelangten bis zu den Wartenden. Hier blieben sie hinter dem letzten stehen.

Ein junger Diener, der mehrere mit Wein gefüllte Pokale anbot, wurde aufmerksam. Er trat lächelnd an die beiden heran. Sie zögerten erst, dann nahm jeder einen Pokal. Der junge Diener blinzelte dem Schwarzhaarigen zu, wobei er sich die Lippen leckte. Eine unwirsche Geste verscheuchte ihn.

Die beiden nippten an ihren Getränken. Auch dabei verfolgten sie aufmerksam alles, was vorging. Gerade entließ der König den Mann, mit dem er bis jetzt gesprochen hatte. Der nächste trat vor. Unter vielen Verbeugungen überreichte er einen Gürtel mit kunstvoll ausgeführten Bronzebeschlägen. Offenbar bat er den König, ihn anzulegen, denn Sigibert erhob sich gutmütig lachend, warf den eigenen Gürtel mit dem daran befestigten Sax auf den Sitz seines Stuhls, probierte den anderen. Die beiden Ankömmlinge blickten sich starr in die Augen. Gleichzeitig stellten sie ihre Pokale auf den Rand eines Tisches.

Da legte sich einem der beiden, dem Blonden, eine Hand auf die Schulter. Er fuhr heftig herum.

»Gausbold!« rief ein Betrunkener fröhlich. »Was sehe ich? Du bist auch hier? Da ist ja auch Brachio! So eine Überraschung! Ihr beide, die Treuesten der Treuen ...«

»Warum schreist du denn so?« fuhr ihn der Gausbold Genannte in gedämpftem Ton an. »Ja, wir haben uns abgesetzt. Aber mach bitte noch keinen Lärm darum!«

»Warum nicht? Das wird die Stimmung heben! Wenn Chilperichs bevorzugte Lieblinge, seine schärfsten Hunde, sich schon davonmachen, dann muß es wohl verdammt schlecht um ihn stehen. Noch schlechter als vorige Woche. Da hat ihn wohl schön die Wut gepackt, als er erfuhr, daß wir fort waren, sechzig auf einmal. He, Faroin! Faroin! Hier sind ...«

»Halt's Maul, du Idiot!« zischte der schwarzhaarige Brachio. »Natürlich steht es in Tournai noch schlechter. Aber das müssen wir erst dem König sagen!«

»Vielleicht bekommt er die Festung kampflos!« fügte Gausbold vieldeutig hinzu.

»Wie, kampflos?« wunderte sich der Betrunkene. »Was ist da passiert? Eine Meuterei? Eine Seuche?«

»Wenn jemand es vor dem König erfährt, gelingt es nicht. Willst du vielleicht daran schuld sein? Also pack dich und schweig!«

»Verschwinde!« befahl Brachio mit aufloderndem Blick.

Der Zecher erschrak und stammelte: »Schon gut, schon gut! Ich sage ja nichts! Beruhigt euch ...«

Er zog sich zurück und mischte sich unter die Gäste. Dabei sah er sich zweimal argwöhnisch um.

Inzwischen hatte der König den Gürtel angelegt. Er paßte nicht, war viel zu weit. Sigibert machte, während er ihn wieder ablegte, eine scherzhafte Bemerkung über den Leibesumfang des Schenkers. Charegisel griff sofort zu, damit das Geschenk gebucht und fortgeschafft wurde. Der Kämmerer sah dem Schreiber über die Schulter, wobei er ihm etwas diktierte.

Unterdessen wandte der König den Rücken, um seinen eigenen Gürtel vom Sitz des Armstuhls zu nehmen und wieder umzuschnallen. Der neustrische Edle, der sich entlassen glaubte, zog sich zurück. Sigila und Gundoald sahen ihm nach und tauschten Bemerkungen. Die Leibwächter hinter dem Stuhl des Königs machten sich unter Gelächter auf eine Gruppe Ostrheinischer aufmerksam, wo gerade wieder ein Betrunkener umsank.

Mehrere Wartende standen noch in der Reihe vor Gausbold und Brachio. Der erste, ein zittriger Alter, zögerte vorzutreten, weil der König sich noch nicht wieder gesetzt hatte. Abermals verständigten sich die beiden jungen Männer durch Kopfnikken.

Mit ein paar raschen Schritten waren sie links und rechts an der Seite des Herrschers.

»Heil, König Sigibert!« sagte Gausbold.

»Wir kommen aus Tournai!« sagte Brachio.

Sigibert, der noch an seinem Gürtel nestelte, blickte auf und sah erfreut von einem zum anderen.

»Ah, aus Tournai! Willkommene Verstärkung! Gut, daß wir von dort etwas Neues erfahren. Wie steht es?«

»Das geht einen Toten nichts mehr an!« zischte Gausbold.

Zwei Skramasaxe, scharf geschliffene Messer, waren plötzlich in den Fäusten der beiden. Von jeder Seite traf den König ein Stich. Er schrie auf. Der Gürtel, noch nicht geschlossen, fiel zu Boden. Sigibert wankte drei, vier Schritte zurück. Links und rechts ragten die Messer aus seiner Brust. Blut quoll hervor, färbte die Tunika, tropfte herab.

»Mörder!«

Sigila stieß als erster den Ruf aus, der sich sogleich wie ein endloses Echo fortpflanzte. Der Gote zog auch zuerst sein Schwert und stürzte auf Brachio zu. Dieser hatte jedoch schon den Sax heraus und parierte den Schlag. Der fast Sechzigjährige wollte noch einmal den Arm heben, aber da war ihm die Hand bereits abgehauen und flog mit dem Schwert auf einen der Tische, zwischen umgestürzte Kannen und Becher.

Charegisel, der von der anderen Seite auf Gausbold eindrang, empfing nur einen einzigen Streich. Mit bis zum Kinn gespaltenem Kopf fiel er in die Arme seines entsetzten Schreibers.

Als dies geschah, war der König bereits zu Boden gesunken.

Nach einem letzten jähen Aufzucken, das seinen ganzen Körper erschütterte, blieb er leblos liegen, die blauen Augen weit aufgerissen, die Hände um die blutigen Griffe der Messer gekrampft, die er vergebens noch herauszuziehen versucht hatte.

Im nächsten Augenblick tobte rings um die beiden Toten ein wilder Kampf. Die Mörder, von Gundoald und den Leibwächtern angegriffen, verteidigten sich mit dem Mut der Verzweiflung. Wie rasend um sich hauend, erschlugen sie noch einen Mann und setzten einen zweiten außer Gefecht. In der wahnwitzigen Hoffnung, entkommen zu können, drangen sie, schon blutüberströmt, fast bis an die Tür vor.

Mittlerweile aber waren zehn, fünfzehn, zwanzig Schwerter gezückt. Gausbold und Brachio wurden in Stücke gehauen. Ihre Arme und Beine, ihre aufgeschlitzten Leiber, ihre zerrissenen Eingeweide lagen schließlich überall in der Halle verstreut. Ihre auf Speere gesteckten Köpfe wurden von johlenden Betrunkenen durch das Lager geschleppt.

Die Nacht war noch nicht auf Vitry herabgesunken, als das Fest der Königswahl, das mehrere Tage dauern sollte, ein jähes Ende fand.

7

Der kleine Zug, der sich am nächsten Vormittag, dreißig Meilen entfernt, vor dem Königspalast von Tournai in Bewegung setzte, hatte nur wenig mehr als fünfhundert Schritte zurückzulegen. Sein Ziel war die Basilika im östlichen Teil der Festung, nicht weit von der Mauer entfernt. Über dem Grab des heiligen Piat, des ersten Bischofs der Stadt, der im dritten Jahrhundert den Märtyrertod erlitten hatte, war sie vor ein paar Jahrzehnten errichtet worden. In ihrem Baptisterium sollte der Sohn des Chilperich und der Fredegunde getauft werden.

Die Königin ging an der Spitze des Zuges. Zum ersten Mal seit jenem Abend vor ihrer Niederkunft verließ sie wieder die Frauengemächer, und allen, die sie jetzt wiedersahen, mußte ihre Verwandlung fast wie ein Wunder erscheinen. Die Strapazen der schweren Geburt und des Wochenbetts waren an Fredegunde spurlos vorübergegangen. Längst hatte sie ihre Schönheit und Anziehungskraft zurückgewonnen. Gewiß, ein wenig hatte sie dabei mit Bleiweiß und Purpur nachgeholfen, deren Gebrauch sie vortrefflich beherrschte. Und die kunstvoll getürmte Löckchenfrisur unter dem hauchzarten Schleier war ein Meisterwerk ihrer Zofen. Doch die herausfordernd stolze Haltung des Kopfes, der feurige, stets etwas spöttische Blick, der lebhafte Gang, der fast ein Tänzeln war und ihren üppigen Körper leicht erscheinen ließ, hatten schon in den Zeiten, als sie noch diente, Bewunderung erregt. Die Männer in den Mannschaftsquartieren, Zelten und Schenken, an denen sie nun im weiten, schwingenden Mantel der Königin, mit Juwelen am Hals und an den Händen vorüberschritt, sahen erstaunt, daß sie noch dieselbe war, riefen ohne Scheu ihren Namen, sparten auch nicht mit plumpem Lob. Sie lachte dazu gnädig und winkte. In den letzten Tagen war immer mal wieder das Gerücht durch die belagerte Stadt geweht, sie erhole sich nicht von der Geburt, sei verzweifelt und vor Angst schon fast irrsinnig. Es hieß sogar, sie liege im Sterben. Bei diesem Kirchgang schien sie allen beweisen zu wollen, daß nichts ihr ferner lag.

Chilperich war nicht an ihrer Seite, er wollte auf einem anderen Weg zur Kirche kommen. Ihre Kinder umgaben die Königin, die beiden eigenen und die anderen, denen sie Stiefmutter war. Eine ihrer Frauen trug das Kleinste, den Täufling. Die Mädchen Basina und Rigunth, zwölf und neun Jahre alt, gingen Hand in Hand, sie verstanden sich gut. Chlodwig hielt sich an die begleitenden Wachen.

Merovech stieß erst aus einer Seitengasse dazu, eiligen Schrittes, außer Atem.

»Oh«, sagte er verschnaufend, »jetzt hätte ich doch beinahe vergessen, daß ich zur Kirche befohlen wurde!«

»Warst du an deinem Lieblingsplatz auf der Festungsmauer?« fragte Fredegunde, die Ironie überhörend. »Hast du irgend etwas bemerkt?«

»Nur zwei Hasen, die zu uns überliefen. Die Helden laufen ja nach der anderen Seite.«

»Ist dir wirklich nichts aufgefallen? Drüben im Lager? Irgendeine Veränderung?«

Ihr drängender Ton amüsierte ihn.

»Du kannst es wohl nicht erwarten, daß sie zum Sturm rüsten?« Im Gehen neigte er sich zu ihr und raunte: »Ich hätte da eine Idee, wie du dich retten könntest!«

»Behalt sie für dich, sie interessiert mich nicht!« Sie lächelte wieder ein paar Behelmten zu, die sie grüßten.

»Es ist aber jammerschade«, fuhr Merovech fort, »daß ich schon wieder eine Mutter verlieren soll. Denn sie werden ja kurzen Prozeß mit dir machen. Hör zu! Du befolgst den Rat, den du mal einer andern erteiltest: Du hebst dein Kind selbst aus der Taufe! Dann bist du die Patin, mein Vater muß dich verstoßen, und du verschwindest im Kloster. Mein Onkel und meine Tante sind fromm, einer Nonne werden sie nichts zuleide tun. Nur die Sachsen werden dich vergewaltigen, aber das macht dir vielleicht sogar Spaß. Und es ist immer noch besser als hängen!«

»Ich wäre vorsichtiger, mein boshafter Prinz!« erwiderte sie mit einem herausfordernden Seitenblick. »Es könnte alles ganz anders kommen!«

»Oh, wirklich? Du glaubst, daß wir siegen? Wir werden uns auch künftig deiner Mutterliebe erfreuen? So sehen wir herrlichen Zeiten entgegen. Der Kleine dort im Kissen wird König, und wir älteren, Chlodwig und ich, werden vorher liebevoll ins Jenseits befördert.«

»Ich weiß, du wünschst dir unsere Niederlage!«

»Was hätte ich schon davon? Wenn die anderen siegen, sind meine Aussichten auch nicht besser.«

»Du hoffst vermutlich auf ihre Gnade. Hoffe lieber auf unsere Vergebung!«

»Das klingt prahlerisch, aber geheimnisvoll.«

»Wart's ab!«

Sie erreichten die Basilika und traten ein. Chilperich war schon da. Er hatte sich auf den Altarstufen niedergelassen, die Beine weit von sich gestreckt, die Ellbogen hinter sich aufgestützt. Einige seiner Leute, der Marschalk Chuppa darunter, umstanden ihn. Er redete, und sie hörten teilnahmslos zu. Seine dröhnende Stimme brach sich hallend an den hohen, steinernen Wänden. Die Kirche lag im Halbdunkel, denn die kleinen Fenster unter dem Dach ließen kaum Licht ein. Zwei Kerzen brannten auf dem Altar.

Obwohl es noch lange nicht Mittag war, hatte der König bereits mehrere Becher geleert. Er war betrunken. Schon seit einigen Tagen legte er sich keine Zügel mehr an. Die Geburt seines Sohnes hatte das allmähliche Absinken in einen Zustand dumpfer Schicksalsergebenheit nicht aufhalten können. Nur noch äußerlich wirkte er furchterregend mit seiner wirren Langmähne, der schrägen Stirnfalte, den stechenden Augen, der ungeschlachten Gestalt in schmutzigen, wochenlang nicht mehr gewechselten Kleidern, dem Schwert an der Seite, dem Beil im Gürtel. Er führte auch immer noch martialische Reden, lästerte seine Feinde, warf mit Kraftausdrücken um sich. Aber das war nur leeres Getöse. Im Grunde war er zu der Einsicht gelangt, daß es für ihn nichts mehr zu tun gab, daß er keine Pflichten mehr hatte und sich gehen lassen konnte. Ein König, dem seine Getreuen in Scharen davonliefen, war am Ende.

Nicht auf Städte und Landschaften kam es an, deren Verlust war zu verschmerzen. Das Maß seiner Macht war die Gefolgschaft, waren Wert und Anzahl der Männer, die zu ihm standen. Das Verschwinden von Gausbold und Brachio, die er zu dem heiligen Häuflein gezählt hatte, das im letzten Kampf mit ihm sterben würde, hatte Chilperich den Rest gegeben. Was jetzt noch kam vor dem blutigen Ausgang, war Possenspiel.

Er war nie wirklich gläubig gewesen und war es jetzt weniger denn je. Da Bischöfe, Äbte und Priester seinem Befehl unterstanden, sah er sich im stillen auch als Gefolgsherr Gottes, dem er zwar Macht, aber keineswegs Allmacht zutraute. Er hielt es nun nicht mehr für nötig, auf diesen unsicheren Verbündeten, von dem er sich schmählich im Stich gelassen fühlte, besondere Rücksicht zu nehmen. Als Fredegunde plötzlich die Taufe des Kindes verlangte, nachdem sie es in einem hysterischen Anfall beinahe getötet hatte, stimmte er zu, damit sie Ruhe gab, ihm selber lag nicht mehr das Geringste daran. Den Bischof, den er zu sich befahl, der aber pedantische Einwände wegen der Eile und mangelnden Vorbereitung machte, packte und schüttelte er so lange, bis ihm die Vorschriften seiner Taufordnung entfallen waren. Mit derselben rüden Respektlosigkeit betrat er an diesem Morgen die Kirche. Er rief gleich nach Wein, und den schlürfte er nun aus dem goldenen Meßkelch, nachdem er die beiden Diakone, die hartnäckig darauf bestanden hatten, daß Kelch und Wein nur für eucharistische Zwecke bestimmt seien, mit Fäusten und Füßen bearbeitet hatte. Daraufhin hatten der Bischof und seine Helfer sich in der Sakristei eingeriegelt.

»Das ganze Unglück kommt nur von den Pfaffen!« schimpfte der König. »Ich bin ihr Herr, aber sie haben mir heimlich die Macht gestohlen! Müßte ich Kriege führen und Beute machen, wenn ich wie sie gefüllte Kassen hätte? Alles haben sie an sich gerafft, die Verfluchten: königliche Domänen, ganze Dörfer, halbe Städte. Fleißig wie die Ameisen sammeln sie Testamente. Diebe! Gauner! Halunken! Auch um diesen Kelch haben sie die rechtmäßigen Erben betrogen. Gold, Rubine ... auf so etwas sind sie scharf, die Spitzbuben! Hätte ich all das Geld, das mir die Pfaffen in meinem Reich entwendet haben, würde ich Sigibert noch heute zur Hölle schicken!

Wahrhaftig, dann hätte ich dreimal so viele unter Waffen wie er. Fünfmal so viele! Zehnmal so viele!«

Diese Darlegung wurde durch den Auftritt der Königin und ihres Gefolges unterbrochen. Fredegunde hatte die letzten Worte noch gehört.

»Würdest du nicht saufen und lärmen, sondern statt dessen dein Hirn anstrengen«, sagte sie, »fändest du auch ohne Geld der Pfaffen eine Möglichkeit, ihn zur Hölle zu schicken. Aber für dich müssen andere denken! Wo ist der Bischof? Warum erwartet er uns nicht?«

Selten gab es wohl einen Taufakt unter so turbulenten Begleitumständen. Der Bischof weigerte sich zunächst, die Sakristei zu verlassen. Da sprang Chilperich auf, riß die Franziska aus dem Gürtel und schleuderte sie wutentbrannt gegen die verriegelte Tür. Das Beil blieb im Holz stecken. Nach langen, erregten Unterhandlungen und schrecklichen Drohungen des Königs kamen die Geistlichen endlich heraus, und alle gingen in die Taufkapelle. Zitternd vollzog der Bischof die heilige Handlung. Auf Wunsch Fredegundes wurde das kläglich schreiende Knäblein auf den Namen Samson getauft. »Damit er so stark und unbesiegbar wird!« sagte sie. Chilperich grinste dazu, an eine Säule gelehnt, und leerte ein weiteres Mal den Meßkelch. Als der Säugling dreimal im Taufbecken untergetaucht worden war, der Marschalk Chuppa dazu als Pate sein »credo« gesprochen hatte und die Frauen das Kind von ihm in Empfang nahmen, um es abzutrocknen und mit dem weißen Flügelgewand zu bekleiden, bemerkte Merovech: »Dieser Samson war auch ein Langhaariger. Habe ich recht, ehrwürdiger Vater?«

»Gewiß, gewiß«, bestätigte der Bischof, der den Täufling schon mit dem Chrisma salbte, um die unheimliche Taufgesellschaft so rasch wie möglich loszuwerden.

»Das Geheimnis seiner Kraft waren die sieben langen Haarlocken«, fuhr Merovech fort. »Seine Feinde schnitten sie ihm ab, worauf er alle Kraft verlor und sich gefangennehmen ließ. Sie stachen ihm die Augen aus und legten ihn in Ketten. Er konnte sich zwar noch retten, starb aber elend als Sklave!«

Fredegunde blickte ihn beunruhigt an.

»Woher weißt du das? Wie kommst du darauf?«

»So steht es in den heiligen Büchern.«

»Und warum hast du mir das nicht gesagt ... gestern, als ich dich rufen ließ?«

»Du wolltest von mir den Namen eines starken, unbesiegbaren Mannes wissen.«

»Er war also gar nicht unbesiegbar!«

»Unter gewissen Umständen nicht. Doch dazu hast du mich nicht befragt.«

»Du hast es mir absichtlich verschwiegen!« rief Fredegunde. »Und nun ist mein Sohn auf diesen Namen getauft!«

»Ja«, sagte Merovech lächelnd, wobei er den Arm um die Schulter seiner Schwester Basina legte, »aber du bist ja nicht die erste Mutter, die nach der Taufe ihres Kindes einen Fehler bereut!«

Diese Worte erheiterten Chilperich, und er brach in schallendes Gelächter aus. Die wütende Fredegunde überhäufte Merovech mit Beschimpfungen. Auch gegen den Bischof fuhr sie los: »Warum hast du mir nicht gesagt, daß dieser Samson als Sklave endete?«

»Aber Herrin, ich ... warum sollte ich denn ... ein schöner, alter, biblischer Name«, stammelte der Gottesmann.

»Du ereiferst dich unnötig, Frede!« rief Chilperich. »Wenn es ein Vorzeichen ist ... was würde da fehlschlagen? Der Sohn einer Sklavin endet als Sklave!«

Er schüttelte sich noch immer vor Lachen.

Plötzlich erschrak Fredegunde. Einen Augenblick starrte sie vor sich hin. Dann flüsterte sie: »Wenn es ein Vorzeichen ist, schlägt etwas anderes fehl!«

»Was meinst du?« meinte Chilperich aufmerkend.

»Nichts, nichts ...«

Sie wandte sich ab und bekreuzigte sich.

In diesem Augenblick erschien ein Behelmter in der Basilika. Schweiß lief ihm über das Gesicht, er keuchte vom Laufen. Sich umblickend entdeckte er die Taufgesellschaft in der Seitenkapelle. Rasch kam er näher. Er riß sich im Gehen den Helm vom Kopf.

Es war Gailenus.

Er drängte sich zwischen den Gefolgsleuten und Fredegundes Frauen zum König vor. Als er an Merovech vorbeikam, flüsterte er: »Gerettet!«

Im Eifer rempelte er den Bischof an, der gerade das Taufritual beenden wollte. Er trat zu Chilperich, verbeugte sich knapp und stieß hervor: »Verzeih, König, daß ich dich hier störe ... eine wichtige Nachricht! Ich hatte die Wache am Südtor. Es sind Überläufer gekommen!«

»Überläufer?« fragte Chuppa anstelle des Königs. »Aus dem Lager des Feindes? Nicht möglich ...«

»Es ist so! Und sie berichten, daß ... daß ...«

Der junge Mann stockte.

»Was berichten sie?« schrie Fredegunde.

»König Sigibert wurde ermordet!«

Chilperich blickte auf den Mund des Gailenus. Tonlos bewegte er die Lippen, als forme er die Worte nach, um ihren Inhalt zu begreifen. Der Meßkelch entfiel seiner Hand und rollte scheppernd über den Fußboden. Gleich darauf kniete der König neben dem Taufbecken. Er beugte sich über den Rand und steckte den Kopf tief in das geweihte Wasser. Wieder auftauchend, prustend, sich schüttelnd, Wasser verspritzend sprang er auf.

Er packte Gailenus an den Schultern und brüllte:

»Mein Bruder ... ermordet?«

Der junge Mann nickte heftig.

»Wer war es?« rief Chuppa.

»Es heißt, zwei Männer ... Fremde ... Ihre Namen konnten die Überläufer nicht nennen. Aber auch sie sind tot. Sie wurden gleich niedergemacht.«

Fredegunde hatte die Hände vor das Gesicht geschlagen. Jetzt warf sie wie im Triumph die Arme hoch. Sie stieß einen langen, schrillen Freudenschrei aus, der von den steinernen Wänden als schauriges Echo zurückkam.

Die Frauen und Männer in der Kapelle begannen aufgeregt zu flüstern. Chilperich starrte mit seinen stechenden Augen unverwandt den jungen Gefolgsmann an, als könne er noch immer nicht glauben, was er gehört hatte.

»Wo sind die Überläufer?«

»Am Tor.«

»Wie viele sind es?«

»Etwa hundert.«

»Hundert?«

Der König stieß alle, die ihm im Wege standen, beiseite. Schwankenden Schrittes eilte er auf das Portal zu. Plötzlich schien ihm etwas einzufallen. Mitten im Lauf machte er kehrt. Er rannte zum Hauptaltar, kniete dort nieder und rang die Hände.

»Gott!« rief er. »Mein Bruder ist tot! Mein über alles geliebter Bruder! Der edelste unter den Menschen – umgebracht! Wie konntest du so etwas zulassen? Mache es wieder gut! Nimm ihn zu dir ins Himmelreich! Erbarme dich seiner Seele! Hol ihn ins Paradies! Ach, ich bin einsam! Ich bin unglücklich! Meinen Bruder hab ich verloren ...«

Er schluchzte laut auf, raufte sich die Haare und stieß mehrmals den Kopf gegen den Stein.

Dann sprang er hurtig auf die Beine, und im nächsten Augenblick war er draußen.

Die Königin folgte im wehenden Mantel, alle anderen hinter sich herziehend. Als letzte verließ die Frau, die den Täufling trug, die Kirche. Nur die drei Geistlichen blieben zurück.

Der Bischof hob den Blick zu dem segnenden Gott auf dem Deckengemälde der Taufkapelle und murmelte: »Dein Reich komme, o Herr! Aber jetzt haben erst einmal die Teufel gesiegt!«

Fredegunde lag auf ihrem Bett und stillte das Kind, als Chilperich gegen Abend eintrat. Er setzte sich auf die Kleidertruhe, streifte die Schuhe ab und löste die Wadenbinden. Mit einer Kopfbewegung scheuchte er die beiden Mädchen hinaus, die ihrem kleinen Bruder kaum von der Seite wichen.

»Nimm aber ein Bad, bevor du dich ins Bett legst«, sagte Fredegunde, die Nase rümpfend. »Und denke daran, daß es für die Liebe zu früh ist!«

»Sei unbesorgt, ich bin todmüde«, ächzte er. »Muß mich erst einmal richtig ausschlafen.«

»Gibt es Neuigkeiten?«

»Das Lager löst sich allmählich auf. Fast zweihundert Männer sind inzwischen herübergekommen. Franken vom Rhein, auch ein paar Friesen und Alemannen. Sie wollen Dienst, ich habe sie erst einmal untergebracht. Da drüben weiß keiner, wie es weitergeht. Es ist aber zu riskant, gleich auszurücken.«

Er löste Gürtel und Wehrgehänge und legte beides mit den Waffen neben sich auf die Truhe.

»Du glaubst doch nicht etwa«, sagte sie, »daß sie ohne Sigibert weiterkämpfen. Ein Heer ohne König ist wie ein Mann ohne Kopf!«

»Auch ohne Kopf sind sie noch gefährlich genug. Der Teufel weiß, was die Räuberbanden von jenseits des Rheins hier noch vorhaben! Vielleicht übernimmt auch ein anderer die Führung, zum Beispiel Gundoald. Oder die stolze Walküre aus Gotland. Zuzutrauen wäre es ihr! Sie ist ja schon in Paris ...«

»Die wird Hals über Kopf die Flucht ergreifen! Jetzt ist sie Witwe. Um ihr Leben wird sie zittern, die Furie! Wenn wir nicht lange zögern, fangen wir sie vielleicht noch ein. Dann hätten wir endlich Ruhe vor ihr. Auch ihre drei Bälger soll sie ja bei sich haben. Willst du warten, bis sie das Bürschlein zum König wählen? Das mußt du unbedingt verhindern! Und wenn du es in deiner Gewalt hast ...«

»Ach was! Es ist erst fünf Jahre alt. Im Augenblick kann es nicht schaden.«

»Über so etwas dachte dein Vater anders! Hast du mir das nicht selber erzählt? Als sein Bruder im Kampf gefallen war, griff er zum Messer und erstach mit eigener Hand dessen Söhne. Der ältere war erst zehn, der jüngere sieben, die konnten auch noch nicht schaden. Aber dein Vater war weise, er blickte weiter. Er hatte die Zukunft im Auge. Er dachte an seine eigenen Söhne, an euch. Er wollte nicht, daß euer Erbe geschmälert wurde. Sieh doch mal, ist er nicht allerliebst?«

Samson hatte sich sattgetrunken und schmatzte zufrieden. Die Königin nahm ihn von der Brust, legte ihn in die Wiege neben dem Bett, deckte ihn zu und schnallte ihn fest.

»Und du hast immer behauptet, ich würde dir keine Söhne schenken. So ein Prachtjunge!« Sie beugte sich noch einmal zärtlich über die Wiege und küßte das Kind. »Grausame

Schmerzen hat er seiner Mutter bereitet. Er hätte mich umbringen können. Aber nun ist er da! Jetzt ist es an dir, aus ihm einen Mann und einen König zu machen! Ich habe das meine dazu getan. Nicht nur, indem ich ihm das Leben gab ...«

Die letzten Worte betonte sie seltsam. Chilperich blickte auf und versuchte, in ihrem Gesicht zu lesen. Doch Fredegunde hatte sich abgewandt. Sie erhob sich aus dem Bett und schlüpfte in ihr Hemd. Dann setzte sie sich auf die Bank unter das kleine Bogenfenster. Es ließ gerade noch so viel Licht herein, daß sie sich in ihrem kupfernen Spiegel betrachten und kämmen konnte. Von draußen, aus dem Peristyl, klangen Stimmen und Gelächter herauf. Es zupfte auch jemand eine Harfe und sang dazu.

Chilperich legte die Tunika ab und hätte auch gern noch Hemd und Hose von sich geworfen und sich ins Bett gelegt. Aber er merkte selbst, daß er stank, und wenn ihn das vor ein paar Stunden durchaus nicht gestört hatte, so genierte es ihn auf einmal. Er nahm sich vor, später am Abend ein Bad richten und vielleicht sogar noch den Bartscherer kommen zu lassen. Jetzt wollte er sich ein wenig ausruhen. Eine große Müdigkeit steckte in seinen Gliedern, die Müdigkeit von fünf quälend am Rande der Agonie dahingeschleppten Wochen. Er gähnte und ließ sich, den Rücken gegen die Truhe gelehnt, auf dem Fell nieder, das den Boden bedeckte.

»Was mögen das für Kerle gewesen sein, die Sigibert umgebracht haben?« murmelte er.

»Männer waren das, die dich retten wollten«, sagte sie. »Denen du Dank schuldest.«

»Mag sein. Sie hätten wahrhaftig eine Belohnung verdient. Obwohl sie mir den Bruder ermordet haben. Zum Glück aber bin ich dieser Sorge enthoben. Sie sind ja tot.«

»Du solltest für sie Messen lesen und an den heiligen Stätten in ihrem Namen Almosen verteilen lassen.«

»Almosen und Messen ... für Mörder?«

»Die beiden haben ein Anrecht darauf.«

»Aber das sähe ja aus, als steckte ich selber hinter dem Mord. Niemand darf daran zweifeln, daß ich unschuldig bin. Da könnte man ja vermuten, ich hätte es ihnen versprochen!«

»Beruhige dich. Du hast nichts versprochen ... du nicht.« Nach einer Pause fügte sie hinzu: »Ich war es, die es versprochen hat.«

»Was hast du ...?«

»Nun, was ich sagte. Almosen und Messen.«

Sie hauchte den Spiegel an und polierte ihn mit dem Zipfel ihres Hemdes.

Langsam wandte er sich ihr zu.

»Du hast ... Ja, was heißt das? Sie sind doch unbekannt! Bis jetzt weiß niemand ihre Namen!«

»Ihre Namen sind Gausbold und Brachio.«

»Gausbold und Brachio?«

Er starrte sie lange schweigend an. Sie ordnete weiter ihre Löckchen, wobei sie jetzt ihr Gesicht zum Fenster hin drehte, damit es der letzte Lichtstrahl voll traf und das Spiegelbild auf der metallenen Fläche hell und klar wurde.

Nach einer Weile sagte er: »Du hast sie also dorthin geschickt.«

»Ja«, sagte sie, »das war ich. Es mußte ja irgend etwas getan werden. Und da du selber nichts unternahmst ...«

»Hast du sie zu dir befohlen?«

»Vorgestern, in der Frühe. Während du deinen Ausritt unternahmst.«

»Wie kamst du gerade auf diese beiden?«

»War das so schwer? Du hast dich doch oft genug gerühmt, du hättest sie zu Helden geformt. Kühn und entschlossen seien sie. Unerschütterlich treu. Eher bereit, für dich zu sterben, als Verrat zu begehen.«

»Wahrhaftig, sie waren brave Kerle ...«

»Sie glühten vor Eifer! Ich fragte sie: ›Wollt ihr mit ansehen, wie euer König zugrunde geht? Wie sein gerade geborener Sohn‹ – ich führte sie an die Wiege – ›von seinen Feinden erwürgt, zertreten, aufgespießt oder an einer Wand zerschmettert wird?‹ – ›Herrin, was sollen wir tun?‹ riefen sie. ›Gib uns Befehle! Was liegt uns daran zu sterben, wenn nur Chilperich und sein Sohn gerettet werden!‹ Ich fragte: ›Seid ihr wirklich bereit, ein Abenteuer auf Leben und Tod zu wagen?‹ Da zogen sie ihre Schwerter, berührten die Klingen und schworen es.

Nun konnte ich ihrer sicher sein. ›Schleicht in die Höhle des Ungeheuers, das uns bedroht‹, sagte ich, ›und schlagt ihm das Haupt ab!‹ Sie begriffen sofort, was gemeint war.«

»Das also war der Grund. Ich konnte auch kaum glauben, daß gerade Gausbold und Brachio treulos sein sollten. Machten sie sich gleich auf den Weg?«

»Sie warteten noch bis zum Einbruch der Nacht. Ich mußte ja auch erst Eisenhut beschaffen, der sicheren Wirkung wegen. Mit dem Gift bestrich ich zwei Skramasaxe. Gausbold und Brachio wollten als Überläufer mit wichtigen Nachrichten auftreten, damit sie an Sigibert herankamen.«

»Das war nicht einmal nötig. In Vitry waren sie völlig sorglos. Feierten Sigiberts Wahl zum König. Die Wachen waren betrunken. Man hat alle hingerichtet, aber was nützte das noch! Da war er schon tot ... der kleine Haudrauf. War nur ein paar Stunden lang König der neustrischen Franken. Das war die Strafe dafür, daß er mich bei Alluye gedemütigt hatte!«

»Gausbold und Brachio wollten verhindern, daß du dich ihm noch einmal zu Füßen warfst«, sagte Fredegunde anzüglich. »Etwas anderes wäre dir doch nicht eingefallen!«

»Was redest du da!« fuhr er sie an. Er stand auf, seine Müdigkeit war verflogen. Barfuß, in seinen schlotternden Hosen stolzierte er auf und ab. »Für den Fall, daß es ernst würde, hatte ich einen geheimen Plan. Der hätte uns ebenfalls gerettet. Aber ich brauchte ja nicht einmal selbst zu handeln. Meine Männer haben das für mich besorgt. Eiserne Kerle! Brave Recken! Die Drachensaat, die ich ausgestreut habe, wie der Heldenkönig in der alten Geschichte. Ja, es ist so, wie du gesagt hast, Frede! Ich habe diese Männer geformt. Ich habe ihnen den Willen eingepflanzt, ohne Rücksicht auf Leib und Leben für ihren König einzustehen. Ich habe sie zu dieser unerbittlichen Härte erzogen, zu dieser Entschlossenheit, zu diesem Wagemut! Gausbold und Brachio handelten, wie ich es an ihrer Stelle selber getan hätte. Sie beherzigten, was ich immer von ihnen gefordert hatte. Sie ließen sich lieber in Stücke hauen, als daß sie den Treueid brachen. Wahrhaftig, sie haben sich meiner würdig erwiesen!«

Fredegunde hatte Kamm und Spiegel beiseite gelegt und sich

zu Chilperich umgedreht. Mit halbgeschlossenen Augen, die Lippen geschürzt, den Kopf ein wenig zur Seite gedreht, hatte sie ungläubig zugehört.

»Deiner würdig erwiesen?« sagte sie höhnisch. »Sie haben sich deiner würdig erwiesen? Gehandelt, wie du gehandelt hättest? Sieh an, man traut seinen Ohren nicht! Hätten sie gehandelt wie du, dann hätten sie in der Halle gesessen, gesoffen, gehurt und gespielt! Und wären sie deiner würdig gewesen, dann hätten sie sich wohl eher beschissen als sich ins feindliche Lager gewagt!«

»Ich verbiete dir solche Reden!« polterte Chilperich. »Du bist mir zuvorgekommen, das ist verdienstvoll. Aber das gibt dir noch nicht das Recht ...«

»Zuvorgekommen? Ach ja! Du hattest ja einen geheimen Plan! Zu unserer Rettung! Wie schade, daß du den nicht mehr ausführen kannst! Wie dumm von mir, dir zuvorzukommen, wo ich nur ruhig hätte abwarten müssen! Wie töricht von Gausbold und Brachio, sich ohne Not in Stücke hauen zu lassen!«

»Was verstehst du schon von Gefolgschaftstreue? Wie könnte ein Weib je begreifen, daß den Gefolgsherrn und seine Männer ein heiliges Band eint! Was ist daran töricht? Gausbold und Brachio wollten es so! Sie gingen mit Freuden in den Tod! Sie waren dir dankbar für die Gelegenheit! Zogen sie nicht die Schwerter und schworen sie dir nicht, lieber sterben zu wollen, als ihren Gefolgsherrn ...«

Fredegunde ließ ein gurrendes Lachen hören.

»Ach, das war doch gelogen!« sagte sie mit einer lässigen Handbewegung.

»Gelogen?«

»Ich wollte dir auch ein kleines Verdienst lassen. Weil du so gern den ›Heldenkönig‹ spielst, der ›Drachensaat‹ ausstreut. Du aufgeblasener Narr! Vielleicht interessiert dich, was deine braven Recken als Belohnung verlangten. Nicht für den Fall, der nun eintrat ... dafür versprach ich ihnen tatsächlich Almosen und Messen. Und sie lachten darüber und waren zufrieden. Nein, ich meine, wenn sie ihr tollkühnes Stück überlebt hätten und zurückgekehrt wären. Was, glaubst du, verlangten sie für diesen Fall als Belohnung?«

»Nun, doch wohl Ehrungen ... Ämter ... Geschenke ...«

»Gewiß, das versteht sich. Aber noch etwas mehr. Sonst hätte ich sie nicht überreden können.«

»Was mußtest du ihnen versprechen?« fragte Chilperich argwöhnisch.

»Errätst du es nicht?«

»Was war es?« drängte er.

»Eine Nacht mit der Königin. Zu dritt!«

»Unmöglich!«

»Warum unmöglich? Sie erinnerten sich ... an eine andere Nacht, vor sieben Jahren, als ich von dir, König, grausam verstoßen und nur noch eine einfache Dienerin war. Da suchte ich Trost und ein bißchen Zerstreuung. Schon damals waren die beiden unzertrennliche Freunde. Der Blonde, Gausbold, gefiel mir. Aber er wollte sich auch auf dem Liebeslager um keinen Preis von seinem Brachio trennen. Da sagte ich: Gut, versuchen wir es! Und wir empfanden alle drei großes Vergnügen!«

»Du Dirne!« entfuhr es Chilperich. »Du gottverfluchte, schändliche Dirne!«

»Ach, schweig! Warum regst du dich auf? Was hast du mir vorzuwerfen? Habe ich dich auf dem Stroh im Stall hintergangen, während du mit der Gotin zwischen Seidentüchern lagst? In dem Bett, das vorher meines war?«

»Es hat dir so viel Vergnügen bereitet, daß du es noch einmal tun wolltest!«

»Ich sagte schon, es war die Bedingung der beiden. Was sollte ich machen? Ich bot ihnen Geld, Pferde, Dörfer, Domänen ... am Ende jedem ein Grafenamt. Sie gaben sich nicht zufrieden, ehe ich nicht auch dies versprach! Und dann schworen sie in der Tat: daß sie lieber sterben als auf einen solchen Genuß verzichten wollten!«

»O Himmel!« brüllte Chilperich auf. »Und dafür mußte mein Bruder sein Blut verströmen! Mein kleiner Bruder, den ich liebte, den ich als Knabe auf meinem Rücken trug, dem ich sein erstes Holzschwert schnitzte ... Durch eine Hure ist er ums Leben gebracht!«

Da sprang Fredegunde von der Bank auf und schrie: »Ich wollte mich opfern! Weil dies die letzte Möglichkeit war!«

»Gib zu, es hätte dir Spaß bereitet!«

»Und wenn schon. Die beiden sind ja nun tot.«

»Was du bedauerst!«

»Du stinkender Bock bereitest mir ja keinen Spaß!«

»Dann habe ich wohl etwas nachzuholen! Ich lasse dich auspeitschen. Den Hintern lasse ich dir zerfleischen!«

»Das soll wohl der Dank dafür sein, daß ich dir deinen Hintern gerettet habe?«

»Halt's Maul, Kuhstallhure!«

»Hasenfuß!«

»Schlampe!«

»Trunkenbold!«

»Giftmischerin!«

»Eidbrecher! Mörder!«

So stritt das hohe Paar auch an diesem eigentlich glücklichen Tage bis in die späten Abendstunden. Unten im Peristyl war die Harfe verstummt, und alles lauschte auf die Stimmen hinter dem kleinen Bogenfenster im Obergeschoß. Man hörte auch, wie üblicherweise, die klatschenden Geräusche von Ohrfeigen und das Gepolter und Geschepper, wenn im Verlaufe des ehelichen Scharmützels Möbel umfielen oder Krüge zerbrachen. Immer wieder mischte sich auch eine dritte, heftig empörte Stimme ein, die des im Schlafe gestörten Prinzen Samson. Dann flaute der Streit eine Weile ab, um aber bald darauf wieder aufzufrischen und bis zur Sturmstärke anzuschwellen. Erst gegen Mitternacht waren alle erschöpft und schwiegen.

Wenn auch nur wenig Zusammenhängendes zu verstehen war, so gaben doch einzelne Worte und Halbsätze, die aus dem Bogenfenster drangen, den Zuhörern unten hinreichend Aufschluß über den Inhalt des Gesprächs. Auf diese Weise wurde bekannt, daß es die Königin Fredegunde war, die ihrem Schwager, König Sigibert, seine Mörder geschickt hatte.

8

Am Tag danach wurde in Paris auf Anordnung der Königin Brunhilde ein Fest gefeiert.

Da in jener Zeit auch die wichtigste Nachricht nicht schneller zu ihrem Empfänger gelangte, als ein Bote sie ihm auf einem schnellen Pferd überbringen konnte, hatte Brunhilde erst an diesem Mittag die heißersehnte Botschaft von der Wahl Sigiberts zum neustrischen König erhalten. Gleich nach der Schilderhebung hatte Sigila seinen Geheimboten abgesandt, und wenig später war auch der offizielle Kurier des Königs vom Hofgut Vitry nach Paris aufgebrochen. Kurz nacheinander trafen die beiden ein.

Brunhilde sah sich am Ziel: Sie war Königin der austrasischen und der neustrischen Franken. Ihr Königtum gewann an Größe und Macht, umfaßte zwei Drittel des Gesamtreichs, hatte schon imperialen Schimmer.

Sie ließ die zweihundert Männer ihres Schutztrupps versammeln, Sigiberts Botschaft verlesen und sich ausgiebig huldigen. Dann verteilte sie Geld, und ein Festmahl wurde bereitet. Bald schallte von der Insel über den südlichen Seine-Arm fröhlicher Lärm nach der Stadt hinüber, wo das Pariser Volk, der Königin herzlich zugetan, sich nicht lange nötigen ließ und einstimmte.

Tags darauf – dies war nun bereits der dritte Tag nach der Ermordung Sigiberts – kam keine Nachricht aus Vitry. Auch Sigilas Geheimbotschaft blieb aus. Brunhilde beunruhigte das nicht sehr. Sie vermutete, daß die Festgelage und Lustbarkeiten nach der Königswahl selbst ihren pflichtgetreuen Landsmann zur Nachlässigkeit verleitet hatten. Der Trubel im Pariser Palast ließ ihr auch kaum Zeit zum Nachdenken. Ohne Unterlaß mußte sie Gratulanten aus der Stadt und der Umgebung empfangen. Die Honoratioren sprachen offen ihre Erwartung aus, daß Paris nun wieder Königsstadt würde, weil nur von diesem zentral gelegenen Ort aus die vereinigten Reiche mit ausgedehnten Gebieten jenseits des Rheins und der Loire wirksam regiert werden könnten. Allzu gern stimmte Brunhilde zu.

Den Abend verbrachte sie in einer kleinen, geselligen Runde mit Herzog Boso und dem Baumeister Merellus, der bereits kühne Ideen für den Ausbau des Pariser Palastes und für eine Sommerresidenz in der Umgebung vortrug. Indem sie sich an die schönen Bauten und Anlagen in Toledo erinnerte, konnte die Königin manche Anregung beisteuern. Das Gespräch wurde lebhaft und wandte sich auch bald anderen Gegenständen zu.

Der rotbärtige Herzog Boso, ein unerschöpflicher Plauderer, unterhielt die Gesellschaft mit allerlei Abenteuern und Anekdoten. Er sollte auf Sigiberts Befehl noch einmal an die Loire zurückkehren, um nach dem Wüten Theudeberts die Verhältnisse dort zu ordnen. Aber Brunhilde, die ihm trotz seines oberflächlichen, flatterhaften Wesens geneigt war, hielt ihn von Tag zu Tag unter dem Vorwand auf, sich ohne ihn zu langweilen. In der Tat war er einer der wenigen, die sie zum Lachen bringen konnten. Die Geschichten, die er an diesem Abend von Fortunatus erzählte, einem exzentrischen Dichter und Abenteurer (demselben, der Brunhilde auf ihrer Hochzeitsfeier als »neue Venus« und »spanische Perle« besungen hatte), amüsierten sie prächtig. Jener Schöngeist, mittlerweile in Poitiers gelandet, hatte eine allgemein als bedenklich angesehene Beziehung zu zwei Nonnen angeknüpft, deren eine die berühmte Radegunde war, die zweite, weltflüchtig gewordene Gemahlin Chlothars, des verstorbenen Vaters der Merowingerkönige. Boso bat, der Anschauung halber, Brunhilde möge deren Part, eine ihrer Damen aber den der anderen Jesusbraut übernehmen. Er selber stellte den Fortunatus dar und begann nun, die beiden nach allen Regeln frommer Verführungskunst zu umgarnen. Er rutschte auf Knien um sie herum, küßte ihre Rocksäume, sang, deklamierte, heulte und schluchzte. Brunhilde spielte mit, so gut es ging, denn sie konnte sich kaum des Lachens erwehren. Selten war sie seit ihrer Ankunft im Frankenreich in so ausgelassener Stimmung gewesen.

Später saß sie noch lange am Bett ihrer Kinder. Durch das

hochgelegene Fenster fiel ein Mondstrahl in die Kammer. Schlafend, aneinandergeschmiegt, sich gegenseitig wärmend, lagen die drei Seite an Seite. Die Mädchen hatten den kleinen Bruder in die Mitte genommen. Gerührt betrachtete die Königin das zarte, vom langen, hellblonden Merowingerhaar umrahmte Gesichtchen.

»Childebert, König der Franken!« flüsterte sie.

Auch am nächsten Tag erschien in Paris kein Bote aus dem Lager in Vitry. Brunhilde ärgerte das, weil sie es auf die noch immer gelockerten Verhältnisse nach der Königswahl zurückführte. Es begann sie auch zu beunruhigen, daß infolge allzu ausgiebigen Feierns die Vorbereitungen auf die Erstürmung Tournais verlangsamt werden konnten. Gleich zwei Kuriere schickte sie ab, einen an den König, den zweiten, diesen wie immer als Kaufmann verkleidet, an Sigila. Beide trugen Briefe mit ihren Ermahnungen und Ratschlägen im Gepäck.

Sie empfing wieder Gratulanten, besuchte die Messe in der Basilika Saint-Etienne, wohnte wie immer auch ein Weilchen dem Unterricht der Kinder bei. Zum täglichen Ausritt verließ sie die Seine-Insel über die »große« Brücke, die den nördlichen Arm des Flusses überspannte, und folgte, teils unbewußt, teils zielstrebig jener Straße, auf der sie Sigibert bei seinem Aufbruch begleitet hatte. Trotz des unfreundlichen Herbstwetters ritt sie bis zu der kleinen Kirche am Fuße des Märtyrerhügels. Merellus, der sich neben ihr hielt, wollte sie zu einem Abstecher nach dem nahegelegenen Krongut bewegen, um ihr, da es ihm als Sommerresidenz besonders geeignet erschien, seine Pläne an Ort und Stelle zu erläutern. Sie hörte ihm aber kaum zu und blickte lange die Straße hinunter – dorthin, wo knapp zwei Wochen zuvor der König in einer Staubwolke verschwunden war. Wenn ein Bote zu ihr unterwegs war, mußte er dort erscheinen. Nach einer Weile vergeblichen Wartens wendete sie ihr Pferd und befahl die Rückkehr.

Die Gesellschaft fand sich bei Anbruch der Dämmerung wieder zusammen, doch eine heitere Stimmung wie am Vorabend wollte nicht aufkommen. Die plötzliche Kälte kündigte schon den Winter an, man hockte, Glühwein trinkend und in Mäntel gehüllt, mit geröteten Augen um die qualmenden Kohlebekken. Trotz ihres vielgerühmten Talents zur Selbstbeherrschung konnte die Königin eine gewisse Unruhe und Gereiztheit nicht unterdrücken. Merellus, der seinen Eifer von ihr zu wenig gewürdigt fand, tat kaum den Mund auf. Auch Boso konnte mit ein paar Scherzen auf Kosten des allseits unbeliebten Hausmeiers Gogo nur lustloses Gelächter hervorbringen. Wie üblich, wenn es an Gesprächsthemen mangelte, gab man sich Rätsel auf, doch auch daran versiegte bald das Interesse. Brunhilde erhob sich früh und entließ alle in die Nachtquartiere.

Sie war bereits auf der Treppe zu ihren Gemächern, als sie auf einmal aus der Halle erregte Stimmen vernahm. Sie schickte eine der Frauen, die bei ihr waren, nochmals hinunter, um zu erkunden, was es gäbe. Zögernd stieg sie weiter die gewundene Treppe hinauf, doch ehe sie den Absatz erreichte, folgten ihr eilige Schritte. Der Diener schwenkte die Fackel und beleuchtete das Gesicht eines Mannes in Kaufmannstracht. Es war von Wind und Wetter gerötet, aus dem Bart tropfte Wasser. Brunhilde erkannte Amalbert, einen Edlen aus ihrer Umgebung – den Boten, den sie am Vormittag mit einem Brief an Sigila nach Vitry geschickt hatte.

»Herrin, verzeih ...«

»Amalbert! Warum kommst du zurück? Was ist geschehen?«

»Ein Unglück, Herrin! Für mich ein doppeltes, weil ich es melden muß.«

»Ein Unglück?«

»Dein Gemahl, unser König, ist tot!«

Brunhilde lehnte sich gegen die Wand, schweigend, starr, mit ausdruckslosem Gesicht. Sie stellte keine Fragen. Hastig schilderte Amalbert, was ihm unterwegs widerfahren war. Nach etwa zwölf Meilen war er auf ein paar neustrische Edelleute mit ihren Gefolgschaften gestoßen, die aus Vitry kamen. Durch sie hatte er von der Mordtat gehört, auch einiges über die näheren Umstände. Die Neustrier wollten auf ihre Güter zurück, zuvor aber nach Paris, in feindseliger Absicht gegen die Königin. Da niemand in Amalbert einen ihrer Männer vermutete, durfte er seinen Weg fortsetzen. Er hatte, schwierig genug bei dem Wetter, in der einbrechenden Dunkelheit und auf den verschlammten, kaum noch erkennbaren Wegen, einen Bogen um das neustrische Lager gemacht und war eiligst zurückgekehrt.

Endlich sprach die Königin ein paar Worte. Sie dankte dem Boten für seinen Pflichteifer, trug ihm auf, sich zu stärken und die Kleider zu wechseln, dann aber in der Halle auf sie zu warten, um ihr ausführlich zu berichten. Damit entließ sie ihn vorerst. Sie stieg die letzten Stufen hinauf und trat in ihr Schlafgemach ein. Vor den Frauen, die ihr folgen wollten, schloß sie die Tür. Sie schob auch den Riegel vor.

Noch immer konnte sie nicht weinen. Mit ungeheurer Wucht, gleich einem schweren, dumpfen Schlag, hatte die Nachricht vom Tode des Königs alle Empfindungen in ihr betäubt. Sie löschte die einzige Kerze und trat in die Fensternische. Lange blickte sie hinauf zum wolkenverhangenen Himmel, hörte sie auf das Rauschen des Regens. Seltsamerweise waren aber ihre Gedanken ganz klar. Sie war so wenig verwirrt, daß sie sich schon in diesem Augenblick nüchterne, kritische Fragen stellen konnte. Wie war es nur möglich gewesen, fragte sie sich, daß sie mit diesem Tod niemals gerechnet hatte? Wie hatte sie alles, was den Kriegszug betraf, immer wieder und in sämtlichen Einzelheiten bedenken können, ohne diesen Fall auch nur in Erwägung zu ziehen? Warum hatte sie stets nur blind an das Recht ihrer Rache geglaubt, das einen solchen Eingriff des Fatums nicht vorsah? Und warum war sie in der Verachtung ihrer Feinde so weit gegangen, daß sie ihnen eine so einfache, wenn auch waghalsige Lösung nie zugetraut hätte?

Denn es gab für Brunhilde keinen Zweifel, daß nur das eingeschlossene Mörderpaar die Täter ausgesandt haben konnte. »Überläufer aus Tournai«, hatte Amalbert in Erfahrung gebracht, seien die Männer gewesen, die Sigibert während des Festgelages in der großen Halle von Vitry zwei Skramasaxe in die Brust gestoßen hatten. Die Köpfe der Mörder, auf Speeren herumgetragen, seien von vielen als die zweier besonders ergebener Getreuer des Chilperich erkannt worden.

Die erste Empfindung Brunhildes, die nach der großen Betäubung zurückkehrte, war Scham. Nach der Schwester war ihr nun auch der Gemahl ermordet, sie stand da als Verliererin. Mit ihren Kindern, mit ihren Schätzen war sie hierhergekommen, hatte sich feiern lassen und immer noch töricht den Vorgeschmack des Triumphs gekostet, als ihre Feinde schon kaltblütig handelten, um ihr das ganze Mahl zu verderben. Wie lächerlich war sie jetzt, nachdem alle Welt sie für überlegen und stark gehalten und sie beinahe schon als wirkliche Herrscherin anerkannt hatte. Ihre Ansprüche, ihre Hoffnungen hatten auf einer einzigen Säule geruht. Die aber war nun zusammengebrochen.

Die zweite Empfindung Brunhildes, die zurückkam, war ihr Zorn. Wie konnte sich Sigibert einfach so abschlachten lassen! Wie konnte er den heiligen Auftrag zur Blutrache, alle Schwüre, die er geleistet hatte, die Pflichten gegenüber seiner Gemahlin und den Kindern vergessen, um sich zu vergnügen, zu betrinken und beliebigen Kerlen, die an ihn herantraten und ihre Messer zückten, die Brust bieten! Wie zutreffend war es, daß sie ihn immer wieder als den König der Gimpel bezeichnet hatte. Sein Tod bestätigte ihr, wie wenig sie irrte, wenn sie ihn für einen vertrauensseligen Narren und einfältigen Tropf und als Herrscher für unfähig hielt. Gewiß, er hatte auch Eigenschaften, die es wert waren, seiner mit Schmerz zu gedenken. Er war kühn und stark, auf dem Kampfplatz ein Held. Er war gottesfürchtig, gütig und freundlich. Er war auch ein schöner Mann, und die Blitze aus seinen blauen Augen hatten Brunhilde als siebzehnjährige Braut geblendet. Als Gemahl war er treu, und als Liebhaber kannte er keine Müdigkeit. Und er war der zärtlichste aller Väter, und wenn es in seinem ganzen Reich nur drei Menschen gab, die ihn geliebt hatten, so waren es seine Kinder.

Dieser letzte Gedanke entlockte Brunhilde nun doch ein paar Tränen. Noch immer stand sie reglos in der Fensternische. Mehrmals schon hatte man an die Tür geklopft und sich besorgt nach ihr erkundigt. Endlich erinnerte sie sich des Amalbert, dem sie zu warten befohlen hatte. Sie vermutete auch, daß noch andere zu dieser nächtlichen Stunde wachten, erschrocken und ratlos. Sie zog den silbernen Pfeil aus dem Haar, verwirrte es und ließ es zum Zeichen der Trauer auf die Schultern herabfallen. Im Dunkeln kramte sie in ihrer Kleidertruhe und brachte einen Schleier zum Vorschein, den sie sich absichtsvoll nachlässig über den Kopf warf. Dann entriegelte sie die Tür und ging hinunter in die Halle.

Hier verbrachte sie mit einer erschöpften Gesellschaft die Zeit bis zum Morgengrauen. Mehrmals wiederholte Amalbert seine Erzählung, wobei er jedesmal neue, bedrückende Einzelheiten hinzufügte. Nach den Auskünften der Neustrier löste sich das austrasische Heer in Vitry vollständig auf. Größere Haufen waren schon abgerückt. Die austrasischen Herren hatten es eilig, nach Hause zu kommen und in dem führerlosen Reich ihre eigenen Machtstellungen zu sichern. An einer Fortsetzung der Belagerung Tournais oder gar an einem Sturmangriff auf die Festung war niemand mehr interessiert. Chilperich sei der Feind des Königs gewesen, hatten die Abziehenden erklärt, nicht ihr eigener. Nur ihr Treueid habe sie verpflichtet, sich an dem Feldzug zu beteiligen. Da aber der König nun tot sei, habe sich diese Verpflichtung erledigt. Alle hatten die kürzesten Wege nach Osten und Südosten eingeschlagen, in Richtung auf Reims, Metz, Köln und Zülpich. Niemand dachte noch daran, durch einen Umweg über Paris Zeit zu verlieren. Auch die Ostrheinischen hatten sich, da der Winter nahte, zu einer sofortigen Rückkehr entschlossen. Schadenfroh, berichtete Amalbert, hätten neustrische Ortskundige sie rasch an die Grenze geführt, damit sie nicht bei ihnen, sondern bei den Austrasiern plünderten.

Es waren an die hundert Männer und einige Frauen, die diese Nacht wachend in der Halle des Pariser Palastes verbrachten. Auch der Comes der Stadt und einige Magistrate hatten sich eingefunden, nachdem die Schreckensbotschaft, die sich in Windeseile verbreitete, zu ihnen gedrungen war. Diese Herren, die Brunhilde noch vor zwei Tagen überschwenglich gehuldigt hatten, verhielten sich plötzlich äußerst reserviert. Der Comes hatte sogar die Stirn zu behaupten, er sei nur durch Drohungen und durch das militärische Übergewicht gezwungen worden, den Austrasiern die Tore zu öffnen. Er forderte die Königin auf, unverzüglich die Stadt zu verlassen, damit der alte Rechtszustand wiederhergestellt und König Chilperich nicht veranlaßt werde, die Pariser als ihre Verbündeten zu bestrafen. Brunhilde befahl, ihn in Arrest zu stecken, aber Herzog Boso griff ein und erlangte die Rücknahme des Befehls. Er schlug vor, den Tag und weitere Nachrichten abzuwarten und dann erst Entscheidungen zu treffen.

Ein trüber Morgen zog herauf. Milchiges Licht sickerte durch die hochgelegenen kleinen Fenster in die Halle. Die Fackeln an den Säulen und die Kohlen in den Kupferbecken waren niedergebrannt. Es roch nach kalter Asche und Rauch.

Noch immer wachten die meisten mit übernächtigten, bleichen Gesichtern. Wenn jemand eintrat, wandten sich ihm gespannte Blicke zu. Auch Brunhilde, die fast die ganze Nacht starr und wortkarg in ihrem Armstuhl gesessen hatte, blickte dann auf. Wann kam endlich Botschaft von Gundoald und Sigila? Wann erschienen sie selber? Amalbert hatte über die beiden nichts in Erfahrung bringen können. Nur so viel hatte er ermittelt, daß bei dem Mordanschlag auch Männer aus der Umgebung des Königs getötet oder verletzt worden waren. Wenn Gundoald oder Sigila lebten, dessen war die Königin sicher, würden sie alles tun, um zu ihr Verbindung aufzunehmen oder selber zu kommen.

Indessen erschien auch an diesem fünften Tag nach dem Mord kein Austrasier aus Vitry. Gegen Mittag jedoch erhob sich Lärm vor dem nördlichen Festungstor der Seine-Insel. Am Flußufer hatte sich trotz strömenden Regens ein Haufen Bewaffneter zusammengerottet. Ein kleinerer Trupp versuchte sogar, über die große Brücke einzudringen. Das Tor war allerdings rechtzeitig verschlossen, Mauern und Türme waren mit zuverlässiger austrasischer Mannschaft besetzt worden.

Da die Andrängenden sich zurückgewiesen sahen, verlegten sie sich auf Drohungen. Höhnische Rufe erreichten die Männer hinter dem Tor.

»Ihr werdet uns schon noch einlassen!«

»Reizt lieber nicht unseren Zorn! Das könnte euch schlecht bekommen!«

»Habt ihr Angst vor der Gotin? Wißt ihr etwa noch nicht, daß sie Witwe ist?«

»Die hat euch nichts mehr zu befehlen, die soll sich nur vorsehen!«

»Bereuen wird sie, daß sie die Sachsen auf uns loslassen wollte!«

»Falls sie versuchen sollte zu fliehen ... die kommt nicht weit, die fangen wir ein!«

»Ja, und zwar mit ihren Schätzen! Die nehmen wir uns als Entschädigung!«

»Und sie selbst übergeben wir dem Chilperich! Der weiß schon, wie man mit gotischen Weibern umgehen muß!«

Das rohe Gelächter war noch auf dem Turm des Palastes zu hören, den Brunhilde mit Boso und ein paar anderen Männern bestiegen hatte. Amalbert erkannte einige der Wortführer. Es waren die Neustrier, denen er tags zuvor begegnet war. Im Laufe des Nachmittags – der Regen ließ nach – zogen von Norden noch weitere Haufen heran. Schließlich sammelten sich alle, um zu beratschlagen. Danach blieben etwa vierzig, fünfzig Männer zurück, während die anderen, mehr als doppelt so viele, nach Osten, dem Flußlauf folgend, abrückten.

»So sind also wir jetzt die Eingeschlossenen«, witzelte Boso. »Der Haufen dort wird natürlich über den Fluß gehen und uns von Süden belagern.«

»Also werden wir ihnen zuvorkommen«, sagte Brunhilde, »und morgen früh aufbrechen!«

»Du willst versuchen, Herrin, die Grenze zu erreichen? Das sind mehr als siebzig Meilen durch neustrisches Gebiet! Und bedenke das Wetter, den Zustand der Straßen. Mit deinem Troß schaffst du höchstens fünfzehn Meilen am Tage.«

»Ich muß meine Kinder retten!« erwiderte sie heftig. »Nicht auszudenken, daß sie dem Mörderpaar in die Hände fielen! Wer hätte gedacht, daß die Franken so treulos sind, ihre Königin mit ihren Kindern im Stich zu lassen. Wäre ich nie in dieses Land gekommen, wo es nur Feiglinge und Verräter gibt!«

»Du solltest von diesem harten Urteil einige Franken ausnehmen, Herrin!«

»Nun, so beweise mir deine Treue! Brechen wir morgen

früh auf! Wir können ja einen Teil des Trosses zurücklassen. Was liegt daran, wenn ich nur meine Kinder wohlbehalten nach Hause bringe!«

»Ob das gelingt, dürfte aber höchst ungewiß sein. Sobald du diese Mauern hinter dir hast, bist du in Feindesland. Die neustrischen Schurken werden Jagd auf dich machen. Sie fürchten natürlich den Chilperich, der ihnen übelnehmen wird, daß sie deinen Gemahl zum König gewählt haben. Dafür wird er bald viele unbarmherzig zur Hölle schicken, wo die meisten von ihnen natürlich auch hingehören. Aber wer tritt eine solche Reise schon gern an! So versuchen sie, sich wieder in Gnade zu bringen. Und was wäre dazu besser geeignet, als ihm ein hübsches Geschenk zu machen, das seine Seele erwärmt ... dich und die Kinder. Rechne also unterwegs mit dem Schlimmsten! Sie sind ortskundig, und sie sind in der Überzahl.«

»Noch sind sie es nicht!« widersprach Brunhilde. »Wir haben zweihundert zuverlässige Männer!«

»Auch die Zuverlässigsten pflegen die Köpfe zu zählen, die sie im Notfall abschlagen müssen«, sagte der Rotbart mit einem bedauernden Lächeln, »und danach berechnen sie die Wahrscheinlichkeit, ihre eigenen zu verlieren. Im Falle, daß drei oder vier gegen einen stehen, wird auch der Tapferste kleinmütig. Und ich fürchte, Herrin, daß dieser Fall morgen schon eintreten könnte. Die wir dort sehen, sind erst die Vorhut!«

»Was also tun? Wollen wir abwarten, daß sie gegen uns anrennen? Oder daß ihnen der Comes heimlich die Tore öffnet?«

»Ich kenne den Comes. Er wird leicht zu besänftigen sein. Wenn du willst, frißt er dir aus der Hand, vorausgesetzt, es sind Goldstücke drin. Das bringt mich auf einen Gedanken ...«

Plötzlich hellte die Miene des Herzogs sich auf. Er erinnerte die Königin daran, daß er im Sommer gemeinsam mit Godegisel in kürzester Zeit zwischen Chartres und Tours ein Bauernheer aufgestellt hatte. Die Anzahl der Köpfe sei so imponierend gewesen, daß schon ihr Anblick die Reihen des Theudebert wanken ließ. Nur mit Gold habe man diesen Sieg errungen, einem tüchtigen Handgeld für jeden. Inzwischen seien die Leute entlassen. Aber man brauche sie nur zu rufen, gleich würden sie wieder zu den Waffen greifen.

»Zweitausend Goldsolidi, Herrin!« rief Boso, der sich immer mehr in Begeisterung redete. »Dann wirst du vollkommen sicher mit deinen Kindern nach Hause gelangen. Ein undurchdringlicher Panzer aus Bauernleibern wird euch beschützen!«

Brunhilde war einverstanden. Sie durfte nicht wählerisch sein, schon gar nicht knauserig. Urplötzlich saß sie in der Falle, und die Aussichten zu entrinnen sanken von Stunde zu Stunde. Jedes Mittel mußte jetzt recht sein. Falls Gundoald und Sigila tot oder – sie sträubte sich gegen den Gedanken – ebenfalls treubrüchig waren, blieb ihr als Helfer nur dieser Boso, den sie gewiß gut leiden konnte, aber doch eher für geeignet hielt, das Wort zu ihrer Unterhaltung als das Schwert zu ihrer Verteidigung zu führen. Noch am Abend stieg sie selber mit ihm hinab in die Schatzkammer. Und als der nächste graue Morgen dämmerte, ritt er mit einem kleinen Trupp zu dem noch nicht belagerten Südtor hinaus und verließ die Stadt auf der Straße nach Chartres.

Die Königin verbrachte die Nacht bei den Kindern. Sie hatte die drei den ganzen Tag in einem entlegenen Teil des Palastes beaufsichtigen und von allem, was draußen zu hören und zu sehen war, fernhalten lassen. Sie sollten nicht wissen, daß ihr Vater tot war, bevor sie selbst dazu kam, es ihnen beizubringen. Sie tat es so, wie sie es für richtig und notwendig hielt.

Jedes der drei war kaum der Wiege entwachsen, als es eine Geschichte hörte, die ihm sowohl von der Mutter als auch von den Ammen und Kinderfrauen immer wieder erzählt wurde:

Herr Sigibert, ein großer König und der tapferste aller Rekken, ritt einst nach Gotenland, um eine Braut zu gewinnen, die schöne, stolze und starke Prinzessin Brunhilde. Ihr Vater nahm sein Werben wohlwollend auf, doch erst im Kampf mußte sich erweisen, ob er der richtige Freier für die Jungfrau war, die viele schon abgewiesen hatte. Er mußte sich mit ihr im Schwertkampf, beim Sprung über Abgründe und im Steineschleudern messen. Da er sich vortrefflich bewährte, wurde sein Antrag angenommen. Brunhilde folgte ihm ins Frankenreich. Hier lebte auch Chilperich, der Bruder des Königs, ein mißgestaltetes Ungeheuer, über und über beharrt, mit glühenden Augen, nach Schwefel stinkend. Eine böse Fee nämlich hatte Sigiberts echten Bruder als Säugling aus der Wiege gestohlen und durch einen Wechselbalg ersetzt. Der Unhold erblickte die Braut, und von Neid verzehrt, ritt auch er nach Gotenland. Er bewarb sich um die Schwester Brunhildes, eine ebenso schöne und stolze Prinzessin. Weil er jedoch häßlich, gemein und feigherzig war, wies sie ihn ab. Da raubte er sie mitsamt dem Goldschatz des alten Königs. In seiner finsteren Burg vergrub er den Hort. Die Jungfrau aber marterte er zu Tode, um ein gemeines Weib, das jedoch über Zauberkräfte verfügte, zu heiraten. Inzwischen war König Sigibert ausgezogen, hatte edle Taten vollbracht und viele seiner Feinde erschlagen. Als er nun aber von der Freveltat Chilperichs hörte, erkannte er endlich, daß dieser nicht sein Bruder, sondern ein blutdürstiges Ungeheuer und der grimmigste seiner Feinde war. Da gürtete er sich mit dem Schwert ...

Von hier an ging nun die Geschichte, den tatsächlichen Ereignissen folgend, auf allerlei Umwegen weiter. Zuletzt erfuhren die Kinder, ihr Heldenvater sei zum entscheidenden Kampf ausgerückt. Das Ungeheuer und die Zauberin hätten sich ängstlich in ihrer Burg verkrochen. Täglich fragten die drei nach dem Ausgang des Kampfes. So auch an diesem Abend.

Wieder lagen sie aneinandergeschmiegt, bis an die Nasen hatten sie die Felldecke hochgezogen. Ihre glänzenden Augen waren gespannt auf die Mutter gerichtet, die sich zu ihnen setzte. Sie war tagsüber meist streng zu ihnen, doch abends immer fürsorglich, sanft und heiter. So ernst wie diesmal hatte sie selten die Kammer betreten.

»Hört also«, sagte sie. »Die Geschichte ist noch nicht zu Ende. Sie hat nur eine schlimme Wendung genommen. Darüber müßt ihr euch aber nicht grämen. Glaubt mir, schließlich wird alles gut!«

»Ist das böse Ungeheuer noch immer nicht tot?« fragte die siebenjährige Chlodosvintha.

»Es wehrt sich noch, es bäumt sich auf. Und denkt euch, gemeinsam mit der Zauberin hat es erneut eine furchtbare Untat begangen. Euer Vater, der große König Sigibert, der tapferste aller Helden, war schon ganz nahe vor ihrer finsteren Burg. Da ritt er mit seinem Gefolge zur Jagd. Er wollte, daß alle sich noch einmal am Wildbret stärkten, bevor es zum Kampf kam. Im dichten Wald gesellten sich zu den Recken zwei Fremde. Niemand erkannte sie, niemand ahnte, daß sie von der finsteren Burg kamen. Im Eifer der Jagd bekam euer Vater, König Sigibert, plötzlich Durst. Er stieg vom Pferd, um eine Quelle zu suchen, die er irgendwo plätschern hörte. Die beiden Fremden schlichen ihm nach. Bald fand er die Quelle. Als er sich aber bückte, um zu trinken, sprangen die beiden aus dem Gebüsch hervor und stießen ihm jeder ein Messer in den Rücken. Da sank er zu Boden und starb. Und seine Recken, die ihn suchten, fanden ihn und beweinten ihn. Und sie töteten seine Mörder und leisteten den heiligen Schwur, nicht ruhen zu wollen, bis auch diese Untat vergolten sei. Und sie sprachen: ›Wir können ganz zuversichtlich sein, Männer, wir brauchen uns keine Sorgen zu machen. König Sigibert hinterläßt ja drei Kinder. Seine Töchter werden mächtige Könige heiraten. Sein Sohn aber, Childebert, wird unser eigener König sein, und eines Tages wird er uns rufen. Der Unhold und seine Zauberin sollen sich nicht zu sicher fühlen. Sie haben nur noch eine letzte Frist, bis Sigiberts Kinder die Rache vollenden. So ist es durch himmlischen Ratschluß bestimmt, und so wird es geschehen!‹«

Ungeachtet dieser tröstlichen Aussicht brachen die drei armen Rächer in Tränen aus, und die Königin mußte sich zu ihnen legen und sie lange beruhigen und liebkosen. Endlich schliefen sie ein, und zum ersten Mal seit dem Empfang der Schreckensbotschaft fielen auch ihr die Augen zu. Es war bereits hell, als sie auffuhr und sich im Bett der Kinder fand.

Sie ließ sich ein Bad bereiten, trank einen Becher Milch, aß Brot, Käse und kaltes Fleisch und kleidete sich an. Der lange Schlaf hatte sie erquickt, sie spürte, wir ihr mit jedem Augenblick neue Kräfte zuwuchsen. Nicht als trauernde, gramgebeugte Witwe, sondern als kraftvolle, kampfbereite Herrscherin wollte sie sich den Leuten zeigen. Sie zog Hosen und ihr Panzerhemd an. Darüber warf sie einen einfachen Wollmantel, wie ihn die meisten Kriegsleute trugen. An den Gürtel hängte sie den Sax. Ihr Haar verschwand unter einem spitzen Helm, dessen Stirnreif und Wangenklappen vergoldet waren.

So begab sie sich in Begleitung der Anführer ihrer Schutztruppe auf einen Umritt. Sie besuchte die Wachen an den Toren und stieg auf die Festungsmauer der Seine-Insel. Die Männer ihres Gefolges wußten bereits, daß Boso Verstärkung holen wollte. Es schien, daß sie die Zuversicht der Königin teilten, die Festung drei, vier Wochen halten zu können, um dann sicher in die Heimat zurückzukehren. Brunhilde versprach allen reiche Belohnung. Bosos Rat, sich den Comes der Stadt mit Gold geneigt zu machen, beherzigte sie allerdings nicht. Als er abermals vor ihr erschien und frech und anmaßend ihre Abreise forderte, stellte sie ihn vor die Wahl, in Arrest zu gehen oder die Insel zu verlassen. Er wählte das letztere, und schon kurze Zeit später zog er mit seiner kleinen Gefolgschaft über die Brücke zum linken Flußufer ab. Hier, am Ende des cardo maximus, stellte er unverzüglich Posten auf, die noch im Laufe des Tages durch heranziehende neustrische Heerhaufen verstärkt wurden. So war nun die Königin auf der Insel von beiden Seiten belagert.

Dies war der sechste Tag nach Sigiberts Tod, und noch immer wartete sie auf eine zuverlässige Botschaft aus Vitry. Am Ufer des rechten Flußarms hatten sich die neustrischen Kriegsleute in den Hütten eines Dörfchens und in einer Kirche einquartiert. Ständig gab es Bewegung, neue Truppen zogen von Norden heran, andere rückten in östlicher Richtung ab. Immer wieder erschienen auch kleinere Haufen auf der Brücke vor dem Tor, riefen Drohungen herüber und verlangten die Auslieferung Brunhildes und ihrer Kinder. Nach dem Umritt stieg die Königin wieder auf den Beobachtungsturm. Von hier aus konnte sie alle Vorgänge an beiden Flußufern überblicken. Stundenlang stand sie auf der Plattform, meist allein, unter dem wenig schützenden Holzdach, dem scharfen Wind und dem Sprühregen ausgesetzt. Durch einen grauen Schleier starrte sie auf die Dächer, die Brücken, den Fluß. Düster und traurig erschien ihr nun die Stadt, die noch vor kurzem für sie der schönste Ort dieser Welt war.

Gegen Abend erschien ein Reitertrupp am nördlichen Seine-Ufer. Brunhilde nahm im trüben Dämmerlicht gerade noch wahr, wie die Ankömmlinge von einem Schwarm der Belagerer umringt und offenbar daran gehindert wurden, die Brücke zu passieren. Ihr Herz begann heftig zu schlagen. Sie hörte trotz der großen Entfernung, daß zornige Worte und Widerworte gewechselt wurden. Hart am Wasser kam es zu einem Handgemenge, und zwei Männer stürzten hinein, konnten sich aber schwimmend ans Ufer retten. Die Reiter wurden zum Absitzen gezwungen. Immer mehr Leute liefen zusammen.

Brunhilde verließ die Plattform und stieg eiligst hinab zum nächstgelegenen Stockwerk. Ein Mann der Palastwache, der eine Meldung machen wollte, kam ihr entgegen.

»Das sind doch Unsrige!« rief sie, bevor er den Mund öffnen konnte. »Wir müssen helfen!«

»Herzog Gundoald ist es, Herrin!«

»Gundoald? Dem Himmel sei Dank! Alle hinaus ... bis auf die Wachen! Koste es, was es wolle ... Er muß zu uns durchkommen!«

Unten angelangt, rannte der Mann davon, um Alarm zu geben. Sie selbst schwang sich auf ein Pferd, das über den Hof des Palastes, noch ungesattelt, zur Tränke geführt wurde. Kurze Zeit später war sie am Nordtor.

In dem Augenblick, als sie dort eintraf, ging gerade rasselnd das innere Fallgitter hoch. Aus dem Dunkel der Torhalle tauchte ein einzelner Reiter auf, völlig durchnäßt und über und über mit Schlamm bedeckt.

Es war der Herzog.

Er sprang vom Pferd, trat näher und beugte das Knie.

»Heil! Verzeih mir, Königin, daß ich so spät komme! Es war mir unmöglich, früher hier zu sein. Ich hoffe, du hast nicht geglaubt ...«

»Nicht einen Augenblick, Herzog!« rief sie.

Sie stieg ab und umarmte ihn ohne Umstände. Es tat ihr wohl, in sein kantiges, wettergegerbtes, von Strapazen gezeichnetes Gesicht zu blicken, seine tiefe, knarrende Stimme zu hören. Um nichts in der Welt hätte sie jetzt zugegeben, daß sie tatsächlich an ihm gezweifelt hatte.

Er war allein auf die Insel gekommen. Die Neustrier hatten ihn schließlich durchgelassen, seine zwanzig Begleiter aber zurückgehalten.

»Nur zwanzig?« fragte Brunhilde. »So bist du vorausgeritten. Deine Truppe folgt nach!«

»Leider nicht, Herrin«, sagte Gundoald. »Von unseren Leuten folgt niemand nach. Hinter uns kommt bereits Chilperich!«

Sie begaben sich zum Palast. Auf dem Vorplatz hatten sich die Krieger versammelt, die über die Brücke ausrücken wollten. Gundoald erklärte den Ausfall für unnötig, da seinen Leuten draußen keine Gefahr drohe. Er hielt den Helm in der Hand, und seine Haare flatterten, als er sich mit einer kurzen Rede an die im Halbkreis bei Fackelschein angetretenen Männer wandte.

Nach dem Tode des Königs von Mörderhand, sagte er, habe der Kriegszug ein plötzliches Ende gefunden. Nun komme es darauf an, die Fassung zu wahren und unnötige Feindseligkeiten zu vermeiden. Vor allem gelte es, im eigenen Reich, das derzeit führerlos sei, für Ruhe und Ordnung zu sorgen. Dazu brauche man Sicherheit an den Grenzen. Den Königen Chilperich und Gunthram dürfe kein Anlaß gegeben werden, sich in die Angelegenheiten der Austrasier einzumischen. Jedes Abkommen mit diesen Königen müsse streng befolgt, jede willkürliche Verletzung der alten Verträge daher rückgängig gemacht werden. Der Herzog forderte die Männer auf, gegenüber den Hitzköpfen, die die Brücken belagerten, kühles Blut zu bewahren. Sie würden bald abziehen, und normale Verhältnisse würden einkehren.

Brunhilde hörte diese Rede anfangs mit Unbehagen, dann mit Empörung. Kein Wort von Rache an den wahren Mördern des Königs! Der Name Sigibert nicht einmal rühmend erwähnt! Dem Chilperich, der bisher jeden Vertrag brach, solle »kein Anlaß« gegeben werden! Und zielte die »willkürliche Verletzung der alten Verträge« nicht auf ihren Aufenthalt in Paris? Sollte sie sich mit ihren Kindern den Horden da draußen ausliefern, damit sie abzogen und »normale Verhältnisse« einkehrten?

Als der Herzog den Männern schließlich versprach, sie würden zu Hause am Rhein sein, bevor noch der erste Schnee fiele, konnte sie sich nicht mehr zurückhalten. Er war noch nicht fertig, als sie dazwischenrief:

»Ihr werdet zu Hause sein, wenn eure Pflicht getan ist! Wenn König Childebert, seine Mutter und seine Schwestern in Sicherheit sind! Und der Krieg wird niemals ein Ende finden, solange nicht die wahren Mörder bestraft sind! Niemals!«

Später saß Brunhilde mit Gundoald, der sich gereinigt und umgekleidet hatte, in der Halle am Kohlefeuer. Sie stellte ihn unumwunden zur Rede.

»Mit wieviel Ungeduld habe ich deine Ankunft erwartet, Herzog! Wieviel Hoffnung hatte ich in dich gesetzt! Und nun bist du da, und was ist deine erste Tat? Du entmutigst meine Leute und forderst sie auf, ihren Dienst zu vernachlässigen!«

»Du mißverstehst meine Absicht, Herrin«, erwiderte er, wie gewöhnlich mit unbewegtem Gesicht und in mürrischem Ton. »Das ist verständlich in deiner Lage. Aber ich kann es nur wiederholen: Jede Unbesonnenheit muß jetzt vermieden werden, auch in deinem eigenen Interesse.«

»Ist es unbesonnen, daß ich meine Kinder zu retten suche?«

»Ja, das ist es ... wenn du dich dazu der falschen Mittel bedienst.«

»Wir müssen sicher zur Grenze kommen. Dazu benötigen wir Verstärkung. Du hast ja keine mitgebracht. Also müssen wir hier ausharren und die Festung verteidigen, bis Boso sein Heer heranführt.«

»Auf Boso wirst du vergebens warten.«

»Ich weiß, daß du ihn nicht leiden kannst. Kein Grund für mich, an ihm zu zweifeln!«

»Er hat die Gefahr erkannt und sich abgesetzt. In Chartres oder in Tours wird er erst einmal abwarten und Erkundigungen einziehen. Er wird erfahren, daß Chilperich anrückt, und die Unmöglichkeit erkennen, dir wirksame Hilfe zu leisten. So wird er bedauernd auf eine bessere Gelegenheit hoffen und sich solange dem Wohlleben widmen. Du hast ihn ja dazu großzügig ausgestattet.«

»Es ist leicht, die Fehler der anderen zu tadeln, vor allem

dann, wenn sie noch gar nicht begangen wurden!« sagte Brunhilde mit bitterem Vorwurf. »Wie steht es mit deiner eigenen Unfehlbarkeit, Herzog? Was hast du getan, um das Leben meines Gemahls zu schützen? Du warst der Befehlshaber seiner Leibwache. Ich hatte dafür gesorgt, daß du das Kommando erhieltest. In deiner Gegenwart wurde er umgebracht! Du warst der Zweite nach dem König, hattest nach seinem Tode den Oberbefehl. Wie war es möglich, daß das Heer auseinanderstob wie eine erschrockene Schafherde? Dabei saß der Wolf noch in seiner Höhle, hatte sich noch gar nicht herausgewagt. Warum hast du ihn nicht weiter belagert? Warst du nicht vorher sein unversöhnlicher Feind? Warum hast du den Krieg nicht zu Ende geführt? Warum hast du nicht doppelte Rache genommen, nun auch für deinen ermordeten Herrn?«

»Deine Beschuldigungen treffen mich tief, und auf deine Fragen habe ich keine Antworten, die dich zufriedenstellen könnten«, sagte er mit immer derselben ungerührten Miene. »Ich gebe zu, es wurden Fehler begangen. Nun aber kommt es darauf an, noch schlimmere zu vermeiden.«

Sie schwieg verstimmt. Mit langsamen Schlucken trank er den heißen Wein, den eine Magd ihm eingeschenkt hatte.

Schon auf dem Wege vom Tor zum Palast hatte er der Königin das Nötige mitgeteilt.

Sigiberts Leichnam war vorläufig in der kleinen Kirche des Krongutes Vitry bestattet worden. Auf dem Friedhof des Gutes lag der Kämmerer. Noch am Leben, doch schwer verletzt war Brunhildes gotischer Landsmann Sigila. Mehrere gefährliche Stichwunden und der Verlust einer Hand hatten es unmöglich gemacht, ihn aus Vitry fortzubringen. Um ihn vor Chilperich zu verbergen, der ihn ja mit besonderem Haß verfolgte, hatte man ihn gegen gute Bezahlung bei Bauern in Pflege gegeben.

Noch einmal berichtete jetzt der Herzog über die Lage in Vitry nach dem Tode des Königs. Was er erzählte, klang noch trostloser als das, was Brunhilde von Amalbert gehört hatte.

Nach der Untat war auf dem Krongut ein heilloser Wirrwarr ausgebrochen. Die Neustrier hatten die Vorratshäuser und Ställe gestürmt, um sich ihre Geschenke zurückzuholen. Im Streit waren dabei zwei Dutzend Männer getötet worden. Am nächsten Morgen hatten sich dann schon die ersten Neustrier davongemacht. Zwischen den Austrasiern und den Ostrheinischen war es zu blutigen Streitereien gekommen, weil sich die letzteren wieder betrogen glaubten. Die Barbaren waren dann schließlich abgezogen mit der Drohung, das ganze austrasische Reich zu verwüsten. Daraufhin waren die Herzöge aus den Gebieten an Mosel, Rhein und Main nicht mehr zu halten gewesen, nicht mit Befehlen, auch nicht mit Bitten und Drohungen. Um das Chaos vollkommen zu machen, hatten einige austrasische Herren die Gelegenheit ergriffen, alte Feindschaften untereinander, die die Autorität des Königs erstickt hatte, wiederzubeleben. Erst waren sie mit ihren Gefolgschaften aufeinander losgegangen, dann aber eiligst abgerückt, in leicht zu erratender Absicht. Binnen weniger Tage hatte das Lager sich fast geleert. Nicht einer, der sich um seinen Besitzstand sorgen mußte, war jetzt noch zurückzuhalten gewesen.

»Eigentlich hätte auch ich sofort heimkehren müssen«, sagte Gundoald. »Zum Glück war mein Ältester bei mir in Vitry. So habe ich ihm den größten Teil meiner Gefolgschaft anvertraut und nur ein paar Männer zu meinem Schutz behalten. Ich hoffe, daß ich bei meiner Rückkehr nicht heimat- und obdachlos bin.«

»Bist du hergekommen, um mir deine persönliche Not zu klagen?« fragte Brunhilde in strengem Ton.

»Nein. Ich habe dir nur die Lage so schonungslos dargestellt, um dir den Grund, weshalb ich hier bin, verständlich zu machen.«

»Du bist nicht hier, um mir zu helfen?«

»O doch, ich will dir helfen. Allerdings nicht in der Weise, die du erwartest.«

»Das habe ich längst bemerkt.«

»Höre mir zu.« Der Herzog blickte sich um und senkte ein wenig die Stimme, obwohl sie allein am Ende eines langen Tisches saßen und nur Mägde ab und zu in die Nähe kamen, um Wein einzuschenken und Kohlen nachzulegen. »Im Frankenreich gibt es nur eine Sonne ... das ist der König. Erlischt sie, bricht Chaos aus, wird es finster. So war es in Vitry, so ist es zur Zeit im ganzen austrasischen Reich. Es wird endlose Wirren geben, Länder und Städte werden die Herren wechseln, große Brocken könnten von fremden Eroberern abgerissen werden und für alle Zeiten verlorengehen, wenn nicht ...«

»... wenn nicht möglichst bald ein neuer König gewählt wird!« vollendete sie. »Es gibt ihn ja. Sigibert hat einen Sohn!«

»Das meine ich. Zwar ist er ein Kind, doch das bedeutet nichts. Er ist ein Merowinger, ein Abkomme Chlodwigs, der legitime Erbe des Reiches. Mit einem Wort: die neue Sonne!«

»So sorgt dafür, daß sie endlich aufgeht! Helft mir, damit ich die Kinder nach Hause bringe!«

»Vorerst genügt es, wenn er allein kommt.«

»Wer?«

»Dein Sohn.«

»Mein Sohn? Ich verstehe dich nicht. Allein?«

»Ja.«

»Wie sollte ein Fünfjähriger allein ...?«

»Ich bringe ihn hin.«

»Du willst ihn ...?« Sie sah ihn einen Augenblick ungläubig an. »Bist du deshalb hier? Nur um meinen Sohn ...?«

»Ich werde es schaffen. Wir werden durchkommen.«

»Ihr werdet ...? Ja, glaubst du, ich werde dir meinen Sohn anvertrauen? Nachdem du meinen Gemahl so glänzend beschützt hast? Kannst du dir wirklich vorstellen, daß ich das täte?«

»Du hast keine andere Wahl, Herrin.«

»Wie? Keine Wahl? Ich, seine Mutter? Ich hätte nur diese Wahl, ihn mir entreißen zu lassen, damit ihn auf abenteuerlichen Wegen ein ungewisses Schicksal ereilt?«

»Ein sicheres Schicksal wird ihn hier ereilen: sein Tod!«

Die Königin schwieg betroffen. Schon war sie nahe daran gewesen, zum zweiten Mal an diesem Tag die Beherrschung zu verlieren. Die ungeheuerliche Idee des Herzogs, ihr das Kind zu entführen, hatte ihr die Zornröte ins Gesicht getrieben.

Nun aber war ihr plötzlich die Zunge gelähmt.

»Ja, sein Tod«, wiederholte Gundoald. »Ich habe dir ja berichtet, daß Chilperich unterwegs ist. Als ich in Vitry aufbrach, hatte er schon das Lager vor Tournai genommen. In einer Woche wird er hier sein. Wie lange willst du ihn aufhalten mit deinen zweihundert Leuten? Er wird deine Schätze und deine Kinder nehmen. Und er wird eines von ihnen töten. Eine vernünftige Tat, von seinem Standpunkt betrachtet. Das austrasische Reich ohne Erben könnte ihm ohne Mühe zufallen.«

Brunhilde stützte sich schwer auf den Tisch und verbarg das Gesicht in den Händen.

»Erwäge dagegen meinen Vorschlag«, fuhr der Herzog fort. »Ich bringe deinen Sohn nach Metz. Natürlich brauchen wir Helfer, die ihn heimlich aus der Festung und über den Fluß schaffen. Auch eine deiner Frauen sollte zu seiner Betreuung dabei sein. Durch Neustrien reisen wir inkognito, eine gemischte Gesellschaft von Kaufleuten, Pilgern und Bauern. Sobald ich mit deinem Sohn in Metz bin, wird eine Reichsversammlung einberufen. Wie viele sich immer dazu einfinden ... wir werden ihn auf den Schild heben. Dann setzen wir einen Regentschaftsrat ein. Ich selber werde ihm angehören und die erste Maßnahme treffen. Eine Gesandtschaft geht an Chilperich ab, um freies Geleit zu erwirken: im Namen des Königs der Austrasier, Childebert, für die Königinmutter und seine Schwestern. So weit mein Vorschlag. Nun? Deine Antwort?«

»Laß mir Zeit!« flehte sie.

»Bis Mitternacht. Dann muß ich zurück sein. Sonst werden sie an der Brücke mißtrauisch. Ich habe ihnen gesagt, ich wolle dir nur die Nachricht von der Beisetzung des Königs bringen und mich von dir und deinen Kindern verabschieden.«

9

Erst zwei Wochen später, an einem frostklaren Tag unter strahlend blauem Himmel, zog Chilperich in Paris ein.

Die Besatzung der Insel leistete keinen Widerstand. Als er über die große Brücke kam, hob sich vor ihm das Torgitter. Der Comes, auf seinen Posten zurückgekehrt, begrüßte ihn ehrerbietig und schloß sich seinem Gefolge an. Die Antrustionen, zahlreiche Edle und einige hundert Krieger begleiteten den König. In einer Sänfte wurde Fredegunde mit ihrem Sohn Samson über die Brücke getragen. Mehr als eine Stunde brauchte der Troß, um den Flußarm zu überqueren. Die von Ochsen gezogenen Planwagen mit dem königlichen Schatz, die bei keinem Ortswechsel fehlen durften, rumpelten über die Bohlen. Schwerbeladene Esel und Maultiere trugen das übrige Gepäck und die Geschenke, die der König von seinen dankbaren Neustriern empfangen hatte. Am Ende des Zuges, gebunden und übel zugerichtet, wurden gefangene »Verräter« über die Brücke getrieben.

Die Haufen, die die Insel belagert hatten, drängten nun ebenfalls herüber. Sie hatten den König mit Jubelgeschrei und der Versicherung empfangen, sie hätten die Gotin gut bewacht, und er könne sie sich und ihre Kinder nun holen. Sie freuten sich auf das Strafgericht, und wie sie Chilperich kannten, waren sie sicher, nicht enttäuscht zu werden.

Merovech und sein kleines Gefolge trafen erst mit der Nachhut ein. Sie kamen so spät, daß es ihnen zunächst unmöglich war, zum Palast zu gelangen. Als sie die Insel erreichten und sich nach rechts wenden wollten, fanden sie alle Straßen verstopft. Zu denen, die eingetroffen waren, hatten sich die Pariser gesellt. Beim Einzug des Königs war auch das Südtor geöffnet worden, so daß nun vom linken Ufer des Flusses Hunderte aus den dichtbesiedelten Wohngebieten herüberströmten. Alles drängte sich in dem engen Gassengewirr. Ein zusammengebrochenes Lasttier und einige Wagen, die sich an einer verwinkelten Stelle ineinander verkeilt hatten, versperrten ebenfalls den Weg zum Palast.

Der Prinz saß ab und übergab das Pferd einem Knecht.

»Sehen wir uns die Stadt an!« sagte er. »Es wird uns ja niemand vermissen!«

Während die eine Seite der Insel die brodelnde Menge kaum fassen konnte, war die andere beinahe ausgestorben. Merovech und seine Freunde schlenderten frohgemut über die Hauptstraße. Vor einem langgestreckten Gebäude, dessen Dach ein Kreuz zierte, öffnete sich das Tor, und ein paar Mönche kamen heraus. Sie rafften die Kutten und trabten vorüber, zweifellos, um nichts zu verpassen. Gailenus stellte einem Dicken ein Bein, so daß er aufheulend über die Straße rollte. Er ballte die Faust und rief Gottes Zorn auf die jungen Männer herab. Sie amüsierten sich köstlich darüber. Zwei hübsche Mädchen, gleichfalls in Eile, sahen sich plötzlich in ihren Kreis eingeschlossen. Als aufgeweckte Städterinnen waren sie aber nicht verlegen und wußten spitz auf die Neckereien zu antworten. Ihr Vater fuhr schimpfend dazwischen und zog sie fort. Auch ihnen folgte lautes Gelächter.

Merovech überließ die anderen ihrem Schabernack und ging allein die enge, leere Gasse hinunter, die an der Front des Klostergebäudes entlangführte. Ein Platz tat sich vor ihm auf, und dahinter erhob sich großartig eine Basilika. Der Prinz erinnerte sich dieser mächtigen Kathedrale, die er schon früher, als kleiner Knabe, zu Lebzeiten seines Großvaters Chlothar bewundert hatte. Damals, als das Reich noch einmal für kurze Zeit vereint war, hatten sie öfter vom Krongut Berny aus, wo der Großvater meist residierte, Ausflüge nach Paris gemacht. Dann war die Königsfamilie hier, in der Kathedrale Saint-Etienne, zur Messe gegangen, und Merovech hatte sich während des Singens und Betens neugierig umgesehen und die Kandelaber, die Wandteppiche, die Fresken und die hohen Fenster betrachtet. Einmal war er sogar schreiend geflohen, als ihn aus einem Pfeiler, um den er herumschlich, plötzlich ein alter Mann böse anstarrte. Beim nächsten Besuch der Kathedrale hatte ihm sein Vater erklärt, dies sei ein in Stein gehauener

Apostel, und die unter dem Kopf eingemeißelten Zeichen seien Worte des Evangeliums. Jedesmal, wenn er wiederkam, hatte er aus respektvollem Abstand den furchteinflößenden Apostel betrachtet, und manchmal hatte er von ihm geträumt. Er bekam auf einmal Lust, dieser Schreckgestalt seiner Kindheit gleich einen Besuch zu machen.

Das Portal der Kirche stand offen. In der Vorhalle lungerten ein paar bewaffnete Männer, die Merovech mißtrauisch musterten. Ohne Zweifel fiel ihnen sein langes, wie meist zu einem lockeren Zopf gebundenes Haar auf, das über den Mantel auf den Rücken fiel. Er ging an ihnen vorüber und trat in die große Halle der fünfschiffigen Basilika ein. Nie wieder hatte er ein so riesiges Bauwerk betreten, und auch diesmal verspürte er einen Schauer der Ehrfurcht vor einer Schöpfung, die wohl von Gott vollendet sein mußte, da man sie menschlichem Vermögen wohl kaum zutrauen konnte. Die Halle, von Arkaden gesäumt, erschien endlos lang, sehr weit hinten hob von oben einfallendes Licht den Chorraum und den Hochaltar aus dem Halbdunkel. Ein einzelner Priester machte sich dort zu schaffen, er putzte wohl die Geräte. Außer ihm und den Männern in der Vorhalle war offenbar niemand in der Kirche.

Merovech wußte noch immer, daß es der neunte Pfeiler rechts war, wo der dämonische Apostel lauerte. Er näherte sich diesem Pfeiler, aus dem der Kopf in das Seitenschiff starrte. Bevor er unter dem Bogen hindurchschritt, zögerte er einen Augenblick. Ihm war, als empfinde er wieder dieselbe Furcht wie damals, eine beklemmende Vorahnung, gleich etwas Schreckliches und Wunderbares zu sehen. Dies erschien ihm jedoch sofort lächerlich, und er tat rasch die letzten drei Schritte.

Der Kopf war noch da, die Inschrift war ausgelöscht. Merovech war enttäuscht. Jetzt sah er, wie grob und ungeschickt die Züge, welche die eines Apostels sein sollten, aus dem Stein gehauen waren. Nur aus der mangelhaften Kunstfertigkeit der Ausführung ergab sich die bedrohliche Wirkung des Bildwerks. Die Stirn war zu niedrig, die Nase zu breit, der Mund zu groß. Nicht einmal die Bartlocken waren dem Künstler gelungen, sie ähnelten Stacheln. Die Augen waren zwei Kreise mit Löchern als Pupillen, letztere so verkehrt angebracht, daß sich ein bösartiges Schielen ergab. Warum hatte man die Inschrift entfernt? Merovech fand, dies war, wenn sie wirklich den Hinweis auf einen Apostel enthalten hatte, aus verständlichem Grunde geschehen. Es konnte die Gläubigen verunsichern, daß der Herr Jesus Christus Kerle mit so scheußlichen Fratzen zu seinen Begleitern und Verkündern erwählt hatte.

Der Prinz wollte sich gerade abwenden und in das Mittelschiff der Kirche zurückkehren, als plötzlich der steinerne Kopf noch einmal seinen Blick fesselte. Eine kleine Veränderung war mit ihm vorgegangen, eine flüchtige Belebung. Es war, als habe das eine Augenloch kurz und bedeutsam aufgeleuchtet. Merovech stutzte, erkannte aber gleich, daß es der Widerschein einer Kerze war, die jemand hinter ihm entzündet hatte. Er drehte sich um. Der Anblick, der sich ihm bot, ließ ihn reglos auf der Stelle verharren.

Etwa zehn Schritte entfernt, vor dem Altar in einer Nische des äußeren Seitenschiffs, bemerkte er eine Frau. Gerade hatte sie an der heruntergebrannten Kerze die neue entzündet, die sie jetzt auf den Leuchter steckte. Sie hob die Hände, um zu beten, wobei sie lautlos und fast unmerklich die Lippen bewegte. Die Kerze beleuchtete ihr Gesicht, dessen Profil dem Prinzen zugewandt war. Er betrachtete es mit dem größten Erstaunen. Es schien ihm in seiner klaren Zeichnung vollkommen zu sein, von einer fast überirdischen, madonnenhaften Schönheit. Als habe ihn eine höhere Macht nach dem Anblick des häßlichen steinernen Bildwerks versöhnen wollen, führte sie ihm hier ein lebendiges vor Augen, das alles übertraf, was er je gesehen hatte. Denn obwohl sie ganz zweifellos lebendig war, ähnelte die Frau einer Statue, wie sie hochaufgerichtet und reglos dastand, in einen dunklen Mantel gehüllt, der in schweren Falten herabfiel. Selbst das hellblonde Haar, das ein wenig unter dem ebenfalls dunklen Schleier hervorsah, schien als raffinierter Kontrast einem von Meisterhand gestalteten Kunstwerk anzugehören. Merovech konnte sich nicht sattsehen. Nicht fähig, den Blick abzuwenden, machte er unwillkürlich zwei Schritte, um näherzutreten. Da bemerkte die Frau auch ihn.

Sie wandte den Kopf und sah ihn an. Ihre Augen wirkten starr, fast leblos, ähnlich den gläsernen jener römischen Porträtbüsten, denen man hie und da noch begegnete. Wie gebannt blieb er stehen, erschrocken, verwirrt. Er neigte grüßend den Kopf und wollte eine Entschuldigung murmeln. Da sagte hinter ihm eine Männerstimme: »Erlaube mal! Was machst du denn hier?«

Merovech fuhr herum. Es war einer der Bewaffneten aus der Vorhalle.

»Was geht dich das an?« fragte der Prinz, empört und verlegen zugleich.

»Es geht mich durchaus etwas an. Ich habe dich hier noch nicht gesehen. Gehörst du zu denen, die gerade gekommen sind?«

Zwischen den Pfeilern trat noch ein zweiter heran.

»Zum Beten bist du wohl nicht hier. Wozu also dann?«

»Darüber bin ich Leuten wie euch keine Rechenschaft schuldig!«

Er spürte, daß die Frau ihn weiter unverwandt ansah. Hinter den Männern tauchten auf einmal zwei Kinder auf, blasse Mädchen mit großen Augen, die ängstlich und neugierig zu ihm aufblickten.

»Mag sein, daß du uns keine Rechenschaft schuldest«, sagte der erste der Männer einlenkend. »Wenn du uns deinen Namen sagtest ...«

»Ich heiße Merovech.«

»Merovech? Ein seltener Name. Wahrhaftig, so einen Namen hat nicht jeder. Dann bist du vielleicht ...?«

»Ja, ich bin König Chilperichs Sohn. Und wer seid ihr?«

»Wir sind ...«

Die beiden blickten sich an, und ihr Blick fiel dann auf die Frau, die noch immer herübersah. Offenbar hatte sie alles gehört. Noch einmal wandte sie sich dem Altar zu und bekreuzigte sich. Dann trat sie näher. Der Prinz mußte sich zusammenreißen, um dem prüfenden Blick dieser kalten Göttin nicht auszuweichen.

»Du bist sein Sohn?«

Der Ton ihrer Stimme war unfreundlich, schroff. Merovech wollte etwas erwidern, eine Gegenfrage stellen. Aber er brachte kein Wort heraus.

»Gehen wir!« sagte sie zu den Männern.

Indem sie an jede Hand eines der Kinder nahm, verschwand sie zwischen den Pfeilern. Das größere der beiden Mädchen drehte sich noch rasch um und warf Merovech einen erschrokkenen Blick zu.

Die beiden Männer folgten der Frau.

Unschlüssig blieb der Prinz zurück. Er verfluchte seine Sprachlosigkeit. Der böse Apostel grinste ihn an, als empfinde er Genugtuung, weil der Verächter seiner Häßlichkeit seinerseits von der Schönheit verachtet wurde. Merovech kehrte in die Halle zurück und sah gerade noch, wie die Frau mit den beiden Kindern, von ihren Beschützern umgeben, die Kirche verließ.

Der Priester, ein zittriger Alter, schlurfte vorüber.

»Wer war diese Frau?« fragte Merovech, nach dem Portal deutend.

»Das weißt du nicht?« fistelte der Greis. »Die Königin Brunhilde war es ... wer sonst? Sie kommt jeden Tag. Die Ärmste sucht Trost bei Gott und den lieben Heiligen. Noch vor kurzem hatte sie alles irdische Glück, jetzt ist sie Witwe. Ach, die Menschen! Sie wollen zu hoch hinaus, und dann fallen sie tief. Unser heiliger Bischof Germanus hatte es prophezeit ...«

Merovech war schon davongeeilt.

Als die Volksmenge, die die Gasse verstopfte, die Königin kommen sah, erhob sich Geschrei, und ein wildes Gedränge begann. Man suchte ihr Platz zu machen, stieß und schob, und schließlich wurde ein Durchgang frei. Im Rücken des breitschultrigsten ihrer Männer kam Brunhilde, die beiden Kinder hinter sich herziehend, Schritt für Schritt vorwärts. Die Menge links und rechts schwieg, niemand wagte, ihr jetzt noch zuzujubeln. Allerdings schmähte sie auch niemand. Neugierige, spöttische, hämische, mitleidige, traurige Gesichter säumten ihren Weg durch die Gasse. Sie nahm sie jedoch nicht wahr, sondern blickte nur auf den Rücken vor sich. Ihre Gedanken waren allein auf das gerichtet, was ihr bevorstand.

Schon bevor sie an diesem Morgen zur Messe ging, hatten ihr die Wachen gemeldet, daß Chilperich von Norden her anrücke. Sie wollte ihm nicht die Ehre erweisen, sich zu seinem Empfang bereitzuhalten. So machte sie sich zum täglichen Kirchgang auf. Zugleich gab sie noch einmal Weisung, ihm auf keinen Fall Widerstand zu leisten. Während des Gottesdienstes in der Basilika ließ sie sich über den Einzug des »Mörderpaars« auf dem laufenden halten. Da dieser mehr Zeit als erwartet in Anspruch nahm, blieb sie auch nach dem Hochamt noch in der Kirche und trat an mehrere Nebenaltäre. Merovech überraschte sie beim heiligen Martin. Als sie den Namen des Prinzen hörte, glaubte sie, daß er von seinem Vater gesandt sei, um sie zu holen. Damit er gar nicht erst dazu kam, seinen Befehl auszusprechen, brach sie rasch auf.

Ein hübscher Bursche mit stolzer Haltung, dachte sie flüchtig beim Verlassen der Kirche. Daß der Unhold so einen zeugen konnte ...

Inzwischen war unter den Ankömmlingen im Palast ein Streit ausgebrochen. Fredegunde empfand es als Frechheit, ja Ungeheuerlichkeit, daß »die unserer Gnade ausgelieferte Witwe« den Siegern nicht bußfertig zum Empfang entgegentrat und sich ihnen zu Füßen warf. Chilperich äußerte die Vermutung, sie habe sich mit ihren Kindern ins Kirchenasyl geflüchtet. Darauf verlangte Fredegunde, das Asylrecht sofort außer Kraft zu setzen und die Urheberin allen Unheils herbeizuschleppen. Als der König dies ablehnte und entschied, vorerst nichts zu tun und abzuwarten, wurde sie wütend. Hin- und herschreitend zwischen den Knechten und Mägden, die das Gepäck hereintrugen, klagte sie über falsches Mitleid und eine eigenartige Rücksichtnahme. Chilperich wies das empört zurück. Sie schrien sich eine Weile an, bis plötzlich Chlodwig außer Atem hereinstürzte.

»Sie kommt!« rief er.

Nun gab es neue Aufregung. Fredegunde beschimpfte und schlug die Diener wegen der Unordnung in der Halle. Wie sollte man den Augenblick des Triumphs genießen – inmitten des Durcheinanders von Truhen, Kisten und Säcken? Sie befahl, Platz für den Hofstaat und die Antrustionen zu schaffen und hohe Sessel für sie selbst und den König herbeizubringen. Und dann schrie sie nach einer Kammerfrau, die ihr die Haare richten und den Goldreif mit Diamanten aufstecken sollte.

Inzwischen hatte Brunhilde den Vorhof des Palastes erreicht. Hier war es noch enger als auf der Gasse, es wimmelte nur so von Kriegsvolk. Aber es waren auch ihre eigenen Leute darunter, die sich gleich um sie scharten. Die Getreuen verschafften ihr so viel Raum, daß sie sich einer kleinen Pforte nähern konnte, welche sie meistens benutzte, wenn sie ging oder kam. Man gelangte durch sie in den Garten und von dort durch einen Seiteneingang nach der Treppe, die in die Frauengemächer hinaufführte. Als sie die Pforte fast erreicht hatte, drängten sich vom Hauptportal des Palastes her zwei Männer zu ihr durch.

Der erste war ihr Baumeister Merellus.

»Herrin«, sagte er, süßlich lächelnd, »der König Chilperich bittet dich, ihn und die Königin Fredegunde mit deiner Gegenwart zu erfreuen!«

»Bist du jetzt schon in seinen Diensten?« fragte sie und wollte an ihm vorbeigehen.

»Hier sind jetzt alle in seinen Diensten!« sagte der andere, ein gedrungener, waffenstarrender Mann mit einem Pferdegesicht. Ungeniert trat er ihr in den Weg. »Ich bin Chuppa, sein Marschalk. Der König ist ungehalten, weil du ihn nicht erwartet hast. Er will, daß du dich gleich zu ihm begibst!«

»Ich werde dem König mitteilen lassen, wann ich bereit bin, ihn zu empfangen!« sagte Brunhilde in einem Ton, der keinen Widerspruch duldete. »Vorerst verlange ich von ihm, daß er die Trauer um meinen Gemahl respektiert. Und nun laß mich durch!«

Der Marschalk machte jedoch keine Miene zu weichen, und so blieb ihr nichts anderes übrig, als abwartend stehenzubleiben. Natürlich wagte keiner ihrer Leute, das hochrangige Hindernis, Chilperichs bevorzugten Vertrauten, beiseite zu räumen.

»Laß mich durch!« wiederholte Brunhilde mit zorngepreßter Stimme.

»Ich tue nichts gegen den Willen des Königs!« erwiderte er barsch.

»Aus dem Weg, Chuppa!«

Der Ruf ertönte vom Portal her. Im nächsten Augenblick eilte Chilperich selbst die Stufen herab. Die meisten Männer um Kopflänge überragend, teilte er mit heftigen Stößen links und rechts den um Brunhilde und Chuppa gedrängten Haufen. Der König wirkte frisch und robust, sein Haar war gelockt und mit Pomade gestärkt, er trug prächtige Kleider und war offenbar glänzender Laune. Mit dem Bild des Jammers, zu dem er in Tournai heruntergekommen war, hatte er nur noch entfernte Ähnlichkeit.

Breit lächelnd trat er Brunhilde entgegen. Ehe sie sich noch wehren konnte, hatte er sie in die Arme geschlossen.

»Gruß und Heil, meine teure Schwägerin!« rief er. »Ich war schon besorgt, weil ich dich nicht antraf! Oh, ich verstehe, du warst in der Kirche, hast für das Seelenheil meines Bruders gebetet. Was für ein entsetzlicher Verlust!« Er ergriff ihre Hände und verzog das Gesicht zu einer schmerzerfüllten Miene. »Wie mußt du gelitten haben, als dich die Nachricht ereilte. Ich habe tagelang geweint! Doch nun höre. Laß dir berichten, daß wir ihn würdig zu Grabe getragen haben. Seine Leute hatten ihn ja in aller Eile verscharrt. Ich aber habe dafür gesorgt, daß er als großer König, der er war, im Festkleid, mit seinen Waffen in die Ewigkeit einging. Alle Männer, die mit mir gekommen sind und die du hier siehst, haben sich vor seiner Bahre verneigt. Ein erhabener Augenblick! Die Grabstätte wurde beim Dorfe Lambres errichtet. Wenn du es wünschst, werde ich dich selber dorthin führen. Gemeinsam werden wir unsere Tränen vergießen!«

Erst jetzt gelang es ihr, die Hände aus Chilperichs Griff zu befreien. Sie war verblüfft über diesen Empfang, den sie nicht erwartet hatte, und verlor ein wenig die Fassung. Fast wider Willen sagte sie: »Ich danke dir. Leider war es mir selber nicht möglich, ihn zur letzten Ruhe zu betten!«

»Der leidige Hader!« rief er. »Der sinnlose Krieg! Zum Teufel damit! Im Grunde hat ihn keiner gewollt. Vergessen wir ihn! Sind wir nicht eine Familie? Wozu noch länger in Zwietracht leben! Wir haben Kinder, die sich noch nicht einmal kennen. Wird es nicht Zeit, daß sie miteinander spielen? Sieh einmal an, was für hübsche Mädchen! Da habe ich ja zwei prächtige Nichten! Wie heißt du denn?«

Die beiden Kinder drängten sich an ihre Mutter, hatten sich in den Mantelfalten fast verkrochen.

»Ingunde«, sagte die Größere schüchtern.

»Und du?«

»Chlodosvintha«, piepste die Kleine.

»Ingunde und Chlodosvintha! Schöne Namen! Und ich ... ich bin euer Onkel Chilperich!«

»Das Ungeheuer?« rief Chlodosvintha entsetzt.

Der König, der sich gerade herabbeugen wollte, um die Kinder zu streicheln, fuhr heftig zurück. Er starrte Brunhilde an, die aber mit keiner Wimper zuckte und dem Blick standhielt. Die Männer ringsum schwiegen und warteten. Jeder, der Chilperich kannte oder genug von ihm gehört hatte, sah ihn bereits im nächsten Augenblick aus der Haut fahren.

Doch da riß er plötzlich den Mund auf und fing an zu lachen. Er hielt sich die Seiten, er schüttelte sich. Sein Lachen schallte bis in den letzten Winkel des Platzes. Nach einem Augenblick der Überraschung stimmte Chuppa ein, und bald ließen sich alle anderen anstecken. In Wellen pflanzte sich das Gelächter fort. Die etwas entfernter Stehenden mußten erst fragen, was den König denn so amüsiere, und das kecke Wort aus Kindermund, das sonst keiner über die Lippen gebracht hätte, wurde weitergegeben. Schließlich schnappten es die Pariser Gaffer auf, und so sorgte es auch in den Gassen für Heiterkeit.

»Recht habt ihr, ich bin ein Ungeheuer!« sagte Chilperich, immer noch lachend, zu den Kindern. »Seht mich nur ganz genau an! Groß und stark bin ich, habe einen gewaltigen Schnurrbart und ein langes, scharfes Schwert. Ich verstehe auch allerlei seltsame Künste, ich kann auf dem Kopf stehen und mit den Ohren wackeln. Aber das zeige ich euch, wenn wir einmal allein sind, damit eure schöne Mutter mich nicht albern und häßlich findet. Jedenfalls bin ich ein freundliches Ungeheuer, und niemand braucht sich vor mir zu fürchten. Aber nun kommt! Ich werde euch eure Vettern und Basen vorstellen, die schon ungeduldig nach euch gefragt haben. Seht, dort sind sie! Ich bringe euch zu ihnen!«

Und ehe es Brunhilde verhindern konnte, hatte er sich die beiden Kinder auf die Schultern gesetzt. Unter beifälligen Zurufen trug er sie durch die Menge des Kriegsvolks. Was blieb ihr übrig, als ihm zu folgen? Ingunde und Chlodosvintha, obwohl noch immer ein wenig verschreckt, schienen Gefallen an diesem Ritt hoch über den Köpfen der Männer zu finden. Sie lachten sogar, als sich der König zweimal, dreimal mit ihnen im Kreise drehte und dann mit einem einzigen Satz die drei Stufen hinauf zum Portal nahm. Hier standen unter den Hofleuten, Kammerfrauen und Dienern auch Basina und Rigunth, die sich nicht erinnern konnten, je so viel Aufmerksamkeit ihres Vaters genossen zu haben. Brunhilde blieb an der untersten Stufe stehen, rat- und machtlos gegenüber diesem unverhofften Ausbruch biederen Familiensinns. Einerseits konnte es ihr nicht unrecht und ihren Zwecken dienlich sein, daß Chilperich sie nicht feindlich empfing. Andererseits vergaß sie nicht einen Augenblick, wer da mit ihren Kindern scherzte und im Begriff war, zunichte zu machen, was sie ihnen beharrlich eingepflanzt hatte. Chilperich ließ die vier Mädchen einen Kreis bilden und sich die Hände geben. Er selber reihte sich ein und machte ein paar täppische Tanzschritte. Die Kinder lachten, die Männer schrien ihm Beifall zu. Nun rief er nach seinen Söhnen. Chlodwig war gleich zur Stelle. Dagegen mußte sich Merovech erst von sehr weit hinten herandrängen.

»Immer ein bißchen zu spät, mein Sohn Merovech!« lachte der König. »Auch bei den Frauen!«

»Diesen Eindruck habe ich nicht«, sagte Brunhilde, die jetzt einsah, daß sie sich in der Kathedrale geirrt hatte. »Wir beide kennen uns bereits!« Zum ersten Mal lächelte sie ein wenig, als sie Merovech zeremoniell umarmte. Der junge Mann errötete freudig.

»Ihr kennt euch?« fragte der König verblüfft.

»Ich hielt es für meine Pflicht«, sagte Merovech forsch, »meine Tante erst von unserer Ankunft in Kenntnis zu setzen, statt gleich in ihr Haus zu stürmen!«

Chilperich ärgerte diese Bemerkung, doch ließ er es sich nicht anmerken. Er war nun einmal entschlossen, sich Brunhilde nur von der gewinnenden Seite zu zeigen.

»Daran sieht man, daß er eine gute Erziehung hat«, sagte er. »Auch um Worte ist er niemals verlegen. Das Haus ist allerdings Familienbesitz. Aber es ist ja nicht eng, und wir werden hier allesamt viel Platz haben. Ich hoffe doch, du erlaubst, schöne Schwägerin, daß wir mit dir unter einem Dach wohnen!«

»Und was tust du, wenn sie es nicht erlaubt? Ziehen wir dann wieder ab? Hausen wir dann am Ufer in Strohhütten?«

Das war die Stimme Fredegundes. Die Königin der Neustrier hatte vergebens in der Halle darauf gewartet, daß die geschlagene Feindin zu ihr hereingeführt wurde. Rasch hatte sie sich noch von ihren Zofen zurechtmachen lassen. Dabei war ihr nicht aufgefallen, wie sich die Halle nach und nach leerte. Schließlich war sie mit einer Handvoll Leute allein geblieben, und eine Dienerin hatte gemeldet, draußen tanze der König mit seinen Kindern und denen der Gotin. Da war sie von ihrem Sessel, auf dem sie sich bereits hoheitsvoll niedergelassen hatte, emporgeschnellt und, heftig mit Halsketten, Armreifen und Anhängern rasselnd, hinausgeeilt. Sie trat aus dem Portal, als ihr Gatte sich einer Frau – kein Zweifel, um wen es sich handelte – vor aller Augen vertraulich zuwandte.

So war nun der Augenblick gekommen, da sich die Königinnen Brunhilde und Fredegunde zum ersten Mal sahen. Jeder von ihnen mochte der Anblick der anderen blitzschnell ein paar Gedanken eingeben.

Brunhilde dachte: Da kommt ja das Mörderweib! Von oben bis unten ist sie mit Schmuck behängt, viel besser aber stünden ihr Sklavenketten. Was für ein fettes, geschminktes Ungetüm! Dabei hat sie ein leidlich hübsches Gesicht ... aber die Bosheit und Durchtriebenheit strahlt ihr wahrhaftig aus allen Poren. Arme Galsvintha! Dieser Megäre warst du nicht gewachsen. Armer Sigibert! Nicht mit einigen tausend Barbaren konntest du dieses Weib überrennen. Wahrscheinlich wird sie versuchen, auch mich umzubringen. Diese Blicke! Am liebsten würde sie sich gleich auf mich stürzen. Wie sie ihr Kind von den anderen wegzerrt ... Sollte sie meine zwei auch nur anrühren, reiße ich einem der Männer hier das Schwert aus der Scheide und spalte ihr auf der Stelle den Schädel! Ihren lächerlichen, protzigen Goldreif haue ich dabei gleich mit in Stücke!

Fredegunde dachte: Das ist sie also ... die gotische Schlange! So sieht das Miststück aus, das Chilperich derart die Sinne verwirrte, daß er mich damals aus seinem Bett stieß. Was findet ein Kerl wie er an so einem langen, bleichen Gerippe? Ganz so kümmerlich wie ihre Schwester ist sie zwar nicht, aber kalt wie ein Fisch ist die allemal. Ein abgefeimtes, eiskaltes Luder! Der sieht man an, daß es ihr auf Leichenberge nicht ankommt, wenn sie nur ihre Rache hat. Zu ihrem Unglück ist sie aber an mich geraten. Ich hab sie erst einmal zur Witwe gemacht ... und das wird nicht alles sein! Ja, tu nur vornehm und verächtlich, spiel die Unnahbare, das nützt dir gar nichts! Versuche auch nicht, mit Chilperich schönzutun, das macht es nur schlimmer! Ich habe dich in der Hand, du gotisches Aas, und wenn ich Lust habe, lasse ich dich in den Kerker werfen. Und dann komme ich höchstpersönlich, um dir den Hals umzudrehen!

Wenn Chilperich die Gedanken der beiden Königinnen auch ahnen mochte, fuhr er nichtsdestoweniger fort, so zu tun, als sei die Begegnung zwischen den Siegern und der Besiegten ein harmloses Familientreffen. Allerdings wurde durch Fredegundes unliebenswürdigen Auftritt die Atmosphäre gleich so vergiftet, daß er mit seinen Bemühungen scheitern mußte. Der Versuch, die Königinnen zueinander zu führen, damit sie sich schwesterlich umarmten, mißlang ihm. Sowohl die eine als auch die andere wandte den Kopf zur Seite und rührte sich nicht. Seufzend gab er es auf und sagte, auf Ingunde und Chlodosvintha deutend, die noch immer bei der etwas größeren Basina, Fredegundes Stieftochter, standen: »Nun, hoffen wir, daß die Mütter recht bald dem Beispiel der Töchter folgen. Die beiden sind unsere Nichten, Frede, die Töchter meines teuren Bruders. Da sie von einer Seite nun Waisen sind, wollen wir uns ihrer annehmen.«

Fredegunde warf kaum einen Blick auf die Mädchen und fragte mit scharfer Stimme: »Und wo ist sein Sohn?«

»Ja«, sagte Chilperich, an Brunhilde gewandt, »ich habe ihn auch schon vermißt. Er ist doch nicht etwa krank? Liegt er dort oben in deiner Wohnung im Bett? Wie alt ist er jetzt? Vier Jahre? Fünf Jahre? Ist sein Name nicht Childebert wie der seines seligen Großonkels, der bis vor siebzehn Jahren in diesem Palast residierte? Wo ist mein geliebter kleiner Neffe?«

»In Sicherheit!« sagte Brunhilde.

»Wie? In Sicherheit? Heißt das etwa, du hast ihn versteckt?«

»Er ist fort.«

»Fort? Nicht mehr hier in Paris? Aber du hattest ihn doch, so hörte ich, mitgebracht. Die Pariser waren entzückt von ihm. Ich hatte mich darauf gefreut, ihn kennenzulernen.«

»Du wirst dich etwas gedulden müssen. Aber bestimmt wirst du bald von König Childebert hören.«

»König Childebert?«

»Mein Sohn ist in Metz. Und mit großer Wahrscheinlichkeit schon zum König gewählt.«

»Sie hat ihn hinausgeschmuggelt!« schrie Fredegunde. »Er ist entkommen!«

»Meine Räte und ich haben es für besser gehalten, ihn seinen Verwandten nicht auszuliefern!« sagte Brunhilde so laut, daß es der letzte Mann auf dem Platze hören konnte. »Das Schicksal, das sein Vater und zuvor seine Tante erlitten, muß ihm erspart bleiben. Der Regentschaftsrat König Childeberts wird demnächst eine Abordnung schicken, um strittige Fragen zwischen den beiden Reichen zu klären. Bis dahin wird erwartet, daß die Mutter des Königs und seine Schwestern mit der Achtung behandelt werden, die ihrer Stellung entspricht. Anderenfalls ...«

»Anderenfalls?« rief Chilperich heftig dazwischen.

Brunhilde begnügte sich damit, ihm einen streitbaren Blick zuzuwerfen. Dann winkte sie ihren Kindern, die rasch die Stufen herabsprangen und sich von ihr an die Hand nehmen ließen. Sie drehte sich um und ging wieder auf die seitliche Pforte zu.

Da rief Fredegunde: »Haltet sie auf! So weit ist es noch nicht, daß die Verlierer mit den Siegern in einer solchen Sprache reden! Da stünde ja die Welt auf dem Kopf! Bedingungen? Drohungen? Falsche Anklagen? Läßt du dir das gefallen,

König? Darf dir eine, die vor dir im Staub liegen sollte, Frechheiten ins Gesicht schleudern? Und das vor den Ohren deiner Leute?«

Brunhilde war stehengeblieben und hatte sich ruhig umgewandt. Chilperich, der auf den Stufen zwischen den beiden Frauen stand, ließ einen kurzen Blick über die mehrhundertköpfige Kriegerschar gleiten. Der Ausdruck der Gesichter machte ihm klar, daß er jetzt nicht schwach sein durfte.

»In der Tat, auch ich muß mich wundern, Dame Brunhilde«, sagte er, »daß du es wagst, uns hier öffentlich zu beleidigen und anzugreifen. Ich bin dir entgegengekommen, habe ich freundlich begrüßt und dich als Mitglied unserer Familie empfangen. Ich fragte mich nicht, ob du diese Behandlung verdient hast! Ich hatte nur den innigen Wunsch, es möge von nun an Eintracht zwischen uns herrschen. Und was tust du? Was ist deine Antwort? Du verdächtigst uns dunkler Machenschaften!«

»Eine unglaubliche Niedertracht!« rief Fredegunde.

»Wir hatten uns rechtzeitig daran erinnert«, schlug Brunhilde zurück, »was vor sechs Jahren ein Familiengericht als bewiesen ansah. Daraus zu schließen, wozu man hier fähig ist, war ja nicht schwer!«

»Dieses Gericht war parteiisch!« rief Chilperich. »Man wandte Gewalt an, damit ich das Urteil annahm! Ein elender Schurke, ein Mann deines Volkes, brachte die falschen Anklagen vor. Sie waren von Anfang bis Ende erlogen!«

»Aber er hat dafür seine Strafe bekommen!« schleuderte Fredegunde hämisch, doch ohne nachzudenken heraus. »Vor ein paar Tagen, in Vitry! Er versteckte sich in einer Bauernhütte, aber wir fanden ihn. Wenn ihn der Teufel schmoren will, muß er ihn sich zusammensuchen! Alles wurde im einzeln abgerissen: die Ohren, die Nase, die Arme, die Beine ...«

»Schweig doch!« herrschte sie Chilperich an. »Ja, es ist wahr! Der Verleumder wurde bestraft. Er war der Urheber allen Unheils!«

»Ihr habt auch Sigila umgebracht?« rief Brunhilde.

»Gerichtet!« donnerte Chilperich.

»Und meinen Gemahl, deinen Bruder ... habt ihr den auch ›gerichtet‹? Dafür, daß er euren Taten ein Ende setzen und dem Frankenreich Frieden bringen wollte?«

»Gott ist mein Zeuge, daß ich an Sigiberts Tode unschuldig bin!« beteuerte Chilperich pathetisch. »Durch seinen Übermut und seine Ruhmsucht hat er den Zorn vieler Männer auf sich gelenkt. Warum mußte er sich zum König ausrufen lassen ... im Reich seines Bruders, der am Leben war?«

»Warum?« schrie Fredegunde. »Weil diese gotische Schlange ihn dazu getrieben hat!« Sie kam die Stufen herab und fuhr gegen Brunhilde los. »Du wolltest das ganze Reich, habe ich recht? Ein Drittel war dir zu wenig, du wolltest alles, alles, alles! Auch Gunthram wäre noch drangekommen. Alles, von einem Meer zum anderen, wolltest du in dich hineinschlingen ... in deinen unersättlichen Schlangenbauch! Frieden wolltet ihr bringen? Wer da nicht lachen müßte! Nennst du das Frieden bringen, wenn ihr uns Jahr für Jahr die Barbaren hereinschleppt, die alles in Grund und Boden stampfen, die bis zu den Knien im Blut waten? Wahrhaftig, ich möchte hineinspucken in deine dreimal verlogene Fratze! Aber du wirst dafür bezahlen. Wir haben dich, und du haftest für alles ... für den letzten gestohlenen Löffel! Auch diese Männer hier, die deinetwegen viel Mühsal hatten, haben Anspruch auf eine Entschädigung. Man hört ja, du hättest Wagenladungen mit Gold und Juwelen mitgebracht. Wolltest glänzen und prunken und Eindruck machen, die große Königin spielen. Habe ich recht? Die Schatzkammer fanden wir verschlossen. Wo ist der Schlüssel? Her damit! Ist es der hier ... der große? Und die andern ... gehören die zu den Truhen? Gib mir den Gürtel! Du willst nicht? Gut, ich nehme ihn mir!«

Fredegunde hatte mit einer jähen Geste Brunhildes Mantel zurückgeschlagen und darunter den Gürtel, an dem die Schlüssel hingen, zum Vorschein gebracht. Jetzt versuchte sie, die Schnalle zu öffnen. Brunhilde, die einen Moment über so viel Dreistigkeit verblüfft war, ballte die Faust und stieß sie wuchtig gegen die Schulter der Angreiferin. Mit einem Aufschrei warf Fredegunde die Arme hoch. Sie wankte zwei, drei Schritte zurück, fiel hintenüber und stürzte hart auf die Stufen. Der Goldreif rollte über die Steine.

Ein rauhes Gestöhn erhob sich aus mehreren hundert Kehlen. Der unerhörte Vorfall löste ein heftiges Geschiebe und Gedränge aus. Jeder wollte die zu Boden geschmetterte Königin sehen. Die in den vorderen Reihen Stehenden konnten dem Druck von hinten kaum standhalten.

Chilperich dagegen rührte sich nicht. Er hielt sogar die Arme verschränkt und hatte Mühe, ernsthaft zu bleiben. Das Schauspiel der Königinnen, die miteinander handgemein wurden, war ohne Zweifel nach seinem Geschmack. Obgleich er in unmittelbarer Nähe stand, griff er nicht ein, wohl mit dem Gedanken, dies immer noch tun zu können, wenn Fredegunde zu sehr in Nachteil geriet. So war es Chuppa, der hinzusprang, um seiner gestürzten Königin aufzuhelfen.

Die aber war bereits auf den Beinen. Mit einer heftigen Kopfbewegung warf sie die aufgelöste schwarze Mähne zurück und schrie: »Adalrich! Waddo! Gislevert! Grimbold! Vorwärts! Nehmt ihr den Gürtel ab!«

Die vier Aufgerufenen, alle ganz vorn stehend, gaben sich gegenseitig ermunternde Zeichen. Brunhilde hatte sich wieder zum Gehen gewandt. Nun aber sah sie die vier auf sich zukommen. Sie schob die Kinder hinter ihren Rücken und trat den Männern zwei Schritte entgegen. In diesem Augenblick mochte sie auf die so oft erprobte Wirkung ihres bannenden Blicks und ihrer marmornen Schönheit hoffen. Doch Fredegunde peitschte die vier mit ihrem wütenden Schreien vorwärts.

»Nicht so zimperlich! Faßt sie an! Habt ihr gesehen, was sie mir angetan hat? Reißt ihr den Gürtel vom Leibe!«

Schon streckte der erste die Hand aus. Doch gleich zog er sie erschrocken zurück. Vor seinen Augen blitzte ein Schwert auf. Merovech hatte sich zwischen Brunhilde und die vier Männer geworfen. Er ließ die Klinge ein paarmal fauchend die Luft schneiden.

»Fort mit euch! Niemand wage, die Königin anzugreifen!«

»Den Gürtel!« kreischte Fredegunde.

Nun flogen die Schwerter aus den Scheiden. Noch zögerten aber die vier, auf den Sohn des Königs einzuhauen. Ihre fragenden Blicke trafen Chilperich. Der machte noch immer keine Anstalten, irgend etwas zu tun. Fredegunde wiederholte ihren Befehl mit wütender Hartnäckigkeit, stieß auch Drohungen gegen die Männer aus. Wieder ermunterten sie sich gegenseitig. Der erste Hieb traf Merovechs Schwert. Auch den zweiten und dritten parierte Brunhildes kühner Verteidiger. Gerade holte er zur Abwehr des vierten aus, als er die Stimme der Königin hinter sich hörte.

»Genug, Prinz! Es lohnt nicht um ein paar Truhen mit Gold!«

Sie hatte den Gürtel mit den Schlüsseln bereits gelöst und trat neben ihn. Die vier Männer wichen zur Seite. Sie hob den Arm und warf den Gürtel, nicht weniger als zehn Schritte weit, Chilperich genau vor die Füße. Fredegunde, die ihr viel näher stand, wurde von ihr keines Blicks mehr gewürdigt.

»Das wird nicht vergessen!« raunte Brunhilde Merovech zu.

Dann nahm sie die Kinder an die Hand und ging rasch davon. Man machte ihr bereitwillig Platz. Sie verschwand durch die seitliche Pforte.

Chilperich warf seiner Gattin einen gewitterschwangeren Blick zu, drehte sich ebenfalls um und trat in den Palast ein. Den Gürtel ließ er auf den Stufen liegen.

Plötzlich sah Fredegunde sich einigen hundert Männern allein gegenüber. Gleich fiel alle Würde von ihr ab, auch ihre Wut schien verraucht zu sein. Sie lächelte kokett und komplizenhaft und verdrehte die Augen, als könne sie ihren Gemahl nicht begreifen. Rasch hob sie den Gürtel auf, hielt ihn hoch wie eine Trophäe und legte entzückt den Kopf auf die Seite, um dem Klirren der Schlüssel zu lauschen. Die Männer verstanden und riefen ihr, wie sie es gewöhnt waren, deftige Scherzworte zu.

Als sie dann hüftschwenkend unter Gelächter und Beifall durch das Portal schritt, hatte sie das angenehme Gefühl, die Schlacht gegen die verfluchte Rivalin trotz einiger Beulen und Schrammen gewonnen zu haben.

In der Schatzkammer konnte Fredegunde ihren grollenden Gatten anfangs wieder versöhnlich stimmen. Welche Ziele Chilperich auch anstrebte, welche Empfindungen in seinem unsteten Wesen gerade zur Vorherrschaft drängten – die Habgier trug stets den Sieg davon, und ein paar wohlgefüllte Truhen konnten, vorübergehend wenigstens, alle anderen Stimmen in ihm zum Schweigen bringen. Die Schlüssel, die Fredegunde erbeutet hatte, öffneten solche Truhen. Bis zum Rande vollgestopft waren sie mit Kostbarkeiten, die das Herz des Königs höher schlagen ließen. Er fand sich daran erinnert, wie er den Brautschatz der Galsvintha empfangen und damals mit heißer Freude jedes einzelne Stück in die Hand genommen hatte: goldene Teller, Schüsseln und Becher, Vasen und Schalen aus farbigem Glas, silberne Schmuckkästchen, Leuchter, Armringe, Perlenketten, Diademe mit eingelegten Rubinen, Smaragden, Almandinen. Dies alles fand er auch hier vor. Unverkennbar war, daß die Schätze Brunhildes in denselben Goldschmiedewerkstätten gefertigt waren wie die Galsvinthas, und Chilperichs entzücktes Kennerauge entdeckte manches Stück aus den Werkstätten Toledos, zu dem er bereits ein Pendant besaß. Dazu gab es auch in Fülle gemünztes Gold und natürlich die zur Ausstattung einer großen Dame gehörenden seidenen und brokatenen Tuniken, Roben und Mäntel. Fredegunde jauchzte auf, als sie das feine, golddurchwirkte Gewebe purpurner Festgewänder, die zweifellos byzantinischer Herkunft waren, durch ihre Finger gleiten ließ. Am liebsten hätte sie gleich alles fortgebracht, um es anzuprobieren. Der König aber verbot es ihr. Er schickte nach seinem Kämmerer und seinem Referendar, die zunächst ein Verzeichnis der in Besitz genommenen Reichtümer anfertigen sollten. Er wolle, sagte er, seiner Schwägerin Brunhilde nur so viel abnehmen, wie dem durch den Krieg entstandenen Schaden entspreche.

»Du willst ihr doch wohl nicht etwas zurückgeben?« fragte Fredegunde alarmiert.

»Das laß nur meine Sorge sein«, erwiderte er. »Ich tue, was ich für richtig halte. Berauben werde ich sie nicht.«

»Wie großzügig! Ich verstehe schon. Es hat ja jeder bemerkt, wie du um ihre Gunst gebuhlt hast!«

»Ich habe sie nur wie eine Verwandte empfangen. So wie es üblich ist unter Königen, mit der nötigen Achtung, auch wenn man sonst uneins ist. Das sind wir schon unseren hohen Ahnen schuldig. Du kannst das freilich nicht verstehen. Deshalb hast du dich auch wie ein Küchentrampel benommen! Eine Prügelei zu beginnen, vor aller Augen ...«

»Sie war es, sie hat mich umgestoßen! Jeder konnte es sehen! Und du hast mir nicht einmal beigestanden, hast keine Hand gerührt!«

»Ich hatte mich schaudernd abgewandt!«

»Nun, wenn du dich abgewandt hattest, dann ist dir wohl auch entgangen, wie dein Sohn Merovech sich aufführte. Er hätte wegen der Gotin beinahe den Waddo umgebracht!«

»Ich werde mir Merovech noch vornehmen. Sein Verhalten war etwas überspannt. Es ersparte uns aber die Peinlichkeit, öffentlich Hand an sie zu legen. So wie du es in deiner Dummheit befohlen hattest!«

»Hätte sie sonst die Schlüssel herausgerückt?«

»Gewiß. Ich hätte sie ihr schon abverlangt. Allerdings auf schonende Weise.«

»Natürlich, auf schonende Weise! Ja, schone sie nur und bette sie weich! Möchtest du dich dazulegen? Glaub ja nicht, daß ich dich nicht durchschaue! Das ganze Getue um die Kinder hatte doch nur den einen Zweck: dich bei ihr einzuschmeicheln. Jetzt, da Sigibert tot ist, hoffst du, du kriegst nun doch noch die richtige ›spanische Perle‹ ins Bett, nach der Enttäuschung mit ihrer Schwester. Das hast du dir doch die ganzen Jahre heimlich gewünscht! Soll sie hier wohnen? In den Räumen, die eigentlich mir zustehen? Willst du denn in den Nächten die Treppe hinaufschleichen – zu deinem bleichen Gerippe? Ich warne dich, König! Sieh dich vor! Eines Nachts könnte sie so bleich sein, daß dir der Spaß an der Sache vergeht!«

Sie blickte ihn herausfordernd an. Die schräge Falte auf seiner Stirn vertiefte sich. Er wollte sie gerade packen und schütteln, als die herbeirufenen Männer eintraten.

Im Laufe des Tages erschien ein Abgesandter Brunhildes, der Anführer ihres Schutztrupps, und überbrachte Chilperich einen Brief. Die Königin forderte darin den sofortigen freien Abzug mit Geleitschutz bis zur austrasischen Grenze.

»Da du mir die Mittel genommen hast, mich, meine Kinder und meine Leute zu unterhalten«, schrieb sie, »können wir dir hier nur zur Last fallen. Nach den Geschehnissen dieses Tages ist es für alle unerträglich, gemeinsam unter einem Dache zu wohnen. Ich traue dir zu, daß du die Größe hast, die Vergeltung nicht weiterzutreiben.«

Er dachte an Fredegundes Drohung und überlegte eine Weile ernsthaft, ob er der Forderung stattgeben sollte. Dann aber setzte er sich hin, um Brunhilde, ebenfalls eigenhändig, in einer längeren Abhandlung die Gründe darzulegen, weshalb er sie noch nicht in ihr Reich entlassen könne.

Der erste Grund sei ein pekuniärer. Er habe keineswegs die Absicht, sich auf ihre Kosten zu bereichern. Vielmehr sei es sein Wunsch, ihr am Tag ihrer Heimkehr einen Teil ihrer Schätze mit auf den Weg zu geben. Nur müßten zuvor die Kriegsschäden ermittelt werden, welche zu ersetzen seien. Die Ermittlung erfordere – in Brunhildes eigenem Interesse – Sorgfalt, diese wiederum Zeit.

Der zweite Grund, schrieb Chilperich, sei ein politischer. Sollte es zutreffen, daß Brunhildes Sohn Childebert zum König erhoben sei, könne eine Partei, die den Konflikt mit Neustrien suche, in dessen Namen den Krieg erneuern wollen. Dann sei es ein sicherer Schutz für ihn selbst, wenn sich die Königinmutter bei ihm aufhalte. Sollten anderenfalls, was nach seiner Einsicht wahrscheinlicher sei, in Austrasien Wirren herrschen, sei es für Brunhilde gefährlich, jetzt heimzukehren, da sich der Zorn der Empörer gegen die Urheber des gescheiterten Kriegszugs und damit vor allem gegen sie richten könne. In dem Fall sei er es, der ihr, solange sie bei ihm sei, den nötigen Schutz biete. Unbedingt müsse man also sichere Nachrichten abwarten, vor allem jedoch das Eintreffen jener Abordnung, die sie angekündigt habe.

Der dritte Grund sei ein persönlicher. Nichts schmerze ihn mehr als der Gedanke, Brunhilde sehe in ihm ihren Feind. Nur die grenzenlose Verehrung, die er seit ihrer ersten Begegnung für sie empfunden habe, sei der Beweggrund gewesen, um die

Hand ihrer Schwester anzuhalten. Deren Fiebertod habe er ehrlich beklagt, und er habe mitnichten gleich wieder geheiratet, wie ein verlogener Knecht behauptete. Die Anschuldigung, er selbst sei der Verursacher ihres Todes gewesen, sei vollends unsinnig. Im Bewußtsein seiner Unschuld habe er jetzt nur den einen Wunsch: die Gelegenheit dieses Wiedersehens zu seiner Rechtfertigung zu nutzen. Nach wie vor – trotz aller Widrigkeiten der Vergangenheit – bewundere er Brunhilde, und er könne sie erst fortlassen, wenn auch ihm ein wenig Wertschätzung durch sie zuteil werde. Wieviel Zeit dafür nötig sei, hänge natürlich allein von ihr ab.

Er bedauere, fuhr Chilperich fort, den unfreundlichen Empfang durch seine Gemahlin, die leider zu Übertreibungen neige. Er verstehe daher Brunhildes Unbehagen am Verbleiben unter einem gemeinsamen Dach und werde ihr unverzüglich ein neues, natürlich bequemes und standesgemäßes Quartier zuweisen. Über die Mittel zu ihrem Unterhalt brauche sie sich keine Sorgen zu machen, da sie natürlich mit allen ihren Leuten sein Gast sei.

An den Schluß setzte er feinsinnig einen leicht abgewandelten Vers aus den Elegien des Propertius: »So wahr ich wünsche, nichts störe hinfort unsere Freundschaft!« Dabei hoffte er, Brunhilde werde als Kennerin römischer Poesie im Geiste das Wort »amicitia« (Freundschaft) durch »amor« (Liebe) ersetzen, welches im Original steht, und so die versteckte Anspielung auf seine wahren Empfindungen erraten. Begeistert von diesem kühnen Einfall, unterschrieb und siegelte er den Brief und übergab ihn einem Boten.

Er saß noch, umgeben von Lärm und Betriebsamkeit, an einem Tisch in der Halle und dachte darüber nach, wie er sein Versprechen, Brunhilde ein neues Quartier zu schaffen, rasch einlösen könne, als der Comes der Stadt Paris, den er zu sich befohlen hatte, herantrat. Chilperich hatte ihm verschiedene Befehle erteilt, vor allem Unterkünfte für seine Leute verlangt. Der Bericht des Comes mißfiel ihm, er fand die Aufträge halbherzig, nachlässig ausgeführt. Als Entgegnung auf seinen harschen Tadel hatte der Mann die Stirn zu fragen, wie lange der König denn bleiben wolle. Die Stadt sei aufgrund ihres besonderen Status auf solche Besetzungen nicht eingerichtet, schon die letzte habe sie fast ruiniert. Da fuhr Chilperich zornig auf und schrie, er sei jetzt der Herr der Stadt Paris, und er gedenke, sie niemals mehr zu verlassen. Der Comes wandte noch hilflos ein, dies müsse aber durch König Gunthram bestätigt werden. Doch im nächsten Moment war er schon seines Amtes enthoben, und auch diesmal wurde er vor die Wahl gestellt: Arrest oder augenblickliches Verlassen der Seine-Insel. Wieder wählte er für sich und seine Familie das letztere. Der König selbst nahm sein nach zwei Stunden verlassenes Haus in Augenschein und fand es passend: geräumige Halle, bequeme, gut ausgestattete Gemächer, zum Teil mit Fußbodenheizung, römisches Bad. Er empfand Lust, selber einzuziehen, statt in dem zugigen, kahlen Palast zu bleiben. Doch er verzichtete und tröstete sich mit dem Gedanken, daß er hier oft zu Gast sein werde.

Noch am selben Tag, gegen Abend, bezog Brunhilde das Haus des Comes an der Festungsmauer, am südlichen Seine-Arm. Chuppa erhielt den Auftrag, mit Hilfe des ihm unterstellten Lasttier- und Wagenparks ihren Umzug zügig und reibungslos zu bewerkstelligen. Die Dienerschaft, die der Comes zurücklassen mußte, stand neben der eigenen zu ihrer Verfügung. Die einzige Unannehmlichkeit waren die Wachen, die vor dem Haus, auf dem Hof und in den seitlichen Gassen Stellung bezogen. Ihre eigenen Leute wurden, soweit sie nicht gleich zu Chilperich übergingen, in der Kirche am nördlichen Flußarm einquartiert, die die Belagerer verlassen hatten.

Während der König mit diesen und anderen Angelegenheiten beschäftigt war, blieb Fredegunde nicht untätig. Unter dem Vorwand, die ordnungsgemäße Registrierung der eroberten Reichtümer überwachen zu wollen, wich sie nicht aus der Schatzkammer. Von Zeit zu Zeit gelang es ihr, den Kämmerer, den Referendar und ihre Helfer abzulenken oder unter Vorwänden hinauszuschicken. Dann steckte sie rasch die schönsten Ketten, Diademe und Ringe in den Halsausschnitt ihres Gewandes. War dieses Geheimfach vollgestopft, ging sie kurz fort, um es zu leeren, und so füllte sie nach und nach eine eigene kleine Truhe. Später jedoch fiel ihr ein, daß ja Chilperich, selbst ein begeisterter Goldschmied, jedes einigermaßen wertvolle Stück, das sich in seinem oder ihrem Besitz befand, genau kannte. Wann durfte sie sich mit den erbeuteten Kostbarkeiten schmücken? Unter dem Deckel der Truhe, als stille Reserve, waren sie ihr nur halb soviel wert und konnten ihr sogar Unannehmlichkeiten verursachen. Sie überlegte hin und her und hatte schließlich eine Idee, wie sie sich ihrer Beute nachhaltig versichern könnte. Es schien ihr auch nötig, ihrem Gemahl, der durch die Nähe der Gotin beunruhigt war und auf Abwege sann, in dieser Nacht etwas Besonderes zu bieten. Zwei Kammerfrauen, die ihr besonderes Vertrauen genossen, mußten ihr bei den Vorbereitungen helfen.

Als Chilperich später ihr Gemach betrat, fand er sie nackt, doch über und über mit Gold und Juwelen bedeckt auf dem Bette. Schelmisch bat sie ihn, sie von dieser Last zu befreien. Sie habe sich die Schätze nur ausgeliehen, um einmal festzustellen, ob ihr ein solcher Schmuck zu Gesicht stünde. Chilperich tadelte zwar im ersten Augenblick die Mißachtung seines Verbots, doch der Einfall erschien ihm außergewöhnlich und die schimmernde, funkelnde Fredegunde so reizvoll, daß er der Einladung nicht widerstehen konnte. Er machte sich also ans Werk, doch da fand er Kolliers, Diademe, Anhänger, Reife und Ringe so raffiniert miteinander verkettet und mit Riemen und Bändern verflochten, daß sie eine Art Panzer bildeten, welcher den Körper der Trägerin von allen Seiten bedeckte und auch die empfindsamsten Regionen vor Angriffen schützte. Mit seinen ungeduldigen Händen gelang es ihm gerade, da ein Häkchen zu lösen, dort einen Knoten zu öffnen. Anfangs wieder ärgerlich, gab er jedoch nicht auf und geriet dabei immer mehr in Hitze. Das Feuer, im Verlauf dieses Tages, wie Fredegunde richtig vermutet hatte, bereits woanders entfacht, brannte bald lichterloh. Mit jedem Stück Haut, das er mühsam unter Ketten, Schnallen, Scheiben, Steinen und Perlen freilegte, stieg das Entdeckerfieber. Fluchend und schwitzend riß und zerrte er, und schließlich wollte er sogar Dolch und Zange holen. Da erbot sie sich mitleidig, ihm zu helfen, allerdings nur unter der Bedingung, daß alles, was man von ihrem Körper fortnehme, künftig ihr Eigentum sei. Dem stimmte er ohne Bedenken zu, und nun durfte er unter ihrer Anleitung, Stück um Stück, jene Truhe, die neben dem Bett schon bereitstand, noch einmal eigenhändig füllen.

Nach diesem einträglichen Vorspiel liebte sie ihn so leidenschaftlich, daß er darüber alles andere vergaß.

10

Gegen Ende November setzten Schneefälle ein. Die Landstraßen waren kaum noch passierbar. Auch der Fluß, an den Rändern schon vereist, trug Boote nur noch auf einer schmalen Rinne. Die langen Wochen der winterlichen Erstarrung standen bevor, in denen der Puls des öffentlichen Lebens so schwach schlug, daß er fast nicht mehr wahrnehmbar war. Die Gemeinwesen waren nun auf sich selbst gestellt, nahezu alle Verbindungen zur Außenwelt abgeschnitten.

Merovech konnte das nur recht sein. Er hatte zunächst befürchtet, man würde Brunhilde, nachdem man sich ihrer Schätze versichert hatte, entweder gleich nach Hause schicken oder an irgendeinem geheimen Ort, wo sie für ihn unauffindbar sein würde, in Gefangenschaft setzen. Gezittert hatte er bei dem Gedanken, man könne ihr Mörder senden. Er wußte ja, wozu seine Stiefmutter fähig war, die nach dem Auftritt vor dem Palast die wildesten Rachgelüste hegen mußte. Mit großer Erleichterung hatte er daher die Entscheidung seines Vaters aufgenommen, die Brunhilde aus Fredegundes unmittelbarer Umgebung entfernte, sie aber auch nicht ganz seinem Blick entzog. Zwar stand die austrasische Königin im Haus des Comes unter Bewachung, und nur ein sehr kleiner Personenkreis, zu dem er selber natürlich nicht zählte, hatte Zugang zu ihr, doch war das für ihn kein Hinderungsgrund, sie fast täglich zu sehen. Brunhilde besuchte nach wie vor morgens die Messe in der Saint-Etienne-Kathedrale, und wann immer es seine Pflichten erlaubten, war er ebenfalls dort. Solange die winterlichen Verhältnisse anhielten und sich nichts änderte, würde er dieses Vergnügen haben, das einzige, das ihm jetzt noch etwas bedeutete.

Denn es gab für ihn keinen Zweifel mehr, daß er sich in seine fünf Jahre ältere Tante, die Witwe seines Onkels Sigibert, die Mutter eines Vetters und zweier Basen, die Königin des Reiches, das sich mit dem seines Vaters noch immer im Kriegszustand befand, nicht nur Hals über Kopf, sondern über alle Maßen verliebt hatte. Zum ersten Mal überfiel ihn ein solches Ereignis, es überraschte ihn und traf ihn vollkommen unvorbereitet. Mit einem Schlage nahm es ihm alles, was ihm bisher so lieb und wert war: seine Heiterkeit und Gelassenheit; den ironischen Abstand zu allem, was in seiner Umgebung geschah; die Überlegenheit des philosophischen Kopfes, der sich in einer gewöhnlichen Köpfen unzugänglichen Welt bewegte; die Verachtung aller Begierden, mit denen sich Menschen, auch Könige, auf ihrem kurzen Lebensweg ständig in Ungelegenheiten brachten.

Nicht daß er noch nie verliebt war und keine Erfahrung mit dem andern Geschlecht hatte! Er war kaum dreizehn, als ihm sein Vater, der diesem Teil der Erziehung seiner Söhne große Bedeutung beimaß, eine geschickte Magd ins Bett legte. Er verliebte sich auch in sie und später dann noch in manches andere weibliche Wesen, darunter edle Damen, die anläßlich eines Festes am Königshofe ihre betrunkenen Gatten betrogen oder als Gastgeberinnen der königlichen Reisegesellschaft ein wenig Entschädigung für ihren Aufwand suchten. Doch waren dies immer nur kurze Begegnungen ohne Folgen, deren Flüchtigkeit er selten bedauerte. Am treuesten war er bisher noch jener ersten Lehrmeisterin geblieben, die sich auch Theudeberts und Chlodwigs angenommen hatte und die sich jedesmal, wenn er sie aufsuchte, seit acht Jahren nun schon, mit einer gutmütigen, trägen, animalischen Selbstverständlichkeit seiner Nöte erbarmte. Doch was hatte das alles mit dem zu tun, was ihm jetzt widerfuhr! Eine Frau war plötzlich erschienen, die alles hatte, was seine Sinne entzünden konnte: Sie war unvergleichlich schön, eine Fremde von hoher Gesittung und Bildung, verlassen, unglücklich, in Gefahr, dabei mutig und stolz. Daß sie auch eine nahe Verwandte und eine Königin war, erschien daneben unwesentlich. Seit der ersten Begegnung bei dem Pfeiler des »bösen Apostels« in der Basilika, als der Zauber zu wirken begann, hatte Merovech die Empfindung, daß etwas geschah, was alles ändern, was seinem Leben eine neue, bisher nicht einmal von fern erahnte Richtung geben würde.

Der erste Schritt dorthin war schon getan. Daß er das Schwert zog, um sich für etwas zu schlagen, war kaum je geschehen. Eigentlich trug er es zur Zierde und benutzte es nur gelegentlich bei den Waffenübungen, an denen er auf Befehl seines Vaters teilnehmen mußte. Chilperich war das martialische Auftreten seines Ältesten denn auch als besonders seltene Anwandlung erschienen, und als er ihn, wie Fredegunde zugesagt, am nächsten Tag zur Rede stellte, fiel der Tadel nur mild aus, das dahinter versteckte Lob aber kräftig. Er ließ durchblikken, daß er an Merovechs Stelle, in dessen Alter nicht anders gehandelt hätte. Allerdings hatte der König weniger eine leidenschaftliche Parteinahme des Prinzen für Brunhilde als einen Protest gegen das rüde Vorgehen seiner Stiefmutter ausgemacht. Es erfüllte ihn mit Befriedigung, daß Merovech offenbar doch nicht nur unkriegerische Tugenden hatte, und er äußerte Hoffnung im Hinblick auf dessen Stellung als Reichserben. Die seltene Anerkennung durch seinen Vater, für den er oft genug nur ein Weichling und eine Memme war, hätte dem Prinzen sonst gutgetan, doch jetzt war sie fast ohne Bedeutung. Was wog sie schon gegen Brunhildes »Das wird nicht vergessen!«

In der ersten Zeit sah Merovech die Königin meist nur im Vorübergehen, wenn sie sich nach der Kathedrale begab. Des kalten Wetters wegen ließ sie die Kinder im Haus und kam nur in Begleitung einiger Dienerinnen. Immer folgten ihr auch in kurzem Abstand die Wachen, jetzt nicht mehr die eigenen, sondern Chilperichs Leute. Der Prinz wußte es dann einzurichten, daß er ihr auf der Hauptstraße, der Klostergasse oder dem Platz vor der Kathedrale begegnete. Gewöhnlich war nur Gailenus bei ihm, manchmal aber auch ein kleines Gefolge. Die jungen Männer, über die Neigung ihres Herrn nicht im unklaren, kundschafteten rechtzeitig aus, ob sie kam, und wählten jedesmal eine andere Stelle für das Zusammentreffen, damit es für die Begleiter oder für Späher zufällig wirkte. Merovech grüßte Brunhilde dann ehrerbietig, und sie dankte ihm ernst. Worte zu wechseln war nicht möglich, sie gingen rasch aneinander vorüber.

In der Basilika war es für ihn noch schwieriger, sich ihr zu nähern. Die Wachen wichen ihr nicht von der Seite und hatten Befehl, jede Person, welchen Ranges auch immer, von ihr fernzuhalten. Es kamen auch meistens Männer und Frauen vom Hof zur Messe, darunter stets einige, von denen Merovech wußte, daß sie Vertrauensleute seiner Stiefmutter waren.

Fredegunde selber besuchte nur andere Kirchen, offenbar scheute sie eine zweite Begegnung mit Brunhilde. Aber sie ließ sich natürlich alles, was die Verhaßte betraf, bis in die letzte Einzelheit berichten. Eifrig verbreitete sie den Verdacht, die Witwe plane gegen sie einen Anschlag und suche zu dessen Ausführung Leute, die Zugang zum Palast hatten. Gegen Merovech zeigte sie unverhohlen Argwohn. Seit er sich öffentlich ihrem Befehl widersetzt und die Feindin in Schutz genommen hatte, war er für sie schon fast ein Verräter. Sie hatte seitdem kein Wort mehr mit ihm gewechselt, jedoch im größeren oder kleineren Kreise mit boshaften Anspielungen nicht gespart. Merovech zweifelte nicht, daß sie einen Skandal auslösen würde, wenn er versuchte, offen zu Brunhilde Kontakt aufzunehmen. Auf seinen wankelmütigen Vater, der sich trotz aller zur Schau getragenen Selbstherrlichkeit dem Einfluß Fredegundes nie ganz entziehen konnte, würde in dem Fall wenig Verlaß sein. Mindestens drohte dann Hausarrest, was bedeuten würde, Brunhilde vielleicht nicht wiederzusehen. So blieb Merovech auch in der Kirche nichts anderes übrig, als aus dem Schatten eines Pfeilers oder Bogens in stiller Anbetung nicht der Madonna, sondern ihrem irdischen Abbild zu huldigen. Und es war schon das Höchste, wenn sich dabei ergab, daß sich ihre Blicke begegneten und Brunhilde durch ein Heben der Augenbraue oder die Andeutung eines Lächelns für seine beharrliche Aufmerksamkeit dankte.

In diesen Tagen verbrachte Merovech den größten Teil seiner Zeit mit dem Ersinnen und Verwerfen von Plänen, die alle nur einem Zweck dienen sollten: Brunhilde allein zu treffen und ihr seine Liebe zu gestehen. Von einem heimlichen Einstieg in das von ihr bewohnte Haus bis zum Überfall auf die Wachen mit anschließender Entführung wurde alles erwogen. Dabei mußte der junge Mann erkennen, daß er im Grunde ohnmächtig und sein prinzlicher Rang solchen Unternehmungen eher hinderlich als förderlich war. Immer wieder mußte er sich auch daran erinnern, daß er Brunhilde nicht in Gefahr bringen und ihr kein Abenteuer zumuten durfte, schon mit Rücksicht auf ihre Kinder. Gailenus, der restlos eingeweiht war, riet trotz seiner Neigung zu kühnen Aktionen in diesem Fall entschieden zur Vorsicht. Die Bedenken allerdings, die er hinsichtlich eines Liebesverhältnisses zwischen Neffen und Tante äußerte, alle behutsamen Hinweise auf die Verwicklungen, die sich aufgrund der hohen Stellung der beiden ergeben könnten, wies Merovech unbekümmert zurück. Schließlich hatte Gailenus den Einfall, er könne vielleicht, indem er sich einer der Mägde Brunhildes nähere, eine Verbindung knüpfen. Dieses Verfahren, welches freilich keinen schnellen Erfolg versprach, war schon beschlossen, als Merovech überraschend erfuhr, daß nicht nur er sich Gedanken über ein heimliches Treffen gemacht hatte.

Es war am zweiten Adventssonntag, in der Basilika. Der ministrierende Diakon hatte das »Deo gratias« gesprochen, die Meßfeier war beendet. Da viele Gläubige gekommen waren, gab es beim Aufbruch in der Vorhalle ein Gedränge. Merovech war ein wenig zurückgeblieben und sah Brunhilde nach, die inmitten ihrer Dienerinnen und Bewacher zum Ausgang strebte. Da spürte er plötzlich eine Hand, die die seine berührte, und gleich darauf einen kleinen, kantigen Gegenstand, der ihm zwischen die Finger geschoben wurde. Schon war die in Kopftuch und weiten Umhang eingemummte Person vorübergehuscht, doch sie drehte sich noch einmal kurz um, und er erkannte eine der Frauen Brunhildes.

Ein freudiger Schreck durchzuckte ihn. Der kantige Gegenstand war ein Kodizill, nicht größer als sein Handteller. Er bestand nur aus zwei zusammengebundenen Wachstäfelchen, deren eine mit Schriftzeichen bedeckt war. Rasch trat Merovech unter eine der Fackeln, die an den Pfeilern der Basilika steckten. Hier las er: »Sei morgen bei Einbruch der Dunkelheit an der Pforte gegenüber der Festungsmauer. Du wirst dort erwartet.«

Er verbrachte eine fast schlaflose Nacht in fiebriger Vorfreude. Ausgerechnet für den nächsten Tag hatte sein Vater eine Bärenjagd angeordnet. Merovech liebte die Jagd nicht sonderlich, durfte sich aber nicht ausschließen. Zu allem Unglück verirrte sich die Gruppe der Jagdgesellschaft, bei der er sich befand, in dichtem Schneetreiben. Erst lange nach Einbruch der Dunkelheit kehrte sie auf die Insel zurück. Dennoch übergab Merovech gleich nach Passieren des Tors sein Pferd einem Knecht und stürmte durch fast knietiefen Schnee zum angegebenen Ort.

Dieselbe vermummte Frauengestalt trat ihm unter der Pforte entgegen.

»Es tut mir so leid!« keuchte er.

»Schon gut«, erwiderte sie. »Ich habe mir nur kalte Füße geholt. Du hast Glück. Die Wachen sitzen noch in der Küche beim Glühwein. Komm!«

Sie traten durch die Pforte. Die Frau führte Merovech zwischen den bizarren Gebilden des verschneiten Gartens zu einer Terrasse. Aus einem Seitengebäude, wo sich die Wachen in Gesellschaft der Mägde aufwärmten, drang fröhlicher Lärm. Durch den Hintereingang gelangten sie in die Halle. Die Frau bat Merovech um etwas Geduld und verschwand hinter einer Tür. Er klopfte den Schnee von seinem Pelz. Vergebens suchte er in seiner Gürteltasche nach einem Kamm, um sein wirres, feuchtes Haar zu glätten. Von einem Wandgemälde grinste ein nackter Satyr herab, als spotte er über einen Liebhaber, der sich in diesem Aufzug seiner Angebeteten präsentierte. Erst jetzt bemerkte der Prinz mit Unbehagen, daß er nicht einmal ein kleines Geschenk, ein Tuch, eine Fibel oder etwas dergleichen, mitgebracht hatte. Er konnte gerade noch schnell eine Wadenbinde, die sich beim Laufen gelockert hatte, unter dem Knie befestigen, als die Dienerin wieder herauskam und ihm winkte.

Sie ließ ihn eintreten und schloß die Tür hinter ihm. Er befand sich in einem vornehm ausgestatteten Raum, der dem früheren Hausherrn, dem Comes, wohl als Empfangssalon gedient hatte. Die Königin saß am Kamin neben einem vielarmigen Kandelaber und las. Sie war römisch gekleidet, mit einer Stola von feinem, blauem Wollstoff, aus der die langen, durchbrochenen Ärmel der weißen Seidentunika hervorsahen. Als einzigen Schmuck trug sie silberne Ohrringe. Ihr hellblondes

Haar war wie immer streng gescheitelt und am Hinterkopf zu einem Knoten gebunden, in dem ein Pfeil steckte.

Bei Merovechs Eintritt ließ sie die gehefteten Blätter sinken und blickte auf. Im Schein des Kaminfeuers wirkte ihr Gesicht lebhafter, unruhiger als sonst, nicht ganz so marmorn und gemeißelt. Die Hitze hatte auch ihre Wangen gerötet. Sie warf dem Prinzen einen eigentümlich langen und, wie ihm schien, fragenden, forschenden, abschätzenden Blick zu, der ihn sofort verlegen machte. Dann sagte sie trocken: »Du kommst spät.«

Er sprudelte Entschuldigungen hervor, sprach von dem Mißgeschick auf der Jagd, dem Wetter, den Wegen.

Sie unterbrach ihn. »Aber nun bist du ja da. Es ist wichtig, daß du kommst, ich hätte auch bis zum Morgen auf dich gewartet. Was kann ich hier anderes tun als warten? Tritt näher und setz dich!«

Er folgte zögernden Schrittes der Aufforderung und ließ sich auf dem zugewiesenen Hocker nieder. Wie anders hatte er sich die erste Begegnung unter vier Augen vorgestellt! Er hatte sich ausgemalt, wie er Brunhilde leidenschaftlich zu Füßen stürzte, wie er ihre Knie umschlang, wie sie ihn aufhob und wie sie sich dann umarmten und mit einem Kuß die unerträgliche Spannung lösten. Statt dessen saß er im tropfenden Pelz, mit Waffen im Gürtel, die Hände unsauber und voller blutiger Kratzer, wild und zerzaust wie ein Waldschrat vor einer eleganten Dame, die sichtlich Abstand hielt. Hätte man ihn nicht unter Vorsichtsmaßregeln hereingeführt, könnte er sich nicht einmal wie der Sohn des Königs fühlen, der zu einer Gefangenen schlich. Es kostete ihn einige Mühe, seine Unsicherheit zu beherrschen und seinen Kleinmut niederzukämpfen. Aber hatte sie ihn nicht zu sich bestellt? Und hatte sie nicht gerade erklärt, sie würde auch bis zum Morgen auf ihn gewartet haben?

»Jetzt kann ich dir endlich dafür danken«, sagte Brunhilde, »daß du dich gleich am ersten Tag so mutig für mich eingesetzt hast. Das hat dir gewiß in deiner Familie Ungelegenheiten gebracht.«

»Keine, die nicht zu ertragen wären«, entgegnete er. »Und ich würde es jederzeit wieder tun.«

»Ja, ich habe hier nicht nur Verwandte«, sagte sie lächelnd,

»sondern auch einen Freund unter ihnen. Ein seltener Fall! Darüber bin ich sehr froh, vor allem, weil du dich gleich zu erkennen gabst. Das hat mir alles leichter gemacht. In meiner Lage ist es ein großes Glück, einen Freund in der Nähe zu wissen.«

»Was immer geschieht, du kannst auf mich zählen!«

Er beugte sich vor, um ihre Hand zu ergreifen. Doch dann besann er sich noch rechtzeitig. Dazu hätte er ein Stück vorrükken, aufstehen oder hinknien müssen und sich vielleicht nur lächerlich gemacht, wenn sie die Hand, um sich nicht zu beschmutzen, vor der Berührung zurückgezogen hätte.

»Ich sagte dir, daß ich nicht vergessen werde, was du getan hast«, fuhr sie fort. »Und es wird sicher auch einmal die Zeit kommen, da ich mich angemessen dafür bedanken kann. Was habe ich jetzt, um dich zu belohnen? Ich kann also meine Schuld nicht begleichen. Statt dessen bin ich so kühn, meinen eigenen Worten nachträglich einen ganz anderen Sinn zu geben. Da du mir einen Dienst geleistet hast, wage ich, dich um einen zweiten zu bitten!«

»Du mußt nicht bitten. Du kannst befehlen!«

»Es handelt sich um eine schwierige und nicht ungefährliche Angelegenheit.«

»So sprich doch!« sagte er ungeduldig, um seine Enttäuschung nicht zu zeigen.

»Nun gut, ich fasse mich kurz. Frolaica kann jeden Augenblick wieder hereinkommen und uns trennen. Ich bin in größter Sorge um meinen Sohn!«

»Sagtest du nicht, er sei in Metz und ...«

»Das sagte ich, weil ich mir davon ein wenig Schutz erhoffte, für mich und meine Töchter. In Wirklichkeit war und bin ich mir dessen keineswegs sicher. Ich bete nur, daß es so sei!«

»Aber du hast ihn dorthin geschickt.«

»Ja! Aus Furcht um sein Leben. Herzog Gundoald, dessen Name dir wohl nicht unbekannt ist, brachte ihn heimlich aus der Festung heraus. Das heißt, nicht er selber tat es, sondern ein treues Dienerpaar, in der Tracht der hiesigen Stadtleute. Als wollten sie ihre Tuchwaren auf das Forum zum Markt schaffen, trugen sie große Körbe über die Brücke. In einem war

Childebert versteckt! Der Herzog wollte sie an einem sicheren Treffpunkt in Empfang nehmen und alle drei dann über die Grenze bringen.«

»Und du weißt nicht, ob das geschehen ist?«

»Nein. Ich erhielt nicht einmal die Bestätigung, daß sie ihn überhaupt getroffen haben. Vier Wochen sind seitdem vergangen. Kannst du nachfühlen, wie mir zumute ist? Um meine Sorgen noch zu verschlimmern, behauptet dein Vater, es seien gerade Spione aus Metz zurück. Eine Königswahl habe es dort nicht gegeben, Herzog Gundoald sei nicht an den Hof zurückgekehrt, von meinem Sohn wisse niemand etwas. Ich vergehe vor Angst, ich kann nicht mehr schlafen. Was mag da passiert sein? Ich muß es wissen! Hilf mir!«

Plötzlich war sie es, die vor ihm kniete und die seine Hand ergriff. Er war so erschrocken, daß er, anstatt sie aufzuheben, selber vom Hocker glitt und auf die Knie fiel. Er hätte die Hand, die in der seinen lag, am liebsten mit Küssen bedeckt, doch er beherrschte sich. Nicht um seinetwillen war es ja, daß seine schöne Tante nicht schlief. So stammelte er nur: »Aber ja, ich helfe dir ... Was ich vermag ... Ich werde ... Es wird sicher möglich sein ...«

»Stehen wir auf, man könnte kommen!« sagte sie und setzte sich rasch wieder auf ihren Armstuhl.

Verwirrt erhob er sich ebenfalls und blieb stehen.

»Ich weiß, daß ich viel von dir verlange«, sagte Brunhilde. »Meine ganze Hoffnung ist, daß mir dein Vater nicht die Wahrheit gesagt hat. Vielleicht weiß er gar nichts, oder er hat ganz andere Nachrichten ...«

»Unmöglich, daß jetzt Spione durchkommen!« warf Merovech ein.

»Ja. Und doch ... Genau das Unmögliche ist es, um das ich dich bitte! Jemand müßte diesen Weg zurücklegen. Du selber kannst dich natürlich nicht vom Hofe entfernen. Aber vielleicht hast du einen Vertrauten ... oder, noch besser, einen zuverlässigen, kräftigen, ausdauernden Knecht ... einen, dessen Fortbleiben nicht auffallen würde ...«

In diesem Augenblick wurde die Tür ein wenig geöffnet, und in dem Spalt erschien der Kopf der Dienerin.

»Herrin, sie stehen schon auf! Gleich werden sie auf ihre Posten zurückkehren!«

Die Königin nickte und erhob sich.

»Ich bitte dich, Merovech, nimm mir die schreckliche Ungewißheit!« sagte sie und sah ihn mit dem wärmsten, flehendsten Blick an. »Ich muß die Wahrheit wissen, gleichgültig, ob sie gut oder schlecht für mich ist. Und auch das wird nicht vergessen, ich schwöre es dir!«

»Verlaß dich auf mich, sei ganz ruhig, sei zuversichtlich!« versicherte er. »Aber ich muß dir noch etwas sagen, bevor ... dir gestehen, daß ich ...«

»Später, später!« raunte sie. »Wir sehen uns ja wieder! Und laß mir Zeit! Mein Gemahl ist erst ein paar Wochen tot. Sei künftig noch vorsichtiger, damit wir nicht auffallen. Aber nun geh! Geh!«

Sie nahm ihn beim Arm, drehte ihn um und schob ihn zur Tür. Schon war diese hinter ihm geschlossen. Die Dienerin führte ihn durch die Halle auf die Terrasse hinaus. Noch immer fiel Schnee. Sie durchquerten den Garten und erreichten die Pforte.

Merovech öffnete sie – und fuhr zurück.

Unter dem Bogen stand, fast die ganze Breite des Durchgangs einnehmend, ein Wächter. Er drehte sich um und brummte: »Bist du es, Ceslin? Wird ja Zeit. Du amüsierst dich, während ich ... Aber ...?«

Er blinzelte durch den Flockenwirbel in die Dunkelheit.

»Leb wohl, Liebste!« sagte Merovech geistesgegenwärtig und umarmte die Dienerin. Dann rempelte er den Wächter an und eilte an ihm vorbei durch die Pforte. Mit großen Schritten stapfte er an der Mauer entlang.

»Hehe, was fällt dir ein?« rief der Mann ihm nach, ohne ihn aber zu verfolgen. Zu der Dienerin sagte er: »Sie einmal an, die alte Frolaica! Du Vettel hast noch einen Liebhaber? Das war noch ein sehr junger Mann, so viel hab ich gesehen. Was es nicht alles gibt! Er hat mich sogar an jemand erinnert.«

»Es war einer aus der Stadt, von der anderen Seite der Seine, nun weißt du es!« sagte Frolaica. »Auf dem Markt habe ich ihn kennengelernt.«

»Laßt euch nicht noch einmal erwischen!« knurrte der Wächter. »Hier darf niemand herein, schon gar kein Fremder. Aber, Teufel, er kam mir dennoch bekannt vor! Er trug einen sehr feinen Pelz, hatte langes Haar ...«

»Ein Händler war's!« sagte die alte Dienerin trotzig und kehrte ins Haus zurück.

Ein von beiden Seiten mit zorniger Leidenschaft geführtes Gespräch, das am Sonnabend vor dem zweiten Advent zwischen Brunhilde und Chilperich stattgefunden hatte, war der Anlaß für die Königin gewesen, bei Merovech Hilfe zu suchen. Zuvor hatte es schon mehrere Besuche des Königs gegeben, die jedoch friedlich verlaufen waren.

Gleich am Tage nach seiner Ankunft in Paris und ihrem Umzug in das Haus des Comes erschien er zum ersten Mal. Er erkundigte sich nach ihrem Befinden und ihren Wünschen. Was sie schon schriftlich von ihm hatte, wiederholte er, und er wurde nicht müde, sie seiner höchsten Wertschätzung zu versichern. Den Kindern brachte er Spielzeug mit. Auf dem Teppich ausgestreckt, Brunhilde scheinbar vergessend, spielte er gleich mit seinen Nichten und löste sogar sein Versprechen ein, auf dem Kopf zu stehen und mit den Ohren zu wackeln. Die Kinder waren nun endgültig überzeugt, daß er ein freundliches Ungeheuer sei.

Beim nächsten Besuch, drei Tage später, zeigte er sich von seiner musischen Seite. In Sorge, Brunhilde könne sich langweilen, unterhielt er sie mit Poesie und Musik. In seiner Gesellschaft befand sich ein Skop, ein dichtender Sänger alemannischer Herkunft, der seinem Gefolge angehörte und der beim Anblick der Königin gleich ein Preislied auf ihre Schönheit anstimmte. Darauf zog Chilperich wie ein römischer Poet Pergamentrollen hervor und rezitierte eigene Verse. Schließlich erläuterte er Brunhilde seine Absicht, das Alphabet durch neue Buchstaben zu bereichern, damit auch das Romanische, eine sich erst entwickelnde Sprache, ihren präzisen schriftlichen Ausdruck finde. Zwei Zeichen hatte er schon erfunden, es waren ein Kreis mit einem Punkt darin für einen Laut, der dem griechischen Omega entsprach, und ein mit der Spitze nach oben zeigendes Dreieck für den Laut »wi«. Die Kinder mußten unter seiner Anleitung die neuen Zeichen gleich üben, die er demnächst im ganzen Reich für verbindlich erklären wollte. Brunhildes spöttischen Vorwurf, er hätte nicht König werden, sondern besser in ein Kloster gehen sollen, um zu dichten und Buchstaben zu erfinden, womit er ohne Zweifel weniger Schaden, dafür vielleicht Nutzen gestiftet hätte, nahm er nach kurzer Überwindung als Lob. Und er rühmte die Königin als erste Frau, die seine wahre Bestimmung erkannt habe. Überhaupt, so fand er beim Abschied, gebe es zwischen ihnen so viel gegenseitiges Verständnis, daß man die Zwistigkeiten der Vergangenheit getrost als Mißverständnisse abtun könne.

Als er zum dritten Mal erschien, traf Chilperich bei Brunhilde zwei Priester, Chorherren der Saint-Etienne-Kathedrale. Einer der beiden, ein würdiger Dickwanst, vertrat den nun schon seit Monaten todkrank darniederliegenden Bischof Germanus. Den Geistlichen der Kathedrale waren solche Besuche gestattet, um der Witwe, die sich durch reiche Geschenke um die Kirche verdient gemacht hatte, Trost zu spenden.

Anfangs fühlte der König sich von den Pfaffen gestört, doch wollte er sie nicht vor die Tür setzen, damit das Bild des leutseligen, frommen, gebildeten Herrschers, das er Brunhilde von sich vermitteln wollte, keinen Schaden litt. Im Laufe der Unterredung war er dann sogar froh über die Gelegenheit, sich auch in theologischen Fragen als Autorität beweisen zu können. Bald lenkte er das Gespräch auf sein Lieblingsthema, die heilige Dreifaltigkeit, deren Wesen er von den Kirchenlehrern nicht richtig interpretiert fand. Seiner Meinung nach, führte er aus, sei es unwürdig, in der Dreifaltigkeit drei einzelne Wesen zu sehen, ja sogar Gott wie eine Person zu behandeln, da er doch mit dem Sohn und dem heiligen Geist eine einzige große, göttliche Wesenseinheit bilde. Als darauf der Dicke den Einwand wagte, es sei doch aber, da der Sohn Fleisch geworden sei, gelitten und die Menschheit erlöst habe, zweifelsfrei zwischen ihm und dem Vater wie auch dem heiligen Geist ein Unterschied zu erkennen, erklärte er dies für eine Herabwürdigung des Sohnes und für versteckte arianische Propaganda. Der Dicke, der gern den Bischof in seinem Amt beerben wollte, schwieg daraufhin erschrocken. Aber Brunhilde ergriff kampflustig seine Partei, indem sie als einstige Arianerin den König über den eigentlichen Inhalt der Lehre des Abweichlers Arius aufklärte, welcher ja, was etwas ganz anderes sei, überhaupt die Göttlichkeit Jesu leugne. Der Priester sei jedoch völlig im Recht, wenn er Unterschiede zwischen den göttlichen Wesen wahrnehme. Darauf erwiderte der König galant, was immer ein Engel wie Brunhilde verkünde, sei Manna für ihn, das er mit Wohlbehagen schlürfe, doch werde er demnächst ein Konzil einberufen, um seine Lehre dort darzulegen und von den versammelten Bischöfen seines Reiches bestätigen zu lassen. Darauf wußte auch sie nichts mehr zu entgegnen. Vergnügt ging er fort in der Überzeugung, sie wieder beeindruckt zu haben und einen Schritt vorwärtsgekommen zu sein.

Beim vierten Besuch war er von Knechten begleitet, die einige der Truhen Brunhildes von Karren hoben, hereintrugen und in der Halle niedersetzten. Sie waren noch wohl gefüllt und enthielten etwa ein Viertel der beschlagnahmten Güter. Unter dem Protest Fredegundes hatte Chilperich sie aufladen lassen. Eine gründliche Schadenserhebung hatte natürlich nicht stattgefunden, doch legte er eine Liste des Kämmerers mit grob veranschlagten Kriegsschäden vor, die durch die einbehaltenen Schätze gutgemacht seien. Brunhilde warf kaum einen Blick darauf, ein Wort des Dankes brachte sie nicht über die Lippen. Dennoch war Chilperich sicher, daß er mit dieser Geste der Großzügigkeit in die Mauer ihrer Vorurteile die entscheidende Bresche geschlagen habe.

Der fünfte Besuch fand nun an jenem Sonnabend vor dem zweiten Advent statt. Der König hoffte, er werde diesmal schon etwas ernten, nachdem er vorher so fleißig gesät hatte. Er sorgte dafür, daß er Brunhilde allein traf. Dem Anführer ihrer Wachen war von ihm strenge Weisung erteilt, daß jede Störung zu vermeiden sei. Er hatte sich Locken brennen und sogar den Schnurrbart parfümieren lassen. Und er hatte sich eine Strategie ausgedacht, die seiner Meinung nach sicher zum Ziel führen mußte.

Zunächst gab er sich die Haltung eines Bedrückten, der nicht wußte, wie er die schlimme Botschaft, die er brachte, mit Anstand loswerden sollte. Er tat zerstreut, sprach in abgerissenen Sätzen, seufzte, starrte düster in das Kaminfeuer. Als Brunhilde die Geduld verlor und ihn aufforderte, endlich mit seinen Neuigkeiten herauszukommen, überwand er sich scheinbar mit größter Anstrengung. Und dann erzählte er von den Spionen, die gerade aus Reims und Metz zurückgekehrt seien, alles bestätigend, was er bisher nur gerüchteweise und aus den unterschiedlichsten Quellen erfahren hatte: Ganz Austrasien sei in Auflösung, Herzöge und Grafen gingen gegeneinander los, in den Städten gebe es blutige Unruhen. Keine Gewalt sei mehr imstande, den allgemeinen Niedergang aufzuhalten. In den Palästen regiere die Dienerschaft, die Großen seien auf ihre Besitztümer zurückgekehrt, besorgt, sie könnten alles verlieren. Der ganze Osten des mächtigen Reiches seines Großvaters, jammerte Chilperich, der größte Teil des fränkischen Stammlands darunter, löse sich auf, falle ab. Das Traurigste aber: Von Herzog Gundoald gebe es nicht die geringste Spur. Niemand kenne in Reims oder Metz den Ort seines Aufenthalts. Er sei nach dem Krieg in den Hauptstädten nicht wieder aufgetaucht.

»Kaum wagt man zu denken, was das bedeutet«, seufzte er. »Wenn dein Sohn bei ihm war, so ist auch er verschollen. Mein kleiner Neffe! Ich hatte nur seinetwegen die Leute ausgeschickt. War in Sorge um ihn ... ein hilfloses Kind, auf einer so abenteuerlichen Reise. Wie sehnlich hatte ich gehofft, er sei dort wohlbehalten angekommen! Wie glücklich hätte es mich gemacht, wenn Sigiberts Sohn jetzt König wäre!«

Er schwieg, bekümmert vor sich hin starrend. Seine letzten Worte klangen so wenig aufrichtig, daß Brunhilde plötzlich an allem zweifelte, was er gesagt hatte. Sie schöpfte wieder etwas Hoffnung, und es gelang ihr, die aufsteigenden Tränen niederzukämpfen.

»Ich vermute, du willst mir begreiflich machen«, sagte sie nach einer Weile, »daß du aus all dem das Recht ableitest, mich weiter hier festzuhalten.«

»Das Recht?« fragte er, wobei er sie scheinbar verwundert ansah. »Die Pflicht! Du weißt noch nicht alles. Die Stimmung dort ist gegen dich gerichtet ... dich vor allem. In dir sehen die Austrasier die Urheberin allen Übels. ›Hätte die Gotin uns nicht in den Krieg getrieben‹, sagen sie, ›wären wir jetzt nicht im Unglück. Sie soll nur wagen zurückzukommen, dann ...‹ Nun, ich erspare dir, was sie dann mit dir vorhaben. Falls du am Leben bleiben willst ...«

»... kann ich das nur unter deiner Obhut. Als deine Gefangene!«

»Nein, nein! Nicht als Gefangene. Als mein Gast. Oder auch mehr, wenn du willst.«

»Was heißt das?«

»Du könntest hier eine bedeutende Stellung einnehmen. Viel Einfluß gewinnen.«

»Ich bin Königin der Austrasier. Das ist meine Stellung!«

»Warum willst du mich nicht verstehen?« fragte Chilperich mit einem gequälten Lächeln. »Was bist du denn noch für eine Königin? In deinem Reich darfst du dich nicht mehr blicken lassen. Hingegen hier ... Wer könnte schon daran Anstoß nehmen, daß König Chilperich eine nahe Verwandte bei sich beherbergt, die Witwe seines Bruders, eine unglückliche Verfolgte! Daß er sich um ihr Wohl sorgt und sich um ihre Kinder kümmert. Daß er ihrem Sohn, wenn er ihn eines Tages aus den Händen seines Entführers befreit und zurückgeholt hat, eine gute Erziehung und eine glänzende Zukunft sichert. Daß er ihre Töchter an bedeutende Fürsten verheiratet. Daß er sie hin und wieder aufsucht, um mit ihr ein paar Stunden bei Poesie und Musik und im anregenden Gespräch zu verbringen. Daß er sie ...«

»Daß er sie zu seiner Hure macht, willst du doch sagen!«

Sie starrte ihn haßerfüllt an. Betroffen schwieg er einen Augenblick. »Warum wählst du ein so gemeines Wort?« sagte er dann in sanftem Ton. »Ich trage dir alles an, was ich habe und was ich vermag: meine Liebe, meine Bewunderung, meine Hilfe, meinen Schutz. Seit ich dich vor neun Jahren als Braut sah, habe ich niemals aufgehört, an dich zu denken und dich zu lieben. In deiner Schwester liebte ich dich ...«

»Hast du sie deshalb umgebracht?«

»Ich habe sie so geliebt, daß es nur noch ein Höheres gäbe: dich selbst zu lieben!«

»Und wenn es deiner Kebse, der früheren Magd, gefallen sollte ...«

»Ich schicke sie fort!« versicherte er hastig. »Wenn es nur das ist, was dich stört ... Ich lasse sie auf ein entferntes Krongut schaffen, in ein Kloster, wohin du willst ... Es wäre nicht ausgeschlossen, daß wir, auch wenn das Gesetz dagegen ist ...«

»Schweig!« sagte sie verächtlich. »Ich will nicht wissen, was du mir sonst noch vorschlagen könntest. Lügen und falsche Versprechungen gehen dir allzu leicht über die Lippen.«

»Lügen?«

»Die Lügen, die zu deiner Natur gehören. Treueide, die du zu brechen pflegst. Friedensabkommen, die du erbettelst und dann nicht erfüllst ...«

»Du hast also kein Vertrauen zu mir.«

»Nicht das geringste.«

»Hältst mich für einen Lügner und Eidbrecher!«

»Du weißt sehr gut, wofür ich dich halte. Wollte ich alle deine Verfehlungen aufzählen ...«

»Nun, wenn das so ist«, fuhr er auf, »dann will auch ich dir meine Meinung sagen ...«

Und so begann das wütende Wortgefecht. Sie hielten sich alles vor, was jemals Unfrieden zwischen ihnen gestiftet hatte. Nichts wurde ausgelassen: Nach dem gebrochenen Frieden von Alluye kamen die Beutezüge der Barbaren zur Sprache, Theudeberts Greueltaten in Aquitanien, die widerrechtliche Besetzung von Paris durch Sigibert, das gegenseitige hinterlistige Paktieren mit Gunthram, die von den Neustriern erzwungene Königswahl in Vitry, die grausame Hinrichtung Sigilas. Und natürlich immer wieder die Morde an Galsvintha und Sigibert.

Chilperich schwitzte, schnaufte, lief auf und ab, rollte die Augen, riß Haare aus seinem parfümierten Schnurrbart, schlug sich die Brust, ballte die Fäuste. Brunhilde rührte sich nicht von der Stelle, wandte den kalten, grauen Blick nicht von ihrem Widerpart, sprach aber schnell und mit äußerster Schärfe, so daß ihre Stimme immer wieder in schrille Höhen geriet und fast überkippte. Das Grollen und Kreischen der beiden wurde draußen gehört und rief die besorgten Wachen herbei. Auch die neugierige Dienerschaft war nicht zurückzuhalten. In der Halle drängte sich alles um die Tür des Kaminzimmers, als diese plötzlich aufflog und der König herausstürmte. Wilde Blicke um sich werfend, bahnte er sich den Weg mit Faustschlägen. Auch den Knecht, der ihm den Pelzumhang über die Schultern legen wollte, stieß er zur Seite. Mit Riesenschritten, den Schnee aufwirbelnd, stiefelte er auf der Straße davon. Ohne Ordnung folgten ihm die Männer seiner Begleitung.

Natürlich dauerte es nur kurze Zeit, bis Fredegunde von diesem Vorfall Kenntnis erhielt. Sie erfuhr zwar nur wenig vom Inhalt der Unterredung zwischen ihrem Gemahl und Brunhilde, doch immerhin so viel, daß man sich der bekannten Streitpunkte wegen heftige Vorwürfe gemacht habe. Das erfüllte sie mit einer gewissen Erleichterung, wenn es auch noch nicht allen Argwohn, den sie gegen die beiden hegte, beseitigen konnte.

Über die drei ersten Besuche Chilperichs bei seiner Schwägerin hatte sie außer der Tatsache selber kaum etwas in Erfahrung gebracht. Es war ihr lediglich versichert worden, daß die beiden dabei niemals allein waren. Sie unterdrückte ihre Besorgnis und blieb auf der Lauer. Der vierte Besuch, zu dem er trotz ihres Einspruchs einige der beschlagnahmten Schatztruhen mitnahm, versetzte sie schon in beträchtliche Unruhe. In Angst und Zorn verbrachte sie jenen Tag, entdeckte dann aber im Benehmen des Königs nicht die Veränderungen, die ihrer Aufmerksamkeit nicht entgangen wären, hätte er bei der anderen Erfolg gehabt. Bei diesem fünften Besuch nun, so schloß sie, hatte entweder Chilperich sich eine Abfuhr geholt oder die Gotin, weil sie, ermuntert durch die unerwartete Großzügigkeit des Königs, neue, unerfüllbare Forderungen gestellt hatte. Fredegunde, die Haarlocken und das Parfüm in Rechnung stellend, neigte zu der ersteren Annahme. Wenn diese zutraf, war die Gefahr nicht vorüber.

Zu ihrem Leidwesen konnte sie sich kaum sichere Auskünfte über die Vorgänge im Hause des Comes verschaffen. Sie wußte natürlich, daß Chilperich ahnte, welche Männer aus seiner Umgebung Späherdienste für sie leisteten. Nicht einen von ihnen hatte er in die Mannschaft aufgenommen, die die Gefangene bewachen mußte. Auch dieser Umstand nährte ihren Verdacht. Was die Dienerschaft betraf, so setzte sie sich aus Parisern und Austrasiern zusammen, von denen wiederum nur die letzteren, am wenigsten auskunftsfreudigen, ständigen Zugang zu ihrer Herrin hatten. Um etwas in Erfahrung zu bringen, war Fredegunde also fast ausschließlich darauf angewiesen, was ihre Vertrauten an öffentlichen Orten beobachteten oder gelegentlich aus Gesprächen aufschnappten.

Doch da gelangte sie aufgrund kurioser Umstände plötzlich in den Besitz einer überaus wichtigen Mitteilung.

Zwischen zwei Männern des Wachtrupps, die das Haus des Comes nach der Festungsmauer hin sichern und den Garten beobachten mußten, war ein Streit aus Eifersucht ausgebrochen. Eine Magd des Hauses, beiden bis dahin gleich gunstreich, hatte dem einen plötzlich die kalte Schulter gezeigt. Dieser, ein gewisser Ceslin, war darauf zum Anführer der Wache gegangen, um eine Meldung zu machen – mit der Folge, daß der Nebenbuhler vom Dienst entbunden, verhört und sogar geprügelt wurde. Der hatte sich dann in einer Schenke, nach reichlich genossenem Bier, über die Tücke des Denunzianten beklagt, war unverhofft festgenommen und in ein Nebengebäude des Palastes gebracht worden. Hier war ihm überraschend die Königin Fredegunde entgegengetreten.

Diese ließ dann etwas später den König, der gerade im Folterkeller beschäftigt war, in einer dringenden Angelegenheit zu sich bitten.

Chilperich kam erst nach einer Weile, in übler Laune. Sie möge ihn künftig nicht mit Weiberkram belästigen, raunzte er, wenn er Verbrecher zum Geständnis bringe.

»Ich weiß ja, daß du daran großen Spaß hast«, sagte sie. »Und vielleicht ist der Weiberkram wirklich unwichtig. Übrigens betrifft er nicht mich.«

»Wen sonst?«

»Deinen teuren Gast, die Gotin. Sie empfängt heimlich deinen Sohn Merovech. Er besucht sie zu später Stunde. Ich dachte, es würde dich interessieren. Wenn nicht, dann tut es mir leid, dich gestört zu haben. Vielleicht besitzt er auch deine besondere Erlaubnis, was ich natürlich nicht wissen kann.«

Er stand wie vom Donner gerührt.

»Woher hast du das?« murmelte er.

»Von einem unaufmerksamen Wächter. Man hat ihn bereits bestraft, und er hat mein Wort, daß ihm nichts weiter geschehen wird. Er wurde von Merovech angegriffen, als er ihn nachts am Verlassen des Hauses hindern wollte. Er erkannte ihn, hatte jedoch nicht den Mut, den Vorfall zu melden. Das tat erst sein Gefährte. Dem hatte er alles erzählt, und der zögerte nicht, seine Pflicht zu tun. Vielleicht wußten die armen Kerle nicht, daß sich Merovech mit deinem Einverständnis dort aufhielt. Warum er den Mann dann aber niederschlug ...«

Die schräge Falte auf Chilperichs Stirn war zusehends tiefer geworden. Um jedoch nicht zu zeigen, wie sehr ihn die Sache berührte, knurrte der König nur, er werde mit Merovech reden, und alles werde sich aufklären. Darauf drehte er sich brüsk um und ging hinaus.

Fredegunde schickte ihm ein spöttisches Lächeln nach, versank dann aber in langes Nachdenken über die neue Lage und ihre möglichen Folgen.

Noch am selben Abend ließ Chilperich seinen Sohn rufen.

»Du warst also bei ihr. Leugne nicht! An deiner Stelle wäre ich ebenfalls zu ihr geschlichen. Hat sie dir etwas gewährt?«

»Sie erlaubte mir, zu ihren Füßen auf einem Hocker Platz zu nehmen«, sagte Merovech vorsichtig, nachdem er sofort begriffen hatte, daß er nur durch ein geschicktes Teilgeständnis Arges verhindern konnte. »Dagegen erlaubte sie mir nicht, den Pelz abzulegen.«

»Wie oft warst du dort?«

»Ein einziges Mal.«

»Wie kam das zuwege?«

»Sie ließ mich durch eine Dienerin zu sich bitten.«

»Ihr ist nicht gestattet, jedermann zu empfangen.«

»Mich als Mitglied der Königsfamilie hielt sie wohl nicht für jedermann.«

»Was wollte sie?«

»Mir nur für die Hilfe danken ... in jener unerfreulichen

Lage, in die meine Mutter sie gebracht hatte. Dann stellte sie mir noch ein paar Fragen.«

»Fragen? Wollte sie wissen, ob es wahr ist, daß meine Spione zurück sind?«

»Was für Spione? Warum sollte man ausgerechnet mich nach Spionen fragen? Sie erkundigte sich nach meiner Erziehung. Ob ich gute Lehrer hatte. Welche Kenntnisse bei uns den jungen Leuten vermittelt werden.«

»Und weiter?«

»Dann ... ja, dann fragte sie nur noch, ob ich mich an ihre Schwester erinnere. Ich sagte, sehr gut und daß wir gemeinsam die römischen Dichter und die Kirchenväter gelesen hätten.«

»Und das war alles?«

»Nach dieser Auskunft durfte ich gehen.«

»Hat sie dich aufgefordert wiederzukommen?«

»Natürlich nicht.«

»Warum hast du den Wächter niedergeschlagen?«

»Ich habe ihn nur ein bißchen beiseite geschoben. Da er nicht auf seinem Posten war, als ich hineinging, fand ich es unverschämt, daß er mich daran hindern wollte hinauszugehen.«

Chilperich sah seinen Sohn lange und durchdringend an. Schließlich sagte er: »Hüte dich, Bürschlein, hüte dich! Falls du dir da etwas aufladen willst, bedenke, daß deine Schultern nicht breit genug sind!«

Und er entließ ihn mit einer Kopfbewegung.

11

Die Warnung des Königs kam zu spät, doch wäre sie wohl auch ein paar Tage früher ohne Wirkung geblieben. Nach der Begegnung mit Brunhilde war Merovech zu allem entschlossen. Die letzten Worte, die sie ihm zugeraunt hatte, schienen ihm klar zu beweisen, daß seine Liebe erwidert wurde, daß die Enttäuschung verfrüht war, daß es Grund zu den schönsten Hoffnungen gab. Wie hatte er auch vergessen können, daß die Geliebte erst vor einigen Wochen Witwe geworden war! Wie konnte sie sich in seine Arme werfen, ohne die unerläßlichste Anstandspflicht zu verletzen! »Laß mir Zeit!« hatte sie gesagt und damit im Grunde alles gestanden. Was immer sie noch von ihm gefordert hätte, er wäre mit Freuden zu allem bereit gewesen. Hätte sie ihre Befreiung verlangt, so wäre er nicht davor zurückgeschreckt, sie ins Werk zu setzen.

Um so weniger konnte er zögern, die Bitte zu erfüllen, die sie ihm vorgetragen hatte. Es gab nur einen in seiner Umgebung, den er mit dieser nicht ungefährlichen geheimen Mission betrauen konnte. Zum Glück war Gailenus gleich einverstanden. Der praktische Verstand des jungen Gefolgsmannes hätte gewiß manchen Einwand gegen ein solches Abenteuer vorbringen können, doch diese Stimme wurde erst gar nicht laut. Gailenus war die Gelegenheit willkommen, seine Eltern auf ihrem Gut zu besuchen, das am Wege, in der Nähe der austrasischen Grenze, lag. Vor drei Jahren hatten sie ihn zur Ausbildung an den Königshof geschickt, und seitdem hatte er sie nicht wiedergesehen. Das Gerücht, sein alter Vater liege im Sterben, wurde erfunden, und so ergab sich der dringende Anlaß für eine Reise unter so widrigen Umständen. Merovech mahnte seinen Freund, den Abstecher zu seinen Eltern auf höchstens drei Tage zu beschränken und zum Weihnachtsfest unbedingt zurück zu sein. Das wurde versprochen. Als Chilperich seinen Sohn zur Rede stellte, war Gailenus schon unterwegs in der Schneewüste. Nur Brunhilde erfuhr, was er wirklich vorhatte. Sie verstand das Zeichen, das Merovech ihr während der Messe in der Basilika gab. Unauffällig deutete er auf einen Wandteppich mit einem Reiterbild. Nun wußte sie, daß ein Berittener zwecks Erkundung der Wahrheit unterwegs war.

Unterdessen sann Chilperich auf Mittel, um ihren Widerstandsgeist doch noch zu brechen. Er hatte sie nicht völlig getäuscht, Mitteilungen aus verschiedenen Quellen waren ihm zugegangen. Sie betrafen jedoch fast nur die Verhältnisse in der Nähe der Grenze, nicht die in der austrasischen Hauptstadt. Über den Herzog Gundoald und das Schicksal seines Neffen wußte der König gar nichts. Das düstere Bild, das er gemalt hatte, sollte Brunhilde schwach und gefügig machen. Aber er hatte sie unterschätzt, der Plan war gescheitert. Die Schuld daran schrieb er sich selber zu. War es nicht seine sanfte Behandlung, die ihren störrischen Geist gestärkt hatte? Durfte sie sich nicht immer noch als Königin fühlen statt als Gefangene? Hier machte Chilperich die Ursache aus, die zu seiner Niederlage geführt hatte.

Er wollte nun allerdings auch nicht so weit gehen, wie es ihm Fredegunde unermüdlich empfahl. Nach dem Willen seiner Gemahlin säße die andere längst in einem öden Verlies, allein mit dem Hunger, der Kälte und ihrem »schlechten Gewissen«. Dies aber konnte ihn seinem Ziel nicht näherbringen, es sei denn um den Preis, daß Brunhildes Haß und ihre Verachtung noch zunahmen. Es lag ihm nun einmal daran, diese Frau zu gewinnen, sich ihr begehrenswert zu machen, sogar ihre Bewunderung zu verdienen. Er wollte dieser stolzen gotischen Schönheit beweisen, daß er nicht nur ein Bauernkönig war, ein fränkischer Rüpel, ein Barbar, der mit einer »Handvoll« Kebsenköniginnen regierte. Erkennen sollte sie sein Herrschertalent, die Überlegenheit seines Geistes, den Reichtum seiner Begabungen, vergleichen sollte sie ihn mit Sigibert, dem »kleinen Haudrauf«, und sich im stillen fragen, wen von beiden sie wohl bevorzugen würde, wenn sie noch einmal wählen könnte. Zweifellos war es mehr Eigenliebe als Liebe, mehr Ehrgeiz als sinnliches Begehren, was Chilperich zu Brunhilde hinzog. Dies war auch der tiefere Grund dafür, daß er sie nicht »beschädigen« wollte, indem er sie strafte, demütigte und erniedrigte. Was konnte ihm daran liegen, als Gattenmörder und Städteräuber mit einer im Kerker gebrochenen Gefangenen Umgang zu haben? Würde dagegen nicht ihre frei gewährte, vielleicht gar aus Achtung und Neigung angetragene Gunst alle häßlichen Flecken von ihm abwaschen? War er nicht würdig, sich Gottes Gefolgsherr zu nennen, wenn diese wiedergeborene Madonna ihn liebte? Sollte es nicht vielleicht doch noch möglich sein, eine so erhabene Verbindung einzugehen, ohne daß Fredegunde, die ja für die niedere Wollust zuständig bleiben konnte, gleich neue Mordpläne ausheckte?

Nichtsdestoweniger sah er zunächst kein anderes Mittel als Strenge, um der Widerspenstigen beizukommen. Die Wachen im und um das Haus wurden verdoppelt. Jeder Besuch bei ihr war fortan untersagt, auch die Geistlichen mußten umkehren. Merovech wurde beobachtet, damit es ihm nicht nochmals gelang, zu ihr vorzudringen. Der König sah ihn zwar nicht als Rivalen an, war aber jetzt überzeugt, daß sich sein Sohn, wie es ja ganz natürlich war, in seine schöne Verwandte verliebt hatte. Und so ein brünstiger junger Hirsch konnte stören und allerlei Ungelegenheiten schaffen.

Um Brunhilde zu quälen und zu beunruhigen, dachte sich Chilperich noch etwas Besonderes aus. Als er nach Sigiberts Tode auf das Krongut Vitry gekommen war, hatten sich keineswegs alle Austrasier aus dem Staube gemacht. Nicht wenige waren geblieben, um – wie vorher schon die zweihundert Belagerer Tournais – zu ihm überzutreten. Darunter befanden sich auch bedeutende Männer, deren Dienste ihm hochwillkommen waren. Sie waren jetzt seine Antrustionen, und er hatte den Einfall, sie ihrer früheren Königin vorzuführen. Den Herren war das unangenehm, doch er bestand auf dieser Treueprobe. Täglich begegnete Brunhilde nun einem anderen übergelaufenen austrasischen Großen. Herr Godin grüßte schamhaft und senkte das Löwenhaupt, als er ihr in der Klostergasse entgegenkam. Herr Siggo, früher Sigiberts Referendar, nunmehr im selben Amte bei Chilperich, überbrachte ihr mit steifer Förmlichkeit eine weitere Liste von Kriegsschäden. Herr Ciucilo, der noch vor kurzem Pfalzgraf am Hofe von Metz war, drängte sich bei der heiligen Kommunion an ihr vorbei, um vor ihr das Brot und den Wein zu empfangen. Jeder berichtete danach dem König beflissen, daß er Brunhilde tüchtig erschreckt habe.

In diesen Wochen vor Weihnachten war Chilperich, reizbar und mißgelaunt trotz der günstigen Schicksalswendung, ein überaus strenger und unbarmherziger Richter. Er verließ nun kaum noch die Halle des Palastes, in der die Gerichtsversammlungen stattfanden, und die Folterkammer im Keller, wo die Verdächtigen und Verurteilten gepeitscht, gestreckt, mit glühenden Eisen gebrannt, in Kesseln gebrüht und um ihre Glieder verkürzt wurden. Manchem Unglücklichen schlug Lupa, seine Lieblingshündin, die Zähne ins Fleisch. Die von ihm bevorzugte Strafe, das Blenden, wurde am häufigsten vollzogen. Meist schon betrunken, sah er dabei aufmerksam zu und gab dem Henker sachkundig Anweisungen.

Es waren Hunderte »Verräter«, die angeklagt und verurteilt wurden, vorwiegend Männer galloromanischer Herkunft, darunter Mitglieder senatorischer Familien und viele Geistliche. Wer sich vor Chilperichs Ankunft in Vitry in der Hoffnung davongemacht hatte, unerkannt und straflos zu bleiben, sah sich getäuscht. Die Schergen des Königs schleppten trotz Schnee und Kälte nach und nach alle herbei, und nun wurde mit ihnen um so härter verfahren. Den Höhergestellten, insonderheit wenn sie Franken waren, blieben zwar Leibesstrafen erspart, doch fielen die Bußen um so drastischer aus. Nicht wenige bedeutende Güter gelangten in den Besitz des Königs. Vor allem kirchliches und klösterliches Eigentum ging zur Strafe für das Verhalten der Bischöfe und Äbte an den Fiskus über. Wenn die Herren des Klerus zum Nachweis der Herkunft dieser Besitzungen aufgefordert wurden, Testamente und Schenkungsurkunden vorzulegen, mußten sie schmerzerfüllt mit ansehen, wie der König vor ihren Augen alles ins Feuer warf. Dabei pflegte er zu bemerken, er wolle ihnen zu einem gottgefälligen Leben verhelfen, denn auch der Herr Jesus Christus habe in Armut gelebt und sei ohne Testamente und Schenkungen ausgekommen. Dies erhärtete den Ruf, der Chilperich seit dem Streit Brunhildes mit dem Bischof Germanus anhing: Er sei der leibhaftige Antichrist. Und einige geistliche Herren fügten hinter vorgehaltener Hand hinzu, seit Nero, mithin seit einem halben Jahrtausend, habe es keinen schlimmeren Christenverfolger auf einem Thron gegeben.

Bei alldem war Fredegunde seine getreue Poppaea, die kaum noch von seiner Seite wich. War sie nicht von der Sorge um Samson in Anspruch genommen, dem sie sich nach wie vor mit der größten Hingabe widmete, saß sie unter den Vornehmen in der Halle, verfolgte den Ablauf der Prozesse und griff sogar selber ein. Durch ihre Ohrenbläser war sie meist bestens über die Angeklagten im Bilde und konnte manchen, der sich durch das Verschweigen von Einkünften und Besitz vor einer zu hohen Buße drücken wollte, der Lüge überführen. Dazu stieg sie auch in den Folterkeller hinab, wo sie die Knechte notfalls antrieb, die Tortur zu verschärfen. Chilperich ließ sie gewähren, solange seine Autorität als Richter nicht beeinträchtigt wurde. Es konnte ihm ja nur recht sein, wenn sie die Bußen in die Höhe trieb. In diesen Wochen nach Sigiberts Tod gelang es ihnen, ein ungeheures Vermögen an Schätzen, Geld und Grundbesitz zusammenzuraffen und damit die fiskalische Basis des neustrischen Königshauses bedeutend zu verstärken.

Fredegunde verfolgte mit ihrem Eifer natürlich den besonderen Zweck, sich Chilperich unentbehrlich zu machen. So erfreulich es für sie war, daß er seine Besuche bei der anderen eingestellt hatte, durfte sie sich doch nicht in Sicherheit wiegen. Der Gefahren, die ihrer Stellung drohten, war sie sich gerade jetzt – nach Jahren einer gewissen Ruhe – erneut bewußt geworden. Auch die Geburt ihres Sohnes konnte nichts Wesentliches verbessern, solange er zwei ältere Halbbrüder hatte. Der Umstand, daß sie es gewesen war, die dem König die Herrschaft und wohl auch das Leben gerettet hatte, konnte ihr sogar zum Nachteil gereichen. Ein Mann wie Chilperich, dem Treue und Dankbarkeit vollkommen fremd waren, mußte sich durch solche Dankesschuld eher belastet fühlen und war imstande, sich davon freizumachen, ohne Rücksicht und ohne Skrupel. Er trug den Kopf jetzt wieder hoch und hatte Ideen, die ihr den Atem benahmen. Würde sie, die Tochter der Magd, bald abermals nicht mehr gut genug sein? Auffallend häufig warf er ihr in letzter Zeit wieder ihren früheren niederen Stand vor, ihre

Unbildung, ihre nachlässige Aussprache, ihre Grobschlächtigkeit, ihr lautes Lachen, ihren schlechten Geschmack in bezug auf Kleidung und Schmuck und sogar ihren breiten Hintern. Was konnte sie daran aber noch ändern? Seiner Ruhmsucht und seiner Eitelkeit würde sie immer im Wege stehen. Um so dringlicher war es für sie, sich dort zu behaupten, wo sie ihm nützlich oder gar nötig war. Noch immer gelang es ihr fast jede Nacht, auch wenn er griesgrämig, fluchend und starr vor Kälte unter die Felldecken kroch, ein Feuer zu entfachen, manchmal nur ein sehr kleines, aber doch ausreichend, um sie gemeinsam zu wärmen und ihm Vergnügen zu bereiten. Schnarchte er später, lag sie meistens noch lange wach und wälzte ihre Gedanken. Und vor den Ängsten, die sie bedrängten, suchte sie Zuflucht in boshaften Plänen. Wie konnte sie Chilperich und seine älteren Söhne entzweien? Sollte sie Merovech eine geheime Liebschaft mit der Gotin anhängen, mit dem Verdacht auf Verrat und Verschwörung? War es nicht doch das Beste, der Verhaßten und Gefürchteten einen Gifttrank zu senden, vielleicht durch den ergebenen Marileif, den man hinschicken konnte, damit er ihr Fieber behandelte?

Auf den Gedanken, den Marileif zu Brunhilde zu schicken, kam Chilperich selber, freilich ohne einen speziellen Auftrag. Der Arzt wurde aber nicht zu ihr vorgelassen und erhielt den Bescheid, die Königin befinde sich schon auf dem Wege der Besserung. Die Wachen hatten gemeldet, sie sei leidend, werde von einem Fieber geschüttelt und verlasse ihr Lager nicht. In der Woche vor Weihnachten erschien sie kein einziges Mal in der Kirche.

Die Krankheit war allerdings vorgetäuscht. Brunhilde hatte errechnet, daß im günstigsten Falle Merovechs Kundschafter bereits im Laufe dieser Woche zurück sein konnte. Wie sollte der Prinz ihr seine Nachrichten übermitteln? Es war ihm unmöglich, an sie oder ihre Frauen heranzukommen. So blieb sie im Hause und schickte Frolaica und zwei andere Dienerinnen allein in die Kirche. Sie hatte richtig vermutet. Man ließ die drei gehen, ohne ihnen auch nur die geringste Aufmerksamkeit zu widmen. Die Wachen hielten es nicht für nötig, die warme

Halle und ihre Spieltische zu verlassen, wenn die hohe Gefangene selber nicht ausging.

Aus Vorsicht, um ja keinen Argwohn zu erregen, blieb Brunhilde im Bett. Ihrer eigenen Dienerschaft konnte sie sicher sein, doch es war kaum zu vermeiden, daß eine der Pariser Mägde hereinkam oder daß ein Wächter durch die angelehnte Tür spähte. Mit größter Spannung wartete sie täglich auf die Rückkehr der Kirchgängerinnen. Frolaica fand dann auch immer rasch einen Vorwand, um bei ihr einzutreten.

Gleich am ersten Tag gelang es der Alten, im Vorbeigehen ein paar Worte mit dem Prinzen zu wechseln. Er erkundigte sich besorgt nach ihrer Herrin, und sie beruhigte ihn. Er selber werde beobachtet, flüsterte er ihr zu, weil sein Besuch im Haus des Comes bemerkt worden sei. Was aber das Wichtigste betreffe: Noch habe er leider nichts mitzuteilen. Doch sei er zuversichtlich, daß sein Mann in Kürze zurück sein werde.

An den folgenden Tagen gab Merovech der alten Dienerin durch Zeichen zu verstehen, es gebe noch immer nichts Neues. Am Tage vor Weihnachten hatte sie dann aber den Eindruck, daß er in der Kirche auf sie zugehen wollte, um ihr etwas zu sagen oder ihr vielleicht etwas zuzustecken. Er habe dabei, berichtete Frolaica, ein freudiges Gesicht gemacht. Doch plötzlich sei ein Mann an ihn herangetreten, habe ihn angesprochen und ihn aufgehalten. Der Mann sei dann nicht mehr von seiner Seite gewichen. Nicht einmal ein Zeichen habe der Prinz ihr noch geben können.

Diese Mitteilungen, fast ohne Inhalt und nur ein paar Äußerlichkeiten betreffend, versetzten Brunhilde in große Aufregung. Kaum war sie imstande, ihre gewohnte Beherrschung zu wahren. Sie erklärte sich für gesund, sprang vom Lager auf und ließ sich ankleiden. Alle im Hause, die nicht eingeweiht waren, wunderten sich, daß die kaum Genesene in den Garten hinaustrat und im wehenden Mantel, ohne Kopftuch, mit kräftigen Schritten den frisch gefallenen Schnee pflügend, lange Zeit auf und ab und kreuz und quer lief. Dann nahm sie ein heißes Bad und trank einen Becher Glühwein. Endlich fühlte sie sich etwas ermattet, aber angenehm durchwärmt. Ihr kräftiger, durch die erzwungene Bettruhe der Bewegung entwöhnter und steif gewordener Körper hatte sein Wohlbefinden zurückgewonnen. Ihre Gedanken flossen jetzt ruhiger. Ihre Erregung war etwas abgeklungen und hatte einer heiteren Zuversicht Platz gemacht. Erwartete sie heute um Mitternacht, wenn sie zur Weihnachtsmesse ging, außer der Festbotschaft für die Menschheit noch eine zweite, nur ihr allein zugedachte?

Immer wieder hatte sie sich in den letzten Tagen und Wochen den Vorwurf gemacht, einen Fehler begangen zu haben, einen schweren, vielleicht verhängnisvollen Fehler. Chilperich hatte Gewalt über sie – das war eine unumstößliche Tatsache. Es war bei den Merowingern nicht üblich, Verwandte besonders rücksichtsvoll zu behandeln. Sie selber hatte ihm nach dem Leben getrachtet, darüber konnte er nicht im unklaren sein, und sie wußte zu gut, daß sie keine Gnade gekannt hätte, wäre alles anders gekommen. Sie haßte ihn, und sie wünschte auch jetzt nichts sehnlicher als seinen Tod. Aber mußte sie sich vor ihm bloßstellen, ihre Gefühle so offen zeigen? Zwar war das Angebot, das er gemacht hatte, unzüchtig und verbrecherisch, dennoch hätte sie nicht gleich entrüstet ablehnen dürfen. Wie konnte sie so die Fassung verlieren! Warum hatte sie ihn nicht hingehalten, um Zeit zu gewinnen? Warum hatte ihr sonst so scharfer Verstand nicht sofort erfaßt, welche Möglichkeiten sein leichtfertiger Vorschlag barg? Konnte der Ekel vor dem zottigen Scheusal, das ihr vergebens den Mann von Edelmut und hoher Gesittung vorspielte, alles entschuldigen? Was hatte wohl Judith empfunden, als sie ins Zelt des Holofernes trat? Hatte die schöne Arippina nicht jahrelang ihren Abscheu überwinden müssen, bevor sie ihren Gatten, den mißgestalteten Kaiser Claudius mit Pilzen vergiftete? War die junge Germanin Hildiko freiwillig in das Bett des alten hunnischen Teufels Attila gestiegen, in dem er, gewiß nicht ohne ihr Zutun, am Morgen nach der Hochzeitsnacht nicht wieder erwachte?

Erst vor drei Jahren war die Nachricht über das Alpengebirge gekommen, daß eine heldenmütige Frau nach einer langen, qualvollen Zeit der Demütigung und Selbstverleugnung doch noch ihre Rache befriedigte. Alboin, König der Langobarden, hatte sie, die Tochter eines von ihm besiegten und ermordeten Fürsten, zur Ehe gezwungen. Vom Schädel ihres Vaters ließ er sich einen Becher machen, aus dem er ihr eines Tages in höhnischem Übermut zu trinken befahl. Kurz darauf war er tot. Sie hatte gewartet, gelitten und endlich entschlossen gehandelt.

Brunhilde mußte jetzt oft an diese Rosamunde denken, die inzwischen, Opfer ihrer Leidenschaften, selber nicht mehr am Leben war. Hatte das Beispiel nicht gezeigt, wie man aus einer Niederlage einen Sieg machen konnte? Wenn sie sich nach Überwindung ihres Ekels den Chilperich gefügig machte, um erst seine Kebse und dann ihn selbst ...

Doch die Gelegenheit war vorerst verpaßt, und statt um Rache ging es jetzt wieder um Rettung. Ihre Hoffnungen ruhten auf dem jungen Mann, dem Sohn des Unholds, dessen heftig entflammte Gefühle nutzbar gemacht werden mußten. Anfangs war ihr diese Neigung befremdlich erschienen, dann aber hatte sie sie mit einer gewissen Schadenfreude ermutigt. Bei der Begegnung im Hause des Comes wäre ihr dann beinahe ein weiterer Fehler unterlaufen, als sie durch ihre kühle Zurückhaltung auch den Prinzen enttäuschte. Zum Glück bemerkte sie es rechtzeitig und konnte ihn mit ein paar hingeworfenen Abschiedsworten zu neuem Eifer beflügeln. Er erinnerte sie an die jungen Recken aus der Gefolgschaft ihres Vaters, in deren Mitte sie ihre wilden Jugendjahre verbracht hatte. Nicht wenige hatte sie geliebt, was ihr dann in der Brautnacht mit Sigibert eine gewisse Verlegenheit bereitet und es nötig gemacht hatte, ihre Jungfernschaft durch einen Trick zu beweisen. Sie hätte auch diesen Merovech, wäre er damals dabeigewesen, bald zu ihrer Beute gemacht. Das mußte sie sich jetzt leider versagen. Er war der Sohn ihres Feindes, Erbe des neustrischen Reiches, ihr Neffe und fünf Jahre jünger. Eine Beziehung zu ihm konnte entweder nützlich oder gefährlich, auf keinen Fall aber vergnüglich sein. Brunhilde hatte sich entschieden, sie nützlich zu machen.

Die hellen, regelmäßigen Schläge der Glocke von Saint-Etienne riefen zur Weihnachtsmesse. Auch von einigen anderen Pariser Kirchen war nach dem überall im Frankenreich aufkommenden Brauch das Getön der bronzenen Hohlkörper zu hören, die damals noch kunstvoll geschmiedet wurden. Der todkranke Bischof Germanus, den man schon lange nicht mehr in der Öffentlichkeit gesehen hatte (nämlich seit jenem Tag vor König Sigiberts Aufbruch nach Vitry), sollte in der Kathedrale der Zelebrant sein. So strömte das Pariser Volk in Scharen dorthin. Aus den Wohngebieten am linken Seine-Ufer kroch im Schein von Laternen und Fackeln ein langer Zug über die kleine Brücke. Der Himmel war klar und sternenübersät, die Kälte hatte ein wenig nachgelassen. Am Eingang der Klostergasse tauchte Brunhilde, umgeben von ihrer Dienerschaft und ihren Wächtern, in die Menge ein, die sich in Richtung der Kathedrale bewegte. Die Aussicht, dem greisen Bischof wiederzubegegnen, war ihr nicht angenehm, und sie hoffte, daß er sie unter den Hunderten von Gläubigen nicht bemerken würde. Dennoch wollte sie ihren gewohnten Platz auf der linken Seite des Mittelschiffs, vorn in der Nähe der Chorschranke einnehmen, damit sie ein anderer bemerkte. Wenig Hoffnung allerdings gab es, mit ihm auch nur ein einziges Wort zu wechseln. Bei diesem ersten Ausgang seit einer Woche, wohl auch des festlichen Anlasses wegen, war fast die gesamte Wachmannschaft, ein Haufen von fünfzehn Männern, um sie gruppiert.

Sie überquerte mit ihrer Begleitung den Vorplatz der Kathedrale. Schon befanden sie sich in der Nähe der Stufen und des weitgeöffneten Portals, aus dem das Licht unzähliger Kerzen strahlte, als plötzlich Berittene hinter ihnen auftauchten. Befehle wurden gebrüllt, flache Klingen sausten auf Schultern nieder. Die Menge wich erschrocken rechts und links vom Eingang der Kirche zur Seite. Zwei Bewaffnete postierten sich dort und verwehrten den Eintritt.

Brunhilde fand sich auf einmal eingezwängt zwischen Fremden am Rande der von Menschenleibern gebildeten Gasse. Im Geschiebe waren sowohl ihre Diener als auch die Wächter abgedrängt worden. Der Peitschenhieb eines Berittenen streifte ihre Schulter. Eine Frau neben ihr schrie auf. Brunhilde wurde zurückgestoßen und vertrat sich den Fuß in einem Loch des schadhaften, eisverkrusteten Pflasters.

Alle Köpfe wandten sich nun in die Richtung des Klosters, von wo die Gruppe herankam, für die man Platz geschaffen hatte. Schon von weitem war Chilperich an seiner hohen Gestalt zu erkennen. Er schritt kräftig aus, und Fredegunde, auf ihre Tochter Rigunth gestützt, hatte Mühe, sich trippelnd und auf dem glatten Schneeboden immer wieder ins Rutschen geratend an seiner Seite zu halten. Die drei Kinder der Audovera, Merovech, Chlodwig und Basina, folgten ihnen, dahinter Chuppa und andere Würdenträger des neustrischen Hofes sowie die vornehmsten Antrustionen. Zu beiden Seiten der Gruppe gingen Leibwächter und Fackelträger.

Chilperich verschwendete keinen Blick auf die Menge an seinem Weg. Er trug zu dem feierlichen Anlaß ein mit Diamanten besetztes Stirnband und ein überlanges Prunkschwert, das unter dem Mantel hervorsah und ihm beim Gehen gegen die Beine schlug. Fredegunde hatte sich mit einem Diadem geschmückt, das Brunhilde gleich als eines der ihren erkannte. Es saß nicht richtig, und seine neue Besitzerin mußte es festhalten. Das Königspaar, das zweifellos dem Bischof zu Ehren die sonst gemiedene Kathedrale besuchte, betrat die Stufen und schritt auf das Portal zu.

Der Zufall wollte, daß Merovech unmittelbar hinter seinem Vater auf der Seite ging, wo Brunhilde stand. Auch er sah nicht nach links und rechts, sondern strebte, den Kopf hoch erhoben, sichtlich mit Ungeduld dem Portal zu. Schon sah sie nur noch den Zopf auf seinem Rücken – da konnte sie nicht mehr an sich halten und rief mit gedämpfter Stimme, doch für ihn gerade noch vernehmbar: »Merovech!«

Er fuhr herum, und gleich entdeckte er sie in der Menge. Kurz zögerte er und vergewisserte sich, daß der König nichts gehört hatte und weiterging. Dann trat er zur Seite und war mit zwei Schritten an der Menschenwand. Er stieß hinein, packte Arme und Schultern, schob Männer, Weiber und Kinder beiseite.

Im nächsten Augenblick stand er vor ihr.

»Brunhilde ...«

Sie ergriff seine Hände.

»Sprich doch!«

»Ich ... laß mich dir zum heiligen Fest ...«

»Jaja! Nur schnell, sonst ... Was ist? Mein Sohn ...?«

»Lebt! Ist in Sicherheit!«

»Gott, ich danke dir! Und weiter!«

»Er ist König!«

»Wahrhaftig?«

»Sie haben ihn auf den Schild gehoben. Vor zwei Wochen schon!«

»O du Lieber ...«

Im Überschwang fiel sie ihm um den Hals. Er preßte sie an sich, küßte sie auf die Wange. Sie warf den Kopf zurück, doch er ließ sie nicht los und küßte sie auch auf den Mund. Erst als sie sich mit aller Kraft gegen ihn stemmte, gab er sie frei.

»Geh! Dein Vater erwartet dich!« flüsterte sie.

Er drehte sich um und sah den mächtigen Schatten des Königs vor dem Eingang der Kathedrale. Auch die Königin, seine Stiefmutter, war noch nicht eingetreten. Beide blickten herüber.

Sie hatten alles mit angesehen.

Der mitternächtliche Zwischenfall vor der Saint-Etienne-Kathedrale war nur eine der Ursachen für die getrübte Festfreude im Palast und den Beschluß des Königs, Paris zu verlassen.

Gleich nach der Messe unterzog er seinen Sohn einer abermaligen strengen Befragung, doch Merovech konnte sich wieder herausreden. Der Prinz gab vor, er habe seine Tante in der Menge der Kirchgänger plötzlich entdeckt und nur dem spontanen Drang nachgegeben, die Einsame zum heiligen Fest zu umarmen und zu küssen, wie es ja unter Verwandten bei solchen Anlässen üblich sei. Dabei seien nicht einmal Worte gewechselt worden. Chilperich glaubte ihm nicht, Fredegunde erst recht nicht, doch konnte sie ihm nichts anderes nachweisen.

Noch ärgerlicher war das Gerücht, das plötzlich aufkam, von Mund zu Mund ging und Chilperich offenbar als einen der letzten erreichte. Es besagte, im austrasischen Nachbarreich gebe es wieder einen König. Am 8. Dezember bereits sei Childebert, Sigiberts Sohn, per Akklamation in Metz zum Herrscher erhoben und der Hausmeier Gogo sei mit seiner Erziehung beauftragt und an die Spitze eines Regentschaftsrates gestellt worden. Die Quelle der Nachricht, die vor allem unter den Überläufern für Unruhe sorgte, war nicht auszumachen. Seltsamerweise fiel in der Umgebung des Königs niemand auf, daß ein junger Gefolgsmann des Prinzen Merovech, der wochenlang abwesend war, sich gerade zurückgemeldet hatte. Chilperich fragte sich, ob Brunhilde schon etwas wußte. Während der Weihnachtsmesse war es ihm nicht einmal gelungen, einen Blick von ihr zu erhaschen. Sie hatte die ganze Zeit gekniet und sich mit solcher Inbrunst dem Lobe Gottes gewidmet, daß er allerdings argwöhnte, sie könne Grund dazu haben.

Für Mißmut sorgte auch eine Botschaft Gunthrams, deren Überbringer drei Wochen von Chalon nach Paris gebraucht hatte. Der burgundische König erinnerte seinen Bruder an das gemeinsame Abkommen über Paris, welches keineswegs außer Kraft sei, weil Sigibert es als erster willkürlich verletzt hatte. Gunthram forderte Chilperichs unverzüglichen Abzug. Von einer Teilung des austrasischen Erbes, auf die sich der neustrische König im stillen Hoffnung gemacht hatte, war in dem Schreiben keine Rede. Dies ließ vermuten, daß der alte Fuchs mit den neuen Herren in Metz schon Kontakt hatte. Chilperich sah sie bereits als Verbündete gegen seine Hauptstadt Soissons rücken. Den Anlaß durfte er ihnen nicht liefern.

Es gab auch noch einen näherliegenden Grund, Paris zu verlassen. Nicht einmal in den Klöstern, die der König von Requisitionstrupps durchstöbern ließ, war noch Wein aufzutreiben. Er mußte das fade, saure Bier trinken, das er verabscheute. Der Comes hatte leider recht gehabt, die Stadt war auf solche Besetzungen nicht eingerichtet. In den Vorratshäusern gingen Gerste, Hirse und Hafer zur Neige, es gab auch kein Heu mehr. Kein Schwein, kein Huhn, keine Gans war mehr am Leben, auch Hunde und Katzen wurden schon rar. Der Hof ernährte sich notdürftig von der Jagd, in den Quartieren der Bevölkerung begann das alljährliche Hungersterben früher als sonst. Nachschub war schwer zu beschaffen, denn weit entfernt und nur mühsam erreichbar waren die nächsten Güter und Dörfer.

Erfreulich war unter all den Mißhelligkeiten nur eines: es taute. Gleich nach Weihnachten begann ein milder Wind von Südwest zu wehen, in wenigen Tagen schmolz die Schneedecke, große Eisschollen lösten sich und trieben links und rechts der Insel über die Flußarme. Die wichtigsten Straßen waren wieder passierbar. So wurde beschlossen, den vielleicht nur kurzen, trügerischen Rückzug des Winters zu nutzen und unverzüglich nach der sechzig Meilen entfernten neustrischen Hauptstadt Soissons aufzubrechen. Von dort wollte man dann gleich nach dem Hofgut Berny weiterreisen.

Es stand außer Frage, daß die Gefangene diese Reise nicht mitmachen durfte. Viel zu riskant war es, sie so nahe an die austrasische Grenze zu bringen. Wenn die Gerüchte sich bewahrheiten sollten, war sie nun Königinmutter und damit ein überaus wertvolles Faustpfand. In Paris konnte man sie allerdings auch nicht lassen. Chilperich dachte lange nach – mit dem Ergebnis, daß es vor allem darauf ankam, sie für Merovech unerreichbar zu machen. Es konnte auch nicht verkehrt sein, ihre Haft noch ein bißchen zu verschärfen. Wenn er im Frühjahr nach ihr sehen würde, könnte er ihr vielleicht mit einiger Aussicht auf Erfolg einen Handel vorschlagen.

Er bestimmte schließlich ein Krongut bei Rouen, im Norden seines Reiches am Unterlauf der Seine, zum Ort ihrer weiteren Gefangenschaft. Selber hätte er ihr nicht verwehrt, die beiden Kinder dorthin mitzunehmen. Doch Fredegunde erhob die Frage, worin denn die Verschärfung der Haft bestehen solle, wenn nicht in der Trennung von den Töchtern. Außerdem sei es immer klüger, nicht alles Beutegut in einer einzigen Schatzkammer zu verwahren. Dies leuchtete Chilperich ein, und er entschied nach ihrem Vorschlag, Ingunde und Chlodosvintha in die Obhut der Nonnen von Meaux zu geben.

So sollte Brunhilde ihre Fahrt die Seine hinab schneller antreten, als sie es ursprünglich vorhatte. Und nicht in der freundlichen Jahreszeit, nicht als Königin zweier Reiche mit ihrem Gemahl und ihren Kindern, nicht auf einer eigens zu ihrer Bequemlichkeit umgerüsteten Luxusgaleere. Drei lange, flache Barken mit hochaufragenden Vordersteven lagen am Neujahrsmorgen am rechten Ufer neben der großen Brücke. Zwei davon waren der Wachmannschaft vorbehalten. Knechte luden das Gepäck ein, auch die Truhen, die Chilperich erst beschlagnahmt, dann aber zurückgebracht hatte. Der Marschalk Chuppa, der auf der Brücke stand und die Einschiffung der Gefangenen leitete, hatte, Brunhildes zornigen Protest ignorierend, bereits am Tag zuvor die Kinder fortbringen lassen. Die Königin bestieg mit ihren Frauen das mittlere Boot, auf dem man über einige Bänke eine Wetterplane gespannt hatte. Bevor sie darunter verschwand, blickte sie noch einmal nach der Insel hinüber, als erwarte sie von dort einen Abschiedsgruß.

Dem Prinzen Merovech aber, der ihn ihr spenden wollte, war es an diesem Tag verboten, sich außerhalb des Palastes aufzuhalten. So war er auf den Beobachtungsturm gestiegen. Von hier aus konnte er Brunhilde allerdings nur als winzigen Punkt unter anderen winzigen Punkten wahrnehmen.

Er stand dort oben noch bei Einbruch der Dunkelheit und blickte den Flußlauf hinunter, wo die drei Boote verschwunden waren und wo jetzt nur noch vereinzelt Eisschollen hinterhertrieben.

12

Am vierten Tag nach dem Osterfest des Jahres 576 hatten sich im Hause des Comes von Tours, einem am linken Ufer der Loire breit hingelagerten Prachtbau im Stil eines römischen Landhauses, mehr als hundert Festgäste versammelt. Den meisten von ihnen war anzusehen, daß sie die Auferstehung des Herrn schon tage- und nächtelang gefeiert hatten. Erschöpft, mit Flecken von Wein und Fett auf den seidenen und brokatenen Gewändern, saßen sie an den langen Tischen, die nach fränkischer Sitte die Speisesofas abgelöst hatten. Indessen blieb die römische Gewohnheit erhalten, ein Festmahl mit einer nahezu endlosen Speisenfolge über viele Stunden zu dehnen, und die tapferen Konviven, zahlreiche Damen darunter, kämpften sich auch an diesem Abend von Schüssel zu Schüssel, vertilgten Ragouts von Muscheln und Schnecken, Pfauenpasteten, Hühner in Teigkruste, Rehkeulen, Saueuter. Zum Trinkgelage wurden wie an den Abenden zuvor syrische und spanische Weine geschenkt. Es traten auch wieder Spaßmacher, Akrobaten und Tänzerinnen auf, die sich mühten, ihren Darbietungen, die alle schon kannten, Neues und Überraschendes hinzuzufügen. Obwohl man die Tür zum Garten geöffnet hielt, schwebte der Kerzenrauch von zahlreichen Kandelabern im Raum und vermischte sich mit den schweren Dünsten der Speisen und der schwitzenden Menschenleiber.

Es war die Anwesenheit eines hohen Gastes, die den Comes Leudast veranlaßte, immer noch einmal seine Köche und Schenken zu mobilisieren und die vornehmsten Bürger der Stadt Tours um seinen Tisch zu versammeln. Der Gast hatte eigentlich nur das Osterfest im lieblichen Pagus Turonicus verbringen und dann unverzüglich weiterziehen wollen. Doch dann hatte es immer wieder Gründe gegeben, die ihn nötigten, noch einen Tag länger zu bleiben. Auch an diesem Abend fand ihm zu Ehren ein Abschiedsmahl statt, aber Leudast war keineswegs sicher, daß der Gast sich am nächsten Morgen mit dem achthundertköpfigen Heerhaufen, dessen oberster Befehlshaber er war, auf den Weg machen würde. Noch wirkte er wenig unternehmend, hörte gelangweilt Meldungen an und gab widersprüchliche Weisungen. Auch dem Geplauder des Comes folgte er nur mit zerstreuter Miene. Die meiste Zeit war er in Grübeleien versunken. Er aß und trank wenig, und nicht einmal die kaum verhüllten Reize der Tänzerinnen schienen ihm Eindruck zu machen.

Der zaudernde hohe Gast des Comes von Tours war Prinz Merovech. Trotz seines wenig kriegerischen Charakters und seiner geringen Neigung zum Feldherrnberuf hatte sein Vater ihn gleich zu Beginn des Frühjahrs an die Spitze eines großen Teils der verfügbaren Streitmacht gestellt. Noch ehe sich die Austrasier erholten und wieder marschbereit waren, wollte Chilperich im Süden Tatsachen schaffen. Die so lange erbittert umkämpften Städte und Landschaften galt es nun endgültig unter seine Herrschaft zu bringen. Tours, der neustrischen Grenze zunächst gelegen, hatte ihm unter Leudasts Druck wieder Treue geschworen. Poitiers, Limoges, Cahors und Bordeaux verharrten jedoch bei den Austrasiern und mußten gewaltsam an ihre früheren Treuebekenntnisse erinnert werden. Chilperich wagte allerdings nicht, seine Hauptstadt Soissons zu verlassen und dies selber zu tun. Auch Chlodwig kam als Befehlshaber nicht mehr in Frage, stand er doch südlich der Loire im Ruf des Verlierers, den man schon einmal mit Hunden davongejagt hatte. So blieb nur Merovech, wenn man den Raubzug mit königlicher Autorität veredeln wollte.

Chilperich hielt es auch für dringend geboten, seinen Ältesten mit einer ernsten Aufgabe, die seiner Stellung als Thronfolger angemessen war, zu beschäftigen. Drei Monate lang hatte er in Berny mit Unbehagen beobachtet, wie sich Merovech aus einem Grunde, der dem König nicht zweifelhaft war, untätig, lustlos und schwermütig herumgedrückt hatte. Es war Zeit, diesem Übel ein Ende zu bereiten. Auch Fredegunde war der Meinung, daß sich ein künftiger Herrscher unbedingt Heldenruhm verschaffen müsse. Umgeben von seinem persönlichen Gefolge und einigen älteren kriegserfahrenen Antrustionen, wurde der Prinz auf den Weg geschickt. Nach einem Zwischenaufenthalt in Tours, den Chilperich ausdrücklich auf zwei Tage beschränkt sehen wollte, um die treu gebliebene Stadt jetzt, am Ende des Winters, durch den Aufenthalt der Truppen nicht zu schwer zu belasten, sollte er gegen Poitiers und die anderen Orte rücken.

Doch nun war er bereits am siebenten Tag in Tours und saß immer noch am Tische des Leudast. Dabei hatte er die Wiederbegegnung mit diesem Mann, der lange am neustrischen Hof gelebt hatte und in seinen Augen ein besonders dreister und skrupelloser Emporkömmling war, nicht gerade herbeigesehnt. Er hielt mit seiner Verachtung für den Comes auch nicht hinter dem Berg, was diesen aber nicht anfocht in seiner Entschlossenheit, den Aufenthalt des Prinzen, vielleicht des künftigen Königs, zu einem einzigen Fest zu machen. Natürlich wohnte Merovech in seinem Hause, und Leudast umschwirrte ihn unentwegt, lästig in seiner Großtuerei und Unterwürfigkeit. Auch jetzt ließ er keine Gelegenheit aus, die Rückkehr der Stadt zu Chilperich als sein alleiniges Verdienst zu rühmen. Gegen die galloromanischen Notabeln, die er, wie er sich ausdrückte, »zu Gast befohlen« hatte, benahm er sich mit flegelhafter Herablassung. Er stand im mittleren Alter, war dunkeläugig, von gedrungener Statur und trug eine mächtige blonde Perücke, die seine Kahlheit und noch etwas anderes verdeckte.

Nachdem die letzten Gaukler abgetreten waren, unterhielt nur er noch den schweigsamen Ehrengast und die ermüdete Tischgesellschaft. Wie gewöhnlich tat er es auf Kosten Anwesender.

»Wahrhaftig, Prinz«, sagte er, indem er seinen betrübten Blick umherschweifen ließ, »sieh dich hier um, und du wirst auch nicht einen einzigen finden, der es mit seiner Treue ehrlich meint! Nimm den dort zum Beispiel! Sein Name ist Justus. Er müßte schon eine gespaltene Zunge haben, so oft hat er mal dem König Sigibert und mal deinem edlen Vater, unserm ruhmreichen König Chilperich, die Treue geschworen. Zeig uns mal deine Zunge, Justus!«

Der Angesprochene, ein vornehmer Alter mit weißem Bart, streckte gehorsam die Zunge heraus.

»Sie ist ganz, ein wahres Wunder!« stellte Leudast fest. »Vermutlich hast du gefastet und am Martinsgrab gewacht, und der Heilige hat sie dir wieder zusammengefügt. Vielleicht hat auch der Bischof Gregor für dich gebetet, der hält es ja mit euch Doppelzünglern! Sieh dir diesen hier an, Prinz, einen gewissen Sulpicius. Er behauptet, von irgendeinem römischen Kaiser abzustammen. Und weißt du, was dieser vornehme Römerspröß getan hat?«

»Du erwähntest es schon«, sagte Merovech seufzend.

»Ja, man kann es nicht oft genug wiederholen. Er hat den Mörder deines Bruders bei sich beherbergt!«

»Ich wußte ja nicht, daß Herzog Boso der Mörder des Herrn Theudebert war!« rechtfertigte sich der Sulpicius Genannte.

»Oh, diese Unschuld!« höhnte Leudast. »Diese Ahnungslosigkeit! Von mir selber wußtest du es, du Schurke! Ich war ja dabei, ich kämpfte an Theudeberts Seite. Ich sah mit eigenen Augen, wie Boso ihn niederstieß, als er schon längst am Boden war. Mich habt ihr dann verjagt, und als ich zurückkam mit meinen Bretonen, da hast du ihn gewarnt, Sulpicius. So konnte er ins Kirchenasyl entkommen. Eine Schande! Aber du wurdest gestraft, ich brachte dich vor meinen Richterstuhl. Das Haus, das der Mörder beschmutzt hatte, mußtest du wieder hergeben. Weil du die Erbschaft nämlich erschlichen hattest!«

Am Ende der Bank erhob sich ein Mann, dessen Gesicht von einer Narbe entstellt war, und ging raschen Schrittes in den Garten hinaus. Merovech merkte zum ersten Mal auf und sah ihm nach.

»Da ist wieder einem schlecht geworden«, bemerkte Leudast. »Deine Männer, Prinz, sind nicht sehr trinkfest. Dabei sollten gerade wir Franken mit gutem Beispiel vorangehen, auf Tradition halten. Wie aufopfernd bin ich bemüht, diese kränklichen, überempfindlichen Gallier germanische Sitten zu lehren. He, Sinopus! Du bist blaß wie ein Nonnenarsch, dein Bauch ist vom Essen ganz aufgetrieben. Laß einen Furz, damit dir leichter wird! Los, ich befehle es dir!«

Sinopus, ein zartes Männchen, deutete eine Anstrengung an und sagte dann leise: »Es geht leider nicht.«

»Ach, du bist nur verstockt, du willst nicht! Und einer wie du war hier Magistrat, für die Ordnung, die Bauten und die Spiele verantwortlich. Schafft es nicht einmal, einen Furz zu lassen! Ich mußte ihn absetzen wegen Ungehorsams. Aber ich bin nicht nachtragend, er darf sich an meinem Tische mästen und hat die Ehre, dabei dem Thronfolger gegenüberzusitzen. Ich habe nun einmal Mitleid mich euch, denn ich weiß ja, daß ihr Gallier dumm seid, die Aristokraten ganz besonders. Begegnet mir doch neulich so ein Aristokrat im Mondschein und fragt mich: ›Was meinst du, Comes, ob die in Poitiers einen ebenso schönen, großen Mond wie wir in Tours haben?‹ «

Wiehernd belachte er den altbackenen Witz, der schon vor Jahrhunderten in römischen Sammlungen stand. Nur wenige stimmten pflichtschuldigst ein. Die meisten zeigten betretene Mienen.

Ein Diener, der Wein holen wollte, glitt auf einem Stück Wurstdarm aus, das die Hunde verschmäht hatten. Er zerbrach eine gläserne Kanne.

»Ha!« rief Leudast. »Da haben wir es! Dummköpfe und Tolpatsche! So schädigen sie den König und seinen Vertreter, den Comes. Peitscht den Kerl aus! Auch er ist nur hier, weil ich Mitleid hatte. Sein Vater, ein Betrüger, den ich als Richter überführte, konnte das Bußgeld nicht aufbringen. Da habe ich seinen Sohn in Zahlung genommen. Dankt er es mir? Wie habt ihr es mir alle gedankt, daß ich schon unter König Charibert euer Comes war und für Recht und Ordnung gesorgt habe! Verleumdet und angeklagt habt ihr mich, so daß König Sigibert mich verfolgen ließ. Mit Mühe entkam ich zu unserm Herrn Chilperich, deinem erhabenen Vater, Prinz. Er setzte mich wieder ein, und deshalb solltet ihr froh sein und für mich beten, ihr Schufte! Betet auch für Herrn Merovech, damit er recht schnell diese Treulosen in den anderen Städten zur Vernunft bringt. Übrigens scheint es hier niemanden zu rühren, daß unser hoher Gast, unser kühner Feldherr, so ernst und traurig ist. Ich muß mich wirklich sehr über die Damen wundern. Will keine ihn aufheitern? Welche Gefühllosigkeit! Welche Roheit! Dabei seid ihr doch sonst nicht gerade schüchtern. Einige sehe ich in diesem Saal, die sich mir heimlich anboten, um ihren Gatten vor seiner gerechten Strafe zu retten. Falls ich ...«

»Falls du die Absicht hast, Leudast, uns deine Geheimnisse zu enthüllen«, unterbrach ihn Merovech, »werde ich darauf bestehen, daß du uns nicht nur Kostproben gibst, sondern alles sagst und nichts ausläßt. Andernfalls ist es besser, du schweigst!«

Dieser Bemerkung folgte eine vollkommene Stille. Über manche Gesichter huschte ein spöttisches Lächeln. Leudast, im ersten Augenblick verlegen, lachte schließlich laut auf, als habe der Prinz einen köstlichen Scherz gemacht, und klatschte in die Hände. Gleich legte seine Musikantenbande mit Flöten, Zimbeln und Rasseln los.

Merovech schob seinen Stuhl zurück, erhob sich und ging in den Garten hinaus.

Es war ein milder Aprilabend. Der Prinz schritt langsam die breiten, von hohen Hecken und Skulpturen gesäumten Stufen zum Fluß hinunter. Er atmete tief die reine Luft und genoß das Fächeln des sanften Windes. Auf der langgestreckten Loire-Insel gegenüber sah er Männer vor ihren Hütten um ein Feuer hocken. Ein verspätetes Fischerboot näherte sich langsam, die Insassen mußten gegen die starke Frühlingsströmung kämpfen. Gesang und das Lachen von Frauen waren aus den Gärten am Ufer zu hören. Gegen den sternklaren Himmel im Westen erhob sich nahe die Silhouette der Bischofskirche, ein Stück dahinter die der Basilika des heiligen Martin.

Merovech wollte gerade auf einer Steinbank Platz nehmen, um sich wieder seinen quälenden Gedanken auszuliefern, als aus einem Seitenweg zwischen den Hecken ein Mann auf ihn zutrat. Er erkannte ihn gleich an der Haltung des Kopfes, den die Narbe, die sich vom Ohr zum Kinn zog und den Hals verkürzt hatte, nach der Schulter neigte.

»Du, Grindio?«

»Ja, Prinz. Ich hielt es dort drinnen nicht mehr aus.«

Es war jener ehemalige Gefolgsmann Theudeberts, der den Eingeschlossenen in Tournai die Nachricht von der Niederlage bei Angoulême überbracht hatte. Er war noch sehr jung, doch schon mit bitteren Erfahrungen beladen, die ihn zu einem ernsten, mürrischen Einzelgänger gemacht hatten. Chilperich konnte ihn seiner Verletzungen wegen eigentlich nicht mehr brauchen. Weil Grindio aber einem vornehmen Geschlecht entstammte, ging es nicht an, ihn einfach nach Hause zu schikken. So blieb er also bei der am Königshof unterhaltenen und herangebildeten Jungmannschaft, und wurde Merovech zugeordnet. Bei diesem Feldzug konnte er sich als Kenner der Gegend und gewisser Tücken der einheimischen Bevölkerung sogar für den Kriegsrat eignen.

»Hat dich das Geschwätz unseres Hausherrn geärgert?« fragte Merovech verständnisvoll.

»Wenn dieser Mann den Mund aufmacht, lügt er!« stieß Grindio hervor.

»Warum hast du ihm dann nicht widersprochen?«

»Konnte ich das denn? Durfte ich das? Er ist Comes, und wer bin ich? Nicht einmal du hast ihm widersprochen!«

»Ich habe ihm, offen gestanden, kaum zugehört. Ich weiß ja, daß er ein Aufschneider ist, kenne ihn lange genug.«

»Am Tisch deines Vaters hätte er so etwas nicht gewagt. Was für eine Frechheit! Spielt sich als Held auf, als Augenzeuge! Behauptet, er habe an Theudeberts Seite gekämpft. Gedrückt hat er sich! Dein Bruder hatte ihn aufgefordert, mit uns zu ziehen, aber er hatte hundert Ausflüchte. Er könne Tours nicht verlassen, weil es sonst einen Aufstand gebe ... Er müsse das Hinterland sichern, für Nachschub sorgen ... Nichts hat er getan! Wir mußten uns ...«

»Jedenfalls haben wir nun einen zweiten Zeugen dafür, daß Herzog Boso meinen Bruder eigenhändig getötet hat«, sagte Merovech, seinen Gefolgsmann unterbrechend.

»Aber so glaube mir doch, Prinz, Leudast war nicht dabei! Er wollte vor dir den Helden spielen, sich wichtig machen. Von denen, die wirklich um deinen Bruder waren, als er starb, ist außer mir niemand mehr am Leben.«

»Nun, es genügte ja auch, daß du allein es behauptet hast.«

»Du weißt doch, wie es dazu gekommen ist«, erwiderte Grindio traurig. »Ich habe dir doch alles gestanden. Ich tat es, weil dein Vater es hören wollte! Sollte ich mich noch foltern lassen, nach all dem, was mir bis dahin schon passiert war? Dein Vater wollte hören, daß Theudebert als ein Held starb und einen würdigen Gegner hatte. Daß der aber ehrlos an ihm handelte ... daß er ihn umbrachte, als er schon wehrlos war, und daß er ihn dann noch bestahl. Na, da hab' ich es eben so gesagt!«

»Und damit einen Mann, der unschuldig ist, in höchste Gefahr gebracht!«

»Ganz unschuldig ist er bestimmt nicht. Gesehen habe ich, wie er Theudeberts Schwert trug.«

»Er erklärt, auch das sei ein Irrtum. Auf einem Schlachtfeld, im Getümmel, könne man kaum genau beobachten. Und du warst schwer verwundet, vielleicht nicht bei vollem Bewußtsein.« »Ich hab's gesehen!« sagte Grindio trotzig.

»Und ich sage dir, daß Boso unschuldig ist! Stundenlang habe ich mit ihm gesprochen. Das ist kein Schlächter und kein Beutegeier! Hätte er nicht die edelmütigste Gesinnung, wäre er nie in seine jetzige Lage gekommen. Er warb ein Heer an, wollte seine Königin retten! Statt dessen wäre er fast dem Leudast in die Hände gefallen. Zum Glück erreichte er die Martinskirche. Bischof Gregor ist streng und wird niemand die Verletzung des heiligen Rechts erlauben. Und ich werde Boso nicht herauslocken, auch wenn mein Vater das wünscht. Ich werde diesen Mann nicht dem Henker ausliefern! Allerdings fürchte ich, Leudast wird alles aufbieten, um irgendwie seiner habhaft zu werden.«

Merovech schwieg verstimmt und ging mit langen Schritten am Ufer auf und ab. Von Zeit zu Zeit bückte er sich, um einen Stein aufzuheben und ins Wasser zu schleudern.

Grindio wunderte sich zum wiederholten Mal über die warme Teilnahme des Prinzen am Schicksal des fremden Herzogs. In der Tat hatte Merovech mehrmals die Grabkirche des heiligen Martin aufgesucht, wo der Austrasier im Asyl saß, und jedesmal hatte er lange mit ihm gesprochen. Immer war er dann in sich gekehrt und mit mühsam beherrschter Erregung aus der Kirche gekommen. Vergebens rätselten seine Vertrauten über die Ursache.

Dem jungen Gefolgsmann war der Herzog gleichgültig, doch seine Wut auf den Comes brach erneut hervor.

»Du könntest Leudast doch einfach absetzen!« riet er.

»Dazu bin ich nicht befugt«, erwiderte Merovech.

»Dann befiehl ihm, daß er mit uns zieht! Soll er doch zeigen, daß er nicht nur mit dem Maul ein Held ist.«

»Auch dazu müßte mein Vater erst seine Zustimmung geben.«

»Dann laß ihn wenigstens dafür sorgen, daß wir unterwegs keinen Mangel leiden. Nimm ihm weg, was er selber gestohlen hat! Mit den Schätzen, die er hier in seinem Hause aufbewahrt, könnte man eine Königin ausstatten!«

Merovech blieb stehen und drehte sich ruckartig um. Er trat auf Grindio zu, legte ihm die Hand auf die Schulter und starrte ihn an. »Was sagst du da? ›Eine Königin ausstatten‹?«

Der junge Mann nickte eifrig.

»Das will ich meinen, Prinz, vielleicht sogar zwei! Ist dir das noch nicht aufgefallen? Schon was man so sieht: die silbernen Leuchter, das goldene Tafelgeschirr, die Elfenbeinmöbel ... Aber das ist ja das wenigste! Ich habe mit seinen Leuten gesprochen, habe mich gründlich umgehört. Er besitzt mehrere Truhen voller Goldmünzen! Und eine, die bis zum Rande mit Perlen gefüllt sein soll. Geht das mit rechten Dingen zu? Ein Comes in einer Stadt mit ein paar Dörfern? Frag die Leute, die drinnen am Tisch sitzen, die wissen Bescheid. Aber sie werden dir wohl nichts sagen, weil sie vorher schon eingeschüchtert wurden. Manchem von denen setzt er die Schüsseln vor, die er ihm vorher gestohlen hat. Alter Familienbesitz aus der Römerzeit! Aber er weiß, wie es gemacht wird. Bußen aufgrund falscher Anklagen ... Geschenke für wohlwollende Verschonung ... Alles im Namen des Königs, der nichts davon hat. Es wäre nur gerecht, wenn du ... Prinz!«

Merovech hatte sich abgewandt und stieg bereits wieder die Stufen zum Hause hinauf.

In dem Augenblick, als er die Terrasse erreichte, stürzte Leudast aus der Tür, gefolgt von einem Schwarm betrunkener Gäste. Ein paar Damen, offenbar nachdrücklich instruiert, umringten den Prinzen girrend und schmeichelnd. »Da ist ja der Ausreißer ... Wir waren besorgt ... Du wolltest doch nicht in den Kampf ziehen, ohne dich von uns zu verabschieden ...«

Merovech machte sich heftig los und stieg eine Außentreppe hinauf, die zu den von ihm bewohnten Räumen führte.

»Prinz!« rief Leudast ihm nach. »Was wirst du nun morgen tun? Wirst zu marschieren?«

»Nein!« sagte Merovech, ohne sich umzudrehen.

»Dann feiern wir also auch morgen Abschied!« sagte der Comes. »Jetzt aber macht, daß ihr nach Hause kommt!«

Die Basilika des heiligen Martin befand sich außerhalb der Stadtmauern von Tours, etwa fünfhundert Schritte in westlicher Richtung. Man verehrte dort die Gebeine des dritten Bischofs der Stadt, der zweihundert Jahre zuvor ein fröhliches Wanderleben geführt hatte und zur ersten Generation von Heiligen der katholischen Kirche gehörte, die sich ihre Verdienste nicht hauptsächlich leidend, als Märtyrer, sondern als unermüdliche, zungenfertige Proselytenmacher des einzigen rechten Glaubens erwarben. Daß Martin römischer Legionär war und eine solide militärische Ausbildung hinter sich hatte, bevor er zum Stab des frommen Hirten griff, mochte ihm bei den verstockten Heiden manchen Vorteil verschafft haben. Und obwohl er überall in Gallien fleißig Tempel niederriß und Idole verbrannte, starb er friedlich im hohen Alter. Seine entseelte irdische Hülle machte noch eine letzte abenteuerliche Schiffsreise auf der Vienne und der Loire, nachdem die Gläubigen von Tours sie denen von Poitiers, die ebenfalls Anspruch auf sie erhoben, bei Nacht und Nebel gestohlen hatten. Und auch im Grabe blieb Martin regsam. Er tat so viele Wunder, daß sein siebzehnter Nachfolger im Bischofsamt, Gregor (derselbe, mit dem sich der Comes Leudast im Jahre 576 die Herrschaft in der Stadt teilen mußte), mit ihrer Beschreibung mehrere Bücher füllen konnte.

War der Heilige schon bei Lebzeiten populär, so stieg die Beliebtheit nach seinem Tode ins Unermeßliche. Seine Nachfolger bauten über dem Grabe erst eine bescheidene Kapelle, bald darauf aber, als aus ganz Gallien wundergläubige Pilger herbeiströmten und manchen Goldsolidus zurückließen, eine prachtvolle Basilika, deren Dachgebälk auf nicht weniger als hundertzwanzig Säulen ruhte. Ringsum entstand ein heiliger Bezirk, eine Stadt neben der Stadt, mit Kirchen und Taufkapellen, mehreren Klöstern, Pilgerherbergen. Dies war im ganzen

Frankenreich der meistbesuchte und – der sicherste Ort. Wer zu Recht oder zu Unrecht verfolgt war und sich hierher rettete, konnte aufatmen. Nicht überall achteten die Herrschenden das Kirchenasyl, doch der heilige Martin hatte ihren Respekt, traute man ihm doch zu, daß er auch vor Gottes Thron das große Wort führte. Die Frankenkönige bildeten dabei keine Ausnahme, nachdem der Reichsgründer Chlodwig, kaum bekehrt und getauft, an Martins Grab den Höhepunkt seines Aufstiegs, den Empfang der Konsulwürde durch den Vertreter des Kaisers von Ostrom, zelebriert hatte. Selbst Chilperich, dessen Verhältnis zu Gott und den Heiligen eher ein familiäres und gefolgschaftsmäßiges war, konnte kaum wagen, den nimmermüden, wundertätigen Schutzgeist aller Gallier herauszufordern.

Darauf verließ sich Herzog Boso, als er sich aus dem Hause eines Gastfreundes in die Basilika begab.

Merovech traf ihn dort zum ersten Mal am Karfreitag. Der Prinz, am Vortage angekommen, besuchte mit seinem Gefolge die Messe, die Bischof Gregor am Altar vor dem Sarkophag des Heiligen zelebrierte. Als er danach die Kirche verlassen wollte, trat ihm in der Vorhalle ein Mann entgegen. Er war korpulent, rotbärtig, hatte ein rundes Gesicht und flinke Augen.

»Heil, Prinz Merovech!« sagte er. »Ich bin Herzog Gunthram, den man allgemein Boso, den Schlauen, nennt. Leider bin ich zur Zeit alles andere als schlau, ja sogar in einer überaus dummen Lage. Ich vermute, daß dein Vater, der von mir bewunderte und verehrte König Chilperich, dir aufgetragen hat, dich nach mir zu erkundigen.«

»So ist es«, erwiderte Merovech nach einem Augenblick der Überraschung. »Man hat mir bereits gesagt, daß du dich hier aufhältst.«

»Du hast mich wohl nicht gleich erkannt?« fragte Boso mit einem schelmischen Zwinkern. »Früher war ich einige Male bei euch am Hofe, als Gesandter deines Onkels. Ich erinnere mich noch sehr gut an dich, du warst ein aufgeweckter Knabe, schon mit neun Jahren ein unübertrefflicher Meister im Brettspiel. Wir schoben stundenlang unsere Steine, und jedesmal zwangst du mich aufzugeben!«

Er lachte herzlich, wobei er zwei Reihen regelmäßig gewachsener Zähne entblößte.

»Ja, es fällt mir jetzt wieder ein«, entgegnete Merovech kühl. In Gegenwart seines Gefolges wollte er mit dem Feind seines Vaters nicht über Kindheitserinnerungen plaudern. So fuhr er fort: »Besser wäre es, Herzog, du würdest jetzt ebenfalls aufgeben. Warum mißbrauchst du die Schutzgewalt des Heiligen? Wenn du dir keines Frevels bewußt bist, wird er dir überall beistehen, auch vor dem Richterstuhl meines Vaters, des Königs. Wenn deine Sache gerecht ist, brauchst du dich hier nicht zu verstecken. Leb wohl!«

Er ging weiter, nachdem er dies pflichtgemäß gesagt hatte. Der Auftrag seines Vaters, sich des Herzogs irgendwie zu bemächtigen, ohne den Heiligen zu vergrätzen, war ihm lästig, und er hatte sich bereits vorgenommen, bei seiner Rückkehr zu erklären, die Sache sei undurchführbar gewesen. Sollte sich doch der Comes Leudast dadurch beschmutzen, daß er diesen Mann mit List oder Gewalt aus dem Asylbereich holte.

Der Herzog blieb an seiner Seite. Alle bemühte Heiterkeit war plötzlich von ihm gewichen.

»Prinz«, sagte er hastig und kurzatmig, »ich werde tatsächlich zu Unrecht beschuldigt! Die Anklagen gegen mich sind aus der Luft gegriffen! Was man mir vorwirft, habe ich nicht getan. Ich wäre niemals dazu imstande gewesen! Es ist ein Komplott gegen mich im Gange. Wenn ich die Kirche verlasse, wird es mein sicherer Tod sein. Aber warum? Ich wünsche nichts weiter, als heimzukehren und in Frieden mein Herzogtum zu regieren. Hilf mir! Verschaff mir freies Geleit! Ich weiß, du hast eine edle Gesinnung ...«

Sie hatten die Vorhalle durchquert, und Merovech trat ins Freie und schritt die Stufen hinab. Der Herzog wagte nicht, ihm zu folgen. Das sogenannte Atrium, das die Basilika umgab, wimmelte von Menschen, und er fürchtete wohl, man könne ihn im Gedränge packen, überwältigen und fortschleppen.

»Der heilige Martin ist mein Zeuge!« rief er. »Ich bin unschuldig! Oder ist es vielleicht ein Verbrechen, für seinen Gefolgsherrn, dem man Treue gelobt hat, in den Kampf zu ziehen? Ist es schimpflich, ihm die Treue auch über den Tod hinaus zu halten? Habe ich mich nicht in Gefahr begeben, um meine Königin Brunhilde und ihre Kinder zu retten? Der Heilige hat es gesehen, er kennt mein Verdienst! Er spricht mich frei, auch wenn Könige, Prinzen und andere Mächtige mich verderben wollen ...«

Merovech, schon ein Stück entfernt, war plötzlich stehengeblieben, als hätten sich seine Füße in Bleiklumpen verwandelt. Der Herzog hatte den Namen genannt. Ihren Namen. Den einzigen Namen, der Klang hatte. Den Namen, den er selber unzählige Male am Tage nannte – in seinen Gedanken, in seinen endlosen Selbstgesprächen.

Boso hatte Brunhilde retten wollen?

»Was hast du, Prinz?« fragte Gailenus.

»Nichts«, murmelte Merovech. »Das heißt, vielleicht sollte ich den Fall untersuchen. Mir scheint ...«

»Warum willst du dich damit abgeben? Wir haben Besseres zu tun! Morgen müssen wir weiter, so hat es dein Vater befohlen. Der Comes muß Marschverpflegung beschaffen. Wir brauchen auch Schmiede und Schuster, um die Ausrüstungen instand zu setzen. Vor dem Abmarsch mußt du noch zu den Männern sprechen ...«

Die neustrischen Heerhaufen hatten ihr Lager auf der weiten, leeren Fläche zwischen der Stadtmauer und dem Martin-Heiligtum errichtet. Am nächsten Morgen, nach Sonnenaufgang, ließ Merovech die Zelte abbauen und die Krieger in einem großen Halbkreis antreten. Von einem Trupp zum anderen schreitend, prüfte er Waffen und Schuhwerk, wobei er sich ungewöhnlich viel Zeit nahm. Die Leute seines Gefolges standen derweil in der Mitte und sahen besorgt, daß die Sonne fast schneller auf ihrem Halbkreis am Himmel vorankam, als der Prinz den seinen auf der Erde abschritt. Schließlich stieg er auf einen Stein und verkündete, es sei Unrecht, in der heiligen Woche zum Kriegshandwerk auszurücken. Man müsse daher das Osterfest abwarten. Jedem Mann versprach er einen Triëns. Die Mannschaften johlten ihre Zustimmung, wunderten sich allerdings über den seltsamen Sinneswandel ihres Feldherrn, von dem sie ohnehin nicht viel hielten.

Merovech ignorierte die mißbilligenden Blicke, die Gailenus

und andere ihm zuwarfen, drehte sich um und schritt – nun plötzlich in Eile – in Richtung des heiligen Bezirks.

Das Atrium bevölkerten auch an diesem Tag Hunderte. Sie waren zum Teil aus den entferntesten Gegenden des Frankenreichs gekommen, um die Ostertage am Martinsgrab zu verbringen. An allen Ecken hockten Mönche im Kreise, hörten Predigern zu, sangen, vertieften sich in ihre Gebetsübungen. Nonnen stützten Sieche und Krüppel, die sich zum Heiligtum schleppten. Wundergläubige zeigten ihre am Grabe geheilten Glieder. Ganze Familien mit Ziegen und Hunden lagerten im Grase und warteten darauf, daß der auf einem Dreifuß kochende Dinkelbrei gar wurde. Vornehme Greise, von Dienern umsorgt, saßen bleich und erschöpft auf Kissen, gegen die Speichen ihrer hohen Reisewagen gelehnt. Pferde und Ochsen weideten in der Nähe.

Der eilige junge Herr im bestickten Mantel, dem das lange, gewellte Haar über Schultern und Rücken fiel, erregte kaum Aufsehen unter den vielen bemerkenswerten und sonderbaren Gestalten. Merovech betrat die Vorhalle der Basilika, wo ihn Herzog Boso am Tag zuvor angesprochen hatte. Sein suchender Blick glitt an den Säulen auf beiden Seiten entlang, zwischen denen ein lebhaftes Gedränge herrschte. In langen Reihen warteten die Pilger vor der Schranke, hinter der im Altarraum der Sarkophag des Heiligen auf einem Podest stand. Priester in weißen Gewändern ließen sie schubweise ein, damit sie sich vor ihm niederwerfen, ihn küssen und mit ihren kranken Körperteilen berühren konnten. Der Prinz stolperte fast über einen Beinlosen, der vorüberkroch. Ein schmieriger, stinkender Kerl öffnete vor ihm seinen Mantel und deutete auf kleine Beutel, die an Riemen auf seiner behaarten Brust hingen und, wie er behauptete, wundertätigen Staub vom Heiligengrab enthielten, verkäuflich zu niedrigem Preis. Merovech stieß ihn beiseite. Er hatte im selben Augenblick zwischen zwei Säulen einen Tisch entdeckt, an dem ein paar Leute ihr Frühstück einnahmen. Unter ihnen saß der Rotbart.

Boso erhob sich erstaunt, als Merovech, wie aus dem Boden gewachsen, vor ihm stand.

»Prinz ...«

»Du wolltest mir gestern etwas erklären, Herzog«, sagte Merovech in einem Ton, der gleichmütig klingen sollte. »Leider hatte ich keine Zeit, um dir zuzuhören. Ich habe gerade noch einmal unserem Heiligen meine Verehrung bezeigt. Da sah ich dich zufällig und erinnerte mich deines Anliegens.«

»Oh, wie dankbar bin ich dir dafür!« rief Boso. »Ich wußte ja, daß du ein edles Herz hast!« Er wandte sich an seine Tischgenossen. »Los, verschwindet alle! Schnell, schnell! Laßt uns allein! Auch die Kinder ... geht alle fort!«

Gehorsam sprangen die Männer auf, tranken im Stehen noch einen Schluck, steckten ein Stück Brot oder Käse in die Tasche und machten sich davon. Zwei junge Mädchen wurden von einer Nonne fortgebracht, die in der Nähe gestanden und gewartet hatte. Widerwillig und träge erhob sich neben dem Herzog eine geschminkte, dunkelhaarige Frau mit bunten Perlen am Hals und Münzen und Talismanen am Gürtel.

»Auch du, Thirza!« drängte Boso. »Geh schon! Du siehst doch, ich habe hohen Besuch.«

Die Schöne warf Merovech einen feurigen Blick zu und tauchte in die Menge ein.

»Nimm Platz, mein teurer Prinz!« sagte der Herzog, indem er Schüsseln und Becher beiseite schob und mit dem Ärmel seiner Tunika die Krumen vom Tisch wischte. »Hab die Güte, vorlieb zu nehmen! Bei mir zu Hause würde ich dich anders empfangen. Hier lebe ich nun seit fünf Wochen, auf dieser Bank schlafe ich auch. Die Männer, die du gerade gesehen hast, sind meine Schicksalsgenossen, auch sie sind Gäste des heiligen Martin. Man kann sich hier seine Gesellschaft nicht aussuchen! Ich könnte bei den Priestern oder in der Pilgerherberge wohnen, sogar der Abt hätte Platz für mich. Die Häuser gehören ja alle zum Heiligtum. Aber es wäre mir zu gefährlich! Leudast lauert überall. Er will sich nun einmal bei deinem Vater verdient machen.«

»Wie bist du hierhergekommen?« fragte Merovech, der dem Herzog gegenübersaß, das Menschengewühl im Rücken. »Alle anderen austrasischen Herren haben sich nach dem Tod meines Onkels eilig nach Osten in ihre Länder abgesetzt. Hast du dich in der Richtung geirrt?«

»Dein Spott ist berechtigt«, erwiderte Boso seufzend. »Ich könnte jetzt glücklich in meiner Burg sitzen, hinter Gräben und Mauern. Doch ich bin nun einmal ein Mann, der Pflicht und Treue höher schätzt als Sicherheit und Bequemlichkeit. Es war der letzte Befehl meines Gefolgsherrn, mich hierherzubegeben. Nach unserem Sieg bei Angoulême mußten ja die Verhältnisse neu geordnet werden. Nachdem wir deinen Bruder ehrenvoll begraben hatten, war ich erst einmal nach Paris geeilt, um ... Aber sicher willst du jetzt etwas über den Tod des edlen Theudebert wissen! Da man mich ja beschuldigt, ich hätte ...«

»Nein«, unterbrach ihn Merovech, »davon später. Fahre fort! Du gingst nach Paris? Trafst dort die Königin?«

»Sie und den König. Er befand sich gerade im Aufbruch, saß gewissermaßen bereits im Sattel. Ich meldete ihm unseren Sieg, Prinz, und ich versichere dir, daß die erste Empfindung deines Onkels nicht Freude war, sondern Trauer – über den Verlust seines Neffen. Es war mir gelungen, sein Herz zu rühren, als ich Theudeberts Taten rühmte und erzählte, wie dein Bruder sich heldenmütig gegen einen Haufen der Unsrigen warf und bis zum letzten Atemzug ...«

»Ich fragte dich nach der Königin. Bist du ihr oft begegnet? Kennst du sie gut?«

»Die Königin Brunhilde?« Der Einwurf verwirrte den Herzog ein wenig. »Natürlich bin ich ihr oft begegnet«, fuhr er vorsichtig fort, »aber ich war nie ihr Parteigänger, falls du das meinst. Leider glaubte sie den Gerüchten, die nach dem Tode ihrer Schwester verbreitet wurden. Sie hörte zu viel auf ihre gotischen Ratgeber. Hätte sie ihren Gemahl, deinen Onkel, nicht aufgehetzt, wäre uns dieser Krieg wohl erspart geblieben. Glaub mir, Prinz, es hat mir das Herz zerrissen, daß sich merowingische Könige auf dem Schlachtfeld entgegentraten. Mein Geschlecht war dem deinigen immer in Treue verbunden! Schon mein Urgroßvater diente Childerich und Chlodwig, mein Großvater Theuderich ...«

»Ist es wahr, daß du die Königin retten wolltest?«

Boso schwieg und blinzelte unsicher. Er versuchte, in den Augen des Prinzen zu lesen, der ihn, vorgebeugt über den

Tisch, prüfend anblickte. Der Herzog witterte eine Falle. Deshalb zuckte er die Schultern und sagte: »Die Königin retten? Ich? Wie kommst du darauf?«

»Du riefst es mir gestern nach, als ich die Kirche verließ. Du hättest dich dazu in Gefahr begeben.«

»Oh, damit meinte ich ganz allgemein die Gefahr auf dem Schlachtfeld!« erwiderte der Rotbart mit einem verlegenen Lächeln. »Ich riskierte mein Leben aufgrund des Treueids, den ich dem König geleistet hatte ... und damit ja auch der Königin.«

»So meintest du damit nicht, du hättest sie vor der Rache meines Vaters und meiner Stiefmutter retten wollen?«

»Aber wie kannst du so etwas glauben!« rief Boso, den Erschrockenen spielend. »Bin ich denn Richter über Könige? Darf ich mich in ihre Familienangelegenheiten einmischen? Selbstverständlich war ich fest überzeugt, daß König Chilperich, dein ruhmreicher Vater, und seine hohe Gemahlin Fredegunde ihre Verwandte gerecht behandeln würden ... das heißt, so wie sie es verdiente. Darüber hatte ich nicht den geringsten Zweifel! Warum hätte ich sie also retten sollen?«

»Herzog Gundoald hat wenigstens ihren Sohn fortgebracht. Damit verbesserte er ihre Lage entscheidend.«

Bosos Stirn bedeckte sich mit Schweißperlen. Dahinter arbeitete es fieberhaft. Das klang nach Sympathie für Brunhilde. Aber dies konnte geschickte Täuschung sein. Der Herzog hatte den Eindruck, daß Chilperichs Sohn ihn einem raffinierten Verhör unterzog, dem er, der Schlaue, nicht gewachsen war. Sollte man am neustrischen Hofe wissen, in welcher Gunst er bei Brunhilde stand? Wollte man ihn zu ihrem Mitschuldigen machen, ihn von dieser Seite auch noch angreifen? Hatte Chilperich vielleicht die perfide Absicht, ihn als Günstling der früheren Arianerin exkommunizieren zu lassen, womit er den Schutz des Kirchenasyls verlieren würde?

»Ich habe davon gehört, Prinz, und ich mißbillige Gundoalds Handlungsweise«, sagte er, seiner Stimme Festigkeit gebend. »Welche Gefahr drohte Sigiberts Sohn? Würde dein Vater, der immer gut und gerecht war, ihn die Taten seiner Mutter entgelten lassen?«

»Die Taten seiner Mutter?«

»Nun, Brunhilde ist eine Fremde, und es waren ihr Haß und ihre Machenschaften, die das Frankenreich erschüttert haben. Glaub mir, ich habe ihr immer mißtraut und geahnt, daß sie Unglück bringen würde. Doch dem Herrn und dem heiligen Martin sei Dank ... jetzt ist alles vorüber! Durch die Weisheit und Güte König Chilperichs wird unser Land sich wieder erholen. Würden sich ihm doch alle austrasischen Großen unterwerfen! Ich wäre als erster bereit, ihm den Eid zu leisten! Aber was ist das ... wer sind die Kerle dort?«

Die flinken Augen des Herzogs, denen nichts entging, was sich um die hundertzwanzig Säulen ereignete, hatten plötzlich unter den wartenden Pilgern ein Grüppchen Bewaffneter erspäht. Einige der Männer blickten auffällig herüber.

Merovech drehte sich um, erkannte sie und gab ihnen Zeichen, sie möchten sich etwas entfernen.

»Ach, das sind meine Leute«, sagte er, »die auf mich aufpassen. Die interessieren sich nicht für dich. Und ich werde mich auch nicht länger mit dir abgeben. Sitz hier nur weiter und beklage dich, meinetwegen kannst du in dieser Halle verfaulen. Wenn dich Leudast erwischt, ist es mir ebenfalls gleichgültig. Und auch der Heilige wird sich abwenden, denn es wird ihm um dich nicht leid tun. Ihr seid doch einer so schlecht und roh wie der andere. Herzlose Barbaren! Wenn dich der Teufel holt, meine Empfehlung! Sag ihm, er soll sich auch um die anderen kümmern!«

Er raffte den Mantel, stand von der Bank auf und wollte fortgehen.

Der Herzog sprang ebenfalls auf.

»Prinz! Was habe ich denn gesagt? Womit habe ich dich erzürnt? Welche Roheit wirfst du mir vor? Und wer sind die anderen, die du verurteilst?«

Merovech drehte sich heftig um.

»Alle, die sie verraten, die sie im Stich gelassen haben!«

»Von wem sprichst du?«

»Von eurer Königin! Von der edelsten, schönsten, unvergleichlichsten Frau unter der Sonne! Wahrhaftig, ihr seid ihrer nicht wert. Eure Augen sind blind, eure Sinne stumpf. Wie solltet ihr eine solche Fürstin schätzen? Hinterwäldler, die in

Erdburgen hausen! Ihr Stolz, ihre Vornehmheit, ihre Bildung ... das alles war eurer niederen Gesinnung zuwider. Für euch dumpfe Gemüter war sie nur eine Fremde, und daß sie tödlich beleidigt wurde, berührte euch nicht. Sie war eine, der man mißtrauen mußte, die Unglück brachte! Deshalb habt ihr sie auch ohne Schutz gelassen und ihren Feinden preisgegeben. Und vielleicht freut es dich noch zu hören, daß man ihr die Töchter genommen hat und sie in einem öden, traurigen Nest im Norden in strengster Gefangenschaft hält. Ach! Wozu verschwende ich noch Worte und Zeit ...«

Merovech drehte sich brüsk um, lief eine Elendsgestalt, die ihn anbetteln wollte, fast über den Haufen und eilte zum Ausgang der Basilika. Wer die beiden Männer von weitem beobachtet hatte, konnte nur den Eindruck gewonnen haben, daß der langhaarige Merowinger dem Feind seines Vaters pflichtgemäß eine strafende Rede gehalten hatte. Dem Herzog allerdings war bereits nach wenigen Worten ein Licht aufgegangen. Ehe noch die Gefolgsleute beim Prinzen waren, hatte er sich ihm in den Weg gestellt.

»Was höre ich da? Ich kann es nicht glauben! Das Lob meiner Königin aus deinem Munde, Prinz?«

»Laß mich durch!«

»Warte doch! Ich muß dir erklären ... Wie konnte ich ahnen, daß auch du sie bewunderst! Ich selber verehre sie, seit ich sie kenne, ich ...«

»Du lügst, um mir zu gefallen!«

»Nein! Ich konnte es dir ja nicht gleich gestehen! Bedenke ... Ich mußte vorsichtig sein, mich verstellen. Du bist Chilperichs Sohn, der Sohn ihres Todfeindes! Mußte ich nicht überzeugt sein, daß du sie haßt? Und durfte ich mir in meiner Lage erlauben, dir meine wahren Gedanken zu offenbaren?«

»Das mag wohl sein. Aber kannst du beweisen ...«

»Das unbedachte Wort – gestern, als du dich von mir abwandtest! In der Verzweiflung fällt einem nur noch die Wahrheit ein. Es ist wahr, ich wollte sie retten! Und nur das ist der Grund, weshalb ich hier bin! Ja, ich bekenne es frei ... Jetzt darf ich dir alles anvertrauen, denn ich bin sicher, mich nicht mehr in dir zu täuschen! Ich hatte schon ein Heer aufgeboten ...«

Merovechs Blick schien den Herzog wie ein Feuerstrahl zu durchbohren. Boso hielt stand, und im nächsten Augenblick hatte der Prinz ihn hinter eine Säule gezogen.

»Ein Heer? Und warum hast du sie dann nicht ...?«

»Es war zu spät! Ihr wart viel schneller in Paris als erwartet. Ich hatte ja nur ein paar hundert Bauern ... dein Vater das Mehrfache, ausgebildete Truppen. Es wäre sinnlos gewesen und hätte die Lage der Königin nur erschwert.«

»Und wußte sie, daß du kommen wolltest?«

»Sie wußte es. Ich war ja als einziger an ihrer Seite, als sie die Unglücksbotschaft erhielt und als eure Leute anfingen, sie zu belagern. Sie weinte an dieser Brust! Aber sie faßte sich schnell und dachte nur noch an ihre Kinder. Wir erwogen den Ausbruch, erkannten aber, daß wir es mit den vorhandenen Kräften nicht wagen durften. Wären nicht die Kinder gewesen ... wahrhaftig, sie hätte sich gemeinsam mit mir in Helm und Rüstung gegen den Feind geworfen. Welche Kraft, welch feuriger Mut! Wir besprachen uns gründlich und beschlossen, ich solle Verstärkung holen. Nach einem Gefecht, das ich siegreich bestand, gelang es mir, aus Paris zu entkommen.«

»Und dann wartete sie vergebens auf dich!« sagte Merovech.

Er sagte es leise und wie zu sich selbst. Boso schwieg einen Augenblick und beobachtete ihn.

Dann erzählte er ausführlich von seinen Mühen und Mißgeschicken. Wie er die wegen des beginnenden Winters nur unter größten Schwierigkeiten angeworbenen Haufen bis vor Paris geführt habe. Wie er sie schweren Herzens entlassen und sich nach Tours zurückziehen mußte. Wie er sich hier in Sorge um seine Herrin verzehrt und sich bei Freunden verborgen habe, als man ihn unter der falschen Beschuldigung, er selber habe Chilperichs Sohn getötet und ausgeraubt, zu suchen begann. Und wie er sich schließlich nach Leudasts Rückkehr nur noch in den Schutz des Heiligen flüchten konnte.

Tatsächlich war alles ein bißchen anders gewesen. Den Plan, ein Bauernheer aufzubieten, hatte der Herzog rasch aufgegeben. In Tours führte er ein großes Haus und überwinterte recht angenehm bei Jagdvergnügungen und Festgelagen. Die Kosten bestritt er mit den von Brunhilde empfangenen Geldern. Brenzlig wurde es für den lebenslustigen Rotbart erst Anfang März, als Leudast zurückkehrte. Dieser war nach seiner Vertreibung infolge der Niederlage Theudeberts zu den Bretonen geflüchtet, hatte dort seine Gefolgschaft verstärkt und nach Sigiberts Tod von Chilperich Weisung erhalten, sich erneüt der Stadt zu bemächtigen. Es gelang leicht, da die Austrasier keine Garnison unterhielten und sich auch sonst niemand zur Verteidigung erhob. Boso blieb jetzt nur noch das Kirchenasyl, in das er vorsichtshalber auch seine Töchter mitnahm, die er im Sommer zu einer klösterlichen Erziehung hierhergebracht hatte. Es waren die beiden jungen Mädchen, die von der Nonne weggeführt wurden.

Merovech fielen die Widersprüche in der Geschichte nicht auf, die ihm der Herzog wortgewandt vortrug, während sie unter den Säulen auf und ab gingen. Er hörte am Ende kaum noch zu. Statt dessen beschäftigte ihn ein Gedanke, der ihn plötzlich geradezu stürmisch bedrängte. Er wurde erst wieder aufmerksam, als Boso unter Seufzern sagte: »Wahrhaftig, Prinz, es bricht mir das Herz, wenn ich aus deinem Munde hören muß, wie meine arme Königin leidet. Von allen ihren Kindern getrennt, in die Kälte, in die Einöde verschleppt! Eine Tochter des Südens, an Sonne und Licht gewöhnt, an die Liebe und Verehrung der Menschen. Glaub mir, sie wird daran zugrunde gehen! Ach, könnte ich doch hier heraus ...«

»Was würdest du dann tun?«

»Es noch einmal versuchen. Und diesmal würde es mir gelingen!«

»Du meinst ... Du würdest ...?«

»Ja! Sie heraushauen! Ihr die Freiheit verschaffen! Sie in ihr Königreich zurückgeleiten! Ihr ihre Kinder zurückgeben!«

»Das würdest du wagen?«

»Ohne Zögern! Ein Nest im Norden ist nicht Paris. Wenn du mir hier heraushilfst und fünfzig Männer unter meinen Befehl stellst, ist sie in einer Woche in Metz!«

Sie standen sich gegenüber und starrten sich an. Boso lauerte hoffnungsvoll. Doch Merovech schüttelte den Kopf und sagte: »Nein, das kann ich nicht. Das ist unmöglich! Dazu habe ich keine Befugnis. Wir wollen darüber nicht mehr reden. Ich habe auch keine Zeit mehr. Verzeih ...«

Unvermittelt machte er kehrt und ging mit großen Schritten durch die Halle zum Ausgang. Seine Leute beeilten sich, ihm zu folgen.

Boso blickte ihm nach. Seine Geliebte Thirza, eine getaufte Jüdin, schlängelte sich durch die Reihen der Pilger heran.

»Nun, hatte ich recht?« sagte sie mit ihrer schnurrenden, dunklen Stimme. »Ich hatte dir vorausgesagt, daß dein Prinz zurückkommen würde.«

»Ja, aber beinahe hätte ich alles verdorben.«

»Warum?«

»Weil ich keine Ahnung hatte ...«

»... daß er verliebt ist?«

»Ah, du weißt es?« fragte er unwirsch. »Und weißt du vielleicht auch, in wen?«

»Ja, in die Königin Brunhilde.«

»Sieh einmal an! Und warum hast du mich nicht gewarnt? Ich war schon über sie hergezogen, hatte sie eine Fremde genannt, die Unglück bringt!«

»Das tut mir leid. Aber ich weiß es auch erst seit heute. Die Stimmen flüsterten es mir zu, während du mit ihm sprachst. Ihr habt über ihre Gefangenschaft in Rouen geredet?«

»Rouen? Den Namen des Ortes nannte er nicht.«

»Sie nannten ihn deutlich.«

»Dann sagten dir deine Stimmen wohl auch, daß ich ihm vorschlug, sie zu befreien.«

»Ja, aber er wollte davon nichts wissen.«

»Und warum nicht?«

»Weil er es selber tun wird, das ist ihm vorbestimmt. Eure Wege werden sich trennen, doch wieder kreuzen.«

»Und wann wird das sein?«

»Vielleicht früher, vielleicht später. Näheres weiß ich noch nicht. Wozu auch? Es würde mich traurig machen. Denn du wirst mich verlassen, wenn ihr euch wiederbegegnet.«

»So muß ich noch lange in dieser verdammten Kirche ...?«

Sie schloß ihm den Mund mit einem Kuß. Was sollte sie antworten? Sie konnte nur wiedergeben, was sie von den geheimnisvollen Stimmen wußte (nämlich denen der Gefolgsleute Merovechs, die sie gerade belauscht hatte). Der Rest waren kühne Schlüsse und düstere Ahnungen.

Merovech selbst war sich noch lange nicht darüber im klaren, was ihm vorbestimmt war. Seine Tage und auch ein Teil seiner Nächte waren von nun an ausgefüllt mit quälenden, stummen Streitgesprächen, die der pflichttreue Sohn des Königs und Befehlshaber eines Reichsheers mit dem plötzlich zu Taten drängenden Liebhaber führte. Dieser, in Soissons und Berny unter den strengen Augen des Vaters und der Stiefmutter monatelang zur Entsagung verurteilt, hatte es sich zunächst kaum vorzustellen gewagt, er könne die mit dem Kommando gewonnene Freiheit für seine Zwecke nutzen. Zu irrwitzig war der Gedanke, die Richtung zu wechseln und sich statt gegen Poitiers nach Rouen zu wenden. Nichtsdestoweniger genügte ein Fünkchen, damit die Idee wie eine Flamme hochschlug. Bosos Behauptung, er habe sich in Gefahr begeben, um seine Königin zu retten, war dieses Fünkchen. Das lange Gespräch mit dem Herzog in der Basilika verstärkte die Wirkung. Der Liebhaber war herausgefordert. Er wandte sich zornig an den Feldherrn. Wie? Sollte ein Prinz sich vom Mut und Unternehmungsgeist seines Gefolgsmanns beschämen lassen? War er ein so kläglicher Held, daß er nicht einmal an der Spitze eines stattlichen Heeres der Geliebten zu Hilfe eilte? Der Feldherr wehrte sich mit der Berufung auf Pflicht und Treue, warnte vor Desertion und Verrat. Der Liebhaber lachte darüber verächtlich und brachte neue Argumente vor: die Verzweiflung der wartenden Geliebten ... ihre tägliche Hoffnung auf sein Kommen ... die Enttäuschung, die nach und nach ihre Liebe erkalten ließ ...

Zeitweilig wurde die Auseinandersetzung zwischen den beiden so heftig, daß der Prinz nach außen wie entrückt wirkte. Nur durch gelegentliche Zeichen, einen Seufzer oder ein Kopfschütteln oder das Ballen der Faust, auch manchmal durch ein trotziges Wort wie »Genug!« oder »Nein!« verriet er den inneren Zwist. Gailenus und einige andere, die schon in Paris zu den Eingeweihten gehört hatten, beobachteten ihn mit wachsender Besorgnis. Keiner wagte jedoch, sich ihm vertraulich zu nähern. Der heitere, mitteilsame, offenherzige Freund von früher war nicht mehr wiederzuerkennen. Er hatte sich in einen ernsten, unzugänglichen Grübler verwandelt.

Obwohl er sonst, dem Beispiel seines Vaters folgend, nicht sehr eifrig im Glauben war, besuchte er in diesen Tagen alle Kirchen der Stadt. Nach der Ostervigil kniete er noch bis zum Morgengrauen vor dem Martinsgrab. Doch schien selbst der welterfahrene Heilige auf die schwierige Frage, die er ihm stellte, keine befriedigende Antwort zu haben. So ging er wieder mit sich selber zu Rate. Er unternahm einsame Ausritte auf den Straßen nach Bourges und Angers und ließ sich auch einmal ein Stück die Loire hinab rudern. Abends verdarb er als stummer Ehrengast die Stimmung auf Leudasts Festgelagen.

Die Weltabgewandtheit des Feldherrn konnte auf das Heer nicht ohne Auswirkungen bleiben. Da auch an den dem Ostersonntag folgenden Tagen kein Marschbefehl erteilt wurde und die Anführer, selbst verunsichert, die Waffenübungen vernachlässigten, lockerte sich die Ordnung schnell. Erst kleinere, dann größere Gruppen schwärmten aus in die Umgebung der Stadt und trieben dort nicht nur harmlosen Unfug. Sie zerrten Vieh aus den Ställen, warfen mutwillig Brände in Hütten und Scheunen, lauerten Mägden an den Wäscheplätzen des Flußufers auf. Eine Gruppe von Mönchen, die nach dem Osterbesuch am Grabe des Heiligen in ihr Heimatkloster zurückkehren wollte, wurde verprügelt. Erschlagen und ausgeraubt fand man einen Kaufmann und seine Knechte in unmittelbarer Nähe der Zelte. Während den Comes diese Greuel nicht kümmerten, erschien Bischof Gregor mehrmals im Lager und führte Beschwerde. Den Feldherrn traf er hier nie, doch einmal konnte er ihn nach der Messe in der Bischofskirche abpassen. Zerstreut hörte Merovech seine Klagen an und versprach Abhilfe. Noch am selben Tage jedoch wurden fünf Nonnen im Kräutergarten ihres Klosters vergewaltigt, und eine zwei Meilen entfernte Siedlung ging in Flammen auf.

Gailenus faßte sich schließlich ein Herz.

»Du mußt dich entscheiden, Prinz, so kann es nicht weitergehen! Sind wir hier, um endlos Ostern zu feiern? Wollen wir eine treu gebliebene Stadt und ihre Umgebung ruinieren?«

»Warum habt ihr so wenig Geduld?« erwiderte Merovech. »Ich bin fast soweit ... viel fehlt nicht mehr. Noch zwei, drei Tage ...«

»Aber warum? Worauf warten wir noch? Es ist doch nicht ehrenhaft, hier herumzusitzen!«

Der Prinz blickte spöttisch in das schwarzäugige Jungengesicht seines Gefolgsmannes.

»Warum so aufgeregt, Gailenus? Erinnerst du dich an unser Gespräch auf der Festungsmauer in Tournai? Ich sagte, mich erwarte ein ruhmloses Leben, und du warst bereit, es zu teilen.«

»Dabei bleibe ich«, seufzte der junge Mann. »Aber ...«

»Aber vielleicht überlege ich es mir noch anders. Mir scheint, ich bin dabei, mich zu ändern. Vielleicht steht mir nun doch der Sinn nach Heldentaten.«

»Um so besser! Wenn es so ist, warum zögerst du noch? Gib den Befehl, nach Poitiers zu marschieren!«

»Ach, glaubst du denn, daß die Einnahme einer wehrlosen Stadt eine Heldentat ist?« fragte Merovech.

Er ging weg und ließ den jungen Mann, der das Gespräch so energisch begonnen hatte, ratlos zurück.

Indessen sollte die Entscheidung über den Fortgang des Unternehmens unmittelbar bevorstehen. Nochmals bedurfte es dazu eines zündenden Funkens.

Der kam diesmal nicht von Herzog Boso. Merovech hatte noch zweimal unter vier Augen mit ihm gesprochen, ihm dabei allerdings keine Hoffnung auf ein Ende seiner Mißhelligkeiten gemacht. Jede Anspielung auf eine Aktion zugunsten Brunhildes unter Beteiligung oder gar Führung des Herzogs überhörte er. Eifrig erkundigte er sich hingegen nach der Königin und konnte nicht genug von ihren Vorlieben und Gewohnheiten hören, über die er ja, obwohl sie seine nahe Verwandte war, kaum etwas wußte. Er interessierte sich auch für die Verhältnisse am austrasischen Hof, wie sie bis zu den jüngsten Erschütterungen bestanden hatten. Schließlich begehrte er Auskünfte über Straßen und Wege im nordwestlichen Grenzgebiet

Austrasiens. Für Boso stand damit fest, daß Thirzas Prophezeiung zutreffend war. Ihm blieb jetzt nur, seine Verdienste um die Königin immer noch einmal zu rühmen und dabei die Bitte einzuflechten, sich seiner gelegentlich zu erinnern.

Der letzte Funke kam von Grindio, an jenem Abend im Garten des Comes am Loire-Ufer. Der junge Invalide ahnte nicht, daß sein empörter Ausruf, man könne mit Leudasts zusammengerafften Schätzen »eine Königin ausstatten«, der Streich war, der Merovechs inneren Kampf entschied. Mit ihm streckte der Liebhaber seinen pflichttreuen Gegner endgültig nieder. Nun gab es kein Zögern mehr, es war Zeit zu handeln.

Am nächsten Morgen, in aller Frühe, noch bevor sich die Sonne am Horizont zeigte, erschien der Prinz im Lager und ließ Alarm trommeln. Die Überraschung war beträchtlich. Das der Ordnung entwöhnte Kriegsvolk brauchte einige Zeit, um aus den Zelten zu kriechen und sich im Halbkreis aufzustellen. Merovech suchte hundert Männer aus, kräftige, unerschrokkene Leute. Dann setzte er sich an ihre Spitze und marschierte mit ihnen dorthin, woher er gerade gekommen war: zum Hause des Leudast.

Hier gab er Befehl, das Haus zu räumen. Alles Bewegliche – mit Ausnahme der Bewohner selbst – sei herauszuschaffen. Jeder Widerstand sei ohne Rücksicht zu brechen. Besonderer Einsatz werde mit Geschenken belohnt.

Die Aussicht auf Beute genügte, um in der Truppe den nötigen Eifer zu wecken. Niemand nahm daran Anstoß, daß er nicht einen Feind, sondern den örtlichen Vertreter des Königs überfallen und ausplündern sollte. Brüllend stürmten die hundert Männer das Haus, rissen die Türen aus den Angeln und machten sich an die Arbeit. Drinnen erhob sich das Geschrei der aus dem Schlaf Gerissenen. Nackt und in Bettücher gehüllt stürzten sie heraus, um sich vor den vermeintlichen Feinden zu retten. Die Gefolgschaft des Leudast, darunter ein Dutzend strammer Bretonen, ergab sich widerstandslos. Für einige der Damen und Herren, die noch vom Gastmahl übriggeblieben waren, kam es zum peinlichen Wiedersehen mit ihren aus anderen Zimmern flüchtenden Gatten und Gattinnen.

Unterdessen türmte sich vor den Säulen des Eingangs das beschlagnahmte Gut. Die fleißigen Einsammler, deren Hosen und Tuniken sich rasch beulten (denn versprochener Geschenke konnte man nie sicher sein) schleppten Truhen, Schränke, Sessel, Tische, Kleider, Waffen, Geschirr, Lampen, Spiegel, Vogelkäfige heraus. Nichts wurde vergessen, nicht einmal der goldene Nachttopf des Hausherrn. Aus den Ställen führte man Esel und Ochsengespanne herbei und belud sie.

Erst als das Haus schon fast leer war, erschien auch Leudast. Nach einem schweren Rausch wie dem gestrigen pflegte er sonst bis weit in den Tag hinein zu schlafen. Benommen und schwankend, in einen Teppich gehüllt, die Perücke mit dem gelockten Blondhaar schief auf dem Kopf, schrie er nach seinen Leuten und erteilte irgendwelche Befehle. Offenbar glaubte auch er zunächst an einen feindlichen Überfall. Endlich entdeckte er Merovech, der mit seinem Gefolge bei den Lasttieren stand. Er torkelte auf ihn zu.

»Prinz ... Was geschieht hier? Was bedeutet das?«

»Du bezahlst gerade deine Schulden beim Fiskus!« sagte Merovech unter dem Gelächter der Umstehenden. »Komm nachher ins Lager. Du erhältst eine Quittung.«

»Diebe! Räuber!« schrie der Comes.

»Habt ihr alles?« fragte Merovech.

»Was ist mit dem Teppich?« Einer der Männer deutete auf Leudast. »Soll er den behalten?«

»Ja, laß ihm den Teppich. Wir begnügen uns damit ...« Merovech griff nach der Lanze des neben ihm stehenden Gefolgsmannes, lupfte mit ihrer Spitze Leudasts Perücke und schleuderte sie in hohem Bogen auf einen der Wagen.

Der Comes heulte auf.

»Verzeih, nur ein schlechter, grober Spaß!« sagte Merovech lachend. »Aber als echter Franke liebst du ja die germanischen Sitten!«

Mit seinem Glatzkopf war Leudasts Geheimnis zum Vorschein gekommen. Eines der Ohren war in der Mitte tief eingeschnitten. Jeder kannte hier die Bedeutung dieses Zeichens. Und so erfuhren alle, die es noch nicht wußten, daß der Comes von Tours ein Galloromane und früherer Sklave war, wegen dreimaligen Fluchtversuchs zu dieser schimpflichen Markierung verurteilt.

Noch in den Vormittagsstunden brach Merovech auf.

Zuvor hatte er das beschlagnahmte Gut auf dem Lagerplatz aufgeteilt. Die Goldmünzen, mehr als zehntausend Solidi, sowie den Schmuck, das Tischgeschirr und die kostbarsten Stoffe bestimmte er für den Schatz des Königs. Mit dem Silbergeld sollten die Anführer den Unterhalt der Truppen bestreiten. Was Möbel, Teppiche und Skulpturen betraf, so ordnete er an, sie den früheren Eigentümern zurückzugeben. Nur den weniger wertvollen Hausrat durften die Leute des Comes wieder abholen.

Ob alle Weisungen auch erfüllt wurden, kümmerte den Prinzen allerdings wenig. Nur die dem Fiskus bestimmten Schätze ließ er sorgfältig verpacken und gleich auf Lasttiere laden. Mit großem Gefolge wollte er selber den Transport auf dem ersten Stück seines Weges begleiten. Er habe nämlich, erklärte er im Kriegsrat, nach vielen Gebeten und gründlicher Selbstprüfung festgestellt, daß er nichts weiter unternehmen könne, bevor er nicht seine Mutter besucht und ihren Segen empfangen habe. Die von Chilperich der Fredegunde wegen vom Hofe vertriebene Audovera lebte als Nonne in Le Mans.

Dieser Ort lag sechzig Meilen nördlich von Tours an einer alten Römerstraße, die weiter nach Chartres und Rouen führte.

13

Mitte April, an einem sonnigen Vormittag, erschien ein Bote aus Soissons auf dem Krongut Rotoialum, das beim Zusammenfluß der Eure und der Seine, nur vierzig Meilen von deren Mündung in das Nordmeer entfernt lag. Der Bote wurde sofort zu Waddo geführt, der das Kommando über den befestigten Platz und die hier einquartierte Wachmannschaft hatte. Dieser befand sich gerade in einer Besprechung mit dem Domesticus, dem Domäneverwalter. Nachdem die mündlichen Nachrichten übermittelt und die Briefe gelesen waren, erhoben sich die drei Männer mit ernsten Mienen von ihrer Bank und schritten über den weiten Hof zu einem langgestreckten, aus Kalksteinziegeln errichteten Gebäude, dessen Schilfdach an einer Ecke ein Stück vorsprang und eine Laube beschattete. Hier saßen, Spindeln drehend und mit Nadel und Faden hantierend, acht, zehn Frauen im Kreise.

»Wo ist sie?« fragte Waddo nach einem Blick in die Runde.

»Wenn du unsere Herrin die Königin meinst«, sagte die älteste der Frauen, »so findest du sie in dem Waldstück hinter der Mauer ... dort, wo gerodet wird.«

»Hinter der Mauer? Was tut sie da? Ich habe ihr streng verboten hinauszugehen!«

»Ja, wenn ihr das Tor sperrangelweit offenlaßt ...«

Die Dienerinnen kicherten spöttisch.

»Verfluchte Nachlässigkeit!« schimpfte Waddo. »Und du, Frolaica, merke dir eines. Deine Herrin ist Königin Fredegunde. Niemand anders!«

In der Tat hatte man das hintere Tor, das zum Wald und zum Seine-Ufer führte, für die Ochsengespanne geöffnet, die in kurzen Abständen eintrafen und das Holz von der Rodung hereinbrachten. Der Wächter schlief, im Gras sitzend, mit dem Rücken an die Mauer gelehnt. Waddo weckte ihn mit Fußtritten.

»Du Hund! Ich werde dir die Müdigkeit austreiben! Ich werde dir abgewöhnen, deine Knochen in der Sonne zu wärmen! Wo ist die Gefangene?«

»Dort drüben!« sagte der Domesticus. »Ich sehe sie schon. Sie ist bei den Bauern.«

Die drei legten rasch die knapp zweihundert Schritte bis zu dem Waldstück zurück, in dem eine Gruppe bärtiger Männer in grauen Kitteln mit Hacken und Äxten am Werke war. Eine einzige Frau befand sich unter ihnen. Mit hochgeschürztem Rock und aufgekrempelten Ärmeln schwang sie die Axt. Sie stand schon auf einem Teppich von Holzflocken. Der Keil, den sie in den Buchenstamm gehauen hatte, würde bald tief genug sein, um den Rest mit dem Ziehseil zu besorgen.

Waddo sprang über eine der freigelegten Wurzeln und trat zu ihr.

»Hör auf damit!« rief er. »Ruh dich aus! Was tust du überhaupt hier? Ich habe das nicht erlaubt!«

Brunhilde ließ die Axt sinken und strich die feuchten hellblonden Strähnen aus dem Gesicht.

»Ah, mein Zerberus!« sagte sie lachend. »Schlecht geschlafen?«

»Das kann ich nicht dulden!« polterte Waddo und schob nach der Gewohnheit seines Herrn die Daumen in den Gürtel. »Du hast nicht das Recht, dich hier draußen aufzuhalten. Es könnte auch ein Unglück geschehen. Du kannst dich verletzen, ein Baum kann dich treffen. Ich bin dem König für dich verantwortlich. Lege die Axt weg, und folge mir!«

»Fällt mir nicht ein. Was ich anfange, führe ich auch zu Ende.«

»Daran werde ich dich zu hindern wissen!«

»Ach, willst du mich etwa in Ketten legen?«

»Es gibt andere Mittel.«

»Ich fürchte, dir Dummkopf werden nicht viele einfallen. Vorsicht! Sonst bist du es noch, den der Baum trifft. Wahrhaftig, das täte mir leid!«

Sie wischte sich mit dem Unterarm den Schweiß von der Stirn und packte die Axt mit beiden Fäusten. Er wagte nicht, ihr in den Arm zu fallen.

»Du nennst mich doch nur einen Dummkopf«, sagte er mit boshaftem Grinsen, »weil du dich ärgerst. Weil ich dir auf die Schliche gekommen bin!«

Die Königin führte die Hiebe so heftig, daß ihm die Späne um die Ohren flogen.

»Wovon redest du Tölpel?«

»Das weißt du sehr gut.« Er trat zwei Schritte zurück. »Hätte ich nicht ein wachsames Auge gehabt, wärst du längst über alle Berge.«

»Als ob ich es nötig hätte zu fliehen!«

»Und die langen Gespräche mit dem Bischof? Die vielen Geschenke? Wozu brauchte der fromme Mann so viel Gold? Für Tabernakel und Monstranzen? Ich habe inzwischen ein bißchen nachgeforscht. Praetextatus leitete diese Gaben weiter. Und an wen? An Leute, die unzufrieden sind, die der König für ihren Verrat bestraft hat. Und an wen noch? An solche, deren Güter im Osten liegen. In Richtung Austrasien.«

Die Königin schlug die Axt in das Holz, stemmte die Fäuste in die Seiten und wandte sich Waddo wieder zu.

»Was für eine interessante Entdeckung! Ist es wirklich so schlimm, daß ich Leuten, die dein König geschädigt hat, auf Bitten des Bischofs ein paar Almosen zukommen lasse?«

»Almosen? Freundschaftsgeschenke! Damit sie dir dienstbar sind!«

»Dienstbar? Ich sitze hier in Gefangenschaft und koche sogar mein Essen selbst.«

»Das hast du nicht nötig, aber ich kann dich nicht daran hindern. Irgendwie mußt du dich wohl beschäftigen. Aber einiges habe ich dir verboten, und ich tat gut daran. Die Ausflüge nach Rouen in die Kirche, die langen Ausritte ... Eines Tages wärst du meinen Männern entwischt, und dann hätten dir die, die du beschenkt hast, schon bis zur Grenze geholfen.«

»Du bist ein häßlicher Köter, Waddo«, sagte Brunhilde mit einem abschätzigen Lächeln, »und als Fährtenhund taugst du überhaupt nichts. Wozu sollte ich mir so viele Umstände machen? Bald wird euer König mich in höchsteigener Person zur Grenze geleiten. Mit großem Gefolge.«

»So, glaubst du das?« fragte er höhnisch. »Glaubst du das

wirklich? Denkst du, das ist der Zweck, weshalb er herkommt?«

»Er kommt her?«

»In ein paar Wochen. Er hat einen Boten vorausgeschickt. Den dort, der neben dem Domesticus steht. Er hat Briefe für dich gebracht.«

Es fiel Brunhilde nicht leicht, ihre Ungeduld zu bezähmen. Sie fühlte ihr Herz, das sich beim Arbeiten kaum bemerkbar gemacht hatte, plötzlich wild bis zum Halse schlagen. Seit mehr als drei Monaten war sie in dieser Einöde abgeschnitten, ohne Wissen von dem, was draußen vorging. Sogar am Besuch der Kirche in Rouen und den Gesprächen mit dem Bischof wurde sie nun gehindert. Ihre Welt war zu einem Gutshof geschrumpft und von Wasser und Wäldern umgeben. Doch jetzt, auf einmal, gab es Briefe ...

»Nun, dann soll er sie herbringen!« sagte sie so gelassen wie möglich und setzte sich auf einen Baumstumpf.

Nach einem Wink des Waddo kletterten auch der Domesticus und der Bote über die Stämme und Wurzeln. Sie verneigten sich vor der Königin, und der Verwalter reichte ihr zwei Pergamente.

»Aber die Siegel sind ja gebrochen!« rief Brunhilde empört.

»Ein Versehen, Herrin«, erwiderte der Domesticus mit geschmeidigem Lächeln. »Es waren noch andere Schreiben dabei, und wir glaubten, auch diese seien an uns gerichtet.«

Sie nahm das erste Pergament und las in der Handschrift des Königs folgendes:

»König Chilperich an seine Verwandte Brunhilde. Meinen Gruß zuvor. Ich wünschte, ich könnte dir Nachrichten übermitteln, die dir gefallen. Bis auf den heutigen Tag ist keine Abordnung der Austrasier bei uns erschienen, um mit uns über deine Zukunft zu beraten. Der Hausmeier Gogo schrieb mir einen Brief, in dem er mir mitteilte, was ich längst wußte. Ich lege dir eine Abschrift bei, damit du nicht argwöhnst, ich könne dir die Wahrheit vorenthalten. Die Nonnen von Meaux berichten uns, daß sich deine Töchter bei ihnen wohlfühlen. Meinst du nicht auch, es sei an der Zeit, daß wir uns versöhnen? ›Klirrenden Winterfrost löst willkommen des Frühlings linder

Windhauch‹, sagt der Dichter Horaz, und so hoffe ich, teure Brunhilde, daß der Frühling auch deinen starren Sinn lösen und deinen Unmut vertreiben werde. Wir sehen uns demnächst wieder, wenn ich meine nördlichen Gaue besuche. Zuversichtlich werde ich dann meine früheren Vorschläge wiederholen. Denke schon jetzt darüber nach.«

Brunhilde konnte, als sie zu Ende gelesen hatte, einen Seufzer nicht unterdrücken. Die drei Männer, die sie umstanden, tauschten zufriedene Blicke. Sie nahm das zweite Pergament, das die steilen, sorgfältig ausgeführten Schriftzeichen eines Kopisten der königlichen Kanzlei bedeckten.

»Der Majordomus Gogo an König Chilperich. Gruß und Heil entbiete ich dir im Namen Childeberts, des Königs der Austrasier. Der König teilt dir seine Erhebung zum Herrscher über das austrasische Reich mit, welches alle Gebiete umfaßt, die nach der letzten Reichsteilung infolge des Todes König Chariberts, seines Onkels, seinem Vater, König Sigibert, zugesprochen wurden. Der König wünscht Frieden mit seinen Verwandten und Nachbarn und ist seinerseits bereit, auf Forderungen nach Gebietserweiterung und Entschädigung zu verzichten. Er befindet sich wohlauf und macht unter der Anleitung des Verfassers dieses Schreibens, der zu seinem Erzieher ernannt wurde, bedeutende Fortschritte. Verdrießlich stimmt ihn allein, daß seine Schwestern, deren Gesellschaft ihm teuer war, nicht bei ihm sind, doch hofft er, deine Güte und Gerechtigkeit werde diesem Mangel bald abhelfen. Dem Wunsch des Königs schließen sich seine Räte an, die während seiner Minderjährigkeit die Angelegenheiten der Austrasier regeln: Gogo, Gundoald ...« Diesen folgten weitere Namen.

Kein Wort über mich, dachte sie erbittert. Das also war die wahre Absicht der Herren, als Gundoald nach Paris kam! Es genügte ihnen, ihren Sohn zu haben, in dessen Namen sie nun nach Ermessen regieren konnten. Gewiß, es war Chilperich zuzutrauen, eine sie betreffende Forderung in der Abschrift des Briefes unterdrückt zu haben. Wahrscheinlich schien ihr dies jedoch nicht zu sein. Die Herren in Metz waren froh, sie fern zu wissen. Solange Chilperich sie festhielt, befreite er Gogo und die anderen von ihrer lästigen Gegenwart. Niemand erinnerte sie an die Ermordung Sigiberts und Galsvinthas, die Verpflichtung zur Rache, die auch dem neuen König, dem Sohn und Neffen der Opfer, oblag …

»Bist du zufrieden mit den Nachrichten, Herrin?« fragte der Domesticus heuchlerisch.

»Meine Kinder leben und sind wohlauf«, sagte sie. »Nur das ist wichtig.«

Sie ließ die Blätter ins Gras fallen, ergriff die Axt und wollte sich wieder ihrer Arbeit zuwenden.

»Der König hat aber scheinbar nicht vor, dich an die Grenze zu geleiten«, sagte Waddo feixend. »Er hat mir auch ganz persönlich etwas aufgetragen. Wiederhole es!« befahl er dem Boten.

»Der König Chilperich ordnet an«, wiederholte der Mann in leierndem Tonfall die auswendig gelernte Botschaft, »die Gefangene weiter streng zu bewachen und verzweifelte, unüberlegte Schritte, die sie nach Kenntnis der Briefe unternehmen könnte, zu verhindern. Sie soll aber gut und ehrerbietig behandelt werden, wie es ihrer hohen Stellung entspricht.«

»Es versteht sich«, sagte Waddo zu Brunhilde, »daß es gegen diesen Befehl ist, wenn du hier schwere Arbeit verrichtest. Der König wird mich mangelnder Ehrerbietung beschuldigen. Was wird er sagen, wenn er dich bei seiner Ankunft begrüßt und deine zarten Hände voller Blasen und Schwielen findet? Er wird mich bestrafen!«

»Kehre zurück zu deinen Frauen, Herrin«, fügte der Domesticus sanft hinzu. »Wozu willst du diesen Faulpelzen helfen?«

»Mir scheint, ihr hattet noch nie eine Axt in der Hand«, sagte Brunhilde gereizt, »sonst würdet ihr sie nicht Faulpelze nennen!«

»Nun, ich bevorzuge gegenüber der Axt unsere gute, alte Franziska«, erwiderte Waddo gutgelaunt, wobei er das schlanke Wurfbeil aus seinem Gürtel nahm und spielerisch in der Hand wog. »Dort hinten bemerke ich gerade so einen Faulpelz. Ich will ihn ein bißchen munter machen!«

An einem Stamm, ein Stück entfernt, lehnte einer der Graukittel. Die Axt war seiner Hand entfallen. Er keuchte, war offenbar völlig erschöpft.

Waddo stellte ein Bein vor, schätzte die Entfernung, hob den Arm und schleuderte die Franziska. Im flachen Bogen, sich blitzschnell drehend, sauste das Beil durch die Luft. Es schlug ein. Der Mann im grauen Kittel schrie auf. Der obere Teil der Schneide steckte im Stamm. Der Ärmel des Kittels war durchschnitten und angeheftet. Doch nicht nur der Ärmel, denn um die Schnittstelle breitete sich sogleich ein Blutfleck aus. Der Mann steckte fest, er kam nicht los.

Die Bauern, die sich in der Nähe befanden, eilten hinzu und umringten ihn. Erschrockene und empörte Rufe wurden laut. Brunhilde zögerte nicht und lief ebenfalls hin. Als sie den Verletzten erreichte, lag er schon ohnmächtig, mit verzerrtem Gesicht am Fuße des Baums. Noch immer sickerte Blut aus dem verletzten Arm. Einer der Männer hatte das Beil gelöst und ins Gras geworfen.

Brunhilde streifte den Ärmel hoch. Die Wunde war zum Glück nicht sehr tief, nur der Schreck und der Schmerz hatten den ohnehin Erschöpften umgeworfen. Sie trug zwei Bauern auf, ihn nach dem Gutshof zum Brunnen zu tragen. Die beiden luden ihn sich auf. Brummend und grollend kehrten die anderen Graukittel an ihre Arbeit zurück.

Da rief plötzlich Waddo: »He! Bringt mir keiner das Beil zurück? Aber hurtig! Oder soll ich euch auch noch munter machen, ihr stinkenden Tagediebe?«

Die blutverschmierte Franziska war im Grase liegengeblieben. Brunhilde drehte sich nach ihr um. Sie hatte diese seltsame Waffe erst kennengelernt, als sie ins Frankenreich gekommen war. Später war es auch vorgekommen, daß sie mit dem Wurfbeil geübt hatte. Sie hatte Gefühl für die Waffe gezeigt, die nicht jeder zu handhaben wußte, und sie war dafür von erfahrenen fränkischen Kriegern gelobt worden.

Einer der Bauern kam zurück, um das Beil zu holen. Rasch bückte sie sich und hob es auf.

Sie blickte zu den beiden Männern hinüber. Ruhig und sorgfältig nahm sie Maß. Waddo und der Domesticus standen noch vor der Buche, an der sie gearbeitet hatte. Die beiden achteten nicht auf sie und besprachen etwas, die struppigen Köpfe einander zugeneigt.

Brunhilde bog sich zurück, riß den Arm hoch und schleuderte die Franziska. Drei, vier, fünf rasende Drehungen. Wie glänzende Splitter das wirbelnde Eisen. Die Männer brüllten auf.

Die Franziska steckte zitternd im Stamm, hatte die Handbreit Luft zwischen ihren Köpfen durchschnitten, je zwei Finger vor ihren Augen. Die beiden taumelten entsetzt zur Seite. Der Domesticus strauchelte und fiel hin. Sprachlos starrten sie der Frau nach, die der Teufel sein mußte. Sie hatte sich abgewandt und ging hinter den Bauern, die den Verletzten trugen, auf den Gutshof zu.

Im selben Augenblick kam von dort ein Bewaffneter gerannt und schrie: »Waddo! Wo ist Waddo? Zum Haupttor, schnell! Da kommen Reiter! Herr Merovech ist es!«

Es dauerte einige Zeit, bis Waddo, kaum von dem einen Schrecken erholt, in der Lage war, sich diesem neuen Ungemach zu stellen. Nachdem das hintere Tor geschlossen und mit verstärkten Posten besetzt war, stapfte er fluchend zum Haupttor. Dies hatten die Wachen sofort verriegelt, als sie den Reitertrupp in der Ferne sahen.

Was wollte Merovech? Was verschlug den hierher? Gerade hatte der Bote erzählt, er sei an der Spitze eines Heeres nach Tours und Poitiers abgerückt. Kam er etwa der Gefangenen wegen, für die er sich damals vor dem Pariser Palast unter den Augen seines Vaters und seiner Stiefmutter gegen Waddo und drei andere schlagen wollte? Es hieß ja auch, er schwärme für sie und sei deswegen von seinem Vater verwarnt worden. Verdammt, das hatte gerade noch gefehlt, daß dieser Hitzkopf hier Ärger machte!

An dem geschlossenen Tor hatten sich etwa dreißig Männer versammelt, mit Ausnahme der paar Leute, die hinten auf Posten standen, die ganze Wachmannschaft. Alles schrie durcheinander, es herrschte die größte Aufregung. Von draußen ertönten Rufe, und es schien, daß man Steine gegen das Tor warf.

Waddo erklomm die Leiter zu dem hölzernen, überdachten Wachturm. Betroffen sah er zum Vorplatz hinunter, wo sich fast fünfzig Berittene tummelten. Auf der Straße wurden noch Lasttiere und Gespanne herangeführt.

Kaum hatte sich Waddo an der Brüstung gezeigt, wurde er unten erkannt. Mißfälliges Geschrei erhob sich, Fäuste wurden geschüttelt. Ganz vorn saß auf einem Schimmelhengst ein junger Recke im Panzerhemd, den Helm auf dem Kopf, an der Seite die Spatha. Es war der Langhaarige, es war Merovech.

»Wird Zeit, daß du dich blicken läßt, Waddo!« rief er. »Wie lange sollen wir hier noch warten? Öffnet das Tor, aber schnell!«

»Das können wir nicht!« schrie Waddo zurück. »Zieht weiter! Ich darf euch nicht einlassen. Habe dazu keine Befugnis!«

»Was fällt dir ein? Hast du keine Augen im Kopf? Erkennst du mich nicht?«

»Ich erkenne dich, Prinz Merovech! Doch der Befehl deines Vaters lautet: Es darf niemand herein! Ohne Ausnahme!«

»Für mich und meine Leute hier gilt das nicht. Mein Vater selbst hat uns hergeschickt!«

»Das kann nicht wahr sein! Soeben ist ein Bote aus Soissons eingetroffen. Er weiß nichts davon!«

»Du glaubst doch nicht ernsthaft, du könntest mich abweisen! Willst du mich zwingen, dich zu belagern?«

»Warum gehst du nicht nach Rouen? Es sind nur ein paar Meilen. Im Stadtpalast werdet ihr es bequemer haben. Es gibt auch in der Nähe ein weiteres Gut, wo ihr ...«

»Erspare mir deine Ratschläge!« schrie Merovech, indem er das Schwert zog. »Öffne oder ich gebe Befehl zum Sturm! Und anschließend lasse ich dich aufhängen!«

Schon blinkten zehn, zwanzig, dreißig Schwerter. Kampflustig waren die Mienen, die Drohungen wurden lauter. Wieder flogen Steine gegen das Tor. Es war zwar aus Eichenbohlen gezimmert, würde aber kaum lange standhalten. Ein Krongut war keine Festung.

Waddo kletterte die Leiter hinab. Seine Leute umringten ihn. Er sah ihnen an, daß ihre Widerstandskraft nicht zuverlässiger als die des Tores war. »Nun, so beuge ich mich der Gewalt!« rief er wütend. »Ihr werdet alle meine Zeugen sein, wenn mich der König vor sein Gericht stellt! Öffnet ihnen!«

Die Riegel ächzten, die Torflügel knirschten über den Sand.

Merovech ritt als erster herein, hielt vor Waddo und herrschte ihn an: »Von jetzt an erwarte ich mehr Eifer! Du unterstehst nun mir als dem Ranghöchsten und führst meine Befehle aus. Kümmere dich um meine Männer, die Tiere und das Gepäck! Zuvor aber bringe mich zur Königin!«

»Das werde ich nicht tun!« erwiderte Waddo trotzig. »Für mich sind die Weisungen deines Vaters maßgebend. Er ist mein Gefolgsherr, ihm schulde ich Treue und Gehorsam. Und er hat mir keine Erlaubnis erteilt, der Gefangenen irgendwelche Besucher zu bringen. Durch seinen Boten ermahnte er mich noch einmal, sie streng zu bewachen. Das ist sein Wort, und wenn du es anders hältst, wirst du es selber vor ihm verantworten müssen. Ich werde dir nicht dabei helfen!«

»Nun, wie du willst«, sagte Merovech ungeduldig. »Wir kommen später darauf zurück. Wo ist die Königin?« rief er. »Wer führt mich zu ihr?«

Er wandte sich dabei an eine Gruppe von Knechten und Mägden, die zusammengelaufen waren, um dem Einzug des Prinzen, seines Reitertrupps und seines Trosses zuzusehen.

Aus ihrer Mitte trat eine Frau hervor, barfuß, im zerrissenen Rock, mit schmutzigen Händen, das Gesicht von Staub geschwärzt.

»Du?« rief Merovech. »Ausgezeichnet!«

Er sprang vom Pferd, nahm den Helm ab, richtete seinen Gürtel und sagte fröhlich: »Laß uns gehen! Führe mich hin!«

Hinter der Frau erhob sich Gelächter. Ein paar Mägde stießen sich an. Auch die Wachmänner in der Nähe grinsten.

Die Frau schob eine hellblonde Strähne zurück, die ihr über die Augen gerutscht war.

»Du bist schon da, mein Prinz! Herzlich willkommen in meinem Palast!«

»Brunhilde!«

Einen Augenblick sah er sie fassungslos an. Dann trat er zu ihr und umarmte sie stürmisch.

»Brunhilde! Endlich! Dieser Winter war eine Ewigkeit. Ich glaubte manchmal, daß ich schon tot sei. Verzeih mir, ich konnte nicht früher kommen!«

»Oh, ich wußte ja, daß mich mein einziger Freund nicht vergessen würde!« sagte sie heiter und bot ihm die Wangen zum Kuß. Er spürte Holzspäne auf seinen Lippen. Heftig trat er zwei Schritte zurück.

»Aber wie siehst du aus? Wer hat dich so zugerichtet? Sie zwingen dich zu niederen Arbeiten! Was haben diese Schurken dir angetan?«

Zornig fuhr er herum und starrte, die Faust am Schwertgriff, Waddo an. Der streckte erschrocken die Hände vor.

»Nichts, nichts, Prinz! Ich wollte es nicht! Ich habe es ihr sogar verboten! Sie aber ...«

»Laß ihn!« sagte die Königin, wobei sie die Hand auf Merovechs Schulter legte. »Er ist ein treuer Hund seines Herrn. Er bellt viel, aber er beißt nur kleinere Tiere. Ich hatte plötzlich Lust, einen Baum zu fällen. Ich spürte so viel Zorn und Kraft in mir, daß ich mich auf einen Feind stürzen mußte. Obwohl der völlig unschuldig war!«

»Da hörst du es von ihr selbst!« rief Waddo. »Sie stürzte sich auch auf uns, mich und den Domesticus. Beinahe hätte sie uns mit der Franziska erledigt!«

»Dazu hätte ich nur weniger sorgfältig zielen müssen!« sagte Brunhilde lachend. »Seht euch vor! Das nächste Mal gebe ich mir nicht so viel Mühe!«

Unter dem Hofgesinde erhob sich wieder Gelächter. Waddo scheuchte die Leute mit einem Fluch auseinander. Dann rannte er über den Hof, kommandierte herum, wies den Reitern den Weg zu den Ställen.

»Ich bewunderte dich!« sagte Merovech, der Brunhilde mit den Augen verschlang. »Was mußt du erlitten haben ... von diesen Rohlingen, diesen Dummköpfen! Ich fürchtete schon, dich verzweifelt und elend wiederzufinden. Statt dessen bist du noch schöner und stolzer als vorher!«

»Ich sollte mir wenigstens das Gesicht waschen, damit ich dein Lob auch verdiene«, gab sie mit einem Lächeln zurück, das, ungewöhnlich genug bei ihr, einen Anflug von Koketterie enthielt. »Was führt dich hierher? Machst du einen Umritt in deinem künftigen Reich? Oder bist du zur Brautwerbung ausgezogen?«

»Daß du das gleich erraten hast!« rief er erfreut. »In der Tat ... so ist es. Da siehst du die Wagen mit den Brautgeschenken!«

Er deutete auf die Reihe von Ochsengespannen, welche die Fuhrknechte jetzt zum Tor hereinführten.

Sie bemühte sich, nicht zu zeigen, daß sie ein wenig enttäuscht war. »Wer ist die Glückliche? Eine Schöne aus der Umgebung, Tochter eines Comes oder Herzogs? Oder ist es etwa eine Bretonin? Das sollen wilde Stuten sein, schwer zu zähmen. Sieh dich vor, Neffe!«

»Warum nennst du mich ›Neffe‹? Gib mir doch einen besseren Namen!«

»Und welchen? Mein Freund? Mein Vertrauter? Mein Getreuer?«

»Warum nicht ›mein Lieber‹? Das würde für heute genügen.«

»Für heute?«

»Ja, denn bald kommt ja noch etwas hinzu: ›mein lieber Gemahl‹!«

Sie schwieg und wandte sich einen Augenblick ab, um ihre Betroffenheit zu verbergen.

Dann sah sie ihn an und lachte auf.

»Ich glaube, du hast den Verstand verloren!«

Später machten sie einen Ausritt in die Umgebung des Krongutes. Als Merovech die Königin gefragt hatte, welche Wünsche er ihr erfüllen könne, war dies der einzige gewesen. Seit Wochen schon, seit Waddo die Gefahr einer plötzlichen Flucht gewittert hatte, war sie nicht mehr im Sattel gewesen. Auch jetzt beobachtete ihr oberster Wächter argwöhnisch, wie der Prinz die beiden Pferde aus dem Stall holen ließ, seinen eigenen Schimmel und den Schecken, mit dem sich Brunhilde schon angefreundet hatte. Als sie zum Tor hinaus ritten, schickte er ihnen in einigem Abstand einen sechsköpfigen Wachtrupp nach.

Sie folgten zunächst dem Lauf der Seine auf einem Treidelpfad. Der Fluß führte nach der Frühjahrsschmelze Hochwasser und war an vielen Stellen weit über die Ufer getreten. Streckenweise verschwand der Pfad, und sie trieben die Pferde durch das aufspritzende Wasser. Bald waren die Kleider feucht, aber sie achteten nicht darauf und froren auch nicht, weil sie fast ständig in scharfem Trab ritten. Immer wieder trieb Brunhilde ihren Schecken auch zum Galopp. Ein milder Westwind schlug ihnen entgegen, und nur wenige eilig dahinziehende Wolken verdeckten von Zeit zu Zeit die Sonne.

Merovech kannte hier jedes Waldstück, jeden Hügel, jede Flußwindung. Er war in Rouen geboren und hatte einen großen Teil seiner Kindheit auf dem Krongut Rotoialum verbracht. Vor acht Jahren war er auch einmal mit Galsvintha, seiner neuen Stiefmutter, kurz nach ihrer Hochzeit mit seinem Vater hier am Seine-Ufer entlanggeritten. Ein warmer, windstiller Hochsommertag war das freilich gewesen, die zarte, empfindsame Galsvintha hatte, den Kopf mit Schleiern verhüllt, auf einer sanften Stute gesessen, und obwohl sie sich nur im Schrittempo vorwärtsbewegt hatten, war sie bald müde geworden und umgekehrt. Es war schwer, sich beim Anblick der kraftgeladenen, wagemutigen Brunhilde, die sich von keinem Hindernis schrecken ließ, das arme, schwächliche, traurige Geschöpf vorzustellen, das ihre Schwester war.

Der Wachtrupp, den Waddo der Königin und dem Prinzen nachgeschickt hatte, war bereits weit zurückgefallen, doch schließlich fanden sie es an der Zeit, ihn ganz abzuschütteln. Am Rande eines flachen Hügels breitete sich ein Gehölz aus, von dem Merovech wußte, daß es von mehreren Schneisen durchzogen war, die alle wieder an das Flußufer zurückführten. Sie lenkten die Pferde in einen hinter Steinblöcken und Gebüsch verborgenen Hohlweg.

Aus sicherer Deckung sahen sie die sechs Männer vorüberreiten. Sie ließen die Pferde nun im Schritt gehen, damit sie sich etwas ausruhten. Schneller wären sie hier auch kaum vorwärtsgekommen. Der Hohlweg, von moosbewachsenen Steinen gesäumt, führte durch einen dichten Eichenwald, war von Wurzeln durchzogen und an einigen Stellen von Gestrüpp überwuchert. Mehrmals mußte Merovech, der voranritt, absitzen und mit dem Sax freie Bahn schaffen.

»Hier habe ich mich früher schon durchgekämpft!« rief er. »Als römischer Feldherr. Damals war ich zwölf Jahre alt!«

»Und mir erzählst du, du hättest keine Neigung zum Kriegshandwerk!« gab Brunhilde lachend zurück. »Du hast also schon sehr früh darin Erfahrungen gesammelt!«

»Ja, aber nicht die besten! Und die Erfahrung hat jede Neigung getötet. Ich war nämlich immer der Legat Varus, der seine Legionen durch den Teutoburger Wald führen mußte. Die Geschichte kannten wir aus dem Unterricht, und mein Vater hat sie uns auch immer wieder erzählt. Wir sollten uns den alten Cherusker zum Vorbild nehmen, damit wir lernten, mit germanischer Härte gegen das gallorömische Gesindel vorzugehen. Also übten wir das und kamen oftmals hierher, um die Schlacht zu schlagen. Ich zog als Varus mit meinen Römern durch diesen Hohlweg, und mein Bruder Theudebert fiel als Arminius mit seinen Germanen über uns her und schlug uns zusammen. Es endete immer damit, daß ich mich aus Verzweiflung in mein Schwert stürzte. Kannst du dir vorstellen, daß das auf die Dauer entmutigend war und mir die Lust am Krieg genommen hat?«

»Und warum warst du nicht der Held Arminius?«

»Das hätte Theudebert nicht ertragen! Er sagte zwar immer: ›Du gibst den römischen Feldherrn, weil du Latein kannst und deine Befehle und deine Abschiedsworte dann echt klingen.‹ Aber das war nur ein Vorwand. Er mußte siegen, etwas anderes kam für ihn nicht in Frage. Und da es ja so in den Geschichtsbüchern stand, war ihm der Sieg als Arminius immer sicher. Wehe mir, wenn ich einmal versuchte, mit einer geschickten taktischen Ausweichbewegung mich und meine Römer zu retten! Dann wurde er so wütend, daß er ebenfalls von Tacitus abwich und mich ans Kreuz schlagen ließ. Na, so reifte ich früh zum Stoiker und lernte, ruhmlos zu leben. Er dagegen ist schon im Grabe!«

»So liegt dir gar nichts an Ruhm, Ehre, Macht, Erfolg?«

»Oh, ich hätte das alles gern! Aber wenn ich es nicht bekomme, werde ich mich nicht vor Gram in mein Schwert stürzen. Das habe ich in diesem Wald zu oft getan!«

Der Hohlweg endete vor einem schmalen Plateau, das an der einen Seite steil abfiel. Unten sahen sie schon wieder die Seine, deren Wasser sich am Fuße des Abhangs in einer kleinen, sonnenbeschienenen Bucht staute. Etwa in der Mitte des Flusses, wo die Strömung am stärksten war, umspülten die Fluten eine breite Sandbank. Der Ort war einsam, an beiden Seiten des Flusses erstreckten sich Wälder.

Am Rande des Plateaus fanden sie eine aus flachen Steinen gebildete natürliche Treppe. Sie führten die Pferde am Zügel hinunter in die Bucht, wo sich Spuren des Treidelpfads fanden. Von ihren Bewachern war weit und breit nichts zu sehen. Die Männer hatten wohl erkannt, daß sie genarrt worden waren, und sich, eines rauhen Empfangs gewärtig, nach dem Gut zurückbegeben.

Die beiden banden die Pferde an Bäume und setzten sich nebeneinander ins Gras.

Brunhilde streifte die feuchten Schuhe ab und hakte die beiden länglichen Fibeln auf, mit denen ihr Rock vorn zusammengesteckt war. Sie griff auch schon nach der Gürtelschnalle, hielt aber inne, als sie Merovech halb abgewandt auf den Fluß starren sah, als interessiere ihn dort etwas.

Nach einer Weile sagte sie wie beiläufig: »Auch wir haben uns mit einem Kriegsspiel vergnügt. Damals in Toledo.«

Merovech drehte sich zu ihr um, vermied es mannhaft, die langen, weißen Beine, die der geöffnete Rock entblößte, auch nur mit einem flüchtigen Blick zu streifen, und sagte lächelnd: »Du meinst, ihr Mädchen habt dabei zugesehen.«

»O nein, wir haben auch mitgemacht. Allerdings war ich meistens die einzige.«

»Was war das für ein Spiel? Wie nannte es sich?«

»Sparta. Wir sagten, heute spielen wir Sparta. Weil die Spartaner, so hieß es, das Spiel erfunden hatten. Du weißt ja, die alten Griechen, die mit den Athenern den Peloponnesischen Krieg führten.«

Als sie die Gürtelschnalle öffnete, wandte er seine Aufmerksamkeit einem Käfer zu, der vor ihm auf einem Grashalm wippte. Sein nasses Haar fiel wie ein Vorhang herab.

»Willst du deine feuchten Kleider nicht ablegen?« fragte sie.

»Die Sonne scheint ja, sie werden gleich trocken sein«, murmelte er.

»Dieses Sparta-Spiel also ... wir spielten es immer auf einer kleinen Insel des Tajo, die nur im Sommer erschien, wenn das Wasser sehr niedrig stand. Wir schwammen hin, und dann drängten wir uns auf diesem winzigen trockenen Fleck. Oft waren wir zwanzig, manchmal dreißig. Nun bildeten wir zwei Mannschaften, die Besten hatten das Recht, sich ihre Gefährten zu wählen. Dann ein Pfiff – und es ging los. Jede Mannschaft mußte versuchen, die andere ins Wasser zu stoßen. Wer hineinfiel, durfte nicht wieder heraus. Wer den Platz als letzter behauptete ... dessen Mannschaft war Sieger.«

»Und gehörtest du oft zu den Siegern?«

»Fast immer! Ich wollte immer den Sieg und den Ruhm. Ob du es glaubst oder nicht, ich stand einige Male als letzte oben. Allein, die Arme zum Himmel gestreckt. Und vor mir, hinter mir, unter mir zappelten zwanzig, dreißig geschlagene, nackte junge Männer im Wasser!«

»Sie waren nackt? Und du? Warst du auch ...?«

Er drehte sich zu ihr um und erschrak. Ihr Obergewand lag im Gras, und jetzt löste sie auch die runde Fibel, welche die kurze Tunika, ihr Untergewand, über dem Busen zusammenhielt.

»Natürlich!« sagte sie, amüsiert über sein verdutztes Gesicht. »Nacktheit war Vorschrift! Wir hielten uns streng an die alten Regeln. Auch in Sparta rangen ja die Jungfrauen nackt mit den Jünglingen und maßen sich mit ihnen auf dem Eurotas im Kampfspiel. Glaubst du, sie hatten dabei einen Peplos an?«

Auch die Tunika flog ins Gras, und die Königin Brunhilde, die jetzt nur noch einen silbernen Armreif am Leibe trug, sprang auf, reckte die Schultern, hob den Kopf und verkündete übermütig: »Nach so vielen Siegen auf dem Tajo werde ich jetzt eine Seine-Insel erobern!«

Ihr ausgestreckter Arm deutete auf die Sandbank in der Mitte des Flusses. Mit drei, vier Schritten war sie am Wasser. Sie sah sich nach allen Seiten um und rief: »Oder will sie mir jemand streitig machen? Nein, ich sehe weit und breit niemand! Nur einen Stoiker, der den Ruhm verachtet. Den fürchte ich nicht!«

Sie bückte sich rasch, besprengte sich, und mit einem Schrei sprang sie in das eiskalte Wasser.

Merovech besann sich nicht lange. Einen Augenblick später hatte er alles abgeworfen: Gürtel, Wehrgehänge, Hose, Tunika, Unterzeug, Schuhe. Auch er stieß einen Jauchzer aus, preschte vor und stürzte sich in die Flut. Unter der Oberfläche glitt er durch das stille Wasser der Bucht. Dann tauchte er auf, und die Strömung ergriff ihn. Mit kurzen Armstößen kämpfte er gegen die Kraft des Wassers, das ihn forttragen wollte. Durch den Schleier des hochaufspritzenden Schaums sah er fünf, sechs Körperlängen vor sich Brunhildes Kopf zwischen den Wellen auf- und abtauchen. Von der Sandbank, auf die sie zuhielten, erhob sich ein Schwarm von Kranichen.

Merovech war ein geübter Schwimmer. Trotz seiner friedfertigen Natur und seiner geistigen Neigungen hatte er seinen Körper niemals vernachlässigt und sich im sportlichen Kampf stets hervorgetan. Oft genug hatte er die Seine an dieser Stelle überquert, wetteifernd mit seinen Brüdern und anderen Gleichaltrigen. Doch niemals war das Wasser so kalt, die Strömung so stark und der Gegner so schnell gewesen. Schon sah er, wie sich Brunhildes weißer Rücken über der Oberfläche erhob. Sie hatte die Sandbank erreicht. Jetzt konnte nur noch ein glückliches Manöver seine Niederlage abwenden.

Er ließ sich ein Stück an der Spitze des schmalen Eilandes vorbeitreiben, schnellte dann plötzlich hoch und ging unter Wasser. Nach wenigen Schwimmstößen erreichte er den grünlichen, glitschigen Sockel. Er tauchte auf, warf die Arme nach vorn, grub die Hände ins feste Erdreich. Sein Vorteil war, daß er die Bank an ihrer flachsten Stelle erreicht hatte. Brunhilde mußte sich auf der anderen Seite kletternd über Steine und Algen heraufkämpfen. Im selben Augenblick richteten sie sich auf und standen einander gegenüber, keuchend, mit glänzenden Wasserperlen auf der Haut, beide langmähnig, nasse Strähnen über Gesichtern, Schultern, Rücken.

»Ich war zuerst hier!« rief Merovech kampflüstern.

»Nein, ich war eher da!« schmetterte sie zurück. »Mein Fuß hat das Eiland zuerst betreten!«

»Ich beharre auf meinem Anspruch!«

»Und ich verlange, daß du dich mir unterwirfst!«

»Das wird niemals geschehen!«

»So mach dich zum Kampf bereit!«

»Ich bin es schon!«

»Nimm dich in acht, mein tollkühner Recke!«

Sie näherte sich ihm bis auf zwei Schritte, sah ihm zuerst herausfordernd in die Augen und ließ dann ihren Blick an seinem Körper hinabgleiten. Sie betrachtete ihn ganz ungeniert, wie ein Athlet, der die Schwächen seines Gegners herausfinden will. Er dagegen wagte noch immer nicht, sie aufmerksam anzusehen. Der Gedanke kam ihm plötzlich, wie unglaublich, wie unerhört es doch war, daß er mit der großen Brunhilde, der Gotenprinzessin, Gemahlin und Witwe eines Königs, Mutter eines anderen, einer Frau, die Leidenschaften entfacht und Menschenmassen in Bewegung gesetzt hatte, die er als Knabe bereits, als er noch hier herumtollte, rühmen und schmähen hörte, allein und in wahrhaft paradiesischem Zustand auf diesem zehn Schritte langen und sechs Schritte breiten Inselchen weilte. Der Stoff der Welt ist bildsam und gefügig, sagte der Philosophenkaiser, den er so schätzte.

Diese Betrachtung war jetzt unpassend, denn sie minderte seine Aufmerksamkeit. Plötzlich erhielt er einen Stoß vor die Brust und stolperte drei, vier Schritte rückwärts. Sein rechtes Handgelenk wurde gepackt und sein Arm auf den Rücken gedreht. Aufstöhnend sank er auf ein Knie und griff mit der Linken ins Wasser. Ohne Stütze, des Gleichgewichts beraubt, war er schon beinahe hilflos. Ein kräftiger Fußstoß sollte ihn von der Sandbank und seine männliche Ehre ins Wellengrab befördern.

Doch der Träumer erwachte gerade noch rechtzeitig und packte den Fuß. Die Angreiferin fiel auf den Rücken. Er schnellte hoch, erwischte sie an den Armen und zog sie zum Rand. Sie wand sich wie ein Fisch auf dem Trockenen. Er ließ los, um sie, ohne ihr weh zu tun, ins Wasser zu rollen, aber schon war sie wieder auf den Beinen. Wie ein Ringer umschlang sie ihn im Untergriff. Tief sog sie die Luft ein und hob ihn aus. Er verlor den Boden unter den Füßen, und seine Hände faßten ins Leere. Sie trug ihn mehrere Schritte und hätte ihn ins Wasser geschleudert, wäre ihm nicht im letzten Augenblick eine hohe Welle zu Hilfe gekommen, die einen Teil der Sandbank überspülte. Da glitt Brunhilde aus, und sie stürzten gemeinsam zu Boden.

Merovech kam auf ihr zu liegen, und nun spürte er sie. Die glatte Haut, die gewölbten Schultern, die festen Brüste, die straffen Schenkel. Er drückte sie mit den Fäusten nieder und preßte sich auf sie. Aber sie stieß seinen Kopf zurück, wand sich heraus, stand wieder aufrecht. Jetzt erhob er sich auf die Knie und griff nach ihren Beinen. Ihr Fußtritt aber traf seine Schulter so hart, daß es ihn wieder umwarf. Ausgestreckt lag er auf dem Rücken, und mit einem Sprung war sie rittlings über ihm. Er ächzte unter dem Druck ihrer Schenkel, doch machte er keinen Versuch mehr, sich zu befreien. Und auch ihr genügte es, ihn unterworfen zu haben. Immer lauter, schriller tönten die Schreie der Freude und Lust, die sie ausstieß.

Sie waren so miteinander beschäftigt, daß sie nicht einmal bemerkten, wie die Strömung zwei Fischerboote vorübertrug, deren Insassen noch lange staunend zurückblickten.

14

»Wir werden heiraten!« sagte Merovech. »Es gibt keine Macht der Welt, die uns daran hindern könnte!«

Sie waren zum Ufer zurückgeschwommen und hatten die mittlerweile getrockneten Kleider wieder angelegt. Die Sonne stand bereits niedrig, in der Nähe des Wassers wurde es kühl.

Brunhilde entnahm dem Lederbeutel an ihrem Gürtel einen kleinen Elfenbeinkamm und begann, ihr feuchtes, zerzaustes Haar zu bearbeiten.

»Nun, ich glaube, mein Lieber, es gibt sogar mehrere Mächte«, erwiderte sie mit einem spöttischen Lächeln.

»Und welche sollen das sein?«

»Zunächst einmal Gott im Himmel. Oder besser, seine Vertretung auf Erden, die katholische Kirche. Für sie ist die Heirat zwischen Neffen und Tante ein Sakrileg. Es würde sich kein Priester finden, der einer solchen Ehe seinen Segen erteilte.«

»Ich kenne einen«, sagte Merovech, der im Grase saß und seine Wadenbinden befestigte, »dem käme es auf ein Sakrileg nicht an, wenn er mir eine Wohltat erweisen könnte. Und die weiteren Hindernisse?«

»Zum Beispiel das salische Recht. Ich habe mich gründlich damit beschäftigt ... damals, als Gunthram das Gericht einberief, zur Sühne des Mordes an Galsvintha. Es untersagt einem Mann die Ehe mit, wie es da heißt, ›der Tochter einer Schwester oder eines Bruders oder der Frau eines Bruders oder Onkels‹. Eine solche Ehe sei verbrecherisch und trüge ein Schandmal.«

Merovech stand auf und ging zu den Pferden, um die Sattelgurte straffzuziehen.

»Ach, das gilt doch nicht für Könige! Wie könnten sie herrschen, wenn sie sich immer an die Gesetze hielten! Nimm meinen Großvater Chlothar, der am Ende seiner Tage das ganze Frankenreich regierte. Er überlebte nicht nur seine Brüder, sondern auch Neffen und Großneffen. Und nahm sich deren Frauen! Er war sogar mit zwei Schwestern verheiratet.«

»Ich weiß, das war ein Nimmersatt und ein grausamer Unhold. Sigibert hat seinen Vater verachtet. Willst du dir Chlothar etwa zum Vorbild nehmen?«

»Ich meinte ja nur ...«

»Es war Sigiberts Stärke, kraftvoll zu regieren und sich dennoch an die Gesetze zu halten.«

»Ich sehe schon«, sagte Merovech seufzend, »daß ich, mit deinem früheren Gatten verglichen, keine gute Figur mache. Er war ein König und ein Held. Ein Hüter des Rechts, ohne Fehl und Tadel. Du hast ihn bewundert! Wie vermessen von mir, seine Stelle einnehmen zu wollen. Sicher war er auch ein besserer Liebhaber!«

»Deine Eifersucht auf einen Toten ist lächerlich«, sagte sie nachsichtig. »Anfangs war ich in ihn verliebt, später war er mir eher gleichgültig. Er war ein braver Kerl, das war sein Wesen, es war echt. Was von dir zu halten ist, weiß ich nicht. Deine Aufsässigkeit, deine Verachtung der Gesetze scheint mir unecht zu sein.«

Sie nahm ihren Schecken am Zügel und führte ihn über die steinerne Treppe den Hang hinauf.

»Das ist eine Ungerechtigkeit!« rief er ihr nach. »Wenn es so wäre, würde ich dann wohl hier sein? Hätte ich dann meine Truppe im Stich gelassen? Hätte ich mich dann über alle Befehle meines Vaters hinweggesetzt? Willst du noch mehr Beweise?«

Als sie den Hohlweg verließen und auf den Treidelpfad einbogen, wo sie nebeneinander reiten konnten, nahm Brunhilde das Gespräch wieder auf.

»Stellen wir uns also vor, wir heiraten. Wir setzen uns über die alten Rechte und das Verbot der Kirche hinweg. Was geschieht dann? Was kommt danach?«

»Dann bist du frei«, sagte er, noch immer ein wenig gekränkt. »Aber daran liegt dir wohl nicht!«

»Du meinst, wenn wir verheiratet sind, kann dein Vater mich hier nicht länger festhalten? Ist es nicht viel wahrscheinlicher, daß er uns mit seinem Zorn verfolgt? Dich als ungehorsamen Sohn? Mich als deine Verführerin?«

»Er wird sich zunächst ereifern, uns Vorwürfe machen. Aber dann wird er sich beruhigen und sich mit der Tatsache abfinden.«

»Ich hatte bisher nicht den Eindruck, daß sich dein Vater mit Tatsachen abfindet.«

»Er tut es, wenn er erkennt, daß sie vorteilhaft für ihn sind.«

»Und welchen Vorteil soll er darin erkennen, daß ich seine Schwiegertochter werde? Wird er nicht glauben, ich benutzte dich nur, um hier Einfluß und Macht zu gewinnen?«

»Es wird an uns liegen, wie er es aufnimmt. Man muß ihm Gerechtigkeit widerfahren lassen. Gewiß, er gebärdet sich oft als Tyrann, und er hat schlimme Taten vollbracht. Aber er hat auch eine empfindsame Seele, die sich aufschließt, wenn man den richtigen Ton trifft. Wenn wir ihn um Verzeihung bitten ...«

»Sprich nicht weiter!« rief sie entrüstet. »Was verlangst du von mir? Ich sollte ihn um Verzeihung bitten, nach allem, was er an mir verbrochen hat? Willst du, daß wir uns ihm zu Füßen werfen? Ihm und seiner Kebse, deiner Stiefmutter? Soll ich vor dieser früheren Sklavin im Staub liegen? Ist es das, was du dir unter unserer Ehe vorstellst?«

»Brunhilde ...«

»Ich ahnte ja gleich, daß deine Aufsässigkeit nicht echt ist! Um Gnade flehen will er, und ich soll mich mit ihm erniedrigen. Wie schimpflich, wie schändlich! Daß du mir so etwas zumuten kannst!«

Sie trieb den Schecken zu schnellerer Gangart an und ritt voraus. Merovech setzte ihr nach und gelangte wieder an ihre Seite. Sie wollte abermals vorpreschen, doch er beugte sich herüber und faßte den Zaum ihres Pferdes.

»Was willst du eigentlich?« schrie er. »Eben noch hieltest du mir die Kirchengebote und die Lex Salica vor! Sprachst bewundernd von deinem Gatten, der die Gesetze respektierte! Ich suche nur nach einer Möglichkeit, aus einem Unrecht wieder Recht zu machen!«

»Ich wünsche dir, daß du dabei Erfolg hast!« sagte sie abweisend. »Das Unrecht, das du bisher getan hast, wird man dir sicher noch einmal nachsehen.«

Einen Augenblick ritten sie schweigend nebeneinander.

»Warum streiten wir?« begann er von neuem. »Es gibt ja noch eine andere Lösung, vielleicht die bessere. Als ich mir vorstellte, wir könnten heiraten, fiel sie mir sogar zuerst ein. Wir fliehen! Du kehrst zurück in dein Reich, ich begleite dich. Mein Trupp ist stark genug, die Leute sind zuverlässig und mir ergeben. Wir schlagen uns bis zur Grenze durch, ehe mein Vater Nachricht erhält und uns aufhalten kann. Ich bringe dich zu deinem Sohn, Brunhilde!«

»Und meine Töchter? Die bleiben zurück?«

»Sie sind im Kloster von Meaux. Es wird leicht sein, sie dort herauszuholen. Bevor wir aufbrechen, sind sie bei uns!«

»Das klingt verlockend«, sagte sie etwas versöhnt. »Doch leider, es wäre auch keine Lösung. Du weißt noch nicht, daß ich heute Briefe erhielt. Dein Vater übermittelte mir eine Botschaft des Gogo, der jetzt Erzieher meines Sohnes und der Erste im Regentschaftsrat ist. Darin werde ich nicht einmal erwähnt, so als sei ich gar nicht vorhanden. Mit einem Wort: Die austrasischen Herren sind froh, mich los zu sein! Was würden sie tun, wenn ich plötzlich erschiene und brächte, wenige Monate nach Sigiberts Tode, einen Gemahl mit? Und der wäre auch noch Chilperichs Sohn!«

»Warum sollten sie uns nicht freundlich empfangen? Ich hätte dann ja mit meinem Vater gebrochen!«

»Wer sollte das glauben! Sie würden nur einen besonders hinterhältigen Anschlag vermuten. Ich – aus Groll gegen sie verbündet mit Chilperich ... du, sein Sohn, von ihm abgesandt, um ihm als heimlicher Herrscher Austrasien in die Hände zu spielen. Nur mit Glück würden wir unsere Köpfe behalten!«

»Nun, so fliehen wir eben nach Spanien!« rief Merovech. »Deine Landsleute werden uns nicht zurückweisen. Mit unseren Schätzen sind wir unabhängig. Wir leben als vornehmes Paar in der Verbannung, umgeben uns mit Gelehrten und Künstlern, und du wirst nicht mehr von Neidern und Feinden, sondern nur noch von Anbetern deiner Schönheit umlagert sein. Und täglich schwimmen wir im Tajo und erobern uns eine Insel! Was hältst du davon?«

»Ich fürchte, das würde uns bald langweilig werden!« sagte sie lachend.

Hinter der Biegung des Flusses lichtete sich der Wald. Hingestreut zwischen Wiesen und Äckern standen die strohgedeckten Hütten der Mansusbauern. Dahinter erhoben sich die steinernen Gebäude des Krongutes: das Saalhaus, die Kirche, der alte römische Wachturm.

Brunhilde hielt ihr Pferd an und gab dem Prinzen ein Zeichen, ihrem Beispiel zu folgen. Aufrecht saß sie im Sattel, den Kopf hoch erhoben, und ihre grauen Augen blickten so ruhig, kühl und klar, als sei nicht das Geringste vorgefallen.

»Höre«, sagte sie, »laß uns vernünftig sein. Die Umstände sind nun einmal gegen uns. Weshalb wollen wir uns wie Unwissende und Blinde in ein gefährliches Abenteuer stürzen? Du wirst folgendes tun. Schon morgen brichst du mit deinen Leuten auf und kehrst auf dem kürzesten Wege zurück nach Tours!«

Er streckte mit protestierender Geste den Arm aus und wollte etwas erwidern, aber sie ließ ihn nicht zu Worte kommen.

»Auch deine Schätze nimmst du mit, doch du schickst sie nach Soissons. Es wird deinen Vater versöhnlich stimmen, wenn du seinen Besitz mehrst. In Tours erklärst du, du hättest dich länger als vorgesehen bei deiner Mutter aufgehalten. Obwohl du sie ja gesund und schicksalsergeben vorfandest, sage einfach, sie sei krank und unglücklich gewesen. Da hättest du nicht das Herz gehabt, gleich wieder aufzubrechen. Dann zieh, wie dir befohlen ist, nach Poitiers, Cahors und Bordeaux. Die Städte gehören zwar mir, aber ich gebe sie gern her, damit du dir Verdienste erwirbst. Später hole ich sie mir mit Hilfe meines Sohnes zurück. Natürlich wird dein Vater erfahren, daß du hier warst. Waddo wird ihm alles mitteilen, und es wissen ja auch zu viele davon. Aber sei unbesorgt! In ein paar Wochen will dein Vater herkommen. Dann werde ich ihm schon etwas erklären und Mittel finden, ihn zu beruhigen. Mache dir also, was das betrifft, keine Gedanken.«

»Aber ich will nicht«, fuhr er auf, »daß du ihn ...«

Doch sie hatte dem Schecken schon die Schenkel in die Flanken gedrückt und ritt das letzte Stück im Galopp. Kurz vor dem Tor des Gutes machte sie halt und wartete noch einmal auf ihn.

»Du weißt ja, wo man uns untergebracht hat. In dem großen Gebäude aus Kalkziegeln. Ich schlafe allein im ersten Stockwerk. Wenn alles zur Ruhe gegangen ist, komm zu mir. So haben wir noch eine ganze Nacht ...«

Am Ende dieser Nacht, beim ersten blassen Schimmer des Morgenlichts am östlichen Himmel, begab sich der Frühaufsteher unter den Haushähnen des Gutes zu der Stelle, wo er gewöhnlich seinen Weckruf ausstieß. Dies war ein kleiner Erdhügel unter dem Giebel des Kalkziegelhauses. Hier krähte er einige Male und wich nicht, bis ihm aus mehreren Ecken und sogar von jenseits der Mauer geantwortet wurde.

Das Leben erwachte allmählich. Aus den Ställen meldeten sich Kühe und Schafe. Mägde schlurften mit Eimern über den Hof. Ein Hund schlug an und wurde vom Hirten aus seinem Verschlag geholt, um die Herde hinauszubegleiten.

Die gellenden Hahnenschreie unter dem Giebelfenster verscheuchten Brunhildes leichten Schlaf. Erst weit nach Mitternacht war sie eingeschlummert, doch bei geringsten Anlässen wieder aufgeschreckt: durch den Flügelschlag einer Taube, die im Dachgebälk nistete; einen Windstoß, der irgendwo draußen ein Brett löste; ein Knarren der Bohlen unter der Bettstatt, wenn sie sich auf die andere Seite warf.

Merovech lag neben ihr auf dem Rücken, atmete ruhig und regelmäßig. Sie hatte ihn eigentlich noch während der Nacht wieder fortschicken wollen, um wenigstens vor der Dienerschaft den Schein zu wahren. Gewiß hatten einige bemerkt, daß er die Leiter hinaufstieg und daß ihm die Lukenklappe geöffnet wurde. Frolaica war sogar eingeweiht und hatte ihn ins Haus geführt. Doch war damit die verbotene Beziehung immer noch in den Mantel der Nacht gehüllt. Wenn ihr Neffe dagegen am hellen Morgen aus ihrem Schlafgemach kam, gab es nichts mehr zu verbergen. Dann war die Schande offenbar.

Sie konnte ihn immer noch wecken und fortschicken. Unten

im Hause schlief noch alles, er würde ungesehen hinausgelangen. Draußen in der Dunkelheit würde ihn niemand erkennen. Warum tat sie es nicht? Warum wollte sie den Skandal riskieren? Wenn sie noch länger zögerte, würde die Sonne aufgehen, und es würde zu spät sein. Fröstelnd zog sie die Felldecke bis zum Kinn hoch. Im Dämmerlicht begannen die wuchtigen Pfeiler und Balken ihres Dachgelasses aus dem Schatten zu treten. Die Gegenstände im Raum – ihre Truhen, der Tisch, die Hocker, die Vasen – gewannen Kontur.

Auch die Züge ihres schlafenden Liebhabers wurden erkennbar. Das schwache Licht vergröberte sie, und Brunhilde bemerkte zum ersten Mal, wie ähnlich sie denen seines Vaters waren. Das störte sie seltsamerweise nicht, und sie dachte sogar: Wenn er ihm doch auch sonst etwas ähnlich wäre ... Und Zweifel beschlichen sie wieder, ob die nächtlichen Überlegungen, die sie den Schlaf gekostet hatten, einer Überprüfung bei Tage standhalten würden.

Bis jetzt hatte sie kaum auf die Geräusche vom Hof geachtet. Plötzlich aber merkte sie auf. Sie hatte Hufschlag gehört und das Schnauben eines Pferdes. Wozu führte man zu dieser Stunde ein Pferd aus dem Stall?

Sie stand auf und trat an das winzige Fenster. Wenn sie sich auf die Zehen stellte, konnte sie hinunterblicken. Gegenüber an der Treppe zum Saalhaus bemerkte sie ein paar Gestalten mit Fackeln. Dorthin brachte ein Knecht das Pferd. Deutlich war zu erkennen, daß es gesattelt war. Zwei Männer traten jetzt aus der Tür des Saalhauses und kamen die Treppe herab. Die plumpe Gestalt mit dem großen Kopf konnte niemand anders als Waddo sein. Den Hageren neben ihm erkannte Brunhilde nicht gleich. Der machte sich am Sattel zu schaffen, schien etwas zu befestigen oder anzuhängen. Dann ließ er sich von dem Knecht auf das Pferd helfen. Er beugte sich noch einmal herab, und Waddo schüttelte ihm die Hand. Der Reiter, von den Fackelträgern begleitet, bewegte sich in Richtung des Haupttors. Er verschwand hinter einem Speicherhaus, das den Blick dorthin versperrte.

Der Bote! dachte Brunhilde. Es ist der Bote, der gestern die Briefe brachte!

Sie fror und schlüpfte wieder unter die Decke. Im nächsten Augenblick saß sie jedoch erneut aufrecht. Sie riß Merovech die Felle weg und rüttelte ihn an der Schulter.

»Steh auf! Schnell! Schnell!«

Er kam nicht gleich zu sich, stöhnte, stammelte etwas, wollte sich wegdrehen. Sie trommelte auf seine Brust, riß ihn an den Haaren.

»Wach auf! Komm doch zu dir! Es ist keine Zeit zu verlieren!«

Jetzt schlug er die Augen auf und blinzelte.

»Ah … jaja … Du willst, daß ich verschwinde …«

»Ein Bote an deinen Vater ist unterwegs! In diesem Augenblick reitet er los! Du mußt ihn aufhalten!«

»Ein Bote?«

»Wenn er ankommt, ist alles verloren! Steh auf! Laß ihn einfangen! Hol ihn zurück!«

Er fuhr auf, sprang aus dem Bett. Nackt krochen sie auf dem Teppich herum und suchten seine Hose, seine Tunika, seinen Mantel, die irgendwohin geworfenen Schuhe. Sein Wehrgehänge mit dem Schwert war nicht auffindbar. Es hing hoch oben an einem Strebebalken, wo sie es in der Hast nicht entdeckten.

»Wozu brauche ich das Schwert?« sagte er, während er seinen Gürtel schloß. »Ich jage ihm einen Pfeil hinterher!«

Sie öffnete schon die Lukenklappe.

Den Fuß bereits auf der obersten Sprosse, verharrte er noch einen Augenblick.

»Brunhilde …«

»Beeil dich doch!«

»Sagtest du: ›Sonst ist alles verloren‹? Heißt das …«

Sie beugte sich vor und küßte ihn.

»Ja! Ja! Und nun schnell!«

Vom Fenster aus sah sie ihn über den Hof laufen. Die Männer, die den Boten begleitet hatten, kehrten vom Tor zurück. Merovech riß einem von ihnen die Fackel aus der Hand und stürmte die Treppe zum Saalhaus hinauf. Sie hörte ihn mit scharfer Stimme Befehle geben. Lärm erhob sich, und gleich darauf stürzten mehrere Männer heraus und rannten zu den

Ställen hinüber. Er selbst kam wieder, gefolgt von Waddo, der ihm heftig gestikulierend etwas erklärte. Er wehrte ihn ab, und es schien sogar, daß er ihn schlug. Ein Knecht brachte das Pferd, ein anderer lief mit Lanze, Bogen und Köcher herbei. Der Prinz schwang sich in den Sattel, während Waddo, der neben ihm herlief, auf einmal von mehreren Männern umringt war, die ihn packten und fortzerrten. Zwei Reiter schlossen sich Merovech an, und der kleine Trupp entfernte sich. In das Dämmerlicht mischten sich die ersten Strahlen der Morgenröte.

Sie kehrten zu viert zurück, als die Sonne aufging.

Der Bote war eingefangen worden und hatte keinen Widerstand geleistet. Brunhilde wartete schon am Tor. Als Merovech heran war, sprang er vom Pferd und reichte ihr wortlos eine Pergamentrolle.

Sie enthielt eine Botschaft des Waddo an Chilperich. Dringend wurde die Hilfe des Königs erbeten, weil »dein Sohn Merovech mich überfallen hat« und »er sich in geheimen Besprechungen mit der Gefangenen verschwört«. Es bestehe »unsittlicher Umgang« zwischen dem Prinzen und der Gefangenen, »was mich alles mit Besorgnis und Schrecken erfüllt und ich dir deshalb als dein Antrustio melden muß«. Auch habe die Gefangene ihn und »deinen getreuen Domesticus mit der Franziska beinahe vom Leben zum Tode gebracht«. Zum Schluß wurde die Vermutung geäußert, es könnten »die von Auster und andere, welche dir falsche Eide geschworen haben«, dahinterstecken.

»Dieser Waddo ist klüger, als ich dachte«, murmelte Brunhilde, nachdem sie gelesen hatte.

»Er steht schon unter Bewachung«, sagte Merovech. »Der Domesticus wird ihm Gesellschaft leisten. Waddo kann ja nicht schreiben, sie haben diese böswillige Epistula gemeinsam ausgeheckt. Auch den Kerl dort sperrt ein, den Geheimboten dieser Schurken!« rief er Gailenus und dem anderen zu, den beiden Gefolgsmännern, die ihn begleitet hatten.

Brunhilde, in einen weiten Umhang gehüllt, ging langsam die schmale, nach Osten führende Straße entlang. Sie genoß die kühle Luft und den starken Wind. Schon lange hatte sie keinen Morgenspaziergang mehr gemacht und die Sonne aufgehen sehen. Merovech traf noch einige Anordnungen. Dann lief er ihr nach und holte sie ein. Er legte den Arm um ihre Schultern und sagte fröhlich: »Jetzt bist du hier die Herrin, und was du befiehlst, wird geschehen! Willst du immer noch, daß ich dich heute verlasse?«

»Ich war leichtsinnig, hab' mich verraten. Aber die Umstände zwangen mich dazu.«

»Du wolltest verhindern, daß mein Vater herkommt. Ehe wir geheiratet hätten!«

»Noch habe ich deinen Antrag nicht angenommen. Ich habe aber noch einmal nachgedacht. Die Hindernisse, über die wir gesprochen haben, scheinen mir überwindbar zu sein. Da bleibt nur eines, etwas sehr Wichtiges. Nein, das Wichtigste überhaupt ...«

»Was ist es?« fragte er unbekümmert und küßte sie. »Wir lieben uns! Kann etwas anderes wichtiger sein?«

Sie lächelte milde. Einen Augenblick schien sie nachzudenken, wie sie es sagen sollte.

»Sieh mal«, begann sie, »für mich, eine Königin, kommt nur ein Mann in Frage, der König ist oder es sein wird ...«

»Aber ich werde ja König sein!« rief er.

»Wenn du mich heiratest, wird dein Vater dich als Verräter betrachten und von der Thronfolge ausschließen. Daran zu zweifeln, wäre töricht. Auf dem friedlichen Wege, als Erbe, kannst du dann also nicht mehr König werden. Es bleibt dir in dem Falle nur der andere Weg. Du mußt dir nehmen, was du begehrst. Bist du dazu bereit?«

Sie warf ihm einen kurzen Seitenblick zu, wartete aber die Antwort nicht ab und fuhr fort: »Wenn du es bist, und zwar ohne Zögern, werde ich deine Frau. Wenn nicht, dann wollen wir nie mehr vom Heiraten reden. Dann will ich weiter die Gefangene des Waddo sein. Dann befreie ihn aus dem Verlies und zieh ab! Mir wird die Erinnerung an ein besonders aufregendes, weil verbotenes Liebesabenteuer bleiben. Und vielleicht werde ich später einmal mit meinem Neffen, wenn er nach vielen Jahren König geworden ist, Unterhandlungen über strittige Grenzfragen führen.«

Sie schwieg und warf ihm nun einen langen, etwas spöttischen, doch dabei prüfenden Blick zu.

Merovech hatte mit wachsender Unruhe zugehört. Heftig schüttelte er den Kopf.

»Nein!« rief er. »Nein! Wir lieben uns, und wir werden zusammenbleiben! Noch einmal Trennung? Nein, niemals wieder!«

»Ist das deine Antwort?«

»Ja, du hast recht! Ich sehe ein, daß es sein muß! Eine andere Lösung gibt es wohl nicht. Ich habe es selber bereits erwogen. Was macht es? Habe ich nicht schon mit allem gebrochen? Gibt es noch einen Weg zurück ... nach dem, was geschehen ist? Ich bin bereit. Ja, ich schwöre es dir! Ich werde ein Heer sammeln ... alle die Unzufriedenen ... alle, die mein Vater gemaßregelt hat. Sie werden mir folgen. Sie werden in mich ihre Hoffnungen setzen. Sie werden mich auf den Schild heben. Ja, ich werde den Thron gewinnen! Wir werden herrschen, gemeinsam ...«

»Bist du dazu wirklich entschlossen?«

»Noch einmal: Bei allen Heiligen ...«

»Dann wäre nichts umsonst gewesen! Ich kam hierher mit dem Vorsatz, Königin Neustriens zu werden. Ich war es sogar schon für ein paar Stunden.«

»Du wirst es wieder sein!« schrie er begeistert. »Du wirst es durch mich sein!«

Er streckte ihr seine Hand hin. Sie nahm sie und drückte sie zuversichtlich. Sie lachten sich zu und beschleunigten ihre Schritte, als könnten sie nicht erwarten, ihr Ziel zu erreichen.

15

Der Priester, der nach Merovechs Ansicht bereit war, ein Sakrileg zu begehen, um dem Prinzen eine Wohltat zu erweisen, war Praetextatus, der Bischof von Rouen. Brunhilde wußte gleich, wer gemeint war, hatte sie doch in der ersten Zeit ihres Aufenthalts auf dem Krongut, als Waddo noch weniger mißtrauisch war, die Metropolitenkirche in der Stadt ein paarmal besuchen dürfen und dabei die nähere Bekanntschaft des Bischofs gemacht. Praetextatus war nach der ersten Messe, der sie beigewohnt hatte, gleich selber gekommen, um die illustre Gefangene zu begrüßen und ihr Trost zuzusprechen.

Er war ein kleiner, quirliger Mann mit einem allzeit gütigen Lächeln, etwas schwatzhaft und eitel und stolz darauf, daß eine Königin ihm aufmerksam zuhörte. So erfuhr sie bald, daß er zum merowingischen Königshaus in verwandtschaftlicher Beziehung stand, einer geistlichen allerdings, denn er hatte einst Pate bei der Taufe eines Prinzen gestanden. Dieser, sein filius spiritualis, war niemand anders als Merovech. Der Bischof brachte ihm, wie er betonte, die zärtlichste väterliche Neigung entgegen, hielt sich auch nicht wenig darauf zugute, seinerzeit auf die Erziehung des Knaben, vor allem seine Ausbildung in den Wissenschaften, einigen Einfluß genommen zu haben. Lebhaft bedauerte er, daß er dem Prinzen in letzter Zeit kaum noch begegne und seinen Werdegang nur aus der Ferne verfolgen könne.

Als Brunhilde einige Andeutungen über Merovechs hilfreichen, mutigen Einsatz zu ihren Gunsten machte, hörte Praetextatus dies mit der größten Befriedigung. Von nun an hatte er volles Vertrauen zu ihr und äußerte sich mit allem Freimut. Auch der Umstand, daß er als Galloromane mit einer Gotin sprach, nahm ihm die Hemmungen. Trotz seiner Nähe zum Königshaus klagte er bitter über die fränkische Zwangsherrschaft. Chilperichs Wüten nach seinem unverhofften Sieg erfüllte ihn mit Besorgnis und Trauer, und er nannte Namen bedeutender Männer im Bereich der ihm unterstellten Diözesen, viele Stützen der Kirche darunter, die zu Schaden gekommen waren. Brunhilde bot daraufhin an, mit den Mitteln, die ihr noch zur Verfügung standen, in einigen Fällen lindernd einzugreifen. Hocherfreut nahm der Bischof bei ihrem nächsten Besuch Geld und verschiedene wertvolle Gegenstände mit dem Versprechen in Empfang, alles gerecht zu verteilen. Sie achtete freilich darauf, daß nur solche Männer bedacht wurden, die ihr bekannt waren und ihr seinerzeit in Paris aufrichtige Ergebenheit bekundet hatten. Noch hatte sie keinen festen Plan, aber es konnte niemals verkehrt sein, alte Beziehungen zu beleben und sich Verbündete zu schaffen. Der sonst eher schwerfällige Waddo hat dies durchaus richtig erraten und ihr deshalb von einem Tag zum anderen die Besuche in Rouen untersagt. Den Bischof, der sie daraufhin auf dem Krongut besuchen wollte, fertigte er am Tor ab.

Sechs Wochen waren seitdem vergangen. Nun gab es kein Hindernis mehr und gleich mehrere Gründe, Praetextatus erneut aufzusuchen.

Noch am selben Tage erschienen Brunhilde und Merovech an der Spitze eines kleinen Gefolges in der Stadt und überraschten den guten, frommen Hirten. Zwei Jahre lang hatte Praetextatus seinen Patensohn nicht gesehen, die Freude war groß, des Fragens und Wunderns kein Ende. Als der Prinz dann aber ungeduldig mit dem Anlaß seines Besuchs herauskam, machte der Bischof ein erschrockenes Gesicht. Merovech wollte seine Tante heiraten, und er selber sollte die beiden trauen? Eine höchst bedenkliche Angelegenheit! Nicht allein wegen des kirchlichen Verbotes der Ehe zwischen so nahen Verwandten. Gott im Himmel würde vielleicht ein Auge zudrücken, wie er es häufig tat. Aber es war ja offensichtlich, und die beiden machten auch gar kein Hehl daraus, daß König Chilperich dieser Verbindung nicht zustimmen würde. Welche Folgen konnte es für einen vom Herrscher eingesetzten und abhängigen Kirchenmann haben, wenn er sich der Mitwirkung daran schuldig machte!

Merovech ließ diesen Einwand nicht gelten. Trotz aller

Machtfülle konnte ein König den von den Bischöfen und der Priesterschaft gewählten, von ihm nur bestätigten Metropoliten nicht einfach davonjagen. Selbst sein Vater würde sich dazu nicht hinreißen lassen. Aber man respektiere natürlich den Willen des Paten, erklärte der Prinz mit hochmütigem Spott. Wenn er die Trauung ablehne, werde man mühelos einen anderen Priester finden, der weniger zaghaft sei. Oder noch besser: Man werde gleich ganz auf den kirchlichen Segen verzichten, den man ja eigentlich gar nicht brauche. Ein Ehevertrag nach altem germanischem Recht genüge ja im Frankenreich. Er, der Bräutigam, werde ein Brautgeld zahlen, drei Solidi plus einen Denarius, wie üblich bei einer zweiten Heirat der Braut, man werde sich feierlich vor der Gefolgschaft Treue geloben und öffentlich das Brautbett besteigen. Brunhilde wandte lachend ein, das Brautgeld könne er sparen, denn es sei ja kein Vater oder ein anderer da, dem er die »Munt« abkaufen müsse. Es genüge ihr, seine »Friedel« zu sein, von Vormundschaft wolle sie ohnehin nichts wissen. Da rief der Bischof entsetzt, die Friedelehe sei heidnische Zuchtlosigkeit, sei Konkubinat. Und sein Seelenheil werde in Gefahr geraten, wenn er zusähe, wie sein Patensohn in einem solchen Sumpf versinke. Er seufzte, barmte und lief schließlich davon, um in der Hauskapelle seines Bischofspalastes zu beten und sich für eine Entscheidung zu stärken.

Als er dann immer noch unschlüssig, doch der Sache schon etwas geneigter war, brachte Brunhilde die Verhandlungen rasch zum Abschluß. Könnte es Gottes Wille sein, daß der Bischof von Rouen eine Schenkung von mehreren tausend Solidi an seine Kirche zurückwies? Der gute Hirte gedachte wohlig seufzend der vielen Armen, Bedrängten, Witwen und Waisen, denen mit einer solchen Summe geholfen wäre. Und in der sündigen Geheimkammer seiner sonst reinen Seele regte sich mächtig der Wunsch nach einem neuen Reitpferd, einem bequemen Reisewagen und einem Schwert, dessen Griff mit Gold gefaßt und mit Diamanten verziert war und mit dem er in der Gesellschaft der Großen Eindruck machen würde. Praetextatus sträubte sich noch eine Weile aus Anstand. Dann aber betete er abermals und wurde erleuchtet. Gerührt umarmte er seinen inniggeliebten Sohn und die neugewonnene Tochter.

Eine Woche später bereits zelebrierte er in der Kathedrale die Trauung. Um dem Herkommen zu genügen, ging auf dem Krongut eine Verlobung voraus. Vor dem versammelten Gefolge und der Dienerschaft tauschten Brunhilde und Merovech den Brautkuß. Nach römischem Brauch steckte er ihr einen Goldring an den Finger, Symbol der Ewigkeit ihrer Verbindung, Kreis ohne Anfang und Ende. Die Brautgeschenke, die er mitgebracht hatte, wurden schriftlich in einem Vertrag aufgeführt. Gallische Fröhlichkeit kam auf, als er seiner Herzliebsten nach Landessitte auch ein Paar Pantoffeln überreichte. Die sollten für den häuslichen Frieden sorgen, doch Brunhilde nahm gleich in jede Hand einen und verbleute ihrem Verlobten scherzhaft den Rücken. Ein Festmahl wurde bereitet, und an den langen Tischen im Saalhaus herrschte bis in die Morgenstunden die ausgelassenste Stimmung.

Ganz anders ging es am Tage der Hochzeit zu. Ernst und gespannt war die Atmosphäre. Die Kathedrale mußte bewacht werden, weil Denkgläubige das Gerücht von »Gottesfrevel« und »Blutschande« ausgestreut hatten. Auf dem Vorplatz war ein Häuflein dieser Eiferer versammelt und stieß Schmähungen gegen das Brautpaar und den Bischof aus. Praetextatus beeilte sich bei der Zeremonie, als hoffte er, daß Gott gerade wegsah und daß er fertig sein würde, bevor man im Himmel seine Verfehlung bemerkte. Er verhedderte sich, als er die Formel sprach, und beim Segnen zitterte ihm die Hand. In diesem Augenblick ließ auch Gailenus versehentlich einen Zipfel des Altartuchs los, das er gemeinsam mit drei anderen Gefolgsleuten über dem knienden Brautpaar ausgespannt hielt. So verhüllte das Tuch den Kopf des Prinzen, gerade als der Bischof das Kreuz schlug. Die Wunder- und Zeichengläubigen unter den Gästen der Trauung tauschten bedeutungsvolle Blicke.

Es waren nicht viele anwesend, die große Kirche war fast leer. Nur etwa zwanzig auserwählte Getreue hatten das Paar begleitet, von denen die Hälfte, Lanzen und Schwerter in Bereitschaft, vor dem Portal stand und die Störenfriede in sicherem Abstand hielt. Die wichtigsten Gäste, diejenigen, auf die es ankam, hatte man gar nicht erst hierher, sondern gleich nach dem Krongut geladen. Keiner von ihnen wußte ja, daß er zu einer Hochzeit reiste.

Brunhilde hatte es für klüger gehalten, sie über den Anlaß und Zweck des Treffens erst an Ort und Stelle aufzuklären. So hatten die Eilboten lediglich zu einem Fest geladen, das Prinz Merovech, der Thronfolger, während seines Aufenthalts auf Gut Rotoialum mit einigen auserwählten Großen der Region feiern wolle. Damit sie jedoch nicht etwa befürchteten, es käme nun auch noch der Sohn ihres Peinigers, um Geschenke einzusammeln, hatten die Boten im Namen des Prinzen mitgeteilt, daß die Gäste außer ihren Waffen nichts mitbringen sollten. Dagegen habe Herr Merovech aber die Absicht, ihnen die Ehre, die sie ihm mit ihrer Teilnahme an seinem Fest erwiesen, großzügig zu vergelten.

Auch bei der Auswahl der Gäste war man auf Praetextatus angewiesen. Der Bischof kannte die Verhältnisse zwischen Amiens und Evreux, er konnte die Namen der Edlen nennen, deren Unzufriedenheit an Erbitterung und deren Erbitterung an die Bereitschaft zur Empörung grenzte. Nur durfte er freilich nicht vollständig eingeweiht werden. Ihm gegenüber war wieder nur die Rede von Entschädigung für die besonders arg Gebeutelten. Nicht nur Franken, auch Galloromanen aus alten senatorischen Familien wurden von ihm benannt und kamen auf die Gästeliste, sofern sie einflußreich genug waren, um für das Unternehmen nützlich zu sein. Natürlich wurden auch alle diejenigen eingeladen, die Praetextatus schon aus den Truhen der Königin mit Geschenken bedacht hatte.

Als Brunhilde und Merovech, frisch getraut, auf dem Krongut eintrafen, erwartete sie eine Enttäuschung. Nur etwa die Hälfte der Geladenen war erschienen, die anderen hatten wohl den Braten gerochen und waren zu Hause geblieben. Dennoch herrschte auf dem weiten Geviert ein lebhaftes Getümmel. Die Herren, die gekommen waren, hatten ihre Gefolgschaften und einige auch ihre Familien mitgebracht. Waffen glänzten, farbenfrohe Gewänder leuchteten. Natürlich hatten die Gäste inzwischen erfahren, daß ihnen die seltene Ehre zuteil wurde, einer Merowingerhochzeit beizuwohnen. Jubelgeschrei schlug dem Paar entgegen, als es am Tor erschien. Alles drängte heran. Der schon reichlich geschenkte Wein hatte die Stimmung tüchtig befeuert. Die Königin und der Prinz wurden auf den Schultern wie im Triumph umhergetragen. Junge Männer schleppten sogar zwei große Schilde herbei, die beiden wurden auf ihnen emporgestemmt und schwebten hoch über den Köpfen, umbraust von Heil-Rufen.

Der begeisterte Empfang durch die Gäste entschädigte für ihre geringe Zahl und erleichterte das weitere Vorgehen. Immerhin hatte man es jetzt nur mit entschiedenen Parteigängern zu tun. Bald stellte sich auch heraus, daß die wenigsten Merovechs Einladung nur der versprochenen Geschenke wegen gefolgt waren. Für alle diese Unzufriedenen, Geschädigten und Gemaßregelten verkörperte der Prinz die Hoffnung auf das Ende der Schrecken. Wenn manche ihn auch für einen schlaffen Buchstabenfresser hielten, galt er doch für gerecht, vernünftig und friedfertig. Auch in der austrasischen Königin hatten früher schon viele die Befreierin vom Gewaltregime Chilperichs gesehen. Daß die Verbindung der beiden im Rücken des Königs nur auf die Eroberung der Macht zielte, mußte den Herren nicht erst erklärt werden. So konnte man gleich zur Sache kommen.

Während im Saalhaus an langen Tischen geschmaust und gezecht wurde und auf dem Hof die jungen Männer im Reiten, Bogenschießen und Schwertkampf wetteiferten, fanden die Brautleute wenig Zeit zum Feiern. Sie nahmen sich die Geladenen einzeln vor. Das war geraten, damit kein Neid aufkam, weil man dem einen mehr gab oder versprach, dem anderen weniger. Fast immer war es Brunhilde, die das Wort führte. Das hellblonde Haar nach dem Brauch der Neuvermählten in sechs Zöpfe geflochten, festlich in Seide und Brokat gehüllt, mit Reifen, Ringen und einer Perlenkette geschmückt, thronte sie auf ihrem hohen Armstuhl, als sei sie schon die Königin Neustriens, und winkte mit dem gekrümmten Zeigefinger die Männer herbei, die sie zu sprechen wünschte. Nähertretend verneigte sich der Gerufene vor ihr und dem neben ihr stehenden, wohlwollend lächelnden, doch meist schweigsamen Prinzen und durfte erst einmal sein Leid klagen. Dann stöhnte und jammerte er, schlug sich die Brust, zerdrückte Tränen, benannte die Höhe der Steuern und Bußgelder, mit denen ihn der König belastet, und die Bauernhöfe, Äcker, Wiesen und Wälder, die er ihm wegprozessiert hatte. Darauf versprach ihm Brunhilde volle Entschädigung und neben dem Geschenk des Prinzen noch eine Summe aus ihrem eigenen Schatz. Und wenn er sich dann gerührt auf ein Knie niederließ und sich bedankte, senkte sie ihren Blick in den seinen und fragte: »Nun, und wieviel Mann kannst du stellen? Wie viele Reiter? Schwertkämpfer? Speerträger? Sind sie auch ordentlich ausgebildet? Erfahren im Kriegshandwerk? Nicht zu alt? Keine Krüppel? Wirst du sie pünktlich zum vereinbarten Treffpunkt bringen?«

Dieser Treffpunkt sollte ein ehemaliges Krongut vor den Toren von Soissons sein, das einem Mann gehörte, der der wichtigste Hochzeitsgast war. Schon am Vortage war er eingetroffen, dringend herbeigeholt von Gailenus, dem einzigen, dem eine so schwierige geheime Mission anvertraut werden konnte.

Der Mann hieß Godin. Er war einer jener austrasischen Herren, die in Vitry zu Chilperich übergegangen und in seine Dienste getreten waren. Der König hatte ihn dafür mit Wohltaten überhäuft und ihm mehrere Güter geschenkt, alle in der Umgebung seiner Hauptstadt gelegen. Bald aber war es zum Zwist zwischen dem neustrischen Herrscher und seinem neuen Antrustionen gekommen. Godin hatte geglaubt, er habe mit den Gütern auch die dem Fiskalbesitz eigene Immunität erhalten. Chilperich aber verlangte Steuern. Als Godin diese verweigerte, reute den König seine Großzügigkeit, und er nahm ihm eines der Güter wieder fort. Der Austrasier, ein Heißsporn, erschien daraufhin in Berny, um zu protestieren, wobei es beinahe zu Tätlichkeiten zwischen ihm und Chilperich kam. Der Marschalk Chuppa mußte dazwischentreten, als die Schwerter bereits gezückt waren. Merovech war Zeuge des Auftritts, der damit endete, daß Godin zornig davonritt, wobei er noch schrie, er werde für das Heer des Prinzen, das gerade aufgeboten wurde, nicht einen einzigen Mann stellen. Was er dann auch nicht tat.

Als Merovech Brunhilde diese Geschichte erzählte, sagte sie

ohne Zögern: »Godin ist unser Mann! Wenn wir ihn gewinnen, ist mir um unseren Sieg nicht bange. Er hat als Anführer größerer Haufen mehrere Feldzüge mitgemacht, ist auch erfahren im Belagerungskrieg. Ich habe gleich geahnt, daß er es bei deinem Vater nicht aushalten würde. Er ist der ehrenhafteste, tapferste Kerl, den ich kenne!«

»Aber die Führung übernehme ich selbst!« beharrte der Prinz.

»Es ist besser, du hältst dich im Hintergrund!« erwiderte sie mit Entschiedenheit. »Ich war schon einmal mit einem Mann verheiratet, der Chilperich, seinem nahen Verwandten, nichts antun wollte. Ich fürchte, das würde sich mit dir wiederholen. Denke daran, wie es mit Sigibert ausging!«

Sie setzte sich durch. Godin, eine lärmende Kraftnatur, hielt Einzug in Rotoialum. Als ihm Brunhilde entgegentrat, warf er sich ihr zu Füßen. Zum letzten Mal hatte sie ihn in Paris gesehen, wo er sich ihr auf Chilperichs Geheiß auf der Straße zeigen mußte. Damals hatte er schamvoll sein schönes Löwenhaupt gesenkt. Jetzt flehte er wortreich um Vergebung. Gnädig hob sie ihn auf und hieß ihn willkommen. Er schwor ihr, daß er gerade im Begriff war, nach Austrasien zurückzukehren und sich seinem wahren Herrn, ihrem Sohn Childebert, zu unterwerfen. Wieviel glücklicher aber mache es ihn, seiner geliebten Königin dienen zu dürfen! Dann holte er zu einer langen Erzählung aus, um sich für seinen Verrat zu rechtfertigen. Er behauptete, daß ihn übelgesinnte Verwandte von seinem Stammsitz in der Champagne vertrieben hätten, und schilderte endlos die Wechselfälle der Wiedereroberung und erneuten Vertreibung. Nur dieses Unglück habe ihn Chilperichs Angebot geneigt gemacht. Doch sei der neustrische König ein niedriger Schurke, der falsche Versprechungen mache, der Vertrauen und Treue mit schnödem Undank vergelte. Es empörte Merovech, seinen Vater von diesem wetterwendischen Großsprecher schmähen zu hören. Doch Brunhilde gab ihm heimlich Zeichen, er möge Godin gewähren lassen, da man ihn brauche. Der hatte auch schon einen festen Plan zur Einnahme von Soissons. Er wollte sogar ein paar hundert Leute aus seiner Heimat, der Champagne, dazu heranführen.

Auch am Hochzeitstag fühlte sich Godin als Mittelpunkt. Im pelzverbrämten Mantel schritt er durch die Reihen der Gäste, grüßte den einen, umarmte den anderen, zog immer wieder jemand zu vertraulichen Mitteilungen auf die Seite. Alle nasenlang näherte er sich auch der Königin. Dann beugte er sich herab zu ihrem Ohr und flüsterte etwas hinein, was Merovech nicht verstehen konnte. Zwar behandelte er den Prinzen respektvoll, doch eher wie einen Unmündigen. Brunhilde widmete Godin weit mehr Aufmerksamkeit als ihrem Gemahl. Immer wieder ließ sie auch nach ihm rufen, damit er Auskünfte gab und seinen Mitstreitern erste Weisungen erteilte. Als es hieß, er beteilige sich im Hof an den Wettkämpfen, eilte sie unverzüglich hinaus und überreichte ihm selbst eine goldene Schale als Siegespreis, nachdem er aus großer Entfernung eine Krähe vom Baum geschossen hatte. Dabei umarmte und küßte sie ihn.

Um Mitternacht war sie noch immer an Godins Seite. Schon zweimal hatte Merovech sie gemahnt, daß es Zeit sei, das Brautbett zu besteigen. Doch jedesmal hatte sie ihn unwirsch gefragt, ob es jetzt wichtiger sei, sich im Bett zu vergnügen oder sich auf den Kampf vorzubereiten. In einer Ecke des Saalhauses zeichnete Godin mit einer Lanze Striche, Vierecke und Kreise in das Sägemehl, das den Boden bedeckte. An den Tischen, zwischen leeren Bechern und abgenagten Knochen, die Köpfe in Weinpfützen, schliefen Betrunkene. Nur die Zuverlässigsten, Gailenus und Grindio darunter, standen im Kreise und starrten auf die Lanzenspitze, bemüht, Godins Erklärungen zu folgen. Die Einnahme von Soissons wurde von ihm in mehreren taktischen Varianten veranschaulicht. Brunhilde hörte aufmerksam zu und warf gelegentlich eine Frage dazwischen, wobei sie jedesmal die Hand auf den Arm mit der Lanze legte, damit ihr Feldherr einen Augenblick innehielt. Machte Merovech einen Einwand, wurde der gleich von ihr oder ihm als unerheblich zurückgewiesen. »Wir spielen nicht ›Varus und Arminius‹!« sagte sie einmal tadelnd. Endlich, als die letzten Kerzen fast niedergebrannt waren, erlaubte sie allen, sich zur Ruhe zu begeben.

Nun erinnerte sie sich auch, daß sie in dieser Nacht noch eine

Pflicht zu erfüllen hatte. Feierlich und vor Zeugen mußte das Hochzeitsbett bestiegen werden, sonst war die Ehe nicht gültig. Um es vorher zu weihen, war Bischof Praetextatus eigens nach Rotoialum herausgekommen, doch war er längst eingeschlummert, und man hatte ihn mit seinem Stuhl hinter einen Pfeiler gerückt. Nun ließ Brunhilde ihn wecken, und er wankte schlaftrunken zu dem Haus aus Kalksteinziegeln hinüber, dessen Erdgeschoß für den feierlichen Akt geräumt und festlich geschmückt war. Ein ebenso verschlafener Knabe trug ihm Kruzifix, Weihwasserbecken und Rauchfaß nach. Einige Männer aus Merovechs Gefolge und zwei Kammerfrauen Brunhildes, schnell zusammengeholt, umstanden das Lager, während im düsteren Schein einer einzigen Fackel der Bischof, auch diesmal eilig und flüchtig, die Weihe vollzog. Merovech zog sich aus und legte sich zwischen die Tücher. Brunhilde setzte sich nur in ihrem Festgewand auf den Rand des Bettes und löste ihr Haar, indem sie den Pfeil herauszog. Dann gab sie allen ein ungeduldiges Zeichen, sich zu entfernen.

Später lag sie im Dunkeln neben ihm unter dem Bettuch, ohne ihn aber zu berühren. Er drehte sich zu ihr und streckte den Arm aus.

»Laß mich!« sagte sie. »Ich bin müde.«

»Aber es ist doch unsere Hochzeitsnacht ...«

»Als ob es noch darauf ankäme, was hier geschieht.«

Er tastete unter der Decke nach ihren Brüsten.

»Wenn du mich nicht in Ruhe läßt«, zischte sie, »dann ...«

»Was geschieht dann?«

»Dann nehme ich unsere Gürtel, schnüre dich zu einem Bündel und hänge dich an die Wand.«

Er lachte auf. Aber plötzlich verstummte er und schwieg betroffen.

»Zeigst du mir schon die Zähne?« fragte er nach einer Weile.

»Merke dir eines!« erwiderte sie. »Zwingen kannst du mich nicht, das würde dir übel bekommen. Also versuche es erst gar nicht. Mein erster Gemahl, der nicht begreifen wollte, ist einmal blutig abgezogen.«

»Blutig?«

»Er hatte das Schwert nicht beachtet, das zwischen ihm und

mir im Bett lag. Wenn du zu unvernünftig bist, wird es bald auch zwischen uns liegen!«

»Ein Schwert?« fragte er verwirrt. »Zwischen uns im Bett? Aber lieben wir uns denn nicht?«

Er erhielt keine Antwort. Gleich darauf merkte er, daß sie schon eingeschlafen war.

In aller Frühe erhob sich Brunhilde und kümmerte sich um die Gäste. Es war verabredet worden, daß alle im Laufe des Tages aufbrachen und schnellstens in ihre Heimatorte zurückkehrten. Auch dort sollten sie keine Zeit verlieren, gleich die nötigen Vorbereitungen treffen und sich in Marsch setzen. Wieder nahm sich die Königin jeden einzeln vor. Er erhielt sein Geschenk und eine Geldsumme und schwor in der kleinen Kapelle des Krongutes, zu seinem Wort zu stehen. Nach Umarmungen und Küssen setzten sie sich in Bewegung: auf Ochsenkarren, Pferden, Eseln oder auch, wenn sie es nicht sehr weit hatten, auf ihren Füßen.

Mit Godin sprach Brunhilde noch lange unter vier Augen, bevor sie auch ihn entließ. Mehrere Geldsäcke aus der Leudast-Beute nahm er mit sich, um Männer zu werben und Waffen zu kaufen. Bevor er zu Pferde stieg, warf er sich seiner Königin nochmals zu Füßen, küßte sogar den Saum ihres Kleides. Dem Prinzen gab er lässig die Hand. Solange er noch zu sehen war, stand sie am Tor und winkte ihm nach.

Als alle fort waren und es bereits zu dämmern begann, erhob sich plötzlich vom Saalhaus her ein Geheul. Ein paar Gefolgsleute, Knechte und Mägde liefen zusammen. Rasch stellten sie fest, daß die kläglichen Töne aus dem winzigen Fensterloch des Untergeschosses kamen. In diesem halbdunklen Kellergelaß, wo sonst nur Wein und Salz in Fässern lagerten, hatte man Waddo und die beiden anderen Verhafteten, den Domesticus und den Boten, untergebracht.

Wer von den dreien heulte so schrecklich? Gleich rannte alles um das Haus. Am Giebel führte ein Treppchen zu einer niedrigen Tür. Hier stand in den letzten Tagen immer ein Wächter, der auch den Schlüssel hatte. Von ihm war weit und breit nichts zu sehen. Die Tür war verschlossen.

Man klopfte und rief die Namen der drei, doch das Geheul wollte nicht verstummen. Schließlich holte man den Prinzen, und er befahl, die Tür mit Äxten niederzulegen.

Drinnen befand sich nur einer: der Wächter. Er saß an der Wand, stieß die greulichen Töne aus, lallte unzusammenhängende Worte. Zwar war er zu sich gekommen, aber noch immer im Rausch. Neben ihm stand ein Weinfaß, halbleer. Man hatte ihm wohl die andere Hälfte mehr oder weniger gewaltsam eingeflößt.

Wie und wann das geschehen war, konnte zunächst nicht festgestellt werden. Doch mußte der Wächter noch während des Festtrubels, spätestens gegen Mitternacht, in den Keller gelockt, betrunken gemacht und dort eingeschlossen worden sein. Um seine Ablösung hatte sich offenbar niemand gekümmert.

Jedenfalls waren Waddo und die beiden anderen verschwunden. Man suchte sie überall auf dem Gut, doch vergebens. Irgendwie mußten sie auch durch das Tor oder über die Mauer gekommen sein.

Kein Zweifel, wohin sie seit vielen Stunden unterwegs waren.

16

König Chilperich war eine Idee gekommen, wie er seinem Hof zu mehr Glanz und seiner Person zu größerer Popularität verhelfen konnte. Die Römer hatten in Soissons, der alten Hauptstadt des gallischen Stammes der Suessionen, außer einem Palast, einem Forum und mehreren Sakralbauten auch ein inzwischen halbverfallenes Amphitheater hinterlassen. Noch zur Zeit des Syagrius, des letzten Statthalters, der bis zur Niederlage gegen Chlodwig vor neunzig Jahren hier residierte, hatten sich in dieser Arena Gladiatoren und wilde Tiere zur Unterhaltung der Menge umgebracht. Fechterspiele waren inzwischen als unchristlich aus der Mode gekommen, die seelenlose Kreatur hingegen wurde noch immer massenhaft für solche Zwecke herbeigeschafft und feilgeboten. Chilperich sah sich als neuen Augustus oder Trajan, wenn er unter dem Jubel des Volkes die Kampfbahn betreten und das grandiose Schauspiel eröffnen würde. Seit Wochen kletterte er täglich stundenlang in den Ruinen umher, begleitet von seinem Architekten, dem vielseitigen Merellus, und seinem Marschalk Chuppa, dem Unentbehrlichen, der die Leitung und Organisation der Tierhetzen übernehmen sollte. Auch ein syrischer Händler, der das Geschäft seines Lebens witterte, wich ihm dabei nicht von den Fersen.

Am liebsten hätte Merellus die Reste von Sitzreihen, Säulen und Treppen abgerissen und seine Künstlereitelkeit mit einem Neubau nach dem Vorbild des römischen Amphitheatrum Flavium befriedigt, das zu bewundern er einst Gelegenheit hatte. Doch obwohl der König, dessen Schatztruhen seit ein paar Monaten überquollen, nicht kleinlich sein wollte, kam doch nur die Instandsetzung des Vorhandenen in Frage. Das würde schon teuer genug werden. Lange Zeit hatte die Arena den Einwohnern der Stadt als Steinbruch gedient, und auch sonst war alles, was Wert hatte, von den eisenbeschlagenen Türen bis zu den Schutzgittern, fortgeschleppt worden. Chilperich hatte Chuppa beauftragt, nach eventuell noch Verwendbarem zu fahnden. Als sie nun wieder einmal vor den Trümmern der Ehrenloge standen, die der König natürlich besonders prachtvoll wiederhergestellt sehen wollte, konnte der Marschalk Erfolg melden. Einen Teil des kostbaren Marmors hatten die Mönche eines benachbarten Klosters in ihrem Oratorium verbaut.

»Laß das Oratorium niederreißen und den Marmor hierher zurückschaffen!« befahl der König.

»Das dürfte schwierig sein«, wandte Chuppa ein. »Die frommen Brüder sind wehrhaft.«

»So nimm eine Hundertschaft und verhafte sie alle als Diebe. Ich muß schon genug von ihnen erdulden, wenn sie mich auf legale Weise bestehlen. Wir brauchen hier für den Bau nicht nur Steine, sondern auch Sträflinge, damit es vorangeht. Es bleibt dabei, in diesem Herbst noch finden die ersten Tierhetzen statt. Zum ersten Jahrestag meines Sieges bei Tournai!«

»Zu einem so erhabenen Anlaß, Herr«, sagte der Syrer beflissen, »wäre ich gern bereit, mein Angebot zu erhöhen. Hundertfünfzig statt hundert Löwen! Außerdem achtzig Leoparden und Panther. Bären und Stiere kann ich in jeder gewünschten Anzahl beschaffen. Die Preise für Elefanten sind jetzt gestiegen, aber wenn du etwas ausgeben willst, deinem Volke etwas Besonderes bieten ...«

»Ich werde nicht kleinlich sein!« knurrte Chilperich und wuchtete seinen schweren Körper über eine halb mannshohe Mauer, die die ehemalige Statthalterloge begrenzte. Merellus, einen Packen zusammengehefteter Pergamente mit Zeichnungen in der Hand, hob seufzend sein besticktes Mäntelchen und kletterte hinter ihm her.

»Hier habe ich schon den neuen Entwurf, König, nach deinen Wünschen! So wie die Loge jetzt ist, genügte sie einem Provinzgouverneur. Wir werden die doppelte Anzahl von Personen unterbringen.«

»Und wo wird dann mein eigener Platz sein?«

»Dort, wo der Rest der Arkade liegt. Dort wirst du am besten gesehen und hast selbst eine ausgezeichnete Sicht.«

Chilperich ließ sich ächzend auf der bezeichneten Säulentrommel nieder und blickte rundum.

»Ich werde auch den Ausgang des Tunnels vergrößern«, fuhr der Baumeister fort. »Dann kannst du von deinem Platz aus die Bestien kommen sehen. So wie es jetzt ist, siehst du sie erst in dem Augenblick, da sie heraustreten.«

Merellus beugte sich vor und wollte eine Skizze vorweisen, fuhr aber erschrocken zurück, als der König plötzlich in ein Gelächter ausbrach. Chilperich stieß den Finger in die Luft und brachte mühsam, unter Prusten und Glucksen hervor: »Da kommt sie ... die Bestie! Hab' sie tatsächlich erst gesehen, als sie heraustrat!«

Es war die Königin Fredegunde, die auf der anderen Seite der Arena, am Ausgang des Tunnels aufgetaucht war. Um den Weg abzukürzen, war sie nicht über die schadhaften Treppen gestiegen, sondern durch einen noch nicht verschütteten Gang in der unterirdischen Anlage für die Ställe und Käfige gekommen. Hinter ihr erschienen mehrere Männer.

Als sie Chilperich entdeckte, raffte sie ihren weiten Mantel und stürmte, kaum auf die verstreuten Steine und Trümmerbrocken achtend, quer durch die Arena.

Die drei Begleiter des Königs wagten nicht, beim Anblick der hohen, gefürchteten Dame in seine Heiterkeit einzustimmen, und auch Chilperich selber verstummte gleich wieder und starrte ihr finster entgegen. Bisher hatte Fredegunde sich hier noch nicht blicken lassen und überhaupt seinem neuesten Lieblingsprojekt nicht allzuviel Sympathie entgegengebracht. Außerordentliches mußte geschehen sein.

Er sprang auf, beugte sich über die Brüstung und rief: »Was gibt es?«

Sie blieb unten stehen, schüttelte mit einer heftigen Kopfbewegung die schwarzen Locken aus dem Gesicht und schrie herauf: »Eine herrliche Neuigkeit, großer König! Dein Sohn Merovech hat einen glänzenden Sieg errungen!«

»Ha! So ist er in Poitiers?«

»Nicht in Poitiers. Er ist in Rouen!«

»In Rouen? Wie, beim Teufel, kommt er dorthin?«

»Nun, wie wohl? Er hat dort den Feind gesucht!«

»Den Feind? In Rouen?«

»Den du dorthin geschickt hast. Die Gotin!«

»Er hat sie gesucht?«

»Gesucht! Gefunden! Geliebt! Geheiratet!«

»Was?«

»Er hat mit ihr Hochzeit gemacht! Verstehst du? Hochzeit! Hochzeit! Er hat in Rouen seine Tante geheiratet! Sie treiben es miteinander in Blutschande! Der Bischof Praetextatus hat sie getraut! Und nun ist das Weib deine Schwiegertochter!«

»Unmöglich!«

Chilperich stöhnte auf. Einen Augenblick lang schien er zu wanken. Er stützte sich so schwer auf die Brüstung, daß ein paar Steine herausbrachen und hinunterfielen. Der hinzuspringende Merellus erhielt von ihm einen Stoß, so daß er beiseite taumelte. Der König schloß die Augen und keuchte. Er spürte wieder den furchtbaren Stachel, und es war ihm, als sei der niemals so tief und so schmerzhaft in ihn eingedrungen.

»Du glaubst es nicht?« tönte es unbarmherzig von unten herauf. »Sieh dort hinüber – da stehen die Zeugen! Merovech hatte sie eingekerkert. Unter Gefahr für Leib und Leben sind sie geflohen und haben sich zu uns durchgeschlagen!«

Chilperich riß die Augen auf, und erst jetzt erkannte er die drei Männer. Sie waren der Königin zaghaft ein Stück gefolgt, dann aber mitten in der Arena zurückgeblieben, wo sie nun etwas verloren herumstanden.

»Waddo!« flüsterte er. »Verfluchter Hund ... ich erschlage dich!«

Und schon wälzte er sich wieder über die halbhohe Mauer. Er eilte eine kurze Treppe hinunter und sprang dann aus sechs Fuß Höhe von der Umfriedung in die Arena hinab. Mit Riesenschritten näherte er sich den drei Männern, die ihm beklommen entgegenblickten.

Von weitem schon schrie er: »Was ist da passiert?«

Waddo, im staubbedeckten, zerrissenen Mantel, drückte den struppigen Kopf zwischen die Schultern und brüllte mannhaft: »Ein Überfall! Dein Sohn, König, hat uns ...«

Aber Chilperich war schon bei ihm und packte ihn.

»Geheiratet hat er sie? Geheiratet? Die Gefangene, die ich

dir anvertraut hatte? Ist das deine Treue, du Schurke? Warum hast du ihn zu ihr gelassen? Warum hast du sie nicht vor ihm beschützt? Warum hast du dich nicht umbringen lassen? Nur noch als Leiche durftest du vor mir erscheinen! Du aber wagst es, quicklebendig und frech ...«

»Gnade!« schrie Waddo. »Gnade, Herr! Was hätte dir denn mein Tod genützt? So kann ich dich noch rechtzeitig warnen!«

»Wie? Du verhöhnst mich noch? Rechtzeitig? Jetzt, da alles zu spät ist? Jetzt, da sie längst mit ihm zwischen Bettüchern liegt ... sich ihm hingibt ... sich mit ihm paart ... sich mit ihm vergnügt? Mit meinem Sohn Merovech, diesem Schwächling ... Du elender Hund! Ich mache dich kalt! Gleich hier! Auf der Stelle! Euch alle, ihr treulosen Schufte! Wären doch Löwen und Panther in dieser Arena! Zerreißen ließe ich euch, so daß nur blutige Dreckhaufen von euch übrigblieben!«

Wie wahnsinnig schlug der König auf die drei Männer ein.

Sie fielen jammernd vor ihm nieder und suchten ihre Köpfe mit den Händen zu schützen. Er trat nach ihnen, bis Blut in den Sand spritzte.

»Bist du verrückt geworden? Laß ab von ihnen! Warum bestrafst du sie, statt ihnen dankbar zu sein?«

Resolut trat ihm Fredegunde entgegen und stieß ihn zurück.

Er wandte sich von ihr ab und taumelte ein paar Schritte beiseite. Sie sollte nicht sehen, daß ihm Tränen der Wut und der Scham über das Gesicht rannen. Er zitterte, seine Kehle war wie zugeschnürt. Er spürte die ungeheure Demütigung wie einen einzigen Schmerz am ganzen Körper.

Fredegunde kümmerte sich um die drei Männer, half ihnen beim Aufstehen und wischte ihnen mit einem Tuch, das sie aus ihrem Beutel zog, das Blut von den Gesichtern. Dem Waddo hatte Chilperichs Stiefel eine lange Platzwunde an der Stirn geschlagen. Die Königin befahl den dreien, sich zum Palast zu begeben und sich von Marileif behandeln zu lassen.

Die Männer warfen dem Rücken des immer noch abgewandt stehenden Königs vorwurfsvolle Blicke zu und zogen ab.

Inzwischen hatte Chilperich Zeit gefunden, sich zu fassen.

Mit dem Haar, das ihm in langen Strähnen herabfiel, trocknete er verstohlen Augen und Wangen.

Fredegunde ließ das blutbefleckte Tuch in den Sand fallen und sagte: »Hättest du die Männer vernünftig befragt, statt über sie herzufallen, würdest du noch mehr Interessantes erfahren haben!«

Er wandte sich langsam zu ihr um und stieß mit dumpfer Stimme hervor: »Was noch? Genügte das nicht?«

»Du hättest zum Beispiel erfahren, daß Praetextatus, der die beiden getraut hat, vorher schon mit vollen Händen Geld und Geschenke ausgestreut hatte!«

»Geschenke?«

»Im Auftrag der Gotin! Aus den Schatztruhen, die sie von dir in Paris zurückerhielt. Vielleicht kannst du dir vorstellen, wer die Empfänger waren ...«

»Wer war es?«

»Dieselben, die dann nach Rotoialum zur Hochzeit kamen. Die drei konnten niemand erkennen, sie waren ja eingesperrt, und das einzige Fenster ihres Kerkers ging nach der Hofmauer. Aber die hörten den Lärm und den Trubel einer gewaltigen Menge!«

»Es kamen viele zu dieser Hochzeit?«

»Wohl an die dreißig Edle, schätzt Waddo. Nun weißt du auch, was es mit der seltsamen Plünderung auf sich hat, die uns Leudast vor ein paar Tagen aus Tours meldete. Du nahmst ja Merovech in Schutz ... Leudast sei ein früherer Sklave, ein Dieb und Betrüger, dein ehrbarer Sohn aber habe nichts weiter im Sinn gehabt als die Mehrung deines Schatzes und das Wohl deines Heeres. Ich hatte daran gleich meine Zweifel! Und daß er stundenlang mit diesem Austrasier, dem Herzog Boso, in der Kirche hockte, hieltest du ja für treue Pflichterfüllung, weil er ihn angeblich dort herauslocken wollte. Ich ahnte schon, was da ausgeheckt wurde! Daß er schließlich das Heer im Stich ließ, um Audovera in Le Mans zu besuchen, fandest du immer noch nicht absonderlich. Der Segen der Mutter! Darüber konnte ich nur lachen! Doch bald, großer König, wird uns das Lachen vergehen. Während du deine Zeit vergeudest, um Tierhetzen vorzubereiten, bereitet dein Sohn sich darauf vor, dich selber zu hetzen! So vergilt dir dieser schlaue Heuchler, daß du ihm dein Vertrauen geschenkt hast!«

»Hätte ich Chlodwig nach Tours geschickt!« murmelte Chilperich. »Ich hatte mir vorgenommen, Merovech nicht aus den Augen zu lassen. Ich ahnte etwas, ich fühlte es ...« Plötzlich fuhr er gegen die Königin los: »Aber du bestandest darauf! Du drängtest mich! Ich sollte Merovech an die Spitze des Heeres stellen!«

»Was sagst du da?« fauchte sie entrüstet. »Ich hätte darauf bestanden, daß er ...«

»Ja! Ja! Du wolltest es! Du hofftest, er würde nie wiederkommen! Ihn haßtest du mehr als Chlodwig, ihn wolltest du als ersten verderben. Er sollte in Aquitanien Theudeberts Schicksal erleiden!«

»Verleumdung! Daß sich die Erde öffne und dich verschlinge! Ich sollte an allem schuld sein, weil ich ihn hasse?«

»Du hättest ihn gern verführt! Ich habe die Blicke wohl bemerkt, die du ihm manchmal zuwarfst. Er aber verschmähte dich und verliebte sich in die andere, ihrer Bildung und höfischen Gesittung wegen. Ich ahnte die Gefahr! Ich wußte, wozu ein Merowinger imstande ist! Deshalb zögerte ich, ihn fortzuschicken. Aber du ... aus Rache für die Verachtung ...«

»Himmel!« schrie sie. »Ist denn das möglich? Hat man je so verlogenes Geschwätz gehört? Da versinkt er durch eigene Schuld im Sumpf und behauptet, ich hätte ihn hineingestoßen ...«

Mitten in der Arena umkreisten sie sich mit zornroten Köpfen, schrien sich an, stießen die Fäuste gegeneinander. Fredegunde war in ihrem Element, sie entfaltete sich im Streit, und wenn sie sich gar zu Unrecht beschuldigt fühlte, raffte sie alle Kräfte zusammen und verjüngte sich geradezu. Aus ihren Augen schienen Funken zu sprühen, ihre Bewegungen, gewöhnlich träge, wurden schnell und elegant, ihr Gang, manchmal schon schwerfällig, war wieder tänzelnd und geschmeidig. Chilperich dagegen, ein täppischer Riese, tief und schmerzhaft verletzt, konnte seiner überkochenden Wut nicht Herr werden, grunzte, brüllte, fuchtelte und hob manchmal beide Arme, als wolle er mit aller Wucht zuschlagen.

»Bär und Tigerin!« brummte Chuppa, der mit Merellus und dem Syrer noch immer neben den Trümmern der Loge stand und auf die beiden Streitenden in der Arena hinunterblickte. »Wie geht so etwas eigentlich aus?« fragte er den Händler.

»Meistens gewinnt die Tigerin«, gab der sachkundig Auskunft. »Sie macht ihn durch viele Bisse fertig. Aber sie muß sich vorsehen, weil er sie mit einem einzigen Schlag seiner Pranke erledigen kann.«

Fredegunde biß abermals zu.

»Glaubst du, ich wüßte nicht, was dich so wütend macht? Du selber wurdest verschmäht ... nur das ist der Grund! Aber du hattest noch nicht aufgegeben. Und nun ärgerst du dich, weil dir dein Sohn das blonde Gerippe weggeschnappt hat!«

»Lächerlich! Hätte ich sie so weit fortgeschickt, wenn ich ...«

»Du wolltest dein Glück genießen, ohne daß ich in der Nähe war und dabei störte! Wolltest du nicht demnächst deine nördlichen Gaue bereisen? Zu spät, mein feuriger Held, die Festung ist schon gefallen! Für deine morsche Lanze gibt es dort keine Verwendung mehr. Nun mußt du achtgeben, großer König, daß du den Kopf auf dem Hals behältst. Den will die hohe Dame immer noch haben!«

»Das alles verdanke ich dir!« schrie er außer sich. »Sie und ich ... wir wären ohne dich niemals Feinde geworden!«

»Ich habe ihre Schwester nicht umgebracht!«

»Ich hätte auch niemals ihre Schwester geheiratet! Ich hätte mich gleich um sie selbst beworben, noch vor Sigibert meine Werber geschickt! Aber ich hatte Mitleid mit dir, wollte dich nicht in den Staub zurückstoßen, wo ich dich aufgelesen hatte!«

»Lügner! Du wußtest ja gar nichts von ihr! Hast sie ja erst auf Sigiberts Hochzeit gesehen!«

»Du Tochter einer Kuhmagd, du fette, zänkische Schlampe, hast mir die glänzendste Heirat verdorben!«

»Ah! Ist das mein Lohn? Dafür, daß ich dir altem, häßlichem König meine Jugend und Schönheit geopfert habe? Daß ich dich in Tournai gerettet habe? Daß ich ...«

»Da hast du den Lohn!«

Chilperich holte aus und schlug zu. Fredegunde versuchte

auszuweichen, stolperte über ein Trümmerstück und stürzte zu Boden.

Die drei Zuschauer in der Loge ließen kein Auge von dem Schauspiel.

»Wie ich schon sagte«, bemerkte der Syrer befriedigt. »Wenn die Tigerin unaufmerksam ist, braucht der Bär nur einen einzigen Prankenhieb!«

Fredegunde hielt es für geraten, den Streit nicht fortzusetzen. Sie raffte sich auf, säuberte ihre Kleidung, warf Chilperich noch einen Blick voll fürchterlicher Verachtung zu und eilte davon. Gleich darauf verschwand sie im Tunnel.

Der König stand einen Augenblick unschlüssig mitten in der Arena. Dann erinnerte er sich seiner drei Begleiter, gab ihnen ein Zeichen und stapfte auf die Treppe zu, über die sie hereingekommen waren.

»Die Tierhetzen hat er bereits vergessen«, sagte Chuppa, während sie ihm folgten. »Deine Pläne, Baumeister, wirf in die Ecke. Oder verbrenne sie.«

»Warum denn?« fragte Merellus gereizt.

»Weil es nun wieder einmal Krieg geben wird. Der Sohn empört sich gegen den Vater. Nichts Neues im Frankenreich.«

»Ja, ich erinnere mich an diesen stattlichen jungen Herrn«, sagte der Syrer. »Gut fünfzehn Jahre muß das jetzt her sein. Er hielt Hof wie ein kaiserlicher Präfekt in Antiochia. Erst traf ich ihn in Poitiers, dann in Limoges. Damals handelte ich mit Schwertern. Er kaufte alles, was ich hatte. Ich machte ein glänzendes Geschäft.«

»Und mit ihm nahm es ein schreckliches Ende«, seufzte Chuppa. »Chramn war es, Chilperichs jüngster Bruder. Er verbündete sich mit den Bretonen und zog gegen seinen Vater Chlothar. Zum Schluß wurde er gefangengenommen und mit seiner Frau und seinen kleinen Töchtern in eine Bauernhütte gesperrt. Sein Vater ließ die Hütte anzünden, und alle verbrannten.«

»Diese Franken sind noch immer Barbaren!« sagte Merellus halblaut zu dem Syrer, damit der Marschalk es nicht hören konnte.

17

Die erste Nachricht von der bevorstehenden Ankunft Chilperichs brachte ein Vertrauter Godins nach Rotoialum. Der Mann, ein Verwandter des abtrünnigen Überläufers, in alle Pläne eingeweiht, berichtete von eiligen Truppenaushebungen, die der König in der Umgebung von Soissons vornahm. Schweren Herzens habe Godin selbst eine kleine Abteilung Bewaffneter ausrüsten müssen. Er habe sich nicht weigern können, um nicht verdächtig zu erscheinen. Im Grunde, ließ er mitteilen, sei Chilperichs Vorhaben für das Unternehmen aber höchst vorteilhaft. Wenn der König abrücke und seine Hauptstadt, wenig geschützt, fast von Truppen entblößt zurücklasse, werde man zuschlagen und leichtes Spiel haben. Bedeutende Hilfskräfte aus der Champagne seien bereits unterwegs. Es käme jetzt nur noch darauf an, daß Königin Brunhilde und ihr Gemahl ihrem unbesonnenen Verfolger nicht in die Hände fielen.

Zwei Tage später galoppierte ein Neustrier, der sich unter den Hochzeitsgästen befunden hatte, auf den Gutshof. Aufgeregt teilte er mit, daß seine Leute, zu Godin nach Soissons in Marsch gesetzt, auf einen entgegenkommenden bewaffneten Haufen gestoßen seien. Noch rechtzeitig, ohne bemerkt zu werden, hätten seine nur mit Speeren und Messern bewaffneten Männer kehrtmachen können. Zwischen den Anrückenden seien sogar gepanzerte Reiter und Ochsengespanne mit Belagerungsgerät gesichtet worden.

Fast unmittelbar danach erschien auf dem Krongut Bischof Praetextatus. Der fromme Mann befand sich in heller Panik. Der sich nähernde Chilperich hatte einen Eilboten vorausgeschickt und ihm befohlen, sich tags darauf zu seinem Empfang vor dem Stadttor einzufinden. Rechenschaft solle er geben, warum er eine Verbindung gesegnet habe, die der König wieder zu trennen entschlossen sei. Harte Strafen, ließ Chilperich mitteilen, würden jeden erwarten, der es wagen sollte, das Paar zu verteidigen, das sich so unbedacht gegen fränkisches Recht und kirchliches Gebot vergangen habe.

»Seine Empörung ist ja verständlich!« lamentierte der ahnungslose Bischof. »Aber weshalb kommt er mit einer Streitmacht? Wollen wir uns denn gegen ihn auflehnen? Ich werde ja seinem Befehl gehorchen und ihm in Demut entgegenziehen. Meine ganze Beredsamkeit werde ich aufbieten und ihm erklären, daß es nicht Gottes Wille sein kann, einander liebenden Menschen die rechtmäßige Verbindung zu versagen. Seid zuversichtlich, meine Kinder, daß ich ihn überzeugen werde! Dennoch bin ich in großer Sorge. Sein Zorn scheint furchtbar zu sein, und ihr wißt ja, wozu er imstande ist. Ich halte es deshalb für besser, daß ihr ihm nicht gleich unter die Augen tretet und euch an einen sicheren Ort begebt. Ich wüßte einen ...«

Seit der Entdeckung von Waddos Flucht hatten Brunhilde und Merovech ihre Tage in Unruhe und Spannung verbracht und nicht aufgehört, die mögliche Reaktion des Königs zu erörtern. Anfangs waren sie ziemlich sicher, daß die Geflohenen von der Verschwörung nichts wissen konnten. Nur von der Hochzeit hatten sie durch den Wächter erfahren, was dieser, endlich nüchtern geworden, nach einem scharfen Verhör bekannte. Die Heirat allein konnte Chilperich immerhin zähneknirschend hinnehmen. Vielleicht, erwogen Brunhilde und Merovech, würde er sich nicht sofort entschließen können, die geschaffene Tatsache zu billigen oder abzulehnen. Vielleicht würde er einen Vertrauten zwecks Aufklärung schicken oder sie durch einen Boten in seine Hauptstadt beordern. Mit all dem hätten sie Zeit gewonnen.

Eine neue Lage ergab sich durch die Nachrichten, die ihnen Godins Verwandter brachte. Der König rüstete, machte sich marschbereit. Also wußte oder ahnte er etwas. Allerdings schien er keinen Verdacht gegen Godin zu haben, dessen Person er sich anderenfalls wohl sofort versichert hätte. Brunhilde teilte deshalb die Zuversicht des Austrasiers. Nun kam es in der Tat darauf an, sich dem König nicht auszuliefern, damit das Unternehmen nicht kopflos wurde. Sie erörterten den Unterschlupf bei diesem oder jenem zuverlässigen Verbündeten. Ein etappenweiser Rückzug in nordöstlicher Richtung über Amiens nach Tournai ließ die Möglichkeit einer Flucht über die austrasische Grenze offen. Indem er sich der Festung erinnerte, in der er mehrere Monate zugebracht hatte, kam Merovech auch die Idee, man könne Tournai erobern und von der äußersten Ecke des Reiches aus die entscheidenden Schläge führen.

Der Prinz hatte es nicht verwunden, am Tag seiner Hochzeit neben Godin eine so klägliche Figur gemacht zu haben. Er glaubte auch, daß ihn Brunhilde in der Brautnacht nur deshalb so schroff abgewiesen hatte. So ergriff er eifrig die Gelegenheit, das Heft wieder in die Hand zu bekommen. Seine Pläne schienen Gestalt anzunehmen, als der neustrische Gutsherr die Nachricht von dem erzwungenen Rückzug seiner Bauern brachte. Wenn der Weg nach Osten versperrt war, wurde es ratsam, die Aufständischen nach Norden zu leiten und sie von dort aus gegen Chilperichs Truppen zu führen, während die Austrasier in seinem Rücken sich der Hauptstadt bemächtigten. Dies war schon als richtig erkannt, und die Vorbereitungen für den Aufbruch am nächsten Morgen begannen.

Doch da erfuhren sie von Praetextatus, daß Chilperichs Ankunft unmittelbar bevorstand. Der König rückte in Eilmärschen an. Sie konnten ihm nicht mehr entkommen.

»Von welchem Ort sprichst du, ehrwürdiger Vater?« fragte Brunhilde. »Wo wären wir deiner Meinung nach sicher?«

»In der Kirche des heiligen Martin, meine Tochter.«

»Hat der Heilige denn auch hier eine Kirche?«

»Sie ist nur klein und bescheiden und kann sich mit den anderen nicht messen«, sagte Praetextatus. »Aber so gibt es hier wenigstens eine Stätte, die unter Martins besonderem Schutz steht und also sicherer als jede andere ist. Die Kirche wurde auf der Stadtmauer erbaut. Ich empfehle euch, begebt euch dorthin, bis die Gefahr vorüber ist!«

»Ein vernünftiger Vorschlag«, sagte Brunhilde zu Merovech. »Wir sollten tun, was uns dein Pate empfiehlt.«

Dem Prinzen war das keineswegs recht. Er erinnerte sich des Herzogs Boso und seines Asyls in der Kathedrale von Tours. Der Gedanke, müßig und furchtsam herumzusitzen, zu beten und auf Befreiung oder ein Wunder zu hoffen, war ihm zuwider. Er fürchtete auch, daß er so in den Augen seiner Gemahlin wieder an Ansehen verlieren könnte. Eine Beratung mit seinen Getreuen ergab, daß Gailenus, Grindio und andere derselben Meinung waren. Brunhilde jedoch besprach bereits mit dem Bischof die Einzelheiten des Umzugs in die Martinskirche.

Merovech nahm sie auf die Seite und machte ihr energische Vorstellungen.

»Warum hörst du auf Praetextatus? Er hat doch nur Angst, daß er alles allein ausbaden muß, wenn wir fort sind. Dabei kann ihm gar nichts passieren!«

»Und du? Hast du nicht auch Angst?« fragte sie, wobei sie ihm mit kühlem Spott in die Augen blickte.

»Angst? Ich?« Er lachte auf. »Im Gegenteil! Ich will nicht feige in der Kirche hocken und abwarten, während andere handeln und über mein Schicksal bestimmen.«

»Sieh an! Der Stoiker hat sich gewandelt.«

»Brechen wir auf, Brunhilde! Ohne Zögern! Wir können morgen, wenn mein Vater hier eintrifft, schon dreißig Meilen weit fort sein!«

»Wohl kaum. Mit den Wagen und den Lasttieren werden wir nicht einmal die Hälfte schaffen.«

»Wir lassen alles zurück! Auch mein Gefolge, bis auf die zuverlässigsten Leute.«

»Und ziehen umher als ein Haufen von Abenteurern? Oder wie eine Räuberbande?«

»Wie kommst du darauf? Es gibt rings um Rouen an die dreißig Edle, die zu uns stehen. Wir finden immer ein Obdach und Hilfe. Haben sie nicht unsere Geschenke empfangen? Uns Schwüre geleistet?«

»Geschenke, an die sie sich nicht mehr erinnern ... Schwüre, die längst vergessen sind – wenn wir ohne Schätze und ohne Gefolge, arm und schutzlos daherkommen. So wirst du nie König, mein kleiner Gemahl!«

»Gib mir nicht diesen verächtlichen Namen!« begehrte er auf. »Vielleicht hast du mit fränkischer Treue schlechte Erfahrungen gemacht. Du bist eine Fremde. Ich dagegen, ein Merowinger ...«

»Mach dich nicht lächerlich. Der erste beste, der uns geschworen und Geschenke empfangen hat, wird uns verraten, um sich bei deinem Vater in Gunst zu bringen. Nur Reichtum und Stärke imponieren ihnen. Laß uns solche unvernünftigen Pläne begraben.«

»Du willst also in der Kirche sitzen und auf meinen Vater warten?«

»Ich fürchte mich nicht vor ihm. Aber du ... Könnte es sein, daß du vor einer Begegnung mit ihm fliehen willst? Hast du Angst, daß du ihr nicht gewachsen sein könntest?«

»Wie kannst du das glauben?« rief er entrüstet. »Wo ich ihm doch am liebsten auf dem Schlachtfeld begegnen würde!«

»Ja, denn dort wäre es leichter«, sagte sie überzeugt. »Aber dazu wird es vorerst nicht kommen. Im Schutz des Heiligen werden wir abwarten. Vielleicht genügen uns wenige Tage. Nicht wundern würde mich, wenn Godin mit seinen Austrasiern jetzt schon in Soissons wäre. Sei zuversichtlich, bald werden auch wir dort einziehen.«

»Als König und Königin von Godins Gnaden! Wird er dann unser Hausmeier? Hast du ihm das schon versprochen? Wirst du dann täglich Begrüßungsküsse mit ihm tauschen?«

»Du mußt wirklich noch viel lernen, mein Kleiner! Eifersucht auf einen Gefolgsmann, den wir benutzen?«

Sie ließ ihn stehen, um der Dienerschaft ihre Anweisungen zu erteilen.

Kurze Zeit darauf verließen bereits die ersten von Ochsen gezogenen Karren mit Möbeln und Hausrat das Gut. Um die Unbequemlichkeit, der man sich aussetzen mußte, in Grenzen zu halten, wurden auch Teppiche, Kandelaber und ein Badezuber nach der Stadt und in die Kirche geschafft. Unter starker Bewachung folgten schließlich einige Lasttiere, die Säcke gemünzten Goldes und Ballen kostbarer Stoffe trugen, und die Gespanne mit den Truhen, in denen sich die noch immer nicht unbeträchtlichen Reste der anderen Schätze Brunhildes und der Leudast-Beute befanden.

Da die kleine Kirche nach der Auskunft des Bischofs höchstens fünfundzwanzig Asylsuchende aufnehmen konnte, mußte der Prinz auf mehr als die Hälfte seiner Leute verzichten. Er befahl ihnen, nach Tours zurückzukehren, damit sie der

König nicht als Deserteure bestrafte. Die Männer der ehemaligen Wachmannschaft blieben in Rotoialum zurück. Sie sollten erklären, daß sie sich der Übermacht beugen mußten und gezwungen wurden, Merovech Dienst zu leisten.

Ein heftiger Regen ging gerade über der Stadt Rouen nieder, als der Planwagen mit der Königin und dem Prinzen, umgeben von berittenem Gefolge, durch die Straßen rollte. Der Kutscher hielt auf einem weiten, freien Platz vor der Stadtmauer, und sie mußten ein Stück durch fast knietiefen Schlamm waten, bis sie die steinerne Treppe erreichten. Unter Merovechs Schild geduckt, stieg das Paar bis zur Plattform hinauf. Gleich hinter der Treppe erhob sich das Kirchlein.

Es war ein schmuckloses Gebäude, fast vollkommen aus Holz gebaut, lang und sehr schmal, obwohl die Plattform, die das Fundament bildete, an dieser Stelle etwas verbreitert worden war. Im Osten, an der Chorseite, lehnte das Haus sich an einen ehemaligen römischen Wachturm an, unter dessen Dach eine kleine Glocke hing. Als Brunhilde und Merovech eintraten, mußten sie sich zwischen ihrem Gepäck hindurchwinden, das den winzigen Vorraum fast völlig versperrte. Auch im Langhaus ließen Matratzen und Habseligkeiten der Gefolgsleute und der Dienerschaft nur gerade einen Durchgang frei. Zum Glück war Frolaica vorausgeeilt und hatte in die Sakristei, die hinter dem Altarraum in dem gemauerten Erdgeschoß des früheren Wachturms lag, bereits ein Bett, Teppiche und Möbel schaffen lassen. So war eine zwar enge, doch einigermaßen behagliche Wohnung entstanden. Durch ein verglastes Fenster fiel trübes Licht herein. In einer Ecke stand ein Schränkchen mit Kirchengerät. An der Wand lehnte eine Leiter, mit deren Hilfe die Mönche des nahen Klosters, die den Altardienst versahen, durch die offene Luke ins Obergeschoß des Turms gelangten, um die Glocke zu läuten. Die Gegenwart des heiligen Martin bezeugte ein halb verblichenes Wandgemälde. Es stellte die berühmte Szene dar, in der der spätere Bekenner seinen Militärmantel zerschnitt, um ihn mit einem Bettler zu teilen. Martins Gesicht zeigte seltsamerweise höchstes Erstaunen, so als habe der Maler vorausgesehen, daß der Heilige eines Tages von dieser schäbigen Wand auf eine Königin und einen

Prinzen herabblicken würde, die in Bedrängnis seinen Beistand suchten.

Der Regen ließ nach, und Praetextatus kam vom Bischofspalast herüber, um selbst eine Abendandacht zu halten. Mit ernsten Mienen standen die fünfundzwanzig Gäste des Heiligen vor der Chorschranke. Als der Bischof Gott bat, er möge den Zorn des Königs Chilperich dämpfen und ein friedliches Ende des Konflikts herbeiführen, beugten alle das Knie, und die Frauen der Königin, von ihrer Angst überwältigt, brachen in Tränen aus. Anschließend legten Brunhilde und Merovech die Hände auf den Altar und schworen, in Liebe und Treue fest zusammenzustehen und die Kirche erst wieder verlassen zu wollen, wenn dies gefahrlos möglich sei, dann aber auch nur gemeinsam – auf keinen Fall einzeln, ohne den anderen. Brunhilde hatte darauf bestanden und die Formel, die ihnen der Bischof vorsprach, selbst festgelegt. Merovech schwor mit Inbrunst und ließ dabei kein Auge von seiner Gemahlin. Er betrachtete dies auch von ihrer Seite als Liebesbekenntnis und als Bekräftigung unerschütterlicher Treue. Das in der Formel enthaltene Mißtrauen entging ihm.

Später lagen sie nebeneinander und konnten lange nicht einschlafen. Nur ein Vorhang trennte die Sakristei vom Altarraum, und sie hörten aus dem Langhaus das Knarren und Rascheln, das Schnarchen, Keuchen und Hüsteln. Wind kam auf und strich jaulend um den Turm, manchmal in so heftigen Stößen, daß über ihnen die Glocke ins Schwingen geriet, der Klöppel den Hohlkörper leicht berührte und einen dumpfen, zittrigen Ton erzeugte. Auch Regen trommelte wieder auf das Dach und gegen das Fenster.

Merovech sank zuerst in einen unruhigen Schlummer. Er atmete heftig, wälzte sich, schlug sogar um sich. Immer wieder erwachte er stöhnend und warf die Felldecke ab, um seinen schweißgebadeten Körper zu kühlen. Brunhilde nahm dann ein Tuch, trocknete ihm die Stirn und flüsterte ihm beruhigende Worte zu.

Erschienen ihm im Traum schon die Schergen seines Vaters, die unter Mißachtung des Asylrechts hier eindrangen und ihn hinausschleppten? Brach ihm trotz der bitteren nächtlichen

Kälte der Schweiß aus, weil er bereits die Hitze der in Brand gesteckten Kirche verspürte?

Brunhilde starrte in die Finsternis. Auch sie quälten Ängste und Zweifel und die Gedanken an den kommenden Tag. Was erwartete diesen hübschen Jungen, der sie liebte und sich um ihretwillen gegen Natur und Neigung zu den tollsten und dreistesten Unternehmungen hinreißen ließ? Was erwartete sie selbst, die sie ihn etwas weniger liebte, ihn aber geheiratet hatte, um schließlich doch noch zu triumphieren? Es schauderte sie bei der Vorstellung, alles könne ein kurzes, schnelles Ende nehmen. Was hatte Chilperich, der gottlose Unhold, im Sinn? Gab es Grenzen, die er nicht überschreiten würde? War das Asyl in der Martinskirche gegenüber der Flucht tatsächlich die bessere Lösung? Oder hatte sie mit ihrem selbstherrlichen Entschluß, den Vorschlag des Bischofs anzunehmen, bereits das Todesurteil für sich und den Prinzen gesprochen? Hatte sie leichtfertig übersehen, daß sie ja einen ruchlosen Mörder erwarteten, einen Menschen ohne Moral und Glauben? Den Sohn eines Sohnesmörders, der seinen Neffen eigenhändig die Kehlen durchschnitt und seine zarten Enkeltöchter in Aschehäuflein verwandelte? Den Enkel des skrupellosesten aller Unholde, der jeden Verwandten, dessen er habhaft werden konnte, ohne Ausnahme umbringen ließ?

Wieder schreckte Merovech neben ihr aus dem Schlaf auf, und sie langte im Dunkeln nach dem Tuch und tupfte den Schweiß von seiner Stirn.

»Ist es noch immer nicht Morgen?« stöhnte er.

»Bald wird es hell. So lange ruh dich noch aus.«

»Und du? Warum liegst du denn wach? Schlaf doch! Hab keine Angst, ich werde dich schützen ...«

Sein Kopf sank auf das Kissen zurück.

Sie dachte: Daß ein so edelmütiger, empfindsamer Kerl von solchen Ungeheuern abstammte ...

18

König Chilperich traf gegen Mittag in Rouen ein. Es regnete wieder in Strömen, als aus einer Gasse gegenüber der Stadtmauer das Kriegsvolk hervorquoll und sich über den freien Platz unterhalb der Kirche verteilte. Eine Hundertschaft Berittener folgte, von denen viele Panzerhemden und Helme trugen. Schließlich sprengte der König selbst aus der Gasse hervor und über den aufspritzenden Schlamm bis zu der steinernen Treppe. Als bescheidener Diener Gottes auf einem Esel reitend, jedoch im vollen Bischofsornat, mühte sich Praetextatus, Anschluß zu halten.

Der König saß ab und brüllte Kommandos. Er winkte ungeduldig einige der Behelmten zu sich, unter ihnen den Marschalk Chuppa. Ein Knecht lief herbei mit der Hündin Lupa am Lederband. Chilperich wickelte es sich um die Faust und gab mit einer Kopfbewegung seinen Begleitern das Zeichen, ihm zu folgen. Schweigend, mit den Spitzen ihrer Langschwerter über die Treppenstufen schrammend, stampften sie zur Plattform hinauf. Der Bischof raffte mit beiden Händen seine wasserschwere Stola bis fast zu den Knien und stieg hinterher.

Chilperich war der verkörperte Zorn. Die Unbilden des Weges und der Witterung, denen er sich aussetzen mußte, hatten den schon vorhandenen Unmut bis zum Äußersten gesteigert. Sein knochiges, grobes Gesicht mit der wulstigen Nase war bleich und eingefallen, unter der schrägen Stirnfalte starrten die Augen aus bläulich umschatteten Höhlen. Von seinem unbedeckten, nur mit dem Stirnband umwundenen Kopf fielen die langen, nassen Strähnen auf den Wollmantel, den er über dem Panzerhemd trug. Die Hündin an der kurzen Leine hinter sich herzerrend, betrat er die Plattform. Die Kirchentür war weit geöffnet, doch niemand stand zu seiner Begrüßung bereit. Beim hastigen Überschreiten der

Schwelle bückte er sich nicht tief genug und rammte die Stirn gegen den Türsturz. Mit einem greulichen Fluch trat er ein.

Weitere Flüche folgten, als ihm in dem engen, mit Gepäck vollgestopften Vorraum Kisten und Ballen entgegenfielen. Im Langhaus standen die Gefolgsleute des Prinzen und die Bediensteten aufgereiht neben ihren Schlafplätzen und neigten beim Anblick des Königs die Köpfe. Er beachtete niemand und schritt, sein waffenklirrendes Gefolge hinter sich herziehend, durch den Gang in der Mitte bis zur Chorschranke. Hier verharrte er keuchend. Er schlug den Mantel zurück, steckte den Daumen der freien Hand in den Gürtel und richtete seinen stieren Blick auf seinen Sohn Merovech.

Das Paar stand zu beiden Seiten des von zwei Kerzen beleuchteten Hochaltars, bereit, im Fall von Gewaltanwendung einen Zipfel des Altartuchs zu ergreifen. Brunhilde hatte ein langes, dunkles Gewand angelegt, das ein einfacher Gürtel zusammenhielt. Der Haarpfeil war ihr einziger Schmuck. Die erhabene Ruhe und stolze Würde verrieten nichts von ihrem Herzklopfen. Der Prinz trug sein Festgewand und zum Zeichen dafür, daß er im Notfall nicht nur auf den Schutz des Heiligen bauen wolle, sein Wehrgehänge mit der Spatha, dazu am Gürtel Sax und Franziska. Seine Hände tasteten unruhig an den Gürtelbeschlägen herum. Doch hielt er den Kopf hoch erhoben, und seine hellen Augen trotzten dem langen, furchtbaren Blick, mit dem ihn sein Vater vernichten wollte, noch ehe ein Wort gesprochen war. Merovech unterbrach sogar als erster das unerträgliche Schweigen und sagte mit fester Stimme:

»Heil, mein Vater! Meine Gemahlin und ich entbieten dir unseren Gruß. Wir wissen nicht, in welcher Absicht du kommst. Deshalb können wir dich nicht so willkommen heißen, wie es …«

»Schweig!« donnerte der König. Die angestaute Wut entlud sich in einer wilden Tirade.

»Habt ihr gehört? Er entbietet mir frech seinen Gruß! Er wagt es – statt in ein Mauseloch zu kriechen. Verdammter Bube! Elender Lumpenhund! Gewissenloser Verräter! Pflichtvergessener, treuloser Schuft! Du hast noch die Stirn, mir in die Augen zu blicken, an mich das Wort zu richten? Seht es euch an, das brave Kerlchen! Früher konnte er kein Wässerchen trüben. Hockte nur über Büchern und philosophierte. Suchte das Wahre, Gute und Schöne. Nun hat sich Sokrates in Satan verwandelt! Antworte mir, du mißratener Sproß! Was hat ein Feldherr verdient, der sein Heer im Stich läßt? Was hat ein Räuber verdient, der in das Haus eines Grafen einbricht? Was hat ein schamloser Kerl verdient, der mit der Witwe seines Onkels ins Bett steigt? Was hat ein Gottesleugner verdient, der einen Pfaffen dazu anstiftet, diese Schande auch noch zu segnen? Was hat ein Empörer verdient, der hinter dem Rücken des Königs Unzufriedene um sich versammelt? Antworte, Bürschlein! Was hat er verdient? Er gehört vor das königliche Gericht: Fahnenflucht! Plünderung! Blutschande! Gotteslästerung! Aufruhr! Da kommt wahrhaftig eine Menge zusammen, und wir werden uns dieser Sache annehmen. Unverzüglich! Noch heute! Dazu sind wir hergekommen. Und nun Schluß mit dem Possenspiel! Du glaubst doch nicht etwa, Knäblein, daß du unserem Gericht entkommst, wenn du hier in der Kirche hockst. Marsch, hinaus mit dir! Vorwärts! Bist du taub? Dies ist der Befehl des Königs!«

Der Prinz stand noch immer kerzengerade neben dem Altar. Er hielt dem unablässig auf ihn gerichteten Blick weiter stand, doch in sein Gesicht schoß das Blut, und seine tastende Hand gelangte vom Gürtel nach dem Schwertgriff. Der rüde, verächtliche Ton, mit dem ihn sein Vater vor Brunhilde und dem Gefolge erniedrigte, stärkte nur seinen Widerstand. Ehe er aber dem König eine stolze Antwort entgegenschleudern konnte, hatte der Bischof sich zwischen den Panzerhemden nach vorn gedrängt.

»Halte ein, König!« rief er. »Wozu läßt du dich hinreißen? In dieser Kirche ist der heilige Martin zu Hause. Niemand hat hier zu befehlen, auch du nicht. Nimm Vernunft an und mäßige dich! Bedenke doch, daß ...«

»Nun hört euch den dreisten Pfaffen an!« schrie der König. »Verteidigt das Recht des heiligen Martin! Dabei hat er ihn und sämtliche Heiligen verhöhnt! Gott selber hat er beleidigt!«

»Wie könnte es Gott beleidigen, daß ich den Bund zweier edler Seelen ...«

»Halt's Maul!« donnerte Chilperich. »Mit dir wird später abgerechnet. Ich werde ein Konzil einberufen, und dort werden dich deine Amtsbrüder fragen, ob du die kirchlichen Vorschriften kennst. Oder ob du vielleicht bestochen wurdest, damit du ...«

»Vater, es ist genug!« rief Merovech.

»Nenne mich nicht ›Vater‹, Bürschlein, dazu hast du vorerst kein Recht mehr! Das wird dir erst wieder erlaubt sein, wenn du bereut und gebüßt hast. Noch einmal befehle ich: Hinaus mit dir!«

»Wir werden so lange hierbleiben, bis du dein Unrecht einsiehst!«

»Mein Unrecht?« Der König lachte auf wie über eine Ungeheuerlichkeit.

»Ja, Unrecht! Indem du versuchen willst, uns zu trennen!«

»Ich werde euch trennen, darauf verlaß dich! Auch das wird noch heute geschehen. Nicht einen Tag länger werde ich diese Schande dulden! Das bin ich der Ehre unserer Familie schuldig!«

»Warst du es auch der Ehre unserer Familie schuldig, als du meine Mutter verstießest? Als du die arme Galsvintha ...«

»Laß!« unterbrach ihn Brunhilde. »Wozu ihm noch einmal seine Untaten vorhalten? Er kennt sie genau. Er gebärdet sich ja nur wie ein Rasender, weil er selber ein schlechtes Gewissen hat.«

Erst jetzt fuhr Chilperich herum und wandte sich der Königin zu. Bisher hatte er so getan, als sei sie nicht anwesend.

»Ah, die hohe Dame Brunhilde!« höhnte er. »Die Stolze! Die Unnahbare! Die trauernde Witwe! Die ehrbare Königinmutter! Die ihre Begierden nicht bezähmen konnte und dieses Knäblein verführte!«

»Vater!« schrie Merovech. »Ich warne dich!«

»Vielleicht hat sie aber noch andere Absichten!« fuhr Chilperich unbeirrt fort. »Vielleicht geht es ihr nicht nur um den Sinnenkitzel. Mir scheint, ich habe da eine Spinne gemästet. In dieser verdammten Ecke meines Reiches fühlt sie sich anscheinend wohl. Es geht ihr gut, sie wird unternehmend. Als erste Beute schnappt sie sich dieses Fliegenmännlein. Daran tut sie sich gütlich, das gibt ihr Kraft, und nun hat sie noch mehr vor. Sie spinnt ihr Netz, verspritzt ihr Gift ...«

Er verstummte mit einem Gurgellaut. Plötzlich stach ihm die Spitze von Merovechs Schwert entgegen. Mit ausgestrecktem Arm, dessen Zittern er mühsam beherrschte, zielte der Prinz auf den Hals des Königs.

»Sprich noch ein Wort«, stieß er hervor, »und ich werde in dieser Kirche zum Vatermörder! Mag mich hinterher auch der Teufel holen!«

Der König sprang zwei Schritte zurück. Dabei ließ er vor Schreck, vielleicht aber auch mit Absicht, die zerrende, bellende, zähnefletschende Hündin los. Mit einem Satz war sie an der Schranke, sprang gegen Merovech hoch. Der versetzte ihr einen Schwertschlag und traf sie mit voller Wucht, jedoch mit der flachen Klinge, so daß er ihr nur ein wenig das Fell ritzte. Winselnd und zuckend wälzte das Tier sich am Boden.

Nun erhob sich empörtes Geschrei, und unter den Begleitern des Königs entstand ein Gedränge. Von hinten zwängten sich Gailenus und Grindio zwischen ihnen hindurch, um Merovech beizustehen.

Praetextatus schrie dem Prinzen zu: »Mein Sohn, besinne dich! Tu das Schwert weg! Du erzürnst den Heiligen! Er wird dir seinen Beistand entziehen!«

Doch Merovech hielt es jetzt nicht für geraten, sich auf den Beistand des Heiligen zu verlassen. Er mußte sich seiner Haut wehren. Der Anblick seiner Lieblingshündin, von der er glaubte, sie sei am Verenden, erstickte in Chilperich auch das letzte Fünkchen Vernunft.

Mit gezogener Spatha stieg er über die Holzbarriere in den Chorraum. Vater und Sohn drangen vor. Die Schwerter krachten aufeinander. Chilperich drückte mit der ganzen Wucht seines schweren Körpers den Prinzen beinahe zu Boden. Im letzten Augenblick wich Merovech aus und rettete sich hinter den Altar. Über diesen hinweg wurden weitere Schläge getauscht. Ein Baldachin stürzte zusammen, Gefäße fielen herunter, geweihtes Brot rollte über den Boden. Der König, außer sich geratend, packte mit der Linken einen

Leuchter und schleuderte ihn nach seinem Sohn. Das Geschoß verfehlte den Kopf des Prinzen und prallte gegen die Wand.

Inzwischen waren auch Chuppa und Gailenus mit ihren Kurzschwertern aneinandergeraten. Grindio und die Männer des Königs umstanden das sich noch immer wälzende Tier und beschimpften sich unflätig. Der Bischof irrte von einer Gruppe zur anderen, um zu mahnen und zu beschwichtigen. Da aber niemand von ihm Notiz nahm, fiel er vor dem einzigen Nebenaltar auf die Knie, hob verzweifelt die Arme und stimmte das Miserere an. Das Klagegeschrei der Dienerinnen und das Winseln der Hündin mischten sich damit zu einem schaurigen Chor.

Unbemerkt war Brunhilde gleich zu Beginn des Kampfes hinter den Vorhang zur Sakristei getreten. In der Ecke neben dem Schränkchen für das Kirchengerät lehnte der Speer des Prinzen. Sie nahm die Waffe und trat wieder an den Vorhang. Vorsichtig lupfte sie ihn und blickte hinaus.

Vor ihr sprang Merovech, ihr den Rücken zukehrend, noch immer im Schutz des Altars hin und her. Mal teilte er Schläge aus, mal parierte er sie. Ihr gegenüber, vor dem Altar, mit der fürchterlichen Grimasse eines Wahnsinnigen, kämpfte der König. Er keuchte heftig, sein Blick war nur auf den Prinzen gerichtet. Auch der zweite Leuchter flog gegen die Wand. Merovech konnte noch rasch zur Seite springen, doch entfiel ihm dabei das Schwert, und er mußte sich bücken. Da packte Chilperich auch das hohe, schwere, bronzene Kreuz und hob den Arm, um es auf ihn hinabzuschleudern.

Brunhilde faßte den Speer in der Mitte und riß den Vorhang beiseite. Der König sah sie sofort und schrie auf. Er ließ das Kreuz fallen und machte in Panik drei Schritte rückwärts. Dabei stieß er gegen die kniehohe hölzerne Schranke. Er verlor den Boden unter den Füßen und stürzte rücklings über sie. Das Schwert entfiel seiner Hand.

Seine Männer und der Bischof eilten hinzu. Chilperich lag auf dem Boden und stöhnte erbärmlich. Er betastete seine Schulter, die er sich offenbar verletzt hatte. Aber er wehrte die hilfreichen Arme ab und stützte sich auf einen Ellbogen. Dabei hob er den Kopf, und sein noch immer entgeisterter Blick suchte die Tür hinter dem Altar, in der er die schreckliche, speerschwingende Walküre gesehen hatte. Es stand dort aber nur wie vorher die Königin in ihrer gewohnten statuarischen Ruhe, die offenen Hände aneinandergelegt, als wolle sie sie gleich zum Gebet heben.

Chilperich wandte sich ab. Irgendwie kam er auf die Beine. Der Schmerz zuckte wieder durch seine Schulter, als er die Spatha, die ihm jemand zureichte, in die Scheide zurückstieß. Merovech lehnte im Chor an der Wand. Sein Schwert lag auf der Altarkante. Auch Gailenus und Chuppa hatten die Waffen gesenkt. Das Geschrei war verstummt. Nur Lupa knurrte und winselte und versuchte, noch halb benommen, sich aufzurappeln.

»Versorgt sie mir!« sagte der König. Und mit gewaltiger Stimme rief er: »Daß ihr es wißt: Ich komme wieder! Aber es wird für euch besser sein, wenn ihr herauskommt!«

Ohne sich noch einmal umzusehen, verließ er die Kirche.

Noch am selben Tag begann der Zermürbungskrieg.

Zu ungeduldig, um sich der Listen und Tricks zu bedienen, mit denen es manchmal gelang, Asylsuchende aus den Kirchen zu locken, setzte Chilperich auf Drohung und Einschüchterung.

Da es nicht möglich war, auf dem verschlammten Platz an der Mauer Zelte zu errichten, legte er einen Teil seiner Leute ringsum in Bürgerhäuser. Die Bewohner wurden hinausgetrieben und mußten sich irgendwo Unterschlupf suchen. Dann erging der Befehl an die Männer, mit Reitergefechten und allerlei kriegerischen Übungen möglichst viel Lärm zu machen. Stundenlang hörte man in der Kirche das Geschnauze der Anführer, die Anfeuerungsrufe und das Klirren und Krachen der aufeinandertreffenden Schwerter und Schilde. Sogar auf der Treppe, die zu der Mauerplattform hinaufführte, ja unmittelbar vor der Kirchentür tummelten sich die Fechter.

Es wurde auch ein lustiges Vogelschießen veranstaltet, und die Pfeile umschwirrten die Kirche. Steckte einer der Eingeschlossenen die Nase aus der Tür, sauste sogleich ein Geschoß vorüber. Die Schützen zielten auch nach den kleinen offenen Fenstern unter dem Kirchendach, und von Zeit zu Zeit flog ein

Pfeil herein und blieb im Gebälk stecken oder fiel herab auf die Lagernden. Mehrmals wurden lockere Ziegel getroffen und lösten sich. Durch die Löcher im Dach rieselte Regen herab.

Als eine Gruppe von Mönchen gegen Abend zum Altardienst erschien, wurde sie belästigt und angepöbelt. Die Leute des Königs entrissen den Brüdern auch die Krüge mit Milch und Gemüsebrei, die sie auf Anordnung des Bischofs in die Kirche bringen sollten. Der Glöckner wagte sich nicht auf den Turm, aus Angst, dort von einem Pfeil getroffen zu werden.

Es wurde Nacht, doch die Folter, der die Menschen in der Kirche ausgesetzt waren, hielt an. Da es zu regnen aufhörte, konnten im Freien Feuer entzündet werden, wozu Chilperichs Leute kurzerhand Bohlen und Balken aus den Häusern herausschleppten, in denen sie einquartiert waren. Am Fuße der Mauer und sogar auf der Plattform, nur wenige Schritte vom Eingang der Kirche entfernt, loderten Flammen empor. Der scharfe Nachtwind belebte sie, fachte immer wieder die Glut an und blies die Funken gegen die Wände. Zum Glück war das Holz noch feucht vom Regen. Dennoch wachten Merovechs Gefolgsleute, einander ablösend, die ganze Nacht an der Kirchentür. Sie hielten wassergefüllte Bottiche bereit für den Fall, daß es etwas zu löschen gäbe.

Zu Hunderten war das Kriegsvolk des Königs um die Feuer versammelt. Schweine und Hühner wurden an Spießen gedreht. Verlockender Duft durchwehte die Kirche, wo man mit den Vorräten haushalten mußte und sich mit etwas Brot und Käse begnügte. Die Kerle an den Feuern betranken sich, schrien, stritten und trieben Unfug. Zu den Fenstern herein flogen Steine und sogar mit Pfeilen durchbohrte Krähen und Katzen. Eine der Frauen wurde durch einen scharfen Kiesel am Kopf verletzt.

Immer wieder, bis in den Morgen hinein, ertönten Gesänge. Mit Vorliebe wurde ein Spottlied gegrölt:

Die Königin Brunhilde, die Witwe tugendsam,
hat einen schönen Knaben, dem ist sie zugetan.
Sie liebt ihn heiß und innig, hat keine Angst vorm Kirchenbann.
Dabei ist's nicht ihr Sohn. Ihr Neffe ist's und Ehemann!

»Könnte man ihnen doch die Mäuler stopfen!« rief Merovech. Nackt sprang er vom Lager auf und trommelte mit den Fäusten gegen die Wand. »Wer denkt sich solche Gemeinheiten aus?«

»Da fragst du noch?« sagte Brunhilde. »Er! Wer sonst? Er ist doch ein Dichter. In Paris trug er mir einiges vor, etwas in der Art des Sedulius. Er behauptete, daß das Dichten seine wahre Berufung sei. Wie man hört, ist er dabei sehr vielseitig.«

Sie lag ausgestreckt im Bett, den Kopf auf die verschränkten Hände gestützt. Ihr Haar schimmerte als heller Fleck in der Dunkelheit, aus der sich sonst nur noch das graue Viereck des schmalen Fensters abhob. Das Glas war wie durch ein Wunder unbeschädigt geblieben. Die offene Luke an der Decke hatten sie mit Brettern geschlossen, nachdem Pfeile und Steine an der Glocke abgeprallt und heruntergefallen waren. Die Glocke war die ganze Nacht hindurch bevorzugtes Ziel der Steinewerfer, und jedesmal erhob sich Freudengeschrei, wenn sie getroffen wurde und einen kurzen, klagenden Ton von sich gab. An Schlaf war nicht zu denken.

»Wie lange werden wir das ertragen müssen?« stöhnte der Prinz.

»Ich bin sicher, daß Godin schon unterwegs ist. Gleich nach der Einnahme von Soissons wird er kommen und uns hier herausholen. So ist es abgemacht. Wenn dein Vater seine Leute anhält, zu trinken und die Nächte zu durchwachen ... um so besser! Um so schneller wird Godin mit ihnen fertig werden. Sie verhalten sich ebenso dumm und leichtfertig wie eure Vorfahren. Habt ihr im Unterricht nicht auch die Geschichte vom römischen Feldherrn Germanus durchgenommen, der gegen die Marser zog und nur Betrunkene antraf, die er mühelos niedermachte? Also laß sie nur trinken und schreien. Wenn Godin kommt ...«

»Godin, Godin!« seufzte Merovech. »Godin ist nicht Germanicus! Und wer weiß, ob er überhaupt jemals kommt. Ob er das Unternehmen wagt ... nur mit seinen Austrasiern, ohne die Unsrigen. Erinnere dich, daß dich erst kürzlich schon einmal jemand heraushauen wollte. Herzog Boso! Jetzt sitzt er selber unter dem Dach des heiligen Martin.«

»Ich hatte zu Boso niemals volles Vertrauen. Er ist flatterhaft und unzuverlässig. Godin dagegen ...«

»Warum wolltest du dich nicht auf mich verlassen?« fragte Merovech heftig, wobei er sich auf das Lager kniete und über sie beugte. »Wir wären jetzt unterwegs, könnten handeln, uns in den Kampf stürzen! Aber du traust mir nichts zu. Hältst mich für unfähig – oder für unreif. Denkst du im stillen etwa auch: ein Knabe, ein Bürschlein, ein Fliegenmännlein?«

»Wie kannst du so etwas glauben!« Sie legte die Arme um seinen Hals und zog seinen Kopf zu sich herab. »Wie glänzend hast du heute meine Ehre verteidigt! Wenn ich noch einen letzten Zweifel hatte, so ist er mir damit genommen. Du wirst ein großer König sein. Du bist es schon! Wie kläglich und lächerlich hat sich dagegen dein Vater benommen. Wie gedemütigt hast du ihn abziehen lassen!«

»Ich weiß nicht, ob das nur mein Verdienst war«, sagte er nachdenklich und streckte sich neben ihr aus. »Er gab den Kampf plötzlich auf, obwohl ich am Boden war. Als ob eine überirdische Macht ihn zurückriß. Könnte das der Heilige gewesen sein?«

»O ja!« erwiderte sie rasch. »Er war es ... auch ich hatte diesen Eindruck. Er hat den Kampf zu deinen Gunsten entschieden. Das bedeutet, daß er auf unserer Seite steht. Er ist unser Verbündeter. Deshalb war es richtig hierherzukommen.«

»Ich konnte nie an so etwas glauben ...«

»Es war eine Probe seiner Macht. Jetzt kannst du zuversichtlich sein. Der Heilige wird deinem Vater niemals verzeihen, wie er sein Haus betrat ... mit Waffengeklirr und Hundegebell. Du aber hast nicht nur für meine, sondern auch für seine Ehre gestritten. Wahrhaftig, du bist ein Held! Mit den Tapfersten kannst du es aufnehmen! Für deine Tat hast du einen Lohn verdient. Empfange ihn ...«

Sie umschlang ihn und preßte sich an ihn.

»Aber«, flüsterte er, »aber hier in der Kirche?«

»Der Heilige will es! Er hat sich heute schon einmal durch mich offenbart. Dies ist das zweite Mal.«

Das verstand er nicht, doch er fragte nicht weiter. Sie liebte ihn in dieser Nacht so heftig, daß er nichts mehr wahrnahm von den wüsten Gesängen, dem infernalischen Lärm und Gepolter. So handelte sie ohne Zweifel im Sinne des heiligen Martin, denn nach vollbrachter Liebesarbeit senkte sich himmlischer Frieden auf das zerrissene Gemüt des Prinzen. Merovech fiel in einen langen, erquickenden Schlaf. Und auch sie selber fand endlich Ruhe.

Das Erwachen war allerdings böse und zeigte die Lage unverändert. Angstschreie drangen von draußen herein. Merovech und Brunhilde fuhren gleichzeitig auf und stürzten an das Fenster, von dem aus sie einige Häuser und einen Teil des Platzes überblicken konnten. Da sahen sie zwei der jungen Mägde der Königin splitternackt und über und über mit Schlamm bespritzt hin- und herrennen, gejagt von einer johlenden Meute. Wohin sie sich wandten – überall stand schon ein Kerl, der ihnen den Weg abschnitt. Man hielt ihnen Messer entgegen und ließ die Hosen herunter, sobald sie sich näherten. Kein Zweifel, was den beiden zugedacht war. Doch da sprangen auf einmal fünf, sechs junge Männer aus der Gefolgschaft Merovechs, Gailenus an der Spitze, mit blanken Schwertern die Treppe hinab, teilten Hiebe aus und nahmen die Mädchen in die Mitte. Mit knapper Not brachten sie sie zurück in die Kirche.

Die beiden Mägde, gewöhnt, des Morgens Wasser zu holen, hatten sich, da es draußen endlich ruhig geworden war, ein Herz gefaßt und waren zum nächsten Brunnen gegangen. Doch eine Wache hatte sie beobachtet, und auf dem Rückweg erwartete man sie bereits. Die vollen Bottiche wurden über ihren Köpfen geleert, bevor dann das rohe Spiel begann. Auch einer Männergruppe aus der Kirche, die sich etwas später zum Brunnen aufmachte, gelang es nicht, Wasser herbeizuschaffen. Sie wurde eingekreist und so lange angerempelt, bis alles verschüttet war. Das Trinkwasser wurde in der Kirche schon knapp, man mußte Wein trinken. Der Vorrat in den mitgebrachten Fässern würde einige Tage reichen. Zum Waschen gab es noch etwas aufgefangenes Regenwasser. Brunhildes Badezuber blieb unbenutzt.

Es war ein schwerer Verstoß gegen geltendes Recht, Asylsuchenden in einer Kirche Wasser und Lebensmittel zu verweigern. Niemand durfte ihre Helfer und Bediensteten hindern, ihnen das Nötige herbeizuschaffen. Nichtsdestoweniger wurden am Nachmittag zwei Bauernkarren aus Rotoialum, die Brot, Milch und Bohnen brachten, entladen und umgeworfen. Der Bischof, der davon erfuhr, wollte beim König im Stadtpalast protestieren, wurde aber nicht vorgelassen. Chilperich ließ sich den ganzen Tag lang nicht blicken.

Alle Schikanen vom Vortage wiederholten sich. Auch in dieser Nacht brannten die Feuer, flogen die Steine, wurden die Spottgesänge gegrölt. Verletzt wurde diesmal aber niemand, denn Gailenus und ein paar andere hatten alle Fenster nach der Stadtseite mit Brettern vernagelt. Dafür hatten sie mit ihren Äxten ein paar Bohlen der gegenüberliegenden Wand entfernt. Eine türartige Öffnung war entstanden, die frische Luft hereinließ und immer einigen den Aufenthalt zwischen zwei Mauerzinnen ermöglichte. Am Abend ließ sich auch Merovech hier nieder und blickte, den Rücken gegen eine Zinne gelehnt und die Beine ausgestreckt, auf die Landschaft hinunter.

»So wie in Tournai, Prinz«, sagte Gailenus. »Viele Stunden haben wir dort auf der Mauer verbracht. Es ist noch nicht lange her, ein halbes Jahr etwa ...«

»Wie ein halbes Jahrhundert erscheint es mir«, seufzte Merovech.

Sie schwiegen eine Weile, und Gailenus wartete, bis zwei andere Gefolgsmänner sich entfernt hatten. Dann sagte er, ein wenig die Stimme dämpfend: »Was soll nun werden? Als du uns von Tours nach Rouen führtest, hoffte ich, daß wir uns für dich schlagen würden. Eine Zeitlang schien es auch so. Doch nun? Hier sind wir in arger Bedrängnis und können nichts machen. Wer hilft uns heraus?«

»Das weißt du doch«, sagte Merovech mürrisch. »Godin!«

Gailenus gab seinem pfiffigen Jungengesicht einen skeptischen Ausdruck. »Deine hohe Gemahlin läßt ja nichts auf ihn kommen. Aber ich war in deinem Auftrag bei ihm. Auf seinen Gütern herrscht die tollste Wirtschaft. Alle befehlen, und niemand gehorcht. Wenn es in seiner Truppe ebenso zugeht ...«

»Das hast du mir schon erzählt, und ich habe es ihr gesagt!«

unterbrach ihn Merovech schroff. »Aber wir brauchen nun einmal ihn und seine Austrasier.«

»Warum? Wir könnten es doch mit den Unsrigen ebenso schaffen! Du hast immer gesagt, daß dein Vater als Feldherr nicht gerade Cäsar oder Belisar ist. Und sieh dir die Haufen da unten an. Die erledigen wir mit Küchenmessern! Wir müssen nur erst genug Leute zusammenbringen.«

Merovech merkte kurz auf, schüttelte dann aber den Kopf.

»Zu spät! Wie sollen wir hier herauskommen?«

»Aber wir sind doch schon fast draußen! Die Stadtwache ist nicht sehr aufmerksam, und die Männer deines Vaters trinken und singen. Wir lassen uns an Seilen hinunter, die wir aus unseren Kleidern drehen. Ein paar Schritte, und wir sind schon im Wald!«

»Nicht übel.« Merovech lächelte und maß mit den Augen die Höhe der Mauer. »Aber wir haben keine Pferde.«

»Etwas Geld müssen wir schon mitnehmen, um welche zu kaufen.«

»Und die Frauen? Sollen sie ...«

»Die bleiben doch bei deiner hohen Gemahlin.«

»Wie? Du meinst ...«

»Nun, hier in der Kirche. Vielleicht geht sie ja auch zurück auf das Gut. Was würde sich schon groß für sie ändern? Sie war ja dort vorher auch als Gefangene.«

»Was fällt dir ein?« Merovech packte Gailenus an der Schulter. »Ich sollte sie hier zurücklassen? Wieder in der Gewalt meines Vaters?«

»Verzeih, es war nur ein Vorschlag. Wenn sie mitkäme ... auch gut. Aber sagtest du nicht, sie wolle nicht mit Abenteurern umherziehen?«

»Ich spreche noch einmal mit ihr«, sagte Merovech.

Dies tat er. Sie lachte nur kurz und trocken auf. Ein kindischer Plan sei das, meinte sie, den sich sein früherer Spielgefährte ausgedacht habe. Manchmal habe auch sie den Eindruck, es mit unreifen Knaben zu tun zu haben. Er schwieg beleidigt, und sie sprachen stundenlang kein Wort miteinander.

Der dritte, vierte und fünfte Tag des Asyls verliefen ereignislos, abgesehen von den Störungen und Belästigungen, die aber allmählich etwas nachließen. Offenbar war ein entsprechender Befehl ergangen. Chilperich schien nun auf die zermürbende Wirkung der Zeit zu setzen. Nach wie vor blieb er selbst unsichtbar. Von der Kirche aus wurde nur ab und zu der Marschalk Chuppa beobachtet, der die Quartiere der Mannschaft aufsuchte, zweifellos, um neue Anweisungen zu erteilen. So wurden die Mönche, die zum Altardienst kamen, schließlich nicht mehr behindert, auch wenn sie Krüge mit Wasser und Körbe voller Lebensmittel mit sich führten. Unter Psalmengesang, ein Kreuz vorantragend, nahten sie wie in einer Prozession. Man ließ sie passieren und begnügte sich mit spöttischen Zurufen und Gelächter. So gelangte wenigstens das Allernotwendigste zu den Schutzsuchenden.

Nach seinem letzten Versuch, der erzwungenen Untätigkeit zu entkommen, ergab sich Merovech einer Apathie, die er mit Absicht vorwurfsvoll zur Schau stellte. Der Bischof hatte ihm auf seine Bitte hin Bücher geschickt, und mit ihnen verbrachte der Prinz nun die Tage, gewöhnlich draußen auf der Mauer, zwischen den Zinnen. Da den letzten Aprilschauern freundliches Maiwetter folgte, saß er hier bis tief in die Nacht, hing irgendwelchen Gedanken nach oder grollte still vor sich hin. Dann stieg er über die Ruhenden hinweg und ging in die Sakristei, wo er sich neben Brunhilde niederlegte. Wenn er bemerkte, daß sie nicht schlief, seufzte er dabei vernehmlich. Das hieß: Nun, wo bleibt denn dein Godin?

Sie redeten zwar wieder miteinander, doch nicht viel mehr als das Nötigste. Solange sich draußen nichts ereignete, hatten sie kaum etwas zu besprechen. Es gab nicht allzuviel, was sie gemeinsam interessierte, und immer häufiger kam es zu Meinungsverschiedenheiten. Brunhilde sprach oft von ihren Kindern. Sie sorgte sich um die beiden Mädchen im Kloster Meaux, rühmte ihre sich entwickelnde Schönheit und schmiedete Heiratspläne für sie. In ihrer Heimat, am gotischen Hofe, wuchsen Prinzen heran, die für Ingunde und Chlodosvintha vielleicht in Frage kämen. Noch mehr Gedanken machte sie sich über ihren Sohn Childebert, dessen glänzende Talente und Fähigkeiten ihrer Ansicht nach schon im zartesten Alter zutage getreten waren. Sie befürchtete, daß ein grober, ungeschickter

Mentor wie der Hausmeier Gogo nicht imstande sein könne, die herrlichen Anlagen des jungen Königs zu entwickeln. Wenn sie der gegenwärtigen Zwangslage entronnen sein würde, wollte sie die Erziehung ihres Sohnes in die Hand nehmen und zu ihrer Hauptaufgabe machen.

Merovech, der seinen Stiefsohn nicht kannte, zeigte für Childeberts Anlagen und Erziehung wenig Interesse und sprach lieber von einem eigenen Sohn. Er wollte auch nicht, wenn er zur Macht kommen sollte, nur eine Art neustrischer Unterkönig Childeberts sein, wie Brunhilde es sich anscheinend vorstellte. Solche Gespräche waren meist kurz, weil es schnell wieder zu Verstimmungen kam. Der Prinz zog sich dann mit seinen Büchern zurück, während die Königin, um sich Bewegung zu machen, manchmal stundenlang in der Kirche auf und ab schritt. Dabei sprach sie diesen oder jenen Gefolgsmann an und bediente sich dabei wieder erfolgreich des ungezwungenen Tones, der sie früher schon so beliebt gemacht hatte. Mit Grindio maß sie sich einige Male im Brettspiel. Auch mit ihren Frauen führte sie lange Gespräche. Sie hockte in ihrem Kreise, half beim Ausbessern der Kleidung und griff auch mal zu Schere und Kamm, um einer Magd die Haare zu richten. Sie stärkte allen den Mut und versicherte ihnen, ihre Treue niemals vergessen zu wollen. Während der Prinz, der sich mürrisch absonderte, an Ansehen verlor, gewann sie auch bei seinen eigenen Leuten zunehmend Geltung.

Indessen schwand täglich etwas von ihrer Zuversicht. Wenn Godin nach Chilperichs Aufbruch keine Zeit vertan hatte, konnte er nicht länger ausbleiben. In drei bis vier Tagesmärschen war die Strecke von Soissons nach Rouen zu bewältigen. Warum kam er nicht? Die Frage, die ihr Merovechs Blicke und Seufzer stellten, begann auch Brunhilde zu quälen, wenngleich sie sich immer wieder mit den Unwägbarkeiten des Kriegsgeschehens beschwichtigte. So konnte die Einnahme der befestigten Stadt trotz der Abwesenheit des Königs auf Schwierigkeiten gestoßen sein. Vielleicht war sogar eine kurze Belagerung notwendig. Und überhaupt war das Kriegsglück blind. Vor einem halben Jahr erst hatte sie in Paris einem sicher geglaubten Sieg entgegengefiebert. Mit Mühe erwehrte sie sich dieser Erinnerung, die sich ihr immer häufiger aufdrängte. Zunehmend fiel es ihr schwerer, den anderen, vor allem Merovech gegenüber die gleichbleibend hoffnungsfrohe Haltung zu wahren.

Am sechsten Tag, an dem noch immer nichts geschah, erschien Praetextatus, der täglich den Weg zur Festungsmauer hinauf fand, mit großer Verspätung. Zu dritt saßen sie in der Sakristei. Der Bischof berichtete, daß ihn der König gerufen und lange aufgehalten hatte.

»Er fing wieder von der Hochzeit an«, sagte er mit bekümmerter Miene, »und ich mußte ihm nochmals die Namen der Gäste nennen. Immer wieder fragte er, ob ich auch niemand vergessen hätte. Diejenigen, die du durch mich schon früher beschenkt hattest, Tochter, hielt er mir noch einmal gesondert vor, und ich mußte bestätigen, daß ich keinen unterschlagen hatte. Und dann fragte er: ›Haben sie etwas dafür versprochen? Wurde gegen mich gehetzt? Wurden Schwüre geleistet?‹ Wie unerquicklich! Wie ärgerlich! Warum sind nur die irdischen Herrscher so mißtrauisch? Warum nehmen sie sich nicht ein Beispiel an Gott, der die Menschen liebt?«

»Der liebt sie auch nur, wenn sie ihn wiederlieben, ehrwürdiger Vater«, sagte Brunhilde. »Andere Götter duldet er nicht neben sich.«

»Aber wen fürchtet denn König Chilperich? Wer sollte sich gegen ihn auflehnen? Er hat offenbar einige kommen lassen, und sie mußten bestätigen oder beschwören, daß sie nur auf einem Fest waren, zu dem du, mein Sohn Merovech, sie geladen hattest. Was sollten denn fröhlich feiernde Leute schon gegen ihn unternehmen wollen?«

»Er ließ sie kommen?« fragte der Prinz gespannt. »Auch den Herrn Godin?«

»Nein, den nicht. Er wollte aber noch einmal wissen, ob der tatsächlich hier war.«

»Warum?«

»Weil dieser Godin inzwischen auf und davon ist. Er hat sich abgesetzt über die Grenze, ist fortgezogen mit Mann und Maus, zurück nach Austrasien. Zu deinem Sohn, dem König Childebert, Tochter.«

»Er ist fort?« fragte sie betroffen.

»Sagte der König. Er hatte gerade heute morgen eine Botschaft der Königin Fredegunde erhalten. Noch ein anderer, der sich zu ihm geschlagen hatte, ist ebenfalls fort ... warte, sein Name ist, glaube ich, Siggo ... er soll Referendar gewesen sein ...«

»Godin und Siggo sind zurück nach Austrasien?« rief Merovech.

»Ja, und der König war furchtbar wütend darüber. Undankbare nannte er sie, weil sie sich erst seiner Wohltaten erfreuten und ihn jetzt im Stich lassen. Nun, er war in übelster Laune. Auch ich bekam wieder allerhand ab. Er hielt mich so lange mit seinen Fragen auf, daß ich den Gottesdienst versäumte. Ich glaube aber, er ist trotz allem jetzt etwas milder gestimmt. Wegen der Trauung machte er mir keine Vorwürfe mehr.«

Bevor er ging, schlug der Bischof vor, das Paar solle ein Bittgesuch an den König richten. Er habe den Eindruck, dessen Zorn sei jetzt so weit besänftigt, daß es Erfolg haben könnte. Sie sollten in dem Schreiben ihr Unrecht eingestehen, aber um Milde, die Verschonung von einer gerichtlichen Verurteilung und die Anerkennung ihrer Ehe bitten. Der Bischof wollte das Gesuch gleich übergeben und dabei anregen, daß eine Kirchenbuße, die er selbst mit den beiden ableisten würde, eine angemessene Kompensation sei.

Als Praetextatus ging, ließ er die beiden zunächst in Ratlosigkeit zurück. Immerhin waren sie sich einig, daß ein Bittgesuch und das Eingeständnis von Unrecht nicht in Frage kamen. Falls die Empörung gescheitert war – und Merovech zweifelte nach dem Gehörten nicht mehr daran –, mußten sie ihren Ehebund und ihre Freiheit retten. Der Prinz neigte daher dazu, den Vorschlag des Bischofs insoweit aufzugreifen, daß sie sich mit einem Schreiben an den König wandten. Dieses mußte nach seiner Ansicht die Forderungen enthalten, deren Erfüllung Voraussetzung dafür sein könnte, daß sie den Schutz der Kirche aufgaben. Auch Straflosigkeit für seine Entfernung von der Truppe in Tours und die Aktion gegen Leudast sollten dazugehören. Aus seiner jüngsten Erfahrung als Feldherr eines unbeschäftigten Heeres wußte Merovech, daß seinem Vater an einer raschen Lösung des Konflikts gelegen sein mußte, damit er den für ihn selber kostspieligen und für die Stadt und ihre Umgebung ruinösen Aufenthalt abbrechen konnte. Der Prinz wollte sich gleich mit dem Schreibzeug, das er in der Sakristei vorfand, an die Niederschrift machen.

Brunhilde ging aber auch dies schon zu weit. Nur nicht den ersten Schritt tun, nur keine Schwäche zeigen! Was hatte man eigentlich erfahren? Chilperich spürte den Hochzeitsgästen und Geschenkeempfängern nach. Konnte einer von ihnen die selbstmörderische Dummheit begangen haben, ihm zu gestehen, daß er in eine Verschwörung verstrickt war? Gewiß, unter Druck und Folter. Aber offenbar wurde ja niemand in Haft genommen. Auch die Wachmannschaft in Rotoialum wußte von nichts, selbst von denen, die sich in der Kirche befanden, waren ja lediglich zwei, Gailenus und Grindio, eingeweiht.

»Also hat er wohl nichts erfahren«, schloß die Königin ihre Überlegungen. »Und die Sache ist keineswegs gescheitert. Wozu also jetzt in Panik geraten. Wozu ihm entgegenkommen?«

»Und Godins Verschwinden?« warf Merovech ein. »Ist das bedeutungslos? Ändert das auch nichts?«

»Nein. Nur daß wir ein bißchen länger durchhalten müssen.«

Er lachte fassungslos auf.

»Dein zuverlässiger Feldherr hat uns verraten!«

»Glaubst du das wirklich? Viel näher liegt doch, daß er nur über die Grenze gegangen ist, um seine Leute auf austrasischem Boden zu sammeln und dann mit ihnen zurückzukehren. Daß Siggo bei ihm ist, macht mich noch sicherer. Der kennt die Stadt und den Palast, weiß um die schwachen Punkte der Befestigungsanlagen, weiß, wo Waffen und Schätze lagern ...«

»Du bist so blind in deinem Vertrauen, daß du nach dem, was uns der Bischof erzählt hat, noch immer von Godins künftigem Sieg überzeugt bist?«

»So ist es, mein kleiner Gemahl!« sagte Brunhilde lächelnd. »Was uns der Bischof erzählt hat, könnte sogar bedeuten, daß dieser Sieg schon errungen ist.«

»Wie?«

»In dem Fall wäre dein Vater natürlich über alles unterrichtet. Und in seiner Niedertracht und Tücke, natürlich auch in seiner Bedrängnis, könnte er uns die falsche Nachricht von einer Flucht Godins zugespielt haben. Der ahnungslose Praetextatus war gerade der richtige Mann dafür. Wir sollen glauben, daß nichts mehr zu hoffen ist und uns aus Verzweiflung ergeben. Dann hätte er immerhin uns, vor allem dich, und damit der Empörung den Kopf abgeschlagen. Denn seltsam, ohne irgendeinen Abkömmling eurer verbrecherischen Sippe läßt sich im Frankenreich keine Herrschaft begründen. Verzeih ...«

Er hatte sich heftig abgewandt. Sofort begriff sie, daß sie zu weit gegangen war. Sie trat zu ihm, drehte den sich Sträubenden zu sich herum und blickte ihm in die Augen.

»Verzeih mir! Ich ...«

»Du brauchtest irgendeinen Abkömmling dieser Verbrechersippe, weil du Königin Neustriens werden willst!« stieß er hervor. »Gleichgültig welchen! Du hättest auch meinen Bruder Chlodwig genommen, wenn er an meiner Stelle gekommen wäre!«

»Was redest du da für einen Unsinn! Warst du es nicht, der mit der Absicht kam, mich zu heiraten? Der daran festhielt, obwohl ich ihm hundert Gegengründe anführte? Hatten wir uns nicht schon geliebt, als ich dich immer noch zur Vernunft bringen wollte?«

»Das ist wahr«, mußte er seufzend einräumen.

»Dann aber willigte ich doch ein, weil ich genauso wie du eine Trennung nicht mehr ertragen hätte. Ich nahm dich zum Ehemann, obwohl du zu dieser Sippe gehörst. Denn ich wußte ja, daß du eine Ausnahme bist. Ebenso wie Sigibert, mein erster Gemahl. Ihn achtete ich dafür. Dich liebte ich.«

»Aber liebst du mich noch immer?«

»Man muß sich Liebe immer wieder verdienen.«

»Und ich enttäusche dich.«

»Nur, wenn du diesen Brief da schreibst.«

Er nahm die Feder, knickte sie, zerschnitt sie mit seinem Messer und warf die Stücke auf den Fußboden.

Sie küßten sich in dem Augenblick, als hinter dem Vorhang die Mönche aus vollen Kehlen ihr »Deus in adiutorium« anstimmten. Erschrocken fuhren sie auseinander. Solange die Andacht dauerte, konnten sie sich kaum das Lachen verbeißen. Es schien, daß sie sich wieder versöhnt hatten.

Später aber flammte der Streit von neuem auf. Merovech warf Brunhilde Starrsinn und Selbstherrlichkeit vor. Sie gab zurück, er sei zwar zu hochfliegenden Plänen und raschen, überstürzten Entschlüssen fähig, doch ohne Kraft und Ausdauer, wenn es ernst werde. Ihre erregten Stimmen hinter dem Vorhang weckten die Aufmerksamkeit ihrer Gefährten im Langhaus, und Gailenus, besorgt, es könne den Uneingeweihten zu viel verraten werden, begann, mit lauter Stimme eine komische Begebenheit zu erzählen. Bald darauf kam Merovech, seine Decken und Felle im Arm, aus der Sakristei, befahl seinen Männern, Platz zu machen, und legte sich zwischen ihnen nieder.

In dieser Nacht blieb es draußen ruhig. Nicht einmal Feuer wurden entzündet. Die Wachen an der Kirchentür dösten und warteten vergebens auf Ablösung.

Drinnen schlief alles fest.

19

Ein strahlender Maientag zog herauf.

Um die dritte Stunde gab es auf dem Platz vor der Mauer Bewegung. In Gruppen hockten die Männer beisammen, putzten Schwerter, Beile und Speerspitzen, flickten Mäntel und Schuhe. Zwei Stunden später ertönten Kommandos, und alle drängten sich in mehreren Reihen zu einem großen Halbkreis zusammen. Aus einer Gasse nahte ein Reitertrupp. Helme, Panzerhemden und Schildbuckel glänzten im Sonnenlicht. Der König, im Purpurmantel, doch ohne Waffen, hielt in der Mitte des Halbkreises. Mit einer kurzen Ansprache wandte er sich an die versammelte Truppe. Gailenus und einige andere stellten sich unter die Kirchentür, konnten jedoch nicht verstehen, was er sagte. Es schien ihnen aber, daß er in maßvoller Weise sprach, ohne zornige Ausfälle. Die Männer hörten ihm schweigend zu und brachten, als er endete, ein dreifaches Heil aus, das freudig, doch nicht begeistert klang. Darauf wendete Chilperich sein Pferd und lenkte es an die Treppe zur Mauerplattform. Sein berittenes Gefolge blieb in dem Halbkreis zurück, den die Fußtruppen bildeten. Der König saß ab und stieg langsam, allein, mit schwerem Tritt die Stufen herauf.

»Er kommt!«

Von der Kirchentür pflanzte der Ruf sich fort bis in die Sakristei. Dort hielt Merovech Brunhilde den Spiegel, während ihr eine der Frauen noch rasch die Haare kämmte und feststeckte. Das Lächeln des Prinzen bat unentwegt um Verzeihung. Die Königin schien es nicht zu bemerken. Erst als sie fertig war, musterte sie ihren Gemahl mit einem kurzen, kritischen Blick, und in einem Ton, der nachsichtig und zugleich mütterlich war, sagte sie: »Klopf dir das Stroh von der Hose, und zieh den Gürtel fest!« Das Stirnband richtete sie ihm gleich selber. »Wir wollen ihm nicht die Genugtuung geben, daß wir verwahrlosen. Wirst du dich daran erinnern, was wir geschworen haben?«

»Ich liebe dich!« gab er zur Antwort.

»Leg mir den seidenen Umhang über die Schultern, Frolaica«, sagte Brunhilde. »Den hellblauen mit den Goldborten. Ich möchte nicht traurig aussehen, sondern heiter und zuversichtlich.«

»Er ist schon da!« flüsterte die alte Dienerin, die den Vorhang ein wenig zur Seite gezogen hatte und in die Kirche spähte.

»Tu, was ich sage!« befahl die Königin. »Er kann ja warten.«

Die wieder links und rechts im Langhaus aufgereihten Gefolgsleute, Knechte und Mägde staunten nicht wenig über den Auftritt des Königs. Chilperich lächelte gewinnend, erwiderte Grüße und blickte jeden freundlich und leutselig an. Während er langsam auf die Chorschranke zuschritt, gab er einigen sogar die Hand. Die jungen Mägde der Königin kraulte er unter dem Kinn, wobei er sie nach ihren Namen fragte. Sein Gang war auffallend schwerfällig, seine Schultern, sonst breit und gerade, fielen nach vorn, sein Rücken unter dem Purpurmantel rundete sich. Als er die Schranke erreichte, schlug er das Kreuz und verbeugte sich gegen den Altar. Dann murmelte er ein Gebet. Da Brunhilde und Merovech noch nicht erschienen, wandte er sich an Gailenus und sagte: »Geh, mein Freund, richte meinen Kindern aus, ihr Vater sei hier und erwarte sie!«

Und als der verblüffte junge Mann einen Augenblick zögerte, fügte er hinzu: »Sag ihnen, daß ich in Frieden komme. Nun geh schon! Bitte die beiden zu mir. Ihr habt wohl einen Stuhl für mich, ich bin etwas müde.«

Ächzend ließ er sich nieder und wartete ohne ein Zeichen von Ungeduld.

Brunhilde trat zuerst hervor. Ihre Erscheinung trug so viel Licht in die düstere kleine Kirche, daß der König den Kopf zurückwarf und blinzelte. Selbstvergessen starrte er sie einen Augenblick an. Dann erst erhob er sich, um sie mit einem Neigen des Kopfes zu grüßen. Er bemühte sich dabei um ein Lächeln, das ihm jedoch zu einem schiefen Grinsen geriet. Ihre reglose Miene war kalt und abschätzig. Hinter ihr trat Merovech in den Altarraum und stellte sich ihr, seinem Vater trotzig entgegenblickend, an die Seite. Diesmal schwieg er und wartete.

Der König räusperte sich und seufzte tief auf.

»Meine Kinder!« sagte er. »Ich bin gekommen, um mich mit euch zu versöhnen!«

Er schien eine freudige oder zumindest entgegenkommende Reaktion zu erwarten. Da diese ausblieb, seufzte er abermals, sank auf den Stuhl zurück und fuhr fort: »Ihr müßt wissen, daß ich in dieser Woche sehr krank war. Ein Fieber, das mir schon öfter zugesetzt hatte, packte mich wieder. Da hatte ich einen Traum. Auf einem Hügel, vor einem schwarzen, wolkenverhangenen Himmel, sah ich eine mächtige Eiche. Ihre starken Wurzeln durchdrangen das Erdreich. In dem gewaltigen Stamm aber knarrte und krachte es, als wolle er gleich von innen zerbersten. Plötzlich wurde der Himmel hell. Und in der Tat: Der Stamm der Eiche zerbrach, ohne daß ihn ein Blitz getroffen oder ein Mensch seine Axt an ihn gelegt hatte. Und aus seinem Innern flog ein Adler auf und stieß hoch in die Lüfte. Das war der Traum. Schweißgebadet erwachte ich. Noch immer schüttelte mich das Fieber. Ich schrie zu Gott und bat um Erbarmen. Aber er gab mir kein weiteres Zeichen, und so begriff ich. Es war mein Ende, das mir der Traum verhieß. Es wird mich nun früher oder später, auf jeden Fall in nicht mehr sehr ferner Zeit ereilen.«

Solange er sprach, hatte Chilperich vor sich hingestarrt. Jetzt fuhr er sich mit der Hand über die Augen, als wische er eine Träne fort, und warf dabei einen verstohlenen Blick auf das Paar. Es rührte sich auch jetzt nicht und wartete. Alle waren nähergetreten und hatten sich, freilich in respektvollem Abstand, hinter dem Stuhl des Königs versammelt.

»Was aber soll dann werden?« fragte Chilperich mit brüchiger Stimme. »Wenn ich tot bin ... wer soll mein Erbe sein? Ich habe drei Söhne. Der eine ist gerade erst geboren. Der andere ist ein braver Kerl, aber ohne Berufung zum Herrschen. Der dritte, der fähig und begabt ist und den ich deshalb am meisten liebte und als würdigen Nachfolger ansah, hat mich durch Ungehorsam verletzt und meinen Zorn erregt. Er verging sich gegen das fränkische Recht und gegen die Gebote der Kirche. Ich argwöhnte auch, daß er sich auflehnen, daß er mich, der ich alt und krank bin, davonjagen oder mir gar noch etwas Schlimmeres antun wollte. Dieser letzte und schwerste Verdacht hat sich nicht bestätigt. Ich habe meinen Truppen gesagt, daß ich sie in Kürze entlassen werde, weil ich sie nicht mehr benötige. Was nun aber seine tatsächlichen Vergehen betrifft, so habe ich den Entschluß gefaßt, meinem Sohn Merovech zu verzeihen. Er hat getan, was er nicht hätte tun dürfen, doch seine Absicht war edel, sein Ziel war ein hohes. Fragt nicht der Dichter: ›Bringt's Schande dem Mann, wenn er mutig des Bettes teure Genossin erkämpft?‹ Der Dichter verneint diese Frage, und so will ich ihm folgen und dasselbe tun. Milde und Nachsicht seien die Tugenden dessen, der weiß, daß seine Erdentage gezählt sind. Mein Sohn, deine Taten sind dir vergeben! Verzeih auch du mir alles, wozu ich mich in der ersten Erregung hinreißen ließ. Friede sei zwischen uns! Schlage die Hand und das Herz deines Vaters nicht aus!«

Der König erhob sich wieder, und über die Holzbarriere, die er kürzlich noch mit dem blanken Schwert übersprungen hatte, wollte er Merovech in die Arme schließen. Der machte schon einen Schritt auf ihn zu, verfing sich jedoch in dem Blick Brunhildes. Dieser Blick schien ihn an den Boden zu nageln.

»Verweigerst du mir die Umarmung?« fragte Chilperich in flehendem Ton. Jetzt lief ihm tatsächlich eine Träne die Wange hinab in den Schnurrbart.

»Vater«, sagte Merovech, wobei er vermied, den König anzusehen, »ich danke dir für deine Güte. Aber das Wichtigste fehlt noch. Wir lieben uns und wollen zusammenbleiben. Du aber hast dem Bischof erklärt, du wolltest meinen Bund mit der Königin trennen. Ehe dies nicht widerrufen ist ...«

»Aber das ist es ja schon!« rief Chilperich und wandte sich jetzt auch wieder Brunhilde zu. »Ihr seid nun beide meine Kinder! Der Bischof hat euerm Bund den Segen erteilt. Gott hat also nichts dagegen einzuwenden. Was sein Wille ist, soll geschehen!« »Gottes Wille und deine Taten, König, vertrugen sich selten!« sagte Brunhilde schneidend.

»Entschließe dich, mich Vater zu nennen!« bat er beinahe

demütig. »Und vergib auch du mir! Ist nicht verzeihlich, daß ich die Frau, in der ich die hohe Gemahlin meines Bruders verehrte, nicht gleich als meine Tochter liebhaben konnte? Ich habe inzwischen nachgedacht. Was immer Gesetze und Kirche vorschreiben ... darf es dem Glück des Volkes zuwiderlaufen? Ist es nicht ein großes Glück, wenn sich zwei fränkische Reiche in einem Ehebund vereinen? Sind damit nicht Frieden und Wohlstand für lange Zeit garantiert?«

»Diese Erkenntnis haben wir längst«, sagte Brunhilde unbeeindruckt. »Aber dir wird sie wieder abhanden kommen, sobald wir die Kirche verlassen haben!«

»Der heilige Martin ist mein Zeuge!« Plötzlich fiel Chilperich auf die Knie und streckte die Arme nach dem Altar aus. »Martin! Höre mich! Stehe mir bei! Hilf mir in meinem Ringen! Erleuchte meinen Sohn Merovech! Erleuchte meine Tochter Brunhilde! Mach, daß sie sich nicht länger sträuben, daß sie die Aufrichtigkeit meiner Liebe erkennen! Überzeuge sie, daß auf mein Wort Verlaß ist! Ich werde dich preisen ... deinen Priestern ein Gut schenken ... dir eine neue Kirche bauen! Ich werde ...«

Ein heftiger Hustenanfall hinderte den König, sein jammervolles Stoßgebet fortzusetzen. Er litt tatsächlich noch immer an einer Erkältung, die er sich auf dem Marsch nach Rouen zugezogen hatte. Der Husten klang daher echt und rührte, ausgenommen Brunhilde, auch diejenigen, die das königliche Lamento mit Skepsis angehört hatten. Helfer bemühten sich um den Knienden. Auch Merovech stieg über die Schranke und gab seinem Vater die Hand, um ihm aufzuhelfen. Chilperich packte sie und hielt sie noch fest, als er schon wieder auf seinem Stuhl saß und sich beruhigt hatte.

»Nun, mein Sohn? Nun? Wie ist deine Antwort?«

»Vater, wir werden ...«

»Wir werden beraten!« sagte Brunhilde in einem Ton, der keinen Widerspruch duldete. »Danach werden wir dir unsere Antwort zukommen lassen!«

Chilperich blickte sie lange an. Dann ließ er Merovechs Hand los und nickte ergeben.

»Mag es so sein. Wenn ihr meinem Wort nicht vertraut,

werde ich euch auch einen Schwur leisten. Ich warte draußen vor der Kirchentür.«

Er erhob sich und ging, den Rücken gekrümmt, die Beine im Schlurfschritt wie ein Schwerkranker setzend, nach der Tür. Als er den Vorraum der Kirche erreichte, drehte er sich noch einmal um und sagte: »Beratet in Ruhe, meine Kinder! Ich warte geduldig. So viel Zeit habe ich noch ...«

Er wankte hinaus. Vom nahen Kloster läutete es gerade zur Sext. Unten standen seine Truppen noch immer im Halbkreis angetreten. Die Reiter waren abgesessen, bildeten Grüppchen und unterhielten sich. Der König winkte Chuppa, der rasch zu ihm die Treppe heraufstieg.

»Sie ist zähe, wie ich vermutet hatte«, knurrte Chilperich. »Aber Merovech habe ich schon. Wir können abwarten. Schicke mir einen Armstuhl herauf. Die Leute entlasse in die Quartiere. Aber sie sollen sich in Bereitschaft halten!«

Drei Stunden saß Chilperich vor der Kirchentür. Trotz der schon kräftig wärmenden Mittagssonne hielt er sich bis zum Halse mit seinem Mantel zugedeckt. Immer wieder war in der Kirche sein klägliches Husten zu hören.

In dem engen Raum der Sakristei schritt Merovech unentwegt auf und ab. Fast reglos und unbewegten Gesichtes hockte Brunhilde auf dem Bett, die angezogenen Knie mit den Armen umspannend. Er sprach leidenschaftlich, wobei er nur mühsam die Stimme dämpfte, damit man ihn in der Kirche nicht hören konnte. Sie warf ihre kurzen, scharfen Bemerkungen dazwischen, doch zunehmend seltener, weil er sich wiederholte und weil sie am Ende kaum noch zuhörte.

»Was wollen wir eigentlich mehr?« fragte der Prinz. »Mein Vater kommt zu uns, er bittet uns sogar um Verzeihung! Hast du gesehen, wie er litt? Noch niemals sah ich ihn Tränen vergießen! Es ist ihm Ernst mit der Versöhnung, sonst hätte er sich nicht trotz seiner Krankheit heraufgeschleppt!«

»Er ist ein begabter Schauspieler. Schade, daß die alten Jammertragödien der Griechen nicht mehr aufgeführt werden. Da hätte er gut hineingepaßt!«

»Du bist herzlos. Er leidet tatsächlich. Trotz seiner kräftigen

Gestalt ist er anfällig. Wochenlang stand er manchmal nicht vom Krankenbett auf. Dann rief er mich oft zu sich, und ich mußte ihm vorlesen. Obwohl er fieberte, wollte er Cicero und Vergil hören! Immer kehrte Krankheit seine besseren Seiten hervor. Er hat eingesehen, daß wir uns lieben und daß es sinnlos ist zu trennen, was Gottes Wille zusammengefügt hat. Sogar einen Schwur will er uns leisten!«

»Er hat seine eigene Art, mit Schwüren umzugehen. Er schwor meiner Schwester, sie nie zu verstoßen, und tat es auch nicht. Er ermordete sie! Wenn er uns schwört, er werde nicht scheiden, was Gottes Wille zusammengeführt hat, braucht er auch diesen Eid nicht zu brechen. Er kann uns ja gemeinsam ermorden!«

»Warum witterst du immer und überall Tücke und Bosheit? Ist der Grund dafür, daß du selber zu viel auf Rache, Tod und Vernichtung sinnst? Was hattest du ihm denn zugedacht, falls wir mit unseren Plänen Erfolg gehabt hätten? Ihm und Fredegunde? Ich wagte nicht, mit dir darüber zu sprechen ... aus Angst, ich könnte an meiner Liebe verzweifeln. Und ich hoffte im stillen, ich würde Mittel finden, ihnen das Schicksal, das du ihnen zugedacht hattest, zu ersparen. Zum Glück ist das Unternehmen gescheitert! Dein Günstling hat sich davongemacht, und auch die anderen rühren sich nicht. Um so besser! Ich schäme mich jetzt für das, was ich alles getan hätte, um deinen Ehrgeiz zu befriedigen. Was dich betrifft, so bist du natürlich enttäuscht, weil du nicht auf der Stelle neustrische Königin werden kannst. Ich dagegen ziehe es vor, meinen Vater nicht aus dem Wege zu räumen, sondern in Ruhe abzuwarten, bis meine Zeit gekommen ist!«

»Sein Ende naht ja bereits. Die Eiche zerbricht, und seine Seele fliegt als Adler zum Himmel. Und mancher Gimpel ist schon ins Garn gegangen. Den, mit dem ich früher verheiratet war, täuschte er dadurch, daß er sich Asche aufs Haupt streute. Für dich hat er sich einen Traum ausgedacht. Er glaubt wohl, das paßt besser zu dir!«

»Und bist du nicht selbst eine Träumerin? Wie lange willst du noch hier in der Kirche sitzen und auf ein Wunder hoffen? Ich habe genug von diesem gastlichen Ort! Wozu leiden wir

Hunger und Durst? Wozu ertragen wir den Gestank, das Ungeziefer? Wozu lassen wir uns bedrohen und schmähen? Ich meine, wir taten es für unsere Liebe! Aber wenn wir noch länger hierbleiben, wird davon bald nichts mehr übrig sein. Hier erstarren wir, hier modern wir. Hier werden wir zänkisch und beißen uns wie alte Ratten. Laß uns hinausgehen und wieder leben! Wir müssen Vertrauen haben, Brunhilde!«

»Und wenn ich keines habe ... was tust du dann? Gehst du hinaus und läßt mich allein? Brichst du dann deinen Eid?«

»Dann befehle ich, daß du mir folgst!« rief er verzweifelt. »Ich bin dein Gemahl! Ich habe das Recht dazu!«

Sie lachte auf.

»Jetzt bist du es wohl, der die Zähne zeigt?«

»Verzeih! Verzeih mir ... Was soll ich denn tun? Wie kann ich dich überzeugen? Was muß noch geschehen? Mein Vater kommt zu uns, er bittet uns sogar um Vergebung ...«

Und so begann das Gespräch von neuem, und alles wurde noch einmal gesagt. Auch zum dritten und vierten Mal. Brunhildes Einwürfe wurden allerdings immer seltener und kürzer. Je wortreicher Merovech seine Argumente vorbrachte, desto schweigsamer wurde die Königin. Schließlich ließ sie ihn reden und folgte nur noch ihren eigenen Gedanken. Sie mußte ohne ihn Klarheit darüber gewinnen, was jetzt zu tun war.

Sie dachte: Es scheint, ich kann nicht mehr verhindern, daß sich mein Gimpel seinem Vater ausliefert. Um so schlimmer für ihn! Das könnte ihn teuer zu stehen kommen. Allein in der Kirche zu bleiben hätte allerdings keinen Sinn, und was mich betrifft, sind die Aussichten auch etwas freundlicher. Das zottige Scheusal liebt mich noch immer, es erstarrte ja geradezu bei meinem Anblick. Daraus lassen sich Vorteile ziehen. Allerdings muß ich ihm etwas entgegenkommen. Ich hätte gewünscht, dieser Kelch wäre an mir vorübergegangen, aber nun wird mir nichts anderes übrigbleiben. Warum will Chilperich uns hier herauslocken? Drei Möglichkeiten sind in Betracht zu ziehen.

Die erste und unangenehmste: Er weiß alles und hat den Aufstand im Keim erstickt oder niedergeschlagen. In diesem Fall muß ich Merovech opfern! Ich werde behaupten, er habe alles allein und ohne mein Wissen ins Werk gesetzt. Chilperich wird mir nicht glauben, mich aber dennoch freisprechen. Vielleicht hat der Kleine Glück, kommt mit dem Leben davon und wird in ein Kloster gesperrt. Der Unhold wird natürlich reiche Belohnung von mir verlangen. Dann heißt es, nach den Umständen handeln ...

Die zweite Möglichkeit: Godins Erhebung war siegreich, und Chilperich sucht uns nun in seine Hand zu bekommen. In diesem Fall ist entschlossenes Handeln nötig! Er selbst muß beseitigt werden, damit sich Merovechs Thronbesteigung nicht lange verzögert und nicht alles schnell wieder zusammenbricht. Ich fürchte, daß ich die schmutzige Arbeit selber tun müßte ...

Die dritte Möglichkeit: Es ist nichts geschehen, und Chilperich will nur – entgegen allen Beteuerungen – unsere Ehe trennen. Damit käme er mir sogar entgegen! Denn was soll ich auf die Dauer mit Merovech anfangen? Er langweilt mich schon wie Sigibert, aber der war immerhin König. Soll ich am Hofe von Soissons die Zweite sein – hinter der Kebse? Unmöglich. Zum Schein müßte ich mich gegen die Trennung sträuben und mindestens meine Heimkehr erhandeln, natürlich auch die von Ingunde und Chlodosvinta. Gewiß bliebe mir auch in diesem Fall nicht erspart, mit dem Scheusal das Bett zu teilen ...

Wie wäre wohl alles gekommen, dachte sie flüchtig, wenn ich Chilperich – hier in der Kirche, vor sieben Tagen – mit dem Speer getötet hätte?

»Warum antwortest du denn nicht?« rief Merovech.

»Hast du mich etwas gefragt?«

»Im Kloster läuten sie zur Non. Mein Vater sitzt noch immer vor der Tür. Wir müssen eine Entscheidung treffen!«

»Aber das hast du doch schon getan.«

»Ja. Nur ohne deine Zustimmung ...«

»Du bist der Gemahl. Und du befiehlst.«

»Verzeih, ich wollte dich damit nicht kränken. Lieber wäre mir, wenn wir im Einvernehmen ...«

»Oh, du hast mich nun überzeugt. Ruf ihn herein und laß ihn schwören! Ich werde derweil mit den Frauen packen.«

Im Lichte von hundert Kandelabern erstrahlte der Stadtpalast von Rouen. Die Fenster waren weit geöffnet, damit die Hitze, welche die Kerzen verbreiteten, durch die sanfte Kühle der Mainacht gemildert wurde. Fröhliches Stimmengewirr erfüllte die Halle, wo an langen Tischen Gäste vor den Resten des Mahls und vor ihren Bechern saßen, die von umhereilenden Dienern immer wieder gefüllt wurden. In einer Ecke lärmten Musikanten mit Laute, Flöte, Becken und Fußklappern.

Unter dem großen Wandteppich an der Stirnseite, in den ein Bildnis von der Taufe des Reichsgründers Chlodwig eingewebt war, saß in der Mitte König Chilperich. Auf wundersame Weise erholt, gerötet, schwitzend und maßvoll betrunken, versprühte er die heiterste Laune. Sein Schnurrbart duftete nach feinem Öl, sein Haupthaar war sorgsam in der Mitte gescheitelt, glattgestrichen und ebenfalls mit Pomade gestärkt, und auf seinen Schultern wippte bei jeder Bewegung des Kopfes die kunstvoll mit dem Brennstab erzeugte Außenrolle. Wenn er sich zu seiner Tischnachbarin neigte, kitzelte er sie mit seinen Locken und hüllte sie in eine Wolke von Balsam ein. Unentwegt sprudelte er Scherze und geistreiche Sprüche hervor, und von Zeit zu Zeit raunte er ihr auch ein kräftig gewürztes Verslein zu. Manchmal tadelte ihn die Dame mit gespielter Entrüstung, doch meistens lachte sie über seine Einfälle. Dann drückte er scheinbar väterlich ihre Hand, und wenn sie sie ihm nicht gleich entzog, leuchteten seine Augen, und er stieß einen brünstigen Seufzer aus. Chuppa und andere Getreue, die in der Nähe saßen, tauschten verständnisinnige Blicke. Sie hatten den König selten in so prächtiger Stimmung erlebt.

Es war seine Schwiegertochter Brunhilde, die den Ehrenplatz neben ihm zierte. An seiner anderen Seite saß Merovech. Für seine »geliebten Kinder« gab König Chilperich ein Versöhnungsfest.

Am Altar der kleinen Kirche des heiligen Martin hatte er tatsächlich geschworen, das Paar nicht trennen zu wollen, wenn Gottes Wille es vereint habe. Und es schien auch, daß er nichts anderes als das Wohlergehen der beiden im Sinn hatte. An den Händen führte er sie aus der Kirche und ließ sie von seinen Truppen mit endlosen Heil-Rufen und ohrenbetäubendem

Waffenlärm feiern. Immer wieder umarmte und küßte er sie und versicherte, nie einen glücklicheren Tag erlebt zu haben. Mit diesem Glück begründete er auch die plötzliche Wiederkehr seiner Gesundheit. Als er das Paar zum Palast geleitete, saß er straff wie ein Junger auf seinem Pferd. Am Ziel sprang er schwungvoll ab und half Brunhilde galant aus dem Sattel. Selbst sein Husten hatte sich verflüchtigt.

So sehr die Königin sich auch bemühte, hinter seiner heiteren Maske die tückische Fratze zu entdecken, sie konnte nichts Verdächtiges feststellen. Chilperich benahm sich so sorglos und beschäftigte sich so wenig mit seinen Herrscherpflichten, daß es für die Vermutung, er könne gerade eine ernste Gefahr überwunden haben oder sich gar noch in einer solchen befinden, nicht den geringsten Anhaltspunkt gab. Die Königin mußte, teils enttäuscht, teils aber auch in Anbetracht ihrer neuen Lage erleichtert, erkennen, daß das hoffnungsvoll und mit erheblichen Kosten betriebene Unterfangen seines Sturzes oder seiner Vertreibung gescheitert war. In der Umgebung der Stadt war alles ruhig, keiner der neustrischen Herren rührte sich angesichts der Nähe des Königs und seiner bewaffneten Scharen. Und Godin war anscheinend wirklich spurlos verschwunden. Von den drei Möglichkeiten, auf die sich Brunhilde vor dem Verlassen der Kirche eingestellt hatte, blieb also nur die letzte übrig, doch auch die Trennung ihrer Ehe schien nicht mehr in Chilperichs Absicht zu liegen. Ihre Erwartung, der Fuchs könne seinem Eid im nachhinein listig die Deutung geben, die Verbindung müsse geschieden werden, weil sie ja eben n i c h t Gottes Willen entspreche, erfüllte sich nicht, jedenfalls nicht unmittelbar. Der König schien sich mit der Tatsache dieser Ehe abzufinden, weil er offensichtlich, wie er auch immer wieder betonte, ihren möglichen machtpolitischen Nutzen erkannt hatte. Allerdings war unübersehbar, daß er dabei einen Hintergedanken hatte.

Vom ersten Augenblick an nutzte er seine neue Stellung als »Vater«, um seine »Tochter« nicht von seiner Seite zu lassen.

Da er befehlen konnte (denn sie war ja auch noch immer seine Gefangene), ließ er sie oft und unter allen möglichen Vorwänden rufen. Mal führte er ihr seine Pferde vor, mal lud er sie zu einer Spazierfahrt in die Umgebung ein, mal ließ er sich in ihrer Gesellschaft ein Stück die Seine hinauf- und hinabrudern. Ihr Gatte wurde bei solchen Gelegenheiten vergessen. Bei Tische saß sie ständig neben ihm, und er widmete sich fast ausschließlich ihr. Nicht einmal nachts konnte sie seiner Nähe entkommen. Unter dem Vorwand, der nicht sehr geräumige Stadtpalast sei schon mit seiner Gefolgschaft überbelegt und ein freier Raum sei nicht mehr zu finden, befahl er, in sein Schlafgemach ein weiteres Bett zu stellen – für Brunhilde und zwei ihrer Frauen. Merovech mußte zu ihm in das Wandbett, an dessen Fußende Lupa schlief, die nichts vergessen hatte und bei der geringsten Bewegung des Prinzen böse knurrte. Es war nur eine Frage der Zeit, wann sie ihn vertreiben würde. Die beiden Mägde konnte der König dann einfach hinausschicken.

So hatte Brunhilde keinen Zweifel mehr: Mit seinem Auftritt in der Kirche, wodurch er sie und den Prinzen herauslockte, hatte Chilperich vorzugsweise den Zweck verfolgt, sie rasch zum Ehebruch zu verführen. Vielleicht war er sogar nur deshalb mit seinen drohenden Heerhaufen angerückt. Bei diesem Gedanken mußte sie lachen. Hatte sie sich vor einem ungeduldigen, zu allem entschlossenen Liebhaber gefürchtet?

Indessen spielte sie mit, denn sie verfolgte dabei ja ihren eigenen Plan. Merovech wurde ihr immer lästiger. Er bemerkte natürlich Chilperichs Aufmerksamkeiten und quälte sie wieder mit seiner Eifersucht. Zwar fand er nur wenig Gelegenheit, sie unter vier Augen zu sprechen, doch wenn es gelang, überhäufte er sie gleich mit Vorwürfen. Er glaubte, sie könne nicht ertragen, nur die Frau eines Prinzen zu sein, und wolle nun wenigstens die Geliebte eines Königs werden. Ein andermal hielt er ihr vor, was er für sie riskiert hatte – in der Hoffnung, geliebt und nicht verachtet zu werden. Er schmiedete plötzlich auch wieder Fluchtpläne. Einmal, als sie sich gerade an einer einsamen Stelle des großen Gartens befanden, wollte er sein Gattenrecht wahrnehmen. Er tat es ungeschickt, und sie rang ihn nieder. Vor Scham und Empörung weinte und zitterte er, während sie ihr Gewand in Ordnung brachte und wegging.

Auch an diesem Abend, beim Festgelage, konnte der Prinz seinen Unmut nur mühsam verbergen. Mit angezogenen

Beinen auf seinen Stuhl hingelümmelt, spielte er den Gelangweilten. Richtete sein Vater, was nicht oft vorkam, das Wort an ihn, gab er einsilbige Antworten. Die Scherze des Königs belächelte er verächtlich. Während alles lachte, trank und durcheinanderredete, nahm er sein Kodizill vom Gürtel und machte sich Notizen. Wer es nicht wußte, hätte sich jetzt kaum vorstellen können, daß dieser schlaksige Flegel der Gatte der strahlenden Schönheit war, die aller Aufmerksamkeit, besonders jedoch die des Königs genoß. Merovech trank sehr viel, fing mit den Männern der Gefolgschaft sinnlose Wortgefechte an und warf Brunhilde, die ihn kaum noch beachtete, mal zornige, mal verzweifelte Blicke zu.

Es ging bereits auf Mitternacht, als er schließlich vollends die Beherrschung verlor und sich zu einer folgenschweren Unvorsichtigkeit hinreißen ließ.

Chilperich hob wieder einmal, wie oft in vorgeschrittener Stunde, zu einem seiner prahlerischen Monologe an.

»Groß sind die Taten der Franken«, schmetterte er, »aber noch größer sind die ihrer Könige! Blickt hinter mich. Dort seht ihr das Bildnis meines Großvaters Chlodwig, wie er das heilige Sakrament der Taufe empfing. Er war der Größte von allen, denn er gewann nicht nur ein gewaltiges Reich, sondern er lehrte auch uns, seine Nachkommen, die Macht zu erhalten. Kennst du, meine Tochter, die Geschichte des Kruges, den seine Truppen beim Plündern der Kathedrale von Reims entwendeten und den er auf Bitten des dortigen Bischofs, des heiligen Remigius, zurückgab? Ich erzähle sie dir ... Damals war es noch üblich, die Kriegsbeute zu einem großen Haufen zusammenzutragen. Der König und seine Krieger standen im Kreise, und jeder erhielt seinen Anteil. Da sagte Chlodwig: ›Ich bitte euch, Männer, gebt mir außer dem, was mir zusteht, auch diesen schönen, bemalten Krug, damit ich ihn dem Bischof zurückschicken kann!‹ Die Klügeren sagten: ›Nimm ihn dir! Du bist König, du hast zu befehlen, und was wir hier sehen, ist dein Eigentum. Tue also, was dir gefällt!‹ Nur einer schrie: ›Das ist ungerecht! Nicht mehr sollst du haben, als was dir das Los zuteilt!‹ Und er ergriff ein Beil und schlug ein Stück vom Rande des Kruges ab. Und was tat Chlodwig? Er sagte nichts. Er nahm den beschädigten Krug, ließ das abgeschlagene Stück notdürftig wieder anfügen und schickte ihn dem Bischof zurück. Doch vergaß er nicht, daß der Kerl mit dem Beil ihn auf eine Weise gekränkt hatte, die seine Autorität untergrub. Und jetzt höre! Ein Jahr später, als er das Heer auf dem Märzfeld versammelte, musterte er die Krieger, prüfte die Waffen und kam dabei auch zu jenem Unbedachten. ›Was sehe ich?‹ rief er. ›Das soll ein Schwert sein? Das eine Lanze? Das ein Beil? Damit willst du in den Krieg ziehen?‹ Und er warf nacheinander alles ins Gras. Der Mann bückte sich, um seine Waffen aufzuheben. Da aber riß Chlodwig sein eigenes Beil aus dem Gürtel und schlug es ihm in den Kopf. ›Ebenso hast du es mit dem Krug gemacht!‹ rief er so laut, daß alle es hören konnten. Der Kerl war tot, und niemand wagte zu protestieren. Alle hatten begriffen, die Autorität war wiederhergestellt. So verschaffte mein Großvater sich Respekt, und er zeigte, daß man als Herrscher nachtragend sein muß und nichts vergessen darf. Denn ein vergeßlicher Herrscher ist ein Schwächling. Der einen Schmähung und Kränkung wird die nächste, schlimmere folgen, und am Ende wird man ihn nur noch verachten und sehen, daß man ihn los wird. Hast du verstanden, mein Sohn Merovech? Merke dir das für den Fall, daß du mich einmal beerben solltest!«

»Ich halte es lieber mit Antisthenes«, erwiderte Merovech, ohne von seinen Kritzeleien auf der Wachstafel aufzublicken. »Er sagte: ›Königlich ist es, Gutes zu tun und Schmähungen ruhig über sich ergehen zu lassen‹.«

Chilperich ärgerte diese Antwort. Er nahm einen Schluck aus seinem Becher und höhnte: »Nun hört euch den Philosophen an! Ein königlicher Kindskopf bist du! Mit solchen Grundsätzen kommst du nicht weit, und deine Gemahlin wird sich bald fragen, ob sie aus Versehen statt eines Prinzen einen Narren geheiratet hat. Wahrhaftig, Gutes getan hast du reichlich, indem du auf deiner Hochzeit mit offenen Händen Geschenke verteiltest, statt dich, wie es üblich ist, selber beschenken zu lassen. Alle, die etwas empfingen, fragten sich daraufhin, ob du noch deinen Verstand beisammen hast. Falls du etwas dafür erwartest – begrabe die Hoffnung! Sie lachen nur über dich, und ich habe mitgelacht. Es sind auch einige hier. Soll ich sie fragen? ›Dein Söhnchen, dieser Grünschnabel, wollte sich unsere Gunst erkaufen‹, sagten sie. ›Doch froh sind wir, König, daß du es bist, der uns beherrscht und beschützt. Gott zögere lange den Tag hinaus, da so ein Weichling und Hosenscheißer im Reich der Franken zur Macht kommt!‹ Nun, was sagst du dazu, mein Sohn? Ich vermute, es macht dir nichts aus. Königlich ist es ja, Schmähungen ruhig über sich ergehen zu lassen!«

Chilperich beugte sich vor, blickte Merovech an und grinste. Dem Prinzen schoß das Blut ins Gesicht. Auch Brunhilde sah zu ihm hin und lächelte spöttisch. Die meisten Gespräche in der Halle waren verstummt. Unter den Gästen befanden sich auch einige, die zur Hochzeit in Rotoialum waren. Sie mieden jetzt Merovechs Blick und wandten ihre ganze Aufmerksamkeit ihrem Trinkbecher oder einer tropfenden Kerze zu.

»Die Leute klagen«, sagte Merovech angriffslustig, »daß du sie durch deine harten Gerichtsurteile geschädigt hast, Vater. Deshalb erließ ich ihnen Abgaben und gab ihnen etwas. Dank habe ich nicht von ihnen erwartet.«

»Dafür haben sie sich bei mir bedankt, Bürschlein!« rief der König. »Für meine Gerechtigkeit und meine Strenge! Ja, so ist es! Sie fielen vor mir auf die Knie und riefen: ›Wie gut, daß du endlich in unsere Gegend kommst! Höchste Zeit, daß du wieder zu Gericht sitzt! Auch wenn deine Urteile manchmal weh tun und die Bußen, die du uns auferlegst, schwer sind, so kannst doch nur du für Ordnung sorgen. Berufe die Versammlungen ein, König, zögere nicht!‹ Habt ihr mich darum gebeten, Ansoald? Sigulf? Magnerich?«

Aus verschiedenen Ecken der Halle kam von den Angesprochenen, die vorher Merovechs Blick gemieden hatten, zustimmendes Gemurmel.

»Und euer Wunsch soll in Erfüllung gehen!« rief Chilperich. »Denn ihr Streithähne würdet euch ja sonst tothacken. Anlässe gibt es genug: Da eignet sich einer ein Stück Wald an, da brennt einer dem Nachbarn die Scheune nieder ... hier werden Kühe und Schafe gestohlen, dort werden Frauen entführt. Es gibt keine Gottesfurcht und keine Vernunft, nur Habgier und Zuchtlosigkeit! Ihr würdet alle im Chaos versinken, hättet ihr nicht einen König, der euch davor bewahrt. Der auch mal den einen oder den anderen, der es zu arg treibt, zur Hölle schickt, so wie es mein Großvater Chlodwig getan hat. Für die Wohltaten, die ich euch erweise, solltet ihr mir die Füße lecken, und wenn es euch auch manchmal gelüstet, mich loszuwerden, wißt ihr doch, daß ihr mich braucht. So steht es, mein Sohn! Da hast du noch eine Menge zu lernen. Denn deine Gemahlin, die stolze Brunhilde, wünscht sich natürlich, daß du dereinst ein starker König wirst, kein Schwächling, den man verspottet. Ja, und deshalb ... und deshalb werde ich dir eine Aufgabe stellen. Eigentlich wollte ich damit noch warten. Du solltest dich in unserer Gesellschaft erholen und dem Vergnügen hingeben. Aber man sieht ja, daß dir das nicht behagt, daß du dich mit uns langweilst. Weshalb willst du hier also deine Zeit vergeuden? Es ist besser, du widmest dich ernsten Pflichten!«

»Von welchen Pflichten sprichst du, Vater?« fragte Merovech beunruhigt.

»Du mußt dich vorbereiten, mein Sohn. Du mußt lernen, die Herrschaft auszuüben. Denke an meinen Traum! Noch hast du niemals zu Gericht gesessen. Deshalb redest du auch so abfällig über meine richterlichen Entscheidungen. Es wird Zeit, daß du selber dem mallus vorsitzt, damit dir klar wird, daß es ohne Strenge nicht geht, damit du endlich ein Panzerhemd über dein weiches Herz legst. Du wirst dich als mein Stellvertreter auf eine Reise durch meine nördlichen Comitate begeben. Und überall wirst du die Versammlungen einberufen und mal nach dem fränkischen, mal nach dem römischen Recht deine Urteile fällen. Morgen früh schon wirst du aufbrechen!«

»Ich soll schon morgen ...?« fuhr Merovech auf.

»Chuppa wird mit dir reisen. Damit du nicht wieder, wie in Tours, verliebten Launen nachgibst. Das ist jetzt vorbei, du bist verheiratet! Außerdem werden dich Männer begleiten, die mit den Gesetzen vertraut sind. An Ort und Stelle läßt du dich von den Rachinburgen beraten, den Kennern der alten Volksrechte. Nur Mut! Ich habe Vertrauen zu dir. Das mag dir beweisen, daß ich dir nicht mehr gram bin. Was meinst du, meine Tochter Brunhilde? Ist die Idee nicht ausgezeichnet? Auf diese Weise wird unser Bürschlein seinen königlichen Beruf erlernen. Wenn er zurückkehrt, wird er ein anderer sein!«

Chilperich sah die Königin fröhlich an und zwinkerte ihr zu. Sie gab den komplizenhaften Blick zurück, lächelte mit schmalen Lippen und sagte: »Schaden kann es ihm nicht. Er wird nützliche Erfahrungen sammeln. Gewiß ist er dankbar für die Gelegenheit!«

»O ja, ich bin sehr glücklich darüber!« sagte Merovech, der jetzt hoch aufgerichtet und in gespannter Haltung auf seinem Stuhl saß. »Denn ich hoffe doch, daß auch du mich begleitest. So kann ich dir endlich unser Land zeigen.«

»Aber was denkst du dir?« rief Chilperich. »Du begibst dich nicht auf eine Vergnügungsreise! Willst du deiner jungen, schönen, verwöhnten Gemahlin eine solche Strapaze zumuten?«

»Erkläre ihm, daß du mich begleiten willst!« sagte Merovech in scharfem Ton zu Brunhilde. »Ich will dich an meiner Seite haben!«

»Erspare mir das!« gab sie kühl zurück. »Dein Vater hat recht, es würde mich anstrengen.«

»Anstrengen würde es dich? Das wundert mich. Bist du nicht stärker und ausdauernder als die meisten Männer hier? Hast du in letzter Zeit nicht ganz andere Strapazen ertragen? Und fragst du dich nicht, warum gerade er, dem du sie zu verdanken hattest, sich plötzlich so sehr um deine Bequemlichkeit sorgt?«

»Wie sollte ich dir bei deiner Aufgabe nützlich sein? Ich würde dich ablenken und sogar stören.«

»Sei vernünftig, mein Sohn!« sagte Chilperich. »Ich verstehe ja, daß es dir schwerfällt, dich von deiner Eheliebsten zu trennen ... so kurz nach der Hochzeit. Doch wir leben nicht nur zur Freude und Lust, deshalb mußt du dich losreißen. Mein Wort als Vater, daß es deiner Gemahlin, solange du abwesend bist, an nichts fehlen wird. Wir werden hier auf dich warten, und ich selber werde mich um sie kümmern. Wenn du in ein paar Wochen zurückkehrst ...«

»Sie kommt mit mir!« rief der Prinz. »Oder ich weigere mich, die Reise anzutreten!«

Es war in der Halle ziemlich still geworden. Den Musikanten hatten einige, die entfernter saßen, Zeichen gegeben, damit sie zu spielen aufhörten. Nur in einer Ecke stritten sich ein paar Betrunkene über den Wert eines Dolches, den einer von ihnen einem anderen abkaufen wollte. Alle übrigen Gäste, in der Mehrzahl fränkische Landedelleute und galloromanische Städter aus der senatorischen Oberschicht, lauschten mehr oder weniger auffällig dem Gespräch am Königstisch. Die geputzten Damen starrten mit angehaltenem Atem auf Brunhilde, die sich weigerte, ihrem Gatten zu folgen. Je nach Alter und Stellung, teils mit gerunzelten Stirnen, teils amüsiert, beobachteten die Männer die Bemühungen Merovechs, sein eheliches Recht durchzusetzen.

Der Prinz hatte seinen letzten Ausruf mit einem Faustschlag auf den Tisch begleitet. Chilperich tat so, als habe er nichts gehört und gesehen und befahl: »Morgen früh also brichst du auf. Je schneller du abreist, desto besser! Einige Fälle dulden keinen Aufschub.«

»Es wäre gut für dich, würdest du ebenfalls aufbrechen!« sagte Merovech mit maliziöser Betonung.

»Wohin denn?« fragte der König.

»Nach Hause. Nach Soissons!«

»Aber ich sagte dir doch gerade, daß wir hier auf dich warten werden. Sobald du von der Reise zurück bist, kehren wir drei gemeinsam heim. Dann werden wir eure Hochzeit noch einmal feiern ... mit aller Pracht, wie es sich gehört!«

»Vielleicht werden einige Gäste schon vorher kommen.«

»Was für Gäste?«

»Ungebetene.«

»Wohin?«

»Nach Soissons. Sie werden sich freuen, wenn der Hausherr abwesend ist.«

»Von wem sprichst du?«

»Von einem gewissen Godin zum Beispiel.«

»Wie kommst du auf den? Der hat sich abgesetzt. Nach Austrasien.«

»Es könnte doch möglich sein, daß er zurückkehrt.«

»Zurückkehrt?«

»Sind alle Tore fest verschlossen? Sind deine Schätze gut verwahrt? Vielleicht bringt er auch den Herrn Siggo mit.«

»Siggo?«

»Der noch kürzlich dein Referendar war und sich in deinem Haus vortrefflich auskennt.«

»Was weißt du von Godin und Siggo?«

»Oh, nichts! Ich ahne nur, was sie tun werden, falls sie Verstand haben. Mehr Verstand als ein König, der glaubt, er werde ewig regieren – wenn er nur immer ein Beil hat, um ein paar Untertanen die Schädel zu spalten.«

»Sag, was du weißt! Heraus mit der Sprache! Godin war hier, an euerm Hochzeitstag. Das haben mehrere bezeugt!«

Der König beugte sich vor, griff in den Schopf seines Sohnes und riß Merovech zu sich heran. Der Prinz stieß einen Schmerzenslaut aus. Chilperich ließ ihn wieder los, fuhr herum und starrte Brunhilde an.

»War er hier, dein austrasischer Landsmann, der elende Schurke?«

Die Königin hatte den raschen Wortwechsel zwischen Chilperich und seinem Sohn mit vollkommen unbewegter Miene verfolgt. Auch jetzt zuckte sie mit keiner Wimper und antwortete gleichmütig: »Ja, er war hier. Es war mir nicht recht, daß er auf unserer Hochzeit erschien. Ich hatte ihn jedenfalls nicht eingeladen.«

»Und wie kam er dorthin?«

»Die Frage mußt du schon deinem Sohn stellen. Ich habe mit Godin kein Wort gewechselt. Solche Überläufer verachte ich. Hältst du mich für so dumm und leichtsinnig, daß ich mit einem, der mich schon einmal verraten hat, gemeinsame Sache mache?«

»Das ist wahr, das ist dir nicht zuzutrauen. Aber dem hier, dem Grünschnabel ...«

Chilperich drehte sich um und wandte sich mit gefährlicher Langsamkeit wieder dem Prinzen zu.

Das Paar tauschte rasch einen sprechenden Blick. Merovech flehte: Vergib mir, ich sah keinen anderen Ausweg! Brunhildes kalte graue Augen erwiderten: Keine Sorge, ich rette mich schon. Aber du, mein kleiner Gemahl, sitzt nun tief drin!

»Und jetzt noch einmal, mein Sohn«, sagte der König mit bebender Stimme. »Wen hast du mir da ins Haus geladen? Wann kommen sie und wie viele sind es?«

»Ich weiß nicht!« erwiderte Merovech, der plötzlich das ganze Ausmaß der Folgen zu ahnen schien. »Es war eine Vermutung, ich selber hab' damit nichts ... Es sollte nur eine Warnung sein! Wenn du erlaubst, es ist spät, ich werde jetzt ...«

Er wollte aufstehen, aber die Faust des Königs drückte ihn zurück auf den Stuhl.

»Ich meine, Bürschlein, wir sollten die Gäste gemeinsam empfangen! Vielleicht schaffen wir es gerade noch!«

Chilperich verlor keine Zeit und brach schon am nächsten Morgen nach Soissons auf. Bereits kurz nach Sonnenaufgang wurden die Truppen in Marsch gesetzt. Der König war jetzt froh, daß er seine ursprüngliche Absicht, das Heer aus Gründen der Ersparnis schon ein paar Tage früher zu entlassen, nicht wahrgemacht hatte. Manches verschlafene Gesicht erschien an den Fenstern der Häuser, als eine Hundertschaft nach der anderen, die Speere geschultert, das Marschgepäck auf dem Rücken, mit dumpfem Getrampel die schmalen Gassen durchquerte, um zum östlichen Tor der Stadt hinauszumarschieren.

Der König und seine berittene Gefolgschaft machten sich zuletzt auf den Weg. Alle hörten noch in der Kathedrale die Frühmesse. Praetextatus selbst zelebrierte sie, nachdem ihm Chilperich noch in der Nacht durch einen Boten mitgeteilt hatte, er wünsche die Fürbitte und den Segen des Bischofs. Brunhilde stand während des Gottesdienstes zwischen Vater und Sohn, die ihre Verstimmung offen zur Schau trugen. In Merovechs Nähe lehnten an einem Pfeiler zwei Getreue des Königs. Sie hatten bereits in der Nacht vor dem Schlafgemach Stellung bezogen und wichen nicht mehr von der Seite des Prinzen.

Seit dem Vorfall in der Festhalle hatten Brunhilde und Merovech keine Gelegenheit gefunden, ein paar Worte unter vier Augen zu wechseln. Erst beim Verlassen der Kirche gelang es dem Prinzen, mit seiner Gemahlin ein kurzes Abschiedsgespräch zu führen.

»Verzeih mir!« sagte er leise. »Es war vielleicht eine Dummheit, aber sie hat ihren Zweck erfüllt. Nur so konnte ich verhindern, daß du mit ihm allein bliebst. Ich hatte Angst davor!«

»Seinetwegen oder meinetwegen?«

»Natürlich vor allem deinetwegen! Ja, ein bißchen auch seinetwegen. Es wäre vielleicht etwas Schlimmes geschehen, das alles zwischen uns zerstört hätte. Es ist gut, daß das hier ein Ende hat!«

»Und fürchtest du dich nicht vor dem, was bevorsteht?«

»Was soll schon passieren? Godin wird ja nicht kommen! Ich hätte doch nichts gesagt, wenn ich nicht sicher wäre, daß er ein für allemal auf und davon ist. Mein Vater wird noch eine Weile argwöhnisch sein, und meine Stiefmutter wird mir die Hölle bereiten. Endlos werden sie mich verhören. Aber ich schwöre dir, daß ich nichts preisgeben werde. Du kannst dich vollkommen sicher fühlen! Schließlich werden sie sich beruhigen. Dann kommst du nach, und alles wird gut. Wir werden uns nur noch lieben, und es wird wieder so wie am Anfang sein, als ich hierherkam. Sei zuversichtlich!«

Sie sah ihn mit einem langen Blick an, in den sie Trauer und Entsagung legte.

»Leb wohl! Für mich wird es erst einmal so wie vorher. Gefangenschaft, Einsamkeit. Wie ungewiß ist doch alles. Ich freue mich lieber auf nichts. Kann man dasselbe Glück denn zweimal haben?«

»Vertrau auf mich!« Er umarmte und küßte sie. »Wenn wir uns unsere Liebe bewahren, wird alles gut!«

Sie waren schon auf dem Vorplatz der Kathedrale, wo sich ringsum die Männer in die Sättel schwangen. Merovechs Schimmel wurde gebracht. Der Prinz saß auf und ließ sich die Waffen reichen. Als er sich nach Brunhilde umsah, um ihr noch einmal zuzuwinken, hatte sie sich schon abgewandt.

Der König stand bei ihr.

»Ich komme wieder«, sagte Chilperich, wobei er sich ihr vertraulich zuneigte. »Sobald es die Lage erlaubt, bin ich hier. Ja, ich selber hole dich ab! In Soissons wirst du dann von deinen Kindern erwartet. Zuvor aber werden wir ein paar Tage für unser Vergnügen haben. Ich nehme meine große Galeere, und wir fahren gemeinsam zum Meer!«

»Wie schön«, fand sie, spöttisch auflachend, »so komme ich doch noch auf der Seine zum Nordmeer. Das hatte mir Sigibert versprochen.«

»Nun, ich erfülle sein Vermächtnis!« sagte er lachend. Er drückte sie an seine gepanzerte Brust und flüsterte ihr ins Ohr: »Mit mir wird es nicht weniger kurzweilig sein. Das verspreche ich dir!«

Er stieg auf sein Pferd und sprengte davon.

Ein Schauer lief ihr über den Rücken, den nicht die Morgenkühle verursacht hatte.

20

Zur selben Zeit war Königin Fredegunde schon auf der Flucht.

Die erste Nachricht hatten tags zuvor Kaufleute aus Köln gebracht, die nach Paris und Orléans unterwegs waren. Sie hatten ihre Pferde fast zu Tode gehetzt, um mit ihren hochbeladenen Wagen den austrasischen Heerhaufen zu entkommen, die plötzlich hinter ihnen aufgetaucht waren. Nicht einmal übernachten wollten die Händler in der neustrischen Hauptstadt. Sie zogen die Gefahr eines Raubüberfalls auf der Landstraße, der sich unter Umständen abwehren ließ, einer völligen Ausplünderung vor, unvermeidlich, wenn das beutelüsterne Kriegsvolk sie hinter den Mauern überraschte. Es dämmerte schon, als sie, nachdem sie zu Wucherpreisen neue Zugpferde gekauft hatten, Soissons in westlicher Richtung verließen.

Wenig später sah man von den Wachtürmen aus in der Ferne die Biwakfeuer aufflammen. Über hundert wurden gezählt. Noch bis spät in die Nacht trafen in der Stadt Bauern ein, die von ihren Feldern geflüchtet waren, um sich mit Sack und Pack, Weibern und Kindern, Ochsen und Ziegen in Sicherheit zu bringen.

Am Hof wurde ein Kriegsrat einberufen, doch alles, was dabei nach endlosem Hin- und Hergerede herauskam, war Ratlosigkeit. Fredegunde, die den Vorsitz führte, verstand nichts von militärischen Dingen, und ihr Beitrag erschöpfte sich in hysterischen Klagen über den Unverstand und die Nachlässigkeit ihres königlichen Gemahls, der sie und ihre Kinder schutzlos den Feinden preisgab. Der knapp einundzwanzigjährige Chlodwig, Merovechs Bruder, hatte seit seiner Flucht aus Bordeaux vor drei Jahren nicht viel an Verstand hinzugewonnen und wollte mit dem kläglichen Haufen, der die Besatzung Soissons bildete, ausfallen und dreinschlagen. Der Comes, ein halbblinder Greis, und ein paar ebenfalls schon betagte, kriegsversehrte Antrustionen stritten darüber, wie lange man einer Belagerung, auf die man nicht vorbereitet war, standhalten könne. Gegen Mitternacht hatte Fredegunde genug. Sie jagte den Kriegsrat der »alten Trottel« auseinander und befahl der Dienerschaft zu packen. Im Morgengrauen verließ die Wagenkolonne der Königin, von ihrer Leibwache eskortiert, die Stadt, zunächst in Richtung Berny. Chlodwig und die meisten der ratlosen Herren folgten zu Pferde. Die Besonnenen blieben zurück, schlossen die Tore, besetzten die Mauern mit Schützen und sammelten alle verfügbaren Kräfte unter den Bewohnern der Stadt zum Widerstand.

Es wurde höchste Zeit. Große, ungeordnete Haufen rückten von Osten her auf beiden Seiten der Aisne an. Der Anführer, dessen Löwenhaupt jedermann in der Gegend bekannt war, näherte sich dem Haupttor und verlangte die Übergabe der Stadt. Anderenfalls werde man auf Leben und Gut der Einwohner keine Rücksicht nehmen. Da jedoch solche Rücksichtnahme nach Öffnung der Tore erst recht nicht zu erwarten war, antwortete von den Mauern ein Pfeilregen. Der Feind traf Anstalten zur Belagerung.

Unterdessen raffte Fredegunde in Berny, wo in steinernen Gewölben der größte Teil des königlichen Schatzes lagerte, alles zusammen, was sich in der Hast fortschaffen ließ. Ein Eilbote nach dem anderen ging ab, um Chilperich in Rouen das Unglück zu melden. Kurz nach Mittag bestieg die Königin, den plärrenden Samson auf dem Arm, die widerspenstige Rigunth hinter sich herzerrend, erneut den Reisewagen. Stundenlang ließ sie sich auf den schadhaften Straßen durchschütteln und erreichte endlich mit Mühe und Not, erschöpft und, was bei ihr ungewöhnlich genug war, keines Wortes mehr fähig, kurz vor Einbruch der Nacht ein anderes Krongut.

Vor Soissons begann die Belagerung mit Skorpionen, kleinen Wurfmaschinen, die Feuerbrände über die Mauer in die Stadt schleuderten. Der Schaden war jedoch unbeträchtlich, da die Brände sofort gelöscht werden konnten. Vor dem Haupttor wollten die Angreifer einen Sturmbock in Stellung bringen. Dabei verhielten sie sich aber sehr ungeschickt, so daß es den Verteidigern immer wieder gelang, sie zurückzutreiben.

Zu deren großer Erleichterung machte der Feind im Laufe des Tages keine Fortschritte. Offensichtlich war nur eine Minderheit seiner Leute im Kriegshandwerk ausgebildet, und es stand schlecht um Zucht und Ordnung. Ein großer Teil der Haufen zerstreute sich, um in der Gegend zu plündern. Von der Mauer aus sah man den löwenköpfigen Anführer hierhin und dorthin reiten und Befehle erteilen, um die sich aber kaum jemand zu kümmern schien. So war Hoffnung, daß man durchhalten würde, bis der König benachrichtigt war und zum Entsatz herbeikam.

Daß der erste Eilbote Chilperich schon am nächsten Tage antraf, bereits unterwegs nach Soissons, erhöhte die Chancen der Verteidiger. Der König ließ eine Stunde lang seinen Zorn an dem leichenblassen Merovech aus und ordnete dann Eil- und Nachtmärsche an. In den mondhellen Mainächten kam das Heer zügig vorwärts. Am Abend des vierten Tages nach dem Aufbruch von Rouen und der Flucht Fredegundes aus Soissons erreichte es das Aisne-Tal und lagerte sich dem Feind gegenüber.

Chilperich, gewöhnlich ein Feldherr der taktischen Rückwärtsbewegung, sah sich in der peinlichen Pflicht, eine Schlacht anzubieten. In der Frühe schickte er aber Chuppa zunächst mit einem Friedensangebot ins feindliche Lager. Es lautete, wie später berichtet wurde, die anderen »möchten ihm kein Unrecht zufügen, damit nicht schweres Verderben über beide Heere käme«. Diese Besorgnis auch um das Wohlergehen des Feindes beantwortete dessen Anführer jedoch nur mit Hohngelächter, und Chuppa kam unverrichteter Dinge zurück. Der Feind sei entschlossen, sich zu schlagen, meldete er, und er verlange, daß sich der König zum Kampf stelle.

»Na warte, Godin, du Hundsfott!« knurrte Chilperich. »Daß du mich so weit gebracht hast, werde ich dir heimzahlen!«

Diesen Ausspruch faßten der Marschalk und die anderen Anführer seines Heeres als Befehl auf, ihre Hundertschaften in Marsch zu setzen. Auf eine anfeuernde Rede des Königs konnte ebenso verzichtet werden wie auf das Versprechen von Belohnung. Die neustrischen Krieger, viele von ihnen Bauern aus der Umgebung der Stadt, sahen erbittert, was die brandschatzenden austrasischen Horden angerichtet hatten, und waren kaum noch zu halten. Wie entfesselt stürmten sie mit Speeren, Lanzen und Schwertern in die gegnerischen Haufen hinein, während die Panzerreiter dem Feind in die Flanken fuhren. Hilflos in der Mitte zusammengedrängt, fielen die Austrasier reihenweise. Panik ergriff sie schließlich, als sie die Neustrier in ihrem Rücken das Zeltlager angreifen sahen. In verzweifelter Sorge um ihre Beute machten sie kehrt und wurden nun von hinten niedergehauen. Die Sonne erreichte erst den Zenit, als die letzten Versprengten, unter ihnen der Feldherr Godin, in der Ferne verschwanden.

Chilperich hatte, auf seiner Satteldecke sitzend, von einer kleinen Anhöhe aus das Gemetzel beobachtet. Um seinen Kampfesmut zu befeuern und sich zur Lenkung der Schlacht die geistige Klarheit zu erhalten, hatte er mehrere Kannen Wein geleert. Nun setzte man ihn auf sein Pferd, und während zwei Antrustionen den heftig Schwankenden links und rechts stützten, zog er als umjubelter Sieger in seine Hauptstadt ein.

Dies war im fünfzehnten Jahr seiner Regierung sein erster persönlich errungener militärischer Sieg, der in die Geschichte als die »Schlacht von Soissons im Jahre 576« eingehen sollte.

Ein Stück des in diesen Juniwochen meist blauen, wolkenlosen Himmels war alles, was Merovech durch ein kleines Fenster unter der Decke von der Außenwelt wahrnahm. Schwül war es, und die Hitze, die auch schon in den steinernen Wänden steckte, machte träge. Der Prinz lag die meiste Zeit, nur mit einer Hose bekleidet, auf dem breiten, für mehrere Schläfer bestimmten Bett, wälzte sich mal auf die eine, mal auf die andere Seite, kratzte den von Floh- und Wanzenbissen geschundenen Körper und hing seinen Gedanken nach. Manchmal las er auch ein wenig in den Bekenntnissen des heiligen Augustinus oder in einer der anderen Schriften, die ihm genehmigt waren. Allerdings gelang es ihm selten, seine Aufmerksamkeit gründlich auf die erbaulichen Texte zu richten. Bald legte er sie wieder weg und starrte erneut auf die kahlen Wände, in denen ringsum eiserne Haken steckten, zum Aufhängen von Speeren, Schwertern, Beilen und Schilden bestimmt. Es befand sich jedoch nicht eine einzige Waffe im Raum, sogar das kleine Messer, das er sonst immer am Gürtel trug, war ihm abgenommen worden. Um eine Flucht unmöglich zu machen, hatte man ihm diese schmale, schräge Kammer im zweiten Stock eines Hauses zugewiesen, wo sonst die Gefolgsleute vornehmer Gäste schliefen. Durch das Fenster kam gerade eine Katze, die Tür war verschlossen, die Treppe draußen wurde bewacht. Ein Knecht brachte zweimal täglich eine karge Ration. Sonst hatte sich schon seit über zwei Wochen niemand mehr um den Prinzen gekümmert.

Was seine Zukunft betraf, so befand er sich in einem Zustand vollkommener Ungewißheit. Wie lange würde seine Gefangenschaft dauern? Was hatte sein Vater mit ihm vor? Ging irgendwann plötzlich die Tür auf und sein Henker trat ein? Würde er sterben, ohne Brunhilde noch einmal wiedergesehen zu haben?

An sie zu denken, sich mit ihr zu beschäftigen, war die einzige Annehmlichkeit in seiner traurigen Lage. Sein Gedächtnis versuchte, die Bilder der kurzen, glücklichen Zeit auf dem Gut Rotoialum immer noch einmal in allen Einzelheiten zurückzurufen. Es erschien ihm jetzt wieder wie ein Wunder, daß er die schönste, begehrenswerteste Frau dieser Welt geliebt hatte, daß er trotz allem ihr Gemahl war. Jeder Zug ihrer Erscheinung und ihres Charakters, an den er sich nun erinnerte, war wieder großartig und außerordentlich. Sie war für ihn mehr denn je ein vollkommenes Wesen, in dem sich weibliches Ebenmaß mit edlen männlichen Eigenschaften wie Kühnheit, Stolz und dem Streben nach erhabenen Zielen vereinigten. Jetzt, aus der Ferne, vergötterte er sie um so mehr, und schnell geriet alles in Vergessenheit, was das herrliche Bild getrübt, was ihn verstimmt und zum Widerspruch gereizt hatte. Dachte er an ihr gemeinsames Unglück, fielen ihm immer nur Anklagen gegen sich selbst ein. Dann wiederholte er sich endlos und quälend, wie unwürdig er einer solchen Frau war und wie schmählich er sie enttäuscht hatte. Ihr Abschiedsblick und die entsagungsvollen Worte dazu gingen ihm nicht aus dem Sinn. Er war sicher, daß sie nun abermals auf ihn wartete, in der Hoffnung, er würde noch alles wiedergutmachen. Wie sollte er aber hier herauskommen?

Immer wieder sprang er auf und hämmerte mit den Fäusten gegen die Tür, oder er brach in lautes Klagen aus. Beides hatte aber höchstens die Wirkung, daß ein Wächter durch den Türspalt hereinsah und grob nach seinem Begehr fragte. Sich auf ein Gespräch mit ihm einzulassen oder Auskünfte zu erteilen war den Männern unter Strafandrohung verboten. Wenn sich die Tür wieder schloß, war er wie vorher mit seinen bohrenden Fragen allein. Wie mochte es ihr jetzt ergehen? Wurde sie ebenso streng behandelt wie er? Was hatte Fredegunde ihr zugedacht? Zu welcher neuen schrecklichen Untat würde die Stiefmutter seinen Vater anstiften?

Immerhin hatte er nichts verraten. Da er den Angriff Godins vorausgesagt hatte, wenngleich im festen Vertrauen darauf, daß er nie stattfinden würde, stand seine Mitwisserschaft zunächst außer Zweifel. Sein Vater wollte ihn nicht einmal anhören und ihn gleich in das finstere Verlies für unfreie Verbrecher werfen lassen. Chuppa und ein paar andere einflußreiche Vertraute des Königs sprachen sich aber zu Merovechs Gunsten aus und erreichten, daß er zunächst in Freiheit blieb und Gelegenheit zu einer Rechtfertigung erhielt. Nachdem sich alle von der Siegesfeier erholt hatten, trat eine Versammlung der vornehmsten Antrustionen als Hofgericht zusammen. Hier brachte der Prinz dann tatsächlich das Kunststück fertig, seine Mitschuld in Frage zu stellen.

Godins Anwesenheit auf der Hochzeit in Rotoialum erklärte Merovech durch einen Zufall. Der Austrasier habe sich in Rouen auf dem Roßmarkt befunden, als einige der Geladenen vorüberzogen. Denen habe er sich einfach angeschlossen. Da der Prinz kurz vorher in Berny Godins Aufsässigkeit gegenüber dem König miterlebt hatte, sei er darüber nicht sehr erfreut gewesen. Es sei ihm am Tag nach dem Fest auch zu Ohren gekommen, daß Godin allerlei zweideutige Reden geführt habe. Kurz darauf habe dann der Bischof die Nachricht gebracht, der Austrasier sei auf und davon. Lag da die Vermutung nicht nahe, fragte Merovech vor den Versammelten, daß er mit schlechter Absicht zurückkehren würde? Und sei es nicht seine

Pflicht gewesen, fragte er weiter, seinen Vater, der den plötzlichen Entschluß zu einem längeren Aufenthalt in Rouen faßte, vor einer solchen Gefahr zu warnen?

Auf diese Fragen nickten viele Köpfe ernst und bedächtig. Und ein paar würdige Männer ergriffen das Wort zur Verteidigung des Prinzen und wiesen vor allem darauf hin, daß seine Warnung den raschen Aufbruch bewirkt habe. Nur dadurch sei der König womöglich imstande gewesen, den Feind noch vor den Toren der Stadt zu schlagen. Wären die Verluste nicht größer geworden, wenn Godin sich schon hinter den Mauern befunden hätte?

Chilperich verwahrte sich zwar entschieden dagegen, seinem Sohn auch nur den geringsten Anteil an seinem glorreichen Sieg zuzusprechen, doch hatte er wegen seiner eigenen Sorglosigkeit und des schlechten Verteidigungszustands der Stadt kein gutes Gewissen. So war er schon fast geneigt zu vergeben. Er hatte auch keine Lust, zu Gericht zu sitzen, sondern verbrachte lieber die Zeit im Hafen, in der Gesellschaft seiner Schiffer und Zimmerleute. Mit ihnen besprach er, wie die beste Galeere schnellstens flottgemacht und über die Aisne und Oise in die Seine geleitet werden konnte. Er wollte möglichst schon fort sein, wenn Fredegunde nach Soissons zurückkehrte.

Die Königin war jedoch schneller als seine Tag und Nacht arbeitenden Handwerker. Die Botschaft vom Sieg und der Vertreibung des Feindes erreichte sie bereits nach wenigen Tagen, obwohl sie sich immer noch mit ihrem Troß in Richtung Westen bewegte. Augenblicklich befahl sie kehrtzumachen. Drei Meilen vor dem Ziel wurde sie von einer Abordnung ihrer eifrigsten Ohrenbläser erwartet. Mehrere der vornehmen Herren waren mit Chilperich in Rouen gewesen. So war Fredegunde über alles wohlunterrichtet, als sie in Soissons aus dem Wagen stieg.

Wie ein Sturmwind der Entrüstung fuhr sie durch den Palast.

Nachdem sie den König geküßt und ironisch seinen »glücklichen Sieg« gerühmt hatte, überhäufte sie ihn mit Vorwürfen. Für alle Mißgeschicke der überstürzten Flucht, auf der sie und ihre Kinder ständig in Lebensgefahr gewesen seien, machte sie ihn verantwortlich. Seine Gefolgschaft bezeichnete sie als Bande von Feiglingen und Dummköpfen. Als sie Merovech sah, der zu ihrer Begrüßung herbeikam, schrie sie auf, bekreuzigte sich und rannte davon, als sei ihr der Leibhaftige begegnet. Dabei zerrte sie Rigunth mit sich fort, die ihrem Lieblingsbruder um den Hals fallen wollte. Laut und scharf empörte sich Fredegunde darüber, daß man den Urheber allen Übels frei herumlaufen lasse, damit er zu seiner Komplizin Verbindung aufnehmen und neue Schandtaten aushecken könne. In einer Scheune, wo Verwundete lagen, stimmte sie ein Klagegeheul an über »all das Leid, das bei besserer Wachsamkeit vermeidbar gewesen wäre«. Ein paar Sterbende ließ sie mit kirchlichem Pomp vor das Stadttor zur Basilika des heiligen Medardus tragen und neben dem Grabmal des einstigen Bischofs von Noyon und Tournai niederlegen. Sie selber warf sich auf die Knie, zerraufte sich die schwarze Mähne, schlug sich die Brust, zerriß ihr Gewand und schrie zu dem Heiligen, er möge nicht nur diese Unglücklichen, sondern sie selber und ihre Kinder retten, die sie nur gerade davongekommen und von neuen satanischen Ränken bedroht seien.

Die lärmende Kassandra erreichte sehr schnell, was sie wollte. Das Hofgericht trat schon am nächsten Tag erneut zusammen, um die Untersuchung gegen Merovech, die bereits im Sande verlaufen war, wiederaufzunehmen. Fredegunde nahm selber neben Chilperichs Richterstuhl Platz. Sie hatte den Argwohn ihres Gemahls gegen den Prinzen und seine Angst vor weiteren Anschlägen zwar ohne Mühe wieder aufgerührt, doch fürchtete sie, der König könne aus gewissen Gründen, die sie nur zu gut zu kennen glaubte, auch weiterhin durch die Finger sehen. Deshalb warf sie sich von Beginn an zum Ankläger auf und lenkte die Verhandlung in die von ihr gewünschte Richtung.

Den Ursprung der Verschwörung, die Merovech weiter hartnäckig leugnete, machte sie bereits während des Winteraufenthalts in Paris aus. Beim heimlichen Treffen im Hause des Comes habe die Gotin ihre giftige Saat gelegt. Von da an sei der Prinz ihr gehorsamer Sklave gewesen. In Tours habe er in geheimen Gesprächen mit Herzog Boso, ihrem Vertrauten, die weiteren Schritte beschlossen, unter anderem den Raubüberfall auf Leudast. Mit der Beute seien dann Godin und andere geködert worden. Inzwischen habe das schamlose Weib ihrerseits Verräter gekauft und den Bischof Praetextatus für die skandalöse Heirat gewonnen. Am Hochzeitstag sei das Komplott vollendet worden. Waddos Flucht habe wenigstens eines verhindert: die Vereinigung der austrasischen Eindringlinge mit den einheimischen Verrätern.

»Aber beinahe hätten uns die Austrasier auch allein überrannt!« rief Fredegunde. »Und wissen wir, ob das nicht erst ihre Vorhut war? Ob nicht das gotische Reptil gemeinsam mit deinem Sohn Merovech, König, noch mehr Schlangenbrut in die Welt gesetzt hat, die morgen vielleicht schon über uns kommt? Glaubst du ernsthaft, daß die Gefahr vorüber ist? Ich fürchte, du wirst dich noch wundern!«

Merovech wurde in Haft genommen. Der König fällte aber noch immer kein Urteil. Seine Unentschlossenheit und häufige Geistesabwesenheit war Fredegunde schon während der Verhandlung aufgefallen. Am Abend im ehelichen Schlafgemach kam sie darauf zurück.

Mit hochgeschobenem Rock saß sie auf dem Bett und löste die Riemchen unter den Knien und an den Knöcheln, welche die feinen, grellroten Tücher hielten, mit denen sie ihre Waden umwickelte.

Chilperich stand am Fenster und blickte düster hinunter zum Flußhafen.

»Wohin starrst du da so lange? fragte sie. »Wo bist du mit deinen Gedanken? Früher hat es dich interessiert, wenn ich mich auszog. Da hast du dich vor mich hingekniet und mir die Schnallen mit den Zähnen geöffnet. Und jetzt? Woran denkst du? An sie?«

»Wovon redest du?« brummte er böse.

»Tu nicht so ahnungslos! Glaubst du, ich weiß nicht, warum wir beinahe alle verreckt wären? Es ging ja wohl in Rouen ziemlich munter zu. Vor aller Augen soll sie mit dir geturtelt haben!«

»Das haben dir deine verdammten Spitzel erzählt! Ich lasse sie blenden und ihnen die Ohren abschneiden!«

»Das würde wohl kaum etwas an den Tatsachen ändern. Statt das Weib gründlich zu verhören und die Wahrheit aus ihr herauszubringen, hast du wieder vor ihr den Gockel gespielt. Wolltest Merovech sogar wochenlang fortschicken! So arg müßt ihr euch aufgeführt haben, daß er lieber die ganze Verschwörung verriet, als das Miststück mit dir allein zu lassen!«

»Eifersucht!« knurrte Chilperich. »Er ist ihr verfallen.«

»Vermutlich hat sie mit allerlei Mittelchen nachgeholfen. Sie ist ja raffinierter und erfahrener als ihre Schwester Galsvintha, die keine Ahnung von so etwas hatte. Sogar einen alten, müden, ausgedienten Ochsen wie dich hat sie wieder zum Stier gemacht! Geht das mit rechten Dingen zu, daß einer, der eine Frau aus Fleisch und Blut im Bett hat, ein Knochengerüst begehrt?«

Während die Königin diese Frage stellte, löste sie ihr Busentuch und legte zwei Beweisstücke frei, die dem Vorwurf beträchtliches Gewicht gaben.

Chilperich sah aber nicht hin, sondern stand immer noch abgewandt und blickte zum Fenster hinaus.

»Ja, starre nur und höre nicht zu!« sagte Fredegunde beleidigt. »Anscheinend hat sie dir sämtliche Sinne verwirrt. Was hast du die ganze Zeit in Rouen gemacht? Eine gründliche Untersuchung geführt? Verrätereien aufgedeckt?«

»Ich war krank!«

»Ja, liebeskrank!« grollte die Königin und legte, was sie immer zuletzt tat, die Halskette und die Ohrringe ab. »Bisher hast du gewaltiges Glück gehabt. Bist noch am Leben! Aber in deiner Einfalt hoffst du, daß sie dich bald erhören wird. Dabei weißt du nicht, daß es ihr Plan ist, dich ins Bett zu bekommen. Ahnst nicht, was dann passieren soll ...«

Sie öffnete eine Tür, und zwei Mägde, die draußen schon warteten, schleppten einen Badezuber mit dampfendem Wasser herein. Fredegunde entließ sie mit einer Handbewegung, und die beiden verschwanden.

»Zuerst, großer König«, fuhr sie fort, wobei sie ihr Haar zu einem lockeren Zopf flocht und hochsteckte, »wird sie dich im Liebeskampf fertigmachen. Wenn du dann völlig erschöpft in Schlaf sinkst, erhältst du von ihr den Todesstoß. Vielleicht erwürgt sie dich auch oder erstickt dich. Anschließend wird sie dich über Bord werfen!«

»Über Bord? Was phantasierst du da, Frede?« stieß Chilperich mit rauher Stimme hervor.

»Von da unten, vom Hafen, wo du so sehnsüchtig hinglotzt, kam heute der Zimmermann Rufus herauf. Zufällig lief er mir über den Weg. Er hätte einen Vorschlag zu machen, sagte er, ob ich ihn anhören wolle. Nur zu, sagte ich. Er hielte es, sagte er da, für besser, das Ruhebett auf dem Deck der Galeere unter ein festes Dach zu stellen statt unter ein Zelt. Auch jetzt im Frühling wehe in der Seine-Mündung ins Nordmeer ein rauher Wind. Ich fragte ihn, ob er nicht wisse, daß ich niemals ein Schiff besteige, weil ich nicht schwimmen kann und das Geschaukel auch nicht vertrage. Da bat er verlegen um Verzeihung. Ich wollte ihm erst noch sagen, es wäre gut, auch einen Sarg für die Reise zu zimmern. Aber dann überlegte ich mir, daß man dich wohl nicht bergen wird, großer König. Du wirst als Wasserleiche ins Nordmeer hinaustreiben!«

»Schweig! Schweig!« schrie Chilperich.

»Ich schweige ja schon«, sagte Fredegunde gehorsam und stieg in den Zuber.

Sie betrachtete seinen gekrümmten Rücken und seine zukenden Schultern und stieß einen wohligen Seufzer aus.

21

Am nächsten Morgen ließ der König die Falken und Sperber aus den Gehegen holen und ging auf die Beize. Er kam am Abend nicht zurück, sondern schickte nur einen Boten mit der Nachricht, er werde in Berny übernachten. Auch in den folgenden Tagen blieb er fort.

So saß Merovech ohne Schuldspruch in Haft. Wie ein Vergessener lag er in der Dachkammer des Gästehauses. Am dritten und vierten Tag hörte er aus den unteren Stockwerken Lärm und Gesänge, was darauf schließen ließ, daß Besucher gekommen waren. Der Knecht, der ihn bediente, bestätigte dies, konnte oder durfte jedoch keine näheren Auskünfte über Anzahl und Herkunft der Männer geben. Am fünften Tag zogen sie ab, und von da an blieb es im Hause ruhig.

Hätte Merovech gewußt, daß die Gäste aus Reims, der alten Hauptstadt Austrasiens, gekommen waren, wäre schon das für ihn ein Grund zur Beunruhigung gewesen. Alarmiert aber hätte ihn, daß der Mann, der sie anführte, ein alter Vertrauter Brunhildes war, von dem sie sich aber zuletzt betrogen und im Stich gelassen glaubte.

Es war Herzog Gundoald.

Dieser hatte sich gerade in Reims aufgehalten, als die Versprengten der Schlacht vor den Toren von Soissons dort eintrafen. Obwohl Mitglied des Regentschaftsrates, hatte er nicht die geringste Ahnung gehabt, daß ein austrasisches Heer in Neustrien eingefallen war. Sofort ließ er alle Rückkehrer festnehmen und strengen Verhören unterziehen. Mit heller Empörung erfuhr er nun, daß ein Abenteurer, der nach Belieben die Seiten wechselte, mit ein paar schnell zusammengebrachten beutegierigen Haufen den dringend zu wünschenden Frieden mit dem fränkischen Nachbarreich gebrochen hatte. Hätte Godin nicht einen anderen Fluchtweg genommen – der Herzog hätte ihn wohl auf der Stelle hinrichten lassen. Für dringend geboten hielt es Gundoald, in Soissons klarzustellen, daß die Regierung König Childeberts die Unternehmungen dieses selbsternannten Heerführers auf das schärfste verurteile. Er tauschte Botschaften mit dem Hausmeier Gogo in Metz, der seine Absicht, gleich selber zu reisen, guthieß. Um der Abordnung möglichst großes Gewicht zu geben, nahm der Herzog außer seinem eigenen Gefolge ein paar vornehme Herren der Umgebung und (auf dringende Empfehlung Gogos) den Reimser Bischof Egidius mit.

Als sich der etwa sechzig Mann starke Reitertrupp der neustrischen Hauptstadt näherte, gab es dort eine beträchtliche Aufregung. Man hatte sich ja kaum von den kürzlichen Ungelegenheiten erholt. Zudem war der König wieder abwesend. Fredegunde schrie, das seien die nächsten, sie habe es vorausgesagt, doch niemand habe sie ernstgenommen. Sie ließ Alarm schlagen und die Tore schließen.

Es bedurfte längerer Verhandlungen, bis Gundoald und dem Bischof erlaubt wurde, zunächst allein in die Stadt zu kommen und vor der Königin zu erscheinen. Fredegunde empfing die beiden im Glanz von Gold und Juwelen. Notgedrungen trug der Herzog der Königskebse, wie er sie im stillen nannte, sein Anliegen vor. Sie nahm seine Friedensbeteuerungen mit Mißtrauen auf und sprach gleich von Ersatz für die angerichteten Schäden. Gundoald lehnte jedoch in trockenem Ton jede Verantwortung seines Königs für die Übergriffe eines Banditen ab. Da schleuderte sie ihm entgegen, es handle sich um ein großangelegtes Komplott, und an der Spitze der Banditen stehe keine Geringere als die Mutter seines Königs, die sich nicht einmal durch ihre Gefangenschaft hindern ließe, weiter auf Rache und Verderben zu sinnen. Der Herzog erwiderte darauf nichts, doch Bischof Egidius seufzte und nickte bekümmert. Dergleichen habe man vernommen, sagte er, und obwohl man es kaum glauben könne, seien die Zeugnisse nicht von der Hand zu weisen. Fredegunde schenkte ihm dafür ein dankbares Lächeln.

Überhaupt war es Egidius zu verdanken, daß die Audienz nicht in gegenseitiger Verstimmung endete. Während der Herzog nur mit dem König selber weiterzureden wünschte und sich in strenges Stillschweigen hüllte, machte der Bischof der

Königin Komplimente. Er bewunderte die Steine an ihrem Gürtel und Armreif und zeigte sich beeindruckt von der Pracht des Empfangssaals. Er ließ sich sogar zu Huldigungen hinreißen, die für einen frommen Hirten riskant waren. So sagte er Fredegunde, er sei bei ihrem Eintritt geblendet gewesen und fast seines Glaubens unsicher geworden, weil er die römische Göttin Juno in leiblicher Gestalt zu erblicken glaubte. Entzückt von diesem unterhaltsamen Gottesmann, der zwar schon etwas ergraut, aber kräftig war und ein durchtriebenes Schelmengesicht mit begehrlichen Augen hatte, gewährte die Königin allen Austrasiern Einlaß und Unterkunft. Ein Bote nach Berny ging ab, um Chilperich von dem hohen Besuch in Kenntnis zu setzen.

Die Antwort kam erst am nächsten Abend. Der König lud die Austrasier auf das Gut und zu einem Jagdvergnügen ein. In der Frühe brach Gundoald mit den Vornehmen und den Gefolgsleuten auf. Nur Egidius blieb in Soissons zurück. Als Priester wollte er statt zu jagen lieber am Grabe des heiligen Medardus für den Frieden zwischen den beiden Reichen beten. Auch bedurfte seiner Meinung nach Königin Fredegunde dringend geistlichen Trostes, den er nach allem, was ihr durch die Austrasier, von der Königinmutter Brunhilde bis zu dem Verräter Godin, angetan wurde, als Pflicht der Wiedergutmachung ansah. Tatsächlich hatte ihn Fredegunde seit seiner Ankunft kaum von ihrer Seite gelassen. Mal wandelten sie im Schatten der Säulengänge des Peristyls, mal knieten sie nebeneinander in einer schummrigen Nische der Palastkirche. Verständnisvoll lauschte er ihren Klagen: über all die Verleumdungen, denen sie unschuldig ausgesetzt war; über das Unglück, in das sie beinahe infolge der Fahrlässigkeit ihres Gatten gestürzt wäre; über das Mißgeschick mit ihrem Stiefsohn Merovech. Wenn sie allein und unbeobachtet waren, erlaubte sie ihrem Tröster, ihre Hand in die seine zu nehmen, die sie von Zeit zu Zeit auch seufzend an ihren junonischen Busen drückte. Das Heil der Königin mußte als Grund für das Verweilen des Bischofs akzeptiert werden. Herzog Gundoald, dem nichts entging, sah zwar neue austrasisch-neustrische Schwierigkeiten heraufziehen, doch hatte er auch zu erwägen, wo die Anwesenheit des Egidius ihm im Augenblick weniger hinderlich sein würde. Ohne geistliche Verstärkung begab er sich also zum König nach Berny.

Von allen diesen Vorgängen wußte Merovech nichts, als er am fünften Tag seiner Gefangenschaft die Gäste das Haus verlassen hörte. Zehn weitere lange Tage vergingen ereignislos und in qualvoller Ungewißheit. Am fünfzehnten Tag, schon gegen Abend, erhielt er überraschend Besuch.

Draußen erhob sich plötzlich Lärm. Erregte Stimmen näherten sich auf der Treppe. Schritte verharrten vor der Tür.

Sie ging auf, und zuerst bemerkte der Prinz den Wächter. Dann trat der Knecht, der ihn zu bedienen pflegte, mit einer brennenden Öllampe und einem Stuhl ein. Er stellte die Lampe auf den Tisch, den Stuhl davor und verschwand. Im selben Augenblick sah Merovech eine mächtige Schulter, die sich hereinschob und gegen den Türpfosten lehnte. Gleich darauf wurde die Tür weiter aufgestoßen. Ein Riese im kurzen Bauernkittel, kahl, mit struppigem Graubart, die gewaltige Faust um den Griff einer Axt gespannt, stierte auf ihn herab.

Von Kindheit an kannte der Prinz diesen Mann, der mehr einem mythischen Ungeheuer als einem Menschen glich. Oft genug hatte er als kleiner Knabe vor ihm die Flucht ergriffen. Faro war es, der taubstumme Mühlknecht. Das Gerücht ging, daß er des Königs geheimer Vollstrecker in dunklen Angelegenheiten war.

Im ersten Entsetzen sprang Merovech vom Bett auf und drückte sich gegen die Wand. Sein Aufschrei erstickte in der Kehle. Sein Herzschlag schien ihm die Brust zu sprengen.

So also soll es geschehen! dachte er. Heimlich abschlachten wollen sie mich. Merowingertod ...

Faro folgte jeder Bewegung des Prinzen mit dem stumpfen, animalischen Blick, den er nicht von ihm abwandte. Doch verharrte er reglos am Türpfosten.

Von der Treppe her nahten kurze, energische Schritte. Der Saum eines Mantels schleifte über den Boden. Jetzt rückte Faro zwei Schritte ins Zimmer, um Platz zu machen.

Fredegunde trat ein.

Sie blieb vor dem Riesen stehen, sah ihm mit dem Blick eines

Tierbändigers in die Augen und legte ihm die Hand auf die Brust, als wolle sie ihn beruhigen und zurückhalten. Dann erst wandte sie sich Merovech zu. Ihr hübsches Gesicht war frisch und gerötet, sie strahlte Wohlbehagen aus. Mit einem halb spöttischen, halb verächtlichen Blick musterte sie den bleichen, abgemagerten, halbnackten Prinzen, dessen Bart seit zwei Wochen kein Schermesser mehr berührt hatte.

»Du siehst aus wie ein Räuber«, sagte sie, indem sie sich auf dem Stuhl niederließ. »Wolltest ja auch ein ganzes Königreich rauben.«

»Was suchst du hier?« fragte er mit fast tonloser Stimme. »Kommst du zu deinem Vergnügen her? Um meiner Hinrichtung beizuwohnen?«

»Was du verdient hast, weißt du also. Aber du täuschst dich, wenn du glaubst, daß es mich amüsieren würde.«

»Wo ist mein Vater? Er soll das Urteil sprechen! Aus seinem Munde will ich es hören!«

»Dein Vater ist hier im Palast. Er will dich aber nicht sehen. Er darf auch nicht wissen, daß ich dich aufsuche. Ich tue es auf eigene Verantwortung.«

»Du willst mich umbringen! Heimlich! Ohne sein Wissen! Aber ich schreie, er wird mich hören!«

Merovech sog tief die Luft ein, um einen Schrei auszustoßen. Doch Fredegunde sprang auf und legte ihm rasch die Hand auf den Mund.

»Still, du Dummkopf! Ich komme ja, um dir zu helfen! Wenn dein Vater erfährt, daß ich hier bin, ist alles verloren!«

»Du willst mir helfen?« keuchte er, ihre Hand wegstoßend. »Nachdem mich dein Haß hierhergebracht, in diesen Zustand versetzt hat?«

»Es ist so! Trotz allem vergesse ich nicht, daß ich nun einmal als Königin auch deine Mutter bin.«

»Wie rührend!« Merovech deutete auf Faro, der bei der heftigen Geste des Prinzen drohend die Faust mit der Axt erhoben hatte. »Ist das der Grund, weshalb du den mitgebracht hast?«

»Er ist nur zu meinem Schutz hier. Ich fürchtete, du könntest mich angreifen.«

Der Prinz lachte auf.

»Wenn du versprichst, mir nichts anzutun«, sagte die Königin, »schicke ich ihn hinaus. Versprichst du es?«

Sie wartete seine Antwort nicht ab, sondern gab dem Mühlknecht ein Zeichen, er solle verschwinden. Faro krümmte ergeben den Rücken, verneigte sich tief und ging hinaus. Fredegunde schloß selbst hinter ihm die Tür.

»Du siehst, ich habe Vertrauen zu dir. Also vertraue auch du mir!«

Merovech, ein wenig erleichtert, doch weiter gespannt und mißtrauisch, lehnte noch immer an der Wand.

»Es gibt, offen gestanden, noch einen zweiten Grund«, sagte die Königin, »weshalb ich den Faro hierhergebracht habe. Du solltest ihn sehen, damit du mir glaubst. Er ist mit deinem Vater aus Berny gekommen. In der Tat, er soll ein geheimes Todesurteil vollstrecken. Doch nicht an dir. Morgen in aller Frühe wird Waddo mit einem kleinen Trupp, dem auch er angehören wird, nach Rouen aufbrechen. Muß ich noch mehr sagen?«

»Er soll ... nach Rouen? Ein geheimes Todesurteil? Er soll ... soll sie ...?«

Die Lippen des Prinzen bebten so heftig, daß er außerstande war weiterzusprechen.

»So hat es dein Vater beschlossen«, sagte sie. »Es soll aber wie ein Unfall aussehen. Faro wird ihr das Genick brechen, und man wird sagen, sie habe sich beim tollkühnen Reiten zu Tode gestürzt.«

»Das ist Mord!« schrie der Prinz. »Ihr Ungeheuer! Ihr Teufel! Ihr wollt sie umbringen wie ihre Schwester! Mörder! Verbrecher! Aber ich liebe sie, sie ist meine Frau! Ich werde es zu verhindern wissen! Erst tötet mich, bevor ihr sie ...«

Er stieß Fredegunde beiseite und stürzte zur Tür. Sie war offen, doch draußen lauerten mehrere Wächter. Sie ergriffen den Prinzen, schleppten ihn in das Zimmer zurück und warfen ihn auf das Bett. Er sprang wieder auf, aber da versetzte ihm einer der Männer einen Faustschlag unter den Gürtel. Merovech brach röchelnd zusammen. Die Königin ließ eine Kanne Wasser bringen und beugte sich selber über ihn, um sie ihm an die Lippen zu setzen.

Als sie wieder allein waren, nahm sie abermals Platz und

sagte: »Das war nicht nötig! Hättest du mich ausreden lassen ...«

»Ihr habt kein Recht dazu!« stöhnte Merovech. »Unschuldig ist sie! Ich habe kein Wort gesagt, nichts gestanden! Es sind deine falschen Anklagen, deine ...«

»Nicht meine Anklagen!« unterbrach sie ihn. »Andere haben sie beschuldigt! Du weißt nicht, daß eine Abordnung der Austrasier hier war. Mit Herzog Gundoald an der Spitze.«

»Gundoald?« fuhr er auf.

»Er ist ihr Feind! Hat ihr die ganze Schuld allein angelastet. Angeblich hat er Godin und andere gefaßt und alles aus ihnen herausgebracht. Auch daß sie mit eigener Hand deinen Vater ermorden wollte ... wegen Galsvintha und Sigibert. Da ist dein Vater so wütend auf sie geworden ...«

»Aber er war doch in sie ... Mir schien ...«

»Ich weiß. Nichts sehnlicher wünschte er sich, als sie zu seiner Geliebten zu machen. Es war sein Traum seit einem Jahrzehnt, dem nun das böse Erwachen folgte. Vielleicht hätte er sie ja noch verschont, aber Gundoald hat ihn in Berny bearbeitet ... fast eine ganze Woche lang. Die austrasischen Herren haben genug von ihr, fürchten, daß sie zurückkommen könnte, wollen sie ein für allemal loswerden. Dafür boten sie fette Happen: Limoges, Bordeaux, Cahors ... alles, was ihr gehört, aus der Morgengabe Galsvinthas. Da konnte dein Vater nicht widerstehen.«

»Unfaßlich, grauenvoll!« rief der Prinz. »Wann sollen die Mörder fort? Morgen früh schon? Was kann ich tun? Wie kann ich ihr Leben retten? Noch eine Nacht bleibt mir Zeit! Du sagtest ... du seist gekommen, um ... Rede doch! Was kann man noch unternehmen? Ich bin zu allem bereit. Zu allem! Ich biete mein eigenes Leben, wenn das ihre verschont wird! Ich nehme die Schuld auf mich! Ja, ich war es! Ich habe Godin angestiftet. Ich habe die Geschenke an die Empörer verteilt. Ich habe den ganzen Plan ersonnen. Ich! Ich! Und ich wollte auch meinen Vater ermorden. Sie wußte von all dem nichts, sie hätte dem niemals zugestimmt! Ja, ich wollte für sie das Reich erobern, weil ich sie liebe und ihr gefallen wollte. Warum hat mein Vater nicht mich verurteilt? Ich war es doch! Ich bitte dich, wenn du ein menschliches Herz hast und einen Funken Mitgefühl, dann geh! Eile zu ihm! Sag ihm, daß ich allein der Schuldige bin! Er soll den Befehl zurücknehmen und dafür mich ... mich ...«

Merovech hatte sich vor der Königin auf die Knie geworfen. Immer noch einmal wiederholte er seine Selbstbezichtigung und seine Bitte, sie möge ihm helfen. Sie betrachtete ihn mit bekümmerter Miene. Als er endlich schwieg und nur noch keuchte und schluchzte, strich sie ihm mütterlich über das Haar und sagte mit sanfter Stimme: »Ich wußte ja, daß du sie liebst und daß du selbst diesen Ausweg finden würdest. Ob es die Wahrheit ist, weiß ich nicht. Aber es könnte für euch die Rettung sein. Vielleicht wundert dich, warum ich mich plötzlich für euch verwenden will. Ja, ich gestehe, daß ich von eurer gemeinsamen Schuld überzeugt war, daß ich es sogar noch immer bin. Aber ich hatte inzwischen ein wunderbares Erlebnis! Zu der austrasischen Abordnung gehörte auch der Bischof von Reims, ein wahrer Heiliger. Seinen Namen, Egidius, kann ich nur mit höchster Bewunderung aussprechen. Wir hatten lange Unterredungen, und er lehrte mich Dinge, die ich noch niemals erfahren hatte. Es war ein Vorgeschmack des Himmelreichs!«

Sie schloß die Augen und seufzte tief auf.

»Als dieser heilige Mann nun«, fuhr sie fort, »von dem harten Urteil deines Vaters Kenntnis erhielt und die Freude des Herzogs darüber bemerkte, war er erschüttert und betete lange und bat Gott um Erleuchtung. Später sprach er mit mir und äußerte seine Absicht, die Unglückliche zu retten. Anfangs war ich der Meinung, daß sie das nicht verdiente. Aber er blieb bei seinem Entschluß. Und indem er mir auseinandersetzte, daß ja schon der Herr Jesus unsere Sünden auf sich genommen habe, wir aber, die wir selber Sünder seien, verzeihen müßten, überzeugte er mich schließlich. Ich konnte nicht anders, ich mußte ihm meine Hilfe versprechen. Da fragte er mich, ob wir auch mit deiner Mitwirkung rechnen könnten. Ich war nicht sicher, aber ich sagte sie ihm zu.«

»Was soll ich tun?« rief Merovech aufspringend. »So rede doch endlich!«

»Viel muß ich dir nicht mehr sagen, du hast ja schon selber

die Lösung gefunden. Wenn du schriftlich erklärst, du seist allein an allem schuldig, sie aber habe nichts gewußt, wird dein Vater sie begnadigen. Im Grunde wartet er nur auf eine solche Gelegenheit. Aber da du bisher ja alles geleugnet hast ...«

»Ein Blatt Pergament! Schnell! Schnell! Laß mir Feder und Tinte bringen!«

»Das wird geschehen. Aber bist du dir auch bewußt, was ein Geständnis bedeutet? Daß du dann selbst alle Folgen tragen mußt?«

»Was kümmert mich das! Wenn sie lebt, bin ich glücklich! Und wenn es auch nur noch für kurze Zeit ist.«

»Sei unbesorgt. Trotz allen Kummers, den du mir als Mutter bereitet hast, könnte ich niemals einer Lösung zustimmen, die deinen Tod bedeuten würde. Dein Vater wird dir verzeihen, wenn auch vielleicht nicht vollständig. Als Thronerbe wirst du nicht mehr in Frage kommen.«

»Ich verzichte mit Freuden!«

»Und den Hof wirst du wohl verlassen müssen.«

»Nichts lieber als das! Ich gehe bis ans Ende der Welt.«

»Jedenfalls werdet ihr beide weiterleben, und das Höchste, das wir Menschen einander zu geben vermögen, die Liebe, hätte dann triumphiert. So würde es Edigius sagen!«

Fredegunde erhob sich und umarmte Merovech unter vielen Seufzern.

Dann ermahnte sie ihn noch einmal, ihren Besuch zu vergessen und niemand zu erzählen, er habe von dem Urteil gegen seine Gemahlin gewußt. Daß er ein Geständnis mache, müsse er als freien Entschluß hinstellen, den er nach gründlicher Prüfung in der Einsamkeit der Gefangenschaft gefaßt habe. Dies schwor er bei allen Heiligen.

Schließlich ging sie hinaus, nachdem sie ihrerseits versprochen hatte, dem König noch in der Nacht das Schreiben zuzuspielen, das der Prinz sogleich aufsetzen wollte.

Ein Knecht stand schon mit allem bereit, was er brauchte.

Während Merovech sein Geständnis schrieb, befand sich Brunhilde bereits auf austrasischem Reichsgebiet, glücklich vereint mit ihren drei Kindern. Herzog Gundoald hatte alles andere getan, als von Chilperich ihren Kopf zu fordern.

Wider Erwarten war die Abordnung in Berny sehr freundlich empfangen worden. Chilperich zeigte sich froh und erleichtert über die friedlichen Absichten der neuen Machthaber, die im Namen seines Neffen regierten. Gleich ließ er zu Ehren der Gäste Waffenspiele veranstalten. Die Jagd, zu der sie geladen waren, erstreckte sich über mehrere Tage. Bis tief in die Nächte dauerten die üppigen Festmähler. Über ein halbes Jahr nach dem Königsmord in Vitry fanden sich Franken beider Reiche erstmals wieder als fröhlich feiernde Nachbarn zusammen.

Zunächst hatte Gundoald befürchtet, er persönlich werde beim König keinen leichten Stand haben. Diesem mußte ja bekannt sein, daß er es gewesen war, der den fünfjährigen Childebert aus Paris herausgebracht, dessen Thronbesteigung ermöglicht und damit vielleicht die Pläne des neustrischen Herrschers durchkreuzt hatte. Wenn es so war, ließ Chilperich sich zumindest nichts anmerken. Er zog den Herzog oft ins Gespräch, brachte aber die Rede niemals auf diese Vorgänge. Dabei sprach er oft von seinem Neffen, doch in einem Ton, als sähe er ihn regelmäßig. Er erkundigte sich vor allem nach Fortschritten bei seiner Erziehung, gab auch Empfehlungen, riet insbesondere zu Sorgfalt beim Lateinunterricht und bei den Waffenübungen. Er schien großen Wert darauf zu legen, daß die Verhältnisse in der Merowingerfamilie normal seien. Damit ermutigte er den Herzog, schließlich das heikle Thema anzusprechen.

Gundoald war zwar ein Mann, der Einfluß und Macht über alles schätzte, doch war er dazu nicht wie andere Große zu Täuschung, Betrug und Verräterei bereit. Es ging ihm gegen die Ehre und bereitete ihm seelischen Schmerz, daß er Brunhilde in Paris ein Versprechen gegeben, es aber nicht gehalten hatte. Statt als Mitglied des neuen Regentschaftsrates so schnell wie möglich zu ihren Gunsten zu handeln, hatte er sich der Mehrheit gebeugt. Vor allem auf Drängen Gogos war man allgemein zu der Ansicht gelangt, es sei besser, die Königin noch eine Zeitlang von Austrasien fernzuhalten. Die meisten fürchteten ihren Rachewahn, der das Reich sofort wieder in einen neuen Konflikt stürzen könnte. Auch Gundoald selbst war der Meinung, daß sich Austrasien nach den letzten Wirren dringend erholen mußte. So stimmte er schweren Herzens mit den anderen dafür, zur Befreiung der Gefangenen vorerst nichts zu unternehmen.

Inzwischen hatte sich die Lage geändert. Der Hausmeier nutzte seine Stellung als Erzieher des Königs skrupellos, um seine persönliche Macht zu stärken. Er traf selbstherrliche Entscheidungen, der Regentschaftsrat wurde kaum noch gefragt. Viele, auch Gundoald, sahen nun eine andere Gefahr. Gogos Einfluß auf den Kindkönig könnte am Ende so übermächtig werden, daß der Hausmeier nach dessen Volljährigkeit erst recht eine Art Alleinherrschaft ausüben würde. Dies mußte unbedingt verhindert werden, und dazu war die Rückkehr der Mutter des Knaben notwendig.

Schon als er Brunhilde zum ersten Mal mit aller Vorsicht erwähnte, merkte der Herzog, daß er den König an einem empfindlichen Punkt traf. Chilperichs Miene verdüsterte sich, seine Auskünfte waren einsilbig. Natürlich hatte der Herzog nicht erst von Fredegunde erfahren, daß Brunhilde womöglich in Godins Aktion verwickelt war. Die Heirat mit Chilperichs Sohn hatte auch in Austrasien Wirbel verursacht. Immerhin brach der König die Erörterung dieses Themas nicht ab. Allmählich gelang es dem Herzog sogar, sein Interesse zu wecken. Er erklärte mit einer gewissen Offenheit, welche Rolle Brunhilde künftig am austrasischen Hofe spielen würde. Niemand sei dort daran interessiert, daß sie je wieder Macht gewinne. Nur als Erzieherin ihrer Kinder werde sie eine bescheidene Position haben, stets im Hintergrund, ohne Einfluß auf große Entscheidungen. Dabei könne sie aber viel zum Gleichgewicht zwischen den Großen beitragen. Gundoald ließ auch durchblicken, daß ein zu mächtig werdender Hausmeier Gogo dem neustrischen Nachbarn bald unbequem werden könnte. Schon gehe er mit Plänen um, diesen im Süden der Loire nach und nach ganz zu verdrängen. So sei es im beiderseitigen Interesse geboten, die Kräfte zu stärken, welche den Frieden und den Besitzstand wahren wollten.

»Laß die Königinmutter heimkehren, und an deinen Grenzen wird Ruhe sein!« sagte der Herzog.

»Wenn ich dessen gewiß sein könnte«, brummte der König.

»Sie ist jetzt ja auch deine Schwiegertochter. Der alte Hader zwischen euch dürfte damit begraben sein. Die Familienbande wurden gestärkt. Du bist nicht nur Onkel, sondern auch Großvater unseres Königs. Was nun allerdings seinen Vater betrifft, deinen Sohn ...«

»Der bleibt bei mir!« sagte Chilperich schroff.

Die strengen, kantigen Züge des Herzogs belebte ein Lächeln.

»Heißt das ... Willst du vielleicht damit sagen, daß du dagegen die Königin ...?«

»Ja, nehmt sie nur mit!« stieß Chilperich plötzlich zornig hervor. »Nehmt sie! Ihr sollt sie wiederhaben! Nur fort mit ihr, dieser Undankbaren! Wenn ihr euch zutraut, sie zähmen zu können ... viel Glück dabei! Wer weiß, was sie jetzt schon wieder ausbrütet, mit welchen Schändlichkeiten sie mir vergelten will, daß ich sie immer ... daß ich sie immer nur ge ...«

Sie standen mitten auf dem Gutshof. Zu seinem großen Erstaunen sah Herzog Gundoald, wie die Augen des Königs sich mit Tränen füllten. Ohne den Satz zu vollenden, wandte sich Chilperich ab und eilte mit großen Schritten davon.

Noch am selben Tage brachte ein Schreiber der Kanzlei dem Herzog zwei Pergamente. Vom König unterzeichnet und gesiegelt enthielt das eine für Brunhilde, das andere für ihre Töchter Ingunde und Chlodosvintha die Weisung, sie aus dem Gewahrsam zu entlassen und nicht zu verhindern, daß sie so schnell wie möglich und ohne längeren Aufenthalt an irgendeinem Ort im neustrischen Reich zur austrasischen Grenze gelangten.

Der Herzog begriff, daß Chilperich von ihm erwartete, er werde für alles Weitere selber sorgen. Deshalb verlor er keine Zeit und schickte sofort einen zehnköpfigen Trupp aus seinem Gefolge nach Rouen. Den Anführer ließ er der Königin ausrichten, sie möge, ehe Chilperich etwa anderen Sinnes würde, eiligst aufbrechen und ohne Troß und Gepäck reisen. Vorsichtshalber solle sie die neustrische Hauptstadt meiden und über Meaux kommen, wo er selbst sie mit den Kindern erwarten werde.

Brunhilde hielt sich an diese Empfehlung. Sie brauchte keine zwei Stunden, um im Sattel zu sitzen. Ihre Truhen und Stoffballen schaffte sie in das Haus des Bischofs (was dem guten Praetextatus bald darauf neue Verdächtigungen eintragen sollte). Zum erwarteten Zeitpunkt erschien sie in Meaux. Überglücklich konnte sie nach fast halbjähriger Trennung die beiden Mädchen in die Arme schließen.

Als Gundoald sich verabschiedete, um nach Meaux aufzubrechen, zog Chilperich aus seiner Gürteltasche eine kleine runde Scheibe aus Gold, einen Brakteaten. In das Metall war eine weibliche Gestalt mit erhobenem Speer eingeprägt.

»Das habe ich selber gemacht«, sagte Chilperich. »Gib es ihr als mein Abschiedsgeschenk. Es mag ihr zeigen, daß ich sie trotz allem bewundere.«

»Eine gediegene Arbeit. Und die Figur ... wen stellt sie dar?«

»Nun, eine der alten wehrhaften Göttinnen. Nichts Bestimmtes. Es ist ein Amulett, sie kann es am Gürtel tragen. Vielleicht bannt es Gefahren.«

Mit einem verlegenen Lächeln ließ der König die kleine Kostbarkeit in Gundoalds Hand gleiten.

Drei Tage später war Brunhilde in Reims. Die Nachricht von ihrer Entlassung aus der Gefangenschaft platzte der Königin Fredegunde und dem Bischof Egidius mitten in ihre frommen Übungen. Fredegunde war außer sich. Der Bischof, der bereits vor der Reise nach Soissons zur Partei der Gegner Brunhildes gehört hatte, stimmte in ihre Empörung ein. Was war zu tun? Für die Königin gab es jetzt nur noch eines: Es galt zu verhindern, daß Merovech auch so glimpflich davonkam. Zufällig sah sie von einem Fenster aus den Mühlknecht Faro, der einen Karren mit Mehlsäcken nach dem Palast brachte. Sein furchterregender Anblick gab ihr und dem Bischof die gesuchte Idee ein.

Chilperich war in Berny geblieben. Hier empfing er am Tage nach dem Besuch Fredegundes bei Merovech das Blatt mit dem Schuldgeständnis seines Sohnes. Er brauchte nicht lange, um sein Urteil zu fällen. Fredegunde war fassungslos, hatte sie doch die Todesstrafe für selbstverständlich gehalten. Statt dessen geschah nur, was sie dem Prinzen zur Täuschung vorgegaukelt hatte: Er kam mit dem Leben davon, verlor aber jeden Anspruch auf das väterliche Erbe. Immerhin blieb von den Söhnen der Audovera jetzt nur noch Chlodwig als möglicher Thronfolger übrig.

Wieder war es ein heißer Tag, nun schon im Juli, als in Merovechs Kammer der Tonsor eintrat. Dieser Haarkünstler, ein Unfreier, hatte den Auftrag, mittels Schere, Messer und Pinzette einen Merowingerprinzen in einen Mönch zu verwandeln. Die stolze Mähne mit der magischen Kraft, die zum Herrschen befähigte, sank zu Boden.

Es war Merovech vorher nur mitgeteilt worden, daß er am Leben bleiben werde. Mit seinen Gedanken bei Brunhilde, hatte er neue Hoffnung geschöpft und schon Pläne geschmiedet. Nun begriff er die schreckliche Tragweite des Urteils.

Drei kräftige Männer mußten während der Prozedur den brüllenden, tretenden, beißenden, um sich schlagenden Prinzen festhalten.

22

Nur wenige Pilger befanden sich an diesem Februarmorgen des Jahres 577 in der Basilika des heiligen Martin von Tours. Graues Licht sickerte durch die Fenster. Ein paar junge Subdiakone mit verschlafenen Gesichtern machten sich an den hohen bronzenen Leuchtern zu schaffen, die den Sarkophag des Heiligen umgaben, säuberten sie vom heruntergetropften Wachs und steckten neue Kerzen auf.

Zwischen den Säulen standen zwei Männer, die ihre Hände über ein Kohlebecken hielten. Etwas Glut in der Asche strahlte noch Wärme aus. Einer der beiden, hochgewachsen und hager, trug eine Mönchskutte mit einer Kapuze, die das derbe Gesicht halb verdeckte. Sein rechtes Auge bestand, soweit zu erkennen, nur noch aus einem Schlitz, hinter dem das Weiße schimmerte. Der andere, kleiner, rundlich und rotbärtig, war in einen knielangen Otterpelz gehüllt. An seinen Fingern steckten kostbare Ringe. Mit geübter Beredsamkeit sprach er auf den Hageren ein.

»Ich hatte gleich Vertrauen zu dir, als ich dich eintreten sah«, sagte er. »Ich habe einen Blick für brauchbare Leute wie dich. Deshalb mache ich dir dieses Angebot. Der Winter ist fast vorüber, in ein paar Tagen werden wir losmarschieren. Hast du das Lager draußen gesehen? Unser Heerhaufen ist fast fünfhundert Mann stark. Doch jeder kräftige Kerl ist uns willkommen. Wirf deine Kutte ab, Mönch, und ziehe mit uns! Ich verspreche dir reiche Beute, die wir unterwegs machen werden. Und um deine Zukunft brauchst du dich nicht zu sorgen. Unser Anführer wird sich seinen Getreuen erkenntlich zeigen, wenn er erst dort ist, wo er hinwill. Er wird ihre Hilfe nicht vergessen!«

»Wer ist es, und was hat er vor?« fragte der Einäugige.

»Du willst Näheres wissen? Das ist vernünftig. Anscheinend bist du also nicht abgeneigt. Ich werde dich zu ihm führen. Im

Augenblick kannst du ihn aber nicht sprechen. Du wirst gleich verstehen, warum das nicht möglich ist. Komm!«

Der Rotbart zupfte den Mönch an der Kutte und führte ihn zu der Schranke, hinter der der Sarkophag des Heiligen stand. Zwischen den jungen Geistlichen, die sich ungeniert unterhielten, bemerkten sie vor dem Podest ein paar Bittsteller. Einer, von einer Frau gestützt, flehte zu Martin, er möge ihn von seiner Schüttellähmung kurieren. Ein anderer trug, die Hände erhoben, in monotoner Rede irgendein umständliches Anliegen vor. Der dritte saß, mit dem Rücken an das Podest gelehnt, auf dem Boden und kämpfte gegen den Schlaf. Immer wieder hob er ruckartig den Kopf, der aber gleich darauf von neuem herabsank und bis auf die struppigen Haare in dem weiten Mantel verschwand, der seinen Körper umhüllte.

»Das ist er«, sagte der Rotbart leise, »unser heldenmütiger Anführer. Er fastet und wacht! Nicht so einfach in seinem Alter, er zählt noch nicht dreiundzwanzig Jahre. Siehst du die Schriften, die auf dem Sarkophag liegen? Es sind der Psalter, die Bücher der Könige und die Evangelien. Heute um Mitternacht wird er sie aufschlagen, um seine Zukunft zu erforschen. Meiner Ansicht nach hätte er es nicht nötig, sich solchen Mühen zu unterziehen. Seine Zukunft ist glänzend, das habe ich schon aus einer anderen Quelle erfahren. Aber er will nun einmal sichergehen.«

»Wie ist sein Name?« fragte der Mönch.

»Nun höre und staune! Es ist niemand anders als Merovech, der berühmte Sohn König Chilperichs!«

»Der Apostat?«

»Das wird von seinen Feinden behauptet. Er ist so gottesfürchtig wie du und ich. Würde er hier bei dem Heiligen wachen und ihn befragen, wenn er abtrünnig wäre? Seit Monaten hört er täglich die Messe, um seine Verleumder Lügen zu strafen.«

»Wie kommt er hierher?«

»Sein Vater verfolgt ihn. So blieb ihm genauso wie mir nichts anderes übrig, als Schutz zu suchen. Die Geschichte einer tollkühnen Flucht! Nehmen wir Platz. Ich erzähle sie dir!«

Sie ließen sich am Ende einer langen Bank nieder, auf der

schon zwei junge Männer lagen, schlafend unter ihren Mänteln, mit angezogenen Beinen.

»Vor noch nicht ganz einem Jahr«, begann der Rotbart, »schloß ich hier in dieser Basilika mit dem Prinzen Bekanntschaft. Er befehligte damals ein Heer, aber er war auch rasend verliebt. In wen, fragst du? In die Witwe seines Onkels Sigibert, meine unglückliche Königin Brunhilde, die damals in Rouen in Gefangenschaft saß. Er gestand mir alles und fragte mich: ›Boso, was soll ich tun?‹ Und ich riet ihm als Freund: ›Nur eines, Prinz! Wenn die Königin in deinem Herzen ist, dann folge dem Ruf der Leidenschaft!‹ Dies tat er auch. Er verließ das Heer, ging nach Rouen und nahm Brunhilde zur Frau. Doch leider, sie sollten sich ihres Glücks nicht lange erfreuen! Chilperich witterte ein Komplott und trennte die Liebenden. Brunhilde schickte er nach Austrasien zurück, seinem Sohn aber nahm er die Waffen und ließ ihn scheren und gleich zum Priester weihen. Eine Weile behielten sie ihn noch in Soissons, doch dann wurde beschlossen, ihn nach Le Mans zu bringen, in das Kloster Anninsola. Dort sollte er die Priesterregel erlernen. Vor allem aber, du verstehst, wollten sie ihn dort, fern der Hauptstadt, lebendig begraben. Die Königin, seine Stiefmutter, steckte dahinter!«

»Du sagst dies mit großer Sicherheit.«

»Weil es Tatsache ist, mein guter Bruder! Und weil ich den Beweis dafür habe, daß sie ihm sogar nach dem Leben trachtet. Aber nun höre, wie es weiterging. Wie ich dir schon erklärte, sitze ich hier im Asyl einer falschen Beschuldigung wegen. Unschuld muß leiden ... so ist es nun einmal in dieser sündigen Welt! Seit einem Jahr atme ich Kirchenluft, was meiner Gesundheit nicht gerade bekömmlich ist. Aber draußen lauert der Comes Leudast, ein Schurke, der sich bei Chilperich verdient machen will, indem er mich schnappt. In solcher Lage muß einer die richtige Nase haben. Ständig prüfen, ob vielleicht irgendwo ein günstiger Wind weht, der ihn forttragen könnte. Eines Tages erscheinen hier Mönche aus diesem Kloster Anninsola. Singen, beten am Grab ... das übliche. Ich fange mit ihnen eine Plauderei an. Und was erfahre ich? Die größte Aufregung herrscht bei ihnen im Kloster, weil Pater Merovech erwartet wird. Maurer, Schlosser, Zimmerleute bauen die Stätte der frommen Einkehr zur Festung um. Er ist auch schon unterwegs, natürlich mit starker Eskorte. Ich denke: ›Was ist da passiert? Ein Freund ist in Not, er braucht Hilfe. Vielleicht kann er mir auch irgendwie nützlich sein.‹ Einer der jungen Subdiakone, die du dort mit der Beleuchtung des Heiligengrabs befaßt siehst, ist bereit, die Sache zu übernehmen. Ich sage ihm: ›Rikulf, tu, was du kannst, um ihn hierher ins Asyl zu holen!‹ Er: ›Ich bringe ihn, Herzog, verlaß dich auf mich!‹ Und er verschafft sich einen Auftrag vom Bischof und marschiert los. Natürlich beeilt er sich, um den Prinzen noch abzupassen, bevor der hinter den Mauern der Klosterfestung verschwindet. Jetzt aber das Beste! Mein Rikulf kommt beinahe zu spät, die Kolonne mit dem Prinzen hat das Kloster schon fast erreicht ... da plötzlich prescht aus dem Gebüsch eine Reitertruppe hervor und stürzt sich mit blankgezogenen Klingen auf die Eskorte. Der junge Mann hier auf der Bank, ein gewisser Gailenus, war der Anführer. Ein kurzer Kampf, und der Prinz ist frei! Aber was nun? Daran hatten die jungen Befreier nicht gedacht. Wie ein rettender Engel erscheint da mein Rikulf. Sofort heißt es: ›Auf nach Tours zu Herzog Boso! Wenn einer Rat weiß, dann ist er es!‹ Und zwei Tage später sind sie hier. Wir platzen vor Lachen, als der Prinz dort hereinkommt. Natürlich hat er inzwischen die Kleider gewechselt. Vom Halse abwärts steht da ein Krieger mit Mantel, Gürtel, Stiefeln, Wehrgehänge und Schwert – vom Halse aufwärts aber ein kurzgeschorener Mönch mit Tonsur! Das war ein Anblick! Nun, inzwischen sind ihm die Haare schon etwas nachgewachsen ...«

»Und wo soll es jetzt hingehen? Auf dem geraden Wege nach Metz?« fragte der Einäugige mit einer gewissen Ungeduld.

»So ist es, mein Freund, nach Metz! Das hast du trefflich erraten. Nach Metz ... wohin sonst? Natürlich zur Königin Brunhilde. Nur kurze Zeit noch, und die Liebenden werden wieder vereint sein. Sie verzehrt sich nach ihm voller Sehnsucht. Es waren ihnen ja nur ein paar Wochen der Liebesseligkeit vergönnt, und auch die waren noch getrübt durch mancherlei Ärgernisse. Was wird sie für Augen machen, wenn der Prinz plötzlich vor ihr steht! Es versteht sich, daß er am austrasischen Hofe eine glänzende Stellung einnehmen wird: Gemahl der Königin, Vater des Königs, Erster unter den Großen des Reiches. Ein herrliches Leben erwartet ihn! Es ist selbstverständlich für einen edlen Charakter wie den seinen, daß er dann seine treuen Helfer nicht unbelohnt läßt. Ich selber werde eines der wichtigsten Hofämter übernehmen. Aber auch alle anderen, die ihm jetzt tapfer zur Seite stehen, werden ihr Glück machen. Nun, klingt das nicht überzeugend? Entscheide dich! Wirst du dabei sein?«

Der Einäugige seufzte und hob fröstelnd die mageren Schultern.

»Fünfhundert Männer habt ihr beisammen, sagst du?«

»Es sind wohl schon mehr als fünfhundert. Das wird genügen, um durchzukommen. Es sind allesamt brave Kerle, die sich notfalls für eine gerechte Sache zu schlagen verstehen. Meine und Merovechs Leute haben sie angeworben.«

»Einige habe ich draußen bemerkt. Lumpenhunde, die nur auf Beute aus sind.«

»Was stört dich daran, daß sie Gewinn machen wollen?«

»Mit einem solchen Haufen werdet ihr ernsthafte Hindernisse nicht überwinden.«

»Keine Sorge! Ich habe schon ganz andere Truppen befehligt. Den Theudebert, Merovechs Bruder, schlug ich mit einem Bauernheer. Die meisten wußten nicht einmal, wie man ein Schwert hält, sie kämpften mit Äxten und Messern. Aber ich führte sie zum Sieg! Natürlich darf man die Leute nicht lange im Lager festhalten, da verwahrlosen sie. Sie sind ja auch ungeduldig, brennen darauf, an ihr Ziel zu kommen. Deshalb werden wir keine Zeit mehr verlieren.«

»Habt ihr Waffen?«

»Zur Genüge, und zwar die besten. Infolge eines glücklichen Umstands. Ein schwerreicher Kerl kam hier durch, den unsere Männer ein bißchen ausgeklopft haben. Weißt du, wer es war? Ein gewisser Marileif, der Leibarzt des Königs. Wie alle Heilkünstler ein Betrüger, daher natürlich reich geworden. Er wollte die Schätze nach Poitiers bringen, in seine Heimat. Wir haben ihn um sein Gold erleichtert, davon den Leuten ihr Handgeld gezahlt und Schwerter, Speere und Beile erworben.«

»Welchen Weg wollt ihr nehmen?«

»Du willst wahrhaftig alles genau wissen«, sagte Boso und warf einen argwöhnischen Seitenblick auf den Einäugigen. »Am linken Ufer der Loire geht es zunächst nach Orléans. Dort machen wir einen Schwenk in südöstlicher Richtung und marschieren nach Auxerre.«

»Ein gewaltiger Umweg!«

»Gewiß. Aber nötig aus Gründen der Sicherheit. Wir müssen ja durch das Gebiet König Gunthrams ziehen.«

»Glaubst du denn, daß der euch unbehelligt passieren läßt?«

»Ehe er etwas unternimmt, sind wir schon an der austrasischen Grenze. Er ist uns ja auch nicht feindlich gesonnen.«

»Wenn eure Leute plündern und brandschatzen, wird sich das ändern.«

»Schon möglich. Aber wir haben keine andere Wahl.«

»Vielleicht doch.«

Am Hochaltar hinter dem Heiligengrab stimmten Mönche jetzt den Hymnus zur Terz an. Die beiden Männer sahen Merovech aufschrecken und mit weitgeöffneten Augen, die Lippen mühsam bewegend, in den Gesang einstimmen. Der Prinz war bleich und stark abgemagert.

Herzog Boso wandte sich wieder seinem Gesprächspartner zu und fragte stirnrunzelnd: »Was soll diese Andeutung? Welche andere Wahl sollten wir denn haben? Worauf willst du hinaus?«

»Warum nehmt ihr auf euerm Zug nach Metz nicht den kürzesten Weg?«

»Warum? Seltsame Frage. Dann müßten wir ja ein Stück durch Neustrien. Sollen wir Chilperich in die Arme laufen? Er hat seinen Sohn zum Feind erklärt! Als er von Merovechs Flucht erfuhr, war seine Wut so groß, daß er den unschuldigen Überbringer der Nachricht, einen Verwandten des Bischofs Gregor, gleich in den Kerker werfen ließ. Seitdem bedroht er den Bischof selbst und die ganze hiesige Priesterschaft. ›Werft den Abtrünnigen aus der Kirche, oder ihr sollt es bereuen!‹ Noch sind sie standhaft ... Doch wer kann wissen, wie lange hier das Asylrecht noch respektiert wird! Leudast hat schon einige Männer des Prinzen auf offener Straße erschlagen. Es heißt auch, daß der König ein Heer aufbietet, um hier zu wüten und die Kirche und die Stadt zu bestrafen. Das alles sind Gründe, weshalb wir rasch fort wollen. Aber natürlich nicht, um Chilperichs Weg zu kreuzen!«

»Das muß ja auch nicht geschehen. Würdet ihr aber ein Stück durch neustrisches Reichsgebiet ziehen, sollte es nicht dein Schade sein.«

Der Einäugige griff in die Tasche seiner Kutte, zog einen prallgefüllten ledernen Beutel hervor und öffnete ihn. Boso sah Goldmünzen schimmern. Einen Augenblick lang war er sprachlos.

»Wer bist du?« fragte er dann.

»Kein Mönch«, erwiderte der andere.

»Das habe ich längst bemerkt. Recht deutlich zeichnet sich unter deiner Kutte das Schwert ab. Nur deshalb machte ich dir mein Angebot. Aber ein Krieger bist du wohl auch nicht.«

»Ein Mann der Königin bin ich.«

»Nicht so laut!« sagte Boso. »Und laß den Beutel verschwinden!«

Er sah sich um. Der monotone Gesang aus dem Altarraum, wo man jetzt bei den Psalmen war, hatte die Schläfer auf der Bank noch nicht geweckt. Doch sie bewegten sich schon unruhig.

»Unsere Herrin Fredegunde«, sagte der Einäugige, die Stimme dämpfend, »ist dir, wie du ja weißt, im Grunde recht wohlgesonnen. Du wirst beschuldigt, den Theudebert, Chilperichs ältesten Sohn, mit eigener Hand getötet zu haben. Ob das nun wahr ist oder nicht ... Sie glaubt, du hättest sie von einem Mann befreit, der ihren Plänen im Wege stand. Andere stören sie ebenfalls. Du hast recht, es war sie, die Merovechs Klosterhaft in Le Mans ins Werk setzte. Leider entzog er sich seiner Bestrafung durch Flucht. Nun ist die Königin entschlossen, all dem ein Ende zu machen. Du könntest in ihrer Wertschätzung weiter steigen, würdest du helfen, auch ihn ...«

»Das ist mir bekannt!« sagte Boso unwirsch. »Das ließ sie mich ja schon früher wissen!«

»Damals, im Herbst, warst du dazu bereit, kaum daß du ihn als deinen Freund hier empfangen hattest.«

»Es scheint, du bist bestens unterrichtet. Warum ließest du mich die ganze Zeit Geschichten erzählen, wenn du schon alles wußtest?«

»Nicht alles. Ich mußte erst in Erfahrung bringen, was ihr jetzt vorhabt. Nun kann ich dir einen Vorschlag machen.«

Boso erschrak, als er abermals vorsichtig um sich blickte. Gailenus war wach geworden und hatte sich aufgerichtet. Seine schwarzen Augen sahen den Herzog aufmerksam an.

»Sehr lobenswert, mein Junge, daß ihr in der Nähe eures Gefolgsherrn bleibt und mit ihm wacht«, sagte Boso, seine Verlegenheit überspielend. »Dieser Mönch kommt gerade aus Orléans. Ich habe ihn über den Zustand der Straßen befragt. Seine Auskünfte sind zufriedenstellend. Aber jetzt wollen wir uns dem Gottesdienst widmen ...«

Er nötigte den Mann in der Kutte, aufzustehen und ihm ein paar Schritte in Richtung der Schranke zu folgen. Dann zog er ihn hinter eine Säule.

»Du bringst mich hier noch in Schwierigkeiten!« zischte er. »Dieser Gailenus zum Beispiel mißtraut mir seit langem. Schon damals, bei der Sache im Herbst, die du erwähntest, äußerte er Verdacht gegen mich. Ich setze meine Freundschaft zum Prinzen aufs Spiel. Und wofür? Wenn die Königin wenigstens zuverlässige Helfer hätte!«

»Ja, unser Trupp kam damals zu spät. Banditen hielten ihn auf. Die Königin weiß aber, daß du versucht hast, Merovech aus der Kirche zu locken.«

»Versucht? Ich tat es! Ich sagte ihm: ›Warum hocken wir hier so träge und furchtsam und verkriechen uns wie Feiglinge? Nehmen wir die Hunde und Falken und gehen auf die Jagd. Es wird schon gutgehen!‹ Ich dachte natürlich, die Männer der Königin lauerten irgendwo in der Nähe. Doch nichts geschah! Wir zogen bis zur nächsten Ortschaft und kehrten mit reicher Beute zurück. Nicht einmal Leudast merkte etwas.«

»Ein solches Mißgeschick wird nicht wieder passieren.«

»Ich kann nichts tun!« sagte Boso schroff und wandte sich ab, als interessiere ihn das Gespräch nicht mehr.

»Es genügte ja schon«, beharrte der Einäugige, »ihn nur in

die Nähe der Grenze zu bringen. Dann könnten wir einen Hinterhalt legen.«

»Und wenn es gelänge ... was würde aus mir? Ich wäre dann auch fast in Feindesland.«

»Du würdest natürlich nicht behelligt und sofort mit Geleitschutz in deine Heimat gebracht.« Er klopfte auf seine Tasche. »Und das hier wäre nur eine Anzahlung.«

»Und der volle Preis?«

»Das Mehrfache. Bei Erfolg selbstverständlich.«

Der Rotbart lachte unlustig.

»Verflucht! Da wollte ich dir ein Angebot machen, und jetzt bist du es ... Was soll nun ein armer Verfolgter tun? Jeder versucht, seine Zwangslage auszunutzen, jeder macht ihm Versprechungen. Wem kann man trauen? Was gelten in solchen Zeiten noch Treue und Freundschaft? Auf wen kann man sich wirklich verlassen?«

»Verlasse dich auf die Königin! Wenn sie etwas verspricht, so hält sie es. Überlege doch: Wer ist dieser Prinz? Was kann er dir bieten? Glaubst du wirklich, sie werden ihn in Metz mit Jubel empfangen? Unwillkommen wird er dort sein, und seine Helfer und Freunde nicht weniger!«

»Nun, ich bin Herzog. Einer der führenden Männer des Reiches.«

»Das warst du. Und über ein Jahr warst du fort. Inzwischen hat sich dort manches geändert. Unter dem Kind haben einige Männer viel Macht gewonnen, die sie vermutlich nicht teilen wollen. Und die Königin Brunhilde? Man hört, daß sie kaum noch Einfluß habe. Es hat auch Kämpfe und Wirren gegeben. Wer weiß, was von deinem Besitz noch übrig ist. Du könntest genötigt sein, dir manches zurückzuerobern. Dann brauchst du Geld für Leute und Waffen. Der Königin Fredegunde liegt sehr daran, auch in Austrasien einige ranghohe Männer in ihren Diensten zu haben. Und sie wird Leuten, die sich ihr anschließen, niemals ihre Hilfe versagen. Ich selber bin ein Beispiel dafür.«

»Dein Name?«

»Wozu mußt du ihn wissen? Ein kleiner Edler bin ich, aus Thérouanne. Ich war in Chilperichs Gefolgschaft und kenne die

Herrin Fredegunde schon aus der Zeit, da sie der Schwester Brunhildes wegen von der Seite des Königs verstoßen war. Damals schenkte sie mir ihre Gunst. Und wem dies einmal widerfuhr, der bleibt ihr mit Haut und Haar ergeben. Solche Ergebenheit ist ein Teil ihrer Macht. Es ist noch nicht lange her, daß zwei Männer in ihrem Auftrag ihr Leben ließen.«

»Davon hörte ich«, sagte Boso seufzend.

»Auch ich konnte ihr manchen Dienst erweisen. Dafür verschaffte sie mir eine gute Stellung. Ich wurde Domesticus eines Kronguts in meiner Heimat. Doch dann, vor etwas mehr als einem Jahr, huldigte ich, halb genötigt, halb freiwillig, dem König Sigibert. Chilperich erfuhr davon und wollte mich später in Paris dafür blenden lassen. Der Henker hatte mir schon ein Auge zerstört, als durch Zufall Fredegunde dazukam und ihm sogleich das Eisen entriß. So rettete sie mir das andere Auge. Vertraue ihr, Herzog! In diesen Wochen ist sie niedergekommen. Nun hat sie zwei kleine Knaben, und ihr ganzes Sinnen und Trachten ist darauf gerichtet, ihnen Chilperichs Erbe zu sichern. Doch seine älteren Söhne haben einen Vorsprung von zwei Jahrzehnten. Käme Chilperich plötzlich ums Leben und einer der beiden an die Macht, hätte sie keine glückliche Stunde mehr. Wer ihr hilft, sie zu beseitigen, wird deshalb ihr ewiger Gläubiger sein.«

Die Hand des Mannes fuhr in die Tasche und brachte abermals den Beutel zum Vorschein. Diesmal griff Boso rasch zu und verbarg ihn unter dem Otterpelz. »Ich werde darüber nachdenken, Edler von Thérouanne«, sagte er. »Aber versprechen kann ich nichts. Der Prinz ist von diesen jungen Leuten umgeben, die ihn, wie ich schon sagte, gegen mich ...«

»Versuche das Mögliche! Ich werde nicht mit euch ziehen, aber euch auf euerm Wege folgen. Wo eine Kirche ist, tritt ein! Wir werden dann Gelegenheit haben, je nach Lage der Dinge die nötigen Maßnahmen zu besprechen. Noch eines. Solltest du in Austrasien nach deiner Rückkehr in Nöten sein, wirst du von mir den Namen eines mächtigen Mannes erfahren, der dir beistehen und sie beheben wird. Voraussetzung wird aber sein, daß du der Königin Fredegunde zu Diensten bist. Leb wohl, Herzog – und denke gründlich nach!«

Zum ersten Mal während der langen Unterredung traf Boso der volle Blick des einzigen Auges, das tief in seiner umschatteten Höhle lag. Es war ein glühender Blick voll düsterer Leidenschaft und Entschlossenheit.

Gleich darauf war der Mann verschwunden.

Das ›Kyrie eleison‹ verhallte gerade. Der Kopf des Prinzen unter dem Sarkophag sank wieder auf die Brust.

Thirza, Bosos Geliebte, tauchte zwischen den Säulen auf.

»Wer war dieser Mönch? Er wirkte unheimlich.«

»Ein Abgesandter der Fredegunde. Ich werde wählen müssen zwischen den beiden schrecklichen Königinnen. Keine leichte Entscheidung. Aber noch ist etwas Zeit. Vielleicht wird es auch möglich sein, beiden zu dienen ...«

Der stille Zug der Priester und Mönche verließ nach dem nächtlichen Stundengebet die Basilika des heiligen Martin. Nur wenige blieben zurück, die einen aus Neugier, die anderen, um im Auftrag des Bischofs und des Abtes dafür zu sorgen, daß die Zeremonie am Heiligengrab im würdigen Rahmen blieb und nicht in Ausschreitungen endete. Eigentlich war das Schriftorakel von den Konzilen untersagt, doch das änderte nichts an seiner Beliebtheit. Selbst kluge Köpfe befragten es regelmäßig, oft aus nichtigem Anlaß. Und wenn dann die göttliche Antwort nicht den Erwartungen des Befragers entsprach, konnte es schon geschehen, daß er Enttäuschung und Zorn gewalttätig an kirchlichem Eigentum ausließ. Es waren daher kräftige junge Mönche, die die Aufsicht führten.

Von der Marmorplatte, die den Sarkophag bedeckte, nahm Merovech die drei heiligen Bücher. Jedes legte er in die Hand eines seiner nächsten Getreuen. Dann hob er die Arme, um laut zu beten.

Hinter ihm standen schweigend und mit gespannten Gesichtern die anderen Männer seines Gefolges, jene darunter, deren gewagter Handstreich ihn vor der Klosterhaft bewahrt hatte. Manchem von ihnen war anzusehen, daß ihm in diesem Augenblick nicht recht wohl war. Er mochte sich fragen, ob der himmlische Vater wohl Grund hatte, diesem Prinzen, der seinem Dienst entflohen war, bei weiteren Unternehmungen Beistand zu leisten. Boso hielt sich mit seinen Begleitern und Dienern abseits, hinter der Schranke. Er stellte vollkommenen Gleichmut zur Schau, lächelte überlegen und gab damit zu verstehen, für wie unnötig er dies alles hielt.

Merovech sprach leise, mit schleppender Stimme. Die langen Monate der Haft und danach des erneuten und diesmal sehr langen Kirchenasyls waren nicht spurlos an ihm vorübergegangen. Hinzu kam die Schwächung durch das Fasten und Wachen. Seine Züge waren gröber und schärfer geworden, die weit vorspringende Nase gab seinem Gesicht etwas Vogelartiges. Kein gewellter, locker geflochtener Zopf fiel elegant über seine Schulter, wie eine stachlige Haube wirkten die fingerlangen, vom Kopfe abstehenden Haare. Mantel, Tunika und Hosen schlotterten um einen dürren Körper, der sich kaum auf den Beinen halten konnte. Auch er selbst war nicht wenig besorgt, daß Gott und der heilige Martin ihm nach allem, was geschehen war, gram sein könnten. So erging er sich in Selbstanklagen und Rechtfertigungen. Er bat um Vergebung seiner früheren Vorliebe für die heidnischen Philosophen und gelobte, sich künftig nur noch dem Studium frommer Werke zu widmen. Für den Priesterstand, sagte er, sei er nicht würdig, nicht vorbereitet und nicht berufen gewesen. Er habe den Eintritt unter Zwang als Beleidigung Gottes empfunden. Berufen sei er jedoch kraft seiner königlichen Geburt zu weltlicher Herrschaft, die er, wenn sie ihm einst zufallen sollte, als Christ zum Ruhme Gottes ausüben wolle.

»So bitte ich dich, heiliger Martin«, endete er mit erhobener Stimme, »daß du mir hilfst zu erkennen, was der Wille des Herrn ist. Werde ich dieser Not entrinnen? Werde ich glücklich zu meiner geliebten Frau Brunhilde gelangen und an ihrer Seite über die Franken herrschen? Werde ich einst mein eigenes Reich gewinnen, aus dem ich mich jetzt als Verfolgter zurückziehen muß? Gib Antwort, Bekenner! Enthülle mir, was die Zukunft bringen wird! Ermutige mich und meine Getreuen! Erfülle uns mit Hoffnung und Zuversicht! Hilf, daß uns bei allem, was wir beginnen, der Segen des Herrn begleitet! Für deinen Schutz und deine Fürsprache danke ich dir. Gott sei gelobt in Ewigkeit. Amen.«

Der Prinz verneigte sich gegen das Grab bis zur Erde. Er verlor dabei fast das Gleichgewicht, so daß einer der Männer von hinten hinzuspringen und ihn stützen mußte. Dann trat er zuerst an Gailenus heran, der das Buch der Könige trug. Er nahm es mit zitternden Händen, schloß die Augen und schlug es auf.

Er hielt es gegen das Licht einer Kerze und starrte lange auf die Schrift. Seine Lippen bewegten sich murmelnd. Es schien, daß er Mühe hatte, den Sinn zu erfassen.

»Lies laut!« sagte einer der Männer.

Merovech las: »Darum, daß sie den Herrn, ihren Gott, verlassen haben und haben angenommen andere Götter und ihnen gedienet, darum hat der Herr all diese Übel über sie gebracht.«

Merovech blickte auf und sah in das betroffene Jungengesicht des Gailenus. Einen Augenblick lang war es still. Dann begann hinter ihm ein Gemurmel.

»Wie war das? Hast du's verstanden?«

»Alle Übel brachte der Herr!«

»Was heißt das?«

»Nun, Unglück, Verderben ...«

»Das heißt, auch über uns werden Übel kommen.«

Der Prinz trat zu Grindio, der seit jener Nacht im Hause des Leudast zu seinen engsten Vertrauten zählte. Der junge Mann versuchte krampfhaft, seinem entstellten Gesicht ein zuversichtliches Lächeln abzuringen. Er reichte Merovech den Psalter.

Der las den ersten Vers der zufällig aufgeschlagenen Seite. Er kniff die Augen zusammen, las ihn ein zweites, ein drittes Mal. Wieder ermahnte ihn jemand, das Gelesene allen zur Kenntnis zu bringen. Mit stockender Stimme trug er vor: »Aber du setzest sie auf das Schlüpfrige und stürzest sie zu Boden. Wie werden sie so plötzlich zunichte! Sie gehen unter und nehmen ein Ende mit Schrecken.«

Wieder Stille und dann Gemurmel.

»Hast du gehört? Sie werden zunichte ...«

»Werden zu Boden gestürzt, gehen unter!«

»Das bedeutet also ...«

»Verstehst du es nicht?«

»Verflucht, ich ahnte es! Alles nimmt ein schreckliches Ende.«

Ciucilo, ein schon älterer Mann, reichte Merovech die Evangelien. Er war früher König Sigiberts Pfalzgraf gewesen, dann zu Chilperich übergewechselt und als Anführer der Eskorte des Prinzen bei Le Mans beinahe getötet worden. Erst notgedrungen, dann überzeugt hatte er sich Merovech angeschlossen und hoffte nun, mit dessen Hilfe in seiner Heimat wieder Fuß zu fassen. Er nickte dem Prinzen ermutigend zu.

Der schlug das Buch des Matthäus auf und fand dies: »Ihr wisset, daß nach drei Tagen Ostern wird, und des Menschen Sohn wird überantwortet werden, daß er gekreuzigt werde.«

Merovech stöhnte auf und machte ein paar schwankende Schritte rückwärts. Diesmal sprangen seine drei Helfer hinzu, um zu verhindern, daß er fiel. Wachsbleich war der Prinz, er zitterte wie im Fieber. Die Männer hinter ihm bildeten jetzt eine stumme Wand. Was immer dieser letzte Vers zu bedeuten hatte, Gutes konnte es auch nicht sein. Von einer Hinrichtung war die Rede ...

Boso hielt nun die Zeit zum Eingreifen für gekommen. Hinter der Schranke hervor trat er hurtigen Schrittes auf Merovech zu. Er schob die drei, die sich um ihn bemühten, zur Seite, drückte den halb Bewußtlosen an seinen Otterpelz und flüsterte: »Zum Teufel, reiß dich zusammen! Ermanne dich! Willst du die Leute mutlos machen? Jetzt, kurz vor dem Abmarsch? Halte dich gerade! Es ist nichts geschehen! Wenn du zeigst, daß es dir nichts ausmacht, wird sich morgen niemand mehr dieser verdammten Sprüche erinnern!«

Die energische Mahnung wirkte. Merovech richtete sich auf und stand ohne Hilfe.

»Ein kleiner Schwächeanfall!« rief der Rotbart. »Kein Wunder nach drei Tagen des Fastens und Wachens! Das bringt auch den stärksten Recken herunter. Ich hatte gleich davor gewarnt. Was würden wir hier erfahren? Nichts! Und siehe, wir haben nichts erfahren! Daran erkennt ihr einmal wieder, wie recht die Bischöfe hatten, als sie die Schriftorakel verboten. Gott und die Heiligen wünschen nicht, über persönliche Schicksale Auskunft zu geben, selbst wenn es sich um Könige handelt! Sie schweigen daher und lassen den blinden Zufall walten. So kann, wie wir gerade hörten, das Gegenteil der Wahrheit herauskommen. Denn, Männer, wissen wir alle nicht längst, daß die Zukunft des Prinzen klar wie die Sonne ist? Vielleicht hätte der heilige Martin unter Umständen eine Ausnahme gemacht und sich geäußert, aber er fragte sich: Wozu noch Dinge verkünden, die längst bekannt sind? Erst kürzlich sandte ich zu einer Frau, die die Gabe der Weissagung hat. Ich kenne sie schon sehr lange, und immer wieder gab sie mir Proben ihrer Unfehlbarkeit. So sagte sie mir nicht nur das Jahr, sondern den Tag und die Stunde des Todes von König Charibert voraus. Und wahrhaftig, er legte sich pünktlich nieder und starb nicht zu früh und nicht zu spät. Alles, was sie voraussagt, trifft ein! Und was verkündete sie unserm Prinzen? Noch in diesem Jahr wird sein Vater sterben, und er wird König sein! Bedarf es da noch weiterer Fragen? Ist darin nicht alles enthalten? Seine glückliche Ankunft in Metz? Das Wiedersehen mit seiner hohen Gemahlin? Schließlich, sobald sein Vater tot ist, die Besteigung des neustrischen Throns? Männer, verneigt euch vor König Merovech! Seid froh, in seinem Gefolge zu dienen! Übrigens hat die weise Frau mir selber verheißen, daß ich sein Herzog sein werde. Noch später aber werde ich Bischof, und zwar – hört gut zu, ihr jungen Mönche – hier in Tours! Dies verkünde ich am Grabe des Heiligen, und wenn es nicht die reine Wahrheit ist, wird sich Martin jetzt aus Protest mit Donnergetöse in seinem Sarg herumwälzen!«

Der Herzog tat einen Augenblick, als lausche er. Seine verblüfften Zuhörer starrten stumm auf den Sarkophag. Da der Heilige sich erwartungsgemäß nicht rührte, fuhr Boso triumphierend fort: »Nun, er ist offenbar einverstanden! Zweifelt noch immer jemand, daß die Voraussagen meiner Pythia zuverlässig in Erfüllung gehen? Prinz, wir haben uns heute nacht in diesem zugigen Grabgewölbe alle umsonst einen Schnupfen geholt. Ich hoffe aber, deine Gesundheit hat sonst keinen Schaden erlitten. Der größte Vorteil des Fastens ist, daß es Appetit macht. Deshalb habe ich mir erlaubt, dir zu Ehren ein erlesenes Mahl bereiten zu lassen. Ihr, Männer, seid natürlich geladen!«

Da erhob sich ein Freudengeschrei, und alle, die gerade noch stumm und von Entsetzen gepackt waren, vergaßen das Grab und die heiligen Bücher und eilten fröhlich schwatzend zum Ausgang. Sogar der Prinz hatte seinen Schreck überwunden, lächelte erleichtert und ließ sich von Gailenus und Grindio, die ihn links und rechts stützten, zum Portal führen. Gemeinsam mit Thirza verließ Herzog Boso unter den letzten die Kirche.

»Alle Achtung vor deiner alten Mutter!« sagte er lachend. »Sie ist wahrhaftig eine große Prophetin. Heute hat sie den Martin aus dem Felde geschlagen!«

Und wie in so vielen Nächten zuvor erhob sich im heiligen Bezirk, inmitten der Ansammlung von Kirchen, Oratorien und Klostergebäuden, der Lärm eines Festgelages. Seit Merovechs Ankunft in Tours hatte Boso sein Nachtlager in der Vorhalle der Martinskirche aufgegeben, und sie waren gemeinsam in eine der Pilgerherbergen gezogen. Das Gefolge des Prinzen war stark genug, um sie an diesem nicht ganz so sicheren, doch bequemeren Ort zu schützen. Inzwischen war rings um die Herberge und auf dem Vorplatz der Basilika, dem Atrium, eine Zeltstadt entstanden, die sich bei dem täglichen Zulauf von Kriegsvolk ständig ausdehnte. Die frommen Bewohner des Heiligtums – Priester, Mönche, Nonnen, Pilger – fanden kaum Ruhe. Fast jede Nacht gab es auch Prügeleien und Messerstechereien, und einige Male lag morgens ein Leichnam vor der Basilika. Täglich protestierte der Bischof gegen die unerträglichen Zustände.

In dieser Nacht wurde nun endlich beschlossen, am nächsten Tag zum Abmarsch zu rüsten, am übernächsten aber aufzubrechen. Bis in die Morgenstunden dauerte die letzte Sitzung des Kriegsrates, an der der Anführer des Unternehmens, Prinz Merovech, allerdings nur in der Anfangsphase teilnehmen konnte. Nach dem Genuß eines Bechers Wein und einer Hühnerkeule sank er vom Stuhl und mußte zur Ruhe gebettet werden. Der Herzog und die Freunde des Prinzen stritten noch lange über die Frage, ob es günstiger sei, mit der ganzen Streitmacht oder getrennt in zwei Haufen zu marschieren. Gailenus, Grindio und Ciucilo sprachen der letzteren Variante den Vorzug zu, wobei sie geltend machten, daß man auf diese Weise die örtlichen Machthaber weniger reizen und die Bauern weniger schädigen würde. Da aber der Prinz den einen, er selber den anderen Haufen befehligen sollte, argwöhnte Boso, man könne ihn täuschen und sich von ihm absetzen wollen. So lehnte er schließlich den Vorschlag ab und beendete die Beratung. In einer Kammer unter dem Dach wartete voller Ungeduld Thirza auf ihn. Ihre Stimmen verkündeten unerbittlich den Abschied für immer, und sie wollte Boso eine so starke Erinnerung hinterlassen, daß seine Dankbarkeit später noch ab und an zu einem Geschenk reichen würde, welches durch ihre Onkel und Vettern, vielreisende jüdische Händler, übersandt werden könnte.

Einer dieser nützlichen Juden aus Thirzas Verwandtschaft war auch am nächsten Morgen zur Stelle, als Boso dringend seine Dienste brauchte. Inmitten der fröhlichen Geschäftigkeit am Tag vor dem Abmarsch schlich Merovech wieder trübselig und gedankenvoll umher, zweifellos von den unangenehmen Verheißungen der Orakelsprüche geplagt. Da ließ der Herzog den Juden kommen, und der trat wenig später vor Merovech hin und teilte ihm unter tiefen Verbeugungen mit, er sei soeben aus Metz zurückgekehrt, wo er das unvergleichliche Antlitz der Sonne Austrasiens, der Königin Brunhilde, gesehen habe. Diese habe sich dazu herbeigelassen, einen gnädigen Blick auf seine Waren zu werfen. Und dann hörte der Prinz zu seinem Entzücken, daß die Königin dem Juden, als sie vernahm, daß er nach Tours unterwegs war, eine Botschaft an ihren Gemahl, zur Vorsicht mündlich, mit auf den Weg gab: Er möge kommen, so schnell wie nur möglich, sonst könne sie nicht mehr glücklich sein und werde vor Kummer und Sehnsucht sterben.

Von diesem Augenblick an waren die göttlichen Warnungen vor allen Übeln, vor Stürzen, Untergang und einem schrecklichen Ende vergessen.

23

»Im zweiten Jahr der Regierung König Childeberts«, so beginnt der Chronist des Jahres 577 seine Mitteilungen über Kriege, Vertreibungen, Morde, Raubzüge, Prozesse, Hinrichtungen, Seuchen, Naturkatastrophen.

König Childebert von Austrasien war sieben Jahre alt.

Von dem Mitteilenswerten, das in diesem Jahr seiner Regierung geschah, dürfte er kaum etwas wahrgenommen haben. Er spielte, lärmte und tobte wie alle Kinder, jubelte über den Sieg im Wettlauf mit Altersgefährten, weinte eines zerbrochenen Spielzeugs wegen und ritzte seufzend mit dem Griffel die Buchstaben des lateinischen Alphabets in seine Wachstafel. Führten diese einen zu wilden Tanz auf, bekam der König von seiner strengen Mutter auch mal eine Ohrfeige. Im allgemeinen aber war sie mit ihm zufrieden, und es war die schönste Belohnung für ihn, wenn er auf ihrem Schoß sitzen und sich an sie schmiegen durfte und wenn dann ihre schlanke, trockene Hand, die so hart zuschlagen konnte, mit seinen langen, weißblonden Locken spielte. Denn natürlich wallte die Merowingermähne mit der magischen Kraft dem König bis fast an die Kniekehlen.

Er war sich durchaus schon bewußt, daß er kein gewöhnlicher Erdenbewohner war. Seine Mutter gab sich die größte Mühe, ihm begreiflich zu machen, er sei ein Herrscher über Länder, Städte und Menschen. Herr Gogo, sein früherer Erzieher, hatte niemals davon gesprochen. Daß man ihn mal auf einen Schild gehoben und unter Gelärm und Geschrei umhergetragen hatte, war für Childebert nur ein aufregendes Spiel gewesen, bei dem er am Ende sogar Angst empfand und in Tränen ausbrach. Erst seine Mutter hatte ihm die Bedeutung erklärt. Unter ihrer Anleitung begann er allmählich, sich königliche Gewohnheiten zuzulegen. Er lernte, zu befehlen und Launen zu zeigen. Und es versteht sich, daß er den Wettlauf immer gewann, obwohl er etwas dicklich und kurzatmig war. Er wußte den anderen Kindern schon klarzumachen, daß er sie, wenn er nicht siegte, hinterher prügeln durfte, sie aber kein Recht haben würden, sich zu wehren.

Auch die Höflinge und die Gefolgsleute, soweit er mit ihnen in Berührung kam, pflegte er schon zu kommandieren. Seinem Lateinlehrer, einem betagten Priester, gehorchte er nur, wenn seine Mutter, wie meist, dem Unterricht beiwohnte. Außer vor ihr, die ihn belohnte und strafte, hatte er nur vor zwei Männern Respekt. Er fürchtete den finsteren, strengen Hausmeier Gogo, den er jedoch zu seiner großen Erleichterung seit ihrer Rückkehr kaum noch sah. Und er verehrte und bewunderte Herzog Gundoald. Seine kindliche Erinnerung bewahrte noch manches Bild von jener abenteuerlichen Flucht aus Paris. Damals war ihm der hochgewachsene Mann mit dem kantigen Gesicht und der tiefen Stimme als Held und Beschützer erschienen. Dies blieb er und sollte er auch in Zukunft bleiben. Sein Vater Sigibert, von dessen Ruhmestaten die Mutter immer wieder erzählte, war für Childebert nur ein blasser Schatten. In der Vorstellungswelt des Knaben war der Herzog an seine Stelle getreten.

Auch Gundoald empfand für seinen einstigen Schutzbefohlenen eine besondere Zuneigung. Wenn er sich längere Zeit in der Hauptstadt aufhielt, besuchte er Childebert regelmäßig. Auf dem Weg von Paris nach Metz hatte er den damals Fünfjährigen ein Brettspiel gelehrt, um ihn in Bauernhäusern oder Spelunken, wo sie gezwungenermaßen Aufenthalt nahmen, zu beschäftigen. Seitdem mußte er jedesmal, wenn er kam, mit ihm spielen. Oft brachte er neue Spielsteine aus Glas oder Ton mit oder aus Bein geschnitzte Tierfigürchen. Überhaupt kam er nie ohne ein Geschenk, mal war es ein Wehrgehänge mit Kinderwaffen, mal ein Holzpferd. Und immer nahm er sich viel Zeit für den Jungen, erzählte ihm Kriegsabenteuer und ließ sich endlos ausfragen.

An diesem Nachmittag im Mai war es das erste Mal, daß der Herzog kein Spielzeug für Childebert auspackte. Plötzlich stand er im Garten des Palastes.

Der Junge lief ihm mit einem freudigen Aufschrei entgegen.

Aber Gundoald hob ihn nicht wie sonst auf, um ihn sich auf die Schulter zu setzen, sondern er strich ihm nur flüchtig über den Kopf und fragte nach seiner Mutter. Die alte Frolaica, die Childebert beaufsichtigte, vermutete die Königin mit ihren Töchtern in dem kleinen Rundtempel am Teich. Der Herzog befahl ihr, ihn zu melden, in einer äußerst dringenden Angelegenheit. Sie eilte davon. Childebert strich um den Herzog herum und hoffte noch immer auf sein Geschenk, doch Gundoald achtete nicht auf ihn, sondern ging auf und ab, den Blick am Boden, die Hände auf dem Rücken verschränkt. Der kleine König wagte nicht, ihn zu fragen, ob er das Brett und die Steine holen dürfe. Er war gekränkt und tief bekümmert. Doch nicht einmal sein leises Schluchzen rührte den Herzog. Childebert fragte sich, was ihm die Herrschaft über Länder, Städte und Menschen nützte, wenn Onkel Gundoald nicht mit ihm spielen wollte.

Frolaica kam zurück und sagte dem Herzog, daß ihn die Königin empfangen wolle. Er stürzte davon. Grollend blickte ihm Childebert nach. Und er wünschte sich in diesem Augenblick jemand, an dem er seinen königlichen Zorn auslassen konnte. Nur Frolaica war in der Nähe.

Rasch bückte er sich und warf ihr eine Handvoll Sand ins Gesicht.

»Ein unverhofftes Ereignis«, sagte Gundoald, nachdem er sich vor Brunhilde verneigt hatte. »Verzeih mir deshalb, daß ich unangemeldet erscheine, Herrin!«

»Ich empfange dich jederzeit, das weißt du doch«, erwiderte Brunhilde. »Du bist hier der einzige Mensch in einem Wolfsrudel. Jedesmal, wenn ich dich sehe, bin ich froh, daß sie dich nicht auch schon gefressen haben.«

Sie forderte ihn mit einer Geste auf, neben ihr auf der Marmorbank Platz zu nehmen. Bei schönem Wetter verbrachte die Königin viel Zeit unter dem schattenspendenden Dach des kleinen Rundbaus aus der Römerzeit, das auf sechs guterhaltenen korinthischen Säulen ruhte. Meist las sie und beaufsichtigte dabei die Kinder. Ingunde und Chlodosvintha spielten ein Stück entfernt am Rande des Teiches, den Schwäne und Enten bevölkerten. Begleitet von einem jungen Hund, wateten sie mit aufgeschürzten Röcken durch das flache Wasser, kleine Kähne, in denen ihre Tonpüppchen saßen, an Fäden hinter sich herziehend.

»Was ist geschehen, Herzog?«

»Ein Mann befindet sich seit ein paar Stunden in den Mauern der Stadt, der sagt, sein Name sei Merovech und er sei dein Gemahl.«

Gundoald schwieg und sah Brunhilde aufmerksam an in Erwartung eines Ausrufs oder irgendeiner anderen heftigen Reaktion. Doch die Königin schwieg ebenfalls und bewegte nicht einmal die auf der Brust verschränkten Hände. Sie senkte nur ein wenig die Lider, als wolle sie ihren Blick verbergen.

»Gegen Mittag erschien er am Tor«, fuhr Gundoald fort, »begleitet von ein paar wüsten Gesellen, die er seine Gefolgschaft nannte. Zehn, zwölf Männer, die meisten sehr jung. Angeblich hätten sie sich aus Tours zu uns durchgeschlagen. Sie verlangten, man solle sie zu dir bringen. Natürlich wurden sie zunächst einmal festgenommen, und man führte uns den angeblichen Prinzen vor. Wir saßen gerade im Rat, um die Begegnung deines Sohnes mit seinem Onkel, König Gunthram, vorzubereiten.«

»Konnte der Mann denn irgendwelche Beweise erbringen, daß er Merovech ist?« fragte Brunhilde in einem Tonfall, der kaum Anteilnahme verriet.

»Nein. Seine äußere Erscheinung widerspricht dem entschieden. Und leider war unter uns nicht ein einziger, der den Prinzen früher einmal gesehen hatte. Er erzählte uns allerdings eine Geschichte, die nicht ganz unglaubwürdig klang. Daß Chilperich seinen Sohn in ein Kloster sperren wollte, und daß der geflohen war, wußten wir ja bereits. Auch daß er in Tours im Kirchenasyl saß und es später verließ. Der Mann, der heute hier ankam, will Ende Februar mit fünfhundert Mann von dort aufgebrochen sein. Nach allerlei Abenteuern und Unfällen habe er sich, behauptet er, auf austrasisches Reichsgebiet gerettet.«

»Und wo sind die fünfhundert Mann geblieben?«

»Versprengt. Geschlagen. Geflohen. Verschwunden. Bei

Auxerre, sagte der Mann, habe sich ihnen der dortige Comes König Gunthrams entgegengestellt und die Truppe vollständig aufgerieben. Er selber wurde, immer nach seinen eigenen Worten, gefangengenommen, konnte jedoch entfliehen und rettete sich erneut in eine Kirche. Nach zwei Monaten wagten er und seine Leute mit Glück einen Ausfall. König Gunthram hat offenbar nichts weiter gegen ihn unternommen. Was übrigens Boso betrifft, der anfangs dabei war, so sei er, wieder nach Auskunft des Mannes, nach der Niederlage plötzlich verschwunden gewesen. Ich habe aber erst vor ein paar Tagen gehört, daß er am Leben und nach Austrasien zurückgekehrt sei. Bischof Egidius soll erzählt haben, Boso habe ihn in Reims aufgesucht und sei dann nach seinen Besitzungen weitergereist.«

»Und was soll nun mit diesem Mann ... dem vermeintlichen Merovech geschehen?«

»Darüber gab es Meinungsverschiedenheiten im Rat. Einige halten ihn für einen Schwindler. In dem Falle wäre es einfach: An den Galgen mit ihm! Mein Eindruck dagegen ist: Es könnte der echte Merovech sein. Die Haltung, die Sprache, einige Einzelheiten, die er erwähnte ... auch eine gewisse Ähnlichkeit mit dem König. Ich gewann die Mehrheit für mich, doch macht das die Sache nicht viel besser. Chilperich hat, wie du weißt, seinen Sohn zum Feind erklärt. Wir haben sein schriftliches Begehren, den Prinzen, falls er hier auftaucht, auszuliefern. Hätte Gogo allein zu entscheiden, würde er damit nicht zögern. Ich konnte aber noch einmal dagegen halten. Dies würde, legte ich dar, nichts anderes bedeuten, als den Gemahl der austrasischen Königin einem fremden Herrscher zur Hinrichtung auszuliefern. Ein Akt der Demut und Unterwerfung! Da entschied sich die Mehrheit dafür, ihm mit Rücksicht auf dich freien Abzug zu gewähren. Vor Einbruch der Dunkelheit soll er mit seinen Gefährten die Stadt und dann auf kürzestem Weg das austrasische Reich verlassen.«

»Ich bin überrascht«, bemerkte Brunhilde spöttisch und mit einer Spur Erleichterung, »daß der Regentschaftsrat bei einem seiner Beschlüsse meine Interessen berücksichtigt. Das ist etwas Neues. Wir machen Fortschritte. Nur weiter so!«

»Herrin«, sagte der Herzog, von diesem Einwurf etwas befremdet, »der Mann darf die Stadt nur in Freiheit verlassen, falls er tatsächlich Prinz Merovech ist. Keiner von uns ist aber imstande, dies zu bezeugen. Es gibt nur eine Person, die das hier kann: du selber!«

Zum ersten Mal in dieser Unterredung verließ die Königin ihr betonter Gleichmut.

»Heißt das, ich soll ihn empfangen?«

»Das rate ich.«

»Und wenn er tatsächlich ein Schwindler ist?«

»Dann genügt uns ein Wink, und er wird fortgebracht.«

»Ich habe mich euch gegenüber verpflichtet, ihn nicht wiedersehen zu wollen.«

»Es geschieht ja mit unserem Einverständnis.«

»Er könnte Forderungen stellen, Ansprüche geltend machen. Was soll ich dann tun?«

»Es geht um sein Leben. Andere Ansprüche werden nicht anerkannt.«

Brunhilde erhob sich brüsk und trat an eine der Säulen. Mißmutig blickte sie zu den Türmen und Zinnen der Festungsmauer hinüber. Das Jahr seit ihrer Rückkehr aus Rouen hatte sie äußerlich verändert. In ihr Gesicht hatten sich die ersten Falten gegraben. Die weichen Konturen waren schärferen Linien gewichen, ihre immer noch außerordentliche Schönheit war herber, strenger geworden.

Der Herzog sah sich unruhig nach der schon niedrig stehenden Sonne um.

»Ich habe mich sehr beeilt, Herrin. Die Zeit drängt. Man will ihn, wie gesagt, heute noch vor Sonnenuntergang loswerden. Natürlich könntest du aus einem Versteck einen Blick auf ihn werfen und uns dann sagen, ob er es ist. Das würde genügen. Aber ich dachte, dir läge daran, ein paar Worte mit ihm zu wechseln. Immerhin habt ihr gemeinsam vor dem Altar gekniet.«

»Ein unverzeihlicher Fehler!« murmelte sie.

»Soll ich ihn jetzt hierherbringen lassen, in den Garten?« fragte Gundoald, sich erhebend.

»So ist er schon da?« rief sie.

»Er wartet unter Bewachung im Palasthof.«

Sie seufzte tief.

»Was versprach er sich nur davon? Was will er hier? Ich hatte ihn davor gewarnt! Noch bevor ich in diese widersinnige Heirat einwilligte, sagte ich ihm: Wir können nicht in Austrasien leben! Das würde unser beider Verderben sein! Warum hat er nicht auf mich gehört? Warum bringt er mich jetzt in diese Lage?«

»Aus Verzweiflung, Herrin. Und in der Hoffnung, du könntest ihm helfen. Vielleicht kannst du es wirklich.«

»Und wie? Ich bin ja dank eurer Fürsorge machtlos! Was kann ich tun?«

»Nicht viel, das gebe ich zu. Aber überlegen wir einmal. In seiner Heimat droht ihm der Tod. Falls man ihn hier noch einmal aufgreift, wird er Chilperich ausgeliefert. Also muß er zurück nach Burgund. Dort ist die Gefahr noch am geringsten. Ich könnte dafür Sorge tragen, daß er unbehelligt die Grenze erreicht. Doch was dann? Wenn du vielleicht mit einem Schreiben an König Gunthram ... Ich meine, wir haben jetzt zu ihm gute Beziehungen. Er schätzt dich, will deinen Sohn adoptieren. Ein paar Zeilen zugunsten des Unglücklichen! Gunthram wird dir nicht abschlagen, ihn zu schützen, auch wenn er von Chilperich bedrängt werden sollte. Zwischen Burgund und Austrasien wird in Kürze ein Bündnis geschlossen. Chilperich würde niemals wagen, gegen eine so überlegene Macht ...«

»Schon gut, Herzog!« unterbrach ihn Brunhilde. »Ich werde tun, was meinen Möglichkeiten entspricht. Laß ihn jetzt kommen! Aber warte so lange, bis man die Kinder in den Palast gebracht hat. Ich will auf keinen Fall, daß sie ihn sehen!«

Der Herzog verbeugte sich und ging. Brunhilde stieg die Stufen zum Teich hinab und erteilte den Kindern und den in der Nähe wartenden Dienerinnen ihre Anweisungen. Ingunde und Chlodosvintha fügten sich schmollend, und alle verschwanden.

Als die Königin allein war, beugte sie sich über das Wasser, um einen prüfenden Blick auf ihr Spiegelbild zu werfen. Es ärgerte sie, daß sich eine Flechte ihres Haarkranzes gelöst hatte, und sie zog den Pfeil heraus, um sie festzustecken. Doch in der ungewohnten Haltung und ohne die Hilfe einer Kammerfrau gelang ihr das nicht. Statt dessen fiel sogar die zweite Flechte herunter. Mit unruhigen Fingern versuchte Brunhilde, die widerspenstigen Zöpfe am Scheitel hochzuziehen und erneut zu befestigen. Die Hast war diesem Vorhaben abträglich. Geradezu wütend wurde die Königin, weil ihr das peinliche Mißgeschick in einem Augenblick passierte, da sie Haltung und Würde zeigen wollte. Schon dachte sie daran, erst einmal in das Wäldchen hinter dem Rundbau zu fliehen und sich in Ordnung zu bringen. Über das Wasser gebeugt, mit der Linken die Flechten, in der Rechten den Haarpfeil haltend, machte sie noch eine letzte Anstrengung.

Da spürte sie plötzlich eine Berührung. Der Pfeil wurde ihr aus der Hand genommen und in die Flechten gebohrt, so daß sie hielten.

Brunhilde richtete sich auf, fuhr herum.

»Siehst du, ich habe es nicht verlernt!« sagte Merovech lachend. »Hab ja ein paarmal deine Kammerfrauen vertreten!«

Einen Augenblick starrte sie ihn an. Sie war so erschrocken, daß sie zunächst kein Wort hervorbrachte. Der Mann, der vor ihr stand, ähnelte nur noch entfernt dem Prinzen, der sie vor einem Jahr in Rouen verlassen hatte. Die hellen Augen waren matt, hatten den jugendlichen Glanz verloren. Grotesk und schnabelartig sprang die Nase aus dem knochigen, abgezehrten, bärtigen Gesicht. Eine frische Narbe zerschnitt die linke Wange, die beim Lachen entblößten Zahnreihen wiesen mehrere Lücken auf. Der schmutzige, zerrissene Mantel schlug so schwere Falten, als bedecke er nicht einen menschlichen Körper, sondern als hinge er auf einer Stange. Nur noch aus Sohlen bestanden die Schuhe, die mit Stricken an die Füße gebunden waren. Das Gesicht, das struppige, halblange Haar, die ganze Gestalt waren von einer Staubschicht bedeckt. Die Züge des Mannes waren darunter nur schwer zu erkennen, dennoch zweifelte die Königin nicht, daß es tatsächlich Merovech war.

»Du bist es wirklich?«

»Ich bin es!« erwiderte er. Ihr starrer Blick hatte sein Lachen gefrieren lassen. »Erinnerst du dich, wie es war, als wir uns vor einem Jahr zum ersten Mal wiedersahen? Ich erkannte dich nicht … so sehr hatte dein Mißgeschick dich verändert. Nun ist es umgekehrt. Du hast Mühe, mich wiederzuerkennen. Ich bin es, Brunhilde! Ich bin es, Merovech, der dich liebt und der niemals damit aufhören wird!«

Diese Worte rührten sie, und sie lächelte. Er streckte die Arme aus und umschlang sie. Einen Augenblick lang verlor sie die Fassung und ließ es geschehen. Die Erinnerung an die kurze, starke Leidenschaft, die seine Worte wachriefen, überwältigte sie. Wie heftig hatte sie damals, nach dem endlosen Winter ihrer Gefangenschaft, seine Liebe begehrt! Als strahlender Retter war er ihr erschienen, und alle Gefühle, deren sie fähig war, hatte er auf sich gezogen. Eine winzige Spanne Zeit lang hatte sie ihn wohl auch geliebt.

Er wollte sie küssen, aber da kam sie rasch zu sich und machte sich los. Noch einmal erschrak sie, diesmal über ihre eigene Rührseligkeit. Nichts mehr gemeinsam außer dem Namen hatte dieser abgerissene, schmutzige Abenteurer mit jenem Befreier. Am Rande des Teiches ging sie rasch mehrere Schritte rückwärts, um Abstand zwischen ihn und sich zu bringen. Als er ihr folgen wollte, befahl sie:

»Bleib, wo du bist! Bedenke, daß wir hier nicht allein sind. Man könnte uns sehen!«

»Warum sollte man uns nicht sehen?« rief Merovech. »Ich wurde ja hergebracht, damit du bestätigst, daß ich dein Mann bin. Verständlich, daß sie mir nicht sofort glauben wollten! Auf dem Weg zu dir, Liebste, hatte ich Kämpfe zu bestehen, die mich ein bißchen erschöpft haben. Ich gleiche wohl auch eher einem Bettler als einem Prinzen. Aber ein Bad und ein paar Tage Erholung, dazu deine Nähe ... das wird Wunder wirken! Und wenn man uns erst täglich zusammen sieht ...«

»Täglich?« unterbrach sie ihn schroff. »Du hattest gehofft ... du hoffst noch immer, daß du hierbleiben könntest?«

»Warum nicht? Ja, ich weiß, die Männer deines Rates sind mißtrauisch. Sie fürchten auch Schwierigkeiten, neue Konflikte. Aber wenn sie erst merken, daß ich nicht herrschen will, daß ich mich mit dem Platz an deiner Seite zufriedengebe und nicht mehr verlange, als mir zusteht, werden sie sich an mich gewöhnen. Und vor ihrem neustrischen Nachbarn brauchen sie keine Angst zu haben. Der muß sich erst von der letzten

Niederlage erholen, die die Burgunder seinem Sohn Chlodwig in Aquitanien beigebracht haben. Sei also unbesorgt, Liebste! Es wird sich nun alles zum Guten wenden. Wir werden ein glückliches Paar sein, und ich werde dir bei der Erziehung unserer Kinder zur Seite stehen. Wo sind sie eigentlich? Hoffentlich lerne ich sie bald kennen. Bin schließlich jetzt ihr Vater ...«

»Du bist nicht ihr Vater!« fuhr sie mit einem Ausdruck von Abscheu dazwischen. »Du bist auch nicht mehr mein Ehemann!«

»Was sagst du da?«

»Du bist nichts, du hast keine Rechte mehr! Hier bist du ein unerwünschter Fremder. Das hat man dir doch schon erklärt. Und so wird man dich auch behandeln!«

»Und du wirst es zulassen?«

»Ich habe mich den Beschlüssen des Regentschaftsrates zu fügen.«

»Aber du bist die Königin!«

»Eine Königin, deren König vorerst nur ein schwacher Knabe ist.«

»Wie? Du solltest nicht so viel Macht haben, deinem Gemahl ...«

»Ich habe keinen Gemahl! Ich bin Witwe! Die Witwe des Königs Sigibert!«

»Brunhilde ...«

»Warum begreifst du das nicht?« fragte sie zornig. »Warum kannst du dich nicht damit abfinden? Unsere Ehegemeinschaft besteht nicht mehr. Das ist aus und vorbei!«

»Aber es wurde niemals ein Scheidebrief ...«

»Wozu auch? Das war ja nicht nötig! Im Grunde hatte ja unsere Ehe nie Gültigkeit, weil sie nach den Gesetzen der Franken und dem Kirchenrecht niemals geschlossen werden durfte! Außerdem ließest du dich, wie ich hörte, zum Priester weihen und wolltest ins Kloster gehen. Wie konntest du da noch verheiratet sein!«

»Ich wurde gezwungen! Ich habe die Weihe nur unter Protest ertragen! Ich floh vor dem Kloster! Niemals würde ich freiwillig darauf verzichten, dich zu lieben und dein Gemahl zu sein ...«

»Ich mag dieses Wort nicht mehr hören!« rief sie mit schriller Stimme.

»Aber liebst du mich denn nicht mehr?« fragte er verwirrt. »Vor ein paar Monaten hast du mir doch noch eine Botschaft zukommen lassen. Du würdest zugrunde gehen, wenn ich nicht zu dir käme.«

Sie lachte verächtlich auf.

»Da hat man dich zum Narren gehalten. Nichts lag mir ferner, als dich hierherzulocken!«

»Nein!« rief er. »Nein, das kann ich nicht glauben! Nicht du selber bist es, die zu mir spricht. Auch du wurdest genötigt. Die Männer, die mich verhörten, haben dir Anweisungen erteilt! Haben sie dich bedroht? Wollen sie dir deine Kinder nehmen? Mußtest du etwa deine Stellung am Hof erkaufen mit dem Verzicht auf Liebe und Ehe? Sag es nur, wenn es so ist! Aber wir werden ihnen mit Standhaftigkeit begegnen. Sollen sie drohen ... wir halten zusammen! Wer sind sie? Tölpel und Raufbolde, die sich Edle nennen. Und wer sind wir? Du bist die Tochter des großen Athanagild. Ich bin ein Merowinger, ein Urenkel Chlodwigs. Viel zu erhaben ist unsere Liebe, als daß Dienstleute sie begreifen könnten. Aber sie sollen nicht die Genugtuung haben, daß wir vor ihnen zurückweichen. Laß uns zusammen zu ihnen gehen! Oder besser: Rufe sie her! Wir werden ihnen unseren Willen verkünden! Sie sollen hören, daß unsere Liebe stärker ist als die Verfolgungen meines Vaters und ihre kläglichen Ängste! Hand in Hand werden wir vor sie hintreten und ihnen die Macht unseres unauflöslichen Bundes beweisen!«

Merovech war der Königin gefolgt, die sich ungehalten abgewandt hatte und ein paar Stufen zu dem Rundtempel hinaufgestiegen war, als wolle sie dort Zuflucht suchen. Jetzt war er bei ihr und ergriff ihre Hand. Sie versuchte, sich loszureißen. Aber er hielt sie mit aller Kraft fest. Ihre Blicke senkten sich ineinander, der seinige flehend, der ihrige haßerfüllt.

Auf einmal verspürte er einen Schmerz am Arm. Er ließ die Hand los und drehte sich um.

Die Schneide eines Kinderschwertes hatte ihm die Haut geritzt, und ein Knabe mit langen, weißblonden Locken schrie:

»Jetzt hab' ich dich, du Verbrecher! Ergib dich! Du Mörder, das wirst du büßen! Ich gebe Befehl, dir den Kopf abzuschlagen! Wache! Wache!«

»Still doch, Childebert!« sagte Brunhilde. »Laß ihn in Ruhe! Der Fremde will mich um etwas bitten, er wird mir nichts tun. Warum bist du noch hier im Garten? Ich hatte angeordnet, daß ihr hineingeht. Nun? Was stehst du da noch? Geh zu deinen Schwestern, beeil dich!«

Childebert zog einen Schmollmund, stieg langsam die Stufen hinunter und trollte sich. In einiger Entfernung jedoch blieb er stehen und blickte mit störrischer Miene zurück.

»Hat er dich verletzt?«

»Nein.«

Der Prinz verbarg den Arm, der ein wenig blutete, unter dem Mantel. Es war nicht die unbedeutende Wunde, sondern die plötzliche Einsicht, daß alles vergebens gewesen war, die ihm Schwindel verursachte und seine Knie erzittern ließ. Wo er stand, auf den Stufen, ließ er sich nieder.

Brunhilde war schon zu dem früheren Tempel hinaufgestiegen. Mit einem Seufzer blickte sie auf den Mann hinab, der zu ihren Füßen auf der Treppe kauerte. Sie empfand nun fast Mitleid mit ihm. Es schien ihr auch, daß sie verpflichtet war, ihm noch etwas zu erklären. Sie lehnte sich an eine Säule und suchte nach den richtigen Worten.

»Ich sagte dir damals«, begann sie schließlich, »ich könne das Ehelager nur mit einem König teilen. Ich hatte allerdings noch nicht begriffen, daß du niemals im Leben ein König sein würdest. Diese Einsicht kam mir zu spät. Hätte ich sie früher gehabt, wäre uns unser Irrweg erspart geblieben. Natürlich konntest du auf den Thron gelangen. Du kannst es, wenn es das Schicksal will, immer noch. Aber wirst du ein König sein? Höchstens ein schlechter und bald schon wahrscheinlich ein toter. Du bist nicht zum Herrschen berufen. Macht zu gewinnen und zu erhalten bedeutet dir nichts. Du hast kein Vergnügen an ihr, sie würde dich langweilen. Du würdest gedankenlos und fahrlässig mit ihr umgehen und sie deshalb bald wieder verlieren. Nur um mir zu gefallen, wolltest du damals König werden, und wenn es mir jetzt gefiele und wenn ich dich aufnehmen könnte, würde es dir genügen, ein mit königlichen Ehren gehaltener Liebhaber zu sein. Wie traurig und keineswegs erhaben! Es tut mir leid, wenn ich solche Hoffnungen in dir geweckt habe, und ich bedaure, daß du dich unter Gefahren zu mir durchschlugst, um jetzt enttäuscht zu werden. Ich liebe dich schon lange nicht mehr, und um dir die ganze Wahrheit zu sagen: Ich wünschte, ich hätte dich nie wiedergesehen! Du bist eine Verfehlung, die ich mir vorwerfen muß und an die ich nicht gern erinnert werde. Die Folgen wären beinahe verderblich gewesen. Und auch jetzt störst du meine Pläne, und ich wünsche nichts dringlicher, als daß du verschwindest. Meine Zukunft trägt einen einzigen Namen: König Childebert! Ich brauche keinen Ehemann mehr, das Kind dort wird mir alles zurückgeben, was ich verloren habe. Man hat mich hier von der Macht verdrängt, doch nur vorübergehend. Nach dem fränkischen Recht erlangt mein Sohn in acht Jahren die Volljährigkeit. Dann wird der Regentschaftsrat überflüssig, dann wird er selber regieren – durch seine Mutter! Ich bereite ihn darauf vor, und sie werden sich wundern. Sie wollten mich aussperren, diese Toren, und haben mir den Schlüssel anvertraut! Nur muß ich bis dahin vorsichtig sein, ich darf keine neuen Fehler machen. Verstehst du nun, daß ich nichts für dich tun kann? Man wird dich zur Grenze nach Burgund bringen. Wenn du meinen Rat hören willst: Nimm einen anderen Namen an, und geh nach dem Süden, dort bist du unbekannt. Und tritt dort in ein Kloster ein, es ist dir nun einmal bestimmt. Komm aber niemals wieder hierher. Ich werde dich kein zweites Mal wiedererkennen!«

Die Königin schwieg, es gab nichts mehr zu sagen. Merovech hockte noch immer auf der Treppe und rührte sich nicht. Sie war froh, als am Ende des Mittelwegs der Herzog auftauchte. Zwei Bewaffnete, die hinter Bäumen gestanden und den ungebetenen Gast im Auge behalten hatten, traten hervor und schlossen sich ihm an. Die drei gingen um den Teich herum und blieben am Fuß der Treppe stehen.

»Prinz Merovech«, sagte der Herzog, nachdem er mit der Königin einen Blick getauscht hatte, »ich bitte dich jetzt, mir zu folgen. Es wurde beschlossen, dir in der Stadt Metz das Gastrecht zu verwehren. Meine Leute bringen dich zu einem der Tore, wo du deine Gefährten wiedertriffst. Man wird euch den Weg zu einer Herberge weisen. Noch vor Einbruch der Nacht könnt ihr sie erreichen.«

Der Prinz erhob sich ohne Widerspruch, stieg die wenigen Stufen hinab und trat zwischen die Bewaffneten. Nur noch Hoffnungslosigkeit und Entsagung sprachen aus seiner Haltung und seinem Blick.

Childebert lief herbei und schrie: »Onkel Gundoald! Der Fremde hat meine Mutter bedroht! Er wollte sie töten! Man soll ihm den Kopf abschlagen!«

Der Herzog wandte sich dem Knaben zu und beruhigte ihn. Als er den Namen hörte, merkte Merovech auf. Seine Miene belebte sich etwas, und er fragte: »Gundoald? Das ist Herzog Gundoald?«

Die Männer bestätigten es. Der Prinz hob den Kopf und sah Brunhilde an. »Ist dieser Mann jetzt dein Vertrauter? Weißt du, daß er von meinem Vater das Todesurteil für dich verlangte?«

Die Königin blickte mit unbewegter Miene zu ihm herab.

»Was für ein lächerlicher Vorwurf!« gab sie zurück. »Herzog Gundoald war mein Retter. Er erwirkte meine Befreiung.«

»Er drängte zu deiner Hinrichtung, und sie stand kurz vor der Vollstreckung!« sagte Merovech plötzlich heftig, in einem Ton, in dem sich Wut und Verzweiflung mischten. »Hätte ich nicht ein Schuldgeständnis gemacht und alles auf mich genommen, wärst du nicht mehr am Leben!«

»Wie kommst du zu dieser ungeheuerlichen Behauptung, Prinz?« fragte Gundoald ruhig.

»Es ist die Wahrheit!«

»Die Wahrheit ist, daß ich für ihre Freilassung eintrat. Nicht nur, weil ich mich dazu verpflichtet hatte, sondern weil wir die Königin brauchten. Seit ihrer Rückkehr haben sich die Verhältnisse hier am Hofe sehr verbessert. Ich selber hatte manchen Vorteil davon. Warum hätte ich ihren Tod fordern sollen? Im übrigen wäre König Chilperich niemals auf den Gedanken gekommen, die Königin Brunhilde hinzurichten.«

»Und warum nicht? Sie hatte ihm schließlich nach dem Leben getrachtet!«

»Aber er liebte sie und liebt sie wohl immer noch. Allerdings fürchtete er sie auch. Nur das war der Grund, weshalb er sie freigab.«

»Hier habe ich sein Geständnis!« sagte die Königin und nahm den kleinen Goldbrakteaten in die Hand, der als Amulett von ihrem Gürtel herabhing. »Es beweist auch, daß dieser eitle Prinz, der sich anmaßt, mein Leben gerettet zu haben, das seinige im Gegenteil mir verdankt! Nicht der heilige Martin rettete ihn in der Kirche vor dem tödlichen Zorn seines Vaters, sondern der Speer, den ich schleudern wollte. König Chilperich hat das nicht vergessen und als Künstler die Szene sehr treffend festgehalten!«

Merovech senkte den Kopf und wußte nichts mehr zu erwidern. »Bringt mich fort!« stieß er rauh hervor.

Gundoald gab den Männern ein Zeichen, und sie führten ihn nach dem Palasthof.

»Man soll ihm den Kopf abschlagen!« heulte Childebert.

»Wirst du zu seinen Gunsten den Brief schreiben, Herrin?« fragte der Herzog.

»Wozu?« erwiderte Brunhilde. »Ihm würde ein solcher Brief nichts nützen und uns nur schaden. Wollen wir seinetwegen alles aufs Spiel setzen? Childeberts Adoption durch Gunthram und das Bündnis mit den Burgundern? Wende dich an meinen Kämmerer, er soll dir hundert Solidi auszahlen. Die gib ihm mit auf den Weg!«

Gundoald seufzte, verbeugte sich schweigend und folgte den anderen.

Als er den Herzog fortgehen sah, ohne von ihm Abschied zu nehmen, brach Childebert in lautes Wehklagen aus. Er eilte zu seiner Mutter hinauf, die reglos den vier Männern nachblickte. Schluchzend klammerte er sich an sie.

»An allem hat nur der Fremde schuld! Man soll ihm den Kopf abschlagen! Ich will es! Ich will es!«

Brunhilde strich ihm zärtlich über das Haar.

»Still, mein Kleiner! Hab etwas Geduld. Du wirst später noch viele Köpfe abschlagen lassen.«

24

Aus der schmalen Torhalle einer ländlichen Burganlage traten fünf Männer in den sonnenüberfluteten Hof. Knechte führten ihre Pferde gleich zur Tränke an den Brunnen in der Mitte. In einer Ecke des Hofes erhob sich auf einem künstlich aufgeschütteten Hügel ein hölzerner Wohnturm, in dessen Türöffnung sich der Hausherr zeigte. Er winkte den Männern zu und stieg die Leiter herab.

Sie traten ihm ein paar Schritte entgegen. Alle fünf waren mit Schwertern und Beilen bewaffnet und trugen die Kleidung einfacher Landedelleute. Als er heran war, stellten sie sich in einer Reihe auf, und der Älteste unter ihnen, ein stämmiger Graukopf, grüßte würdevoll: »Heil, Herzog Boso! Gott sei mit dir!«

»Heil! Seid ihr die Leute aus Thérouanne?«

»Die sind wir. Zu deinen Diensten, Herr!«

»Ausgezeichnet.«

Der Rotbart lachte fröhlich, ging von einem zum anderen und drückte jedem die Hand.

»Ihr werdet müde sein, habt einen weiten Weg hinter euch. Doch schlage ich vor, daß ihr zuerst euer Anliegen vorbringt. Danach werdet ihr bewirtet, so wie es Brauch ist. Der Prinz erwartet euch bereits!«

»So ist er schon hier?« fragte der Graukopf.

»Seit ein paar Tagen. Er mußte einige Umwege machen, ihr wißt ja, warum. Ist bei euch alles vorbereitet?«

»Alles.«

»So kommt!«

Er ging voran und stieg die Leiter wieder hinauf. Die fünf folgten ihm und verschwanden einer nach dem anderen hinter der in doppelter Mannshöhe gelegenen Türöffnung. Sie betraten einen quadratischen Raum mit starken, aus Eichenbohlen gefügten Wänden, die voller Waffen hingen. An den Seiten lagen Strohmatratzen mit Decken und Fellen. In der Mitte stand ein langer Tisch, an dem etwa zehn bis zwölf vorwiegend junge Männer vor ihren Bierkannen saßen. Sie blickten den Ankömmlingen teils neugierig, teils mißtrauisch entgegen.

Unter ihnen, doch alle auf einem hohen Armstuhl überragend, saß Merovech. Er trug neue, standesgemäße Kleidung. Sein Gesicht war sonnengebräunt, er wirkte frisch und erholt. Die Narbe auf der Wange, eine Erinnerung an das Gefecht bei Auxerre, gab ihm einen verwegenen Zug.

Die fünf Ankömmlinge fielen vor ihm auf die Knie und riefen wie aus einem Munde: »Heil, König Merovech!«

Er dankte ihnen mit einem ernsten Neigen des Kopfes und forderte sie mit einer Geste auf, sich zu erheben.

»Die Männer aus Thérouanne!« sagte Boso eifrig. »Sie sind gekommen, um dir nun selbst ihre Bitte vorzutragen, von der du ja bereits Kenntnis hast. Wie froh bin ich, daß es mir gelungen ist, dich vor den Nachstellungen deiner Feinde zu retten und hierher auf meine Burg zu bringen. Nun warten neue Taten auf dich. Ihr habt das Wort, Leute! Der Prinz ist gnädig bereit, euch anzuhören!«

Der Graukopf trat vor, machte noch einmal eine eckige Reverenz und führte aus: »Herr! Es herrscht große Unzufriedenheit bei uns im Land. Dein Vater, König Chilperich, hat neue Steuern ausgeschrieben, die niemand mehr aufbringen kann. Was sollen wir tun? Den meisten drohen Schulden und Knechtschaft. Etliche wollen die Güter und ihre Gehöfte verlassen und vor den Steuereinnehmern über die Grenzen fliehen. Doch was geschähe, wenn alle das täten? Veröden würde das schöne Land unserer Väter! Die Vernünftigen trafen sich deshalb heimlich und berieten, ob es besser sei, die drückenden Lasten zu tragen oder sich dagegen aufzulehnen. Da sprachen sich alle dafür aus, von König Chilperich abzufallen. Zu Tausenden würden wir uns erheben, der ganze Norden des neustrischen Reiches ist zum Aufruhr bereit. Aber wer soll uns führen? Wir brauchen ein Licht, das uns voranleuchtet, sonst gehen wir in die Irre. Unser Anführer kann nur ein Mann aus dem von Gott gesandten Herrschergeschlecht sein. Von unseren Grenznachbarn erfuhren wir, daß du, Herr, der du von deinem Vater verfolgt wirst, dich auf dem Wege zu Herzog Boso befandest. Das erfüllte uns gleich mit großer Hoffnung. Und wir baten unsere austrasischen Nachbarn, uns freies Geleit hierher zu erwirken. Nun also kommen wir selbst und flehen: Erbarme dich unserer Not! Nimm dich unserer Bedrängnis an! Führe und befreie uns! Sei unser König!«

»Sei unser König!« brüllten auch die anderen, und alle fünf warfen sich abermals nieder.

Der Prinz stand auf, trat zu den Knienden und reichte jedem die Hand.

»Ich danke euch!« rief er. »Ich danke euch! Erhebt euch doch, Männer von Thérouanne! Das ist eine hohe Ehre für mich. Ja, ich verstehe euch, und ich möchte euch beistehen. Aber natürlich kann ich nicht auf der Stelle entscheiden, ob ich euern Antrag annehmen werde. Mit meinen Getreuen, die ihr hier seht, muß ich mich erst gründlich beraten. Man muß nachdenken, alles erwägen ...«

»Sei unser König!« riefen sie wieder.

»Wie viele waffenfähige Männer habt ihr denn wirklich?« fragte Grindio.

»Gibt es feste Plätze, die notfalls einer Belagerung standhalten können?« wollte Ciucilo wissen.

»Sind die Unzufriedenen Franken oder etwa nur Gallier?« rief Gailenus, der selbst ein Gallier war.

Auch die anderen Männer am Tisch hatten Fragen. Wie Hagelkörner prasselten sie auf die fünf biederen Bittsteller nieder, die einige Male vor Schreck verstummten oder einander widersprachen. Die meisten Auskünfte kamen jedoch ohne Zögern und waren zufriedenstellend. Notfalls sprang Boso in die Bresche, der erstaunlich gut unterrichtet war. Seine Bauern aus dem Grenzgebiet, die den Männern aus Thérouanne vorausgeeilt waren, mußten ihm manche Einzelheit berichtet haben, die nicht einmal den Abgesandten bekannt war. So wußte er von weiteren Unruheherden und nannte die Namen Unzufriedener, die sich dem Marsch gegen Chilperich anschließen wollten. Alles in allem ergab sich, daß der Norden des neustrischen Reiches ein einziger Heuhaufen war, der nur auf den Funken wartete, um lichterloh aufzuflammen.

»Zögere deshalb nicht!« rief Boso dem Prinzen zu. »Weshalb noch lange warten und Zeit verschwenden? Diese Männer berichten, daß die Kampfwilligen schon zusammenströmen. Es wäre nicht gut, sie hinzuhalten. Du kennst die Franken. Furchtbar sind sie, wenn es gegen den Feind geht, aber sie werden auch untereinander schnell uneins. Wozu es erst dazu kommen lassen? Ich rate dir als dein Freund und Leidensgefährte und als Feind deines Vaters, der mich verfolgte und ins Kirchenasyl trieb. Laß dich nicht lange bitten, Prinz! Geh mit den Abgesandten! Stelle dich an die Spitze des Aufstands! Führe das Heer zum Sieg!«

»Sei unser König!« schrien die fünf Thérouanner.

»So will ich mich denn nicht länger sträuben«, erwiderte Merovech, der im Grunde längst seine Entscheidung getroffen hatte. »Denn eure Bitten rühren mich, und die Fürsprache meines Freundes, des Herzogs, überzeugt mich. Nicht leicht ist es für den Sohn, sich gegen den Vater zu wenden. Aber die Umstände lassen mir keine andere Wahl. Nicht nur ihr werdet ja von ihm bedrückt, auch andere leiden unter seiner Willkür. Die Gegend um Tours verheerte er mit Feuer und Schwert ... aus Rache dafür, daß man mich und den Herzog dort aufnahm. Sogar hierher nach Austrasien schickte er Truppen, drang bis zu den Ardennen vor, um mich zu suchen. Nur mit Mühe und mit Hilfe des Herzogs entkam ich. Jetzt aber bin ich es müde, nur immer zu fliehen. Jetzt will ich endlich vorwärtsstürmen. Ja, ich nehme euer Angebot an! Ich komme mit euch, und mit Gottes Hilfe werden wir siegen!«

Die Abgesandten schrien sich heiser und erschöpften ihre letzten Kräfte in Fußfällen. Endlich hatte der Gastgeber Mitleid mit ihnen und ließ ihnen auftischen. Bis tief in die Nacht zog sich das Gelage hin. Immer aufs neue wurden die Becher gefüllt, und immer noch einmal waren Schmähungen gegen Chilperich und Lobsprüche auf seinen Sohn zu hören.

Gailenus machte den Prinzen darauf aufmerksam, daß die aufständischen Thérouanner gemeinsam mit ihrem Gönner, Herzog Boso, einen Sieg, der noch gar nicht errungen war, schon recht ausgiebig feierten.

»Vielleicht ist aber das, was sie jetzt erreicht haben, für sie schon Anlaß genug!« sagte der junge Gefolgsmann, während sie, um frische Luft zu schöpfen, nach alter Gewohnheit auf der Plattform der Burgmauer standen und auf die mondbeschienene Landschaft blickten.

»Ja, denn bis heute waren sie führerlos«, sagte der Prinz. »Nun sind sie froh, daß sie mich für die Sache gewonnen haben.«

»Daß sie dich dazu gebracht haben, mit ihnen über die Grenze zu gehen. Das meine ich!«

»Aber ... aber du witterst doch nicht wieder Verrat? Schon in Tours lagst du mir damit in den Ohren. Auch vor kurzem noch, unterwegs ...«

Merovech seufzte ärgerlich und entfernte sich ein paar Schritte. Er bohrte seinen Blick in die Dunkelheit, um auf einem der Bäume unterhalb der Mauer einen Waldkauz zu erkennen, dessen Ruf zu vernehmen war.

Gailenus kam wieder heran.

»In Tours bemerkte ich immer wieder verdächtige Leute, mit denen dein Freund, der Herzog, sehr lange, vertrauliche Gespräche führte.«

»Er unterhält sich mit jedem, er ist leutselig.«

»Nach wie vor bin ich ziemlich sicher, warum er dich damals zur Beize verlockte: Er wollte dich ausliefern.«

»Und warum tat er es nicht? Warum konnte ich unbehelligt in die Kirche zurückkehren?«

»Bei dem Gefecht in Auxerre suchte er das Weite.«

»Er wurde abgedrängt und verfolgt.«

»Woher wußte er, daß du in Metz warst, hundertzwanzig Meilen von hier entfernt?«

»Er hat eben gute Verbindungen.«

»Ein junger Diakon war sein Bote, der gleich hinter der Stadt unseren Weg kreuzte. Der uns die Plätze bezeichnete, wo wir auf dem Weg hierher rasten konnten. Es waren fast nur Klöster und Häuser von Priestern.«

»Das sind im allgemeinen die Stätten, wo Leute, die unterwegs sind, Unterkunft finden.«

»Könnte es nicht aufgrund des Befehls eines Mächtigen gewesen sein, daß man uns überall so bereitwillig aufnahm? Nicht des Herzogs, sondern eines mächtigen Klerikers?«

»Ich kenne hier keinen mächtigen Kleriker, der so etwas für mich tun würde.«

»Auch keinen, der etwas gegen dich tun würde? Gehörte dem Rat, der dich in Metz verhörte, nicht auch ein Bischof an?«

»Ja, sogar mehrere.«

»War auch Egidius von Reims dabei?«

»Du meinst, dieser Schurke, der gemeinsam mit meiner Stiefmutter die Idee hatte ...«

»War er dabei?«

»Ich weiß nicht. Kenne ihn nicht von Angesicht.«

»Aber Boso kennt ihn bestimmt!«

»Was willst du Boso jetzt wieder nachsagen?«

»Er erwartete uns, als wir vor drei Tagen hier ankamen. Er erwartete auch die Thérouanner, die vier Tage brauchten, um hierherzugelangen. Sie brachen auf, als wir noch unterwegs waren. Lange vorher wußten sie aber schon, daß du herkommen würdest ... angeblich von ihren Grenznachbarn, die jedoch, wie ich herausbekam, ziemlich weit von ihnen entfernt wohnen.«

»Nun, ein Gerücht verbreitet sich schnell.«

»Aber ein Pfaffenkurier ist schneller! Das heißt, es waren wohl zwei. Einer zu Boso und einer zu ihnen.«

Merovech lachte auf. In einem der Bäume raschelte es. Der erschrockene Kauz, der schon eine Weile verstummt war, flog davon.

»Was für ein Einfall!« sagte der Prinz. »Deine Einbildungskraft ist unerschöpflich. Du bist eben ein Geschichtenerzähler. Wie oft hast du uns an den langen Abenden unterhalten! Und manchmal mehrmals mit derselben Geschichte, die du nur jedesmal so ausschmücktest, daß man sie nicht wiedererkannte. Die tollsten Überraschungen hast du uns damit bereitet!«

»Prinz ...«

»Aber jetzt ist nicht Zeit zum Phantasieren! Halte lieber die Augen offen und paß auf, daß dir nichts entgeht! Was du in diesen Tagen miterlebst, wirst du oft wiedererzählen müssen. Und etwas hinzuzuerfinden wirst du nicht nötig haben. Glaub mir, es wird so viel passieren, daß du deine Phantasie nicht mehr brauchst!«

»Prinz, überlege, was du tust!« sagte der junge Gefolgsmann hastig, in beschwörendem Ton. »Noch ist es nicht zu spät! Wir könnten zum Rhein marschieren, weit ist es nicht mehr. Könnten zu Schiff gehen, nach Britannien. Dort soll für Männer viel zu tun sein! Mächtige Fürsten bekämpfen einander, nehmen Leute in Dienst. Es soll dort auch so viel Land geben, daß man sich leicht ein eigenes Reich ...«

»Was habe ich in Britannien verloren, Gailenus?« Merovech legte den Arm um die Schultern seines Freundes. »Hier, auf dem Festland, liegt mein Reich ... da drüben, hinter den schwarzen Hügeln, es wartet auf mich. Beweisen werde ich einer hohen Dame, die meine Liebe verschmäht, aber immer noch meine Gemahlin ist, daß auch ich zum Herrschen berufen bin. Und daß ich sie und ihre Godins nicht brauche, um die Macht zu gewinnen. Und daß ich die Macht mit großem Vergnügen ausüben werde. So sehr, daß ich eines Tages Lust haben werde, auch ihr eigenes Reich zu erobern. Dann wird sie erkennen, daß ihre Zukunft nicht König Childebert, sondern König Merovech heißt. Und ich werde die Liebe, die sie mir kniefällig wieder antragen wird, nicht zurückweisen!«

»Gott gebe, daß alles so kommt ...«

»Es kommt so. Und auch die andere, diese gemeine Kebse, die mich so schändlich hereingelegt hat und mich am liebsten loswerden wollte, werde ich zu meinen Füßen sehen. Und ich werde das königliche Vergnügen haben ... sie zu begnadigen!«

Bei Sonnenaufgang standen die Pferde bereit, und nach einer kurzen Verzögerung, die sich ergab, weil zwei der Thérouanner erst mit Güssen kalten Wassers aus dem Schlaf geholt werden mußten, setzte sich der etwa zwanzig Mann starke Trupp in Bewegung. Drei Leute aus Bosos Gefolge, die mit den Örtlichkeiten vertraut waren, übernahmen die Spitze. Sie sollten den Prinzen und seine Begleiter bis an die Grenze nach Neustrien bringen, möglichst unbemerkt auf Feld- und Waldwegen oder weniger frequentierten Abschnitten der alten Römerstraßen. Der Herzog selbst gab seinem »Freund und Leidensgefährten«, von dem er sich nur schwer trennen konnte, einige

Meilen das Geleit. Am ersten Flußübergang nahmen sie Abschied.

Bewegt umarmten sie einander.

»So ziehe denn aus, um dein Reich zu erobern!« rief Boso. »Denke immer daran, was dir die weise Frau in Tours prophezeit hat!«

»Ich werde auch nicht vergessen, mein Freund«, erwiderte Merovech, »was sie dir prophezeit hat. Bald bist du Herzog in Neustrien, und zwar der mächtigste!«

»Das wäre wahrhaftig mehr, als ich um dich verdient habe«, sagte der Rotbart verlegen, indem er eine Träne zerdrückte.

Als der Fluß sie schon trennte, winkten sie sich immer noch zu.

Am ersten Tag bewegte sich die Kolonne vorwiegend auf der Straße. Nur einmal mußte sie einen größeren Umweg machen, um einem bewaffneten Haufen auszuweichen. Es war möglich, daß ein örtlicher Machthaber Wind von der Sache bekommen hatte und versuchte, den Prinzen zu fangen. Er konnte ein Anhänger des Hausmeiers Gogo sein, der die Auslieferung gewünscht hatte und der Merovech, falls man ihn nochmals in Austrasien aufgriffe, ohne Umstände seinem Vater ausliefern würde.

Es war die Zeit des späten Frühjahrs und schon sehr heiß. Die Pferde ermüdeten schnell, es mußten größere Rastpausen eingelegt werden. Immer wieder verging auch Zeit bei der Suche nach Brunnen und Quellen. Da man jedoch auch die halbe Nacht im Sattel blieb, erreichte der Trupp, wie vorgesehen, gegen Abend des zweiten Tages ein ausgedehntes Waldstück, von dem die Leute des Herzogs vermuteten, daß es die Grenze markierte. Sie machten kehrt, und auf dem restlichen Teil des Weges übernahmen die Männer aus Thérouanne die Führung.

Im Reiche Chilperichs war nun erst recht die höchste Vorsicht geboten. Man konnte sicher sein, daß alle Comites und ihre Vicarii, die Ortsvorsteher, Anweisung hatten, den Feind des Königs, sofern er sich irgendwo zeigte, gleich zu verhaften und an den Hof zu bringen. Die Kolonne blieb fast immer im Schutz der Wälder, was auch der Hitze wegen vorteilhaft war. In langer Reihe folgte sie Schneisen und ausgetrockneten Bächen, kämpfte sie sich durch dichtes Buschwerk, übersprang sie Felsspalten. Gesprochen wurde nicht mehr als nötig. Nur manchmal entlud sich die innere Anspannung der jungen Männer in Flüchen und kleineren Streitereien. Auch die fünf Abgesandten waren wortkarg geworden und beschränkten sich darauf, von Zeit zu Zeit zu versichern, man wisse genau, wo man sei, und nähere sich auf dem kürzesten Wege dem Ziel.

In der dritten Nacht verschwanden zwei der Gefolgsleute des Prinzen. Sie konnten im hellen Mondlicht kaum den Anschluß verloren haben, sondern waren nach allgemeiner Ansicht geflohen. Am Tage zuvor war schon aufgefallen, daß sie häufig miteinander geflüstert hatten. Die Stimmung der übrigen war gedrückt, und Merovech sah sich genötigt, auf einer Lichtung haltzumachen und ein paar aufmunternde Worte zu sprechen.

Zum Glück folgte kurz darauf ein frohes Erlebnis. Der grauhaarige Thérouanner meldete dem Prinzen, man nähere sich einem Gutshof, dessen Herr sich mit seinen Bauern dem Aufstand anschließen wolle. Einer der Abgesandten ritt voraus, und dann gab es für Merovech und die Seinen einen Empfang mit Jubel und Waffenlärm. Drei Dutzend Bauern schwangen Speere und Beile und schrien nimmermüde ihr »Heil, König Merovech!«

Nach kurzer Rast ging es endlich auf das letzte Stück Weg. Das bäuerliche Aufgebot schloß sich an und wuchs unterwegs noch auf die doppelte Kopfstärke. Man konnte nun unbedenklich die Straße entlangziehen, denn kein örtlicher Amtsträger würde es wagen, sich einem so achtbaren Haufen entgegenzustellen. Die Zuversicht, die durch die Flucht der beiden einstigen Getreuen etwas gedämpft worden war, kehrte zurück. Im vollen Waffenschmuck, mit dem Helm auf dem Kopf, unter dem die Mähne schon wieder kräftig hervorquoll, ritt Merovech stolz an der Spitze des Zuges. Kamen Kaufleute, Bauern oder Pilger entgegen, machten sie Platz und grüßten ihn ehrerbietig. War er vorüber, fragten sie seine Leute, wer der große Herr sei. Und dann erhielten sie zur Antwort, das sei Merovech, der neue König der Neustrier.

Gegen Abend verließen sie die Straße, und nachdem sie noch einmal ein Wäldchen durchquert hatten, erhob sich vor ihnen unverhofft eine steile Anhöhe. Gegen den von rötlichem Licht übergossenen Himmel zeichneten sich die Silhouetten einer Mauer und eines Wachturms ab. Dahinter gewahrte man einen breiten, plumpen Gebäudeklotz.

»Wir sind da!« sagte der Graukopf zu Merovech. »Es ist eine alte Festung, noch aus der Zeit König Childerichs. Bewohnt wird sie schon lange nicht mehr. Deshalb eignet sie sich als geheimer Treffpunkt. Viele werden schon hier sein und dich erwarten, König!«

Sie machten sich an den Aufstieg. Auf dem steinigen, von Gestrüpp überwucherten Weg mußten die Pferde am Zügel geführt werden. Als der Trupp auf halber Höhe war, zeigte sich, daß der Graukopf recht gehabt hatte. Oben wurde das Tor geöffnet. Helme und Speere blinkten. Stimmen wurden laut. An die hundert Männer kamen heraus, um die Ankömmlinge zu empfangen. »Heil, König Merovech!« tönte es wieder, und der Umjubelte mußte Hände drücken und sich von bärtigen, wilden Gestalten umarmen lassen.

Als er das Tor durchschritt, wurde er plötzlich gepackt. Erschrocken wehrte er sich. Aber da stand er schon auf einem Schild und wurde mit einem Ruck, der ihn fast aus dem Gleichgewicht brachte, emporgehoben. Augenblicklich hatten die Krieger in dem engen Hof einen Kreis gebildet. Schwerter flogen aus den Scheiden. Knechte mit Fackeln liefen herbei. Die vier Männer, die den Schild trugen, setzten sich in Bewegung. Schwankend, mit den Armen rudernd schwebte der Prinz an aufgerissenen Mäulern, gereckten Fäusten, blitzenden Klingen und zuckenden Speeren vorüber. Heil-Rufe gellten ihm in die Ohren, Lanzen und Schwerter krachten auf Schildbuckel. Der rote Himmel schien sich auf ihn herabzusenken. Immer schneller wurden die Männer unter ihm, immer enger wurde der Kreis. Immer noch einmal rasten die Mäuler, die Fäuste, die Klingen, die Speere vorüber. Die Rufe gingen in rohes Gegröle über, in das sich, so schien es ihm, auch Gelächter mischte. Ihm schwindelte, er konnte sich nicht mehr aufrecht halten. Mit einem Aufschrei warf er die Arme hoch und stürzte rücklings ins Leere.

Man fing ihn auf. Hilfreiche Hände stützten ihn. Er nahm

den Helm ab und trocknete sich mit dem Ärmel die schweißnasse Stirn. Schon hatte man ihn zu einer Treppe geführt.

»Sage uns ein paar Worte, König! Sprich! Die Männer wollen dich hören!«

Er rief ihnen etwas zu, und sie antworteten mit Gebrüll. Anscheinend war es ihnen ganz gleichgültig, was er sagte, denn er brauchte nur den Mund zu öffnen, um ihr Geschrei auszulösen. Seine Stimme war heiser und versagte schließlich. Wieder glaubte er, ein höhnisches Lachen zu hören.

»Tritt ein, König!« sagte jemand neben ihm. »Für dich und deine Getreuen ist ein Mahl vorbereitet!«

Sie begaben sich in den Saal, der das ganze Obergeschoß des plumpen, breit hingestreckten Gebäudes einnahm. Ein kahler Raum mit steinernen Wänden und mächtigen, rußgeschwärzten Holzpfeilern. Düsteres Licht von Kienfackeln. Ein langer Tisch, eine Bank davor.

»Nehmt Platz! Es wird euch gleich aufgetragen!«

Merovech ließ sich auf der Bank nieder, stützte sich schwer auf den Tisch. Zögernd setzten sich auch die anderen. Sie waren zusammen noch neun: der Prinz, Gailenus, Grindio, Ciucilo und fünf junge Männer.

»Geduldet euch einen Augenblick! Gleich ist es soweit!« wurde noch einmal von der Tür her gerufen.

Sie schwiegen. Keiner der neun hatte das Bedürfnis zu reden. Sie vermieden sogar, einander anzusehen. Einige schnallten die Wehrgehänge ab und legten ihre Waffen neben sich auf die Bank. Es war immer noch sehr warm, die rauchgeschwängerte Luft machte das Atmen schwer.

Ein dumpfes Geräusch ließ alle zusammenfahren. Die Tür hinter ihnen war zugefallen. Ein Schlüssel kreischte in dem rostigen Schloß.

Alle sprangen gleichzeitig auf. Sie rannten hin, rüttelten, versuchten, die Tür wieder aufzureißen. Vergebens. Sie klopften, schrien. Traten gegen die Tür, nahmen Anlauf und warfen sich gegen sie. Der Stärkste wollte sie aus den Angeln heben. Sie widerstand allem. Ein Angriff mit Beilen und Messern war sinnlos. Sie war aus dicken Eichenbohlen gefügt, auf welche Bronzeplatten genagelt waren.

Nach dem vergeblichen Ansturm hielten sie inne, traten zurück und standen im Kreise. Keiner verlor noch Zeit mit der Feststellung, daß sie verraten und gefangen waren. Die meisten schienen nicht einmal überrascht zu sein, nicht nur Gailenus hatte wohl diesen Ausgang geahnt. Es machte auch niemand dem Prinzen Vorwürfe oder beschuldigte die anderen. Keiner hatte als Zauderer oder Feigling gelten wollen, und die Treue, die sie an ihren Gefolgsherrn band, hatte sie nun einmal hierhergeführt. Jetzt galt es nur noch, ihm hier herauszuhelfen oder mit ihm zugrunde zu gehen.

Sie sahen sich um. Die steinernen Wände waren undurchdringlich. Selbst wenn man die winzigen Fenster in fast dreifacher Mannshöhe erreichte, würde man sich nicht hindurchzwängen können. Man konnte über die Pfeiler das Dach erklettern, durch das an mehreren Stellen das rötliche Abendlicht schimmerte. Aber würden nicht ringsum Bogenschützen lauern? Wie wollten sie flüchtend auf den Hof und über die Mauer gelangen? Kamen nicht auf jeden von ihnen zwanzig von denen da draußen, die sich jetzt, wie deutlich zu hören war, rings um das Saalhaus ihre Nachtlager bereiteten?

Sie stritten, erörterten Ausbruchspläne. So unachtsam sie in die Falle gegangen waren, so tatendurstig waren sie jetzt. Dabei schwitzten, stöhnten und husteten sie, denn es war schwül in dem steinernen Kasten, und die Luft war verräuchert und stickig. Wohl über eine Stunde verging. Durch die Löcher im Dach waren nun Sterne zu sehen.

Merovech hatte sich abgesondert. Er empfand nur noch Schuld, Verzweiflung und Scham. Er glaubte, daß er kein Recht mehr habe, das Wort zu führen oder auch nur mitzureden. Wenn sie Glück hatten, kamen die anderen mit dem Leben davon. Für ihn war alles vorbei. Am nächsten Morgen würde man ihn hier herausholen, binden, auf einen Karren werfen und zu seinem Vater bringen. Und auf dessen Gnade war nicht mehr zu hoffen. Jetzt kam es nur noch darauf an, das letzte Stück mit Anstand zu gehen und sich auf das Unvermeidliche vorzubereiten. Mortem effugere nemo potest. Er war noch jung, und es war zu früh. Aber vielleicht war es für einen Gescheiterten, der sich von dieser Niederlage nie mehr erholen würde, das beste.

Er hatte plötzlich die Idee, Brunhilde einen Abschiedsbrief zu schreiben. Vergeben wollte er ihr die Kälte und Zurückweisung, vor allem aber wollte er sie um Verzeihung bitten. Denn recht hatte sie mit ihrem Vorwurf gehabt, daß seine Kraft und sein Vermögen zu schwach waren, um ein gemeinsames Glück zu erkämpfen. Aber sie sollte wissen, daß er sie bis zu seinem letzten Atemzug lieben und diese Liebe in jene andere Welt, falls es sie gab, mit hinübernehmen würde. Er konnte den Brief Gailenus anvertrauen. Der Getreue würde seinem toten Gefolgsherrn noch einen letzten Dienst erweisen und dafür sorgen, daß ihn die Geliebte erhielt.

Merovech sah sich nach einem Platz zum Schreiben um. Seine Gefährten hatten sich gerade des Tischs bemächtigt und schleppten ihn weg, um ihn unter ein Fenster zu stellen. Der Blick des Prinzen wurde von der einzigen hellen Ecke des Saales angezogen. Gleich zwei Kienfackeln steckten dort in der eisernen Halterung an der Wand. Merovech ging dorthin, entnahm der Tasche an seinem Gürtel das Kodizill und den Griffel und ließ sich unter den Fackeln auf ein Knie nieder, um das andere als Schreibpult zu benutzen. Er begann, winzige Buchstaben in das Wachs zu ritzen. Auf zwei kleinformatigen Täfelchen mußte er alle Mitteilungen seines übervollen Herzens unterbringen.

Die ersten Zeilen schrieb er rasch nieder. Dann aber geriet er über die Fortsetzung ins Nachdenken. Dabei blickte er auf und bemerkte in der Nähe, wenige Schritte entfernt, eine Stelle auf dem Fußboden, von der die Sägespäne, die sonst überall den Boden bedeckten, säuberlich mit dem Besen entfernt worden waren. In seine Gedanken vertieft, achtete er im ersten Augenblick nicht sonderlich darauf. Doch als er mehrmals dorthin sah, war plötzlich seine Aufmerksamkeit geweckt. Die freigelegten Ritzen im Fußboden zeichneten deutlich ein Quadrat ab. Ohne Zweifel handelte es sich um eine Klappe, mit der eine Öffnung verschlossen war.

Er legte das Schreibzeug beiseite und kroch zu der Stelle. Die Klappe ließ sich mit einiger Mühe anheben. An ihrer Unterseite war ein Riegel angebracht. Solche Vorrichtungen hatten gewöhnlich den Zweck, die Insassen der Festung, die sich vor eingedrungenen Feinden in die unterirdischen Räume gerettet hatten, der unmittelbaren Verfolgung zu entziehen.

Merovech starrte in die dunkle Kammer, aus der ein erdfeuchter, modriger Dunst heraufstieg. Eine steinerne Treppe aus grobbehauenen Stufen führte hinab. War das die Rettung? Fast immer gingen von solchen Fluchtkellern Stollen aus, welche, unter der Festungsmauer hindurch gegraben, irgendwo außerhalb der Anlage im Freien mündeten. Seltsam war freilich, daß es so leicht gewesen war, die Lukenklappe in der gut beleuchteten Ecke zu erkennen. Das war schon fast wie eine Aufforderung, sie anzuheben und hinabzusteigen. Aber der Prinz war von seiner Entdeckung viel zu begeistert, als daß er jetzt Zeit darauf verschwendete, solche Überlegungen anzustellen. Er sprang auf und riß eine der Fackeln von der Wand. Einen Augenblick zögerte er noch und fragte sich, ob er die Gefährten verständigen sollte. Zwei von ihnen versuchten gerade, an der gegenüberliegenden Wand zu einem der Fenster zu gelangen. Sie waren auf den Tisch gestiegen, und einer kletterte auf die Schultern des anderen. Die übrigen standen unten und gaben aufgeregt und gestenreich Ratschläge. Da kam Merovech der Gedanke, wie großartig es wäre, wenn ausgerechnet er, der Verursacher ihrer Bedrängnis, jetzt allein den Weg in die Freiheit entdeckte. So stieg er ohne ein Zeichen die Treppe hinab, doch ließ er die Lukenklappe offen.

Er befand sich in einem großen, aus dem Felsen geschlagenen Gewölbe von vollkommen unregelmäßiger Anlage. Die Wände glitzerten feucht, der Boden war mit Schottergestein bedeckt. Offenbar handelte es sich um den Steinbruch, aus dem irgendwann das Material für den Saalbau darüber und für die Festungsmauer gewonnen war. In einer Ecke türmten sich fast bis unter die Decke menschliche Schädel und Knochen. Ein paar aufgescheuchte Echsen und Nattern krochen umher.

Merovech überwand Ekel und Grauen und leuchtete mit der Fackel sorgfältig an den Wänden entlang. Seine Vermutung bestätigte sich insoweit, als es tatsächlich einen unterirdischen Zugang zu dem Gewölbe gab. Der Prinz hielt die Fackel an das etwas mehr als halb mannshohe, schmale Loch. Hinter der Öffnung schien sich der Gang zu verbreitern, um schon nach wenigen Schritten eine Biegung zu machen. Merovech bückte sich und zwängte sich hindurch. Bis zu der Biegung mußte er den Kopf tief einziehen, dann aber konnte er fast aufrecht weitergehen. Balken und Pfosten stützten den Stollen. Einige konnten, wie der Prinz flüchtig feststellte, keineswegs aus der Zeit König Childerichs stammen, was darauf schließen ließ, daß die Festung und der geheime Gang auch in neuerer Zeit genutzt worden waren. Dies bestätigte gleich darauf ein grausiger Fund. Der Modergeruch wurde fast unerträglich, als sich seitlich des Stollens eine Nische öffnete. Halb aufrecht saß da der noch unvollkommen verweste Leichnam eines Mannes. Würmer und Fliegen krochen über den von einem Beil- oder Schwerthieb gespaltenen Schädel.

Merovech erschrak so sehr, daß er einen Augenblick in Panik geriet und umkehren wollte. Indessen überwand er sich und stolperte weiter. Der Gang machte eine weitere Biegung und begann sich auf einmal zu verzweigen. Zu beiden Seiten mündeten schmalere Stollen, von denen einige jedoch, so schien es, schon nach sechs bis acht Schritten endeten. Merovech leuchtete in jeden hinein, folgte aber weiter dem Hauptgang. Seit er das Gewölbe verlassen hatte, mußte er an die hundert Schritte zurückgelegt haben.

Auf einmal schien ihm, als bemerke er vor sich ein Licht. Im nächsten Augenblick war es verschwunden. Er blieb stehen, starrte in die Dunkelheit, lauschte angestrengt. Da war ein Geräusch, ebenfalls vor ihm. Es konnte von einem der Tiere herrühren, die diese Katakomben bewohnten. Aber es konnte auch der Schritt eines Mannes sein. Gleich war es wieder still.

»Wer ist dort?« hörte sich Merovech mit fremder Stimme rufen. »Gib Antwort! Melde dich!«

Wieder das Geräusch. Tatsächlich, es mußten Schritte sein. Die Steine knirschten unter ihnen. Sie entfernten sich ein Stück. Und abermals Stille.

Merovech zog den Sax aus dem Gürtel. Zum Glück hatte er ihn im Saal nicht abgelegt. Den Sax in der Rechten, die Fackel in der Linken, schritt er vorwärts, so rasch der unebene Boden und die niedrige Decke des Stollens es zuließen. Einmal strauchelte er und mußte sich an der Stollenwand abstützen. Dabei entfiel seiner Hand die Fackel. Er hob sie auf, ehe sie erstickte. Der Ärmel seiner Tunika riß und hing in Fetzen herab.

Er drang weiter vor. Die Hoffnung trieb ihn. Wer sich hier unten aufhielt, war doch vermutlich von draußen gekommen, kannte den Weg zum Ausgang. Er sagte sich, daß er vielleicht aus diesem Stollengewirr allein nicht herausfinden würde. Ehestens würde er gerade noch zu seinen Gefährten zurückgelangen.

Plötzlich verharrte er. Ganz in der Nähe, auf seiner linken Seite, war wieder das Licht erschienen. Nur kurz war es über ein Stück Wand gehuscht. Metall hatte dabei aufgeglänzt. Ein Gittertor, das nach draußen führte? War da ein guter Geist, ein Lichtelf, der den Gefangenen in die Freiheit lockte?

»Wer bist du?« stieß Merovech heiser hervor. »Wenn du ein Mensch bist, so sprich doch! Gib dich mir zu erkennen! Antworte!«

Da hörte er es irgendwo hinter sich rufen. Es mochte sein Name sein und die Stimme des Gailenus. Sie folgen mir also, dachte er und schrie: »Hierher! Hierher! Zu mir!«

Da sah er aufs neue den Lichtschein. Eisenstäbe, ein Schloß. Wahrhaftig, ein offenes Gittertor. Dahinter nichts. Nur seltsame Lichtreflexe und Schatten.

Ein mondbeschienener Felsen? Ein Quell? Eine Wiese?

Weiter. Gleich war es geschafft. Jetzt erfaßte der Schein seiner eigenen Fackel das Gitter. Hinter ihm wurde wieder gerufen. Er antwortete aber nicht, sondern bückte sich und trat durch die Öffnung. Hob die Fackel, blickte um sich.

Neben ihm raschelte es, als flöge ein Vogel auf. Eine große Gestalt im wehenden Mantel schnitt ihm mit einem Sprung den Weg. Merovech sah nur den weißen Augenschlitz. Er riß den Arm mit dem Sax hoch. Doch schon zuckte ein Dolch gegen seinen Hals. Tief fuhr die Klinge hinein.

Er sank hinter dem Gitter zu Boden. Der Mörder zog ihm den Dolch aus dem Hals und ließ ihn unter seinem Mantel verschwinden. Dann entwand er der Faust den Sax und stieß ihn so tief in die Wunde, daß die Spitze auf der anderen Seite hervortrat.

Schon waren die Schritte des Gailenus ganz nahe. Der Mörder gab mit der Öllampe, die er vom Boden aufhob, wieder das Lichtzeichen. Der junge Mann kam rasch herbei, auch er mit Schwert und Fackel. Fast stolperte er über den Toten. Entsetzt schrie er auf. Im selben Augenblick glitt die Gestalt im Mantel an ihm vorüber. Sie schlug die Gittertür zu und drehte den Schlüssel. Dann verschwand sie wie ein Schatten.

Gailenus war mit dem Leichnam seines Gefolgsherrn und Freundes in einem der unterirdischen Verliese der Festung eingesperrt.

Schon am zweiten Abend nach dem Mord erschien König Chilperich in Thérouanne.

Der Grauhaarige, der als Vicarius zu den Männern seines Vertrauens zählte, hatte schon kurz nach Überschreiten der Grenze, unbemerkt von dem Prinzen und seinen Gefährten, den ersten Boten an ihn abgesandt. Als ihm Merovechs Gefangennahme gemeldet wurde, befand sich Chilperich daher bereits in Amiens. Die Königin Fredegunde war bei ihm. In höchster Eile legten sie die letzten fünfzig Meilen zurück.

In der alten Festung angekommen, erfuhr der König, daß sein Sohn nicht mehr am Leben war. Der aufgeregte Vicarius berichtete von der entsetzlichen Entdeckung, die man am Morgen nach der Gefangennahme des Prinzen und seiner Leute gemacht habe. Man habe Herrn Merovech tot aufgefunden, den Hals von seinem eigenen Schwert durchbohrt. Sein Gefolgsmann Gailenus, der die Nacht mit ihm im selben Verlies zugebracht hatte, sei geständig, die Tat begangen zu haben. Das Geständnis habe man dem Verstockten allerdings erst unter der Folter abzwingen müssen. Glaubhaft habe der aber erklärt, er sei von Herrn Merovech selbst dazu aufgefordert worden, nachdem dieser seine verzweifelte Lage erkannt hatte. So müsse man also in gewisser Weise von einem Selbstmord des Prinzen sprechen.

Mehrere edle Herren, die sich mit ihren Leuten an der Gefangennahme der Feinde des Königs beteiligt hatten, bezeugten die Tat. Sie hatten Gailenus in dem vergitterten Verlies neben der Leiche des Prinzen gefunden und sein Geständnis entgegengenommen. Unter diesen Zeugen war auch der einäugige Domesticus des benachbarten Krongutes.

Chilperich schwieg zu allem und verlangte nur, seinen Sohn zu sehen. Man trug den Leichnam aus dem Kellergewölbe, wo man ihn der Hitze wegen bis zur Ankunft des Königs aufgebahrt hatte, in den Saal. Hier bettete man ihn, bis zum Kinn mit dem Mantel bedeckt, auf dem Tisch zwischen zwei Kerzen. Den Sax, an dem noch das schwarze, getrocknete Blut klebte, legte man neben ihn.

Die Gefährten des Prinzen saßen inzwischen alle in den Kellerverliesen, wo sonst Mordbrenner, Straßenräuber und aufsässige Sklaven ihr letztes Quartier nahmen. Man hatte sie gleich in der ersten Nacht, als sie im Gewirr der unterirdischen Gänge nach Merovech und Gailenus suchten, leicht eingefangen und hinter Gitter gesperrt. Chilperich verzichtete auf ein Verhör und schob ihre Bestrafung bis zum nächsten Tag auf.

Für den Vicarius und seine vier Leute, die den Prinzen in Austrasien aufgespürt und herübergelockt hatten, gab es Geld und Geschenke. Zerstreut hörte der König den Bericht seines Amtsträgers an. Dieser wollte auf das Gerücht hin, daß sich der Feind seines Herrn in der Champagne aufhielt, eigene Spione dorthin gesandt haben, um dessen Aufenthaltsort zu erkunden. Darauf habe er selber sich unter Gefahr nach Austrasien begeben und das Unternehmen erfolgreich zu Ende geführt. Den Namen des Herzogs Boso erwähnte er nicht.

Chilperich verbrachte den größten Teil der Nacht bei dem Leichnam. An seiner Seite wachten die Königin, Marschalk Chuppa und andere Große seines Hofstaates. Ein Priester und Mönche aus der Gegend sangen und beteten. Der König starrte die meiste Zeit düster ins Leere. Die Königin Fredegunde vergoß eine Unmenge Tränen. Auch Chlodwig, der einzige noch lebende Sohn der Audovera, weinte herzzerreißend.

Gegen Mitternacht gab es jedoch einen unwürdigen Zwischenfall. Als Fredegunde, um die ermattende Totenklage zu beleben, plötzlich ein langgezogenes, schrilles Wehgeschrei ausstieß, versetzte ihr Chilperich ebenso unverhofft einen Schlag in den Nacken. Vor Schreck und Schmerz blieb ihr die Luft weg, und sie röchelte wie eine Erstickende.

»Was heulst und jammerst du?« brüllte der König sie an. »Warum lachst du nicht lieber und singst? Du freust dich doch, daß er tot ist! Du bist doch geradezu überglücklich! Musik! Die Königin möchte tanzen!«

Fredegunde zitterte vor Empörung.

»Warum tanzt du nicht selber?« keuchte sie. »Das ist doch dein Werk! Du hast ihn ja umgebracht!«

»Ich hätte meinen Sohn ...?«

»Verfolgt hast du ihn! Zum Feind hast du ihn erklärt! Den Bischof von Tours hast du bedroht, damit er ihn aus dem Asyl warf. Von den Austrasiern hast du verlangt, ihn auszuliefern. Bist sogar bei ihnen eingedrungen, um ihn zu suchen. Gejagt hast du ihn wie ein Wild. Und nun hast du ihn zur Strecke gebracht. Da liegt er mit durchstoßener Kehle. Schlägt dein Jägerherz jetzt nicht höher?«

Fredegunde sprang auf, zog den Mantel von Merovechs Leichnam und legte die furchtbare Wunde frei.

Chilperich entriß ihr den Mantel.

»Rühr meinen Sohn nicht an! Jeder hier weiß, wie sehr du ihn haßtest! Wie sehnlich du ihn dorthin wünschtest, wo er jetzt ist!« Er bedeckte den Leichnam wieder. »Ein Wunder ist es, daß er so lange gelebt hat. Daß du ihn nicht schon früher mit einem deiner Tränke ins Grab geschickt hast!«

»Ja, und das größte Wunder ist«, höhnte sie, »daß nicht ich es war, die ihn jetzt umgebracht hat. Das willst du doch damit sagen! Und am liebsten würdest du es mir immer noch anhängen!«

»Zuzutrauen wäre es dir!«

»Aber sein Mörder bist du!«

»Ich habe ihn geliebt!«

»So sehr, daß er tödliche Angst vor dir hatte!«

»Niemals hätte ich meinen Sohn getötet!«

»Hätte er das nur vorher gewußt! Aber er fürchtete sich vor dem, was du ihm antun könntest! Er hatte Angst vor deinen Nadeln und Zangen und vor der Geschicklichkeit deiner Folterknechte, die es verstehen, den Tod hinauszuzögern. Deshalb wollte er sterben, bevor ihn sein Teufel von Vater in die Krallen bekam!«

»Schweig, Hexe, oder du schweigst für immer!«

Chilperich stürzte sich auf die Königin. Doch Chuppa und andere waren zur Stelle, um sie zu schützen. Der König beruhigte sich erst, als sie den Saal verließ.

»Armer Tor!« murmelte sie beim Hinausgehen.

Merovech wurde am nächsten Tag irgendwo in der Nähe begraben. Zum Glück erinnerten sich die Knechte, die das Grab schaufeln mußten, nach einer Reihe von Jahren noch der Stelle. So konnte später, als die Verhältnisse im Frankenreich sich gewandelt hatten, auf Weisung König Gunthrams der Leichnam ausgegraben und nach Paris überführt werden. Dort fand er dann in der Kirche des heiligen Vincentius eine letzte würdige Ruhestätte.

Vorherrschend blieb die Ansicht, der Tod des Prinzen sei ein selbstgewählter gewesen. Der Chronist jener Ereignisse, der Bischof Gregor von Tours, schreibt dazu in seiner Frankengeschichte:

»Er befürchtete, seine Feinde würden sich schwer an ihm rächen und ihn schreckliche Strafen erleiden lassen. Deshalb rief er seinen vertrauten Gefolgsmann Gailen zu sich und sagte: ›Wir waren einander immer innig verbunden. Laß mich jetzt nicht in die Hände meiner Feinde fallen, sondern nimm ein Schwert und stoße mich nieder!‹ Und Gailen zögerte nicht ...«

Doch Gregor fügt hinzu:

»Es behaupten aber manche, die Worte, die Merovech gesprochen haben soll, habe die Königin erfunden, und auf ihren Befehl sei Merovech heimlich ermordet worden.«

Über das Schicksal der unglücklichen Gefährten des Prinzen erfahren wir: »Gailen aber ergriff man, hackte ihm Hände und Füße und schnitt ihm Ohren und Nase ab und tötete ihn dann auf die grausamste Weise. Grindio flocht man aufs Rad und steckte ihn damit auf eine Stange hoch in der Luft. Ciucilo, der einmal Pfalzgraf König Sigiberts gewesen war, wurde enthauptet. Die anderen Begleiter Merovechs mußten unter verschiedenen Martern eines grausamen Todes sterben.«

Und noch einmal kommt Bischof Gregor, nachdem er dies mitgeteilt hat, am Ende des achtzehnten Kapitels im fünften Buch der Frankengeschichte auf seinen Verdacht zurück: »Man erzählte sich aber damals, der Bischof Egidius und Gunthram Boso seien die Hauptanstifter bei diesem Anschlag gewesen, denn Boso hatte sich durch den Tod des Theudebert die heimliche Gunst der Königin Fredegunde erworben, Egidius sei ihr aber schon lange wert gewesen.«

Epilog

Bischof Gregor von Tours und die anonymen Fortsetzer seiner Frankengeschichte, deren Werk wir als die ›Chronik Fredegars‹ kennen, geben uns Auskunft über das weitere Schicksal derer, die an den dargestellten Vorgängen einen größeren oder kleineren Anteil hatten.

Drei Jahre nach Merovechs Tode wurde auch Chlodwig, sein jüngerer Bruder, der letzte der drei Söhne aus Chilperichs früherer Ehe, das Opfer der Fredegunde. Unter fadenscheinigen Anschuldigungen brachte sie den König dazu, ihn in den Kerker zu werfen. Dorthin schickte sie ihm seinen Mörder.

Auch die verstoßene Audovera, Nonne in Le Mans, die Mutter der drei Brüder, wurde im selben Jahr auf Fredegundes Betreiben »grausam ermordet«.

Basina, die Tochter der Audovera, mußte gleichfalls den Nonnenschleier nehmen. Ohne Neigung zu religiöser Askese war sie später eine der Rädelsführerinnen bei einer Klosterrebellion in Poitiers, die sich aufgrund der dabei von den Gottesbräuten begangenen zügellosen Ausschreitungen noch heute traurigen Nachruhms erfreut.

Fredegunde verlor auch drei ihrer eigenen Söhne. Samson und zwei seiner Brüder wurden sehr jung noch Opfer grassierender Krankheiten. Die Königin erklärte die Kinder für behext und ließ angeblich Schuldige foltern und hinrichten.

Ihre Tochter Rigunth zog mit pompöser Ausstattung zu ihrem Verlobten, dem gotischen Thronfolger, nach Spanien, kam aber dort nie an, sondern wurde unterwegs ausgeraubt. Zurückgekehrt an den neustrischen Hof, blieb sie unverheiratet und lebte mit wechselnden Liebhabern. Das Verhältnis zu ihrer Mutter gestaltete sich überaus schwierig, die beiden traktierten einander »mit Faustschlägen und Ohrfeigen«. Einen im Zorn verübten Mordanschlag Fredegundes überlebte Rigunth nur dank der Hilfe beherzter Dienerinnen.

Brunhildes ältere Tochter Ingunde heiratete tatsächlich einen gotischen Prinzen, wurde aber nicht glücklich mit ihm. Da sie an ihrem katholischen Glauben festhielt und auch ihren Gemahl dazu bekehrte, geriet sie rasch in Konflikt mit dem arianischen Hof in Toledo. Ihr kurzes Leben endete nach Kriegswirren in oströmischer Geiselhaft. Kaum zwanzigjährig starb sie in Afrika.

Ob es ihrer Schwester Chlodosvintha besser erging, ist ungewiß. Wir erfahren nur noch, daß Brunhilde sie zweimal für ihre Bündnispolitik benutzte, indem sie Verlöbnisse für sie abschloß: zuerst mit dem König der Langobarden, dann dem der Goten.

Der heilige Germanus, Bischof von Paris, starb 576. Begraben wurde er in der Kirche des heiligen Vincentius, die Chlodwigs Sohn Childebert auf seine Veranlassung bauen ließ und die später (754) nach ihm benannt wurde. Sie steht heute inmitten eines der vitalsten Stadtviertel der französischen Hauptstadt, das ebenfalls den Namen des Heiligen trägt (St.-Germain-des-Prés).

Praetextatus von Rouen mußte sich noch zu Lebzeiten seines Patensohns Merovech vor einem Bischofsgericht in Paris verantworten. Chilperich klagte ihn der Verletzung kirchlicher Vorschriften, der Verschwörung, Aufwiegelung und Treulosigkeit an. Er wurde seines Amtes enthoben und auf eine Insel vor der Nordküste des Frankenreiches verbannt. Von dort zurückgekehrt, war er noch einmal für kurze Zeit Bischof von Rouen. Eines Tages, während er in der Kathedrale die Messe zelebrierte, näherte sich ihm ein von Fredegunde gesandter Mörder und erstach ihn.

Den Herzog Boso führte sein abenteuerlicher Lebensweg ein paar Jahre später bis nach Konstantinopel, wo er diesmal sein Glück an der Seite eines fränkischen Thronprätendenten suchte, der sich als Bruder Gunthrams und Chilperichs ausgab. Diesen verriet er aber nach der gemeinsamen Rückkehr ins Frankenreich. Unter den Großen Austrasiens hielt er sich nun meist an die Partei der Gegner Brunhildes. Die wiedererstarkte Herrscherin ließ ihn schließlich festnehmen und zum Tode verurteilen. Bei dem Versuch, sich der Vollstreckung zu entziehen, kam er kämpfend ums Leben. »Er war ein leichtfertiger Mensch in allen seinen Handlungen«, schreibt Gregor. »Allen schwor er, niemandem hielt er sein Versprechen.«

Schon früher als Boso ereilte das Verhängnis den Grafen Leudast. Da er den Fiskus weiterhin unverdrossen bestahl, fiel er bei Chilperich in Ungnade und wurde abgesetzt. Dafür rächte er sich, indem er seine Gegner der üblen Nachrede gegen die Königin beschuldigte. Die beabsichtigte Wirkung kehrte sich gegen ihn selbst. Fredegunde, plötzlich im Mittelpunkt eines Skandals und der Liebschaft mit einem Bischof verdächtigt, diesmal dem von Bordeaux, reagierte auf ihre Weise. Sie ließ Leudast auf offener Straße in Paris überfallen und kurz darauf umbringen.

Von Godin, dem austrasischen Überläufer, der sich vergebens der Stadt Soissons zu bemächtigen suchte, wird uns mitgeteilt, daß er kurz nach der Niederlage eines »plötzlichen Todes« starb.

Chilperichs Marschalk Chuppa verkam zum Bandenführer, der später nur noch durch einen erfolglosen Beutezug gegen das Gebiet der Stadt Tours und den ebenso mißglückten Versuch der Entführung einer Bischofstochter von sich reden machte.

Noch schlechter erging es dem königlichen Leibarzt Marileif. Er hatte nun einmal kein Glück mit den zusammengerafften Reichtümern, die ihm in seiner Heimatstadt Poitiers einen ruhigen Lebensabend sichern sollten. Mehrmals von Kriegsvolk ausgeraubt, wurde er, als nichts mehr bei ihm zu holen war, selber zum Beutegut. Man verkaufte ihn – in die Leibeigenschaft der Kirche.

Von Herzog Gundoald wird uns nichts weiter berichtet. Vielleicht gelang es ihm in jener gewalttätigen Zeit, ruhmlos und unauffällig in seinem Bett zu sterben.

Dem König Chilperich war dies nicht beschieden. Sieben Jahre nach den geschilderten Ereignissen fiel auch er einem Mordanschlag zum Opfer. Nachts von der Jagd zurückkehrend, wurde er, als er vom Pferd stieg, durch einen Unbekannten tödlich verletzt. Der Mörder entkam offenbar, die Tat blieb unaufgeklärt. Eine von Brunhilde aus der Ferne gelenkte Verschwörung ist ebenso vorstellbar wie eine Verzweiflungstat Fredegundes, die eine neuerliche Liebschaft entdeckt und sich in Gefahr glaubte. Vier Monate vor Chilperichs Tode hatte sie noch einmal einen Sohn zur Welt gebracht, mit dem sie sich nun in den Schutz König Gunthrams begab. Der räsonierte öffentlich, das Kind stamme wohl von einem der »leudes«. Erst als Fredegunde drei Bischöfe dazu brachte, die Vaterschaft Chilperichs eidlich zu bezeugen, wurde das Knäblein anerkannt und als Chlothar II. Nachfolger des Ermordeten. Seine Mutter übernahm die Regentschaft.

Etwa zur gleichen Zeit erreichte Brunhilde ihr Ziel, mit der Volljährigkeit ihres Sohnes Childebert die verlorengegangene Macht zurückzugewinnen. Die beiden feindlichen Königinnen, deren gegenseitigen Haß die Jahre keineswegs gemildert hatten, standen sich nun an der Spitze der beiden Frankenreiche in alter Unversöhnlichkeit gegenüber. Brunhilde war freilich bald die weitaus Mächtigere. Im Jahre 593 starb König Gunthram, sein Adoptivsohn Childebert erbte auch das Burgunderreich. Neidvoll antwortete Fredegunde mit mehreren Mordanschlägen auf Mutter und Sohn, die aber alle noch rechtzeitig aufgedeckt wurden. Mit der vereinten militärischen Kraft beider Reiche führte Brunhilde schließlich den großen Gegenschlag.

Den erlebte jedoch Fredegunde nicht mehr. Wohl wenig älter als fünfzig Jahre, starb sie 597 eines natürlichen Todes.

Zu diesem Zeitpunkt regierte Brunhilde bereits für ihre minderjährigen Enkel, nachdem Childebert sechsundzwanzigjährig gestorben war. Sie überlebte auch diese beiden und brachte sogar noch einen Urenkel auf den Frankenthron. Doch hatte sie sich am Ende unter den austrasischen und burgundischen Großen zu viele Feinde gemacht. Sie verbündeten sich mit dem wiedererstarkten neustrischen Nachbarn und lieferten ihm im Jahre 613 die über sechzigjährige Königin aus.

Der Sohn der Fredegunde klagte sie an, den Tod von zehn fränkischen Fürsten verschuldet zu haben, zu denen er auch ihre Ehemänner Sigibert und Merovech zählte.

Die Chronik Fredegars schildert ihr Ende: »Dann befahl er, sie drei Tage lang auf verschiedene Weise zu martern. Danach ließ er sie auf ein Kamel setzen und an dem gesamten Heer vorbeiführen. Und endlich verfügte er, sie mit dem Haupthaar, einem Arm und einem Fuß an den Schwanz des wildesten Pferdes zu binden. So wurde sie von den Hufen des davonsprengenden Tieres zerschlagen, bis ein Glied nach dem anderen abfiel.«

Historische Romane im dtv

Elizabeth
Marshall Thomas
Die Frau des Jägers
Roman · dtv 12004
»Ein Roman aus der Steinzeit von seltener Tiefe und Schönheit.« (New York Times Book Review)

Robert von Ranke Graves
Ich, Claudius, Kaiser und Gott
Roman · dtv 1300
Augustus, Livia, Caligula, Nero: eine Chronique scandaleuse, in der die ganze dekadente Welt des römischen Imperiums lebendig wird.

Marguerite Yourcenar
Ich zähmte die Wölfin
Die Erinnerungen des Kaisers Hadrian
dtv 1394
Ein historischer Roman von außergewöhnlicher Feinheit und melancholischer Schönheit. Marguerite Yourcenar zeichnet mit ihrem Hadrian einen nachdenklichen, leidenschaftlichen und tatkräftigen Mann, den man am Ende des Buches betrauert wie einen Freund.

Halldór Laxness
Die glücklichen Krieger
Roman · dtv 12184
Island vor tausend Jahren. Zwei junge Männer haben einen Traum: Heldentum. Sie folgen macht- und raubgierigen Eroberern in ihre Schlachten: nach England, Frankreich, Norwegen...

Frans G. Bengtsson
Die Abenteuer des Röde Orm
Roman · dtv 20055
Orm, Mutters Jüngster, verzärtelt und hypochondrisch, wird von plündernden Nachbarwikingern verschleppt. Doch das Schiff, auf dem die Nordmänner zu ihrem alljährlichen Raubzug gen Spanien fahren, kapern die Mauren...

Diana Norman
Die Piratenkönigin
Roman · dtv 20115
Irland im 16. Jahrhundert. Inmitten von politischen Intrigen, Freiheitskampf und Krieg erlebt Barbary die Schönheit und Tragik Irlands – und ihre große Liebe.

Historische Romane im dtv

Rosemarie Marschner
Der Sohn der Italienerin
Roman um Prinz Eugen
dtv 12160
»Prinz Eugen, der edle Ritter...«
Rosemarie Marschner erzählt das Schicksal eines der berühmtesten Helden der Neuzeit auf spannende und psychologisch raffinierte Weise.

Jochen Klepper
Der Vater
Roman eines Königs
dtv 11478
Die »äußere und innere Geschichte« Friedrich Wilhelms I. von Preußen – viel mehr als nur ein historischer Roman.

Robert Neumann
Der Favorit der Königin
Roman · dtv 12209
Ein faszinierendes und tragisches Kapitel der dänischen Geschichte, in dessen Mittelpunkt der einfache Arzt Friedrich Struensee steht, der im 18. Jahrhundert zum heimlichen Regenten und »Favoriten der Königin« aufsteigt.

Eveline Hasler
Anna Göldin. Letzte Hexe
Roman · dtv 10457
1780. Die schöne, eigenwillige Dienstmagd Anna Göldin wird des Kindsmords und der Zauberei angeklagt. Die Geschichte des letzten Hexenprozesses in Europa.

Jean Giono
Der Husar auf dem Dach
Roman · dtv 12072
1838. Die Cholera wütet in der Provence. Aber Angelo, der flüchtige italienische Husar mit dem Engelsgesicht, bleibt guter Dinge. Immer zu mutigen Taten bereit, begegnet er – mitten in all den Schrecken – der Liebe.

Riccardo Bacchelli
Die Mühle am Po
Roman · dtv 11959
Das Schicksal der Mühlherren von San Michele: Das unruhige Jahrhundert der italienischen Einigung drückt auch der Familie Scacerni seinen Stempel auf.

Umberto Eco im dtv

»Daß Umberto Eco ein Phänomen ersten Ranges ist, braucht man nicht mehr eigens zu betonen.«
Willi Winkler

Der Name der Rose
Roman
dtv 10551
Daß er in den Mauern der prächtigen Benediktinerabtei das Echo eines verschollenen Lachens hören würde, damit hat der Franziskanermönch William von Baskerville nicht gerechnet. Zusammen mit Adson von Melk, seinem jugendlichen Adlatus, ist er in einer höchst delikaten Mission unterwegs...

Nachschrift zum ›Namen der Rose‹
dtv 10552

Über Gott und die Welt
Essays und Glossen
dtv 10825

Über Spiegel und andere Phänomene
dtv 11319

Das Foucaultsche Pendel
Roman · dtv 11581
Drei Verlagslektoren stoßen auf ein geheimnisvolles Tempelritter-Dokument aus dem 14. Jahrhundert. Die Spötter stürzen sich in das gigantische Labyrinth der Geheimlehren und entwerfen selbst einen Weltverschwörungsplan. Doch da ist jemand, der sie ernst nimmt...

Platon im Striptease-Lokal
Parodien und Travestien
dtv 11759

Wie man mit einem Lachs verreist und andere nützliche Ratschläge
dtv 12039

Im Wald der Fiktionen
Sechs Streifzüge durch die Literatur
dtv 12287

Die Insel des vorigen Tages
Roman
dtv 12335
Ein spannender historischer Roman, der das Zeitalter der großen Entdeckungsreisen in seiner ganzen Fülle erfaßt.

Jostein Gaarder im dtv

»Geboren zu werden bedeutet, daß wir die ganze Welt geschenkt bekommen.«
Jostein Gaarder

Das Kartengeheimnis
dtv 12500

Anita hatte sich vor Jahren nach Athen abgesetzt, »um sich selbst zu finden«. Jetzt machen sich Vater und Sohn auf den Weg, um sie zu suchen. Kaum aber erreichen sie die Alpen, gelangen sie auf mysteriöse Weise in den Besitz dieses winzigen Büchleins mit der irrwitzigen Geschichte von einer magischen Insel. Und damit nicht genug – je länger sie unterwegs sind, um so klarer zeichnet sich ab, daß die Ereignisse auf der Insel ganz eng mit ihrem eigenen Leben verknüpft sind. – Ein Buch wie ein Rausch, und »dieser Rausch hat zwei Vorzüge: Erstens ist er für Leser von 12 bis 100 Jahren geeignet. Wesentlicher aber noch scheint der zweite Punkt zu sein: Das Ergebnis dieser Art von Trunkenheit ist ein Zugewinn an praktikablem Wissen.« (Süddeutsche Zeitung)

Der seltene Vogel
Erzählungen · dtv 24111

Theobald war eine Romanfigur, die sich nicht länger der Phantasie ihres Autors unterwerfen wollte. Theobald wollte Taten vollbringen, wie sie sich der Autor nicht träumen lassen konnte. Er wollte zu Wörtern greifen, die es im Wortschatz des Autors nicht gab. Wenn ihm das gelänge, dann hätte seine Leibeigenschaft unter der Herrschaft des Dichters ein Ende …

Jostein Gaarder versammelt in seinem Debütband zehn Erzählungen und Kurztexte, in denen Grenzen überschritten werden: Grenzen zwischen Realität und Traum, zwischen Zeit und Unendlichkeit, zwischen Leben und Tod. Spielerisch nähert Gaarder sich den großen Fragen des Lebens; einfühlsam und poetisch, humor- und phantasievoll, zeigt er sich hier als wunder- und wandelbarer Geschichtenerzähler.